# 東泉詩話

［清］馬星翼 著

張現濤 王川 張秀嶺 点校

齊魯書社

·济南·

**图书在版编目（CIP）数据**

东泉诗话 / (清) 马星翼著；张现涛, 王川, 张秀
岭点校. -- 济南：齐鲁书社, 2023.9
ISBN 978-7-5333-4660-7

Ⅰ．①东… Ⅱ．①马… ②张… ③王… ④张… Ⅲ.
①诗话 – 中国 – 清代 Ⅳ．①I207.227.49

中国国家版本馆CIP数据核字(2023)第079819号

责任编辑：裴继祥
装帧设计：亓旭欣　田旭光　王子璞

**东泉诗话**
DONGQUAN SHIHUA

［清］　马星翼　著　张现涛　王川　张秀岭　点校

| | |
|---|---|
| 主管单位 | 山东出版传媒股份有限公司 |
| 出版发行 | 齐鲁书社 |
| 社　　址 | 济南市市中区舜耕路517号 |
| 邮　　编 | 250003 |
| 网　　址 | www.qlss.com.cn |
| 电子邮箱 | qilupress@126.com |
| 营销中心 | （0531）82098521　82098519　82098517 |
| 印　　刷 | 三河市华东印刷有限公司 |
| 开　　本 | 720mm×1020mm　1/16 |
| 印　　张 | 34 |
| 插　　页 | 2 |
| 字　　数 | 505千 |
| 版　　次 | 2023年9月第1版 |
| 印　　次 | 2023年9月第1次印刷 |
| 标准书号 | ISBN 978-7-5333-4660-7 |
| 定　　价 | 198.00元 |

# 序

严　明

把明清诗歌创作放到整个中国诗史的历史长河中来考察，可以发现其在表现内容和表现方式诸方面都显示出了鲜明的特点，这不仅使明清诗歌能以独特的风貌有别于前代诗歌，而且还极大地丰富了中国诗歌的文化传统。

明清诗歌的特点首先表现在有着强烈的继往开来的历史责任感。明清诗人们视野中横亘着《诗经》、《楚辞》、唐诗、宋词这样的艺术高峰，他们在进行诗歌创作和评论时往往以这些艺术典范为标准，因而经常表现出对昔日荣光的敬重和眷恋。背负着沉重的历史文化包袱的明清诗人们，在培养出了厚实的学识和卓绝见识的同时，往往使自己的诗笔带上了一些古今变幻、沧海桑田的无奈与伤感。明清诗集中咏史之作数量多，咏史的范围广、感慨深，这些都大大超过前代。初唐诗人陈子昂《登幽州台歌》中"前不见古人，后不见来者。念天地之悠悠，独怆然而涕下"般的孤独伤感，在明清诗人中普遍存在。然而真正有价值的诗人及其诗作往往有着继往开来的气概，比如被誉为明诗第一人的明初大诗人高启的诗作就是如此。《四库全书总目》认为高启的诗歌"凡古人之所长，无不兼之，振元末纤秾缛丽之习而返之于古，启实为有力"，还指出"其摹仿古调之中，自有精神意象存乎其间"，这样的评论颇有见地。从中国诗风流变的历史长河中看，高启的诗歌创作确实显示出了一种新时代的开阔气象，他有意识地从历代诗歌传统中学习模仿，在古今之辨中不断地探索并表现自己独特的诗歌风貌。这种重视历代优秀传统并从历史与现实的联系中寻找自己诗歌创作存在位置的意识，在明清两代的诗人中普遍存在。从明代馆阁体"三杨"的仿古诗作，前后七子的复古诗风，公安诗派的化古出新，明末清初陈子龙、钱谦益、朱彝尊等大家的独辟蹊径，到清代岭南诗派、以王士禛为代表的神韵诗派、袁枚为代表的性灵诗派、清末的桐城诗派、唐诗派、同光体诗派等诗歌流派都无一例外地重视诗歌艺术传统，并且都有继往开来的浓厚兴趣和振兴诗坛的责任心。正因如此，明清两代的咏史诗创作能够保持持续的繁荣，佳作如林，名家辈出，新意迭现，不断开辟出崭新的诗歌境界。

　　明清诗歌的另一显著特点是表现自我个性的意识普遍存在，在许多时候还表现得十分强烈，诗歌创作中追求独特风格的潮流此起彼伏，连绵不绝。明代中期，前七子中的徐祯卿与祝允明、唐寅、文徵明等苏州诗人形成了吴中诗派，他们的诗歌创作或傲世独立，或任性自放，缘情而绮丽，追求奇趣而又随俗尚利，与李梦阳、何景明、康海、边贡、王九思、王廷相等北方诗人们相比，就更具有解放个性、舒展人性的积极意义。到了明代后期，公安派诗歌"变板重为轻巧，变粉饰为本色，致天下耳目于一新，又复靡然而从之"，尚今尚俗，抒写性灵，高扬个性，至此蔚然成风。李贽的"童心说"启迪了袁宗道、袁宏道、袁中道三兄弟，使他们冲破传统约束，开放思想，任情尚真，表现真性情。更为可贵的是，三袁的张扬性灵往往与倡导市井民间文学结合在一起，袁宏道甚至还说："当代无文字，闾巷有真诗。"这和当时市井通俗文学的蓬勃兴起是互相呼应的。明代后期的竟陵派深化了性灵说的内涵，多侧面地展现出充满着象征意味的诗歌意象，幽情单绪，尖新险僻，从中寄托着诗人孤傲不驯的个性。清代诗人们在表现独特个性，开辟诗歌创作新路径方面较之明代诗人有过之而无不及，袁枚就表现得特别突出。袁枚的论诗主张不受传统形式法则的束缚，任凭性情自由流露，方才称得上是真诗。基于此论，他提出了"论诗只论工拙，不论朝代"的观点，也就是认为诗歌只有真假工拙的区别，不应该存有朝代格调的门户成见。袁枚不仅强调真情感、妙诗才和独创性，其诗歌创作也开辟蹊径，风格清灵隽妙，善解人意中蕴结之情，"世人心所欲出不能达者悉为达之，士多效其体。故《随园诗文集》，上自朝廷公卿，下至市井负贩，皆知贵重之。海外琉球，有来求其书者"。清代乾隆、嘉庆年间的著名诗人，如赵翼、郑燮、蒋士铨、张问陶、黄景仁、洪亮吉、孙星衍、黎简、宋湘、舒位、王昙、孙原湘、王文治、李调元等，尽管各人的诗作面目不一样，风格有差异，但在诗歌理论上都强调要抒写真性情，反对界唐划宋，主张不拘一格。当时在袁枚等人的倡导下，诗坛已形成讲性情、重独创的风气。有才华的诗人们大多强调诗中须有自我，注重写出自己的真实情感与独特个性，他们确信今人应有今人精神面貌之诗，不必乞灵于唐诗、宋诗，也不必拘泥于传统格调。这种主导的创作倾向，促进了清代诗歌的健康发展，并使清诗形成了博通古今、关怀现实人生、格调灵活、自铸伟辞的新传统。

明清诗歌创作的再一个显著特点就是关注社会现实，特别是关注民生疾苦。在明清诗人们的笔下，百姓生活的各个侧面都得到了详尽的反映，诗人们在如实记载社会重大事件和细致描绘各地风俗人情的时候，投入了极大的热情，表现出强烈的社会责任心，并且形成了一种持续不断的群体意识，使纪实叙事诗的创作蔚然成风，这在中国诗歌史上是非常突出的。中国古典诗歌的传统之一就是重抒情而不重叙事，这种传统到了明代才开始有了明显的改变。明代的诗歌创作中有不少纪实叙事的佳篇，其中如李东阳的《花将军歌》、王世贞的《袁江流钤山冈当庐江小吏行》、陈子龙的《辽事杂诗八首》等都脍炙人口，流传极广。清代的叙事诗更为出色。清初的吴伟业、顾炎武等人痛感鼎革之变，写下了许多实录时事的佳篇；清中叶的施闰章、赵执信、蒋士铨等人的诗集中颇多揭露时弊和关注人民苦难生活的叙事诗；清后期的朱琦、鲁一同、姚燮等人的诗作，从各个侧面反映出鸦片战争时期的社会现实；黄遵宪、丘逢甲、康有为、梁启超等人更是以清末时政和国际时事作为诗歌描写的主要内容，使叙事诗的创作作品之多、涉及面之广、诗作篇幅之巨、人生感叹之深，都达到了前所未有的高度。

我们可以认为，贴近社会生活、纪实意识强烈和叙事艺术完美是明清诗歌的一大特色，这也是明清诗歌具有独特价值和艺术魅力的关键所在。

清诗是继唐、宋之后我国古典诗歌的又一高峰。有清二百六十余年间，流派众多，名家辈出，诗作繁富。据徐世昌《晚晴簃诗汇》所收，有诗人六千一百余家，诗歌两万七千余首，实际远不止此。仅从数量而言，清诗可为历代诗歌之最。就美学风格而言，清诗呈现重实和感伤两大潮流。由明入清，社会政治的巨大震荡也对诗歌产生了深远的影响。明诗尚虚，清诗则重实；明诗多豪放，清诗多感伤；明诗多偏激，清诗多宽容。同样是宗唐、宗宋，明诗宗唐者往往排宋，宗宋者往往排唐，清诗则唐宋兼宗，偏而不废，鲜明地显示出了古典诗歌总结期的特点。清代诗学勃兴，流派林立，诗学兴盛区域首推江南，其次岭南。就诗人聚集人多势众而言，显然江南超过岭南，但就锐意创新，独树风骨而言，岭南诗人并不在江南诸贤之下。甚至乾嘉诗坛宿耆洪亮吉有诗感叹"尚得昔贤雄直气，岭南犹似胜江南"，直指岭南诗人的豪迈气势压过江南诗人。其实清代诗学兴盛区域还有一处不可小觑，那就是山东，即传统意义上所谓的山左地区的诗歌创作，与江南及岭南地区南北呼应，形成清代诗坛三足鼎立之势。

马星翼生于山东鱼台，是清后期山东诗人群体中的重要代表。他中举甚早，然终生未能进士及第，长期游走于齐鲁大地，任教于乡邦学院，故而对时弊民瘼感受颇深，其主张仁政的思想在诗作中处处可见。其诗学观点从清前期山东大诗人王士禛主张的神韵说化出，其《东泉诗话》云："国初诗学之盛，莫盛于山左。渔洋以实大声宏之学，为海内执骚坛牛耳，垂五十年。同时若宋荔裳、赵清止、高念东、田山姜、渔洋之兄西樵、清止之从孙秋谷，咸各先登树帜，衣被海内，故山左之诗甲于天下。"正是从近世乡贤诗作传统出发，马星翼论诗强调抒发诗人的真性情，将其作为诗歌创作最重要的主导因素，这与当时诗坛主盟袁枚所倡导的"性灵说"颇为接近。但是与一般性灵诗派末流写诗率意粗放有着很大差异，马星翼强调自诗写自家性情，其中又包含着诗情须真挚的要求，并非随口吟出的草率之作。他强调写诗须重法，而且是活法，如其诗话所言："学诗当识活法，所谓活法者，规矩备矣而能出于规矩之外，变化不测而亦不背于规矩也。"
写诗须按照规矩而又能跳出规矩的束缚，善于推陈出新而又遵循一定的规
律性，能否在抒发真情的基础上把握其间的分寸，就成为诗人努力的方向，
也是判断诗人是否成熟的重要标准之一。马星翼论诗还强调锤炼功夫，其
诗话云："古人吟咏性情，犁然有当于人心，故含咀之下，能代余言也。
后人因文造情，一字之巧，积而为句；一句之工，沿而成篇。"比较古今，
回味经典，强调今人诗作若要达到精炼隽永的境界，就一定要学习和掌握
古人吟诗的认真推敲的精神，而不能放任随性，期望绝妙文字的自然产生。
"近代以来，诗律益细，雕镂益工，搜奇骋妍，无以复加。学者若一以自
然为宗，不征典，不炼字，是张空拳以御敌也。"这些论述皆为针对当时
某些不良风气有感而发，是针砭诗坛时弊的有识之见。

　　乾隆、嘉庆时期是清中叶的盛世，也是清代诗话的鼎盛期。据不完全
统计，这一时期的诗话数在百种以上，几占全部清诗话的三分之一。就理
论价值而言，这一时期的诗话主要从格调和性灵的角度，对传统诗歌理论
进行了总结。这一时期，就全国诗坛而言，影响较大的有沈德潜《说诗晬语》
所表现出来的"格调说"和袁枚《随园诗话》所体现的"性灵说"。就山
东诗坛而言，则北有高密，南有鱼台，形成王渔洋之后齐鲁大地诗风兴盛
的两大亮点。对于高密李氏兄弟的诗歌创作，近来学界已有关注，中国社
会科学院蒋寅兄的多篇论文剖析透彻。但对于鱼台马氏家族的诗作及诗话，
尚未见学界专论，实为憾事。如今这一遗憾已由《东泉诗话》点校本的完
成而得到很大程度上的弥补，实乃幸事。众所周知，对古代文学的研究必
须始于资料的收集整理，只有厘清了基本文献，方能顺藤摸瓜，进而梳理
脉络，踏实推进研究。正是从这一角度看，《东泉诗话》的出版意义重大，
这不仅是对乡邦文献的精心校勘，而且为清代山东诗坛研究提供了重要的
文献来源，且对清代区域文学的研究，同样有着填补空白的文献奠基作用。
造福乡梓，功德无量；光大传统，开辟未来。有感于此，乐于作序，并期
待对鱼台诗派的研究更上一层楼，贡献更多的学术成果。

# 《东泉诗话》整理说明

  《东泉诗话》及《东泉诗话续册》是清代优秀的山左地区诗学理论和文献学著作，体例参照《随园诗话》，才学亦不让之。作者马星翼作为当地诗坛文坛盟主，历乾隆、嘉庆、道光、咸丰、同治五朝，时间跨度大，记录诗人数百家、诗作达数千首，"记诗""赠答"以笔记的形式保留了大量国内、省内著名学者、诗人的诗歌作品。作者搜采当时名流的断简遗牍，仿古之采诗遗风，因人及诗；记录山东地区地方名人的诗作佳篇、唱酬之作，收录评赏，以诗存人。书中绝大多数作品均为佚作，具有极高的史料和文献价值，堪称一部方志中的艺文志。

## 一、作者马星翼

  马星翼（1790—1873），字仲章，号东泉、东泉居士、绎阳子，祖籍山东鱼台，随父移居邹县西曹社安马庄（今山东省滕州市界河镇西安楼村）。嘉庆癸酉（1813）与其兄星房同榜中举，次年随父入京应礼部试，士人有"三苏"之目。其父马邦玉，举人，官单县教谕，升登州府学教授，著作宏富，有《怀续堂文集》等。叔父马邦举，嘉庆乙丑科进士，官曹州府学教授，著《书传略考》《春秋左传略考》等。马星翼尽得其父学，与父、叔父被学界称为"鱼台三马"。"尤足称者，文学萃于一门，天伦序其乐事。家中无人不知书，怡怡然有郑康成之风。"道光十五年（1835），马星翼以大挑授乐陵县教谕，历署临朐、招远、茌平等县。其中，任乐陵县教谕时间最久，受业中试者甚多。与道州何子贞，日照许印林，曲阜孔继涑、孔继埙等，以诗文相唱酬。晚年退老居邹，主讲于邹县近圣书院。与孟雨山、董听泉、杜伯和诸公，以文字相契，结为诗社（又称九老会），洵极一时之盛。

马星翼一生著述颇多，著有《尚书广义》《诗广义》《论语辑说》《国策补遗》《名儒世系图考》《绎阳随笔》《凫绎旧闻》《东泉文集》《东泉诗草》《东泉诗话》《东泉诗话续册》各若干卷。同时，马星翼对历史地理、旧闻轶事、金石之学多有考证辑订，著有《邹邑金石志》《汉碑总目》，著名汉碑《汉兖州刺史杨叔恭残碑》《汉永元断碑》等原藏其家。参与编订《邹县志稿》《济宁金石志》《三迁志》；《蚕理》《世职篇》《二邾篇》等均辑入清末民初的《邹县志》和《邹县续志》。

## 二、《东泉诗话》主要内容

《东泉诗话》共八卷，分"评诗""记诗""类诗"等部分，其书首评诗二卷，盖排比前代名作，素所讲习，而发抒所见。记诗四卷，乃当时名流，于断简遗牍，闻见之所及而加以采录者，盖因人及诗，采诗之遗也。类诗二卷，乃游踪所及，名山胜迹，彤史之管，乩仙之笔，类而辑之也。《续册》共七卷，分"论诗""记诗""赠答""杂识"等部分，为马星翼晚年的作品。《东泉诗话》与《东泉诗话续册》其实是作者的两部作品，内容相近，体例相同，我们把两部作品合二为一点校出版。

全书"评诗""论诗"部分基本采用王士禛"神韵说"、袁枚"性灵说"的观点，评论自《诗经》以迄明、清、近代的著名诗人和诗作，记录甚详，剖析至深，条理清晰，材料富赡，排列整齐，痛批沈约"四声八韵"之说、时艺之风等诗歌创作之流弊，开一代新风。作品要言不烦，观点新颖，不落俗套，多见理之言，发人所未发，多格言、警句。"类诗""闺秀""杂识"等部分乃作者游踪所及、名山胜迹、彤史之管、闺阁吟唱、乩仙之笔、时贤家集，加上作者本人的《演〈韩诗外传〉》诗作120首，类而辑之。全书大量保存了包括王阳明、文徵明、李攀龙、高叔嗣、杨慎、何绍基、伊秉绶、许瀚、尤侗、赵执信、张尔岐、沈德潜、纪昀、王士禛等数百名明清诗人的诗作，绝大多数不见于本集；同时保存了如郝秋岩、马士骐、周黛云等数十家闺阁诗人的作品及大量优秀的唱酬诗作，总数达数千首，亦可看作我国山左地区一部明清优秀诗人的诗文集，可补《山左诗钞》《山左续诗钞》之不足。

在当代古典文学研究中，本书也备受海峡两岸学者钱锺书、钱仲联、郭绍虞、杜松柏、蔡镇楚、蒋寅等青睐，他们对本书赞誉有加。

## 三、版本简介

《东泉诗话》在当时就备受重视，享誉海内。清道光二十一年（1841），该书在孟子第七十代孙、世袭翰林院五经博士孟广均及作者的好友董长枢等资助下刊刻，惜墨坏纸劣，流传不广。《东泉诗话续册》民国年间经齐鲁大学国学研究所学者栾调甫、李云林搜集保护，山东省立图书馆馆长王献唐倩人抄录，转抄的副本得以传世，原稿现已不知所终。曾计划作为《山左先哲遗书》刊行，费尽周折而未果。著名学者屈万里先生 1934 年在《华北日报·图书周刊》刊文《鱼台马氏著述记》，为马氏著述不得刊行而惋惜不已。《东泉诗话》刻本和《东泉诗话续册》抄本现存山东省图书馆。

《东泉诗话》全书被影印收入杜松柏主编《清诗话访佚初编》（台北新文丰出版公司 1987 年版）、蔡镇楚编《中国诗话珍本丛书》（北京图书馆出版社 2004 年版）、《山东文献集成》第二辑（山东大学出版社 2007 年版），《东泉诗话续册》全书被影印收入《山东文献集成》第四辑（山东大学出版社 2011 年版）。

## 四、点校体例

《东泉诗话》以山东省图书馆藏清道光二十一年（1841）刻本为底本、《东泉诗话续册》以山东省图书馆藏民国年间山东省立图书馆钞本为底本进行点校。

原书无目录，今据正文新编目录，以便检阅。根据文字内容，适当分段，并加以序号。原注及文内特殊序号用小一号楷体字表示。底本有所节略处，加省略号以标示。

文字漫漶不清、无法辨识者，以"□"代之。底本上非常明显的脱讹衍倒，如辦与辨、袛与祇、梁与粱等直接加以改正，改字从严掌握。除引用石鼓拓本等保留部分异体字，其他一律改为通用简体字。避讳字径改回本字。限于时代局限性，本书作者对农民起义军称为"匪"，为保留文献原貌，均不做处理。

内容以保持图书原貌为原则，书中所收录部分诗文、题目及内容现今流传有多种版本。如杜甫《遣兴五首》句，底本作"朔风吹胡雁"，今通常为"朔风飘胡雁"。放翁《感秋》诗，底本作"一枕清凉眠不得，呼灯起作感秋诗"，今通常为"一枕凄凉眠不得，呼灯起作感秋诗"。李清照《醉花阴》句，底本作"莫道不销魂，帘卷西风，人似黄花瘦"，今通常为"人比黄花瘦"。唐子畏晚年作诗专用俚句，底本作"起来写就青山卖，不使人间造孽钱"，今通常为"闲来写就青山卖"或"日来写就青山卖"。或许底本参考的版本更早更准确也未置可否，诸如此类均以本书底本为准，不出异同校。作者见解上的错误，不出校纠驳。

# 目 录

## 东泉诗话续册

**附录**

**后　记**

# 东泉诗话

# 《东泉诗话》序

　　东泉先生博学多文，吾不敢友之也，吾师之久矣。忆癸酉时，均年尚少，闻东泉与令兄驺山同登贤书，梓里共羡，求识面而不得及。乙酉，均与友泉同年，谬膺拔萃科。友泉乃东泉从弟也，由是遇东泉，如旧相识。己丑，同上公车。乙未，来主《三迁志》馆，相处最久。不独文字考据订正良多，所有金石之言，随事而发，每佩服不忘。厥后，东泉任乐陵司谕，邮筒寄札，岁无虚月，相距千里，犹侍几席间。逮戊戌，东泉移疾归居邹南别业，肆力于著述，所著诗、古文集若干卷，《绎阳随笔》若干卷，于经史多所发明，而《诗话》乃绪余也。均以不文谬见，收录于东泉之诗，亦不敢友之也，吾师之久矣。适同里董上舍听泉先生，谋付剞劂，需一弁言，而东泉雅意，不欲乞序于当道，谬以属均。自愧人微望轻，言不足重，且于此中堂奥未能深悉。顾其《诗话》具存，见浅见深，览者当自得之，无俟赘为揄扬也。它日者，吾辈欲仿《震川文集》例，与海内士大夫共梓东泉内、外全集，益为盛举，于此肇端焉。敬书以志。

道光辛丑秋日，邹人孟广均序

# 《东泉诗话》自序

　　诗话昉于六一，续于涑水。爰暨近代，作者如林。顾余何人？率尔操觚。譬如候虫时鸟，自鸣自止。非敢曰击辕之歌，有应风雅也。索居无事，裒而集之，卷轴非一，辄为编次。前代名作，少之所习，蠡测管窥，义不容默，爰为《评诗》上、下二卷。近代名流，断简遗牍，闻见所及，辄为采录；至于金友兰言，素心所惬，巨细靡遗，先后无越，庶几一室，神与相接，爰为《记诗》四卷。胜迹名山，游览所及，彤史之管，乩仙之笔，有待掌故，略为总辑，爰为《类诗》二卷。总计八卷，题为《东泉诗话》。友人孟雨山博士、董听泉上舍谋为梓之，余不能止也。倘海内博雅赐观，正其巨谬，增益其所不及，跂余望之。

　　　　道光辛丑中秋，东泉居士马星翼自题于邹南别业

# 助资姓字

胡　煜，字听泉，安徽人。

张容雅，字子美，山西沁水县人。

高之宠，字函三，山西沁水县人。

张启甸，字新畲，山西沁水县人。

李蔚东，字华阳，山西沁水县人。

杨震甲，字耀东，山西沁水县人。

张声有，字德符，山西沁水县人。

赵钟麟，字景素，济南府历城县人。

刘焕彩，字呈五，兖州府邹县人。

刘焕文，字会五，兖州府邹县人。

李联澧，字汇庭，济宁直隶州人。

王廷簪，字笋山，济宁直隶州人。

李大桂，字云芳，济宁直隶州人。

王庆瑚，字少山，济宁直隶州人。

王庆莘，字棣园，济宁直隶州人。

刘　淮，字桐川，济宁直隶州人。

门人董作楫，字一帆，邹县人。

门人刘方贤，字宝臣，邹县人。

门人刘芳桂，邹县人。

门人刘英含，邹县人。

门人董作栻，字少张，邹县人。

# 《东泉诗话》卷第一

## 评诗 上

### 一

汉高帝不好儒术，而《三侯之歌》，后世莫及。岂尝执笔学为如是之文哉？由其天资聪明，胸襟阔大，充口而出，自有美哉泱泱之义。帝王自不与儒生论学问，更不与文士竞声名。唐太宗命世英主，乃学庾信为文，贻讥后世。

### 二

宋太祖时，南唐使臣徐铉谓太祖不文，因盛称其主博学多艺，有圣人之能，《秋月》之篇，天下传诵。因述其语，太祖大笑曰："寒士语耳！我不道也。微时，自秦中归，道华山，醉卧田间，觉而月出，有句云：'未离海底千山黑，才到天中万国明。'"见陈后山《诗话》。明太祖微时，有《咏菊》诗云："百花发，我不发。我若发，都骇煞。要与西风战一场，遍身穿就黄金甲。"见顾元庆《诗话》，谓："一统鸿基，兆于此矣。"余谓宋、明二祖之诗，豁达大度，固与汉高同符；而其音节气韵，迥然不侔，盖亦时为之也。

## 三

四言诗,自"三百篇"后鲜作者。《汉志》所载"主中歌""郊祀歌",规摩颂体,固形窘步。即韦孟《在邹》、仲长统《述志》,较之风雅,亦殊不类。由其体太庄、句太密,拘文牵义,多不得骋。惟魏武《碣石》短歌诸篇,杼轴予怀,烂然成章。虽未知与"三百"何如,要非七子所能继武。钟氏《诗品》列之下品,殊为非宜。

## 四

文以气为主。孟德以后,四言能者,惟刘越石。观越石与卢子谅赠答诸诗,斯为优矣。

## 五

《诗品》谓班婕妤"其源出于李陵",语甚无据。在成帝时,李诗未必盛行。况椒房之中,各言其情,时略相后,何得谓此出于彼?又谓陶潜"出于应璩""璩祖袭魏文",皆非是。五言始于苏、李,后之为五言者,讵可云皆源于二子邪?卓文君为《白头吟》以自悼,见《西京杂记》。沈约《宋书·乐志》有《白头吟》八解,即卓作也;通首五言,又在苏、李之前。钟记室反略之,何邪?

## 六

钟记室分别源流,品题上下,诚多未合。至指斥王融、谢庄、沈约辈:"务为精密,襞积细微,专相陵架,使文多拘忌,伤其真美。"亦妙论也。评陈思:"情兼雅怨,体备文质,如音乐之有琴笙,女工之有黼黻,使孔门用诗,则公干升堂,思王入室。"亦可谓知言。五言莫盛于建安,七子莫美于陈思,千古定论。

## 七

《柏梁台诗》,后人联句之始;然其词事不见于史,惟钟记室、刘舍人论诗诸书始称道之。魏收《北魏书》乃以君臣联句为盛事，悉载国史，实失史体。柏梁联句，大官令云"枇杷橘栗桃李梅"；韩退之仿之，《和陆浑山火》云"鸦鸥雕鹰雉鹄鹍"；陈后山仿之，《赠二苏公》云"桂椒楠栌枫柞樟"。

## 八

"是邪？非邪？立而望之，偏何姗姗其来迟。"此汉武帝《感李夫人》诗，见《汉书·外戚列传》。自来读者，以"之、迟"二字为韵。而《许彦周诗话》以"立而望之偏"绝句；且谓韩诗"走马来看立不正"之所祖述，何居？

## 九

乐府中有"妃呼豨""伊阿那"诸语，本不可解。或如近世乐工记字，如琴谱调弦则用"仙翁"等字，度曲则有"宫、上、尺、四、合、六"等字也。《巾舞歌》"吾何"二字几十余见。末句"何何吾吾"，此必羡文，尤易见。《古诗》"生年不满百"四句，《西门行》亦全用之，不知孰创而孰袭也。《小雅》"呦呦鹿鸣"四句，孟德短歌掇取之，此犹近人用典故耳。又《诗三百》中《召南》"喓喓草虫"六句，《小雅·出车》重用之；"昔我往矣"四句，《采薇》《出车》调度正同。在古人有不嫌相袭者。

## 一〇

唐李石侍文宗说诗云："'人生不满百，常怀千岁忧'，畏不逢也；'昼短苦夜长'，暗时多也；'何不秉烛游'，劝之照也。"余谓古人作诗意未必尔，在人臣进言，要当如是。秉烛劝照，义从《韩非》"误书举烛"事悟出。柳公权侍文宗联句，帝曰："人皆苦炎热，我爱夏日长。"续云："薰风自南来，殿角生微凉。"《东坡诗引》责公权不寓风谏之义，余尝以为过论。周紫芝《诗话》说最好：柳意责文宗享殿阁之凉，而不知民间之苦，所以风之最深。解人不当如是耶？

## 一一

《文选》应璩《百一诗》，李善注或言："应诗共百一十首，或言诗共百字一首。"据应侯《自序》定为："戒曹爽百虑一失之义。"余意诗以"百一"为名，当是应侯自喻"百虑一得"之意也。应诗今存，不仅一首，字数亦各不同。郭茂倩所录杂体诗中，《百一诗》五篇皆应璩作，第一首言马子侯解音律事，次伤翳桑二老，三戒为子孙积财，四讥纵口腹之欲者。《文选》所载，乃其末篇。《冯氏诗纪》别有三首，其一云："子弟可不慎，慎在选师友。师友必长德，中材可进诱。"四句一首，余不备录，皆应侯《百一诗》。又何逊拟百一体，"灵辄困桑下，于陵食李螬"一首，凡百一十字。盖何逊时尚无百字一首之说，实则少或四句，多则十二句，无一定之例。

## 一二

《文选》"七哀诗"，注中不解其义。葛氏《韵语阳秋》释之云："病而哀、义而哀、感而哀、悲而哀、日日见闻而哀、口叹而哀、鼻酸而哀，咏一事而七者具也。"不知所据何书。其所云云，强为分析，必非古说。余意《七哀》当如《七发》《七启》之类，指陈七事，后人拟其体，本皆七首，存者一二耳。《选》中七哀五首，惟子建一首，仲宣、孟阳各二首。子建虽只一首，《初学记》引子建《七哀》"膏沐谁为容，明镜暗不治"。今诗不见此二语，则亦别有一首谓"咏一事而七哀具"者，决非其旨。

## 一三

六言始于孔融"汉家中叶道微，董卓作乱乘衰"三首，四、五、六句不等。至嵇康有六言十首，皆止四句，有云："金玉满堂莫守，古人安此粗丑。独以道德为友，故能延期不朽。""金玉满堂"，语本《老子》。

## 一四

魏文帝《燕歌行》，七言之始。前此虽有七言，多用骚体。或一人一句，凑泊成篇，未有若此圆转流利、通首完善者。《文选》载"秋风萧瑟天气凉"一首，《诗纪》复有"别日何易会日难"一首。七言之魏文，犹五言之苏李矣。子建殆是文章之圣，而其集中七言仅得二句，云："龙欲上天须浮云，人之仕进待中人。"

## 一五

诗有四始，而风居首；诗有六义，而比兴居二。大抵诗之直陈其事者，难得委婉深厚，令人含咀有味；不如隐言托喻，思致无穷。

## 一六

简则近古，繁则近俚。妙通此旨，始可言诗。《苏李赠答》《古诗十九》，皆五言之至妙者，曷尝有繁文缛辞？而酝酿深厚有余，不尽之致，如千万言。《曹子建集》在汉魏为巨编，诗七八十首，岂有字过五百者？《孔雀东南飞》一首，无名氏为庐江小吏焦仲卿妻作，千七百余言，此自别为一体，后人长篇悉源于此。

## 一七

两汉人诗，一人或止数首，一首或止数句。建安七子乃始专门名家，人各有诗若干首，然亦未至百篇。晋宋以降，人各有集。陶、谢、鲍、庾，卷轴浸广，核其篇数，未及三百。及唐宋大家，乃有数千篇者。优劣固不在此，繁简亦太相悬。

## 一八

陶诗以自然为贵，谢公以雕镂为工，二家遂为后世诗人分途。王、孟、储、韦多近于陶，至香山极矣；贾岛、李贺皆源于谢，至韩、孟联句极矣。世之为高论者，欲合陶、谢而一之；若深入其中，自不相混耳。陶诗固多自然，亦有炼句，如"凉风起将夕，夜景湛虚明""寒气冒山泽，游云倏无依""清气澄余滓，杳然天界高"，但非如谢公之炼，读者当自得其趣耳。

## 一九

《庚子阻风》云"巽坎相与期",《于王抚军座送客》云"瞻夕欲艮谦",陶诗用卦名,不甚可解。陶诗通脱,亦有质白少味者,如"四体诚乃疲,庶无异患干""岂不实辛苦,所惧非饥寒""即事已为高,何必升华嵩",此类太自暴白,学之令人生厌。《咏雪》句"倾耳无希声,在目皓已洁",亦似拙滞;未如摩诘"隔牖风惊竹,开门雪满山"之工。渠自陶句脱化,乃益工妙。

## 二〇

渊明《读〈山海经〉》诗:"形夭无千岁,猛志固有在。"尝莫晓其义。后读《山海经》:"刑天,兽名,好衔干戚而舞。"乃知五字皆错,当是"刑天舞干戚",乃与下句相协。此周紫芝《竹坡诗话》。余谓不然,陶诗乃咏精卫鸟,无缘旁及刑天兽也。言精卫无千岁之形,而有千岁之志。不但与下句协,并与上二句相贯。旧本不误。

## 二一

客问:"渊明有侍儿否?"一人戏云:"雍端年十三,非侍儿邪?"《竹坡诗话》载之,诚足抚掌。观渊明《与子俨书》"尔等虽不同生,当思四海皆兄弟"之语,是五子乃异母生,或由后妻亦未可知。陶诗:"弱冠逢世阻,始室丧其偏。"固是悼亡之句。

## 二二

东坡《和陶诗》,子由称其精深华妙,与渊明并自。鄙意观之,尚不及坡他作。追和古人,极尚友之义。至引为渊明后身,亦有所不必。

## 二三

诗人拟古之作,惟江文通最善。所拟李陵《从军》、曹植《赠友》、刘祯《感遇》、张华《离情》、张协《苦雨》、鲍昭《戎行》等篇，杂之各集，几无以辨。其神韵词气，色色逼肖。尤莫如拟刘琨《伤乱》一篇："饮马出城濠，北望沙漠路。千里何萧条？白日隐寒树。投袂既愤懑，抚枕怀百虑。功名惜未立，玄发已改素。时哉苟有会，治乱惟冥数。"即使越石自为之，不过如此。其拟陶潜《田居》一首，亦非后之学陶者所能及。笔墨之间，各有性情，令人读之，一往而深。文通善于拟古如此，而其自作往往不能称是，何邪？

## 二四

拟古之作，但可偶为之，未可专门也。大约其弊有二，如汉诗《上留田行》，曹子桓拟之为一体，李太白拟之又为一体，各抒胸怀，何必更假古名也？至张协拟《四愁》，规模字句，而失之毫厘，辟画虎不成反类狗也。夫诗之作也，以达意耳。苟能达意，何须先意立题？泥于古题，一弊也；与题相背，又一弊也。

## 二五

为文贵自树立，能者必不因循。屈原《离骚》，创体也，宋景不及矣；枚乘《七发》，创体也，曹王不及矣；相如《子虚》《上林》，亦创体也，杨班不及矣。使宋景、曹王、杨班各自为文，岂遂后于古人哉？或曰："古体备矣，何能复创？"夫创，不必如屈、枚、司马，各为一体也。独抒己意，自树一帜，所谓"非孟、韩之文，而欧阳子之文也"。彼屈之为《骚》、枚之为《七》，岂刻心削意、以辟此体哉？各发其心之所蕴耳。

## 二六

《木兰诗》，郭茂倩《乐府解题》所载有两篇，皆不著作者姓名，而文字瑰丽，激昂顿挫。《唧唧》一篇最工，洵六朝之奇作。或有疑为子建作者，观"可汗"之名，魏时无有，可不辩自明矣。《文苑英华》直作韦元甫，姓字不知何据，聊备一说。"唧唧复唧唧"，《英华》作"唧唧何切切"，间有异字。余谓乐府次首，通篇五言者，或是后人拟作耳。

## 二七

杜牧《题木兰祠》诗："弯弓征战作男儿，梦里曾惊学画眉。几度思归还把酒，拂云堆上祝明妃。"小杜诗自复佳耳，但较原作，不免婢学夫人。

## 二八

《木兰诗》中并不著姓。后人、小说家二种，并臆为造姓，且为择对，虽出才人之笔，识见已坠入下等。咏"木兰替爷征"，只可叙其为女，岂容复道许事？

## 二九

梁武帝《研铭》八字，回环可读："音模德写心图墨假。"见虞氏《北堂书钞》。坊刻误以"模"为"横"，与"图"字不韵，且不可解。知是"模"字"模"，与"摹"古通用。"假墨图心，写德模音。"又"模德写心，图墨假音。"如此回互，可得十六首，亦奇作。又丘迟《研铭》八字："璧圆水平迹宣理明。"读法如前。坊刻"圆"误作"图"，亦不可解，悉为校正如右。

## 三〇

窦韬妻苏氏《璇玑①图诗》，纵横二十九字。析读之，得诗数百首，可谓神妙矣。先兄常以五色笔写之，又别为八图，极分明矣。不知苏氏作诗时，亦尝起草否？何其胸中经纬之多也。句亦有不甚分晓者，大抵回文，不宜苛求。东坡题《回文二绝》云云，以彼大才，尚觉塞滞。雕文刻镂，壮夫不为。

## 三一

《文选》一书，在唐设科，故唐之诗人多取法焉。余曩手录《选》诗，

---

① 底本作"机"，据原诗改。

遍加丹黄。私谓陆士衡、潘安仁、卢子谅三人诗，在《选》中稍弱，语多冗长，风骨未遒。其余，则几于言吐金石、字倾珠玑矣。后代诗人，大约学《选》者佳，背《选》者劣，同《选》者雅，异《选》者里。得《选》之意者，有体要；失《选》之意者，野战而已。

## 三二

郭璞《赠温峤》诗："人亦有言，松竹有林。及尔臭味，异苔同岑。"此诗《文选》不载，见《白氏六帖》。岑苔，今习用语，本出于此。

## 三三

左思《娇女》诗，亦见《白帖》："吾家有娇女，皎皎颇白皙。小字为织素，口齿自清历。"又云："其姊字惠芳，两目灿如画。"凡二百余言，极繁碎，不合《选》体。存其二女字，以备典故。

## 三四

东坡疑苏李赠答之作，出于后人伪撰。因举其诗中"俯视江汉流"句，谓渠在北地，何得云"江汉流"邪？余谓诗人例有假借统谓，水流何分南北？东坡不应作如是拘牵之论。且子卿诗四首，在《文选》题曰《古诗》，不在赠答类。首章别兄弟，次章别妻，末二章别友，诗原非作于北地。子卿更有《别李陵》诗一首，《古文苑》载之，"双凫俱北飞，一雁独南翔"云云是也。世不见此篇，而《选》中苏诗结句"愿君崇令德"、李诗结句"努力崇明德"，似相应答，遂以当之，与《选》理未为熟精。

## 三五

梁简文有言："未闻吟咏情性，反拟《内则》之篇；操笔写志，更摹《酒诰》之作。'迟迟春日'，翻学《归藏》；'湛湛江水'，遂同《大传》。"讥当世浮疏阐缓之文，良有旨也。又云："性既好文，时复短咏，虽是庸音，不能阁笔，有惭伎痒，更同故态。"何其似讥切仆也。

## 三六

谢元晖言："好诗流转圆美如弹丸。"此语见吕居仁《夏均父诗序》。陆游亦有句"弹丸之论方误人"。按《宣城集》中无"弹丸"语，但云："如锦工织锦，玉人琢玉，极天下巧妙。穷妙极巧，然后能流转圆美。"《宣城集》诗文选所载外，佳句尚多。至咏物等作，斯少味矣。余家藏本乃明人校刊，前有"阮亭""怀古田舍"等图章。

## 三七

鲍明远有《建除诗》，每句首冠以"建、除、平、满"等字。其诗自佳，不足效也。诗之杂体，有字谜、人名、卦名、数名、药名、州名，六甲十属之类，皆斯文之游戏者，无关诗教。少时见东坡《野鸟啼》诗，悉用重文，苏集不载，不知录自何书。

## 三八

诗赋借对，起于六朝。如庾信赋"窈窕名燕，逶迤姓秦"，以国名借对；崔融诗"匣气冲牛斗，山形转鹿卢"，以兽名借对。唐初此风盛行，文皇御制《晋书叙论》至有句云："命轻鸿毛，义贵熊掌。"斯纤巧极矣。要之此类，以借对为奇，不以正对为工。

## 三九

钟记室谓五言为诗"之有滋味者"，此语最佳。七言非古空雄壮。唐人五律，原自六朝人五古变出，其初绝不相远，后乃愈出愈巧，相背而驰。五言绝句，亦昉于《子夜四时歌》等篇。唐人五绝多有古意，后乃绝不相似。要之五、七律尚是古诗之流，五、七绝别为小品。日趋日下，不足继武风骚，有志者必不专门为之。

## 四〇

七律亦原于六朝七古，如梁简文《春情》一首："蝶黄花紫燕相追，杨低柳合路尘飞。已见垂钓挂绿树，诚知淇水沾罗衣。两童夹车问不已，五马城南犹未归。莺啼春欲驶，无为空掩扉。"通首韵调与七律相似，惟末联五言，未可竟作七律读耳。陈后主《听筝》一首："文窗玳瑁影婵娟，香帷翡翠出神仙。促柱点唇莺欲语，调弦系爪雁相连。秦声本自杨家解，吴歈那知谢傅怜。只愁芳夜促，兰膏无那煎。"结句亦用五言，与简文机杼正同，皆七律之星宿海也。

## 四一

自沈约言四声以后，始专以音韵、对偶为诗。至沈佺期益加靡丽，约句准篇，始定为唐律。有开必先，而作俑者偏由两姓沈人，亦奇。

## 四二

《石林诗话》："黄鲁直责宜州，行箧中惟有《佺期集》一部。然鲁直文字中未尝及沈，当是不示人以朴也。"余谓此事属偶然，正如蔡中郎枕中独有《论衡》。《论衡》具在，有何精美居为枕中秘邪？

## 四三

王无功《九日》一首："野人迷节候，端坐隔尘埃。忽见黄华吐，方知素节回。映岩千段发，临浦万株开。香气从盈把，无人送酒来。"周氏《涉笔》盛称此诗，以为"渊明古体，蟠屈入八句中，浑然天成，非唐末诸家所及也。"又云："旧传四声，至沈、宋始定为律。然沈、宋体制，时带徐、庾，未若王绩翦裁锻炼，曲尽清玄，真开迹唐诗也。"

## 四四

"海外逢寒食，春来不见饧。洛阳新甲子，何日是清明？"佺期此诗，黄大临最爱之，以为二十字中婉而有味，如人序百许言者。而叶梦得非之，谓"流俗以清明前为寒食。既不知清明，安能知寒食？"竟置"海外""洛阳"字于不论。如此谈诗，何异刻舟求剑？

## 四五

四声韵之作最害人性灵。未有韵书之前，人皆自抒性情，求音相协而已，故其诗如元气结成，不可增损一字，浑厚大雅，无刻饰俗氛。自有韵书以来，短篇尚多押韵，稳惬不烦、绳削而自合者，至三五十韵，若百韵者，虽韩退之、白乐天诸公，不免趁韵之句。即押韵皆工，亦每有用意就韵之处，人所共见也。此无他故，先有韵后有诗，则诗必因韵而成，情亦因韵而生，较古人自抒本意者，悬殊之至。北周史臣评庾信为"词赋之罪人"；若王融、沈约辈，造为四声，文多拘忌，正名定罪，恐不免为雅南之蟊蝍矣。

## 四六

"休文酷裁八病，碎用四声，故风雅殆尽。后之才子，天机不高，为沈生弊法所媚，懵然随流，溺而不返。"此语见《诗式》，论与余合。《诗式》不知作者，或题释皎然。

## 四七

颜师古《隋朝遗事》："洛阳献合蒂迎辇花，炀帝令袁宝儿持之，号司花女。时诏虞世南草征辽指挥德音敕于帝侧，宝儿注视久之。帝曰：'昔传飞燕可掌上舞，今得宝儿，方昭前事；然多憨态，今注目于卿，可便嘲之。'世南为绝句曰：'学画鸦黄半未成，垂肩嚲袖太憨生。缘憨却得君王惜，长把花枝侍辇行。'"憨生，盖当时语，犹"瘦生"之生。元遗山绝句"宝儿原自太憨生"，正用前事。

## 四八

欧阳询形状猥陋，长孙无忌嘲之云："耸膊成山字，埋肩畏出头。谁令麟阁上，画此一猕猴。"见《唐诗纪事》。按《太平广记》载："欧母感猿公而生。"询其事甚诞。或由貌似猕猴，好事者因为之说。

## 四九

中宗尝召宰相苏瓌、李峤子进见,时皆同年。帝谓曰:"汝等各以所通书,取宜奏者奏之。"瓌子颋应曰:"木从绳则正,后从谏则圣。"峤子忘其名,亦奏云:"斫朝涉之胫,剖贤人之心。"帝曰:"苏瓌有子,李峤无儿。"颋后果相事。见皮日休《松窗录》。余谓其事与《汉书》霍光子与张安世同谒相类,人之器识,固可自童稚而定。

## 五〇

古书语多相叶,所谓"清浊流通,口吻调利"。义取讽诵,不可塞滞也。孔子系《易》,更无一语不相谐者。自王弼本分析旧文,人多不知象辞之有韵说。《卦传》:"天地定位,山泽通气,雷风相薄,水火不相射,八卦相错。"错,古音与"趣""聚"相近,与上文"位""气"正相偕。或云"薄""错"别为一韵,非是。词旨相贯,韵不得转。

## 五一

自唐以诗赋取士,颁《唐韵》;宋沿之,更定《试韵》。但为帖括章程耳,非曰作古体诗必限用此韵也。而近世名流因有通韵之说,作往体诗亦须择今韵之相通者,乃可用之。若尺一法,不惟以此教时人,并欲以此绳古人,实非鄙人所敢信。"百尔君子,不知德行。不忮不求,何用不臧?""敬""阳"二韵,通邪?否邪?

## 五二

《汉志》即有草木、鸟兽等物类歌诗数十篇,今皆不传。《小谢集》中咏物二十余首,亦非其美者。唐以来咏物诗至不可胜录,然琢花绘草,无关比兴者,恐未足传,传亦使后人束而不观。

## 五三

"微云澹河汉,疏雨滴梧桐。"孟浩然诗与小谢惊人句何殊宜?当时秘省诸名士无不钦服。但此句见《唐诗纪事》，而孟《集》中不载，知其佳句，散失亦多。《浩然集》中有《赠孟郊》一首，当别一孟郊，非东野也。《沧浪诗话》讥其诗"不似浩然"，疑后人误入之，亦泥。

### 五四

浩然弟洗然，集中有《送洗然赴举》诗，"以吾一日长，念尔聚星稀"句，是其同怀弟也。又《赠从弟邕下第》诗结句："落羽更分飞，谁能不惊骨？"是其从弟也。浩然"子曰仪甫"，见王士源《孟集序》。王、孟同时人，自当传信。邹《孟氏谱》："浩然子云卿，又庭玢，庭玢子郊。"与史传不合。

### 五五

孟云卿，平昌人，与襄阳异籍，不可引为一脉。《孟东野集》有《哀孟云卿嵩阳荒居》一首，云卿非其从父，更不待辨。东野二季酆、郢，见退之撰《贞曜先生墓志》。《东野集》中乃有《送从弟郢东归》一首，"从"字误矣。又有《送从弟寂》诗，并《送孟寂赴举》诗，题字误者不一。

### 五六

唐诗有一篇叠见两人集中者，在同时人不可枚数。如《原上新居》"借牛耕地晚，卖树纳钱迟"等句，一作王建诗，一作姚合诗是也。其时代绝不相同，而两集互见者，如《江亭晚望》一首，警句是"鸟归沙有迹，帆过浪无痕"云云，《宋之问集》中有此诗，而《贾岛集》中亦有之。想由浪仙曾录此诗，后人收入，不能别也。坊刻《全唐诗选》二首并存，亦失于校正。

### 五七

唐贤诗中字句不同者不可枚数。有全联不同者，如苏颋《九日渭亭登高应制》诗："晓光云外洗，晴色雨余滋。"本集如此。而《唐诗纪事》作："宸游天上转，秋物雨来滋。"未知孰为初稿，孰为定本，亦未知其孰优也。

## 五八

刘希夷有句云："年年岁岁花相似，岁岁年年人不同。"其舅宋之问爱之，欲夺，乃以土囊压杀希夷。此事见韦绚《嘉话录》。余谓事未必有之。问无行，诌事二张足矣，何至以一句之工害其弥甥？说者因"空梁落燕泥"见忌炀帝事附会为之耳。噫！人情叵测，才美见尤。古人以文字贾祸者，固不可殚述。

## 五九

《王摩诘集》有《济上四贤咏》。四贤，崔录事、成文学、郑、霍二山人。霍，一作"崔"。其云："郑公老泉石，霍子安丘樊。卖药不二价，著书盈万言。"是吾济高尚士自昔有之。

## 六〇

摩诘《与裴迪书》中有云："夜登华子冈，辋水沦涟，与月上下。寒山远火，明灭林外。深巷寒犬，吠声如豹。"此语诚清绝。尝见一《田家》诗起句"何物声如豹"，雅话用成俚语。此中微妙，诚难以言喻。

## 六一

代宗手敕称王维诗："泉飞藻思，云散襟情。"又商璠称王维诗："在泉为珠，著壁成绘。"

## 六二

王、孟五古悉摹《选》体，彭泽、宣城时相出入。孟诗清远，王诗超轶。

## 六三

唐初七古"王杨卢骆当时体"，不免徐、庾璧积、陵架之嫌。至岑嘉州、王右丞乃变而益上，如《轮台》《白雪》等歌皆脍炙人口。岑诗气胜，王诗韵远。虽未能抗行《周雅》，固可长揖《楚辞》。

## 六四

右丞《送友人归山歌》全从淮南《招隐士》等篇脱化而来，古质虽不及，而秀雅过之。《老将行》二百余字，中间无一联不对，无一字不工；而气韵自流宕入古，此类摩诘擅场。

## 六五

张若虚《春江花月夜》诗，在初唐亦是奇作。风韵天然，正如初日芙蓉，鲜有其匹，乃所谓"妙手偶得之"者。

## 六六

陈子昂《感遇》诗亦学《文选》，自阮籍《咏怀》、左思《咏史》诸篇蕴酿而出，在初唐最为超轶之品，故退之称曰"子昂始高蹈"。元微之自述其为诗之始，亦由观子昂《感遇》。

## 六七

大抵声本天籁，诗乃人籁，用人籁合天籁，此大不易，必经研练始得。王摩诘走入醋瓮，孟浩然眉毛尽落，二子苦吟如此，而其诗无艰难劳苦之态，所以美也。

## 六八

"出郭喜见山，东行亦未远。夕阳带归路，霭霭秋稼晚。樵者乘霁归，野夫及星饭。请谢朱轮客，垂竿不复返。"李颀此诗近《选》体。其他作七言，气韵亦极沈雄，虽燕许手笔未能远过，乃在当时不甚著名。李颀七律尤多佳篇。

## 六九

"姚、宋不见于文章"，此欧公语也。然姚有《口箴》，宋有《梅赋》，皆流传至今。即诗,《全唐》亦各载其数首。梁公有"舟轻不觉动,闻香暗识莲"等句,广平《应制》结句:"郭隗惭无骏,冯谖愧有鱼。不知周勃者,荣幸定何如?"文章亦自不乏。

## 七〇

李、杜并称,未可优劣。李诗如深林巨谷,龙虎变化不测,而结体高妙,读之令人飘飘有凌云之意,诚仙才也。然不必与杜相较,正如栌梨橘柚,各得一味,而不相兼尔。

## 七一

先兄最喜李诗,每称为天籁。集中长短若干首略皆上口,谓《笑矣乎》《悲来乎》诸篇,膺鼎不能混真。尝讥苏子由病李诗中"多言妇人、酒耳",为未足言诗。世谓太白诗后,惟东坡才调相近。先兄于苏诗不轻许可,每谓东坡自可与香山比肩,未足步太白后尘。

## 七二

《太白集》中有《自代内赠》诗:"宝刀截流水,无有断绝时。妾意逐君行,缠绵亦如之。别来门前草,秋巷春转碧。扫尽更还生,萋萋满行迹。"辞多不备录。题名《自代内赠》,想见雅人深致。

## 七三

"杨花满州城,置酒同临眺。忽思剡溪去,水石远清妙。雪尽天地明,风开湖山貌。闷为洛生咏,醉发吴越调。赤霞动金光,日足森海峤。 独散万古意,闲垂一溪钓。猿近天上啼,人移月中棹。"李诗规摩二谢,此类是也。

## 七四

"饭颗山头逢杜甫"一绝,李《集》中不载,而世俗竞传,以为口实。

此调。如《洗兵马》结云："安得壮士挽天河，净洗甲兵长不用。"《石笋》结云："安得壮士掷天外，使人不疑见本根。"《石犀》结云："安得壮士提天网，再平水土犀奔忙。"此其易见者。若《大麦行》："安得如鸟有羽翅，托身白云归故乡。"《茅屋为秋风所拔歌》："安得广厦千万间，大庇天下寒士尽欢颜，风雨不动安如山。"《题王宰画图》："焉得并州快翦刀，翦取吴淞半江水。"《题韦偃画马》："时危安得真致此，与人同生亦同死。"《王兵马使二角鹰》："安得尔辈开其群，驱出六合枭鸾分。"《光禄坂行》："安得更似开元中。"《蚕谷行》："安得铸甲作农器，一寸荒田牛得耕。"《悲青坂》云："安得附书与我军，忍待明年莫仓卒。"皆是也。

## 八三

杜诗以整炼胜，七言歌行中长句、杂言亦不多见。惟《兵车行》通首杂言、长短句相间，《窦侍御歌》首段长短句，其余仅于起、结见长句，如《天育骠图歌》及《徐卿二子歌》是也。其单用长句起者，《寓同谷歌》："七男儿，生不成名身已老，三年饥走荒山道。"《莫相疑行》："男儿生无所成头皓白，牙齿欲落真可惜。"《赠王司直歌》："王郎酒酣拔剑斫地歌，莫哀我能拔尔，抑塞磊落之奇才。"其用于结句者，如《山水障歌》："若耶溪，云门寺，吾独胡为在泥滓，青鞋布袜从此始。"《茅屋歌》："呜乎！何时眼前突兀见此屋，吾庐独破受冻死亦足。"《寄狄明府诗》："虎之饥，下巉岩，蛟之横，出清泚。早归来，黄土污衣眼易眯。"《花卿歌》："既称绝代无天子，何不唤取守东都？"仅得此数篇，其它用"君不见"调者不与焉。"近来海内为长句，汝与山东李白好"二句，正可移赠。

## 八四

"君不见东吴顾文学""君不见西汉杜陵老""君不见昔日蜀天子""君不见秦时蜀太守"，此以古事起也。"君不见徐卿二子生绝奇""君不见东川节度兵马雄""君不见道边荒废池""君不见前者摧折桐"，此以见事起也。"君不见管鲍贫时交，此道今人弃如土""君不见嵇康养生遭杀戮""君莫笑刘毅从来布衣愿,家无儋石输百万",此用古事结也。"君不见才士汲引难,恐惧弃捐忍羁旅""君不见空墙日色晚,此老无声泪垂血",此以见事结也。右数条略见杜诗歌行法度。

## 八五

不观杜甫《七歌》,不知张衡《四愁》之温雅;不观《四愁》,不知宋子《九辨》之精深。后人效《七歌》不得,遂如措大之璨璨也。

## 八六

自明季谈艺者,谓作古体诗断不可入律句,此说几如萧何三尺律矣,求之古人,亦未尽然。如王摩诘诗"云中远树刀州出,天际澄江巴字来",欧阳永叔诗"风轻绛雪樽前舞,日暖繁香露下闻",此皆真律句也,何害为古体诗?凡为文,宜行乎不得不行,不必有意拘忌,失其真美。

## 八七

老杜诗律最细。然其七古中如"凫鹥散乱棹讴发,丝管啁啾空翠来""正怜日破浪花出,更复春从沙际归""拂水低回舞袖翻,绿云清切歌声上",皆合律句。又如《洗兵马诗》"已喜皇威清海岱,常思仙仗过崆峒。三年笛里关山月,万国兵前草木风",四句律诗,平仄一字不差。又《越王楼歌》"楼下长江百丈清,山头落日半轮明。君王旧迹今人赏,转见千秋万古情",与七绝平仄恰合,何害为诗律?《细江上人家桃树枝》一首,惟中四句与律未谐,前后八句,格律恰好。盖由此老胸中律法烂熟,发句自然多合。至其音节入古,体裁攸殊,具眼者自能辨之。

## 八八

律句不可入古,或言非论平仄,乃谓声调。扣其声调之说,如"词源倒流三峡水,笔阵横扫千人军""金钟大镛在东序,冰壶玉鉴悬清秋",虽似律句,押韵用三平。观三平之说,仍以平仄论。杜诗七古中,韵脚不用三平者，曷可胜道？

## 八九

近自学者株守四声，幼习帖括，遇古诗辄言不解古韵，不知作法。其诩诩称能者，又从为之辞，如七古率四句易韵，平仄相间，凡平韵上句须仄尾，仄韵上句须平尾，及平字在第五押韵须三平之类。以为有法不合者，便相非笑。此真痴人说梦，以梦为觉者也。解人自知之，不足深辨。

## 九〇

子美于古人多所推尊，不特苏、李、曹、刘，为所服仰；即阴、何、鲍、庾，亦极口赞扬；下至王、杨、卢、骆，似可少贬焉，犹以为江河万古。此子美所以转益多师，集其大成。后世学者所当效也。

## 九一

先君子尝言："作诗非难，命题为难。题高则诗高，题俗则诗俗。不可不慎也。"少陵诗高绝千古，自不必言。即其命题，已早据百尺楼上矣。如《哀王孙》《哀江头》《新昏别》之类，皆似乐府古题。即其自述，如《北征》《达行在所》诸篇，一观其题，即有伤乱思治之意。更如律诗《秋兴》《诸将》《咏怀古迹》之类，制题皆极谨严，后人莫及。试取一近人集观之，类多《宴集》《赠答》，满纸某官、某姓名、某亭台池馆，皆市井流俗之事，无关性情。其题如是，其诗可知；其诗如是，其人之性行品诣又可知。

## 九二

"翻手作云覆手雨，纷纷轻薄何足数""晚得末契托年少，当面输心背面笑""虚名但蒙寒暄问，泛爱不救沟壑辱""强将笑语供主人，悲见生涯百忧集"，杜每于交道有慨乎其言之。

## 九三

退之于时流少许可，独于李、杜每称誉之。"光焰万丈长"语，史臣采为传论，其他赞词不可枚举；而"万类困陵暴"一语尤奇。想二子驰骋文坛，凤观虎视，牢笼百家，牟卢万象，诚陵暴也。

## 九四

古人作诗，各有事在，情至文生，所以为贵。设使今人无故观打鱼而叹暴殄，咏牡丹而叹零落，岂不太煞风景？

## 九五

杜诗纬地经天，前人比之周公制作。后有作者，洵莫能加。其中粗鄙之句，亦诚不免，然不害为巨刃磨天者，正如"江河之腐胔，不可胜数，然祭者汲焉，大也"。他人若专于此效之，正如"一杯酒白，蝇渍其中，匹夫弗尝矣"。

## 九六

杨大年不喜杜工部诗，谓为村夫子。乡人有强之续杜句者曰"江汉思归客"，杨亦属对，乡人徐举"乾坤一腐儒"，杨默然若少屈。欧公亦不甚喜杜诗，谓韩吏部绝伦。吏部于唐世文章，未尝屈下，独称道李杜不已。欧贵韩而不悦子美，所不可晓。见刘攽《中山诗话》。杨句惜不传，未知作何语。

## 九七

论诗不可偏执己见。评杜者殆且百家，或此人所喜，彼人所恶，以里为雅，以纤为丽，终莫能定其佳恶。杜诗具在，读者只可任其自得焉尔，不可有先入之见，随人低昂。

## 九八

"酒债寻常行处有，人生七十古来稀"二句，对法既活，意趣亦超。

乃注杜者必寻故事，谓上句出《吴志》，下句出《世说》。考之二书，漫无其语，斯太妄矣。杜□诗多用典故，亦自有羌无故实之句，更复何害？或云："若二句无典故，则里甚。"亦非通论。

## 九九

杜诗律句，如"法驾初还日，群公若会星""近有风流作，聊从月继征[①]""故山迷白阁，秋雨忆皇陂"，"日""星""皇""白"等字俱借对，在大家不废。然如"妙取筌蹄契，高宜百万层""霸气西南歇，雄图历数屯""别来频甲子，倏忽又春华""甘子阴凉叶，茅斋八九椽""羁栖愁中见，二十四回明"等句，数目、干支都不板对局，尝沾沾俪黄配白，以为能哉？若沾沾于此，欲骋骥步难矣。又如"书成无过雁，衣故有悬鹑""穷愁惟有骨，群盗尚如毛""议堂犹集凤，贞观是元龟""熊罴载吕望，鸿雁美周宣"，此类义极工雅。排比声韵，虽杜之末节，然亦奔轶绝尘，后世莫及。

## 一〇〇

杜诗工对，如"潜夫论、幼妇碑""金腰褭、玉蟾蜍""稻粱求、苡薏谤"之类，不可备载。元遗山论诗云："排比铺张只一途，蓄篱如此亦区区。少陵自有连城璧，争奈微之识碔砆。"余谓此论未公，微之只就李、杜优劣言之耳，岂谓杜只工排律哉？

## 一〇一

杜句亦有后人断不可效者，如"群山忽破碎，泾渭不可求"，效之则野甚。"麻鞋见天子，衣袖露两肘"，效之则里甚。在杜所以不嫌野、里者，正以切于时事，出之有由，真气贯注，奕奕动人耳。

## 一〇二

"身轻一鸟过，枪急万人呼。"此率句也，非子美为之，鲜不为之喷饭？

---

① 底本作"窀"，据原诗改。

"剥苔吊斑林，角饭饵沈冢。"此凑句也，非退之为之，鲜不病其聱牙？所以在古人则不病者，非震于其名，固为左袒。以二家诗妥帖排奡，出神入天，大段已具，字句粗丑不足为累。

## 一〇三

子美父讳闲,诗中不押"闲"字。《诸将》一首"曾闪朱旗北斗殷"，"殷"，一本"闲"，非是。然据是谓子美诗中无"闲"字，则亦不然。《小寒食舟中》作"娟娟戏蝶过闲幔"，不当复有误字。盖临文不讳，古今通义。

## 一〇四

世俗论诗，每以地望，若遇布衣，辄道寒酸；一逢显达，便称福泽。其有推衍治乱、论说古今者，若未出身，即谓之狂诞，此等皆非有识，必待宰相而后著书，斯实难矣。杜子美，唐一拾遗，流落幕府，非世卿、非贵戚，而诗中悲喜多关朝政，使今人为之，不可羞邪？是知位无大小，爱君之心一也。坐言起行，信今传后，资格不足限也。

## 一〇五

世论"子美不善绝句"。余手录一编，见其词旨高雅，游刃恢恢。后人论诗，诸绝句皆托始焉；凯歌、口号之作悉滥觞焉；怀旧、写物、伤春、感秋，一切津逮，后学靡既。何为入室操戈、故用谤伤？绝句虽小道，亦复工整如是，乃知大家固无有不善。

## 一〇六

"掬水月在手,弄花香满衣。"于良史句也。"得意两不寐,微风生玉琴。"马戴句也。出句皆五仄，讲拗体者亦难曲为之解，唐律宽如是。

## 一〇七

韩退之诗有两派：《荐士》等篇，劖削极矣；《符读书城南》等篇，又往往造平澹，贤者固不可测。"木之就规矩，在梓匠轮舆。""人生有常理，在纺绩耕耘。"退之句法，亦自相袭。

## 一〇八

《文王拘幽操》：《古今乐录》有一篇末云："殷道溷溷，浸浊烦兮。""炎炎之虐，使我愬兮。"讥切太甚。退之拟句："臣罪当诛兮，天王圣明。"义出古人上矣。《元和圣德诗》，退之自匹《雅》《颂》。而苏子由《诗病》摘其"宛宛弱子"一段，以为"李斯颂秦所不忍言"。果大称意，则人必大笑之邪。

## 一〇九

退之诗云："文书自传道，不仗史笔垂。"壮矣，有志者真当如是。又句："可怜无益费精神，有如黄金掷虚牝。"更发此叹，使人意消。

## 一一〇

退之《感春》诗："近怜李杜无检束，烂漫长醉多文辞。屈原离骚二十五，不肯铺啜糟与醨。惜哉此子巧言语，不到圣处宁非痴。"大似史论，实惊人语也。渠欲到圣处，不愧所言。

## 一一一

韩诗亦有摹《文选》者，如《送湖南李正字》诗："长沙入楚深，洞庭值秋晚。人随鸿雁少，江共蒹葭远。历历余所经，悠悠子当返。孤游怀耿介，旅宿梦婉娩。风土少殊音，鱼虾日异饭。亲交俱在此，谁与同息偃？"此诗全学二谢风格。

## 一一二

韩吏部古诗高卓，至律诗虽称善，要有不工者；而好韩之人句句称述，未可谓然也。"欧阳永叔、江邻几论韩《雪》诗，以'随车翻缟带，逐马散银杯'为不工,谓'坳中初盖底,凸处遂成堆'为胜,未知真得韩意否也?永叔尝云:'知圣俞者莫如某,然圣俞平生所自负者,皆某所不好;所卑下者,皆某所称赏。'知心赏音之难如是,其评古人之诗,得勿似之乎?"此刘公非语,最足解颐,余每称道之。"缟带""银杯"之句,欧公所以不赏者,盖亦贵白战之意。

一一三

"红皱晒檐瓦,黄团系门衡。"韩退之句也,太纤丽矣;"竹笼拾山果,瓦瓶担石泉。"贾浪仙句也,又太不刻画,皆未足法。杜诗"或红如丹砂,或黑如点漆。雨露之所濡,甘苦齐结实",浑雅极矣。与"红皱""黄团"之句,直不可同日语。此周紫芝语。或谓"丹砂""黑漆"殊难理会,岂未读《北征》全篇,何论之固邪?

一一四

"此日足可惜,此酒不足尝",正言也;"人皆劝我饮,我若耳不闻",刺时也;退之必不嗜酒,然又有句"破除万事无过酒""断送一生惟有酒",亦不免伯伦之颂。盖酒,原诗中习用字。"微我无酒,以敖以游。"自《国风》已然,不独"何以解忧,惟有杜康",在陶诗《饮酒》之前也。陶诗"酒能消百虑",杜诗"一酌散千忧",皆得趣之句。后人用之,只恒语耳。香山"何处难忘酒"数诗颇佳。"君待未知其趣耳,臣今时复一中之。""三杯软饱后,一枕黑甜余。"东坡诗中亦多言酒。

一一五

《后山诗话》谓韩退之亦有二妓,号绛桃、柳枝。故张文昌云:"为出二侍女,合弹琵琶筝。"及其卒,以药死云云。余尝见前辈有辨此者,谓绛桃、柳枝附会韩诗二首,见于杂说,不足信。服药而误者,别一卫退之,非韩氏也,辨极精审。

## 一一六

许彦周谓韩退之诗"银烛未销窗送曙，金钗欲醉坐添香"，殊不类其为人。周紫芝谓荆公诗如"春色恼人眠不得，月移花影上阑干"，皆平甫作，以其近艳体耳。余谓论诗如此，斯固矣哉。张衡有《同声歌》，繁钦有《定情诗》，陶潜有《闲情赋》，此类即皆不足法。《卫风》咏"硕人"、《周南》赋"夭桃"，作诗或亦各有体也。

## 一一七

作诗必不蹈袭前人一句一义，虽退之亦未之能。"古人虽已死，书上有其辞。"此非陶彭泽"得知千载外，正赖古人书"义邪？"驾龙十二，鱼鱼雅雅。"非用《鲁颂》"六辔耳耳"句法邪？"曲江千顷秋波净，平铺红云盖明镜"，非小谢"澄江净如练"、太白"两水夹明镜"义邪？"一喷一醒然，再接再砺乃。"此韩孟《斗鸡联句》东野一联也，世或误称韩句，非是。"砺乃"，用《费誓》"砺乃锋刃"语也。"毒手饱李阳，神槌困朱亥"，"争观云填道，助叫波翻海"，乃退之警句。

## 一一八

卢仝《月蚀》诗，韩集中亦有之，较卢颇整饬。或欲斧削之，自写一稿，后人乃误编入耳。卢仝《自咏二首》："为报玉川子，知君未是贤。低头虽有地，仰面辄无天。"句太放，未若次首"生涯身是梦，耽乐酒为乡"，尚是本色语。

## 一一九

李长吉诗拿云喝月，最多奇句。其《咏怀》一首尚近二谢："长卿怀茂陵，绿草垂石井。弹琴看文君，春风吹鬓影。梁王与武帝，弃之如断梗。唯留一简书，金泥泰山顶。"此诗专咏相如，乃题《咏怀》，在古人别有怀抱。《恼公》一篇长律五百字，以鬼怪之才写儿女子语，殊亦可诧。警句："心摇如舞鹤，骨出似飞龙。""鱼生玉藕下，人在石莲中。"语多不甚可解，余亦不求甚解。

至其篇中重字甚多,如"花开""露飞""金蛾"等字皆三见,重见者四十余字,律法亦稍疏。

## 一二〇

刘叉有《自问诗》一首,与卢仝《自咏》相似。起云:"自问彭城子,何人接汝颠?酒肠宽似海,诗胆大于天。"《雪车》《冰柱》二首乃其名作,自今视之,亦不见高奇。如《冰柱》句云"始疑玉龙下界来人世,齐向茅屋布爪牙",此何等句?

## 一二一

皇甫持正在当时不以诗鸣,洪氏《容斋随笔》载其《浯溪为元结作》一首,"次山有文章,可愧只在碎",亦名语也。

## 一二二

张文昌《赠孟东野》有云:"君生衰俗间,立身如礼经。淳意发高文,独有金石声。"《祭退之》有云:"独得雄直气,发为古文章。如彼天有斗,人可为信常。"皆可为知言。

## 一二三

文昌律句亦多佳妙,如:"月明见潮上,江静觉鸥飞。""竹深村路远,月出钓船稀。""山情因月甚,诗语入秋高。""夜月红柑树,秋风白藕花。""夜静江水白,路回山月斜。"皆五言佳句。"晓来江气连城白,雨后山光满郭青。"七言佳句。

## 一二四

"家贫无易事,身病是闲时。""家贫常畏客,身老转怜儿。""居贫闲自乐,居闲意思长。"张太祝说贫病语多可味。至"眼昏书字大,耳重语声高"等句,非其美者。

## 一二五

贾浪仙诗多造句，如："一莺啼带雨，两树合从春。""怪禽啼旷野，落日恐行人。"后世练字、练句法多从此出，然太有斧凿痕。其渐近自然者，如"寒山晴后绿，秋月夜来孤"，吾何闲然？五古多坦易可读，如"客喜非实喜，客悲非实悲。百回信到家，未当身一归"，"碌碌复碌碌，百年双转毂。志士中夜心，良马白日足。俱为不等闲，谁是知者目？"此二首最善。

## 一二六

李赞皇集有《续梦中句》一篇，如"花迷瓜步暗，石固蒜山牢"，自注"梦中所作"，迄今读之，犹仿佛梦境。余梦中亦往往有句，惜不能全记。赞皇论文，讥切音律，与余素论大合，特录于此。"沈休文以音韵为切，重轻为难，语虽甚工，旨则未达，未可以言文外意也。""古之辞高者，盖以言妙而工适情，不取于音韵；意尽而止，成篇不拘于只偶；故篇无足尤，词寡累句。古调如金石琴瑟，尚于至音；今则如丝竹鞞鼓，迫于促节；即知音律之为其弊也。"又曰："世有非文章者，曰：'词不出于《风雅》，思不越于《离骚》，摹写古人，何足贵也？'余曰：'譬如日月，虽终古恒见，而光景常新，此所以为灵物者也。'"并为《文箴》，箴曰："文之为物，自然灵气。恍惚而来，不思而至。杼轴得之，澹而无味。琢刻藻绘，弥不足贵。如彼璞玉……错以金翠。美质既雕，良宝斯弃。"

## 一二七

孟东野诗云："贫贱亦有乐，且愿掩柴扉。"张文昌诗曰："林下无拘束，闲吟放性灵。"古人意趣亦大略如是。

## 一二八

东野清极彻骨，顾亦有句云："文士莫辞酒，诗人命属花。"殊不类其为人也。《咏石淙》句："日月冻有棱，雪霜空无影。"乃自写其诗格。"饮君江海心，讵能辨浅深。"此东野《赠章将军》句，近人不知所从出，乃误用"饮君心于江海"，斯劣矣。"砥行碧山石，结交青松枝。"亦东野《答友人》句。"松色不肯秋""松月寒色青""识志唯寒松"，皆东野句。

## 一二九

"洞房昨夜停红烛，待晓庭前拜舅姑。妆罢低声问夫婿，画眉浅深入时无？"此朱庆余[①]诗，呈张文昌求规正文字之作也。常见一《诗话》乃深道此诗能写闺丽，非第一佳人不足当之，真可谓郢书燕说矣。唐诗杂说如此，况风雅乎？何怪后世之支离也。

## 一三〇

饥寒，人情所鄙也，而诗中多道之；醉睡，学者所忌也，而诗中多及之；闺房宴私，士大夫所不形于动静也，而诗中多絮言之。至于愤激、怨恨、呼天叫帝，礼法之士所疾如仇者，而诗中多缕述之。非第曰："诗有别趣，非关理也。"盖发乎情，止乎礼义，《小雅》之旨也；言者无罪，闻者足戒，《国风》之义也。

## 一三一

李义山诗长于属对典故，诚得力于獭祭者多，然其格调卑靡，词旨僿下，不能蹈乎大方。宋初杨大年辈好之，遂为西昆体，就其精丽者，殊亦可喜。然世论义山为善学老杜，则未敢深信。至王荆舒谓"学诗者未可遽学老杜，当先学义山"，更谬。

## 一三二

"诗至李义山，为文章一厄。"见惠洪《冷斋夜话》，亦卓有见。而许彦周云：仆读至此，蹙额无语，因赋义山二语"夕阳无限好，只是近黄昏"，

---

① 底本作郑庆余。朱庆余（生卒年不详），名可久，字庆余，越州（今浙江绍兴）人，唐代诗人。

讥洪枉读义山诗，不见其好处也。人各有嗜好，不必苦争。余尝手录《义山集》，细加丹黄，欲颇识其难易。古体无多，大约犹守初唐风格，骈俪为工。惟《韩碑》一篇，疏宕有奇气，律法甚精。尤长于《闺情》《无题》等篇，效之易近佻巧，是其弊也。

## 一三三

文人著作，自视虽为警策，在人每觉平钝。"家有敝帚，享之千金。"斯不自见之过也。尝见魏泰《隐居诗话》一段："刘禹锡诗固有好处，及其自称《平淮西诗》云'城中喔喔晨鸡鸣，城头鼓角声和平'，为尽李愬之美；'始知元和十四岁，四海重见升平年'，为尽宪宗之美。我不知此两联为何等句也。贾岛诗：'独行潭底影，数息树边身。'自注云：'二句三年得，一吟双泪流。知音如不赏，归卧故山秋。'不知此二语有何难道，至三年始成，而一吟泪下也。至杨衡自爱其句'一一鹤声飞上天'，此尤可笑也。"魏语如此。余谓所讥诗人自爱之弊，固为曲尽。然所引三事，惟贾句讥评甚当。杨、刘二诗未可厚非，在晚唐亦可谓佣中佼佼者已。

## 一三四

刘禹锡《元都观绝句》末云："元都观里桃千树，尽是刘郎去后栽。"《后游一绝》又云："种桃道士归何处，前渡刘郎今又来。"今昔之感，人所时有，此亦诗家恒语。乃见疾于当道，亦可谓欲加之罪，何患无辞？王播《题惠照寺》句："三十年来尘扑面，而今始得碧纱笼。"时寺僧笼播旧诗，故云。诗中绝句，正如曲中小令，若专效此等，易入佻薄。刘梦得《送皇甫绛州》诗："祖帐临周道，前旌指晋城。午桥群吏散，亥字老人迎。""周、晋""午、亥"对仗，恰似近时帖括。又有《送陆侍御五韵》诗一首，律诗五韵，在古有之，今诧为异事。又《李益集》有三韵律诗："汉家今上郡，秦塞古长城。有日云常惨，无风沙自惊。当今天子圣，不战四方平。"

## 一三五

李义山句："永忆江湖归白发，欲回天地入扁舟。"罗昭谏句："春融只待乾坤醉,水阔深知世界浮。"两诗旨义略同。余乡住舟中,三月野水弥漫,一望无际,每诵二联,叹其笔端有扛百斛鼎力。

## 一三六

唐人律句亦有未臻完美者,如钱起"幽溪鹿过苔还静,深树云来鸟不知"、戴叔伦"北郭晚晴山更远,南塘春尽水争流"、温庭筠"自为林泉牵晚梦,不关砧杵起秋声"、许浑"帘外碧树穷秋密,窗外青山薄暮多"。皆次句佳,出句弱耳。

## 一三七

"昔年曾向五陵游,午夜清歌月满楼。银烛树前长似昼,露桃花下不知秋。西园公子名无忌,南国佳人字莫愁。今日乱离俱是梦,夕阳惟见水东流。"韦庄句大似义山"西园"句,两入故事。

## 一三八

陆龟蒙《木兰花》诗:"洞庭波冷晓云侵,日日征帆送远人。几度木兰舟上望,不知元是此花身。"一作李义山诗,李集中不载也。又杜牧《赤壁》一绝,亦有作义山者。

## 一三九

《梁国①公主池亭》诗丽句:"素奈花开西子面,绿杨枝散沈郎钱。"一作王建,一作戴叔伦,在晚唐此类颇多。

## 一四〇

"人初生,日初出。上山迟,下山疾。百年三万六千朝,夜里分将强半日。有歌有舞须早为,昨日健于今日时。人家见生男女好,不知男女催

---

① 底本作"园",据原诗改。

人老。短歌行，无乐声。"王仲初此诗近古乐府。

## 一四一

温八叉句"江燕双双五两斜"，注云："五两，帆上试风燕名也。"此名甚新，但诗中泛用"五两"，人谁不以"葛履"见疑？帖括中有"忘言"对"七条"句，以"七条"为琴，句法自歇后来。

## 一四二

"萍皱风来后，荷喧雨到时。"温佳句也，仿佛小谢。

## 一四三

义山《赠杜司勋》诗："杜牧司勋字牧之，清秋一首《杜秋诗》。前身应是梁江总，名总还曾字总持。"《杜秋娘》一首，亦非小杜最佳之篇，特以姓同，用以为比。

## 一四四

小杜《感怀诗》："号为精兵处，齐蔡燕赵魏。"句法特古，通首整炼，是其佳篇。至《杜秋》诗及《冬至寄阿宜诗》，不免冗长耳。《华清宫》诗"一千年际会，三万里农桑"句最警。其它律句，如"川光初媚日，山色正矜秋""南山与秋色，气势两相高"，皆极俊爽。

## 一四五

小杜律诗多用数目字，如"南朝四百八十寺""故乡七十五长亭""二十四桥明月夜""苏武曾经十九年""一叫一回肠一断，三春三月忆三巴"，亦算博士之流风。同时，张处士祜有《宫词》云："故国三千里，深宫十二年。"杜最赏之，盖亦有臭味之合。

## 一四六

唐朝诗人多不达，惟高适颇通显，论者咸执此说。然窃谓李杜在明皇时出入禁闼，拾遗补阙，位虽不终，未为不遇也。至元和以后，元微之仕至宰相，而不免为诗人，亦君子之耻也。

## 一四七

元微之自汇其诗为十体，末为艳诗，晕眉约鬓，匹配色泽，极妇人之怪艳者，盖皆宫体也。元才子之名所以称于宫中，而后世小说双文之事因得托焉。

## 一四八

《文献通考》："元微之《长庆集》六十卷，《外集》一卷。陈氏曰：'今世所传《李娃》《莺莺》《梦游春》《古决绝词》《赠双文》《示杨琼》诸诗皆不见于六十卷中。'"余谓六十卷中既不见，或当在《外集》一卷也。古人《外集》类多游戏之作，或托词示讽，造情适意，未可当正言实事也。世俗不察言微之者，专据《外集》，岂不太过？微之晚节不终，依奄宦得相，不数日罢去，卒为小人之归。即其平素游戏假借之文，亦皆足以增过，而见尤微之乎？亦何乐而为此者？

## 一四九

白乐天著《长庆集》五十卷，令元微之为叙；《后集》二十卷，自为序；又《续集》五卷，自为记。集有五本：一在庐山东林寺经藏院，一在苏州南禅寺经藏内，一在东都圣善寺律库楼，一付侄龟郎，一付外孙谈阁童。按白诗大小凡三千八百四十首，不知五本皆乐天自写否，何其劳也？醉吟先生乃汲汲世名若此邪！

## 一五〇

乐天尝与微之书，自言其诗："谓之讽谕者，兼济之志也；谓之闲适者，独善之义也。"微之亦尝与乐天书云："自十六至三十七，有诗八百首，色类相从，分为十体。"其自别为古讽者，曰旨义可观，而词又近古之二子者，何异自炫？只此心肠，令人生憎。况二子诗各易晓，无须苦心为分明也。

### 一五一

长庆《新乐府》最为乐天名篇，指事陈辞，抒下情而通讽谕，在晚唐诚为杰作。若论乐府，似亦未免冗长，言之太尽，古意浸微。

### 一五二

苏子由谓乐天："……每闲冷衰病，发于咏叹，辄以公卿投荒、僇死不获其终者自解，其见可鄙。"章子厚谓："乐天识趣最狭浅，诗中言甘露事，几如幸祸。"白初为王涯谗谪江州司马，故其诗曰："当君白首同归日，是我青山独往时。"虽私仇可快，然大体已失。又《朱子语录》："乐天世俗多说其清高，其实爱官职。诗中凡及富贵处，都说得口津津涎出。"观诸家所论如此。余谓乐天入为从官，以谏诤显出，为守牧以循良称，归老林泉以高尚终。其为人局量之广狭、识趣之高下，诚未可轻议；但诗句太涉浅俗，有似浮薄耳。

### 一五三

乐天诗中爱官职、幸闲冷，如颖滨、紫阳所识者最多，顾世俗称道不衰，岂非议卑易行？颜延之评惠休诗："委巷歌谣耳，终当误后生。"吾于白诗，亦云好之者。至目之为"广大教主"，又名其诗为《养恬集》《助道集》，斯未免阿其所好。

### 一五四

白诗平易近人，似信手拈来，不烦斧削者。周平园乃云见其遗稿，窜定甚多。此亦无足怪，惟其成之易，故窜定多耳。

### 一五五

陈后山谓陶渊明诗切于事情而不文。不文者，谓其明白如话，灶下老媪亦能识解。白香山诗乃专于不文处见古质。

## 一五六

脱略俗情最难，人虽鼎贵盘乐，其谁肯曰吾命不负吾身矣？"饱逾东方朔，乐过荣启期。"白诗如此，庶几知足。

## 一五七

诗岂有时代之殊邪？乃古今判然如此。盖由声律、对偶之说中人心耳。余尝欲选唐、宋来五、七言古体继《文选》之后，奈诸家多工律体，有似舍其所长，用其所短，因是辍翰。白乐天、元微之两《长庆集》，岂有一首似建安、永嘉者？

## 一五八

学者作诗，欲与李、杜、王、孟抗衡，断不可读元、白《长庆集》。一读《长庆集》，思致便卑浅，格调便庸下，即难登作者之堂。由其始入之甚易，寓目难忘；其继出之又易，下笔即成。惟一览《长庆集》，便觉作诗易，便觉诗不佳。

## 一五九

"元、白诗专以道得人心中事为主。""然情意失于太详，景物失于太露，遂成浅近，略无余蕴。"此张戒《岁寒堂诗话》，与余素论甚合。又苏子由《诗病》谓杜子美《哀江头》诗简练善叙事，元、白诸作曾未入其藩篱。魏泰《隐居诗话》谓："香山亦善作长韵序事，但制格不高，局于浅切，又不能更风操，虽百篇之意，只如一篇，故使人读而多厌。"论皆切中。

## 一六〇

香山《放言》七律数首，调虽不高，多有名言，如："周公恐惧流言后，王莽谦恭未篡时。向使当时身便死，一生真伪复谁知。"此其诗之有议论者。

若莽与周公初亦不能相假，斯不待言。句中两"时"字复，盖有意重用之。

### 一六一

《醉吟先生传》，白之自序甚乐，但彼已从富贵寿考来，安得不云尔邪？白较之流俗鄙夫，固为远过；若天民大人之事，或未许相绳。

### 一六二

"言之无文，行之不远。""为之也易，传之不远。"为文如是，诗亦何莫不然？两《长庆集》虽有元轻白俗之讥，然流传至今，亦是不废江河。彼亦各有所长，非苟而已也。

### 一六三

"一山门作两山门，两寺元从一寺分。东涧水流西涧水，南山云起北山云。前台花发后台见，上界钟声下界闻。遥想吾师行道处，天香桂子落纷纷。"此诗白集不载，见苏东坡《诗引》。坡句："白云自占东西岭，明月谁分上下池。"盖从白诗脱化，似为过之。

### 一六四

香山长律每极妥贴排奡之致，盖其童而习之者，由近体入，故其古体不能甚高，读者当节取其长。

### 一六五

文章变态，不可枚举。叶少蕴《石林诗话》载权德舆诗一首，实为怪异，总集人名，亦可谓苦用心矣。诗云："蕃宣秉戎寄，衡石崇势位。年纪信不留，弛张良自愧。樵苏则为惬，瓜李斯可畏。不顾荣宦尊，每陈农亩利。家林类岩巘，负郭躬敛积。志满宠生嫌，养蒙恬胜智。疏钟皓月晓，晚景丹霞异。涧谷永不谖，山川津梁冀。无累颇符生，学展禽尚志。从此直不疑，支离疏世事。"其词如此，较《点鬼簿》倍难学。"展禽尚志"一句，用二人名尤难。王介甫诗："莫嫌柳浑青，终恨李太白。"盖仿兹体。偶用一联，尚觉新颖，若排比数十，翻觉无味。

## 一六六

史迁作记，择其言尤雅者；庾信为文，不肯用吴均语；诚修辞之准也。近人为诗赋文辞，往往阑入鄙谚、小说，最失体制。杜诗虽时用俗字，然皆排比修饰，令人不觉。元、白而下，益用放诞。后人学步而失之，专以牛溲、马勃为妙药耳。

## 一六七

王建宫词最知名，今观"黄金合里盛红雪"及"画作天河刻作牛"等句，亦是一时戏笔。其古诗多佳篇，如《行见月》一首："月初生，居人见月一月行。行行一年十二月，强半马上看盈缺。百年欢乐能几时，在家见少行见多。……家人见月望我归，正是道中思家时。"

## 一六八

司空图，字表圣，唐末隐居中条山，自号知非子、耐辱居士。朱温将篡，召为礼部尚书，不赴。闻哀帝遇弑，不食而卒，在晚唐诗人中品格最高。表圣自赏其句云"爱舞鹤终卑"，庶几不玷斯言。

## 一六九

表圣论诗谓："梅止于酸，而盐止于咸，味常在酸咸之外。"因自谓"棋声花院静，幡影石坛高"句为得之。洪容斋病此二句"寒俭有僧态"，未若"绿树连村暗，黄花入梦稀"二句最善。又谓其七言佳句："孤屿池痕春涨满，小栏花韵午晴初。""五更惆怅回孤枕，犹自残灯照落花。"皆可称也。

## 一七〇

表圣与友人论诗一则，备列其平居所得，亦可见唐人为诗用思之苦、揣摩之勤，然究不免有意为诗，则格律之说中人深矣。昔沈约初为四声，自谓入神之作，余谓非是入神，乃入魔耳。

<h2 style="text-align:center">一七一</h2>

表圣《与友人书》曰："愚幼尝自负，既久而愈觉缺然。然得于春早，则有'草嫩侵沙长，冰轻著雨消'，又'人家寒食月，花影午时天'，'雨微吟思足，花落梦无憀'。得于夏景，则有'池凉清鹤梦，林静肃僧仪'。得于山中，则有'坡暖冬生笋，松凉夏健人'，又'川明虹照雨，树密鸟冲人'。得于江南，则有'戍鼓和潮暗，船灯照岛幽'，又'曲塘春尽雨，方响夜深船'，'夜短猿悲减，风和鹊喜灵'。得于塞下，则有'马色经寒惨，雕声带晚饥'。得于岛乱，则有'骅骝思故第，鹦鹉失佳人'。得于道宫，则有'棋声花院闭，幡影石坛高'。得于佛寺，则有'松日明金像，山风响木鱼'，又'解吟僧亦俗，爱舞鹤终卑'。……得于乐府，则有'晚妆留拜月，春睡更生香'。得于寥寂，则有'孤莺出荒池，落叶穿破屋'。得于惬适，则有'客来当意惬，花发遇歌成'。虽庶几不滨于浅涸，亦未废作者之讥诃也。"余谓表圣《二十四诗品》盖亦自喻其平素所得，惜未经指出某句为雄浑、某句为典雅。

<h2 style="text-align:center">一七二</h2>

《全唐诗话》，宋尤袤著，乃与《唐诗纪事》大略相同。《纪事》不著撰人姓名，或即尤著。初名《纪事》，又名《诗话》邪？或前有《纪事》一书，尤氏因之为《诗话》也。书中颇有碎事里句。或病其芜杂，余谓记录之书原在兼收，美以为法，恶以为戒。

<h2 style="text-align:center">一七三</h2>

《唐诗话》有武卫将军权龙褒《秋日咏怀》诗："檐前飞七百，雪白后园僵。饱食房里侧，家粪集野螂。"自解云："鹞飞直七百，衣浣白如雪也。"以"七百"为鹞，较以"七条"为琴更属无稽。宋人《拊掌录》"宗室"句云："日暖看三织，风高斗两厢。蛙翻白出阔，蚓死紫之长。"正可续武卫之句，

真堪拊掌。

## 一七四

权龙褒《夏日侍皇太子》诗有云："丽霜白皓皓，明月赤团团。"太子讥之曰："明月昼曜，严霜夏起。如此诗章，趁韵而已。"

## 一七五

唐无名氏访僧，僧却之，题门云："鼋龙去东海，时日隐西斜。敬文今不在，碎石入流沙。"中隐"合寺苟卒"四字。意似拙滞，然本孔文举离合字诗，自为一体。至梅圣俞《戏谢师直诗》"古锦裁诗句，斑衣戏座隅。木奴今正熟，肯效陆郎无①？"师直，小名锦衣奴。诗句显露，惟通首义致相贯胜古人。

## 一七六

李长吉歌诗"天若有情天亦老"，人以为奇绝无对，石曼卿对"月如无恨月常圆"，人以为勍敌。王介甫作集句诗"江州司马青衫湿"，未得对，以问蔡天启，蔡应声曰"梨园弟子白发新"，介甫以为工。

## 一七七

温飞卿以"苍耳子"对"白头翁"，诚妙。至宋陈亚以药名咏白发"若是道人头不白，老人当日合乌头"，则劣甚。老杜《喜雨》"润物细无声"句甚精，张宛丘分为二句"有润物皆泽，无声人不闻"，便似帖括语。白香山五古"人家半在船，野水多于地"，赵师秀用为律句"野水多于地，春山半是云"，似有出蓝之致。

## 一七八

温飞卿句："鸡声茅店月，人迹板桥霜。"欧公深嘉之，自作一联拟之：

---

① 底本作"为"，据原诗改。

"鸟声梅店雨，野色柳桥春。"终不能出范围。

## 一七九

晚唐五律以马戴为最。自严沧浪有此论后，人多以为然。戴诗多工起句，如"北风吹别思，落日渡关河""处处松阴满，樵开一径通""孤云与归鸟，千里片时间"皆为警绝。诗中好用"夕阳"字，如"夕阳依岸尽，清磬隔潮闻""斜阳高垒闭，秋角暮山空"及"微阳下乔木，远色隐秋山""露气寒光集，微阳下楚丘"。诗情多在于此，真乃"夕阳无限好"矣！戴字虞臣，仕为龙阳尉，乃不知何许人。

## 一八〇

《南史》：谢无逸① 有《咏蝴蝶》诗三百首，人号为"谢蝴蝶"。唐人崔珏有《鸳鸯》诗，人号"崔鸳鸯"；郑谷有《鹧鸪》诗，人号"郑鹧鸪"。逮宋，鲍当为"鲍孤雁"，宋祁为"宋采侯"，皆以所美见称然。以物名人，究近浮薄，求之古人，殆非其美。若张鷟有"青钱学士"之号，小宋有"红杏尚书"之称，斯类尚雅。又按唐人多丑称，如"伴食宰相"卢怀慎、"痴宰相"杨再思、"盲宰相"关播、"模棱宰相"苏味道、"麻膏宰相"崔胤、"伏猎侍郎"萧炅、"太牢御史"牛僧孺及"算博士"骆宾王、"斗酒学士"王绩、"八砖学士"李程、"看马仆射"李德权、"侏儒郎中"韦慎、"软饼中丞"韦嘏、"呷醋节度"李景略、"癫儿刺史"宇文福，参乎其意，亦古谣谚之流也。又如张嘉贞称"三相张家"、张昭远称"书楼张家"、张文权称"万石张家"、崔林称"三戟崔家"、王释称"凤阁王家"、卢詹称"真书卢家"，又有"尖头卢家""点头崔家""不语杨家""银镂王家""世修降表李家"，此类难备书。

## 一八一

"风暖鸟声碎，日高花影重。"乃唐人杜荀鹤句。欧公《诗话》以为周朴诗，或两家集中互载邪？丁元珍句："日中林影直，风静鸟声圆。"似从杜句衍出。

---

① 底本作"谢希逸"。谢逸（1066？—1113），字无逸，号溪堂，抚州临川（今江西抚州）人。

"马上续残梦,马嘶时复惊。"唐人刘驾《早行》起句也。苏子瞻用其首句,人多知苏诗,不知有刘驾。

## 一八二

"天形围泽国,秋色露人家。"晚唐江芴句也,张文潜诗"春云藏泽国,夜雨啸山城"似之。"晓来山鸟闹,雨过杏花稀。"晚唐周朴句也,梅圣俞诗"鸠鸣桑叶吐,村暗杏花残"似之。此类古人句法偶同,不必其相袭也。惟一联词义不殊,斯为病耳。近世名作"星河千里雁,风露万家砧",与晚唐郎士元"星河秋一雁,砧杵夜千家"词旨正同。

## 一八三

《唐诗纪事》:李凉公榜皆寒素,时有诗云:"元和天子丙申年,三十三人同得仙。袍似烂银衣似锦,相将白日上青天。"不著作者姓名,极似香山句也。

## 一八四

刘禹锡《寄王侍郎放榜》诗:"礼闱新榜动长安,九陌人人走马看。一日声名遍天下,满城桃李属春官。"又裴皞放榜诗:"宦途最重是文衡,天与愚夫著盛名。三主礼闱年八十,门生门下见门生。"想见一时之盛。后人福命似此者多有,特无此好句耳。

## 一八五

登第诗少有作者,作亦难工,如孟郊:"昔日龌龊不足嗟,今朝放荡思无涯。春风得意马蹄疾,一日看遍长安花。"后人讥其器量狭小,诚然。至宋苏舜钦诗:"气和朝言甘,梦好夕魂王。轩眉失旧敛,举意有新况。爽如秋后鹰,荣若凯旋将。"益痴鄙可笑。

## 一八六

王元之句:"闲思蓬岛会神仙,二百同年最少年。利市襕衫抛白纻,风流名字写红笺。"此后日追忆语，非登第时作。

## 一八七

元之《小畜集》有《寄鱼台主簿傅翱》七律一首："听说鱼台景最奇，鲍参军到语多时。天晴绿野悬鱼网，木脱空城露酒旗。锦掷鲜鳞红拨刺，雪翻寒鹭白襕襟。 仍夸县尹风骚客，应有秋来唱和诗。""鲍参军"句自注："时林法曹来自鱼台，因言山水之兴，故有此句。"余谓此诗当入吾邑志中。傅翱姓名，邑主簿之传者。

## 一八八

元之《感事诗》长律一百六十韵，极闳丽之致。早得美科，涉历清班，一麾出守，信非其罪。次叙激昂，亦有过甚语，如"阙下羊肠险，朝端虎尾危"，太似谤讪，当时文禁疏阔如此。"支"韵中多虚字，王诗"数刻愁晡矣，三题亦勉之""菶菶终无已，雷霆遂赫斯""自顾才何者，空怜道在兹""吾道宁穷矣，斯文未已而"四押俱作语助，尚未甚丽密。王介甫分押"而"韵，用"作其鳞之而"，乃极变化。

## 一八九

欧公诗多有风韵涵蓄，在宋诗中最为近古。如《送唐生》一首"京师英豪域，车马日纷纷。唐生万里客，一影随一身。出无车与马，但踏车马尘。日食不自饱，读书依主人"云云，不惟诗似孟郊，清切可诵，怜才好士，情见乎词。又《赠人下第》一联"朝廷失士有司耻，贫贱不忧君子难"最工，为情理之说，处处臻到。

## 一九〇

欧公晚年号六一居士，尝自作传刻石，今见《欧集》卷二十四。谓有《集古录》一千卷，藏书一万卷，有琴一张、棋一局、酒一壶，而吾一翁老于其间，是为"六一"。余谓命名寓意太纤，非观自序乌能知之？琴一张，盖即宝历三年雷会所斫，用子瞻所得蛮布弓衣织成、梅圣俞《春雪诗》作囊者。事见《六一诗话》。

## 一九一

《六一诗话》："吕文穆未第时，薄游一县，胡太监旦方随其父宰是邑，遇吕甚薄。客有誉之者曰：'吕君工诗。'因举一篇，卒章云：'挑尽寒灯梦不成。'胡笑曰：'乃一渴睡汉耳。'吕闻甚恨。去明年，首中甲科，使人寄声语胡曰：'渴睡汉状元及第矣。'胡答曰：'待我明年第二人及第，输君一筹。'既而，次榜亦中首选。"

## 一九二

六一谓："诗人贪求好句，而理有不通，亦病也。"论甚是，而所引二诗不合，谓"袖中谏草朝天去"，拜疏不得用草；"半夜钟声到客船"，半夜不是打钟时也。余闻金陵诸寺半夜打钟，至今犹然，诗当合上句论之。至谓"谏疏"为"谏草"，亦不妨事，当更思二语证之。

## 一九三

圣俞《河豚》诗："春洲生荻芽，春岸飞杨花。河豚当此时，贵不数鱼虾。"六一谓"首二句已尽河豚之美"，客或驳之曰："南昌食河豚，皆系早春。迨杨柳飞花，则失其美矣。"余谓梅诗作于洛下，非在南昌，句亦无害；但此二句已尽河豚之美，则未必然耳。

## 一九四

圣俞尝言："诗句义理虽通，而浅俗可笑者，亦一病。如《赠渔人》一联云：'眼前不见市朝事，耳畔惟闻风水声。'人以为患肝肾风。又《咏诗》一联：'尽日觅不得，有时还自来。'人以为失却猫儿。"论甚是。

## 一九五

圣俞律句，如："河汉微分练，星辰澹布萤。""山风来虎啸，江雨过

龙腥。"又："雨过短亭云断续，莺啼高柳路西东。""野凫眠岸有闲意，老
树著花无丑枝。"佳句甚多。而许彦周惟赏其"焚香露莲泣，闻磬清鹤迈"，
固应别有会心。

<h2 style="text-align:center">一九六</h2>

《六一》载："一达官诗云：'有禄肥妻子，无恩及吏民。'人戏之曰：'昨
见一辆辀车，载极重，而牛甚苦，得非足下'肥妻子'乎？'传以为笑。"
余按本诗实无可笑，而一经嘲弄，遂足喷饭。此与杨大年"有德迈九皇"句，
或嘲之曰"未知何时得卖生菜"事正相类，足见舌端可畏。

<h2 style="text-align:center">一九七</h2>

尤延之解王摩诘《太乙近天都》诗，以为讥刺时事。盖本于《汉书·杨
恽传》注"田彼南山"之说。余谓《诗》咏南山多矣，"南山有台""南山之寿"，
皆颂美之词，何独节"南山"乎？当时谤口文致之可也。至后人解诗，无
须深文。李泌赋《杨柳》、苏轼咏《柏》皆遭时相之忌，非素结主知，乌
能免乎？"西湖虽好莫吟诗"，真药石之言。

<h2 style="text-align:center">一九八</h2>

韩退之、欧阳永叔皆自谓"为文于举世不为之日，不可有人之见存"，
卒之"既发不掩，声震业光"，有志者可以知勉矣。即诗律一道，自唐以来，
刻苦为之者不知几百辈，传于今者殆十不一二，要皆其能者。

<h2 style="text-align:center">一九九</h2>

韩魏公不以诗名，诗亦奇伟。其用意深远，乃知古有心人别有怀抱。
如咏《夜合》则先德馨，咏《来凤》则嘉其守信，此犹在人意中。至咏《蜂
蛊》则欲贷其罪，咏《画牛》则欲画其功，咏《芍药》则叹其种植者，乃
迥异恒蹊，出人意表。顾其字句，多不雕琢，如《苦热》云："炙翻四海波，
天地入烹煮。""直疑万类繁，尽欲变脩脯。"粗类韩门弟子。

## 二〇〇

梅圣俞诗："南陇鸟过北陇叫，高田水入低田流。"欧公诵不去口。黄鲁直诗："野水自添田水满，晴鸠却唤雨鸠来。"语意尤妙。余谓此等句法悉本香山"南山云起北山云"等句。

## 二〇一

《石徂徕集》，惟《庆历圣德诗》规矩先民最其善者。它作亦多尚气，如《蜀道闻子规》诗："月上半峰峰树碧，子规啼苦月无色。""壮士耳边都不闻，儿女眼中泪自滴。"结云："地不为我易其险，我岂守道不能固？子规子规漫啼绝，断无清泪洒向汝。"读之令人增气。

## 二〇二

司马温公《续六一诗话》："先公监安丰酒税，赴官，尝有《行色诗》云：'冷于陂水澹于秋，远陌初穷见波头。犹赖丹青无处画，画成应遗一生愁。'岂非状难写之景也？"又"魏处士仲先赠先公诗，有'文虽如貌古，道不似家贫'之句"温公导扬先德如此。

## 二〇三

"魏仲先句'妻喜栽花活，童夸斗草赢。'真得野人之趣。又句云：'烧叶炉中无宿火，读书窗下有残灯。'仲先没后，集其诗者嫌'烧叶'贫寒太甚，改'叶'为'药'，不惟坏此一字，并一句亦无气味，所谓求益反损也。"亦见《续诗话》，可为轻改古人文字者戒。

## 二〇四

鲍当为河南法曹，知府薛映初甚怒之。当献《孤雁》诗："天寒稻粱少，万里孤难进。不惜充君庖，为带边城信。"薛大嗟赏，不复以掾属待之，时人谓之"鲍孤雁"。

## 二〇五

《续诗话》又载绛州处士韩退诗一首，足资拊掌。"退尝跨一白驴，自吟云：'山人跨雪精，上便不论程。嗅地打不动，笑天休始行。'石曼卿尝赠句云：'醉狂玄鹤舞，闲卧白驴号。'"盖戏之也。明季江夏吴伟《自题骑驴图》云："白发一老子，骑驴去饮水。岸上蹄踏踏，水中嘴对嘴。"此与韩退"笑天""嗅地"之作，大可把臂入林。

## 二〇六

嵩山寺中有诗四句："一团茅草乱蓬蓬，蓦地烧天蓦地空。争似满炉煨榾柮，慢腾腾地热烘烘。"字画极草草，旁有司马相公隶书四字云"勿毁此诗"。柱间又有隶书"旦光颐来"四字。旦，公兄也；颐，程正叔也。见许顗《彦周诗话》。按此诗率易之至，君实顾重之，莫喻其妙。或程正叔辞也。

## 二〇七

先兄尝言："学者一观宋诗，便无话不可入诗。"前明一代，崇唐诎宋，廓清之力最多。近世骎骎，又喜言宋派，大非佳事。心常介介，大抵浅学易效宋诗，犹庸手易学墨卷也。

## 二〇八

吕本中《紫薇诗话》："邢和叔尚书尝以丹遗程伊川先生，先生以诗谢之云：'至丹通化药通神，远寄衰翁救病身。我亦有丹君信否？用时还解寿斯民。'"

## 二〇九

张子横渠诗不多见，《紫薇诗话》载数条，备录于后。

张子厚先生少有异才，多异梦，尝作梦录，记梦中事，余旧宝藏，今失之。先生梦中诗，如"楚峡云娇宋玉愁，月明溪静印银钩。襄王定是思前梦，又抱霞衾上玉楼"。又"无限寒鸦冒雨飞""红树高高出粉墙"之句，殆不类人间语也。

先生自登科后不复仕，居毗陵。绍圣中，本中从祖子进出知睦州，子厚小舟相送数程，别后寄诗云："篱鹦云鹏各有程，匆匆相别未忘情。恨君不见蓬笼底，共听萧萧夜雨声。"子进、子厚同年进士。

又子厚先生尝访本中祖父荥阳公于历阳，既归，乘小舟溯江至乌江，还书云："今日江行，风浪际天，尝记往在京师作诗云：'苦厌尘沙随马足，却思风浪拍船头'也。"绍圣初，子厚先生于苏、常道中题本中授书卷后云："一水帝乡路，片云师子山。"不知何人句也。

子厚先生尝游山寺，诗有"冻仆堆堆依灶燎，山僧草草具盘飧。井丹已厌尝葱叶，庾亮何劳惜薤根"之句，盖寺僧供具极疏略也。

## 二一〇

"吕荥阳公希哲，元符末起知单州，《登城楼诗》云：'断霞孤鹜欲寒天，无复青山碍目前。世路崎岖饱经历，始知平地是神仙。'"见吕本中《诗话》。《单县志》无此诗，当补录之。

## 二一一

杨学士应之力行苦节，学问赡博，而雅致高远，特异流俗。尝题所居壁曰："有竹百竿，有香一炉，有书千卷，有酒一壶，如是足矣。"伊川先生尝以为交游中，惟杨应之有些英气。亦见本中《诗话》。

## 二一二

世论苏明允不能诗，欧阳永叔不能赋，曾子开、秦少游诗如词人，各有所短，不能兼善也。今按欧赋、秦诗具在，佳篇多有，非不善者。明允诗如"佳节每从愁里过，壮心偶①傍醉中来"，甚佳。曩阅东坡诗尽三、四卷，最爱其"道德无贫贱，风采照里间"，为善言潜德。

---

① 底本作"时"，据原诗改。

## 二一三

宋子京省试《采侯诗》有"色映埘云烂，声迎羽月迟"句最擅场，当时举子目为宋采侯，后知制诰。尝为词有"红杏枝头春意闹"之句，时称"红杏尚书"。宋景文何多得名邪？尝见《景文笔记》自言："余于为文似蘧瑗，年六十始知五十九年非。……每见旧所作文章，憎之必欲烧弃。"又景文兄元宪公庠集四十四卷，元宪遗命子孙，不得以其文集流传，斯亦可谓难兄难弟矣。又按景文未第时，为学于永阳僧舍，或问："君好读何书？"答曰："最好《大诰》，爱其诘屈也。"景文少通小学，故其文多奇字，正如扬雄少而好赋，至老则悔。苏子瞻尝赠句云："渊源皆有考，奇巇或难句。"亦未肯阿好耳。

# 《东泉诗话》卷第二

## 评诗 下

### 一

苏东坡诗王龟龄注最古，但多阙略，且有误字。先君子手校本标出数十条：如卷四密州卢山误作"庐山"，南唐开先寺误作"开元寺"，此类不胜录。卷十五《送杨杰》诗："天门夜上宾初日，万里红波半天赤。归来平地看跳丸，一点黄金铸秋橘。"注阙。按《抱朴子·微旨篇》云："始青之下日与月，两半同升合成一。出彼王池入金室，大如弹丸黄如橘。"以橘喻日，苏正用此，而注弗之及。

### 二

"唐诗赓和，有次韵（先后无易），有依韵（同在一韵），有用韵（用彼韵不必次），如吏部和皇甫《陆浑山火》是也，今人多不晓。"此刘公非语。

### 三

次韵诗，虽东坡大才，亦有凑泊不稳处，如《次韵刘贡父》"便腹从人笑老韶"，以"边韶"为"老韶"，岂古有是语邪？又如《次韵徐绩》一联"杀鸡未肯邀季路，裹饭先须问子来"，以"子桑"为"子来"，殊为孟浪。"桑""来"字形相近，故讹。然押"来"字韵，必非刻本之误。岂宋本《庄子》"裹饭往食"之"子桑"，一本作"子来"邪？盖坡公次韵多一时戏笑之词，不足为典要。

## 四

"白酒真到齐，红裙已放郑。""笑捐①浮利一鸡肋，多取清名几熊掌。"坡用《论语》《孟子》语，不免趁韵，然绝无腐气是其所长。

## 五

东坡守徐州时，登项王戏马台赋诗云："路失玉钩芳草合，林亡白鹤野泉清。"陈师道谓："坡盖误用，而后所取信，不可不辨。"广陵有戏马台，其下有路号"玉钩斜"。唐高宗东封，有白鹤至焉，乃诏为老氏筑宫，名以白鹤，是皆在广陵，与徐无涉。余按坡此诗误以广陵为彭城；其《赤壁赋》又误以黄州赤嵲为武昌赤壁，皆失于考据。或文士借假自有飞邻之法，然不可为训。

## 六

东坡守杭州，有慕香山之为人，故作诗每效其体。以坡之才，甘与香山作后尘，未免降格耳。学者守坡集讽玩不置，去盛唐益远。"前身自是卢行者，后学过呼韩退之"，坡集此联两见，一《答周循州》，又《赠谢晋臣》"前生恐是卢行者"句。二字小异，下句同。

## 七

"有子才如不羁马，知君心似后凋松。"苏诗一联，《黄山谷集》中亦有之，未知何以相同若是？"岂惟牢九荐古味？要使真一流天浆。""牢九"误字，正当作"牢丸"，见束皙《饼赋》："馒头薄持，起溲牢丸。"后人以"九"对"一"，因而误耳。苏自以"牢丸"对"真一"，"丸"字相贯。

---

① 底本作"指"，据原诗改。

## 八

王介甫诗体格不一，其险韵诸篇，力摩韩退之，浅学固莫能效也。《书会别亭》诸作古意犹存，不可以人废言。至其《寄丁元珍》《溪水诗》《示外弟》《忆昨诗》，清丽芊眠，似启元代诸家先声。大约介甫平生意气自负，诗亦多戛戛独造。

## 九

介甫哭梅圣俞诗："颂歌文武功业优，经奇纬丽散九州。众皆少锐老则不，翁独辛苦不能休，惜无采者人名遒。"此用"遒"，人以木铎巡路事意，谓轺轩采诗耳。尝见一旧本，"人名遒"三字标出，不解；又以朱笔改"人"为"入"，习见语忽作如此回穴。

## 一〇

世言介甫不善律诗，实未然也。律句最为近世帖括家所竞尚，如："草长流翠碧，花远没黄鹂。""篱落生孙竹，门庭上女萝。""每苦交游寻五柳，最嫌尸祝扰庚桑。""青眼坐倾新岁酒，白头追诵少年文。"对法甚精，非律细者不能。

## 一一

介甫晚年，魏泰候之问："比作诗否？"介甫云："赋咏之言，亦近口业。然近亦复不能忍，因口占一绝：'南圃东冈二月时，物华撩我有新诗。舍凤鸭绿鳞鳞起，弄日鹅黄袅袅垂。'"泰甚称赏。余谓渠作如此丽句，乃欲皈空门，禁口业将谁欺乎？即此可想其情状。

## 一二

张文潜《呈苏子由》诗："闭户独依寒蟋蟀，移床更就雨芭蕉。雪深更请安心术，长日如年未易消。"句佳，但"更就""更请"连用二"更"字，或传写讹误。此类至为微末，但后学观法，不可不讲。更如陈后山《送秦观》五律："端为李君御，尽读邺侯书。结友真莫逆，论才有不如。""莫逆"字不容有误，而律法失检。

一三

宋诗押韵有与今韵不同者，如韩子苍为亚卿作绝句第一首，以"情"字押入"文"韵，第四首又以"情"字押入"元"韵，"庚"与"文""元"古亦不通，子苍或私有所讳而改字邪，或操土音邪？赵彦先《书怀诗》："柳影槐阴绿绕村，日长细得话诗情。迎风紫燕忽双去，隔叶黄鹂又一声。"押"村"字入"庚"韵。魏鹤山《次韵诗》："孔训原无实对名，只言为己与求人。能知管仲不为谅，便识殷贤都是仁。"押"名"字入"真"韵。三诗相类，宋韵果有不同邪？

一四

徐彦伯为文多变易求新，以"凤阁"为"鹓闱"，"龙门"为"虬户"，"金谷"为"铣溪"，"玉山"为"璚岳"，"竹马"为"篠骖"，"月兔"为"魄魏"。进士效之，谓之涩体。余谓彦伯所为大抵由扬子云以"楚囚"为"湘累"，"离骚"为"牢愁"等类撰出。子云多用训，故后人效之，必为涩体。

一五

"自汉魏以来，诗妙于子建，成于李、杜，而坏于苏、黄。此论固未易为俗人言也。子瞻以议论作诗，鲁直又专以补缀奇字。学者未得其所长，而先得其所短，诗人之意扫地矣。"此张戒《岁寒堂诗话》。余谓前贤论诗以义山为文章一厄，及谓坏于苏、黄，为诗人一害，皆卓有见。但言之过激，乃其流敝如此耳。

一六

"诗以用事为博，始于颜光禄，而极于杜子美；以押韵为工，始于韩退之，而极于苏、黄。然诗者，志之所之也，岂专意咏物哉？用事押韵，又何足道？苏、黄用事押韵之工，至矣、尽矣；然究其实，乃诗人中一害，使后生只知用事押韵之为诗，而不知言志之为本，风雅扫地矣。"此亦张戒语。张戒一作赵戒，大论是闳，而姓名或隐，悲夫。

## 一七

张戒《诗话》中只自载一绝"独坐烧香静室中，雨声初罢鸟声空。瓦沟柏子时时落，知有寒天木杪风"云。此绝句非余得意者，而陈去非独称诵不已。

## 一八

余谓论诗，于唐宋以后断不可执一相量，古体、近体当判然为二。若近体主于咏物、用事、押韵为工者，一以言志衡之，斯慎矣。若沾沾于咏物、用事、押韵，而曰"诗在是焉"，乃未涉其流耳。

## 一九

诗至宋芜杂极矣，东坡、放翁名篇巨制指不胜屈，为两大宗。它如欧阳永叔、陈去非辈，力矫时弊，追摹古人，亦于作者间拔戟成一队。若石守道、韩魏公、邵尧夫诸家，各自为派，不得以诗论。而石所为四言诗仿韩退之者，特为有宋佳制，可知从规矩中来者，终胜于东涂西抹。

## 二〇

陈简斋诗工于炼句，如："暖日熏杨柳，浓春醉海棠。""平湖受细雨，远岸送轻舟。""雨余山欲近，春半水争流。""破水双鸥影，掀泥百草芽。"此类甚多，可悟炼字法。

## 二一

王丰父有句云："白发衰天癸，丹砂养地丁。"许彦周《诗话》称之，以为参活句。余不解如此凑句，何由得活？人各有好，尚未可同也。晚唐张祜句"野桥经亥市，山路过申州"，张籍句"药看辰日合，茶过卯时煎"，亦用干支对，校丰父何如？

## 二二

诗人写景，非身历之，鲜知其工。如顾非熊句"山近渐无青"、赵师秀句"山在邻家树上青"，两押"青"字，俱奇迥出人意表。余近居邹南，乃深知其妙。

## 二三

韦谷《才调集》去取最无据，而世颇传其书，正由简约可贵。唐诗本多佳篇，譬如一屋散钱，任人取携，皆足通神耳。

## 二四

"圣人忧患方演《易》，贤者穷愁始著书。""一言可采即不朽，名姓长①与日月俱。"王元之句，犹是强自排遣语耳。朱元晦《寿母生朝》云："一笑谓汝庸何伤，人间荣耀岂可常？惟有道义思无疆，勉励汝节弥坚刚。"乃是自在流出。

## 二五

朱文公不以诗名，而诗集亦卓然成家，无怪当时廷臣有以诗人荐之者。"昨夜扁舟雨一蓑，满江风浪夜如何？今朝试卷孤篷看，依旧青山绿树多。"朱子此诗，亦有中流自在之致。

## 二六

翁森《四时读书乐》，世讹称朱子，盖由森亦紫阳人，故混称紫阳耳。又如元人朱璜作《家训偶句》，世亦讹称朱子，由姓同耳。

---

① 底本作"张"，据原诗改。

## 二七

梅花诗，白乐天"折赠佳人手亦香"、陈后山"逆鼻浑疑雪亦香"、陆放翁"归去始知身染香"、朱文公"微月黄昏句里香"、张实斋"影落寒溪水亦香"，五押香字，皆加一倍法。若张宛丘论花"天下更无香"及实斋"才放一花天地香"，大涉正面矣。实斋咏梅诗最多，又句云"无日无风自在香"，亦佳。

## 二八

范致能诗，效古者最佳，如《缫丝行》："小麦青青大麦黄，原头日出天色凉。姑妇相呼有忙事，舍后煮茧门前香。缫车嘈嘈似风雨，茧厚丝长无断缕。今年那暇织绢著，明日西门卖丝去。"

## 二九

严羽《沧浪诗话》："诗有别才，非关书也；诗有别趣，非关理也。"所谓不涉理路、不落言筌者，诚名论也。至押韵不必有出处，用事不必拘来历之说，似为过当。古人偶有押韵强用事乖处，皆其误耳、窘耳、牵于律而不得骋耳，岂可以为法？

## 三〇

周益公《诗话》妙诠最多，兹择其尤足解颐者，录数事于后。

必大为礼部侍郎时，长吏每会食，多戏举诗对。或云"蔷薇刺刺花奴手"，"刺刺"皆仄声，人谓难对，必大曰："鸿雁行行鸟迹书。"又云"半夏禹余粮"，借为"雨余凉"也，必大曰："长春佛见笑。"盖以花名对药名也。或曰："此雅对耳，更有通俗之句。"如往年胡邦衡多髯，除吏部郎，或以"胡铨髯吏部"为戏，莫能对。时姚提刑在坐，必大戏曰："欲借君趁对，姚宪远提刑。"借"姚"为"遥"，坐皆大笑。程尚书大昌退经筵，人问讲何经，曰《尚书》，或以"尚书讲《尚书》"，属余对之，对曰："行者留行者。"坐复大笑。

## 三一

《鄞川志》载郭功父《老人十拗》，谓："不记近事记远事，不能近视能远视，哭无泪笑有泪，夜不睡白昼睡，不肯坐多好行，不食软要食硬，儿子不惜惜孙子，大事不问碎事絮，少饮酒多饮茶，暖不出寒即出。"必大年七十二，目视昏花，耳中无时作风雨声，而实雨却不甚闻，因补一联云："夜雨稀闻闻耳雨，春花微见见空花。"是亦两拗也。尝录寄朱元晦，朱大以为然。绍兴二十七年御筵进士，温州王十朋为首，其乡人吴己正[①]缀末，特奏状元则福州李三英，例赐出身，附名正奏之后。吴有句云："举头不忍看王十，回首犹欣见李三。"《益公诗话》惟此数条最闲，余最爱录之，此亦少年一拗也。若徒以此数事观之，渠处戎马倥偬之际，而台府燕笑、毛举事对如太平时，或亦不免"大事不问碎事絮"矣。宋时《题名录》今尚有存者，朱子系王佐榜第五甲。

## 三二

名对、事对是宋人习气。《中山诗话》："太宗时，同年数辈取名似姓者为对句云：'郭郑郑东东野绛，马张张夏夏侯璘。'熙宁初有崔度、崔公度，王韶、王子韶，又有章君陈、陈君章。"此类皆一时口谈，遂为士林佳话。《老学庵笔记》：《太宗实录》有"侯莫陈利用"者，游问"有对否？"查元章曰："昨虏使有'乌古论思谋'可对也。"上三字皆姓，故为工。

## 三三

京师辇毂之下，风物繁富，而士大夫牵于事役，良辰美景罕获宴游之乐，其诗至有"卖花担上看桃李，拍酒楼中听管弦"之句。

## 三四

西京应天禅院在水北，去府十余里，院有祖宗神御殿。岁时朝拜官吏，

①底本作"吴正己"。吴己正（生卒年不详），永嘉（今浙江温州）人，高宗绍兴二十七年（1157）进士，官抚州教授。

常苦晨兴，而留守达官简贵，每朝罢公酒三行，不交一言而退，故其诗曰："正梦寐中行十里，不言语处啜三杯。"语虽浅近，皆两京实事也。见《六一诗话》。文德殿，百官常朝之所。宰相奏事毕，乃来押班，常至日旰，守堂卒好以厚朴汤饮朝士。朝士有久无差遣，厌苦常朝者，戏为诗曰："立残阶下梧桐影，啜尽街头厚朴汤。"亦朝中实事。见温公《续诗话》。以上数条与《益公诗话》①相似，牵连书之。

## 三五

"学诗当识活法。所谓活法者，规矩备矣，而能出于规矩之外；变化不测，而亦不背于规矩也。""近世惟豫章黄公首变前作之弊，而后学知所趣向，左规右矩，庶几至于变化不测。然皆汉魏以来，有意于文者之法，而非无意于文者之法也。"此吕本中居仁语。居仁，希哲孙，好问子，而祖谦之祖也，撰《江西诗宗派图》。后人以其诗入派中，盖亦有意于文之文，而非无意于文之文。嘻！其难也。

## 三六

陆放翁《示友诗》云："道向虚中得，文从实处工。凌空一鹗上，赴海百川东。气骨真当勉，规模不必同。人生易衰老，君等勿匆匆。""从实处工"语，极耐人寻味。放翁诗多似坦易，近《长庆集》，而有句云"诗虽苦思未名家"，又曰"苦心始觉著书难"。

## 三七

豪杰之士当于古人校胜负，不当狥一时虚誉，与俗子论优绌。放翁句云"俗人犹爱未为诗"，又曰"诗到无人爱处工"。

## 三八

放翁诗善用成句，如"胸中那可有一事，天下故应无两人""只知秋

---

① 底本作"《益公话》"，据原书补。

菊有佳色，那问荒鸡非恶声""百岁能穿几两屐，千诗不及一囊钱""敢言日近长安远，惟恨天如蜀道难"。又善用古人意趣，如"平生忧患苦萦缠，菱刺磨成芡实圆"，即"百炼刚化为绕指柔"义。《孤学》诗句"家贫占力量，夜梦验工夫"即"夜卜诸梦寐，昼观诸妻子"义。

## 三九

放翁《赠童道人》诗："忍贫不变我自许，挟术自营君岂然？"一联用两"自"字，殊不合律法。《大雪》句："高压孤峰增峭绝，斜倾丛竹失枝梧。""梧"字误押。"枝梧"之"梧"音"悟"，明见《汉书注》，如何当平声读？岂"六十年来千首诗"，熟烂之极，偶不及检邪？

## 四○

律诗重字，古人多不以为病。然如摩诘一首，"时驱马""珠勒马"两字俱在出句尾，及放翁一联"自许""自营"两字叠见，此类亦太相逼，在大家亦属偶误。范石湖《题夫差庙》诗："不知养虎自遗患，只道求鱼无后灾。梦见梧桐生后圃，眼看麋鹿上高台。""后灾""后圃"，两"后"字有死活之分，此类尚不相碍。

## 四一

陆诗"妇喜蚕三幼"，自注："乡中谓蚕眠为幼。"又"山中户户作梅忙"，自注："乡俗谓选择杨梅为作梅。""年年来及贡梅时"，自注："乡俗谓杨梅止曰贡。"陆诗此类甚多，不备录。

## 四二

"人生不作安期生，醉入东海骑长鲸。犹当出作李西平，手枭逆贼清旧京。金印煌煌未入手，白发种种来无情。成都古寺卧秋晚，落日偏傍僧窗明。　岂其马上破贼手，哦诗长作寒螀鸣。兴来买尽市桥酒，大车磊落堆长瓶。哀丝豪竹助剧饮，如巨野受黄河倾。平时一滴不入口，意气顿使千人惊。国仇未报壮士老，匣中宝剑夜有声。何当凯还宴将士，三更雪压飞狐城！"放翁《长歌行》最善，虽未知与李、杜何如，要已突过元、白。集中似此亦不多见。

## 四三

放翁《玻璃江》诗，余一旧友好之，今其墓有宿草，而每阅此诗，辄忆音徽，爱录于左："玻璃江水千尺深，不如江上离人心。君行未过青衣县，妾心先到峨眉阴。金樽共醲不知晓，月落烟渚天横参。车轮无角那得住，马蹄不方何处寻？空忆尺素寄幽恨，从有绿绮谁知音？愁来只欲掩屏睡，无奈梦断闻疏砧。"

## 四四

放翁《感秋》诗："西风繁杵捣征衣，客子关情正此时。万事从初聊复尔，百年强半欲何之？画堂蟋蟀怨清夜，金井梧桐辞故枝。一枕清凉眠不得，呼灯起作感秋诗。"此诗后四句，小说作蜀驿女子诗，放翁见之，纳为妾。盖好事者为之也。其辞云"玉阶蟋蟀闹清夜"，只易三字，顿有淫哇雅正之分。可知唐贤四十贤人之论，非拈断数髭者不能心知其意。

## 四五

"闲愁如飞雪，入酒即消融。好花如故人，一笑杯自空。流莺有情亦念我，柳边尽日啼春风。长安不到十四载，酒徒往往成衰翁。九环宝带光照地，不如留君双颊红。"放翁对酒之作，骎骎入古。

## 四六

世称放翁，多就其律诗、绝句言之，不知近体乃其余事。近体甚多，亦非一律，如"飞飞鸥鹭陂塘绿，郁郁桑麻风露香""山重水复疑无路，柳暗花明又一村"，皆极自然。"山从飞鸟行边出，天向平芜尽处低""丹枫断岸秋来早，澹日孤村客到稀""湖心月上明如昼，树杪风生冷逼秋""天空列嶂开图画，水落寒江学篆文"，此类又极研炼。至"白菡萏香初过雨，红蜻蜓弱不禁风""午瓯谁致叶家白，春瓷旋拨郎官清"，句甚丽矣。"江山好处新得句，风月佳时逢故人""时平酒价贱如水，病起老身闲似云"，又多野趣。惟其步趋者多，不名一家，所以为大家也。

## 四七

张华《励志》以后，惜时爱日，已是诗家恒语。惟韩致光《惜春》一联"年逾弱冠即为老，节过清明却似秋"，实为警绝。至诗中写羁旅之情，尤为陈陈相因。若放翁"寒雨似从心上滴，孤灯偏向枕边明"一联，亦极深至，人莫能及。

## 四八

陆诗律句，句法多相同者。"身如巢燕年年客，心羡游僧处处家。""衰如蠹叶秋先觉，愁似鳏鱼夜不眠。"近人辑出凡数十事，甚可厌。余按陆古体亦间用此调："心如秋燕不安巢，迹似春萍本无柢。"

## 四九

文辞鄙里，莫过填词，真杜牧之所谓"淫言媟语，沁人肌肤"。甚非君子之所尚也。然如苏子瞻"大江东去"，诵者安得不俯仰情深？岳武穆"怒发冲冠"，诵者安得不击节欲舞？词虽小道，亦壮夫所不废也。但如二公所为，在词中颇为变调，非填词家所宗尚。

## 五〇

"翦不断，理还乱，是离愁。别是一般滋味在心头。"李后主词可谓华妙，亦颇含蓄。后人描写过甚，揣称侔色，几为杂事，秘辛所不道矣。李格非女清照，易安居士，工词，两押"瘦"字最为名篇："昨夜雨疏风骤，浓睡不消残酒。试问卷帘人，却道海棠依旧。知否？知否？应是绿肥红瘦。"又《九日词》："莫道不销魂，帘卷西风，人似黄花瘦。"

## 五一

易安有句云：“露花倒影柳三变，桂子飘香张九成。”正用东坡“山抹微云秦学士，露花倒影柳屯田”句法，皆用其词句以配姓名，是一时戏笑之言。

## 五二

贺方回尝作词有“梅子黄时雨”之句，人服其工，谓之“贺梅子”。方回晚倅姑熟，与郭功父游，甚欢。功父有《示友》诗，王荆公尝书其尾云：“庙前古木藏训狐，豪气英风亦何有？”方回寡发，一日，功父指其髻曰“此真贺梅子也”，功父多须，方回乃捋其胡曰“君可谓郭训狐”。事见《竹坡诗话》。余谓“红杏”“黄梅”，词事中天然对偶。

## 五三

黄山谷《咏酒》词：“断送一生惟有，破除万事无过。”集韩文公句，用歇后法。陈后山称之，以为才去一字，对切而语益峻。余谓歇后法最佻，巧用之于词则佳耳。

## 五四

昔殷仲文劝朱武帝畜伎，帝曰：“我不解声。”仲文曰：“但畜自解。”帝曰：“畏解故不畜。”余于填词一道亦然，凡词部书皆未敢留意。又郭敬言听伎言佳，或问其曲，而不知也，曰：“卿不识曲，那得言佳？”答曰：“譬如见西施，何必识姓名然后知美？”余于论词一节亦如是尔。

## 五五

有客谓张子野曰：“人皆谓公‘张三中’，即心中事、眼中泪、意中人也。”答曰：“何不目之为‘张三影’？”客不晓，曰：“‘云破月来花弄影’‘娇柔懒起，帘押卷花影’‘柳径无人，飞絮堕无影’，此某平生所得意也。”

事见《后山诗话》。词人自爱其名若是。又按《高斋诗话》述张先事,谓"浮萍断处见山影""隔墙送过秋千影"与"云破月来花弄影",世人称之为"张三影"也。据此二书所称,张先词中乃有五影。

## 五六

诗人有好句,每自用之,如陈后山诗:"百年双鬓白,万里一身浮。"又:"百年双白鬓,万里一秋风。"陆放翁诗:"不堪酒渴兼消渴,起听江声杂雨声。""因思世事悲身事,更听风声杂雨声。"又:"花藏密叶多时在,莺占高枝尽日啼。""花藏密叶多时在,风度疏帘特地凉。"此类皆自爱其句,因而重之。

## 五七

"生来不啜猩猩酒,老去那管燕燕巢。"放翁此联亦重见,句法本乐天"樽前诱得猩猩血,幕上偷安燕燕窠"。

## 五八

宋末谢翱诗效孟东野,大有似处。"闲庭生柏影,荇藻交行路。忽忽如有人,起视不见处。牵牛秋正中,海白夜疑曙。野风吹空巢,波涛在孤树。"

## 五九

谢叠山《武夷山中》绝句:"十年无梦得还家,独立青峰野水涯。天地寂寥山雨歇,几生修得到梅花?"谢以自喻,亦允蹈之。

## 六〇

文文山过平原,作"平原太守颜真卿,长安天子不知名"七古一篇,别本一作王十朋诗,不知《龟龄集》中有否?或传者妄也。《文山集》中诗词气劲,直若出一手,它人亦不能假。《过零丁洋》诗,史载其名,而无其词,词曰:"辛苦遭逢起一经,干戈落落四周星。山河破碎风抛絮,身世飘摇雨打萍。皇恐滩头说皇恐，零丁洋里叹零丁。人生自古谁无死，留取丹心照汗青。"

## 六一

《文山集·指南后录》卷之二："己卯岁，自九月一日淮安军过淮河，二日登淮安以后，日日有诗。"其十二日《发鱼台》一首"晨炊发鱼台，碎雨飞击面"五古，吾邑志已载之。按是日发鱼台后，尚有《自叹》一首，《远游》一首，又《六歌》六首，其下乃接十三日《发潭口》及《新济州》诗各十首。潭口，今不知何地，要是鱼、济间村落。自发潭口以前诸诗，盖皆作于鱼台境内。虽与鱼台似为无涉，要吾邑文山祠中当备刻诸诗，以存当时情事，不可略也。录之于左：《自叹》云："瑟瑟秋风悲，烈烈寒气骄。蒲柳先已零，松柏何后凋？天意重肃杀，造物何不销？强弱有异禀，忧患同一朝。惟有南山石，千古一岩峣。人苦不自足，空羡王子乔。"《远游》云："黄河流活活，太行高巍巍。王屋山以东，百泉山以西。邹鲁盛文献，燕赵多雄姿。"文多不备录。《六歌》六首，仿杜甫《寓居同谷歌》："有妻有妻出糟糠，自少结发不下堂。乱离中道逢虎狼，凤飞翩翩失其皇。将雏一一去何方，岂料国破家亦亡，不忍舍君罗襦裳。天长地久终茫茫，牛女夜夜遥相望。呜乎一歌兮歌正长，悲风北来起徬徨。"二歌有妹，三歌有女，四歌有子，五歌有妾，不备录。其六云："我生我生何不辰，孤根不识桃李春。天寒日短重愁人，北风随我铁马尘。初怜骨肉钟奇祸，而今骨肉相怜我。汝在北兮婴我怀，我死谁当收我骸？人生百年何丑好，黄粱得丧俱草草。呜乎六歌兮勿复道，出门一笑天地老。"

## 六二

《文山集》中有集杜子美句若干篇，音节尤为恰合，盖忠爱之忱，先后同符，故发而为诗，如出一口。其《六歌》末首乃忆弟也，不言有弟云云者，弟"不弟，故不言弟"，《春秋》之旨也。

## 六三

吾邑南阳闸上旧有文公祠，即文山赋诗处也。自乾隆时一韩姓闸官谬改为韩文公祠，遂泯其迹。后有好古者，当重建文山祠，而揭前诗于壁间。

## 六四

文山《读赤壁赋》前、后二首："昔年仙子谪黄州，赤壁矶头汗漫游。今古兴亡真过影，乾坤俯仰一虚舟。人间忧患何曾少，天上风流更有不？我亦洞箫吹一曲，不知身世是蜉蝣。""一笑沧波浩浩流，只鸡斗酒更扁舟。八龙写出诗中案，孤鹤来为梦里游。杨柳远烟迷北府，芦花新月对南楼。玉仙来往清风夜，还识江山似旧不？"《文山集》诗甚夥，录此二首，以当凭吊之意。

## 六五

赵孟頫《题耕织图》廿四首颇近古乐府，录一："农家值丰年，乐事日熙熙。黑黍可酿酒，在牢羊豕肥。东邻有一女，西邻有一儿。儿年十五六，女大亦及笄。财礼不求备，多少取随宜。冬前与冬后，昏嫁利此时。但愿子孙多，门户可扶持。女当力蚕桑，男当力耘籽。"

## 六六

子昂本系赵王孙，其感时抚事，每有悲凉之韵，律句如："中原人物思王猛，江左功名愧谢安。""北来风俗犹存古，南渡衣冠不及前。""故国金人泣辞汉，当年玉马去朝周。""苦忆东南多胜事，空吟西北有高楼。""二月江南莺乱飞，百花满树柳依依"一首全从"杂花生树，群莺乱飞"数语化出。"抚弦登埤，能不怆恨？"殆是谓也。其《岳王墓》一首，尤为情见乎辞："鄂王墓上草离离，秋日荒凉石兽危。南渡君臣轻社稷，中原父老望旌旗。英雄已死嗟何及，天下中分遂不支。莫向西湖歌此曲，水光山色不胜悲。"

## 六七

余春日索句，欲用"柳眼垂青"意，恐其纤，因弃去。后见子昂《湖上》一联："草牙随意绿，柳眼向人青。"极为浑脱，对亦工丽，叹赏不已。

## 六八

元好问《遗山诗》固是元诗大宗，五古如："乾坤展清眺，万景若相借。""回首亭中人，平林澹如画。"亦是晚唐音节。七古如《涌金亭》诗："太行元气老不死，上与左界分山河。有如巨鳌昂头西入海，突兀已过余坡陀。我从汾晋来，山之面目腹背皆经过。济源盘谷非不佳，烟景独觉苏门多。"起段长句，最其杰作。《泛舟大明湖》诗："长白山前绣江水，展放荷花三十里。看山水底山更佳，一堆苍烟收不起。"又："晚凉一棹东城度，水香荷深若无路。"皆其佳句。近体《出都》一首雅近放翁："汉宫曾动伯鸾歌，事去英雄可奈何。但见觚棱上金爵，岂知荆棘卧铜驼？神仙不到秋风客，富贵空悲春梦婆。行过芦沟重回首，凤城平日五云多。"

## 六九

《虞伯生集》，《送大兄南还》七古盘盘有真气，元诗之佳者。律诗如《送袁伯长扈从》诗："日色苍凉映紫袍，时巡勿乃圣躬劳。天连阁道晨留辇，星散周庐夜属橐。"亦是高调。它句如："一径绿阴三月雨，数声啼鸟百花风。""霜气隔篷才数尺，斗杓插地已三更。"皆佳。又《送韩伯高金宪浙西》句云："阙下谏书谁第一，济南名士旧无双。"韩伯高应是历下人。

## 七〇

萨天锡《杨花曲》："燕京女儿十六七，颜如花红眼如漆。兰香满路马尘飞，翠袖笼鞭娇欲滴。春风澹荡摇春心，锦筝银烛高堂深。 绣衾不暖锦鸳梦，紫帘垂雾天沈沈。芳年谁惜去如水，春困著人倦梳洗。 夜来小雨润天街，满院杨花飞不起。"曲最妙。《织女图》句云："柔肠九曲细于丝，万缕春愁正如织。"极纤丽矣。《山中怀友》一律,吾爱之:"自是麒麟种,卑栖又几年。故庐南雪下,短褐北风前。岁莫山林瘦,天高雨露偏。惟应丈夫志,未受故人怜。"

## 七一

胡天游《杨花吟》与萨都剌《杨花曲》韵调相似,别是一义。末段云:"楼中美人春睡起,愁见杨花思宕子。宕子飘零去不归,杨花岁岁点春衣。梦魂不识天涯路,愿作杨花片片飞。"又马祖常有《杨花宛转曲》,警句如"人间最好是清明""燕子莺儿各新嫁"。

## 七二

杨奂,字焕然,时称关西夫子,盖以伯起目之。游曲阜《题夫子庙》一律:"会见春风入杏坛,奎文阁上独凭栏。渊源自古尊洙泗,祖述何人似孟韩?竹简不随秦火冷,楷林高倚鲁城寒。漂零踪迹千载后,无分东家寄一箪。"末句《阙里志》作"无复东西老一箪",盖误,或见别本。

## 七三

揭傒斯诗最多佳句,余尤爱其"近岳多云气,中流忽雨来"一联,盛唐不是过也。七古:"青山如龙入云去,白发何人并沙语?"次句未若出句之善。

## 七四

陈孚《博浪沙》一绝:"一击车中胆气豪,祖龙社稷已惊摇。如何十二金人外,犹有民间铁未销?"结句大近义山咏古之作。

## 七五

张宪拟古诗多用里句,盖仿长庆体而失之者。如《陈桥行》"十幅黄旗上龙体"、《咸淳师相》诗"珠金沙头锣一声",皆近小说家流,斯不宜也。

《胡姬》一首拟刘越石,尚为近古。"胡姬年十五,芍药正含葩。何处相逢好,并州卖酒家。面开春月浅,眉抹远山斜。一笑既相许,何须罗扇遮?"

## 七六

谢应芳《送李彦明归高邮》句云:"征袍十年尘土多,濯缨今年《沧浪歌》。一百五日寒食雨,三十六湖春水波。"

## 七七

元人近体佳句,如宋本《大都杂诗》:"朱门细婢金条脱,紫禁材官玉鹿卢。"仇远《题溧阳市》:"缩头鱼肥人鲙玉,长腰米贵客量珠。"吴讷《宿承天观》:"半夜月明湖水白,五更日出海门红。"于石《西湖》:"山围花柳春风地,水浸楼台夜月天。"丁复《九日昭亭》:"半生九日黄华酒,多在西风白下桥。"袁易《漫兴》:"春事又当三月暮,人生那得百年期。"马臻《闲咏》:"无酒可供千日醉,有钱难买一生闲。草衰春色来时路,鹤宿秋声起处山。"杨维桢《寄人》:"杏花城郭青旗雨,燕子楼台玉笛风。"皆佳句也。至杨载《望月诗》:"大地山河微有影,九天风露寂无声。"马祖常《应制》诗:"天将山海为城堑,人倚云霞作绮罗。"句虽工,似近世帖括,非其佳者。

## 七八

郝经《落花诗》:"彩云红雨暗长门,翡翠枝余萼绿痕。桃李东风蝴蝶梦,关山明月杜鹃魂。 玉阑烟冷空千树,金谷香销谩一尊。 狼籍满庭君莫扫,且留春色到黄昏。"

## 七九

诗人自杜甫后,杜牧称小杜。元末有杜善甫,不甚显,仅见蒋氏《山房随笔》云:"杜善甫,山东名士,工诗,不屑仕进,游严之相门。严乃济南望族,善甫为所敬重。一日谗者间之,情分浸乖。杜谢以诗云:'高卧东窗兴已成,帘钩无复挂冠声。十年恩爱沦肌骨,只说严家好弟兄。'

严悟非其过，款密如初。"善甫，山东名士，不著郡邑，俟知者。

## 八〇

范德机《木天禁语》："马御史云：'东夷、西戎、南蛮、北狄，四方偏气之①语，不相通晓，互相憎恶。惟中原汉音，四方可以通行，四方之人皆喜于习说。盖中原天地之中，得气之正，声音散布，各能相入，是以诗中宜用中原之韵。则②便官样不凡，押韵不可用哑韵，如五支、二十四盐，哑韵也。'"

## 八一

先兄尝言："今自帖括家习押平韵，而效古体者必押仄韵。取易辨别，亦一法也。二谢诗多系仄韵，音节自异。自唐以后，五古效二谢者居多。欲效二谢，必先择韵。"

## 八二

释惠洪③《天厨禁脔》说：琢句法有假借格。如"根非生下土，叶不坠秋风。""五凤寒不下，万木几经秋。"皆以"下"对"秋"。"因寻樵子径，得到葛洪家。""残春红药上，终日子规啼。"皆以"子"对"红"。"闲听一夜雨，更对柏岩僧。""住山今十载，明日又迁居。"以"柏"对"一"，以"迁"对"十"。余谓借对至此，在古人或出无意，一经拈出，可为发笑。

## 八三

范氏《禁语》《禁脔》二书，所论作诗篇法、句法，皆甚无谓。使后学遵依其法，效古体则性灵不出，效近体则意趣不活，乃自诧为屠龙绝技。此法一泄，大道显然，殊为愦愦。古人作诗，自然灵气，何尝预设？一分段、过脉、回照、突兀、再起、赞叹、送尾之见于其胸中。宋元以后，诗不古若，

---

① 底本作"言"，据原文改。
② 底本脱"则"字，据原文改。
③ 底本作"范德机"。《天厨禁脔》的作者应为释惠洪，范德机另有《诗学禁脔》。释惠洪（生卒年不详），字觉范，俗姓彭，北宋筠州（今江西高安）人，著有《筠溪集》《冷斋夜话》等书。

正坐此等璪说贻误。

## 八四

倪瓒元镇，元末逸人。至洪武时，卒自号云林翁。画最知名，诗亦甚工。《述怀》五古云："读书衡茅下，秋深黄叶多。原上见远山，被褐起行歌。依依墟里间，农叟荷筱过。华林散清月，寒水澹无波。遐哉栖遁情，身外岂有他？人生行乐耳，富贵将如何？"余谓此篇诗中有画，"华林""寒水"之句，云林画意正如此尔。

## 八五

"竹西莺语太丁宁，斜日山光澹翠屏。春与繁花欲俱谢，愁如中酒不能醒。鸥明野水孤帆影，鹘没长天远树青。舟楫何堪久留滞，更穷幽赏过华亭。"云林《春莫过华亭》句也。又《怀归》一首："久客怀归思惘然，松间茅屋女萝牵。三杯桃李春风酒，一榻菰蒲夜雨船。 鸿迹偶曾留雪渚，鹤情原只在芝田。他乡未若还家好，绿树年年叫杜鹃。"二诗最佳。

## 八六

云林画传于世者颇多。其自题别号不一，或称懒迂，或称荆蛮民，又沧浪漫士、净名菴主，皆是也。见侯方域集《十万图记》。"十万"名目里甚，谓"万竿烟雨、万嶂飞雪"之类。十图不知流落何处，余见其《古木小山图》，极澹远，乃至正癸卯云林翁为竹溪清隐写者，傍有浔阳张羽楷书题诗一首："洒扫空斋住，浑忘应世情。身闲成道恨，家散剩诗名。古器邀人玩，新图捡客呈。可怜山水兴，投老失升平。"自注云："此余怀云林诗也。今道路既通，犹未得一聚首为恨。适志学徵君持此求题，因书其上。"羽诗、字俱工。而所称"竹溪清隐""志学徵君"者，不知何许人。张羽，字来仪，一字辅凤，元末避地吴中。当伪周据吴时，为伪相潘元绍所罗致，潘有《七姬权厝志》，即张羽文也。明初仕至太常丞，见文衡山《七姬志跋》。

## 八七

高季迪诗在明初犹唐之陈射洪也，五、七古多见风力一代。言诗皆欲驾宋、元而上，实权舆于此。诗中亦有似乐府者数篇，读之可知明初江南租税太重，是亦风雅之遗。后世文网既密，诗人上不敢道朝政、下亦不敢道民间疾苦。惟于春云、秋月、鸟啼、花笑，略事吟咏，追琢字句，诗格安得不卑？

## 八八

"徐昌谷、高子业二君，诗皆巧于用短。徐能以高韵胜，有蝉蜕轩举之风；高能以深情胜，有秋闺愁妇之态。更千百年，李、何尚有废兴，二君必无绝响。所谓成一家言也。""子美而后，能为其言而真足追配者，献吉、于鳞两家耳。五言，献吉以气合，于鳞以趣合。七言，献吉求似于句，而求专于骨；于鳞求似于情，而求胜于句。"皆王世懋敬美语。明诗大概如此。

## 八九

长沙李东阳，北地李梦阳，两人姓名相似，实非一族，皆明诗大宗。东阳，字宾之，号西涯，茶陵人，谥文正，世称茶陵，一称长沙。梦阳，字天赐，更字献吉，号空同，庆阳人，徙扶沟，谥景文，世称北地。茶陵有《拟乐府》一编，皆咏古事，似史论，句嫌太整，亦有淋漓尽致者。《灵寿杖歌》长句近李杜。《过仲家浅闸》诗，即今济州之仲家浅也。"同行无人仆隶散，独与船底相低昂。"语最写生。《九日渡江》一律云："秋风江口听鸣榔，远客归心正渺茫。万古乾坤此江水，百年风日几重阳。烟中树色浮瓜步，城上山形绕建康。直过真州更东下，夜深灯火宿维扬。"在内阁时书怀一律："六年书诏掌泥封，紫阁春深近九重。阶日暖思吟芍药，水风凉忆种芙蓉。登台未买黄金骏，补衮难成五色龙。多病益愁愁转病，老来归兴十分浓。"音节清壮。

## 九〇

北地七言歌行最为擅场，如《汉京篇》《去妇词》《土兵行》皆有杜陵之风，起调尤工。其《送李中承赴镇》："黄云横天海气恶，前飞鹜鸰后叫鹤。阴风夜撼医无闻，晓来雪片如手落。"《送李帅之云中》："黄风北来云气恶，云州健儿夜吹角。将军按剑坐待曙，纥干山摇月半落。"二首起调相同，亦有辙迹可寻。

## 九一

献吉五、七律最为王元美兄弟所称。《泰山》一首："俯首无齐鲁，东瞻海似杯。斗然一峰上，不信万山开。日抱扶桑跃，天横碣石来。君看秦始后，仍有汉皇台。"《艮岳》一首："宋家行殿此山头，千载来人水一丘。到眼黄蒿元玉砌，伤心锦缆有渔舟。金缯社稷和戎日，花石君臣弃国秋。漫倚南云望南土，古今龙战是中州。"《别徐祯卿得江字》一首："我爱南州徐孺子，明瑶美璧世无双。新从北极看南极，便自吴江下楚江。日落鹠鸪啼庙口，水清斑竹映船窗。祢衡王粲俱黄土，千载何人复此邦？"此等气韵，固足雄视一代。

## 九二

信阳何大复景明与北地并称何、李。李诗以气胜，何诗以韵胜。多仿六朝、初唐体制，其《明月篇》最知名，乃是规摹卢、王，大有似处。其论诗谓："子美长篇词固沈着，而颇失流转，虽成一家语，实则歌诗之变体也。"余谓其论未公。必谓六朝、初唐乃为歌行之正，则歌行之义止于此乎？何又谓子美之诗，博涉世故而出于夫妇者，常少致兼雅颂而风人之义，或缺其调，或反在唐初四子之下？余谓杜诗亦自有出于夫妇者，岂可比而同之？"与君相思在二八，与君相期在三五。空持夜被贴鸳鸯，空持暖玉擎鹦鹉。"《明月篇》中佳句，杜诗无此等类也。

## 九三

信阳古体佳句，如《种麻篇》："孤生易憔悴，独立多忧患。"《捣衣诗》：

"君子万里身，贱妾万里心。"《咏怀诗》："浮云蔽江皋，白日忽已晚。"皆力摹六朝。《秋江词》一首最善。

## 九四

王子衡廷相《赭袍将军谣》一首："万寿山前擂大鼓，赭袍将军号威武，三边健儿猛如虎。左提戈，右张弩，外廷言之赭袍怒。牙旗闪闪军门开，紫茸罩甲如云排。大同来？宣府来？"谣甚古质。李空同有《内教场歌》："雕弓豹鞬骑白马，大明门前马不下。径入内伐鼓，大同邪？宣府邪？将军者谁邪？"意致相同。李诗不明斥赭袍，尤极含蓄。

## 九五

徐祯卿昌谷与何、李鼎立，五古亦是窃攀汉魏，不免齐、梁后尘。五律学孟襄阳，气格极相似，颈联往往不对，如："故人惠思我，百里寄瑶音。独在山中宿，松斋清道心。"并以流利为贵，不以对带为工。又："阳月随阳鸟，遥从塞上来。北人江北望，不见陇头梅。"四句遥对亦不板对。又："高斋今夜雨，独卧武昌城。""今来寒食节，独望灞陵园。"二篇句法相似，可悟活法。

## 九六

"李于鳞选唐七言绝句，取王龙标'秦时明月汉时关'为第一，以语人，多不服。于鳞意，止击节'秦时明月'四字耳。必欲压卷，还当于王翰'葡萄美酒'、王之涣'黄河远上'二首求之。"此王敬美《艺圃撷余 ①》。余谓"黄河远上"诗，气韵尚佳。若"葡萄"一绝，风斯下矣，何能压卷？人之嗜好不同，不必苦争。譬己嗜昌蒲菹者，又可强人缩鼻饮之邪？

## 九七

"林皋木叶下，江潭秋水生。灵飙荡阴霭，落景涵虚明。"牛士良句清

---

① 底本作"艺圃余论"，据原书名改，下同。

雅可诵，亦自《选》体来。

## 九八

许道中彬诗："道上钩衣苍耳子，风前聒客白头翁。"用温飞卿句法，近纤。"黄河九曲天边落，华岳三峰马上来。"乃其佳句。

## 九九

边华泉五古短篇，如："夜久河汉横，春堂别灯黯。风凄鸟初动，露重花犹敛。明发不在兹，重关为谁掩？"又："西登锥石口，鸟道不盈尺。连山树如绣，云中日将夕。不闻樵采音，但见虎行迹。"全学小谢，固足出语惊人。七古如"旬宣使者家在吴，入蜀今为蜀大夫"及"我公息马兼息民，民保田庐马生子"，句调、气韵皆仿摩诘。

## 一〇〇

华泉律句，如："风雨清明候，乾坤正德年。""地入河源渺，天连塞日曛。""莺啼非故国，草色乱春心。""鸡鸣桑下屋，牛卧雨中村。""夜雨楼中闻雁别，秋风江上看潮生。""千盘鸟道缘云转，五色龙江抱日流。""乾坤去住真如寄，车马驰驱不暂闲。""遥怜白发星星短，无那风尘日日多。"皆极雅炼。余不胜录。

## 一〇一

华泉《赠都元敬》诗，前后数首俱佳。"驱马别君处，秋阴当暮生。林柯无静叶，江雁有归声。绿水阊门道，青山建业城。未能同理楫，延伫独含情。"又："秋江浩浩夕波寒，秋岸离离木叶丹。南北路歧频驻马，古今怀抱几凭栏？平芜日下黄云合，旧国人归白雁残。谢傅东山意无限，别来谁与共盘桓？"

## 一〇二

《王阳明集》有《咏良知》四首，又《示诸生》三首，皆明白如话。又《答人问良知》二首，录见一斑。"良知即是独知时，此知之外更无知。谁人不有良知在，知得良知却是谁？""知得良知却是谁，自家痛痒自家知。若将痛痒从人问，痛痒何须更问为？"又《答人间道》一绝："饥来喫饭倦来眠，只此修行玄更玄。说与世人都不信，却从身外觅神仙。"

## 一〇三

阳明《书草萍驿》一律，乃其佳篇。"一战功成未足奇，亲征消息尚堪危。边烽西北方传警，民力东南已尽疲。万里秋风嘶甲马，千山斜日度旌旗。小臣何尔驰驱急，欲请回銮罢六师。"阳明《记梦》诗序言："梦郭景纯，极言王导之奸，谓王敦之逆，导实主之。"阳明非妄言者，必实有此梦也。梦中见古人，文词鄙儒，亦往往有之，但不能若是了了。

## 一〇四

高子业叔嗣①与昌谷并称，巧于用短者。子业诗多近《选》体，仿陶、谢二家，如："徙官复在兹，心迹亦何乖？""既妨来者路，谁明去矣怀？"又："春至东郭田，夏来北林木。时从远原上，日纵平郊目。"皆深得其趣。"众女竞中闺，独退反成怒"二语，尤近风骚之旨。

## 一〇五

"二月莺花少，千家雨雪霏。可怜值寒食，犹未换征衣。积水生空雾，高城背落晖。忍看杨柳色，从此去王畿。"子业《寒食定兴道中》句。

## 一〇六

华察，字子潜，诗亦学陶。"时闻鸟雀喧，因念禾黍熟。"就摩诘"雀

---

① 底本作"叔誉"。高叔嗣（1501—1537），字子业，号苏门山人，祥符（今河南开封）人，著有《苏门集》。

喧禾黍熟"五字衍出。"月白山窗青,夜静风泉响。"从襄阳"风泉满清听"一联化出,规摩有迹。《惠山寺与施子羽话别》一律:"看山不觉暝,月出禅林幽。夜静见空色,身闲忘去留。疏钟隔云度,残叶映泉流。此地欲为别,诸天生暮愁。"

## 一〇七

杨升菴诗,古体力追古人,不同凡响。《三岔驿》一首:"三岔驿,十字路,北去南来几朝暮。朝见扬扬拥盖来,暮看寂寂回车去。今古消沈名利中,短亭流水长亭树。"《送人归罗江》一首:"豆子山,打瓦鼓;阳平山,撒白雨。白雨下,娶龙女;织得绢,二丈五。一半属罗江,一半属玄武。我诵绵州歌,思乡心独苦。送君归,罗江浦。"二诗俱似古乐府。《怀归》一律:"星桥南望沈犀渚,雪岭西连抱珥河。关塞渺茫魂梦隔,山川迢递别离多。汀洲春雨搴芳杜,茅屋秋风带女萝。心事未从詹尹卜,生涯聊听樊童歌。"又《春兴》句:"宣室鬼神思贾谊,中原将帅用廉颇。难教迟暮从招隐,拟把生涯学醉歌。"结语相类。

## 一〇八

《庄定山集》多道学句,不脱毡裘气。"山河影里虽殊相,太极圈中是一家。"此类皆是。亦时有清壮之作,《留秦用中》一律:"世故驱人百未休,江山何地稍堪留。乾坤此日还重九,风雨今年又一秋。碧树可惊游子梦,黄花偏爱老人头。且须急把东篱菊,回首江天独倚楼。"又句:"我与白云同自在,月交秋夜极分明。""题诗朗月清风到,招手千峰万壑来。""独把一杯看雪坐,便知终日与天谈。"皆佳。

## 一〇九

文徵明《甫田集》,诗多近体,亦研练工雅。《春雨漫兴》一律:"春雨萧萧草满除,春风吾自爱吾庐。高情时诵闲居赋,老眼能抄种树书。金马昔年贫曼倩,文园今日病相如。焚香燕坐心如水,一任门多长者车。"又《遣怀》诗："潦倒儒宫二十年，业缘仍在利名间。敢言冀北无良马，深愧淮南赋小山。病起秋风吹白发，雨中黄叶暗松关。不嫌穷巷频回辙，消受炉香一味闲。"盖拒宁藩之征而作也。五言如："风雨将春去，清和四月天。桐阴摇白日，草色散青烟。"又："花残莺独啭，草长燕交飞。"皆佳句也。

一一〇

《甫田集》末《戊午元旦》一律："劳生九十漫随缘，老病支离幸自全。百岁几人登耄耋，一身五世见曾玄。只将去日占来日，谁谓增年是减年。次第梅花春满目，可容愁到酒樽前。"集中多有《元日》《除夕》等题，不下二三十见。衡山大年几至百岁，王弇州为传云："海内习文先生名久，几以为异代人，而怪其在，谓为仙且不死。"情事逼真。

一一一

沈石田病中答王守溪相公一绝："勇退归来说宰公，此机超出万人中。门前车马多如许，那有心情问病翁？"见顾氏《夷白斋诗话》。

一一二

唐子畏晚年作诗专用里句。如："不炼金丹不坐禅，不为商贾不耕田。起来写就青山卖，不使人间造孽钱。"太似禅偈咏唱句。"堪笑满中皆白发，不欺在上有青天。"尚佳。

一一三

"家住夕阳江上村，一湾流水绕柴门。种来松树高于屋，借与春禽养子孙。"此叶唐夫《江村》诗，极似题画句也。

一一四

《艺圃撷余》云："初学不知苦辣，往往谓古体易就，率尔成篇。不知律尚不工，岂能工古？徒为两失而已。"余谓渠讥率尔操觚者是也。谓工古诗当先工律诗者，非也。古体、近体判然不侔。余尝谓近代文人不能洗尽时艺句调，不足为古文；不能尽除排律习气，不足为古诗。

## 一一五

"谈者谓七律，一句不可两入故事，一篇中不可重犯故事。此病犯者固少，能拈出亦见精严。然我以为非妙悟也。作诗到神情传处，随分自佳，下得不觉。纵使一句两入、两句重犯，亦自无伤。如太白《峨眉山月歌》，四句入地名者五，然古今目为绝唱，殊不厌重。蜂腰、鹤膝、双声、叠韵，休文法也，古今犯者不少，宁尽被汰邪？"王敬美此论最佳。

## 一一六

王元美《弇州集》中，拟乐府古题亦多隽句。如《长歌行》："逝水但知东，逝日但知西。人生坚强志，乃欲与时违。"《子夜歌》："双枕不成起，单枕不成眠。春风饶冷暖，吹作两种天。"俱得古意。乃其弟《艺圃撷余》谓："乐府两字，闭目摇手，到老不敢道。"又讥"李西涯、杨铁崖都曾做过，何尝是来？"盖亦强作解事语。余谓乐府自长庆以后，其途益宽。用古题者，仿古乐府；咏今事者，仿新乐府。亦古诗之一体耳，何至闭目摇手作如许态？

## 一一七

元美与于鳞赠答最多，推崇于鳞最至，漫列于后。"历下多奇士，夫君无忝之。身应李白后，书是伏生遗。""自别李生久，乾坤吾不容。汝才今倚马，于辩复雕龙。""赤日浴沧海，青天横岱宗。汉家两司马，吾世一攀龙。""白日斗文动，青天璧色流。野夫何剧喜，万象总深愁。""鞭弭中原约，车书异代心。并驱吾岂敢，或可效知音。""何限乾坤事，归来汝自酬。振衣沧海月，摇笔岱云秋。""一哂中原过，新诗异代论。长安故人地，车马自言尊。"七言如："翛然自喜千秋事，去矣谁当一代才？""吾已河山甘付骨，汝从天地更论才。""尚有乾坤容汝在，空留日月向人过。""飞扬跋扈当年事，历落崚嶒我辈人。""天地只今安战色，故人何处傍诗名？"

又："自拟仙舟问李膺，涛声寒压九河冰。愀然啸日思雄剑，忽尔垂天至大鹏。""落日中原太华阴，客携秋色独登临。俄添岳掌莲峰峻，忽入关头紫气深。"皆为于鳞言之也。

一一八

元美《赠于鳞长律二十四韵》有云："英雄方识尔，踽踽有来朋。眉宇千年色，襟期万壑冰。"《哭于鳞百二十韵》有云："念尔千夫俊，生操万古权。""文许先秦上，诗卑正始还。""五言珠错落，一字玉规圆。""自抚高山操，人收白雪篇。""居疑潜洞壑，出竞指神仙。""七子孤徐幹，生平一仲宣。""词场虽满目，谁定笔如椽？"

一一九

王、李并称，然弇州豪放，多露圭角，七律尤甚，未若沧溟之精深华妙。《弇州集》中凡赠李、怀李诸作，皆其佳篇，特见精神。所谓士信知己，有感斯通，非曰旗鼓中原，必欲争胜也。《寄题于鳞白雪楼》二律，乃其极平易者。"平楚苍然万木齐，嵯峨飞阁岱云低。峰头玉蕊春长在，槛外金茎夜不迷。"盖欲效沧溟语。

一二〇

"李沧溟诗如峨眉积雪，阆风蒸霞，高华气色，罕见其比。"此亦王元美语，可谓知言。又云："七律至仲默而畅，献吉而大，于鳞而高。"沧溟五古，如《泰山篇》《远游篇》《古意杂兴》等篇，皆浑厚大雅，追古作者。诸选诗家多遗之，甚哉操鉴之难也。余尤爱其《录别》一篇："渺渺远行客，绵绵思故乡。悲风绕车鸣，浮云立马傍。边城苦多阴，秋色激繁霜。白日匿何时？四野一茫茫。落木满空庭，游响拂闲房。霏霏罗帏影，明月在我床。起视河汉流，寥寥夜未央。出亦以徘徊，入亦以彷徨。"在建安体中雅近五官。

一二一

"所遇无此物，识曲听其伪。""中怀谁可喻，文章亦经国。"皆反用古人成语，亦可知此老胸中，选诗最熟。"云阴出水鲜，石色含霜活。""白鸟下烟际，归鸿起天末。""白云澹萧晨，黄花媚新酝。""径回片桥出，林暝寒城隐。"此类皆效二谢。

## 一二二

"文章稍近五千言，雅颂以还十九首。文章八代俱望洋，心事几人同哀郢？"沧溟论诗，于此可见一斑。《送谢茂秦》句："文章千载一知己，交结何须钟子期？此物有神兼有分，富贵浮云不与之。"《送宗子相》句："知君林壑百不忧，图书四壁高枕秋。""文章万古垂大业，富贵浮云非所求。"两联吐属正同，胸次可见。

## 一二三

沧溟《送元美》七古一篇，极激昂顿挫之致，有云："居然宇宙见雄俊，睥睨今古神飞扬。""高才梗楠与杞梓，吾道麒麟或凤凰。""伊周屈宋傥易地，钧衡艺苑俱称良。"有自比稷契之致。

## 一二四

《齐侠行》一首，极似《辋川集》中得意之作，句云："山东十二诸侯国，海滨五百义士乡。功名未致有庄贾，肝胆欲倾无孟尝。"

## 一二五

"君不见黄鹄高飞未可罗，榆枋之雀奈我何？拂衣春色为黯澹，故山高卧白云多。"《送郑生游太梁》起句。

## 一二六

沧溟七言歌行，每以单句取势。《送元美》："生也经纶斯滥觞。""生也为情诚彷徉。""送子相卿也。""抽簪且偃仰。"以单句收，足益觉矫健，非气充力大，未许轻效。

## 一二七

"须臾百里岱阴合，咫尺疑闻清河流。华不注山得非雨，平陵已西胡独秋？"《酬李东昌写寄白雪楼图》诗中句。

## 一二八

沧溟律诗，如《登太行绝顶》："黄榆高不极，临眺亦奇哉。河势中原拆，山形上党来。白云横塞断，寒峡倚天开。摇落清秋色，多惭作赋才。"《送元美》："吾曹天地在，不惜滞风尘。意气能无合，文章自有真。齐名他日事，侧目此时人。为别还秋色，樽前白发新。"《怀大山分赋》："海内名山有岱宗，侧身东望一相从。河流晓挂天门树，海色秋高日观峰。金箧何人探汉策，白云千载护秦封。向来信宿藤萝外，杖底西风万壑钟。"《元美望海是寄》一首："白云东望十洲开，苦忆玄虚作赋才。大壑秋阴生蜃气，扶桑日出照楼台。波涛汉使乘槎过，风雨秦王策石来。从有三山何可到，不如相见且衔杯。"佳篇不可胜录。一代宗工，千秋共见。

## 一二九

律诗佳句，如《登省中楼》："数峰城上出，落日署中寒。"又"白云海色断，落日秋阴来。"《出郭》："溪流萦去马，山路入鸣蝉。"《秋夜》："乡心生夜雨，客病卧秋风。"《寄元美》："浮云寒大漠，白日澹幽州。"《关门望雪》："积阴高紫气，寒色壮秦山。"《夏日村居》："火云千里驻，片雨二湖阴。"《秋日村居》："谈诗成白首，把酒望青天。万里中原色，萧条此地偏。"沧溟诗工于发端，结构老成，本不宜摘句，强掇取之耳。

## 一三〇

沧溟七律多押"灰"韵，《送刘明府》："吴地青山飞舄下，大江秋水挂帆来。"《送人之长兴》："城上春云天目出，帘前秋色太湖来。"《葛丈山房》："倚窗河势钩盘出，拂槛秋阴碣石来。"《元美海望》："波涛汉使乘槎过，风雨秦王策石来。"《青萝馆》："风摇北渚清阴合，烟杂南山黛色来。"又《白雪楼》："大清河抱孤城转,长白山邀返照回。"《神通寺》："初地花间藏洞府,诸天树杪出楼台。"古人作诗,必先择韵,于此可见。近人辑《明诗钞》,于沧溟此数首都未之载,意见迥殊。

一三一

"人家夜雨黎阳树,客渡秋风瓠子歌。""春流无恙桃花水,秋色依然瓠子宫。""卧病山中生桂树,怀人江上落梅花。"此在沧溟诗中最为平句,而世俗所赏,专在此等。尚不如"倚槛四高沧海气,衔杯一望缙云天""绿阴欲满桑蚕月,白首重论竹马年""青樽夜倒溥沱月,紫马秋嘶大陆云""秋到诸天开蓇葖,湖连双阙散芙蓉""春回竹叶杯先白,天逼莲花剑气青"。

一三二

沧溟排律别有奇姿,识者宜赏其神骏,如:"四海携名士,弥天得上方。""物色看如昨,愁时独不醒。"起调特高,佳句如:"濯缨秋雨至,把钓夕阳多。""风尘无燕息,宾客有羊何。""上林又黄鸟,何处此清樽?""星榆散使者,春草待王孙。""蠹鱼冬不蛰,萤火夜应然。""五言如挟纩,一字解缠绵。""白泉钟乳色,黄鸟窃脂声。""狗曲群为诟,毛诗独著名。"《郡斋同元美赋》一律:"风尘如昨日,千里得同袍。秋色随佳句,浮名避浊醪。故人沧海远,使者白云高。小郡常悬榻,君家自佩刀。飞扬鞭弭约,惨澹簿书劳。别后看多士,元龙未似豪。"

一三三

七排佳句,如:"磴道乍从空外转,楼台已入镜中悬。""浮云西北来何暮,今日东南美自并。""君王受计当天下,月朔垂衣出禁中。"

一三四

沧溟绝句诗,尤得唐贤三昧,摘录数首。《桃花岭》："一度桃花岭,烟霞处处新。纵迷源上路,犹似武陵人。"《丁香湾》："平潭澹不流,寒影群峰集。斜阳一以照，彩翠忽堪拾。"《登宗秀才池亭》："窗中采莲舟，落日菱歌起。坐见浣纱人，红颜照秋水。"《送刘户部督饷湖广》："锦帆南入楚云重，江上遥看衡岳峰。落日苍茫秋不断，青天七十二芙蓉。"《宿林泉观》："盥漱焚香坐翠微，烟霞犹在芰荷衣。怪来不作人间梦，一夜寒泉拂牖飞。"《赠梁伯龙》："太华峰头玉女坛，别时明月满长安。不知秋色今多少，君到仙人掌上看。"《过刘簿山斋》："万壑千山入户重，秋来三径少人踪。不知君在莲花府，得似芙蓉第几峰？"《与三君登楼》："谁怜王粲懒登楼，病起漳南对客秋。自喜赋成多丽句，因知座上有曹刘。"居然以七子自命。

### 一三五

沧溟七绝，亦好押"灰"韵，《送子相》："广陵秋色雨中开，系马青枫江上台。落日千帆低不度，惊涛一片雪山来。"《送元美》："青枫摇落气悲哉，客有将归张翰才。东望三吴秋色里，挂天帆影大江来。"又《怀元美》："莫向中原看落日，浮云万里为君来。"《游北渚》："五月五日榴花杯，故园故人北渚来。"《李柱史蜀扇》："谁将一片峨眉雪，濯锦江寒万里来。"《华不注》次首："西岳莲峰谁擘开，浮岚滴翠远飞来。还如画出明湖上，螺髻朝朝对镜台。"又《张明府惠石榴》："谁遣明珠掌上来，秋风吹笼石榴开。若非金谷园中树，定是河阳县里栽。"此首末用庾子山二句，只易一字，惟其恰好，不能割爱。

### 一三六

六言《醉示元美》："拂衣不免违俗，纵酒还堪达生。偶尔故人握手，看他竖子成名。"又《与徐子与同赋》有"玉清老子同姓，金粟如来后身"等句，吐露如此，亦太自负。将勿兴之所至，风利不得泊也。

### 一三七

许殿卿诗，谢茂秦称其"轩轩豪举，旁若无人"。所著《海右集》《梁园集》，今皆未见，无由窥其全豹。世俗传钞若干首，观之亦了，不异人意。

"江曲明渔火,山椒隐戍楼。""移舟星在水,解缆月随潮。"是其佳句。《寄于鳞》:"思君真可令人老,望远何曾当得归?"又"断云疏雨缘山路,孤树高春隔水村。""寒江曾采芙蓉紫,水驿今经杨柳青。"《九日于鳞招登四望山》一绝:"岁叙惊心水急流,年来又白几人头?那知绿酒青山外,惟有黄花似故秋。"

## 一三八

谢茂秦,临清一布衣,居王李诗社中。李赠诗云:"韦布岂尽愚,咄嗟名士籍。""遂令清庙音,乃在褐衣客。"感慨深矣。或乃谓:"章甫中杂一韦布,终以为嫌。"李诗云云,未能忘也。余谓此论大谬。李赠谢诗,不从褐衣生情,更当作何语邪?茂秦《同殷、李诸公天宁寺对雨》有云:"晚留轩冕客,秋到薜萝衣。""轩冕""薜萝"之见,亦何能忘之?

## 一三九

茂秦有《雪夜过于鳞适已醉卧因留宿作》中云:"太白醉眠呼不起,惠连赋就却空来。"盖二人隙末之由,所谓文字生瑕疵者。

## 一四〇

《四溟山人集》五古甚寥寥,非其所长。《春雪》《秋山》二首,意欲学陶,反形窘步。七古雅近初唐,《思归引》一首最善:"有家归去来,旅颜何摧颓。胡为戎马际,滞此燕昭台。十日九寄书,不慰妻子怀。秋风忽动思故园,山妻捣衣儿候门。缺月半天霜满地,悄然孤馆销人魂。不见嵩高之山青嶒峨,上有松柏下有河。松柏可餐河可钓,老来幽事嗟无多。离乱至今我独苦,梦中归路迷烟萝。庞公旧隐须一访,白云惨澹终如何?"

## 一四一

《山人画竹歌》云:"阴晴寒暖同不同,变化无穷出胸次。"《宝剑篇》云:"久藏灵异发浩叹,一逢知己快平生。"《送人出塞》云:"陈琳倚马能成檄,王粲从军还赋诗。"皆自道也。它句如"心知不在离合中""黄金有无关气色",皆阅历甘苦语。

## 一四二

茂秦五律最工,字响句稳,风格道上。陈卧子云:"茂秦沈练雄浑,法度森然,真节制之师。"正谓其五律也。或谓"束缚,精神不能出四十字外",非公论,不足凭。漫录数首于左。

《有感》一首:"薄伐元①中策,论兵自古难。汉唐频拓地,将帅几登坛。绝漠兼②天尽,交河荡日寒。不知大宛马,曾复到长安。"《寄张崇德》一首:"空庭黄叶下,风物岂乡关?独夜人南北,流年雁往还。乱云低古塞,积雨暗秋山。尔亦悲摇落,孤云鬓欲斑。"《寒食旅怀》一首:"蓟北惊寒食,淹留几自嗟。春风来燕子,落日在桃花。丘陇行边泪,江湖梦里家。不知疏懒客,何物是生涯。"

## 一四三

五言佳句,如《巡幸歌》:"兔河冰上过,狐岭雪中行。"又:"飞去五花马,射来双白狼。"《春宫词》:"晓霞憎国色,春柳妒宫腰。"《暮秋》:"关河秋后雁,风雨夜深灯。"又:"青山无久客,黄菊有归心。"《七夕》:"人间清露夜,天上白榆秋。"《秋野》:"杀气三河动,边声一骑飞。"《榆河晓发》:"云出三边外,风生万马间。"《榆林道中》:"山横边色断,日没野阴重。"又:"乱山通驿道,残日照边楼。"《清明忆弟》:"春满他乡树,河连故国城。"《夏夜独坐》:"老破当年梦,秋生久客心。"《晓起》:"绿草偏依水,青山半入楼。"《秋庭》:"落叶听无尽,秋风来更多。"《送人之金陵》:"秋帆二水外,春草六朝余。"《北望》:"朝廷殊见远,将相各知难。"《柬徐别驾》:"白发艰虞尽,沧洲去住难。"《送陈金宪北伐》:"军容肃雁塞,剑气压龙城。"《哀江南》:"波涛扬子夕,风雨秣陵天。"又:"江南天设险,满目战图秋。"

---

① 底本作"原",据原诗改。
② 底本作"荡",据原诗改。

《寄怀许伯诚》：“白首歌今代，青山梦古人。”《宿淇门驿》：“乱云关树暝，寒雨驿灯孤。”《久雨》：“云惨失峰峦，林深鸟自安。山城七日雨，客舍九秋寒。”《送别》：“黄鸟乡心剧，青山驿路遥。”《寄蔡衡州》：“楼高分岳色，地迥散江声。”

## 一四四

七言佳句，如《送章行人》：“江南到处塞芳杜，海上先秋荐荔枝。”《送王侍御》：“天连嵩岳寒云尽，马渡黄河春草生。”《寄怀卢司业》：“秋色几看钟阜树，寒声还听大江潮。”《送毛明府》：“海上有云连蜃气，岭南无雪到梅花。”《有感》：“黄鹂独啭杏花尽，白日低临湖水平。”又：“湖光不定春风里，山气偏多夕照中。”《寄皇甫水部》：“黄河荡日寒声转，嵩岳连空远色开。”《久客志感》：“苦吟易老计何拙，浊酒驱愁功亦微。”

## 一四五

《九日携酒过王叔野无菊》一绝：“陶潜懒漫闭柴关，九日餐英自解颜。不种黄花君更懒，满城秋色几人闲。”《新乡城西昔送李学宪于鳞至此感慨》二绝：“大道相携五岳游，老夫共尔赋高秋。剩将石髓换仙骨，西指昆仑天尽头。”“相期走马驻孤城，促膝论交中夜情。不见澄江映秋月，故人心迹两分明。”此是茂秦晚年作，盖亦悔其中道弃置，异乎君子交也。

## 一四六

《四溟山人诗话》创为“可解、不可解、不必解”之说，为世诟病，要是高明之过。文字到得意时，初无急索解人之见，善观诗者亦自不求甚解。如《木兰诗》末段，“雄兔、雌兔”二语，不过引出“安能辨我是雄雌”语耳。必分木兰火伴谁为“扑朔”，谁为“迷离”，则不必解耳。

## 一四七

山人论诗：“当取李、杜十四家之最者，熟读之以夺神气，歌咏之以求声调，玩味之以衷精华。得此三要，造乎浑沦，不必塑谪仙而画少陵也。"
此为作近体及七言歌行者定法。若作五古，自应奉《文选》中汉魏人诗为
圭臬。

## 一四八

作诗一道，人各自写其性情，原无须多谈，学者自喻之耳。所能谈者，
声律、对偶、字句之工拙，体裁之异同，皆诗之绪余，古人之糟粕也。世
传谢山人论诗，李沧溟责其太泄天机。余谓此愚夫妄传之语，否则沧溟一
时嘲笑之言耳。天机既泄，究竟何如？

## 一四九

汤若士《玉茗堂诗集》，五古有《夜泛鱼台河》一首："日夕汉阳道，
明湖影青岑。发兴已孤远，中波夹平林。平林烟色微，迢递表晖阴。明月
若佳人，杳霭来窥临。夜黄时叫啸，阳鱼恣奔沈。飔飔高柳鸣，樯绰挠风音。
籁寂警玄律，空明洞素心。纷昼即冉冉，良夜稍惛惛。愧彼沧洲客，兹游
常映衿。"又有《鲁桥南望山》一首，末云："秋光汉阳水，忽见湖上山。
隐映不能去，空然怨出关。"鲁桥，亦吾邑村名。二诗皆当入邑志。

## 一五○

《临川诗》有《阳谷店秋日题壁》一绝："独来阳谷店，绕屋是青山。
似有江南色，萧萧檐树间。"又有《过阳谷店视旧题》一首、《阳谷主人饮》
一首、《助田主人祈雨》一首。不知"阳谷"即今阳谷县否？或东阿道中村名，
村今讹称"王古"，若"皇姑"矣。玩"青山绕屋"句，似是其处。

## 一五一

临川《送鲁王孙》一首："汶河春草色，鲁酒夜深情。问字吾何有？
闻诗尔亦清。雨归青社晓，云起岱宗平。别有灵光殿，时闻丝竹声。"按
鲁藩诸孙多能诗，此阙名，可惜也。《离合字诗寄京邑诸贵》一首："琅玕

岂不珍，玉屑竟谁饭？桧树郁东皋，木叶辞秋苑。衿曲自悠悠，衣带日趋缓。乘月望凤霄，人遥尺书断。"隐"良会今乖"四字。句甚清婉，较孔北海离合字诗，工拙判然。

## 一五二

于无垢《谷城山馆集》论五古：学魏晋则迂甚，"少则难变，多则易穷，古所谓鹦鹉语不过数声耳"。余谓谷山此言大谬。试取建安诸家诗读之，一唱三叹，节短韵长。学者得其一二语，已高不可攀，那有朴而不敢雕、制而不敢骋之弊哉？若夫难变易穷者，乃其人自易穷耳，岂魏晋诗之为之哉？

## 一五三

谷山五古多隽句，如："鼎鼎百年内，辟海流风涛。""高节抱贞心，可折不可曲。"又《感怀》一首："家本东海裔，樵牧东山下。先子秉儒术，歌音追大雅。一吏稍浮沉，举世无知者。眇余秉薄祜，宛洛随车马。丘陇日以遥，松柏在原野。风木无停音，雨露凄其洒。一为皋鱼叹，零涕缘缨泻。"大近步兵《咏怀》。

## 一五四

谷山《赠李本宁歌》后段："我闻柱下之裔多才子，白也飘零贺折死。今日得君而三矣，君今不夭复不贱，又无留滞安有此？李君李君为我楚舞，我为君歌，岁云暮矣将如何？天生豪俊必有用，如君不信长蹉跎。泾水一斗泥，化为一斗谷。清者受其名，浊者食其福。翘翘常不足，碌碌常有余。人者歆其实，天者宝其虚。请君还我凌云笔，我还君家禄万石。"音节入古，是善学太白者。

## 一五五

谷山近体多佳句，如《陶山怀古》："地连肥子国，路出铸乡城。"《金陵夜泊》："地邻桃叶渡，山近石头城。"《宿香山寺》："山深迟见月，石冷细生云。"《答常中丞》："天迥悬乡月，山深阅岁星。"余尤爱其"世路无工拙，时名有是非""河流谁谓广，海水自知寒"。

## 一五六

冯琢菴当时与于无垢并称，或由名位相埒，诗笔殊不能作仲也。《宿栖云阁》一律"曲径穿林入，高楼面水开。鸟将云并宿，客与月同来。竹色四时雨，泉声半夜雷。乍惊衣袖湿，露下泛舟回"最佳。

## 一五七

琢菴好为苦句，如"事去无知己，愁来忆古人"，又"忧来千虑少，归去一身多"。《送人东归》一绝："素衣不惯帝京尘，出郭看春已莫春。我自倦游君未遇，杨花如雪送归人。"

## 一五八

邢子愿论诗不附七子，深中时流之弊。自著《来禽馆诗》，乃多应酬之作，不能自成一家。近体多琢句，如《寄吴明卿》："天意存黄发，乡心满绿蘅。"□□□□□□□□□□□□□□□□□□□□□□怨。"不将金买赋，徒有玉为枝。"①《秋日却寄李太原》一首，乃其最有气者。"故国风烟古，天涯草树疏。月通汾水梦，云度太行书。出处皆吾道，寒暄有敝庐。题封犹未悉，瓜地待春锄。"

## 一五九

子愿七律，如："人从方朔祠边去，路向刀环渡口分。""起家杜曲新京兆，入对齐川旧伏生。""风烟不改庐龙塞，客子今过饮马泉。"此等句亦是七子唾余。

---

① 查光绪十七年（1891）《来禽馆集》卷二，上述诗句分别为"舟泊九江寄谢吴明卿先生""长门怨和刘长卿"，中间模糊不清的内容似非这两首诗中所写。

## 一六〇

《寄怀朋旧》绝句廿余首是子愿佳篇，不著地望、姓字，尤见高雅。公孝与论诗，亦不满李沧溟者，而其五、七古皆不免伧气，是殆所谓未入其蕃者。如《遣兴拟杜》一首："人苦不知足，愿欲何终极？当其入天门，犹未厌八翼。"此何等语？

## 一六一

钟伯敬论："晚唐诗有极妙而与盛唐诗远者，有不必妙而气体神韵与盛唐近者。'不必妙'三字甚难到，亦甚难言，妙不足以拟之矣。惟马戴犹存此意，然皆近体耳。"余谓伯敬所谓"不必妙"，犹茂秦所云"不必解"，皆故作深语无论。马戴诗皆妙，即间有"不必妙"者，亦何足为训？

## 一六二

伯敬《飞云岩》诗："吾闻山出云，岩则云之室。兹岩云所为，云与山为一。[①]山老云亦坚，浮者化而实。初至怯空游，梯登乃历历。下上于其间，步步可游息。石以云为神，云以石为质。石飞云或住，动定理难诘。草树过泉声，寻之莫可觐。"此其最得意者。先超贡公尝谓伯敬诗"多不似诗中字句"，如"绝壁攀穷始见山，盘旋恐亦无过此"，"攀穷"非诗字，"恐亦无过此"非律句。又《月下新桐》诗，"绿满清虚内，光生幽独边"非诗句，由"幽独"字腐耳。颇爱其"穷岂皆诗罪，饥仍为醉谋"一联。

## 一六三

谭友夏诗多率易，《官舟纪梦》一首："今君官与地，前五六年知。并此舟中客，镌成梦里碑。牧人心有慧，石马耳无奇。可不翻然悟，空成扰扰为。"佳句如："竹中人已入长安，涧水打门竹光绿。""闭门全有山中意，向客欲分衣上云。"

---

① "兹岩云所为，云与山为一"句，底本脱，据原诗补。

## 一六四

余先八世祖显岳公，明季诸生，文册后书二绝句，不著名氏，盖有感于时事而作者。"象教东流日，黄尘已乱华。如何唐令主，犹度人出家。""防边无善策，最下是长城。谁主迁都议，燕山作帝京。"

## 一六五

陈卧子古体诗，在明季能拔戟自成一队。《小车行》一首："小车斑斑黄尘晚，夫为推，妇为挽。出门何所之？青青者榆疗吾饥，愿得乐土共哺糜。风吹黄蒿，望见墙宇，中有主人当饲汝。叩门无人室无釜，踯躅空巷泪如雨。"读此真如见《流民图》。

## 一六六

卧子近体亦极遒劲，《钱塘东望有感》一首："清溪东望大江回，立马层崖极望哀。晓日四明霞气重，春潮三折浪云开。禹陵风雨思王会，越国山川出霸才。依旧谢公携屐处，红泉碧树待人来。"《重游弇园》一首："放艇春寒岛屿深，弇山花木正萧森。左徒旧宅犹兰圃，中散荒园尚竹林。十二敦盘谁狎主，三千宾客半知音。风流摇落无人继，独立苍茫异代心。"七子若在，自应把臂入林。

## 一六七

邝湛若诗，近体甚工："牛渚青天月，长悬供奉祠。如何今夕酒，不共昔人持。高咏谁能似，扁舟从所之。溯洄殊未已，言折楚江蓠。"《采石矶》句，一片神行。

## 一六八

黄蕴生《野人叹》三首："野人叹息王师劳，秦贼楚贼如猬毛。攻城掠野官吏死，大江以北民嗷嗷。昨闻死贼劫财赋，分与官军作贿赂。乱矻民头挂高树，黎明 ① 视贼贼已去。""野人叹息年岁恶，池中掘井井底涸。飞蝗引子来蔽天，枉自倾家事田作。朝廷加派时时有，哭诉官司但摇手。归逢吏胥狭路边，软袭快马行索钱。""野人叹息朝无人，朝中朋党如鱼鳞。十官召对九官默，匍伏苟且容一身。庙堂何人理阴阳，频年日食四海荒。吾欲上书问朝士，却恐人诃妄男子。"此诗真明季实录。

## 一六九

戚元敬，谥武毅，武功最显，诗有《横槊集》《止止集》。近体研练似儒生，句如："旅梦惊啼鸟，乡愁望过船。""闻蝉惊序改，见月忆君频。""松篁开晚径，鸟雀浴晴沙。""柳深黄鸟乐，莎暖白鱼肥。"皆佳句。想其文采风流，真儒将也。录其《庚午夏撤师还复力疾当事赋示诸君》一首："独立怀知己，多歧叹宦情。古今谁侠气，天地一愁城。万里犹投笔，千载羡请缨。君俱学剑者，报国有新盟。"《客馆》一首："酒散寒江月，空斋夜弈时。风如万马斗，人似一鸡栖。生事甘吾拙，流年任物移。所忧在俯仰，何以慰离思？"当时盖与督臣意见不合。又有句云："平生自许捐躯易，遥制从来报国难。"有慨乎其言之。

## 一七〇

武毅公居名"梦梦"、堂曰"愚愚"、集曰"止止"，意存谦冲，乃似好奇，较宋人《笑笑集》斯为优矣。《马上作》一绝："南北驱驰报主情，江花边月笑平生。一年三百六十日，多是横戈马上行。"是本色语。

## 一七一

袭懋卿勖《寄于鳞》一绝："瓜田十亩济城东，云外青山小院通。流水桃花迷处所，几家春树暮烟中。"懋卿与沧溟友，《沧溟集》中屡有袭生，即懋卿也。乡尝以"袭"为"龚"之讹，不知平陵自有此姓。懋卿《卧病》句："海岱浮云千里色，江淮孤月百年心。"是《白雪楼》同调。

---

① 底本作"民"，据原诗改。

## 一七二

姜如农《自题荷戈小像集唐四首》，"偶因麋鹿随荒草，未有涓埃答圣朝。""望阙未成丹凤诏，空林独与白云期。"二联最善。

## 一七三

耿庭柏母徐氏《寄子诗》："家内平安报尔知，田园岁入有余资。丝毫不用南中物，好做清官答圣时。"此诗天籁，不假雕饰，自然成文，非学识素裕未能为也。《偶成》一律："时近清明二月天，娇花粉竹正鲜妍。秋千架上人如玉，溪水堤边柳似烟。紫燕双双归画栋，白鸥点点浴晴川。年来景物还依旧，不见人生再少年。"

## 一七四

邢子愿妹名慈静，武定马拯妻，著有《非非草》，仅见绝句数首。《静坐》是其佳篇："闲抛针线坐来深，静里频将面目寻。色相都忘身是幻，一潭清影月沈沈。"

## 一七五

《明诗钞》有历城七岁童子张珍一绝："溪中一片云，飞作千林雨。惟闻溪流声，不见溪流处。"韵用方音，尚不为沈生弊法所缚。

## 一七六

崇祯乙亥设超贡科，余先八世从祖百始公，讳观光，与其选廷试，与进士同。既遇沧桑，隐居不仕。论诗不喜钟、谭，自作稿多散遗，前、后《游平山行》载邑志。余家存手稿一帙，皆赠答诗，如《中秋与孙绎侗小饮》："念年同醉亦中秋，此夕犹能续旧游。佐酒清谈惟一物，宁须五斗换凉州。"《除夕与黄贞起小饮》："风霜千里赋归来，岁事苍茫酒一杯。人异凡麋徒聚首，天生神物岂相猜？群儿可有诗书气，吾辈犹惭王佐才。拾得瑶华莫自厌，敢云蓬岛尽荒莱。"卷末有李三如师《重担吟见勖》一首："一条重担子，吃紧向前举。一头挑六合，一头挑万古。稍稍思息肩，神明自相沮。岂不爱优游，谢担无其所。衰病日相侵，皇皇觅伴侣。旦莫或遇之，击节狂欲舞。"

# 《东泉诗话》卷第三

## 记诗一　近代

### 一

　　嘉庆戊午，先君子为济阳学官，于通家于某处得其乡前辈张尔岐稷若先生《文集》三册，薛宁廷太史手校本。薛最赏其《瓦砚铭》，古意斑驳，而理甚严正。词曰："此铜雀台瓦也，而或疑其伪。予曰：'有砚之用足矣，安取于其真而云可贵？使台上之人至今存邪，吾将唾其面而鞭其背。鬼蜮之余，乌得不为砚累？幸哉其伪也，姑免抵碎。'"集中古诗仅十余首，多有纪异、苦旱、地震、水飞等篇，盖皆明季作也。近体多应酬之作，末有《自挽》一绝："六十年来老书生，与人无竞物无争。心期一点终难了，不作天边处士星。"

　　稷若同时，有王无瑕琢璞《云来馆集》二册，《述怀》一首："落叶满空庭，寒林失故青。因思身外事，何异水中萍。老鬓短穷算，愁心迫暮龄。裴回①久不寐，残月透疏棂。"《赠张广文》起句："冷官殊类隐，何事赋归欤？出岫仍还岫，白云任卷舒。"《有感》二句："路多窄路无余路，人不欺人有几人？"其它得意句多类此。又《赠书贾张献吾并呈邢信卿》一首："书里心情客里身，一肩行李走逡巡。胸中有物难为貌，世上相人多失贫。

---

①同"徘徊"，下同。

乍见一寒怜范叔，试谈千古惊脊臣。矿金璞玉应难识，我共子将邢使君。"《稷若集》有《王无瑕先生墓表》云："先生中年遭疾挛屈，自号'支离生'。尝谓所亲曰：'天赋王生以才，而复困之。能夺我一第耳，岂遂夺我千古？'"

## 二

先君子游江南时，得彭城李蟠根庵诗稿，现存一册，摘录数首，以志乡往。《江月限韵》一首："终宵江月傍人清，江月年年江上生。每喜江边看月色，却从月里听江声。江逢月夜知江阔，月到江心泛月轻。今夕江头月更满，多应江月有前盟。"《喜湘南至》一首："一雁云中至，声声唤别离。关山千里梦，风雨数行诗。只为交如漆，惊看鬓已丝。何期今夜月，两地豁相思。"《初秋南山即事》二首："野外秋先到，寻幽兴已频。松风凉入牖，花露晚侵人。犬吠云中窦，鹤声月下邻。胡为常鹿鹿，空负百年身。""近得忘年叟，常深物外情。世安有晋魏，梦不到公卿。欲补山经注，时参月旦评。儿童应笑我，怀葛两遗氓。"

## 三

睢阳汤潜菴《题画》一绝："秋林不厌静，高士自能闲。镇日茅亭下，开窗对远山。"汤不以诗名，而诗工如此。《直院中》句："年老才将尽，忧多道转亲。夜深星斗阔，始悟与天邻。"尤足想其胸襟。

## 四

"国初诗学之盛，莫盛于山左。渔洋以实大声宏之学，为海内执骚坛牛耳，垂五十年。同时若宋荔裳、赵清止、高念东、田山姜、渔洋之兄西樵、清止之从孙秋谷，咸各先登树帜，衣被海内，故山左之诗甲于天下。"此德州卢雅雨见曾《山左诗钞序》句，海内论者不以为谀。卢氏钞本甚精核，六十年来，几于家有其书，无容摘录。尝见一旧诗册，叠和阮亭《秋柳》诗至百首，未及钞录，今亦无从物色之。长洲沈德潜《归愚集》有《挽王新城尚书》四章："三百年来久，风骚让此贤。惭无水曹句，辱荷尚书怜。

千里吴云隔，双鱼汶水传。野夫承下讯，惆怅倚江天。""横山全盛日，请业遍门墙。一老嗟沦没，群愚故谤伤。闲云封讲席，古柳卧书堂。故友悲今昔，青青墓草荒。""虎豹天关踞，云房未许窥。漫教尤众女，只自怨蛾眉。历下挥谈麈，汾湖把钓丝。后先同放弃，恰遂白云期。""又见文星暗，缘知岁在辰。济南无作者，海内失诗人。虚附青云士，难赓白雪春。虞翻同感泣，此意向谁陈？"当时为海内宗仰如是。

## 五

邹县潘氏有其先世节孝诗册，多康熙时名人。其阮亭一律"绣斧家声邾国传"云云，《邹志》采之，要是应酬之作，本集不入也。摘录蔡升元《七古》一首："纲常岂必在男子，立节何必读书史？人生气骨本天成，总为人间兴廉耻。潘母节孝古所无，英龄弱质夫婿死。白首孀姑黄口儿，辛勤茶苦谁敢比？春华秋月自年年，掩面深闺同流水。皋羽恸哭文山歌，男儿节烈如此止。嗟嗟潘母自有正气流行天地间，百年千岁旦暮□。彤管昭垂史册中，吾辈卮词聊尔尔。"

## 六

杨星位先生任农部时，为其嫂田氏节寿请旌，同时赠诗者数十家。诸城刘石菴一首："慷慨捐躯易，贞恒事最难。不图斯世见，直使此心安。白璧千年在，青灯五夜寒。茹茶原不负，凤诰更龙蟠。"窦东皋《五古》一首："堂前鹤发亲，膝下雪色儿。与君长诀别，执手从此辞。沃水洗铅华，明镜不复窥。黾勉事姑嫜，无异君在时。荧荧书帏灯，九熊济其疲。有子既成立，龙章表门楣。辛苦数十年，亦已白发垂。庭前女贞木，百尺高无枝。斫之为枯槽，弦以寡女丝。一弹寒蛩寂，再弹林鸟悲。愁云遏不行，悲风动地吹。何如白头吟，妙丽空文词。"它不备列。

## 七

单邑王明经家有康熙时前辈屏幅，多自书其诗，漫记一二。王曰高《赠友》旧作："握手春明又一时，水滨赠芍咏君诗。碧筒遥忆中峰见，素袂犹怜鹤发知。回首家山三载梦，论心南陌九秋期。莫悲风雨催黄叶，伫看新槐长旆枝。"童绥世旧作："冠盖满京华，风尘到客车。情亲惟尔我，扶持愧蓬麻。望重清如水，官闲自种花。真人天际想，窗北裹琵琶。"孙光祀《早朝》一律："宫莺报晓瑞烟开，三岛灵气拂水回。桥转朝虹当绮殿，舰浮花鹢进蓬莱。草承香辇王孙长，桃艳仙颜阿女栽。簪笔此时方侍从，却思金马笑邹枚。"琅邪王埙《赠李晓翁公祖朝贺》之作："宫阙崔巍晓雾笼，宸旒咫尺拜重瞳。罘罳日拥来天上，秘琲星遥出禁中。万国呼嵩称舜武，千秋致主比夔龙。朝回袖惹炉烟满，散作云霞覆二东。"

## 八

会稽罗淇《渡河》一律："未得寻源去，先成击楫过。夕阴寒白日，秋色澹黄河。八月灵槎路，千年瓠子歌。东流终不息，向晚水增波。"罗系康熙己未武进士，武臣能诗，世所希有。

## 九

邹邑秦生镜水心氏著《冰玉堂集》，前有长洲尤侗悔菴序。秦、尤，戊子同年友也。集中有《送尤展成太史还吴中》一律："鉴湖初赐季真归，北斗文名一代辉。月色不烦宫女烛，天香犹带侍臣衣。交深南国诗情重，俸薄中山酒力微。从此相思云树渺，愿凭尺素慰调饥。"此诗集中两见，已入近体，又入补遗，良由校雠未精。秦时守定州，故有"俸薄中山"句。《苏文忠祠》一首："学士来知定武军，蜀山魏国后先闻。人怀清德应同祀，志在苍生不但文。雪浪铭成盆石著，松醪赋就酒杯熏。如公芳躅谁能步，惟有心香一瓣焚。"《虎丘》一首："暂憩生公石，聊烹陆羽泉。山光云□出，鸟语树频迁。客况羊肠里，乡心雁字前。登临无限好，愁绪一时镌。"水心氏子济，字公楫，亦能诗，著《止园集》。《寸心》一首："世事全非旧，寸心不欲违。一从凫绎卧，几度秋云飞？独向溪边钓，谁敲竹外扉？闲居成懒慢，幸得解朝衣。"济仕为靖江令。《得乡信》一绝："一介遥从凫绎来，乡音未展尚疑猜。平安问遍家无事，方把书函细细开。"《示儿》一绝："恒岳淮南一览余，秦关洮水动欷歔。啸歌绝少风云状，那有江山来助余？"

一〇

琅邪宋元裕《嘘云阁闲吟》，《偶成》一首："壮志谁相许，蹉跎只自怜。青袍犹昔日，绿鬓异当年。俸薄心原澹，官卑节愈坚。浮云纷不定，翘首一听然。"摘句："襟怀随日放，风雨隔江秋。""秋老云霞敛，江深舟楫轻。""漏屋红留日，低垣碧见山。"又"红藕香时摇舴艋，绿杨深处听仓庚。""泇水到春浓似翠，宗山经雨嫩于蓝。"

一一

闽中郑荔芗方坤，乾隆时守兖州，为政风流，到今犹存。兹见其《集唐和杜子美秋兴元韵》八首并叙："岁云秋矣，霜露既降。薄寒中人，感飞光之忽道，怅丹砂之未就。停云对雨，思公子兮离忧；树蕙滋兰，恐美人之迟暮。在心为志，触绪兴怀。于是掇唐贤百和之香，抽黄对白；踌躇府孤城之韵，换羽移宫。潦倒生涯，兹其是矣。末章缪谈彼法，用畅玄风。盖窃比杜老，身许双峰，门求七祖之意，殆亦有托而逃焉者也。顾黄华翠竹，未参无上菩提；而抹月批风，又落一种公案。识者得勿笑杜撰禅乎？"诗曰："迭和山歌逗远林<sub>陆龟蒙</sub>，解衣先觉冷森森<sub>韩偓</sub>。停梭且复留残纬<sub>沈叔安</sub>，执卷犹闻借寸阴<sub>郑谷</sub>。高阁清香生静境<sub>温庭筠</sub>，壮图佳话负初心<sub>徐寅</sub>。纱窗只有灯相伴<sub>裴说</sub>，坐久方闻四处砧<sub>刘禹锡</sub>。""小廊回合曲栏斜<sub>张泌</sub>，节物惊心两鬓华<sub>高适</sub>。剑有尘埃书有蠹<sub>李中</sub>，海边麋鹿斗边楂<sub>罗隐</sub>。江山故宅空文藻<sub>杜甫</sub>，车骑西风臃鼓笳<sub>殷尧藩</sub>。今日登高樽酒里<sub>王缙</sub>，茱萸红实似繁花<sub>司空曙</sub>。""闲卧藜床对落晖<sub>王建</sub>，博山炉冷麝烟微<sub>鱼玄机</sub>。秋声暗促河声急<sub>吴融</sub>，黄鸟时兼白鸟飞<sub>杜甫</sub>。太守吟诗人自理<sub>姚合</sub>，旧游因话意多违<sub>刘沧</sub>。鲤鱼风起芙蓉老<sub>李贺</sub>，争得东阳病骨肥<sub>胡宿</sub>。""檐影斜侵半局棋<sub>杜牧</sub>，露凝丹叶自秋悲<sub>许浑</sub>。由来碧落银河畔<sub>李商隐</sub>，又到金茎玉鲙时<sub>皮日休</sub>。莫泛扁舟寻范蠡<sub>白居易</sub>，乞留残锦与丘迟<sub>李群玉</sub>。琉璃砚水长枯槁<sub>李白</sub>，尽日含毫有所思<sub>薛能</sub>。""鹤怨周颙负北山<sub>罗隐</sub>，依然松下屋三间<sub>戴叔伦</sub>。题诗朝忆复暮忆<sub>陆龟蒙</sub>，何事出关又入关<sub>白居易</sub>，自学古贤修静节<sub>方干</sub>，欲求真诀驻衰颜<sub>许浑</sub>。吏情更觉沧州远<sub>杜甫</sub>，疏受辞荣岂恋班<sub>李绅</sub>。""酒旗相望大堤头<sub>张籍</sub>，远雁伤离几度秋<sub>杨巨源</sub>。东岸菊丛西岸柳<sub>白居易</sub>，雨中寥落月中愁<sub>李商隐</sub>。风茅向暖抽书带<sub>薛逢</sub>，纱帽闲眠对水鸥<sub>李嘉祐</sub>。千乘信回鱼楗重<sub>殷文圭</sub>，澹烟乔木隔绵州<sub>罗隐</sub>。""驱驰卒岁亦何功<sub>皇甫冉</sub>，怨在瑶琴别操中<sub>李中</sub>。新水乱侵青草路<sub>雍陶</sub>，小斋闲卧白蘋风<sub>姚合</sub>。但经春色还秋色<sub>李山甫</sub>，可爱深红间浅红<sub>杜甫</sub>。蟋蟀已惊良节度<sub>武元衡</sub>，再三珍重主人翁<sub>刘禹锡</sub>。""短垣三面缭逶迤<sub>韩愈</sub>，戍笛牛歌远近陂<sub>崔鲁</sub>。为法应过七祖寺<sub>皎然</sub>，托身须上万年枝<sub>韩偓</sub>。香缘不绝簪裾会<sub>钱起</sub>，气象多随昏旦移<sub>白居易</sub>。斋沐暂思同静室<sub>卢纶</sub>，我心河汉白云垂<sub>宋之问</sub>。"右诗自注甚多，未及详录。"千乘"句注："地为汉千乘郡，盖郑时移守青州。"集句诗，古人嘲为百家衣体，然集腋成裘，亦极费匠心，未可尽废也。

## 一二

泗上施教端匪莪，故范县令，有《集句赠鹦鹉》长律一首："莫恨雕笼翠羽孤<sub>刘宪</sub>，主人情义自辛劬<sub>王初</sub>。人怜巧语情虽重<sub>白居易</sub>，鸟忆高飞意正殊<sub>李正平</sub>。三舍郑牛徒识字<sub>李山甫</sub>，千年丁鹤任歌呼<sub>罗隐</sub>。多言应伴高吟客<sub>严郊</sub>，学语还称问字徒<sub>崔璞</sub>。始觉琵琶弦卤莽<sub>白居易</sub>，终怜吉了舌糢糊<sub>孙繁</sub>。文章辩慧皆如此<sub>白居易</sub>，事业纷唉亦大都<sub>魏仆</sub>。归去不烦词客赋<sub>罗邺</sub>，梦来还记陇头无<sub>张谓</sub>，劝君不必分明语<sub>罗隐</sub>，且自三缄问世途<sub>胡曾</sub>。"此诗通首自然，无斧凿痕。

## 一三

渝江王汝璧《铜梁山人诗集》有集李义山句十二首，《离席寄恼韩同年》，原题亦义山句。"小阁尘凝人语空，自今歧路各西东。舞鸾镜匣收残黛，走马兰台类转蓬。子夜休歌团扇掩，翠衾归卧绣帘中。当时若爱韩公子，东望花楼会不同。"一"今宵歌管属檀郎，可惜秋眸一脔光。欲向麻姑买沧海，本来银汉是红墙。谁言琼树朝朝见，卧后清宵细细长。寄语钗头双白燕，几时涂额藉蜂黄。"二"万里谁能访十洲，月娥孀独好同游。明珠可贯须为佩，海蜃遥惊耻化楼。蜡照半笼金翡翠，绣袒回枕玉雕锼。岂能无意酬乌鹊，瘦尽琼枝咏四愁。”三“雌去雄飞万里天，碧眉红颊一千年。重吟细把真无奈，对影闻声已可怜。贝阙夜移鲸失色，蓝田日暖玉生烟。蓬山此去无多路，只是当时已惘然。”四“紫府程遥碧落宽，漫妆娇树水晶盘。蝶衔红叶蜂衔粉，犀辟尘埃玉辟寒。白日当天三月半，东风无力百花残。人生岂得长无谓，青鸟殷勤为探看。”五“云屏不动掩秋矍，家近红蕖曲水滨。终日相思却相怨，可堪无酒更无人。红楼隔雨相望冷，锦瑟惊弦破梦频。莫讶韩凭为蛱蝶，不知原是此花身。”六“不踏金莲不肯来，自埋红粉自成灰。更无人处帘垂地，尚有露寒花未开。碧草暗侵穿苑路，柳绵相忆隔章台。罗屏但有空青色，遮掩春山滞上才。”七“东阁无因得再窥，佳人惆怅卧遥帷。自蒙半夜传衣后，便是孤莺罢舞时。他日未开今日谢，清秋一首杜秋诗。玉珰缄札何由达，莫遣佳期更后期。”八后四首仿此，不尽列。“深知身在情常在，不是花迷客自迷。”“谁与王昌报消息，独教宋玉擅才华。”尤其佳句也。此诗扯捋义山，可谓尽致。余曩赠李、杜二友，集义山句为转韵诗，仅二十韵耳，对此自觉不逮。

## 一四

世传“雁”字诗三十首，或题乩笔，或云闺秀，曩以文繁未及钞。兹阅归安叶佩荪《慎余斋诗集》，有“雁”字七律二十首，与之相类，乃知诗本叶作。录二：“绿章可待乞天公，笺奏遥传碧落中。不在语言惟曳白，有何羁怨惯书空？斜阳闪背金泥粲，霁雪梳翎玉箸工。最是关山飞欲倦，数行小草苦匆匆。”“摇翰逡巡急就成，乌焉指点未分明。随阳表宜挥南至，度腊诗应纪北征。寒到山中谐鹤语，暖回江畔主鸥盟。问奇我欲乘风去，便驾尻轮上玉京。”摘句：“体变八分犹鸟迹，天开一画本鸿荒。”“挥成欲献凌云赋，过去难摹没字碑。”“释文未录尝讹乙，难字无多略识丁。”皆极工。叶，字闻沚。《题红心驿》一绝：“一天梅雨晚萧萧，十里蘋香万柳条。小巷匆匆乞浆去，凉衫渡过赤栏桥。”《菊影》一联：“月下漫邀三太白，水中曾现百东坡。”

## 一五

雒南薛补山宁廷《洛间山人诗抄》,《白门访蒋心余不值》二首:"我亦飘蓬客,寻君过白门。花开江令宅,人去谢公墩。罔两定相问,诗篇谁共论?嵇山读书处,犹喜奉金萱。""水爱名秦泛,山因姓蒋登。金华重回首,衮衮几人升。蠹简吾将老,鸿磐君竟能。只愁相见少,行脚两如僧。"《胭支井》一绝:"三阁切云通狎客,一泓垂绠抱名妃。失官南史忘书册,井宿无端犯太微。"《自嘲》一首:"焚却弓檠撤钓矶,水云鱼鸟总忘机。食单借问管城子,仙意难招丁令威。森竹阴成催景暮,台槐交绝见书稀。市司日日供薪米,久住人情未拟违。"《释贫十二韵》:"安居好是贫,敢负玉成仁。渐得澹宁趣,不生奢荡因。庙盐人谅汝,菽水我娱亲。夜夜开门惯,朝朝汲井新。一床容梦蝶,百衲笑悬鹑。攘窃风能变,贪婪吏亦循。教儿观息壤,慰仆惜劳薪。金粟凭天雨,朋从说甑尘。多情花月艳,至味简编醇。富贵徒多畏,艰难患有身。何须送穷鬼,未屑论钱神。莫信柴桑咏,孤云愁煞人。"

## 一六

会稽王衍梅《笠舫诗草》,《仰苏楼》一首:"万古青天月,飞来一片秋。苍茫俯流水,凭吊独登楼。把酒问今夕,知音坐上头。奇才惜不用,此地若为留。"《试剑石》一绝:"试剑当年事有无,孙刘鼎足定须臾。三分天下二分石,一半西川一半吴。"《别内》一首:"角枕低回赋綦兮,晓妆约束日沈西。叫爷漫去儿偏黠,说母同行女又啼。分手便成千里隔,画眉才好十年齐。舞衫歌扇卿休虑,人到迷楼梦不迷。"

## 一七

余杭严晋亭楷《蕉窗暇咏》,《夜雨》一首:"拥衾徐听风吹雨,送到茅屋密更疏。万点潜飞春意悄,一檠摇影夜窗虚。梦来孤嶂云犹湿,愁入哀猿漏欲除。漂泊诗人谁助咏,半枝铁笛半囊书。"《四湖竹枝词》录一:"亭畔闲行过六桥，参差杨柳拂夭桃。春风日暖游人醉，买得扁舟撑几篙。"摘句："岸容青似沐，波影白添肥。""绿杨垂雨重，碧草落花深。""砌上落花新画谱，枝头啼鸟旧春魂。""一年第一春光好，三月初三堤柳斜。"

## 一八

宁州刘寄菴大绅《东游草》一律："臣清亦复畏人知，布被羊裘雨雪时。万里寄书家未到，三年为令母犹疑。弟无恒产甘长困，儿不成名恐更痴。正值此间鱼米贵，望南空有板舆思。"《回别》一首："一身轻如叶，可喜是无官。日日酤醇酒，家家劝晚餐。人情如许厚，我意复何干？蹈海真奇士，千金脱屣看。"《见梅花》一首："春回风乍暖，客久见梅迟。故国几千树，他乡此一枝。碧云初出候，素月欲来时。梦入罗浮近，裴回自赋诗。"摘句："一声何处云中鹄，五彩谁家锦上鸳？""鱼龙湾上风云动，鹅鸭城边鸿雁过。""北去秋山尽，西来返照多。"

## 一九

华亭王朝恩《传砚斋诗质》，《闲情》四首："漫羡卢家玳瑁梁，蓬门亦有绮罗香。难酬倾国千金笑，拼与明珠百斛量。眉语才通心暗许，目成差喜貌相庄。从今一洗看花眼，始信佳人自北方。""轻车陌上走雷声，指点蓝桥易送迎。豆蔻稍头春二月，蟾蜍影里夜三更。团香炷罢闻私语，锲背盟成记小名。惭愧诗人身未老，累他燕燕与莺莺。""明妆竟日静生妍，秀鬈青蛾正盛年。漫笑狂夫情太重，若教大妇见应怜。证得鸳梦三生石，谱就眉图十样笺。最是宵深香烬候，泥人红袖枕函边。""生来福慧合平分，讵是人间粉黛群？体学簪花书妩媚，气合兰麝语氤氲。频赓谢女风前絮，羞问襄王峡里云。一种闲情消不得，新诗写遍郁金裙。"此诗亦效义山，而风调全别，良由词义太尽耳，录之待参。

## 二〇

闽人伊秉绶《留春草堂诗抄》，《布被》一首："布被能昭质，随予岁月深。关河千里梦，风雨对床心。掩泪添新絮，蒙头忆旧吟。依然配长枕，支漏夜沈沈。"《谷人祭酒七十寿诗》二首："十八科前仙侣稀，鲁灵光特耸清仪。词林望是儒林望，国子师原胄子师。莲炬封余韩氏箧，弓衣织就白家诗。年年玉露银河夕，早桂香中介一卮。""少说渔洋公老成，并留陈迹绿杨城。暮年未免应刘感，门下从多籍滥名。丝管千觞娱北海，文章一代重西清。正逢续集编成日，寿在绵绵士女情。"《观黄小松遗画》一绝："湖风吹面柳丝牵，月带香来正放莲。四十三年人化鹤，尚留孤影断桥边。"按小松名易，钱唐人，侨居济上，诗集未付梓，无从搜采。

## 二一

嘉庆辛未，上林张南崧师欲续钞山左诗。先君子时在单父，征其乡前辈诗十九家，其十八家俱入续钞，惟袁茂才养，字大冲，著有《秋水庵诗草》，未入选，漫存数首。《秋怀》一律："落落孤怀向远天，夕阳晚树一声蝉。买山半被俗缘误，投笔全为文债牵。诗里寻仙须刮目，琴中得趣可无弦。青云往事多惆怅，眼底西风似旧年。"《夏日村居》一律："茅屋数椽小，薜萝一径穿。窥人双野鸟，绕舍半树烟。何必买山住，可曾戴笠还？雨余游夏圃，压树果初圆。"

## 二二

刘文水建牙《粤东赋此寄怀》一首："黄河此日见澄清，不负当年独请缨。虎豹一囊资大略，东南半壁倚长城。无缘莲幕亲弓剑，深感鱼书念友生。伫看防边驰露布，将军海外斩妖鲸。"

## 二三

单邑王萝坪建元诗集多古体，录其《山阳渡河》一首："龙门巉嵘干云霄，长河直下昆仑椒。九曲喷薄称天险，万有余里入海桥。中经楚州汇洪泽，千寻竞注入沕寥。钵池望望公路浦，飞流更与清淮交。羊角风急河伯怒，鱼龙水咒纷腾逃。今年小春赴盐官，烟舸南下广陵涛。瞥见扁舟临巨壑，中流一叶随萍飘。颠簸上下浑无定，惊雷喧豗乱珠跳。或如崩石坠绝涧，或如春杵响寒霄。压帆叠涨千尺强，力撼山岳势动摇。浊浪然犀不可鉴，仿佛龙宫舞潜蛟。据舰四顾精神悚，拊髀大叫舌上趫。须臾系缆清淮口，谷纹如练水迢迢。波澄天清闻玉笛，一弄微风月初高。"

## 二四

沁水张大成景宣遗诗，有同郡韩大恣叙、沈豫跋。张，晋产而寓于滕，卜居界河，今三世矣。友人得其遗草，多戏句，录数首：《七月七日早雨》一绝："时常七夕泣银河，为甚凌晨洒泪波？想是双星年愈老，恩情更比少年多。"《下第后得家信并衣物》二绝，录一："战北秋风惭正多，冬深犹自寄烟波。闺中忽送寒衣到，为视周娘果若何？"《雪中同邬文若联句》四首录《雪声》一："萧萧幔外散芦花邬，一片清声韵自遐。带雨入帘蚕食叶张，随风穿竹蟹行沙。扑来客触窗前梦邬，飞去鸟惊枝上哗。淅沥音飘真个异张，几番想像觉犹差邬。"

## 二五

阳城李毅茂才遗诗，《无题》二律："满眼秋风感万端，如龙山势郁千盘。岂今天地生才少，从古英雄命世难。尘域茫茫消浊酒，岁华滚滚走惊湍。宝刀骏马凭谁问，日向并州市上看。""击节高歌愿少休，唾壶已碎尚离忧。侯门客果轻毛遂，酒肆人谁识马周？世态可怜同一貉，丈夫原自有千秋。龙光细看横腰剑，且伴风尘作壮游。"

## 二六

滕县王特选策轩《衔山阁诗集》，里人杨仕进允升为梓行之，乾隆甲午年事也。兹道光甲午，正六十年矣，余始于邻人案头得读其集叙，载允升之言曰："人患无足传耳，苟有可传表章，岂尽子侄责哉？一家中成一名士，则一家之光；一邑一郡成一名士，则一邑一郡之光；极之天下成一名士，则天下一代之光。果其名实相副，当共助以成厥美。刊刻之役，爰身任之。"呜乎！是皆古之人哉！漫录近体数首，以当鼎脔。《秋日》二首："到家即出门，书味旋多失。洗眼看山光，闲窗第一日。""兰亭跋十三，避俗自临写。楼外水深深，云飞秋树惹。"《偶成》二首："老去情怀恐不禁，强将幽兴自追寻。闲临晋代双钩帖，静抚唐人百衲琴。茗碗香炉添活计，山经水注待知音。天涯芳草茸茸绿，隔断登高望远心。""闲人举动未能闲，闭目神游梦觉关。事置输赢棋局外，书留醉醒酒杯间。宁从阛阓称通隐，不向云台乞大还。旦夕诵经非佞佛，翛然万虑此中删。"《初夏感怀》一首："乍雨乍晴鸭泛池，轻寒轻暖麦秋时。偶翻潘岳闲居赋，细和陶潜止酒诗。燕子窥帘飞絮尽，蜂儿入牖落花迟。午睡醒来寻茗碗，数声剥啄寄相思。"《七夕和韵》一绝："懊恼匏瓜系汉东，黄姑祝鹊驾长虹。多情禁得经年别，泪染吴江叶叶枫。"摘句："逢人驿路攀杨柳，沽酒前村问杏花。""浪迹连朝随白雁，还转九日伴黄花。"

## 二七

先君子旧友谢石农先生自书其集目为《石农诗存》，敬录数首。《拟古诗》云："日月双惊丸，背人何堂堂。俯仰成今昔，催来头上霜。十三学画眉，十五绣鸳鸯。鸳鸯七十二，单情不可双。清风流素帏，明月鉴空房。夜夜拈针线，为人作嫁裳。"《卖儿行》二首："阿母牵儿衣，阿翁抱儿走。年荒躯命贱，儿价不如狗。得钱不盈掌，买米不盈斗。此日儿去膝，此日饭在口。可怜一饱不百年，明朝又无卖儿钱。"一"阿母牵儿衣，泪落儿脸旁。儿痴还索乳，宛转牵其裳。汝应不识母，何处觅故乡？莫负主人恩，食汝即爷娘。回首再拜买儿者，嗟乎彼亦人子也。"二《过滕城怀古》一首："高原曲抱数峰斜，落日空城叫饿鸦。芳草百里仍故国，绿杨深巷是谁家？重将井亩征遗老，剩有荆流漾浅沙。回首当年争战地，春风桃李满天涯。"《过王际盛次韵》二首："凉风吹木末，一榻锁闲愁。客况清于水，冲怀澹似秋。文园空卖赋，王粲怯登楼。及尔同迟暮，三公负黑头。"一"我亦嵚崎者，相逢话客愁。无官非为懒，多病总怜秋。彩管矜红药，英词振凤楼。瓣香余麈尾，闲白少年头。"二《题画》一绝："茅檐如带枕山头，红叶苍苔点素秋。一卷南华吟未了，乱峰影里下渔舟。"石农，名钦宝，同里人，乾隆甲子孝廉，诗及书画并工。

## 二八

石农先生《过张桓侯庙题壁》一首："北风吹古寺，松粉冷苔纹。大业余荒垒，英声横暮云。有灵应识我，无酒可酬君。肝胆知谁向，易阳坐夕曛。"前钞秦《止园集》，亦有《题张桓侯故里》一首："地有英雄气，人钦国士风。专祠依阆水，遗恨绕吴中。便自三分定，难忘百战功。至今思将帅，熊虎复谁同？"

## 二九

平原董寄庐元度《旧雨草堂诗集》，《博平官邸杂兴》二首："雨过减炎蒸，匡床六尺藤。归云浓似墨，羁况澹于僧。院静如逃谷，帘垂免集蝇。羲皇原不远，有味是无能。""问字无今雨，摊书得古欢。蜩鸣生爽籁，茶沸响流湍。魂梦松篁径，饔飧苜蓿盘。素心时过我，故态不须冠。"《书局写怀》一律："拥炉斗室似幽栖，冉冉流光日易西。老眼尚能雠亥豕，旅怀偏苦待晨鸡。错刀远路愁平子，锦瑟华年感玉溪。欲向湖亭看雪霁，扶筇蹩躠怕冲泥。"《自题说梦图》二绝："匝地槐阴梦破迟，鹿隍鼠穴太支离。黑甜乡里谁先觉，姑妄言之姑听之。""凭谁好事写屏风，乌有先生亡是公。为蝶为周君莫问，且斟七碗学卢仝。"《邯郸卢生祠》四绝，录一："宦海风波叹逐臣，恩仇儿女耐酸辛。如何仙客囊中枕，也有含沙射影人。"

## 三〇

厌次王所礼虚谷《春晖堂集》，《春晚》一首："心事阑珊后，年光付水流。落花回客梦，细雨织春愁。破闷凭开卷，怀人懒上楼。行踪飘泊甚，愧煞海边鸥。"《五十生日》一首："悬弧壮志与心违，渐觉沈腰减带围。半过六千三万日，未知四十九年非。云虽出岫低逾懒，鸟亦识还倦不飞。惟愿高堂供菽水，年年额手奉春晖。"《题徐少府悼亡诗后》一绝："悼亡诗欲生前见，今古词人无此题。百韵成来能不死，问渠得似秀才妻？"摘句："山色当门明霁色，湖波尽日送寒流。""好发新醅压竹叶，故留小雪伴梅花。""廿年乌帽双蓬鬓，千里青山两簏书。"《望焦山》句："树色斜连京口去，潮声近逼海门来。"

## 三一

所礼弟所擢小山，招远教谕，著《罗峰草》《感怀》一首："十年踪迹感风尘，博得罗峰自在身。只道青毡还旧物，敢将白眼看时人。心经阅历常多忍，官到萧闲自耐贫。相对君平成莫逆，乐从龟卜说前因。"《草帘和韵》："御寒漫笑冷官贫，织草为帘著户新。一束卷来人似玉，三冬垂处室增春。留香最爱纹偏密，拂地何嫌波未匀。自是出山怀劲质，门前一任疾风频。"《留别》二首："十八年来耐冷官，群情相与慰毡寒。学疏岂有颜能抗，交久因知别最难。双鬓未斑宜报称，一家虽去庆团栾。嘱儿生地应须记，他日还当故里看。""家家酒酿菊花期，泼乳香生开瓮时。未用典衣先命酒，非关问字亦投瓢。士敦古处土风厚，官叙年劳星次移。珍重临歧无限意，离亭更劝进余卮。"升任满城令，著《边城草》，《初过紫荆关》一绝："迤逦行来石径斜，春山不见紫荆花。停舆试问山前后，兄弟同居有几家？"《复过访知荆非荆树乃荆棘也更成一绝》："漫笑斯关浪得名，迩来惑渐释平生。沿蹊塞路皆荆棘，不独崎岖不易行。"

## 三二

江阴沈莲《眼镜诗》一首："四十曰眼关，俗语殊费解。当其至四十，目力随时改。光摇无定境，杂花眩银海。不知何代人，制器永为楷。凿开琉璃天，斫破水晶彩。双轮悬日月，两字分子亥。置之眉睫间，俨若虚左待。外蔽内愈明，秋毫察勿乃。我昔闻达摩，面壁坐九载。万事不关心，闭目亦自在。聪明世所忌，慧点逊狂骇。胡为矜察察，触处乱真宰。云雾长溟蒙，余心自清洒。寄语年高人，勿向市上买。"

## 三三

淄川翟笏山建书《南园遗诗》,《春兴》一首:"膏雨重莓苔,春风著意催。好花春有色,啼鸟昼无猜。烟景随人假,晴窗为客开。倚楼南望处,又听雁声来。"《纪梦》一绝:"一梦情何远,情牵入梦频。每从梦醒后,惆怅梦中人。"《莲开并蒂》一绝:"琅玕风静水纹平,却喜莲花并蒂生。寄语傍枝休见妒,两心原是一心成。"

## 三四

济州高如岱子积《河干集》,绝句:"闲登古原上,坐爱霜林紫。斜阳一鸟还,漠漠寒烟里。野人馈黄华,华上新露白。渠是素心人,来慰风雨夕。远烟出林青,西日下城冷。裴回向长堤,独照清溪影。"又《云水集》,《秋夕书怀》一首:"蝉歇林犹暗,蛩吟夜转清。花香风里觉,草色雨中明。身世无长策,心知有短檠。洸西一茅宇,歌啸度余生。"《春晚即景》二首:"榆柳阴阴绿映扉,幽栖春晚思依依。空陂涨入鱼苗聚,故垒泥增燕子归。绕径时闻风落果,穿林不惜雨沾衣。人生自古悲形役,应向田园悔昨非。""老得身闲蔗味长,更无尘梦扰村堂。花枝当户看皆好,木叶充盘饭亦香。野色淡浓天近远,春衣加减候温凉。行游率尔逢嘉赏,不择良辰与乐方。"摘句:"履声出乱草,笠影度高原。""遥空一鸟下,霁日几峰开。"

## 三五

余姚岑振祖《镜西诗抄》,《题画》一首:"近水村居半掩扉,岸痕隔夜认依稀。此间无数啼黄鸟,万树春深绿正肥。"《闻母病抵家》一首:"乡近情多怯,门临步转迟。却看诸弟笑,已报老亲知。奉养亏前日,团栾正此时。昨宵愁欲绝,漫作梦中疑。"《感怀》一首:"身是人间六十翁,当年旧侣慨谁同?半无嗣积凋零尽,都抱才华泯灭中。云馆休寻荒草迹,鱼笺偶夹乱书丛。客边齿豁头童日,莫叹行踪似断蓬。"

## 三六

滕邑邵凤翔《镜热轩诗草》,《春莫》一首:"胜日重游处,晴光破暮春。花香含雨气,鸟语笑风尘。醉后怜芳草,愁来忆故人。茅堂遗兴在,敲句乐天真。"《与友人论诗》一首:"文章非小道,妙谛岂雷同?觅理真方得,摘词细始工。凝思山月迥,纵目海天空。行到无心处,金针个里通。"《秋夜》一首:"疏窗虫语碎,秋夜澹新晴。月冷黄花影,风寒白雁声。经霜山欲瘦,已雨水为清。谁破幽人梦,晨鸡唱五更。"《午夜》一首:"击柝传三点,床头梦未成。山空孤雁冷,月小半窗明。露结霜天白,花开午夜清。长怀思不已,拥被待鸡鸣。"摘句:"草色明残照,蝉声落暮烟。""月以秋光白,风为夜气清。""云影晴犹湿,村烟近却无。""风冷知花瘦,身闲觉病多。"凤翔,字石亭,界河里人,武学生。

## 三七

滕县张明经奕泰述其先大父谔亭公九岁能诗,应童子试,县尹王公尔鉴面试,指庭竹为题,立成一绝:"修竹亭亭透碧空,萧然高寄有谁同?吟风弄月淇泉上,不在寻常草木中。"尹大惊异。学使金公德瑛取入邑庠,书"山左奇英"匾,镌"九龄秀才"图章赐之,并系以诗,诗未及详。九龄秀才洵为异事,自古有张童子秀才可与伯仲矣。谔亭,讳昌,弱冠举于乡,由教习出宰江南,洊升郡守。年四十余,以终养告归,优游林下者二十年。书法最工,至今人宝其尺牍,而知其诗者鲜矣。余得童时一绝,如吉光片羽云。

## 三八

威海毕君宿庚年十二入邑庠冠军,学使长白喀公尔钦亟赏之,赠诗云:"生名宿庚其姓毕,总角缀文已超轶。为尔高吟工部诗,射策君门期第一。"工部,传者讹作水部,非是。宿庚,字西有,弱冠举于乡,以第四人魁其经,后为县令有声,著《蛙鸣诗集》。

## 三九

国初诗人莱阳董樵谷子道东亦能诗，著《千仞阁山居诗集》，《槎山野望》一律："遥遥秋色望苍茫，百丈层岩六月凉。海外浮光千里阔，帘前佳气九峰长。云依碧水连三岛，路绕清流入大荒。四野烟村含落日，同人高卧话耕桑。"

## 四〇

嘉庆甲子，先君子为单县学官时，魏观察成宪赠五古长篇，押"马"字韵一首，并其论治河书札数封，都为一处；后遭癸酉匪警失去，诗亦不能追忆一字，甚可叹也。道光壬午，先慈卧病时，话三十年前事，先君子馆江南，有人赠诗，略记其句："江南到处是春风，绛帐于今见马融。业擅雕龙胜刘勰，文成吐凤迈扬雄。"又："褒衣博带来山左，负笈担簦遍泗滨。兄弟联芳悉佳士，高才偏属白眉人。"作者似是李明经典在。

## 四一

曹州镇刘松斋先生《留别诗》原札："道光壬午，予自曹镇任内奉命致任，由齐返黔。俶装将行，仰观圣明之治，俯念扬历之区，有感于中，未能恝然。辄赋长句四章，敬以纪恩兼用识别，其辞曰：'卅年冒宠站朝班，诏许合家还故关。善饭尚夸身手健，恋恩先怅鬓毛斑。年来衣食皆天赐，老去林泉得暂闲。万里栖霞知好在，只愁无计买青山。''秋风欲别转流连，回首云山缓著鞭。千里桑麻迷海岱，万家井灶息烽烟。驽骀未必知前路，樗散空教养大年。叠荷君恩犹未报，虚名敢媲况青天。''抽帆宦海觉身轻，惭愧人传大树名。罱梦未能忘马草，初心且与证鸥盟。苦无奇绩酬知遇，剩有余生颂太平。笑语山东诸父老，急收刀剑事春耕。''霄路何心振羽翰，鍪兜依旧换儒冠。敝裘典尽书囊在，壮志消除剑匣寒。十月冰霜时节改，一家鸡犬去留难。真成日近长安远，独向浮云直北看。'"松斋，名清起，自拔贡。每与先君子论同年，且戏谓曰："若能弃文就武，当以参府相保。"

## 四二

随缘老人，姓王氏，讳会之，字萃也，邹人，余外祖也。著有《平平集》，一名《如砺集》。乾隆丁未，余先君子游江南，馆宿州闵孝乡。外祖往视，别后宿黄河南岸，为诗却寄，词曰："仍是三冬候，相聚冷转融。仍是皎皎月，相离何独明？夜深难成寐，起坐寒毡青。垂首念昨日，为我尽经营。歔欷列祖钱，举杯复丁宁。北有黄河水，冰翻势不平。蚤投人处宿，只身慎客程。执手各怅怅，言稀泪频擎。无奈终须别，愁云锁驿亭。相思惟遥望，应是两地情。"归邹，又寄一首："心醉非关酒，怀伤多为离。梦断肠亦断，忧思病愈思。念切惟遥望，路赊未易之。此情两地合，相聚是何时？"庚戌春，送余先君子入都应廷试一绝："为试京华又别离，今朝咫尺步丹墀。宦情如水真难得，行李一肩似旧时。"

## 四三

《平平集》多古体，不胜载记。《短歌》一首："孤松无依兮岁寒多，清音配瑟兮调不和。根芽卷曲兮可奈何，贞心将枯兮可奈何？"《自叹》二绝："忆昔妙龄今已非，陌头杨柳尚依依。春来春去浑如梦，霜鬓催成故侣稀。""垂老童稚一片心，欢乐何少怅何深？平生勘到三更尽，太息无言泪满襟。"《南湖晚泛》二绝："万顷平湖照客颜，苍茫气色浮遥关。晚来水际青如画，看作江南一带山。""溟溟漠漠复蝙蝙，一带平铺接远关。最是晚霞轻落处，红摇水影碧连山。"随缘老人幼习矢石，晚工诗画。《晚泛》等篇，殆是诗中有画。《秋日闲吟》得句云："鸟来知客去，鱼闲傲我忙。"甚自赏。或云与唐句复，乃辍翰。

## 四四

当涂黄左田师《题王秋史小照》一律："晚而得第如东野，热不因人似伯鸾。望水秋吟黄叶好，成山诗补白华难。百年风貌留禅喜，一瓣心香接古欢。幸有文孙逾二老，不同葛帔练裙单。"《留别登州诸生》二律："老去难期汗漫游，者番行尽海东头。玉堂三人诚何幸，珊网全收也合休。留别偶令赓玉局,召还果复在登州。诸生珍重临歧路,可有箴言赠我不?""观海新从登岱来,云峰雪浪共崔嵬。愧无许劭人伦鉴,定有夷吾天下才。道莩那能禁鞫剃,军哗休便怨衔枚。蓬莱好让群仙住,归缀清班首重回。"《雁宕纪游》诗百韵,略载数语,以志乡往。"岩入峰百二,神异迈灵鹫。唐暨五代宋,权舆辨先后。攀援到康乐,观瀑亦曾留。获观二洞奇,已非因想遘。底须探海源,必欲泛星宿。"

## 四五

钱唐戚蓉台师《送长寿韩侍郎》一律:"悬车刚及古稀年,天许台星作散仙。桃李阴成诗钵在,棘槐望重谏书传。香山图画联吟社,疏传遨游散俸钱。好对峨眉挹江水,人来长寿正开筵。"又句:"锦里春风韦相宅,黄花晚节魏公诗。"

## 四六

古腄陈同年萝溪,甲戌春偕计北上,路过兴济,壁间有五言长律一章,墨沈犹新,而不著姓氏,诗曰:"十载攻黄卷,千锤炼碧铜。诗书消意气,岁月老英雄。偶著飞仙舄,言乘破浪风。锄奸头已断,韫椟剑无功。稆事催秧马,春游斗草虫。太平闲煞我,一笑绿云中。"第四韵下原注:"某岁泛海,遇官军与贼战,小却。余飞剑斩二贼,始败去,而军人未知也。"语似剑仙。

## 四七

夏邑汪伙甫见泰安县丘家店壁无名氏题辞二阙:"夹路平林凉似水,秋晴一片中央,半城疏雨共斜阳。马头青照眼,齐鲁暮山苍。""回首丰台花下,醉匆匆。更忆游梁,离情还比客途长。五更残梦醒,愁绪转茫茫。"

## 四八

《茌山清况》一册,无名氏钞本,诗系七律平韵三十首,录二:"外翰清高世尽知，谁怜薪米费支持？豚儿衣薄常挨冻，蠢仆肠宽半忍饥。买醉曾无千日酒，遗怀只有数行诗。莫嫌署冷人轻慢，多入鸿儒唤老师。""三载交游尽友生，不知肝胆向谁倾。邑当冲路官偏贱，教设荒城道亦轻。东郭星轺才至止，西郊骢马又宵征。可怜首蓿闲斋客，也逐风尘日送迎。"摘句："策杖寻春常落后，当筵齿让每居先。""媚世才惟文士少，感慨人是暮年多。"结句云："几时得返邗江道，满载西风一幅帆。"知系邗江人，为荏平学博者，盖在熙、雍时广文，出省为之。卷末集联数十，摘录一二："光明心地梧桐月，活泼性天杨柳风。""居静不随流水动，安闲常笑白云忙。""月自文人心地白，风从高士性天清。""酒醉那皆真乐地，诗成便是活生涯。""闲中自得琴书趣，乐处超然天地宽。"与前诗一人笔迹。

## 四九

滕邑李处士家有其先三世《节孝诗》一册，名人甚多。录其第一首，濡阳陈惠华云："忆昔结缡适此门，鬓蓬憔悴且休论。箫中双凤惊初拆，镜里孤鸾泪有痕。甘脆奉姑还奉祖，苦参贻子更贻孙。至今惟有凌空月，仍向芳闺照烈魂。"

## 五〇

《乐陵县志》，广文刘彤《虚心枣》一首："谦为君子德，枣亦解虚心。嚼去馨生齿，摘来露满林。接枝还土性，结实望甘霖。自恃微长者，尝斯可作箴。""接枝"句原注："木由接生。按接桃无核，所在多有。接枣虚心，理亦宜然。土人云'别有根生者'，未知孰是。"邑人张镠富《平枣》一首："何须珍异物，爱此一林丹。雾暗青虬隐，秋光赤玉寒。吹豳常应候，则壤不名酸。寄语安期叟，如瓜讵可餐？"苔溪高世璜《怀古》一首："韶光罨画富平南，怀古还停紫陌骖。千里燕齐中界两，九河天地此分三。烟迷余相荒台迥，草镂房侯遗井甘。好鸟催诗深树里，飘然冲过汉城岚。"古迹有北齐房太守故井、元余平章看花台。

## 五一

《惠民县志》，刘佐沛《移住南村即事》一首："久有移家意，村翁许卜邻。躬耕儿作苦，献岁妇调辛。打鼓迎蚕祖，吹螺送虎神。今知忙不彻，始是太平民。"《鸡笼镇怀刺史员半千》一首："生当五百岁，作郡异鸾栖。故堞回残照，丰碑没旧题。朝参羞控鹤，野兴付笼鸡。晓起怀贤者，行行一杖藜。"

## 五二

学究谈诗，动言真性情。索其稿读之，乃多有《卜兆》《上冢》等题，并《敝裘》《感父》《新袜》《念母》等篇。渠以此为真性情邪？此何等事，辄出以韵语？则其性情亦浅矣。无怪杜子美诗一部，除"东郡趋庭"一语外，更无感慕之作，不害为诗圣。

## 五三

又见一贵胄诗册，多有《赠歌童》《忆校书》等篇，与《赠友》《寄内》诸题相错；且满纸歌童、舞伎名号，甚乖雅道，乃感成一联："漫将口过成心过，始信无诗胜有诗。"

## 五四

诗写俗境、用俗字眼，在古人则可，近人不宜效也。如乡人某诗有《捞虾》《观鸡雏》等篇，及"三日惊瓠大，隔宵喜笋长"等句，便似好笑。底一部小说，所贵乎作者与古人抗衡，岂与亡赖角艺能邪？《击辕之歌》有应风雅，自古有之，然亦仅矣。巴里口中那有雅乐？诗句固贵典雅，而用典亦有为累者。如里人句"雨后蓬科手自薅"，"蓬科"非无出处，"薅"字非不典正，而用来腐气。盖徒知用典，而不知意趣当超乎典外，则虽数典，适足见笑而自点耳。

## 五五

先兄论诗，每谓近代以来，诗律益细，雕镂益工，搜奇骋妍，无以复加。学者若一以自然为宗，不征典，不炼字，是张空卷以御敌也。又谓近代帖括以来，相习成风，每遇一集，辄先寻其律句观之。若集中无近体，五、七律不工，是犹以古乐强文侯也，留意格律如此。若天假之年，所造岂不益精？先兄平生作诗，从不以示外人，故采颜黄门语，自题其稿曰《詅痴符》。

## 五六

《史通》讥五代："作者芜音累句，云蒸泉涌。其为文也，大抵编字不只，捶句皆双，修短取均，奇偶相配。故应以一言以蔽之者，辄足以二言；应以三句成文者，必分为四句。弥漫重沓，不知所裁。"此讥骈俪之病，实为切中。何独为史不可如是？即诗亦然。重梁积架，不足尚也。必句各有义，乃为得之。《史通》又讥世俗所传，有《鸡九锡》《酒孝经》《房中志》《醉乡记》，或师范《五经》，或规摩《三史》。按古人所讥，今为典故，必谓吴均语不足用，亦未可概论矣。然择言尤雅，为文正法，诗与史义一也。

## 五七

常读古人之诗，每自觉无诗；及读近人之诗，又自觉有诗。何居？古人吟咏性情，犁然有当于人心，故含咀之下，能代余言也。后人因文造情，一字之巧，积而为句；一句之工，沿而成篇。正刘舍人所谓"雉窜文囿"者，何怪其辞之易哉？

## 五八

近人诗集，率不过风云月露，即景发咏；花木禽鸟，因物命题。此皆从近体入者，帖括余习，渐积深耳。余尝谓有志于古者，非尽去帖括习气不可。若咏物别是一体，必义切比兴，乃无琢花绘草、翦红刻翠之嫌。

## 五九

四声韵之说，古夫口也。俗子观汉魏诗，谓多平仄混押，真责宋秀才晓《大明律》矣，殊可笑也。自唐以来，名家作诗，虽古体押韵，多别四声。盖由功令所在，童而习之，不肯自异也。韵书相沿，如三尺律。若今人效古，必欲平仄混押，亦殊无谓。

## 六〇

嘉庆丙子，舍弟辈初学排律，为申明数事，漫志于后。欲作排律，无它谬巧，当先熟韵书，韵书熟则驱使如意，声调易谐，对带易工。熟韵惟在记诵，更无谬巧。世俗等韵法最无据，凡韵书中音同而韵异、音异而韵同者，不可枚举。其平仄攸分，尤不可解者，如"中央""中正"之"中"平，而"中兴"之"中"去；"恭先""孚先"之"先"平，而"先入"之"先"去；"可不""可否"，其义正同，而一平一上；"彭蠡""测蠡"，其音无异，而一上一平；"不"字四声俱有，而"鄂不""服不"并读入声；"毋"字与"勿"相类，而"将毋""宁毋"并读平声。各有分别，不可一概相量。

文同义异，一字两音。如"便蕃"音"凡"，而"蕃嶭"之"蕃"音"皮"；"酂邑"音"缵"，而"酂侯"之"酂"音"瑳"；"皋比""虎贲"，两平，而"比贲"卦名，独仄。"皋陶""曹操"四字同韵，而人名各别；"皋陶"之"陶"，"萧"韵；"曹操"之"操"，仄声。又如"可离"，花名，平声；而《中庸》"可离"，去声。"齐"，平；而"火齐"，珠名，仄。"煎"，平；而"甲煎"，香名，仄。此类不可遍举，皆宜留意。

诗人承用有误而不能改者。如"梁案相庄"，本谓相敬如宾。《左传》及《后汉书》悉是"相敬"，至宋讳"敬"改"庄"，后人无须如是矣。而"庄"系平声，与"梁案"句谐，至今称"相庄气味"。如"中酒""臣今时复一中之"两"中"字，俱平，乃协。至今"中酒"之"中"，独读平，实即"中的"之"中"；凡"中毒""中暑"与"薄寒中人"，音义无殊。又如"昔昔盐"，曲名，正是"艳"字异文，而诗人相沿俱读"如"字，平声。"春风风人"，下"风"字自当异读，而仄韵不收"风"字，人亦作平用。此类亦不可不知。

"公冶长通鸟语。"邢氏《论语正义》无有也，见皇侃义疏。"臧孙辰以玉磬告籴。"《左传》无有也，见《国语·鲁语》。"田骈，齐人，称天口骈。"

《史记》无有也，见《汉书·艺文志》[①]夹注。"颜驷为郎，三世不遇。"《汉书》无有也，见《东观汉记》。"虾蟆是官，当给廪。"《晋书·惠帝纪》无此语也，见《水经注》引《晋中州记》。"青成蓝，蓝谢青。"荀卿《劝学篇》无是语也，见《北史·李谧传》。此类甚众。不可殚述。学者株守一书，偏执己见，嗤点古人，鲜不贻讥于世。余常持此论，令诸弟勉学。若论诗，则尤宜谨凛此义。诗中用事，例有假借、方语、巷谈，顿成典故，更不可妄加雌黄。

---

① 底本脱"书"字，据文义补。

# 《东泉诗话》卷第四

## 记诗二　时贤

### 一

　　余于辛巳年录所见时贤诗，为一册。甲午春，复观之，大有徐陈应刘之感，备录于左。滕阳满碧山秋石断蔗山人诗，《春日过薛城》一首："奚山东望隔晴霞，逦迤荒城一带斜。草木春深迷故国，山河盛气走轻车。自从星散三千客，无复云屯六万家。寂寞孟尝坟下路。东风开遍野棠花。"《念远》一首："凉风吹木末，落叶下中庭。客况浑如此，秋声不可听。断云天一雁，寒杵夜双星。浩渺灵槎路，烟波正未停。"《拟古》一首："君戍黄沙碛，妾居白玉堂。鸾台变芳色，雕羽染流光。况此海天远，兼之秋夜长。殷勤问牛女，何处寄征裳？"《彭城怀古》一首："长淮襟海岱，天置古徐州。刘项过双鸟，乡关倚北楼。河声三面雨，山色半城秋。霸气销沉尽，烟波万古愁。"《过扬州》一首："海岸银涛八月秋，飘然一叶广陵游。不贪玉蕊能倾国，仅爱珠帘半上钩。明月箫声今古梦，西风杨柳去来舟。匆匆尽道红桥好，文选何人访旧楼？"又《归云集》，《留别武邑》一首："武邑僻处乱山中，岭谷纡回路鲜通。溪水长消三日雨，稻花荣落一天风。鱼鳞地户争松竹，龟板畦塍摘柏桐。蕞尔微区生产薄，催科莫急后来功。"《登大观台》一首："临江控海走风雷，放眼晨登大观台。红遍赭罨初日上，青浮天地早潮来。衣冠南渡开文运，吴越中分展霸才。数著残棋收拾起，诗囊不尽酒盈杯。《八咏楼留别吴棣华郡伯》一首："三岁趋黄阁，疏狂恕屡愆。不才容自弃，垂老受人怜。红叶青山路，黄花暮雨天。欲归归未得，八咏郡楼边。"《归来》一首："江上多风雨，归来守敝庐。人心存古镜，世事阅新书。花是半开好，香留不尽余。闭门天地阔，一枕到华胥。"

## 二

碧山《断蔗集》已付梓，《归云集》尚未也，再录数首。《咏棋子》一律："小小围棋子，团团结体成。不随人指拨，何事尔纷争？当局恒多昧，旁观本自清。输赢浑不减，几许费心情。"《柳絮》一律："闲倚酒楼吹洞箫，星星白发镇无聊。曾经送客临南浦，又似寻春过灞桥。飒飒晚风飞昨日，蒙蒙细雨湿今朝。浮萍终是随流水，漫折长条共短条。"《星堂业师墓下》二绝："忆昔传经五十年，宦游生死两茫然。嘤鸣旧雨全消歇，白发门生拜墓前。""重来不见鲁灵光，岭外魂归道路长。坏土于今犹宿草，也应荒却陆家庄。"

## 三

琴台孟伯青毓鹤诗，《田家》一首："田家三月暮，绕舍草萋萋。双燕窥花树，群鸦下菜畦。柴门流水曲，茅屋夕阳低。来共邻翁话，前宵雨一犁。"《拟义山体》二首："脉脉晚风前，盈盈落照边。香襟翻燕尔，绣领逗莺然。卷幔云分叶，垂钩月下弦。柔情太羞怯，不敢对镫眠。""香屑来无迹，屧廊行有声。背人刚鹭立，见我又鸿惊。玉局弹棋恨，金炉结篆情。莫同云外月，掩映不分明。"《闺怨》一首："掩袖出金屏，蛾眉颦更青。无人知皎洁，独自惜娉婷。锦字含愁织，冰弦欲语停。尺书何处寄，孤雁落寒汀。"《河堤晚眺》一首："村径逐堤斜，行行见钓槎。板桥流水地，衰柳野人家。落日留寒堡，溪田上浅沙。故人归未得，惆怅数栖鸦。"《夕望》一首："暝色苍然至，秋林掩夕曛。回风将送雨，斜日忽穿云。远水明还灭，遥墟隐复分。昨来送人处，惆怅此离群。"《过赵北口》一首："依人千里外，多病一身艰。此地复回首，烟波愈渺然。夕阳红到地，春水绿浮天。惆怅南来□，乡书何处传？"《醉后漫成》一首："未减豪狂态，真成烂漫游。一双银约指，百万锦缠头。妙选芙蓉帐，平居翡翠楼。只应同小杜，十载醉扬州。"《春望》一首："斜照扶筇傍水隈，无边春色逐人来。绿杨千树雨初过，红杏一枝花未开。魂逐暮云空惆望，梦回芳草自疑猜。韶光满目谁同赏，日向南村醉几回。"《生日杂感》二首："飘零书剑竟如何，驹隙光阴一掷过。漫说补天犹有石，可怜返日更无戈。萧惨宋玉悲秋赋，抑塞王郎斫地歌。今日一杯休自饮，劝他天上驻羲娥。""书窗剩有旧编蒲，敢信雕虫误壮夫。落叶一林堪煮酒，北风三日且围炉。新交李峤真才子，夙恨卢纶共少孤。毕竟四方成底事，男儿空自说悬孤。"《留别内子》一首："征车小住恨无因，握手重看病里身。此日刀环莫望我，年来马首但瞻人。半生入世逢迎拙，十载同帏梦想频。强起莫辞浑未健，高堂衰迈有慈亲。"《书怀》一首："平生风骨漫崚嶒，书剑蹉跎两未能。自笑王孙长寄食，可怜邻女更分灯。只身鸾凤同漂泊，廿载沧桑小废兴。抱病只今成内热，玉壶日饮几条冰。"以诗册质余，末题一首："姑射神仙迥不群，笔花兼藉众香熏。敢期玉尺先量我，不惜金针尽度君。晓镜罢梳还镂雪，午窗停绣自裁云。间时把取狂诗句，愿得成风一运斤。"伯青五、七古亦多佳篇，乡未存稿，兹仅其律句。一嚬一笑，如见故人；一弦一柱，当亦有赏音者。

### 四

伯青年少于余数岁，今其墓有宿草。遗稿不知流落何人，物色数年，未之见也。壬午春，晤李次班于京寓，言及伯青昔有登晏堌赠渠之作，能记忆否？李曰能，即诵其句，曰："鸡鸣发晏堌，白也有遗篇。太息斯人去，风流几百年。我来寻旧迹，之子是神仙。好语三生事，斜阳古木前。"余即欣然写之，如复得一真珠船。

### 五

郏娄杜小陵清平《仙源诗草》，《悲秋歌》一首："秋日惨澹倍伤神，秋月晶莹却耐人。秋堂独坐观秋色，满庭秋花泼眼新。秋花参差拂秋槛，往来秋蝶秋情黯。秋柳忽闻秋蝉鸣，入耳秋声倍凄清。秋声未已秋风起，飒飒吹透秋窗纸。秋窗瞥见秋萤飞，点点秋光秋烟里。谁将秋扇扑秋萤，惊破秋斋秋梦醒。秋衾冷落多秋思，秋夜钟鼓下迟迟。强扶秋病著秋衣，正是秋灯烧壁时。秋云淡淡秋草黄，秋露凝白结秋霜。秋庭已觉秋不尽，那堪秋蛩助凄凉。秋山秋水萦秋绪，秋雨年年人何处？凭将秋笺写秋心，付与秋鸿寄将去。"此诗"秋"字叠见，有多多益善之致，大是妙笔。王仙李见之，哂曰："不意杜二效瞿瞿语。"余茫然不解所谓，渠抽取《红楼》小说一卷，强余观之，相与一笑。小陵闻，乃欲自毁其稿，余姑存之。《闺情》八首，录二："相期原不过花时，盼到花时又后期。花自重开郎自远，郎情不似妾情痴。""寂寞春宵翠袖寒，一轮妒煞影团栾。闭门莫令光侵入，恐惹闲愁祛又难。"《闻砧》一绝："砧声何处起，黄昏犹未已。秋风腕下生，送入征人耳。"《闻蟋蟀》一绝："唧唧满堂阴，偏惊客子心。去来无多日，冷语漫相侵。"摘句："风前雨后诗千首，月上花开酒一尊。"

## 六

小陵《金台诗草》，《旅居写怀》二首："落叶满金井，霜天无限秋。闲情偶对菊，望远一登楼。塞雁凌云度，寒蛩入暮愁。客中无别事，闭户学潜修。""篱豆花开紫，林枫叶染红。经年苦别绪，此地又秋风。诗觉年来澹，酒犹去日雄。剧怜雨后蝶，黯澹夕阳中。"《乡心》一绝："依刘王粲怯登台，万事消除仗酒杯。只有乡心驱不尽，醉中犹自犯愁来。"《足梦句》一绝："烟光澹荡景依稀，谁唱新词入翠微。梦里看山山亦幻，秋崖化作白云飞。"《答王仙李》四绝："忍把韶华负此心，春花秋月费沈吟。三年不到辋川墅，又入浮云一障深。""岂有拿云手可凭，移家也欲住蓬瀛。年来却悔从前事，酒盏诗囊浪得名。""半载鬲津未有词，黄花节届倍相思。讵知千里怀人句，都在重阳未过时。""运蹇谁知浊与清，阿兄何必苦分明？为云为雨都难定，且向龙门近处行。"原注：家兄时在幕中，有寄。《即事舒怀》二首："逐逐风尘几醉醒，一年花事又春城。椿萱堂上阴方茂，桃李门前树乍成。原注：时及门奕书新捷。乌巷只今栖白雁，朱楼计日啭黄莺。关河极目常千里，难遣还云落月情。""漫云臣壮不如人，谁识刘贲下第身？病蝶寻花常过午，懒莺出谷未逢春。红绫紫绶空萧索，白酒黄相足隐沦。晓月初升花正放，故园风景忆清新。"《怀董矍仙二十初度时董新遭仲兄之丧》四首，录一："露冷风高雁影寒，绎云南望倍情牵。怀人两地同千里，初度逢君已廿年。好月将圆多雾色，秋花未老忽霜天。悬知故国称觞日，一度开樽一惘然。"又句："一卷书曾期我读，十分颜每为君开。"

## 七

沈阳王仙李诗，《忆菊》一律："小别黄花一岁余，瀁香何日慰离居？餐逢南国空怜汝，瘦尽西风谁伴余？寒夜怕听蛩韵急，清秋惟见雁行疏。幽情苦绪何人见，闲绕东篱月上初。"《过抚宁县》一首："背郭三五里，群山叠画屏。烟深一塔白，松密半城青。碧水流寒玉，明沙粲列星。此乡好风景，惆怅不能停。"《出关晓发》一首："北风吹大漠，旭日上沧溟。到海雪常白，出关山不青。草枯鹰振羽，水远鹤梳翎。故国犹千里，驰驱未暂停。"《勾骊河道中》一首："冻林绝飞雀，人影下平冈。山寺鸣钟夕，孤城落日黄。河水坚若石，岸雪屹如墙。不解冲寒苦，明朝已故乡。"《雪弥勒》一首："色相何妨竟认真，瑶台相对亦前因。护身瑞霭云千缕，摩顶圆光月一轮。说法定拈寒竹翠，供花合献早梅新。从今愿证菩提果，银海茫茫好问津。"此诗乃寄余索和者。仙李令弟朴葊诗课册，《访梅》一首："欲待春归未见春，寻芳何处早梅新？芒鞋竹杖迢迢路，流水空山寂寂邻。诗思载回驴背雪，乡心寄与陇头人。斜阳欲去仍回首，篱外风寒一鹤驯。"《问梅》一首："纸帐寒衾夜未眠，细询花事早梅天。可曾仙骨真修到，为底春风许占先。江驿几劳前度使，罗浮谁续再来缘。一樽我欲酬和靖，借语孤山何处边？"《秋夜》一绝："月送离离影，虫余寂寂音。青灯寒有味，人皆菊花吟。"《春夜》句："花影一肩月，灯痕半壁烟。"

## 八

仙李处有浙人孙兆湘诗册，《过曹州上翰屏郡伯》四首，录二："弦歌台畔解征鞍，琴遇钟期敢再弹。不是此处能借寇，更从何处得瞻韩？漫劳倒屣迎前席，定许抠衣是古欢。小草无香知力弱，捧来节下指挥看。""投笔班生学请缨，征尘暂拂拜双旌。出山云总凭风力，失水蛟须借雨行。献赋自惭同下里，停鞭只为问前程。绿杨深处啼莺小，敢向东皇唤一声。"《夜发昆山》一律："西风吹不起，冷雨听萧萧。水乡迎船急，渔歌入港遥。篷窗灯未息，布被梦偏饶。向晓舟人语，吴门第几桥。"又有桐城郑大文诗册，未及录，只记其《大明湖偶句》："山岚城外横齐鲁，葭苇堤边近越吴。"

## 九

抚军程月川《岭南集》，《江村》一首："一棹䍁舸心事违，芦花岸上叩柴扉。桄榔夜战秋风老，橘柚香添夜雨肥。钓艇获鱼牵浪起，牧童驱犊破烟归。何当小结三间屋，且向江皋学息机。"《寄友人》一首："岭外风骚客，归来竟若何？海云奔笔腕，浩气入江河。之子经年别，孤舟八月过。欲寻王粲宅，惆怅雨滂沱。"又《海上篇》前后数十首，皆可作诗史观。文多，不具录。

## 一〇

海阳李字山《任城集》，《重三晤瑶泉昆仲并怀仙李》一首："一水环清济，流觞政暂停。时刚逢上巳，人喜晤双丁。隔浦山眉秀，当轩柳眼青。可堪修禊事，无处觅兰亭。"《赠杜小鹤》一律："开元吟客尚笼纱，胜地游来共驻车。赢得池亭成传舍，从知李杜是通家。浇愁酒醒笔难掷，感遇诗多手自叉。一样思亲家较远，还须风雪问梅花。"《题孟肆亭〈听秋图〉》一首："绎山东望碧云横，十亩园林无俗情。竹叶风前开酒阵，桐花香里读书声。偶参慧业分明记，独抱秋心感慨生。皓月一轮相印证，头衔定许敌冰清。"摘句："冬心怜竹友，客梦醒梅花。""举烛闲书青玉案，垂帘如在碧纱笼。""劲节总饶君子竹，弹章不到美人蕉。""浴波鹧眼原非一，吞墨鱼儿故作双。"《涤砚》"弄影秋如许，无声露正凉。"《桂》

——

字山《潍阳集》,《月中桂用渔洋秋柳诗韵》四首:"香气凝为月姊魂,几番搔首望天门。生成宝树轮囷影,斫想吴刚斧凿痕。仅有灵根盘上界,更无落叶散荒村。饶他八万三千户,玉屑霏霏可共论。""圆蕊分明不染霜,银河斜浸即银塘。横枝莫碍霓裳舞,余气犹熏织女箱。例以白榆天上种,配他丹篆日中王。前身记否菩提树,试与殷勤问宝坊。""天香曾染十年衣,半面因缘悟昨非。大雅扶轮归约束,小山对影认依稀。花开四照星芒射,彩散三更露气飞。一镜芙蓉相印证,广寒未与众仙违。""省识嫦娥只自怜,月华三五净云烟。天开玉宇香成海,人上琼楼冷透绵。记取木犀参慧业,飘来金粟兆丰年。举杯邀向清虚府,自有香风到酒边。"集中咏物诗多且俱工,不胜录。摘句,《雪花》:"飘来万朵随云叶,开到三更带月华。""榆星天上联华萼,梅岭人间认弟兄。"

一二

字山处有其同里赵似祖诗册,《山庄》一首:"十里红桥路,三家白板扉。村疏因树密,山瘦借云肥。牧竖驱牛返,僧雏采药归。低回不能去,灯火乱斜晖。"《梅花》一首:"修得几生福,钟兹数点芳。瘦余还有骨,清极欲无香。人卧石三径,月明琴半床。问君许谁识,和靖古之狂。"《嫁女》一首:"红萧紫管向门吹,扶上华轮新画眉。他日再来翻似客,从前谁道不如儿?累娘记否初生日,作妇难同未嫁时。挥罢泪痕还自笑,人家人去自家悲。"《过石虎废城》一绝:"城边瘦马晚风号,郭外荒坟战骨高。水剩山残犹细事,可怜红粉郑樱桃。"摘句:"樵声白云外,人影乱山中。""野水清无底,山云冷不飞。""乱萤烧夜雨,寒蝶吊秋花。""篱角虫声秋叶下,雨余山色夕阳多。""晴窗日暖蝇弹纸,破屋泥新燕补巢。""不善时文名士癖,惯怜野趣古人情。"皆佳句也。又有《寄马西坡》长短句一首:"长山有人偶从海邑过,为我说马西坡。才气不少,奇事亦颇多。君闻之不能不起舞,吾言之不能不高歌。西坡童年不从师,见书恍若有所思。一饭之朝能识一万五千字，一灯之夜已熟三十六卷古唐诗，西坡不自以为奇。家贫无力厌糟糠，仗剑出门游四方。狂走十日、百日不知返，得诗一句、两句入诗囊。淬并州铁入豪端，抶昆仑池泻波澜。一声吊古古人活，欲起几曲悲秋夏闰而为寒。吾邑城市亦非小，今日除却西坡声名隙地不甚宽。余乃为之蹶然而起曰：'噫嘻！西坡奇人也，而相去七百余里。不见西坡虚我生，又恐望见西坡惊。我死抑何必见西坡乎，闻君之言见西坡矣。'"此诗较原本少为节删。

## 一三

邹人杜小鹤诗，《自遣》一首："处世耐长贫，风霜炼此身。生人何自苦，造物本行仁。事业艰难定，文章阅历真。相期守吾素，冷暖悉恩人。"《怀旧》一首："绿水琴堪碎，青衫泪又增。离怀灯领略，春事雨凭陵。露重怜花怯，愁深毕酒能。竟因无限感，减却旧峥嵘。"《病起》一首："屋破牵萝补，窗新借日明。病从春后减，诗向眼边生。引睡添书课，驱愁续酒盟。连朝风日暖，比树碎禽声。"《题王仙李诗后》一首："酒醒灯残夜，窗寒雨到时。七年离别意，一卷性灵诗。得失凭谁语，辛勤只自知。骚坛同树帜，低首更何疑。"《中秋病中柬董少曾》一首："听罢蛩吟倦未眠，中秋节气雨余天。病身无力支吾冷，皓月虽明孤负圆。惯醉始能怜酒客，多情何计涤尘缘。隔帘忽送钟声远，响在五云何处边？"《答孟肄亭寄梅》一首："未去巡檐绕画栏，相逢兀自怯衣单。花前索笑怜同瘦，病后输他能傲寒。于世但邀青眼易，订交惟有素心难。半生知己经年别，把向灯前不住看。"《杂感》一首："可但江郎重别离，旗亭又见柳丝丝。经年怕读王维画，远道谁传杜牧诗？闭户能闲原似客，倚栏小立动移时。春来无限缠绵意，说与东皇总不知。"《题史湘霞女史诗册》一首："怪得诗成字字珠，前身真个住蓬壶。漫将咏絮才夸谢，绝胜回文锦织苏。梁氏夫妻似宾主，郑家婢妾亦师徒。闺中多少吟香女，如此风流绝代无。"《到家》一首："归来何事乐无涯，康健双亲鬓未华。堂上承欢聊自慰，膝前解笑亦堪夸。儿方学步能呼母，女要知书屡问爷。一事关心怀弱弟，三年久客未还家。"《谢魏月东》一首：

"我欲驱愁去，君刚送酒来。醇醪三友共，风雪一樽开。"《旅夜》一绝："月又圆如旧，人仍滞未还。却因乡思永，翻使客心闲。"《固安早发》一首："鸡鸣催早起，马足近长安。沙细车声软，日高客路寒。风尘来此地，辛苦为微官。毛檄何时捧，能承堂上欢。"《夜坐》一首："扶醉良宵坐，园林触处幽。好风吹酒去，明月向人留。喜睡缘多病，安贫自忘忧。人生贵知足，何事羡封侯。"

小鹤乃前钞小陵胞兄。余识小鹤在识小陵后数年，录诗以时相次，故亦后之。

## 一四

小鹤、小陵昆弟赠答诗甚多，深有足以感余者，汇录于此。小鹤《寄弟》一律："二十余年弟与兄，此心差不愧同生。关河两地身如寄，风雨三更梦不成。自应有时思故里，终须努力问前程。家中近事聊堪慰，竹子平安报月明。"又《忆弟》一首："兄弟风前絮，秋来两地飞。对亲还强笑，饮泪理征衣。惜别心原苦，依人计总非。定知分手后，几度望庭闱。"《三十初度寄弟》四首，录一："天空一雁任高翔，底事劳劳困稻粱。异地同拼今日醉，桂花重放隔年香。无多骨肉轻离聚，各有仙人共举觞。冀北燕南秋月夜，可能忘却是他乡。"小陵《咏菊次兄韵》一首："秋来相思几多时，冒雨含烟见一枝。自是此花香独冷，非关有意放偏迟。幽人始许怜佳色，傲骨何能辱短篱？开到十分风露静，红灯绿酒画帘垂。"《闻兄中副车》一首："嫁衣作罢又消闲，底事人前强破颜。意外功名心上事，红云一朵照柴关。"《喜兄至京》一首："喜说长公至，离家今四秋。相逢各认面，欲语忘从头。堂上双亲健，客边诗卷稠。长安春正永，不更怨漂流。"《送兄还里》一首："落叶西风满帝畿，征鸿此日又分飞。三年别未一年聚，后我来偏先我归。鸟为出尘常矫矫，云将入岫转依依。关心几度还乡梦，春到梅花信不违。"《和兄消夏》二绝："漱井新从别院回，闲调绿绮坐莓苔。冷然忽送轻飙至，知是山云携雨来。""湿云送雨去如流，万里炎歊取次收。华月初升风乍静，招凉人在最高楼。"《中秋和兄韵》一首："乡愁历乱竟如何，佳节还从异地过。照眼酒杯同月满，怀人诗句入秋多。征鸿得路拂清汉，细草含烟怅碧阿。欲向广寒重举首，人间何处觅嫦娥？”

## 一五

小鹤诗佳句甚多，漫摘数联。“一碧天如洗，浓青翠欲空。”“养生非佞佛，多病渐知医。”“看花无定价，觅醉有真乡。”“客里年华同逝水，秋来风雨易怀人。”“空闻字灭怀中刺，敢羡人添锦上花。”“醉后真愁天亦小，狂来转怪命无灵。”“士如安命贫非病，生不犹人我岂狂？”

## 一六

滇人杨俞山同年《綷咏苹果》四首，以稿示余，漫记其一：“果证华言说本荒，频婆风味剧思量。散花仙去留清供，种树人归纳早凉。休误来禽新制谱，微经著手胜熏香。甘瓜朱李寻常辈，莫与吾家一例尝。”摘句：“开趁梨云痕淡淡，熟迟杏雨影垂垂。”“温麽乍觉搴帘后，潋滟全醒被酒时。”余又尝见咏频婆句：“供处香清臆，尝来雪满颐。”忘为谁作。

## 一七

闽人张亨甫际亮《松寥山人诗初集》，己丑春，谬以问于余其五、七古，余妄为加雌黄矣。五、七律最佳，摘录数首。《梅花》一首：“多时苦风雪，不觉春已阑。半夜闻香起，孤村隔水看。疏花湛清露，皎月生空寒。惆怅未能别，烟波方渺漫。”《乡思》一首：“客久未归去，酒阑乡思生。大江起风色，昨夜已秋声。木老飞孤叶，山寒带暮城。西流正难望，斜照若为情。”《野望》一首：“夕阳一千里，风急乱飞鸦。山抱城边路，江流鸟外霞。乾坤容作客，岁月苦思家。海上无来雁，何因问钓槎？”《夜行》一首：“秋气恋深情，荒荒夜色行。孤村一烟白，皓月万峰明。掬水惊鱼柴，寻虫得叶声。自来索幽意，肯弃露沾缨。”《雨农先生宅夜饮话别》一首：“置酒华堂月正明，朔风吹角落高城。中原名士思诸葛，四海何人荐贾生。醉里山川常怅望，年来歌舞独为情。艰难天地冰雪苦，瘦马晨征百感并。"《春柳》四首，录一："颠倒东风大有情，惹人何必旧金城？接来桃叶刚前渡，吹到萍踪又一生。澹澹春光多近水，阴阴天气正闻莺。关山眼见团栾影，争似羌儿玉笛声。"《归次永嘉见月有作》："海风吹月照高城，天际归心万里明。鸟鹊寒投荒驿火，虎鱼夜偃大江声。唐衢抗志思三代，陈亮谈兵误一生。闻道沧溟最奇观，莫希鳞羽传鲲鹏。"

## 一八

诸城李方赤同年诗稿，《秋日杂感》二首："京国浮沈素化缁，绫纹投刺欲何之？竿头有步空思进，剑首无声不用吹。随例花书聊判尾，分雕简牍且低眉。红尘涨合秋阳晚，才是西曹退食时。""漫拟雄心钓六鳌，并无好梦证三刀。文惭磔鼠难穷狱，计等亡羊始补牢。白眼有时遭阮籍，青山何意负张褒？浮踪去住浑闲事，故国霜前足蟹螯。"《冬日杂感》一首："青山回首子云居，恨不荷衣赋遂初。为恋浮名臣是虱，已抛乐趣子非鱼。纷来刀筷思投笔，累到盐廥尚买书。我似梅花太寒瘦，东风曾不仗吹嘘。"《答匏生》一首："退食归来独闭门，小窗松火地炉温。为文游戏蓝田璧，好梦模糊黄叶村。盘谷若教归李愿，天涯何处忆王孙？赠言郑重酬知己，呼取邻家老瓦盆。"《赠朝鲜正使相国洪澹园》一首："疏髯潇洒白如银，腕底龙蛇笔有神。三度梯航瞻日使，六朝文物折风巾。萍踪忽忆良宵会，柳色还分隔岁春。又见金台上元月，清晖共照海东人。"《寄朝鲜金山泉》二首，录一："顾我劳尘鞅，爱书解引经。小山仍此地，旧雨几晨星。萱为娱亲绿，灯还课子青。犹堪知己报，云向海东停。"《送阎研初东归》四首，录一："经勘陈庚子，雠同守甲辰。虚怀同执玉，得气总如春。携得生花笔，归为负米人。程符山下路，无处觅行尘。"《上元对雪赠张东华先生》一首："心迹翛然遇院僧，短筇抛却有行縢。修髯白尽如臞鹤，细字工来看冻蝇。书寄故人惟乞酒，诗成寒夜自呼灯。平生最爱簪花格，楷法觅君说上乘。"方赤名璋煜，时为比部郎。

## 一九

泗滨张君《序伦亭诗集》，有《咏铁钉碑》一首："伏羲画卦处，东有铁钉碑。书契已非旧，结绳仅见斯。山光青似染，水色绿成漪。古道今休矣，踌躇怀远思。"此诗乃宗兄联斗口诵者。张君，忘其名。

## 二〇

滕阳宗兄爱泉所著《傍山诗存》，《大明湖》一首："到此尘心静，依依不忍回。荷风半湖起，山色满城来。寺古苍松护，轩清名士开。水香亭外望，鱼鸟乐裴回。"《早春南下过县阻雨》一绝："寒入雪泥客岁情，孤云何事又南征？梅花几点春风老，落尽梅花雨满城。"《徐州东楼晚眺》一绝："细柳千条野岸头，春风摇动古徐州。夕阳乱灭青山影，倒下征帆水转流。"《送春》二首："东皇欲去草萋萋，怅望空阶眼易迷。正苦留春春不住，黄莺枝上又催啼。无计留春数落红，龙桥水逝梦难通。多情独有花间蝶，犹趁残香过绮栊。"《题破屋示内》二首，录一："三间茅屋雨花攒，风笛吹来四壁寒。莫谓贫家无好景，此中星月仅卿看。"《浣满星海导谒碧山先生戏讯》一绝："此公无定迹，看水看云去。莫教水无梁，不到云深处。"《紫竹钓竿歌为断荐山人赋》一首："菊妃山下溪水清，锦鳞泼泼绿藻生。菊妃山上修竹茂，紫茎亭亭青鸾啸。此邦令长贤且良，治法烹鲜仁风扬。堂前种竹茎尽紫，月明清影映寒水。斫取一枝系钓丝，紫茎亭亭凌云起。无事携竿游，垂钓妃水头。得鱼不食还放水，翦断长丝归故里。"《腊日述愁二十韵》摘句："多愁逢岁晚，少睡感时难。""白发双亲老，青年二目残。""破窗黏债帖，饥鼠斗虚盘。""落絮肩头起，飞花眼内攒。""饿应媲杜甫，冷未让袁安。""弗屑穷途哭，焉能暗夜干？""恨将春共至，韵与腊同殚。""倩到江郎笔，吟成对月看。"集末有满碧山题二绝："郢书燕说注君诗，百宝船中粲陆离。自笑痴人浑是梦，坐听胡贾数波斯。""莫为封侯叹数奇，穷通会合有时宜。袖中留得明霞草，到处人皆认白眉。"

## 二一

爱泉尝梦幽兰被折，适有仙人移去，留诗石壁云："幽谷儿孙仅有些，何缘风雨困泥沙。移根栽向瑶台去，管领春光玉女家。"醒而异之，漫用其韵自为一绝："光泛崇兰忆楚些，无端惜逝等长沙。醒来记得分明语，不信瑶台也作家。"

## 二二

爱泉屡游江南，得名作颇多，漫记于左。沛人朱翰卿《长安杂感》，录二："天衢软绣几条斜，弹指西风鬓欲华。巧不如人悲楮叶，寒犹伴我感梅花。破窗邀月凉侵被，归梦迎霜冷到家。半卷离骚一壶酒，苦吟闲醉是生涯。""家书几纸怅千端，欲写离心下笔难。两地平安游子札，一灯风雨老人看。秋还似旧凉偏早，衣未能新带觉宽。如此生涯愁说向，误他白发倚闾寒。"结句"误他"二字，似宜再酌。《次韵答沈华骧》，录一："题遍羊歈白练裙，离歌哀惋倩谁闻？客来日下逢初度，寒到身边已十分。秋士心情悲楚雨，美人魂梦杳秦云。莫嫌消瘦无相识，才见梅花又见君。"《寄张轶园一年全韵诗》三十首，录四："一年尘梦太匆匆，半属愁中半病中。杜老有诗添鬓雪，陈琳无檄愈头风。颠狂身世宜红友，落寞生涯付碧翁。醉里放歌聊自适，江湖何必着愚公？""真赝纷纷到眼慵，兰亭欲辨辨何从？空传伯乐能知马，不信叶公解好龙。千困有谁夸子敬，一经无奈老丁恭。凭将往事回头省，梦破寒山百八钟。""酌酒送春春已归，萧斋展卷对斜晖。以经注我古之学，能自得师今所稀。先达几人惊虎变，故交昨日尚牛衣。眼前得失何须计，传语风花莫浪飞。""尘容俗状只宜芟，为有舌存口漫缄。顾曲三终新眼界，布衣一领旧头衔。生涯饮啄笼中羽，世路风涛海外帆。为问多情张水部，休辞冰雪寄诗函。"摘句："霜争凉月三分白，天待梅花一味寒。""清闲偶自无心得，富贵还须有福消。""愧把斯文称后死，劳将酒食待先生。""羞向时人竞科目，未逢老子守蓬心。""旧读书随春共减，新成诗与债俱添。"

## 二三

沛人张轶园允杰《秋怀寄友》诗十八首，录二："驴背残阳话别离，他乡从此寄相思。那堪歧路分襟日，正是西风点额时。蜡炬成灰空有泪，野蚕作茧不名丝。团栾一片秦淮月，曾照楼头赋竹枝。""蓼花一穗夕阳秋，两岸芙蓉向晚愁。此日归心如病鹤，当时举目少全牛。六人共作迎风鹢，一例来撑上水舟。莫怪霜蹄须暂蹶，功名原自滞吴钩。"摘句："漫夸十指绝人技，愧少双眉入世妆。""那有奇文留白下，枉将好句比黄初。""冀北马原赤汗少，辽东豕亦白头多。""湖上兼葭千里棹，淮南烟雨一帆诗。"

## 二四

泗上王兰垞家凿井，甫及泉，复得一井，两两相接，不差尺寸，友人见而贺曰："此为复井。"复者，福也，因名"福井"。兰垞志以诗曰："古甃知何代，相逢信有缘。疏通借人力，接续本天然。真欲水流水，翻令泉出泉。灵源漾云叶，涤虑养心田。"

## 二五

萧县刘蓁陵《隰山诗集》，《九日菊未开》一绝："三径黄花手自栽，香迟晚节漫相猜。恰如高士逃名意，避俗今朝且不来。"《雪后》一律："天花荡漾满乾坤，莫讶旋融未久存。寒到极时还有色，功当成后本无痕。素心自可同千里，冷眼谁堪共一樽。赖得故园梅尚在，又传消息返香魂。"摘句："奇才知己生前少，烈士传名死后多。""八千里外还乡客，二十年前感旧情。"已上四家，俱爱泉处得之。

## 二六

爱泉多蓄名人书画，有兰陵毛又遂自书其诗一首："携杖入山访故知，暮春天气日迟迟。谷深径僻人烟少，水远峰高客意痴。岭上樵歌铺地锦，滩头渔唱锁南枝。予今觅得桃源路，且叙离情莫论诗。"款署："行年七十有五，兰陵毛又遂。"西林画松题句："岱岳峰头见此株，写来聊作岁朝图。官衔原在诸曹上，十八公兼五大夫。"款署："西林联璧。"联璧，盖满洲人；西林，其号也。又夏景小幅题句："水绕山环自一村，数椽茅屋倚云根。幽人独坐吟情惬，几许荷花开到门。"失款。前钞浔阳张羽题云林画诗，亦得自爱泉处也。

## 二七

先兄伯府于嘉庆乙亥馆曲阜同年孔琴南家，见其从兄荃溪昭虔寓言诗十六首，录以示余。诗曰："莫向花前唱恼公，王昌咫尺住墙东。几重屈戍门空掩，昨夜星辰梦未通。定忆流黄中妇艳，谁怜织素故人工？芙蓉甘向秋江老，剩有莲心澈底红。"一"当时相见即相亲，不分云屏隔玉尘。隐语当胸三五月，定情约指一双银。秋风薜荔吟山鬼，晓露胭脂写洛神。远道绵绵莫回首，崔徽已是画中人。"二"疏竹天寒翠袖轻，旧欢回忆泪纵横。鸟丝空写花前誓，鹊脑难牵别后情。只有黄金工买赋，何曾碧玉定倾城？夜香炷尽灯挑尽，别院犹闻笑语声。"三"不向闲庭种合欢，花开花落恨漫漫。团栾璧月空秋影，清浅银河又晓寒。嫔馆有人歌赤凤，女床无处觅青鸾。天涯未抵重帘远，倚遍红桥十二栏。"四"石城杨柳赤城霞，网户萧条长昔邪。草为将离怜芍药，星犹无匹叹匏瓜。几年晓梦随流水，一样春风有落花。明镜素琴还在否，红笺缄恨寄秦嘉。"五"深闭枇杷花下门，门前风雨易黄昏。不消乌鲗心头字，犹点丹砂臂上痕。春市数钱羞姹女，夜窗斗草忆王孙。莫嫌一角屏山小，中有相思万里魂。"六"空波萧瑟怨湘君，江草江花冷夕曛。窃药悔教人入月，搴帏虚忆梦为云。风吹乌柏门前树，泪染红榴箧底裙。角枕锦衾依旧好，名香辟恶为谁熏？"七"柳烟吹暗碧油窗，残焰犹烧向晓釭。尺素未传鳞六六，寸心翻妒燕双双。不逢交甫空遗佩，谁接桃根与渡江？已是愁怀消未得，谁家水调按新腔？"八"秋扇春风冷暖殊，空山肠断采蘼芜。柳阴一夜添鱼婢，花信连番到鼠姑。潘令钿车谁掷果，胡姬酒肆正当炉。已知无复双飞分，犹系红罗旧赠珠。"九"大道高楼面面开，新妆争唱紫云回。红墙宛转通银汉，碧树玲珑绕玉台。门内双鸳时左顾，陌头五马自南来。同心暗结无人见，翻哭文鸳是鸩媒。"＋"众里如何便目成，夜阑灯暗最关情。摘来栀子心何事，修到梅花梦几生。转绿回黄空反复，看朱成碧未分明。楼头一片梧桐月，莫倚阑干踏竹行。"＋一"梨云晓梦几时醒，愁绝清宵旧画屏。半夜廊鸣西子屦，千年心抱北辰星。相逢珍偶蚩怜駏，不断情丝絮化萍。绣幕萧萧人寂寂，隔花小犬吠金铃。"＋二"小窗花影昼阴阴，尽日炉香炷水沈。绿茝晓牵公子佩，红蕉春展美人心。同功空结冰文茧，长命傭穿素缕针。惆怅离怀何处寄，湘波无限暮云深。"＋三"亚字阑干丁字帘，欢期别恨两相兼。采莲江上田田叶，垂柳堤边昔昔盐。金错回环裁锦字，木难珍重寄香奁。离魂拟托杨花便，飞傍春城玳瑁檐。"＋四"汀洲昨夜又春残，欲采蘋花寄远难。私佩吉丁裁绣带，误凭喜子缀雕栏。九回肠转车轮热，一寸心灰蜡泪寒。记否水晶帘外影，玉钗曾挂楚臣冠。"＋五"梦到瑶宫路渺茫，前身疑是杜兰香。箜篌曲和青溪妹，团扇歌翻白石郎。小字定应题玉册，大罗曾记咏霓裳。眉痕深浅何劳问，不斗人间时世妆。"＋六荃溪此诗，风调大近义山，取裁多于乐府古诗，择言尤雅。先兄在时，每谓即诗以想其人状貌，当如妇人好女，乃殊不然。正如广平赋梅，铁心石肠，故作馨语，贤者固不可测。兹录原诗，并记前语，如亲馨咳云。

## 二八

庚寅岁，余馆尼山西麓鲁原村馆，人传孔冶山上公去年夏五《寿毕夫人》诗四首："妆阁连朝笑语兼，十分新绿到重檐。句无锦绣翻诗料，字走龙蛇仗笔尖。菡萏香归云母帐，榴花红透水精帘。玳筵留得蒲觞酒，权当仙筹为尔添。"一"欲邀王母话长生，贞静幽娴早著名。弱女娇儿堂上拜，玉箫金瑟槛前鸣。鸳鸯比翼堪为侣，梁孟齐眉倍有情。我长三年先四十，也还让我作如兄。"二"疃疃旭日照蓬壶，新设盘飧酒满觚。俭朴料应输阙里，繁华难得比姑苏。画眉曾学张京兆，射雉休夸贾大夫。两女青丝皆挽髻，乃翁人笑未留须。"三"几重楼阁几重花，绛蜡辉煌绚彩霞。淇竹远垂苔径瘦，蜀葵高插胆瓶斜。长宵人奏春波曲，小句奴提玉画叉。可记结缡君十六，阿侬迎上六萌车。"四又传《岁莫感怀》诗四首，词多奋激，似一穷措大伪托者。句如："运逢坎坷金能救，事到离奇剑欲鸣。""骨难酬世心终傲，诗不惊人草便焚。""纸贵未抛名士笔，囊空谁赠大农钱？""御寒尚蓄三年酒，饱食聊凭数顷田。"

## 二九

辛卯岁，余馆邹邑董朴园方伯家，见所著《楚中》《蜀中》二草，记数首于此。《防守汉上口占》一律："传来烽火照鄂城，急理戎装促晓行。一介书生能论武，数千招募胜征兵。惭非定远空投笔，漫说终童自请缨。薄暮驱车杨柳岸，几回叱驭数兼程。"《军次寄家信》二绝："漫尔来从楚北军，客愁何忍老亲闻？粗陈梗概驰千里，细说平安到十分。""欣欣捧檄只缘贫，思藉微官娱老亲。谁料青年游宦后，偏劳白发倚闾频。"《落花次韵》二绝："一回花看一回新，无赖东风吹落频。莫叹铅华今日尽，东皇仍有未来春。""把酒问花花不语，未知零落果因谁。溷茵坠处仍须辨，未敢随风任所之。"《文闱即事次韵》一首："几年飘泊楚江头，今日才登近水楼。雁字排成云路序，黄花开遍锦城秋。群公材似驱奔马，独我官仍骑土牛。寄语同舟共济客，平生壮志未应休。"《寿朱梅生郡伯百韵》，摘句："广平宏阀阅，京兆毓英贤。蜚声齐五凤，讲业集三鳣。玉笋班堪重，红绫赐岂偏。名登千佛内，榜放大罗天。禁内呼才子，朝端讶谪仙。隆恩分宝带，特诏撤金莲。庭菊开重九，灵椿庆八千。"《酬张西村同年》一首，摘句："经通《尔雅》知鼪鼠，言寓蜗牛陋触蛮。"

## 三〇

朴园冢嗣大椿《凫阳山馆遗草》，《雨霁怀方定斋》一首："雨歇清秋夜，银河亘太虚。不堪风入户，无奈月当庐。独梦三更后，故人千里余。漫凭书一纸，问讯近何如？"《草堂》四首，录一："一世艰虞客，百年愁病身。人经颠沛老，诗到乱离真。短发频搔首，低颜久傍人。袖中活国手，未得展经纶。"《新秋》一首："碧空无际夜云轻，何处飞来一雁声。残暑渐从风后解，微凉暗自雨前生。星临河汉光边动，月照梧桐疏处明。最是惊心砧杵响，萧萧秋意满江城。"《友人见访》起句："正欲寻君去，君先访我来。"

## 三一

乙未夏日，孟雨山博士延余入《三迁志》馆，见其季父肄亭明经在蔡庄别业作八景诗，记其二绝。《白马古渡》云："白马清流绕岸长，瓜皮艇子系垂杨。农人野渡归来晚，锄影一肩荷夕阳。"《绎岭积雪》云："村墅三冬景倍幽，灵山峻岭雪光浮。一番晓霁凭窗里，寒色随云飞入楼。"肄亭，名继焯。

## 三二

济州学正新城张汉渡象津近体诗《秋望》一首："淹迹三年古灉中，清秋吟望与谁同？岳云散作人间雨，日气蒸为海上虹。事去牛山衰草遍，优来鱼里夕阳空。鹰扬事业爽鸠土，目极高天惟断鸿。"《元日》一首："流年又见岁华新，柏叶椒花事事春。白发无情贪入镜，青山何意苦留人。汉家有道冯唐老，鲁国多材原宪贫。有底相关心未忍，读书空作太平民。"《南园》一首："数亩荒园一草亭，余年便可付遗经。春风几变郊原绿，山色常如太古青。济世经纶观覆水，乘时消息感流萍。平生志事丹铅在，无取金门学岁星。"《初见泰山》一绝："敖徕山下望天门，果见巍岩耸出尊。回首鹊华烟雨里，群峰竞秀是儿孙。"《兖州》一绝："斜阳返照树林红，败寺颓垣有径通。瓦砾蒿莱绝行迹，土人传是鲁王宫。"

## 三三

济州李东璧同年珣《凫庵诗存》，《麟川杂感》四首，录一："只宜散发卧沧洲，不合通辞托塞修。雪地无端惊越犬，炎天空自喘吴牛。枉抛棣萼三间屋，辜负蘋花一叶舟。明日买帆西苇去，又鱼经月不梳头。"《题友人出关图》二绝："箬帽单衫白练裙，玉山朗朗见羊欣。遥知五色蛮靴女，高控银驼饱看君。""一鞭才度桔槔峰，放眼全消氍毹胸。谁道边城尽沙碛，马头青拥万芙蓉。"《读南史书宋武纪后》二绝："新亭牙立紫云浮，任尔宫中拜蒋侯。鹦鹉不鸣罗汉醉，道人宋武小字兵已渡航头。""千古承恩通替棺，玉骸一日几回看。淑仪才是同根树，再选连枝亦大难。"此事古人未有咏者。摘句："雨声寒入郭，云色暝依楼。""千帆联作市，万井聚成秋。""双松清热腊，孤磬冷禅心。""身如秋燕频来往，心似冥鸿任渺茫。""尽如人意谈何易，莫谅余心政不妨。""忧时敢谓经生切，得食深知野雀难。"

### 三四

曲阜孔石藻同年昭焜《堇生诗草》，《秋怀》一首："未必西风生嫩寒，绽衣总觉异乡单。长安那比家居易，蜀道争如世路难。数卷诗文惭告友，三年菽水缺承欢。客途不愿因人热，惟有朝朝自劝餐。"《潞河放舟》一首："一棹破溪烟，飞云开水轩。波光借篷转，人语杂钲喧。古树捍颓岸，秋禾障暮村。浮家曾有意，且待竹生孙。"《赠杨司巡》一首："旷然怀别调，邂尔遇同心。一税尘中鞅，忽闻弦外音。清风生远岫，凉月下疏林。莫谓移情甚，谁操太古琴。"摘句：《判牒》云："空口雌黄易，诚心剖白难。"《晓霁》云："新桃肥绾绶，宿草腻涂油。"《规友》云："纸鸢那识四时景，爆竹原无第二声。"堇生诗近已付梓，不多载也。堇生配某氏，字璃敷，亦能诗，未见其篇。

### 三五

夏邑汪梦岩师诗集二卷，曩以见示，乃师母鞠夫人手录本，诗字双绝，未敢假钞。间关数年，师没于兰州以后，杳不相闻。丁酉夏日，令嗣之楣世兄来乐陵，询及旧稿，云见存家塾，未卜何日付梓也。楣尚能记数首，翼即录出，如亲函丈音徽云。《自题扁舟到岸图》二首："烟水茫茫感不禁，扁舟小泊傍江浔。未容蓬岛常游泳，漫指鲸波辨浅深。破浪何尝无远志，济人原本是初心。风和预作抽帆想，鸥鸟多应识苦吟。""当年把棹幸飞腾，击楫中流气概增。自笑此身原不系，相期彼岸竟高登。风涛力壮千钧挽，书画装轻一叶乘。故里他年闲话旧，云帆沧海说吾曾。"泰安丘家店壁，有人题词二阕，馆人欲涂去，公命止之，题二绝于其后云："烟峦尽处认江乡，席帽丝鞭托兴长。想见吟情山色里，半城疏雨共斜阳。""妙绝人间幼妇词，微吟几度惹相思。行人欲倩邮亭柳，珍重纱笼好护持。"又赴饮某处，即席口占二绝："当筵争献郁轮袍，拇战纵横饮兴豪。绿酒红灯欢未已，杏花庭院月轮高。""哀丝豪竹响珑玲，历历莺声隔画屏。记得旗亭闲射酒，柳花风里几回听。"榭又言：公宰泰安时，自题听事楹联云："我亦苍生，莫漫寻常称父母；人皆赤子，且留方寸为儿孙。"倩鲍觉生先生书而镌板，不知泰邑署中今尚有此联否？之榭更名之杜，字饮甫。

## 三六

邹人董听泉长楷《嘁歌亭诗草》，《梅花》一首："竹外一枝胜韵长，隆寒总不著衣裳。青天与汝多私意，明月为谁照晚妆。相对神仙作清友，日惭形秽伴芳香。巡檐偶欲题诗句，又恐嫣然笑我狂。"《冬日无俚次韵》一首："杜门有意避浮尘，重扫庭台四座新。无罪敢云能富贵，乐天真可不忧贫。相交诗酒之间客，自谓羲皇以上人。闲对梅花还一笑，狂言妄指作前身。"《居乡》十二首，摘录四解："一年十二月，不可一日闲。农人依稼穑，吾亦窥吾园。""偶携一壶酒，斟酌场圃里。醉后发狂言，众人亦欢喜。""我爱山林好，日与农相傍。田家有真趣，老农无俗状。""渐与田园近，转于城市绝。不觉耕稼苦，陶然有余乐。"又《述怀》三十首，摘句："辟如大田，草生已乱。锄者惜力，少收一半。""衣不长新，有缝即补。小时不补，大一丈五。""吾寻吾乐，一醉陶然。七十尚稀，而况百年。"皆四言之佳者。"日北国有南，日南国有北。若到南国南，北视日南国。""日出拂扶桑，人在扶桑住。不见日东来，日日日西去。"皆五言之佳者。《晓行莫归口号》二绝："一轮落月澹孤灯，翠幛重开梦欲成。忽有红光高万丈，山头捧出一铜钲。""飞鸟鸣禽皆去矣，碧溪青嶂两佳哉。霜天不管雁南北，风月要随人去来。"

## 三七

听泉胞弟书门长枢亦工诗，曩从二杜处见赠答诗，录之。《怀小正》一律："去年送客当残腊，今岁思君腊又残。故我何曾更面目，新书不断寄平安。

衔山渐觉月光减,绕座方知梅蕊寒。未免有情何处写,相思最怯倚阑干。"《送士田》一律:"年来无处不奔驰,又向曹南寄一枝。漫诩半囊供鹤料,还须千里梦鹏骑。清才那许终迟暮,好友何尝畏别离。已惯送人常作客,也应闲煞旧琼卮。"小正,乃小鹤旧号;士田,小陵字也。近与书门约为婚姻,诗俟见全稿,再为增录。

## 三八

听泉寄示《竹翠轩诗草》一册,卷首题"绎园手著",乃其从弟长梓茂才别号也。《自题神游草》一绝:"忽自有之非受人,梅花后身月前身。闭门屡得山中句,目历何如交以神?"《拟洞庭晓渡》一律:"冷露满江汀,西风撼洞庭。涛声喧月白,人语入烟青。水阔停孤棹,天低浴剩星。君山犹在望,梦已破空舲。"《春兴》一绝:"游丝袅袅柳丝低,好鸟争春不住啼。独上小楼天欲暮,海棠红到绿杨西。"《晚归》一首:"缓步乍归来,残阳辞远树。沙明月如水,行人不敢渡。"摘句:"风帆随鸟住,江月送人来。""烟深人不语,潮静月无声。""山云低照水,野火远疑星。""柳絮池塘春昼永,梨花亭院月轮高。""十里莺花三日雨,一溪烟柳四围山。"好句甚多。又单句"天青雁有痕""月澹梅无影",正可作对。惜渠早逝,未及谈诗。

## 三九

乐陵诗人共推薛广文侃,远宦文登,子幼家落,遂失其集。适余闻文登有重修邑志之举,贻书小鹤,属物色薛诗入志。同人揶揄之曰:"岂可冀耶?"余曰:"聊以尽吾心耳。"乐陵两史侍郎同时竞爽,曾见荔园先生《喜家弟衡堂同升阁学》二律,有"锦绣才华输后辈,埙篪唱和续前缘""梦痕合忆三春草,使节曾陪八月槎"等句,可想一时之盛。丁酉,两公并殁,余作挽诗,用其韵。

## 四○

历下朱敉人畹茂才《红蕉馆诗》已刻,录近体数首,以当鼎脔。《千佛山登高》一首："采菊新晴后，南山寻胜游。风翻乱叶下，霜逼一城秋。泉韵凭琴写，萸香入酒浮。登临兴无尽，更上远峰头。"《早发泰安道中》一首："崎岖山下路，夜色尚凄凄。日照平沙迥，天垂晓月低。鸡从烟外唱，马到水边嘶。来往曾经惯，前村认不迷。"《自遣》一首："由来性疏拙，衰惫尚艰辛。有酒宁辞醉，无钱不厌贫。招邀得益友，著作付闲身。扫却功名念，非能希逸民。"

## 四一

高密王天柱年丈《确磨诗草》，摘录近体《早发固安》一首："晓色迷城郭，早行春尚寒。轻阴逢谷雨，沈雾渡桑乾。陇麦远无际，野桃开已残。长安花事盛，明日好寻看。"《历下秋兴》六首，录一："夜枕惊疏雨，晓晴风日秋。浸地山影定，翻壁水华流。林脱松初出，湖宽荷尽收。客怀足清旷，不必赋登楼。"《清明日晓兴》一首："红上东窗放晓晴，花开花落日关情。梦犹寻觅常为蝶，醒辄思量未有莺。插柳丝垂排户影，卖饧箫送隔街声。谁同午后踏青去，并约挑携壶榼行。"《登光岳楼》一首："御风高步势玲珑，曲磴回栏入杳冥。一弹飞来海心月，四维浮出地平星。长河萦带才分白，泰岱连蜷未了青。下界奔忙缘底事，万尘扰扰几时停？"《蓬莱阁观日出》一首："冥想搏桑外，长空夜气深。覆盆天抹漆，跃冶海镕金。直逼星芒敛，难容云气侵。回头看尘世，大梦正沈沈。"《夜步城上》一首："苍然夜色深，高处独闲临。烟渚月沈胐，云峰星挂参。梵音来远寺，灯影出疏林。履迹留霜径，明晨好更寻。"摘句："林飒风初变，山沈雨渐来。""鸡栖槿篱月，人语麦场风。"《留别花木》一联："但取当前生意足，何妨去后别人看？"

## 四二

掖县李少白明经同，古体诗最善，《游山效谢公》一首："高陵郁雄势，重嶂叠浓姿。川原晃曙色，树木暖秋晖。樵引采药径，僧指寻云梯。不知林麓转，但觉村城低。袖中苍翠落，足底崭岩垂。回眺众壑改，俯视群峰移。盘山亘欲出，曲岸抱沙回。水气浮白见，塔影横翠微。兴来情俱赴，境至理并随。峙流完吾好，烟霞幻世机。遥拟剡中游，高和石门诗。"它不胜录。近体《登郡城北楼》一首："层阙郁崔嵬，凭栏一望开。环城山北口，口口水西回。落日秦皇墓，秋风汉帝台。此乡多故迹，只未口蓬莱。"《过黄河》一首："白发日侵侵，霜风吹不禁。三秋鸿雁尽，一棹大河深。流水竟南北，客愁茫古今。书生未报国，重险几来临。"摘句："山川莱子国，风雨穆陵关。""远树当村吐，平山逆海吞。"《晚兴》一首："围城古道草萋萋，屐齿痕消碧乍齐。远岫送迎人宇外，乱流明灭板桥西。槐花雨周黄千树，荷叶风来绿一溪。兴尽濠梁归渐晚，疏星澹月映长堤。"《明湖棹歌》八首，录二："山围高阁水围亭，亭外朝朝泛画舲。十里香迎莲子渡，一帆春指绿杨汀。""鸟自争啼水自流，空亭人散晚湖秋。几多名士轩头客，谁问当年白雪楼？"摘句："名士轩开晴水外，孝廉船舣夕阳边。""京华岁月闲中晚，海国山川梦里长。"《咏白菊》句："无心与众争时艳，著意怜渠到岁寒。"《银河》一绝："不尽遥天碧，银河万古清。自从牛女会，风浪几回生。"

## 四三

历下周乐二南《秋日闲兴》二首："年来谁复问升沈，忘世都由阅世深。吾爱吾庐时静坐，我行我法但狂吟。校书每怪杨生肘，交友无嫌苔共岑。花样翻新从不识，诸生尚欲度金针。""弹铗居然出有车，书生面目总迁疏。口中月旦今何敢，皮里阳秋老渐除。梦寐一任身化蝶，濠梁几忘我非鱼。从兹悟得逍遥诀，事事云烟付太虚。"《雪后途中望济南诸山》一首："只道寒云白，惊看缥缈间。那知天半雪，都是故乡山。皓首如相让，晴郊揖我还。饥驱不得意，对尔有惭颜。"诗已付梓，不备录。

## 四四

周二南读余秋门《山左诗汇钞》，赋赠七古长篇，予爱之，更录一通："黄鹄摩天凤巢阁，柳转新莺松栖鹤。婪尾鼠姑斗春阳，岭梅篱菊发寒萼。万物同比生天地，飞潜各自适其适。况乃人为万物灵，面目不同心亦异。心有所得发为声，笔舌所到皆天成。愁苦难作欢娱语，丈夫讵同儿女情？读书论世人可知，何分汉唐宋元明？抉剔珠玉出泥沙，牛鬼蛇神纷殄灭。二东自昔称大风，文章海岱多巨公。南崧学使继搜讨，东海网尽珊瑚红。其间不无碔砆杂，亦或月旦失至公。秋门慨然为太息，沙汰费尽钧陶力。阙者补之遗者搜，吉光片羽等琳璆。自谓品诗如品味，五味适口能兼收。自谓审诗如审音，五音悦耳无苛求。搦管不啻南面坐，右则右之左则左。途逢歧路稳立脚，船到乱流牢把舵。但使诗中自有人，何必胸中横一我？廿年心力苦销磨，霜后落叶剩无多。书成细字藏箧笥，高吟携过秦关河。灞陵官舍幸一见，挑灯夜读不知倦。卷中俨睹古衣冠，簪笏裙屐风流擅。又如把臂登吟坛，五色旗帜来酣战。精神发越毛发动，令我傍观目惊眩。此诗得君此删存，字字竟可悬国门。一手堪起万朽骨，数帙能慰千吟魂。地下诸君如有知，俯首至地复何言？吾愿急付梨与枣，使人共睹吾乡宝。隋珠和璧照古今，撼树蚍蜉一例埽。文献从兹信可征，无复雕虫嘲摘藻。千秋万世谁瓣香，定配雅雨、蒙泉两诗老。"

## 四五

《山左诗续钞》，吾南崧师辑，学使任内同幕参定，固难尽惬人意。昨闻家爱泉说，满碧山曾言钞内有苏诗一首，惜忘其题名，无从查核。因思古人文集，浩如渊海，一人闻见，鲜能周悉。况自少至老，记诵为难，安能昭晰巨细靡遗？虽在大家，不免受嗤于拙目也。沈归愚选《别裁集》，亦颇有此类。如咏太白："目无高力士，心识郭汾阳。"元人舒逊句也。《咏池荷》："池塘一段荣枯事，都被沙鸥冷眼看。"宋人唐庚句也。皆被时流袭用，而归愚亟赏之，莫辨所由来，偶不及检耳。《归愚集》有《金陵咏古》一首，袭用唐贤，殊不可解，盖时人误录唐诗相试，而归愚为之点定，因编入己集，备录于后，以为轻改古诗之戒。"江东列郡领丹阳，鼎足三分此一方。总为石城成虎踞，不知巫峡下龙骧。云深寝庙千秋冷，月照篱门几夜长。

年少风流能顾曲，行人犹自说周郎。"此唐人曹能始句也，沈略易之云："石头作镇号严疆，鼎足三分此一方。更徙武昌夸虎踞，不知名将下龙骧。紫髯空自争荆楚，青盖旋看入洛阳。太息雄图消歇尽，霸才终古忆周郎。"沈诗惟"紫髯""青盖"一联，自具炉锤。

## 四六

先外祖随缘翁尝吟诗得句："鸟来知客去，鱼闲傲我忙。"甚自喜。方欲续作，客言唐人有此句，因辍翰。案唐宋人诗，前辈标出相同者，如李嘉祐"水田飞白鹭，夏木啭黄鹂"。王摩诘七言，每句各冠以"漠漠""阴阴"二字。时代相近，未知孰创孰因。南唐江为句"竹影横斜水清浅，桂香浮动月黄昏"。林和靖咏梅，只易"竹""桂"二字为"疏影""暗香"。世皆知林句佳，而不知其蓝本江为。然谓和靖有意蹈袭，亦殊未然。盖兴之所至，偶尔相同，不知我重古人、古人重我也。顾后学不可藉为口实，使日取唐宋名句，点窜出之，未能效颦，适足捧腹。所谓在古人则可，我则不可也。又按杜诗"薄云岩际宿，孤月浪中翻"本何逊句"薄云岩际出，初月波中上"。杜之用，何犹今人用典故耳？何系古体，以自然为贵；杜乃律句，以研炼为工。各不相掩。为杜左袒者，诋何为伧气，与耳食无异。

## 四七

家《烈妇志》一册。嘉庆丁丑年，翼抱孔怀之痛，辑朋友哀挽文、诗若干家，因循未及授梓，连遭大故，无心复加校阅。时惟邑宰会稽潘明府尚楫丽槎先生赐诗，刻石于墓道。顾石工不善，刻字甚浅，恐未能持久，复敬录于此。"天地有正气，列媛志不磨。岂惟矢匪石，身殉良靡他。感尔苕华忽玉碎，放怀一学文山歌。吁嗟马君名下士，英年得路青云驶。帝召修文赴玉楼，春风绛帐悲声起。悲风潇洒月昏黄，痛绝深闺有孟光。珠泪洒成千点血，鹃声啼断九回肠。琴床书榻浑如旧，那堪对此重回首？义海情岩一寸心，愿言同穴长相守。挥泪潜辞母也天，誓将赍恨赴重泉。由来妇道尚贞烈，小孝何曾得两全？精诚仰贯烟霄阔，肯向人间求苟活。万古清名传女宗，凛然大节不可夺。泗水潺湲东山高，灵钟巾帼等贤豪。成仁取义媛所志，一死不肯同鸿毛。青磷惨澹孤猿啸，冰心自励鲜同调。邻妇楼中重怆伤，良人地下应含笑。闾里惊传群泪垂，合邑啧啧父老悲。彪炳姓氏辉彤史，重见清风烈妇祠。"同时赐诗者，夏邑汪梦岩师外，有若曹郡守阳湖吴礼石阶，俱五古长篇；单县令兴国张君联奎少尉、萧山张君鼎五，俱七言古体；钱唐周君赓、解梁任君飞，俱四言；咸宁沈君鉴七律二首。本省诸年台，淄川翟伯海涛，杂言歌行；宁阳周备堂百顺、曲阜孔石藻昭焜、邹县孟象五传质，俱七言古；单县王松坪衍惇、二孟毓盛、毓鹤昆仲、卢大昆、滕县满碧山、秋石张宏蕴涵、同郡冯湘舲奎文，俱五言古；诸城倪浯阳在中、单县刘旸谷晓岚、滕县孙山樵炳、赵静修学廉，俱五律；历城花南村寿山、济阳王君应轸、单县刘云麓晴岚、宁阳刘君鹤龄、曲阜孔琴南昭薰，俱七律；蓬莱张君世经、滕县王简庄昉，俱五言长律；章丘李君秉瑜、菏泽孙君璋、单县王君焕斗，俱七言绝句；同邑齐化宇恽基、宋瀛海昆，俱五古；袁树堂立栋、缪君锷，俱七古；张馥轩庭兰、缪伯治钧，俱七律。余族众月峰、聊斗，俱五古；亮功，七古；明藻，七律；孝原，七绝。姓字备列于此，以志铭感。至戚余外祖随缘翁，七古；两表弟张墨卿、王熙甫俱四言。滕阳孔君傅缋，吾嫂氏从叔祖也，赐挽五律二首："忆惜于归日，吾曾送汝行。何期郎早逝，顿令尔捐生。只解纲常重，安知躯命轻？他年垂国史，千古仰芳名。""尔本娴闺训，今将大义伸。愿媲香骨女，不作未亡人。异梦惊仙媛，奇节化比邻。令予悲更喜，圣祖教常新。"

## 四八

道光壬午，先慈弃养。次年，先严在曹郡纳姬李氏。越岁，乙酉秋日，先严辞世。姬无所出，竟以身殉。其投缳之所，仍亡嫂尽节处也。前后未及十年，再见此事，家运之否，世所罕有。言念今昔，曷胜哀感？所有挽烈姬诗，只得海阳李字山绍闻一家，敬录于左。"女之事人，如臣事主。

氏知此义，遂足千古。分居妾媵，方及二岁。每聆节烈，辄至陨涕。公以考终，公有治命。妾无归矣，妾心已定。日月有时，密室整衣。侍执巾帨，视死如归。州闾咨嗟，郡县感激。节烈之家，复此奇迹。天语煌煌，旌以绰楔。爰有小星，照耀古雪。"

# 家集

## 一

先祖松溪太府君遗诗一卷，先兄伯府于嘉庆乙亥阙里馆中以束脩之资，敬付梓人，板本俱在，无容摘录。《人生一瞬耳》一首，手稿尚存，句旁加圈，尤用意者，敬录一通。"事业不可懈，时过不可及。男儿生世间，乘时当自立。童稚耽戏游，所就不专一。因循成老大，徒作桑榆泣。人生一瞬耳，敢不长汲汲？"上林张南崧师纂《山左诗续钞》，亦载此诗，中增多二句。

## 二

先祖《述怀诗》第一首："入山二三里，荆棘杂芳菲。荆棘枝条长，芳菲露未晞。刈条以作薪，采芳以充饥。日午汗欲滴，树下暂因依。力薄获自少，足荷不为微。日夕伴侣稀，日落负薪归。"《山左诗续钞》于《述怀诗》钞其七而遗第一首，并删去《述怀》题目，合之古风。《松溪诗集》中无赠答诗，族众相传有联句"近山云满屋，临水月随衣""身将勤补拙，心以虚受人"等句，未见全篇。

## 三

乾隆癸丑，先严为费邑校官，迎养先祖于费。每风日佳时，携翼兄弟出游山水间。翼时方总角，迄今梦寐不忘。犹记先祖仿张子西铭为贞遇文，未脱稿。间复为诗，今集中杂诗是也。

# 四

先严寄园府君著《怀续堂诗集》三卷，现录副本，未付剞劂，谨择集中为儿辈作者，类记于此。《庚戌将之京用杜子美遣兴句留别》一首："少小两男儿，才当学语时。对人知马姓，向我诵毛诗。运蹇随爷拙，家贫仰母慈。起居须有节，戏玩莫无期。未解牵衣送，何堪卧榻悲？行行归可待，系恋究为痴。"《乙丑中秋月夜歌》一首："月下把杯对月歌，一年清景今宵多。儿童进酒我颜酡，明月照人影婆娑。此月终古常无那，此人月下共列罗。妻孥兄弟乐且和，美景足娱遑恤他。兴到心拟秋澄波，映月挥毫迅如梭。风清露白足吟哦，今我高歌意云何？汝曹岁月相切磋，文章事业期不磨。皎洁晶白烂星河，光阴瞬息最易过。噫乎我意恐蹉跎。"《辛未劝学篇示诸子》一首："博取究群经，精奥静研讲。入道由通途，钩深忌断港。譬彼积钱人，肺腑义之蛄。譬彼力田夫，性情勤耕耩。论古贵虚心，赴时戒强项。嗟余仅空谭，未能改倥偬。世类讵云拘，明珠出老蚌。坚志事堪成，宁俟劳喝捧。"《壬申七夕用儿辈韵》一首："吾生宛似一虚舟，五十余番入早秋。此夕观星孺子戏，当年乞巧老夫优。那堪壮志成疏懒，且喜群儿足唱酬。试一举头河汉近，好将佳气比姱修。"《癸酉房翼自济南至单即遣归里》一首："甫报登科喜，旋生捍御愁。相惊人尚在，且忍泪全收。养志儿应去，守官我自留。从来闻古语，父子不同舟。"《庚辰遣兴》二首："繁华满四邻，兀坐自惊春。旧里青山古，他乡白发新。常嫌筋骨累，更觉子孙亲。拙懒生平计，不遑耻贱贫。""萧然四壁清，寂寞却将迎。砌草随时发，檐禽任意鸣。翻书聊遣兴，扫地且怡情。好是晨昏际，听儿诵读声。"《寄示翼儿都中》一首："每忆公车上，今年尔独征。风云游子意，山水老夫情。虎观多文藻，龙门列俊英。我期知远大，莫逐一时名。"《鼎歌示幼子星娄》一首："我不自解胡爱古，每逢旧物喜欲舞。不解古物何适用，几净窗明为清供。今年季子得古鼎，献来开函光炯炯。劝我试作古鼎歌，器重才轻可奈何？娄乎尔识鼎之形，其象其用详诸经。百家史传说备矣，刻意雕镌汩性灵。不如静对古人器，更须推知古人意。正己虚中合戴履，奉盈守宝恐失坠。人非金石易成翁，古鼎触我思无穷。思多愈觉文字少，虑后瞻前情缭绕。"

## 五

先君子行箧中有《春柳》四首，用渔洋山人《秋柳》元韵。底稿涂乙未定，集中不载，谨复誊写于此。"黯然别后正销魂，雨雨风风出里门。那与遥山分黛色，似侵芳草起烧痕。两行鸭绿桥边树，一带鹅黄堡外村。羡尔缠绵如有意，飘萍孤客讵堪论？""枯枝偃卧几经霜，三起三眠映曲塘。倚树吟应开白眼，簪花格欲试青箱。莺儿百啭秦还越，燕子双飞谢与王。何处红楼临大路，旧堤隐隐过新坊。""滴汁云蓝染素衣，光阴弹指未全非。离亭长短条将尽，并土清寒叶尚稀。独我情牵新绿长，何人骑惹软红飞？异乡惟有青青色，到处逢迎不暂违。""拂地垂丝亦可怜，韶华如许复含烟。箫声漫度香成市，絮影轻飞白胜绵。自序陶潜宜此日，传神张绪识当年。莫逢寒食题新句，强赋依依古道边。"玩"并土清寒"句，诗应公车北上途中作也，年岁不可得详。又《同年赵凤山处观戏鸿堂帖墨本》七古一首，集中不载。

## 六

叔父大人旧号卧庐，更号岱阳，著《古缶书屋诗草》，于曹郡任内付梓，诗尽古体。《癸酉纪事》录一："寇匪尚未灭，家书始得见。大军已云集，有征无力战。惟忧孤城敝，筑凿仅葺缮。土贼伏墙耳，逼近恐生变。应募有壮勇，逆匪巧构煽。开仓发米粮，恐或无余羡。严守月余日，近忧卒少倦。侦探速往返，庶能守乡县。一家闭城中，有食不下咽。命儿跋涉去，省视寝与膳。何日寇盗平，官民同安晏。"与丁瑶泉司马及江都陈穆堂、日照许印林、滕县张芸心赠答，悉用古韵。敬录《示后生》一首："性既辨菽麦，步必由矩度。雅言世所好，修容人无恶。吾生事多悔，涉世幸多誉。检阅三千轴，辞谢二千石。干禄望后生，时勿负夙夜。"翼欲搜采近体，向从弟辈求之，答言排律外无近体。适于再从弟星轸扇头见有手书题画一绝，亟录之。“湖陵山水自天成，凫绎层岚远近迎。一叶扁舟千里碧，渔郎笑指晚云生。”

## 七

《古缶书屋诗集》于少作删去十之二三，即存篇中，亦多删除之句。如《贫士吟》原近百字，刻本仅六句：“贫士何所为，采樵凫山麓。负薪凫山下，清泉以自沐。十日十饮汤，不出干宗族。”

## 八

先兄《驺山遗诗》一卷，自题《诊痴符》。凡见怀、见示之作，敬录一通。《戊辰岁时忆弟》五古三首：“日月曾不居，光阴逝如骛。相去复几时，倏忽岁云暮。旅雁鸣何悲，寒梅始发树。持觞奉高堂，思展婴儿慕。饤盘罗五辛，欲饮更相顾。喟然怆予怀，予弟在远路。”“严风吹朔雪，千里寒应同。居人被重絮，深闺炉火红。旅人行未返，征衣知蒙戎。畴昔梦见君，似非平时容。”“凤皇将九雏，秋秋搅天飞。一雏返故巢，事事举目非。悲鸣行绕树，岁暮知何归？人生无常处，父母以为依。凫南虽吾土，所恋在庭帏。愿君勉加餐，可以慰相思。”《庚午秋试翼得副贡见嘲》二绝：“孙山以外又孙山，名在登科下第间。莫向樽前悲落寞，他时丹桂约同攀。”“谷城黄石博浪沙，壮士功名愿未赊。却笑荆卿疏剑术，何堪倚柱自周遮？”《辛未题翼诗册》七古一首：“伊昔始受经，窗间原与君同声。厥后补诸生，榜头复与君连名。青灯夜夜对床语，采紒朝朝把袂行。寝食戏谑时闲作，文章学问每争衡。相从既若骖有靷，相需更如樯与楹。近来趋向随时易，各人嗜好本天成。吾也懒漫少收拾，君之才气独峥嵘。奇思一往谢胶辐，高咏百韵就俄顷。恒自环中超象外，常希石破令天惊。曩得新诗盈箧笥，欣看杂体纷纵横。应从风雅溯原委，直于笔墨见性情。到眼初迷十里雾，得味绝胜五侯鲭。夙慕曹刘真才子，醉骂左陆皆老伧。少年著作已宏富，况复他日更专精。但愿共立千载业，谁能狎主诸侯盟？阿兄有诗不轻作，及尔酬和聊歌赓。”《九日偕诸弟登高》一律：“风雨重阳日，凭高一放歌。

此心同菊澹，秋色入楼多。席帽谁吹汝，茰囊欲寄他。题糕应有赋，群季意如何？"《暂之邹南次翼韵》一律："及尔离乡久，言归似远行。晨风滋白露，初日上东城。故老今谁健，家山旧路平。长空看断雁，千里总求声。"《甲戌将之京录别》诗四首，其一："葛藟横南圃，脊令鸣中原。念我与君别，旨酒对盈樽。握手远相送，思心难具论。行期怨迫促，两地殊寒暄。北望长安道，征车何轩轩？结交满四海，不如弟与昆。况复远父母，不得共晨昏。别离安可长，伦纪同所敦。愿言常自爱，无为黯销魂。"《乙亥旅馆寄弟》二首："夜雨携秋声，萧条入羁寓。悲彼寄生草，欲为连枝树。万类殊性形，之子胡弗悟。俯仰内伤心，拔剑出门去。愿因西南风，与尔一相晤。""笼中有奇鸟，远自桓山来。欲飞不得去，鸣声一何哀？同生二三子，羽翮幸未摧。宁与鹰鹯逐，无罹网罗灾。鹰鹯尚可避，网罗奚由开？"《丙子春日邹南野望寄弟》一律："何处寻春好，东皋一望收。林花兼雨落，野水趁溪流。好鸟田中出，征人画里游。此间非不乐，适意复何求？"此外倡和如《和翼即事押霰字全韵》《效翼咏史体》等篇，文多不备载。《秋日偕诸弟登马头山》一首："骈南列山如列骈，骈绎山人擅胜游。笑他世士空皮相，不知山子是华骝。华骝山子日千里，翔行远到昆仑丘。脱令当时无造父，谁怜齿载困盐辀？我本游骑无归客，偶为兹山久滞留。揭来移家就山陬，东曹东畔有高楼。往往乘兴上马头，绝顶孤圆似平畴，巨石戴土蕃芊芊。往年备寇筑长寨，至今遗垒动人愁。侧身远望豁双眸，群峰三面坐相酬。南俯络马湖中水，倏忽明灭俨沜沤。须臾云升众仙下，千乘万骑同悠悠。白驹西逝无人控，但闻风声鸣飕飕。我欲著鞭从兹去，何能区区忆少游？"《与诸弟分赋席上果得枣》一首："羊角鸡心自昔传，盘中赤实照开筵。来来前殿谁为隐，去去东家妇未还。独也有情吾与点，新之无市不论钱。闻歌咄嗟忽忘味，何事如瓜忆汉年？"《初尝麨麪要诸弟共作》一首："三月青青麦未黄，田家麨麪已先尝。麨成蚁磨纷纷落，写向银盘细细香。绕箸无端浑络索，凝眸何处辨微芒？荐新特地竞初获，至味还应冠百昌。"

## 九

先兄遗诗，本集不载者十数首。凡联句等篇，见翼所录《嘉庆集》中，兹不复载。其行旅诗《丙寅秋日金乡道中口号》一绝："金乡西望碧孱颜，腰带成围拥髻鬟。绝似故园窗外影，那知回首即凫山。"《癸酉行汶河岸口占一律》："望岳逢真面，临津问渡头。群山皆北乡，一水独西流。瓦晒黄团日，禽飞白练秋。荣期行处乐，怀古总悠悠。"又《拟古子夜歌》："妾不愿富贵，但愿勿别离。相思不相见，富贵亦何为？郎如水上船，妾如船下水。郎行未崇朝，妾心已千里。郎何太薄幸，不为妾暂留。挑灯夜相对，欲语更含羞。强笑送郎去，归来泪自洒。试问此何心，争奈不可解。卷起合欢被，收拾妆镜台。妾能甘朴素，留待君归来。今朝镜中人，明日道上客。愿即送郎去，所恨无六翮。"《拟古美女篇》："美女婉清扬，提笼行采桑。纤手低绿枝，艳色发红妆。云鬟簪翠羽，宝钗十二行。耳缀明月珠，腰佩郁金香。五马虽纷驰，安知彼所望？"此诗似尚未完。翼近录《驺山诗册》，将前诗会载其中，复阅一过，与原集颇不同，俟异日付梓，仍当分别补遗于后。

一〇

先兄《咏落花生果》一首，集中未载。"万花荣落处，生果验天工。嘉种洵堪异，群芳未许同。开时颜亦艳，谢处蕊尤丰。满地无人埽，崇朝有实充。池萍缘柳絮，夏草即冬虫。异类犹相化，同根自可通。本原亲下地，妒岂畏西风？移植名园里，应惭众落红。"

一一

先君子著诗文集外，若《汉碑录文》《金石寓目记》《古意纪存》，翼俱手录副本，以待剞劂。尚有《金石随笔》《近事偶及》两书，原未脱稿，各草录一通，亦可缮写。中有谈诗数条，敬志于左。"一、单县瀔河，无甚古迹。旧志《焦候碑》，赵子昂书者，今失所在。琴台李白诗刻，亦后人追书。按《金石录》，唐《宓子贱庙碑》，天宝三载李少康撰，李景参书；《宓子贱祠颂碑》，天宝十载贾至撰，梁耿篆书；《巫马期碑》，天宝十二载贾贲撰，韩轸八分书。三碑今俱不见。《单志》既不载金石，而古迹碑记目录中亦无此三碑，后人修志当补入。又按唐诗《高适集》有《观李九少府翥树〈宓子贱神祠碑〉》五古一首，'吾友吏兹邑，亦尝怀宓公'云云。高诗亦当入《单志》。所云李少府是否即《金石录》所谓李少康？未可定也。""一、前明史阁部可法后裔甚微。雍正时，吾乡邓东长钟岳督学江左试，有童生史姓，年且半百，其祖书可法名，邓甚异之。询其家世，由阁部督师维扬，寄孥白下，有孕妾于沧桑后生子。邓曰：'是不可以文论。'录入邑庠，并刻石记之。按家超贡公纪闻列所知名人：史可鉴，字存古；史可程，字赤豹，号遽庵；史汗青，字纶如，癸未武进士。近人惟知可程名耳。世传维扬史公祠有乩笔自题一联云：'一代兴亡归气数，千秋庙貌傍江山。'联自佳，托之乩笔，近怪。""一、琴台刘生言其乡先生某梦仙乐送人升上界，私问人姓名，同列告曰：'此莱阳左萝石之仆也。左公久升上界，此人殉左，今始查出，亦得上升。'因共阅《明史·左懋第传》，同难者数人，未云有仆。适海滨刘君藜焜来署司训，乃曰：旧传左公殉节时，一仆在侧，左公口占云：'黄泉无旅店，今夜宿谁家？'其仆曰：'请先为公寻旅店去。'遂自尽。乡里至今以为美谈，想是实事。梦语庶几不妄耳。""一、唐李绅《悯农》诗：'春种一粒粟，秋收万颗子。四海无闲田，农夫犹饿死。''锄禾日当午，汗滴禾下土。谁知盘中飧，粒粒皆辛苦。'时吕温见之曰：'此人必为卿相。'至今次篇特显。"

## 一二

庚子新正，检故箧日用册。嘉庆戊午，先严摄济阳学篆春联底稿句，多自造，亦律诗之流也，敬志于左。"济水澄波连海气，阳春翠柳转晴光。""樽开新艳春为酒，柳拂层崖草似烟。""风雅于今留此席，性情自许得其真。""乡心芳草从前绿，客味寒毡依旧青。""月色侵帘庭似水，墨花飞雾笔如椽。"它不具列。因忆童时寄居邹南，见自题楹帖曰："韦孟当年曾卜宅，匡衡此地旧谭经。"

# 《东泉诗话》卷第五

## 记诗三　赠答

### 一

嘉庆癸酉，夏邑汪梦岩师时为济阳令，以秋闱揭晓之日，携子弟入省垣观榜，即于榜棚下相遇。亲诣榜所，看余兄弟联名，甚喜，并阅同榜以"星"名者数人，口占一律见贻："昆季命名比列星，同登桂籍艳双丁。斗奎煜烁联斜汉，昌曲光辉接大荧。德气今番宜聚会，郎官上应有英灵。诸君姓字高悬处，一榜如观甘氏经。"师讳汝弼，乙丑庶常。

### 二

癸酉冬间，淄川翟苍岩先生涛闻余兄弟秋捷，贺诗四绝，挂屏见在，不具录。翟有诗集，先君子为序之，留赠先君子以汉白石神君碑，以诗代柬，词曰："人生在世如土木，鹿鹿几年能追逐？世间不朽者金石，古人铭勒留遗迹。湖陵博雅寄园子，行笥累累香墨纸。耽奇好古穷冥搜，要与金石同千秋。自古物必聚所好，神呵鬼护若相告。遐迩购求无不到，絜吾久藏神君碑。一见恍然如故知，胡不投赠复奚为？感君好古心，触我望古愿。摩挲碑版共低回，上下古今欸相见。吾欲挂名《金石录》，高歌一曲白石烂。"

## 三

桃源袁蠡庄先生洁罢金乡令，过单父相见。袁画蒲桃，题句赠余先君子云："有子皆成盖世才，相逢使我笑颜开。秋风结实殊堪埃，十斛明珠叶底来。"

## 四

甲戌，先兄伯府寓居京邸候补誊录。冬杪南旋，友人张丰小南送诗一首："丈夫具有四方志，南北东西任所至。四海名流须广交，来此京师首善地。君来京师未半载，苦劝君归亦何意？男儿立身先德行，一乡岂必无善类？男儿显身富诗书，蓬门岂必无腹笥？鸡肋功名不足数，那堪岁月久需次。况君家学渊源深，君复词坛独树帜。青云有路须直登，底是歧途受滞累。今当岁暮年之余，遥知慈亲倚闾间。慈亲念我我不归，君归慈亲意何如？"又无棣王本鲁《饯别》一律："古棠名地足名家，累世神交各一涯。已见文章惊海右，又闻声价满京华。燕云漠漠人多旧，岱影迢迢路未赊。转瞬三年偕计至，春风阆苑有新花。"

## 五

丙子冬日，先兄养疴邹南别业。滕邑宗兄爱泉元本寄《冬夜见怀》一首："念我多愁夜，怀君久病身。形离魂易聚，室远语难亲。富贵浮云幻，文章性命真。相期惟澹泊，养志与安神。"

## 六

丁丑春，余抱孔怀之痛，辄复偕计北上，途中友人孟伯青毓鹤赠一律："接地风云发兴新，金台千里入征轮。竭来燕赵悲歌处，逢此嵌崎历落人。寸草春晖怨游子，芳园桃李痛天伦。与君别有伤心事，相对昂藏泪满巾。"是年下第，南旋济州，道中分手，伯青送别一律："白日忽西斜，垂杨乱暮鸦。与君同下第，送我独还家。旅客知交少，征人道路赊。相期在明岁，分手莫长嗟。"伯青，单人，先君子门下士，丙子乡魁。

# 七

己卯岁，余在燕台过夏。有诸城督者倪五在中能诗，平仄悉谐。余诲之古体，偶诵左思《咏史》八首一遍，渠过耳辄记，一字无讹，诚异才也。鲍觉生赠句云："有目我不足，无目君有余。"诚先得我心。渠效作古体，自联句始出语惊人，拙句相参益彰，其美耳。《秋夜联句》云："颣烛话旅夜，列坐缚竹凳倪。沽酒浇离思，感秋动诗兴翼。拍案纵高歌，联音相与应倪。三杯面微酡，一字思决胜翼。风雨随笔挥，星斗向人定倪。坐看水在盂，困忘尘生甄翼。古来豪杰流，终身穷达听倪。吉金不跃冶，明珠静照乘翼。至宝由内朗，方行无曲径倪。学慕麟独角，习戒凫续胫翼。飞潜原别类，名实要相称倪。寸心自洒濯，万类悉包孕翼。古今同天地，宵画一睡醒倪。雕虫羞扬班，镌鼎志耿邓翼。书漫此生读，功愁昔贤剩倪。达人贵陆沈，所遇靡径庭翼。我亦履正道，时犹惮险蹭倪。不睹地广轮，安知天纬经翼？大火耿西流，明河澹延亘翼。凉露换衿衣，众籁寂清磬倪。放怀舒垒块，得句嗤饾饤翼。新意殊陈言，开卷晤确证。破闷窃览庄，佯愚愿学宁倪。怀刺字欲灭，砺剑光犹莹翼。终岁饶拓落，命途任蹭蹬倪。风尘苦奔驰，拙讷谢巧佞，悬匏燕树苍，黏穟鸟几艳翼。曲高和人稀，灯落半窗暝。自笑腹己枵，何耻瓶之罄倪。光景勿虚掷，嘉言堪持赠翼。"右联句廿六韵，倪初联十字俱仄，已为险绝。及押"醒"字，余大称赏，倪笑曰："恐仍在包孕中。"余押"经"字联初成，倪曰："此当是仆语。"余谢曰："不免学步。"乃复为"大火"句以起之。倪押"暝"字，颇自负，一同院生揶揄曰："是有鬼气。"倪曰："强君和，不肯，安得不云尔邪？"偶阅一过，孤馆无聊之况，如在眼前。又《七夕联句》若干韵，不备录。

# 八

己卯秋，附运舟南旋，舟滞不行。青县岸上遇钱唐周莲渠赓，抵掌数语，知同为附舟之客，是后吟赏，颇不孤矣。九日，莲渠见质二绝："敢云朋旧遍长安,始信风尘物色难。笑我相非天下士,如何未作布衣看?""碧落云飞凤色秋,苍茫烟点指齐州。蓬莱仙阁非难到,萸菊期君插满头。"又简余,索和二首:"西风无迹鬓边苍,兄弟茱萸各佩囊。墟里孤烟斜雁鹊,半冈落日下牛羊。题红有叶虚佳句,衣白何人进满觞?记得吴山临大观,几曾负却此重阳?""心惊落木暮苍苍,负米奚从请处囊?但听金台曾市骏,不知人世有亡羊。河干此日悲秋客,堂上何时介寿觞。醉插黄花君莫笑,百年可得几重阳?"《月下见怀》一绝:"问君泛泛意如何,身近中流得月多。此去结邻秋水国,且将归梦寄渔歌。"又见赠四绝句:"天涯赢得与君期,同走尘氛此一时。指日春风催祖逖,我偏输却凤皇池。""如君倜傥亦风流,声价龙门本旧游。未必鲈鱼容恋久,只须稍整钓璜钩。""曾共烟波不共舟,西风斜照每回头。如何咫尺神仙侣,奈此盈盈水一洲?""我岂逃名未得名,年来惭愧问苍生。于今颇识瀛洲客,听唱传胪第一声。"和余奉赠元韵二绝:"难留昨日岂非欤,中路胡为念里阊?它若蒙君三径约,长纶可借钓鳌鱼。""道经贺监古南城,为语巾车且莫行。应有縻维贤令尹,大呼浮白寿先生。"《过分水闸怀别》一绝:"分水行将各分手,邛须不赋赋归舟。此时咫尺两难见,他日白云何处秋?"《济上寄别》二首:"果是天涯若比邻,帆樯去住共前津。还乡作伴几忘客,弹铗无车大有人。太傅经纶曾对策,伏波功绩许传薪。相期莫为离群感,风笛何心昨夜频?""任城此去正秋多,惆怅伊人欲渡河。红叶只传游子泪,青山不解白驹歌。悠悠事业劳劳梦,落落车尘渺渺波。同是倚闾相望久,扬名负米两如何?"再赋《赠行》一律:"萧萧落木残,人事感凭阑。晤久良非偶,知深则益难。黄金争客老,歧路此行单。相见岂言晚,何时共羽翰?"复赠《旋里》一绝:"湖东百里子云居,料得门盈问字车。金玉有情如念远,好凭秋雁几行书。"莲渠见赠诗前后十六首,备录于右。此外尚有《客途述怀》寄余一首:"落落尘衣峭峭寒,客归无复梦长安。迷津有岸谁相觉,仙侣同舟我独难。性爱诗篇多误学,味真首宿劝加餐。何时买得青山卧,不向侯门剑一弹。"又《挂剑台》索和一首:"不堪把剑复归来,落木萧萧杂草莱。敝屣已曾轻国土,故人空抱倚天才。癸庚何处呼将伯,戊己山名悲风起暮台。我外伊谁寻往迹,未言心事古今哀。"挂剑台在寿张县之张秋镇南，有碑。余和作亦当吴札事咏之，心不谓然也。及旋里，谒之家大人，乃知地近东平，当是汉章帝于东平宪王陵前赐剑处也。事具《后汉书·东平王苍传》，附志于此，俟告莲渠共正其讹。又有《咏棉花》句："笑我衫青甘韦布，看他头白为苍生。""韦"字无仄声，定稿时必有以易之。

## 九

道光纪元，岁入辛巳中春，邹邑茂才杜小陵清平设帐于单父王明府幕中。暇时从余先君子游，因留小酌，次日寄余五古一篇："济上距邾城，相去不百里。未识荆州面，徒倾白也耳。新春莅单父，投刺接芳轨。萍梗薄交游，义气敦桑梓。几次呈芜言，垂赠珠累累。春风满琴堂，公门判桃李同阅试卷。半月话连床，高歌净块垒。夕风唱骊歌，执手意披靡。相诩千载业，我闻悲翻喜。持身贵立名，论交重知己。小人甘如饴，君子淡于水。盈盈一片心，相思何能弭？盛燕敞华堂，羞膳极丰美。对君引一觞，童冠惊相视。讵只浇离愁，兼以涤俗滓。我本燕市徒，癖性糟丘里。十千不辞贫，一斗醉欲死。况蒙君高情，开怀宜如此。夜归官斋静，冷风撼窗纸。一念动人来，万感从中起。历碌悲歧途，萧条惭拙技。欲眠不成眠，辗转心如毁。六载困风尘，徒作游荡子。感极复长啸，抑郁生笔底。吟成数百字，呈以定可否？"秋日，复寄一律："相思无计慰相逢，落拓风尘老旧容。离别三秋空积恨，平安两字忆怜侬。文章事业贫犹壮，诗酒情怀澹亦浓。愿把新愁重划尽，弹棋一局接芳踪。"苦热，寄余一首："雨歇蝉鸣树，嘈嘈振人耳。有客卧北窗，清簟凉于水。"和余《重午》元韵一首："年年当令节，开筵寿华堂。此日同欢庆，吾身独异乡。梦劳新蝶粉，酒纵旧鹅黄。一醉风尘里，谁怜阮籍狂？"癸未秋，自邹寄余一律："莫愁前路无知己，斯语由来未易逢。横笛声中总惆怅，鸣琴台畔旧仪容。萱堂日暮白云冷，桂苑风高翠萼封。忆到遭逢心欲醉，可能高卧似元龙。"甲申冬日，自京邸寄余一律："曾将落拓笑扬雄，作赋长安岁已终。酒用驱愁多益善，诗从无意得来工。文章憎命杜京兆，交谊关心马扶风。两地相思经几度，最难遣是月明中。"丁亥秋，又答余二律："谁寄天南时样笺，吟来字字觉缠绵。争知妙句传千里，枨触离愁忽六年。汜水浮萍期再聚，过时明月不常圆。一樽沈醉西风里，云树苍茫起暮烟。""卅年身世两悠悠，悔作风尘汗漫游。花月已醒词客梦，湖山莫解旅人愁。绿杨村野家家雨，红叶林峦处处幽。何日绎云重握手，与君携酒一登楼。"戊子春，又寄二绝："风雨他乡思悄然，传书恰值落花天。感君多少缠绵意，时样南笺谱不全。""年年花事愁春晚，处处乡思妒月明。文字因缘尘世少，平生知己马长卿。""长"读平声，从乡音也。

一〇

辛巳秋，家爱泉兄寄余《客中感怀》一律："日日空斋竟若何，客怀寂寞客愁多。思亲徒倚阶前步，忆旧裴回月下歌。梦断乡关魂聚散，忧生衷曲意蹉跎。看来世事何尝定，应惜年华转眼过。"壬午夏访余，见木笔重开，戏赠一绝："春官试罢小莲开，六月庭前雨过才。只为诗人多好咏，隔窗日日写题来。"又《咏梅》寄赠二绝："梅花开水上，风暖水还融。香送流波外，影摇素月中。""咏花人小立，斜照影悠悠。好句初成后，清香带月流。"癸未莫春，同王大钝夫唁余于邹南别业，钝夫云："翼客冬居母忧受吊日，渠见一髯奴，出入指挥若旧纪纲者，然物色之，顿失所在，疑不能明也。因口占一绝：陶家门外来双鹤，郭氏庐前挂束刍。自古贤人多孝感，于今又见有须奴。"爱泉曾和余《七夕》元韵四首，余原稿因少作，亦未存。

一一

辛巳冬日，沈阳王仙李蕙滋赠七古长篇云："我昔历下停征鞭，南崧老人称君贤。道是湖陵一奇士，此语依稀十余年。去年庭趋鲤，再听单父弦。学斋谒前辈，雪花满车前。绛帐重逢马夫子，也是湖陵旧家世。我疑与君瓜葛深，欲询起居恐造次。忽然司阍者，贸贸投君刺。我闻喜且惊，倒屣出门心怦怦。譬如陈蕃榻上来徐稚，又如鸣鹤云间遇士龙。始知文字因缘结前生，不然凫山西、辽水东，云树隔绝千万重。十年相思不相见，何意此地忽相逢？春光生海域，花气含清旭。旗亭攀折柳条烟，行李匆匆别君去。东归医无间，北上黄金台。暑雨淫淫雾不开，客馆凄凄忆邹枚。苍然秋色从西来，千里乘槎一笑回。归来花树都依旧，篱菊粲烂锦成堆。诗一箧、酒一杯，从此翦烛相追陪。小窗雪夜角文艺，健笔一枝凌云起。本原经术参子史，于文坛中建一垒。偶然戏作雕虫技，亦复使人难摹拟。运气静无痕，征典如出己。岂效夫己氏拘拘？规韩规苏规欧阳，学孟学王学杜李。有时兴发论古今，不袭陈言自入理。劝我莫学元微之，轻薄态相非所宜。爱我不喜陶元亮，窃取浮名惭东篱。闻君言、把君手，愿将斯言作诗千首，贮之囊中悬之座右。驰书远问南崧叟，如我辈语良是否？"壬午，仙李秋捷开喜筵，行令传花，余每得花，即席仙李成二绝见赠："从来酒国政纷纭，惟有传花令最新。今日渔阳翻别调，也应挝鼓让诗人。""随手都拈富贵花，筵前笑语听喧哗。不知满座司香客，可数郎君第一耶？"

## 一二

癸未秋，仙李在济州寄四绝句："金兰岂易得良朋，冷暖交情殊可憎。为我殷勤规过失，除君之外更谁曾？""琴堂雪静夜沈沈，相对倾谈兴不禁。说到遭逢最难处，才人识见圣贤心。""弟兄同是著书才，第一荆枝恨早摧。一事为君更惆怅，石麒麟未受生来。""与君小别动经年，聚等浮云散等烟。为问琴台风雪夜，几时能更对床眠？"又一绝云："一朝不见便相思，三载交情尔我知。今日湖山隔百里，但凭秋雁寄新诗。"《登太白楼次韵见怀》一律："相伴谪仙侣，重来续旧游。留题曾几辈，佳会此千秋。醉眼观尘世，狂歌倚酒楼。诗成怀马异，别绪正悠悠。"丙戌，仙李成进士。秋归，在曹郡寄其《露坐见怀》一律："中庭露坐自吟哦，风月今霄奈我何？花露明于珠样小，树风凉似雨声多。玉绳当座情难缩，银汉亘天秋有波。不为离怀亦生感，故人又是隔严阿。"又叠前韵见答一律："邮传佳句屡吟哦，奈此秋深未见何。九日花开客过少，霜前风送雁声多。枫林半落秋将晚，潦水平添远不波。谁驾溪舟采芳杜，美人惆怅阻中阿。"又用余赠李十二韵戏为香奁体，见寄一律："当时衫袖舞专长，百琲明珠系锦囊。

一自琵琶轻出塞，几番绮罗倦熏香。绣裙再著知无分，牙板全抛自不妨。却被教歌邻女笑，新声久未按伊凉。"仙李弟典醇呈余二绝："从来海右多名士，谁似先生著作才？何幸春风悬绛帐，彭宣曾许听经来。""铁网珊瑚珍自藏，几回盥露读琳琅。新诗愧我无佳句，也被搜罗入锦囊。"典醇榜名树滋，字小屏。

## 一三

乙酉夏日，杜小鹤清和自济上寄一律："有弟曾订金石盟，阿兄无分识长卿。阻人百里乡关路，倾耳十年著作名。不信前因难一面，何时小聚话三生？书来知到山阴去，孤负乘舟访戴情。"小鹤乃小陵胞兄也。余去年由兖过邹相访，不遇，故其诗及之。丙戌，小鹤次韵见赠二律："故我犹今我，思君幸遇君。野鸥难入队，天骥久空群。雅兴同邀月，豪情欲赠云。相怜无限意，两地愿平分。""吐凤才何愧，探骊句最真。金针欣度我，青眼怕逢人。著作谁争富，清寒已惯贫。十年倾心久，知己漫疑新。"是秋，小鹤赴曹幕，留别一律："十载倾心切，经年聚首难。别君无限意，对酒不成欢。踪迹客如旧，光阴秋已寒。相逢虽有日，未去且盘桓。"又集东坡句见赠二绝："野鹤昂藏未是仙，起占云汉更茫然。诗无定律君应将，乞与佳名到处传。""紫李黄瓜村路香，白云深处是吾乡。只疑归梦西南去，社雨寒灯乐未央。"又用余赠诗元韵见酬二首："才华如许岁方长，脱颖终看锥处囊。未止宏文推手笔，还将妙句吐心香。功名有分迟何碍，道义论交淡不妨。好把此心相印证，任他人世有炎凉。""同是离家愁绪侵，新诗重读费沈吟。不才何幸逢青眼，有弟曾经托素心。冀北人归期岁晚，曹南客路正秋深。年来赢得别离苦，到处魂销缘水琴。"又次王仙李韵见怀一律："佳句连篇耐细哦，南楼回首意如何？无端离绪胸中绕，不断秋声客里多。落叶因风抛碎锦，流云如水卷层波。年华珍重勤摩励，挂壁知君有太阿。"

## 一四

丙戌，海阳李字山绍闻用余寄杜小鹤韵见赠二首："宏文高典册，淹雅孰如君？静者心多妙，飘然思不群。熏香追屈宋，入座有机云。八斗才华富，狂来我欲分。""不少苔岑托，伊谁道义真？喜逢青眼客，况是白眉人。读史三余足，工诗一例贫。吟笺还赠我，手盥露华新。"初夏，余自济旋里，字山集放翁句送别二绝："百花过尽绿阴成，昼漏迢迢暑气清。商略此时须痛饮，问君何处用虚名？""兀傲胡床酒半醒，窗明香岫碧云横。幽人听尽芭蕉雨，更把新凉送客行。"又寄效义山体一律："瑶台隐约记仙踪，石上三生一笑逢。什袭天衣熏豆蔻，一奁香镜兆芙蓉。开轩暖入双双燕，读书欣看六六峰。欲驾彩鸾谒牛女，输他犊鼻向临邛。"余在济州幕中，集义山句赠李杜二明经，附注于此，以志一时结契之胜云。"前阁雨帘愁不卷，白日当天三月半。青云器业我全疏，朱槿花娇晚相伴。自缘烟水恋平台，不赋渊明归去来。府中从事杜与李，碧沼红莲倾倒开。""古者世称大手笔，求之流辈岂易得？报章重叠杳难分，浣花笺纸桃花色。真珠密字芙蓉篇，水精如意玉连环。相逢一笑怜疏放，吾徒礼分当周旋。""路逢邹枚不暇揖，回看屈宋由年辈。有个仙人拍我肩，直遣麻姑与搔背。相如未是真消渴，柔肠早被秋眸割。李杜操持事略齐，一口红霞夜深嚼。"

## 一五

山阴张亦梅炘次韵见赠并呈李、杜二首："何来龙凤虎，此地得三君。旷世欣同聚，高才总绝群。词源三峡水，诗思万重云。笑我狂殊甚，骚坛席欲分。""落拓嗟时命，疏狂容性真。最怜相见日，同是异乡人。惊世非无策，工诗不惜贫。况逢良友聚，相赏正维新。"亦梅草书颇工，时新昏携入郡幕，余口占一绝云："判尾工夫妙画眉，名传草圣郡人知。等闲莫怪纷纷牒，只爱君家笔势奇。"亦梅答云："浪迹天涯染俗尘，张颠那许是前身？莲花幕里判文牍，却喜揄扬有郡人。"秋日，亦梅赴曹留别五古一首："春日逢君来，秋日别君去。客行无定所，岁月成虚度。清晨理破箧，见君赠我句。努力希前修，环读悚然惧。惟此区区心，未忘他山助。愿言献所钦，时复惠尺素。"

## 一六

是年，济上画师为余写小照。杜小鹤题二律："良朋聚本难，十载叹缘悭。交喜三生契，愁从一晤删。问天几搔首，入画忽开颜。应爱峄山路，桃花满故关。""谓我形犹鹤，多君契若云。诗情醇入古，客况苦同分。异地春方莫，官斋酒正醺。披图相视笑，举世任纷纭。"张亦梅题五古一首："达士任旷夷，狂客每倨傲。先生卓荦人，胸怀尤高妙。读书万卷余，义理窥蕴奥。欣然得于心，粲然呈于貌。顾我抗尘容，相见惭浮躁。披图为君题，不觉心倾倒。规君既无语，颂君似阿好。环顾尘世间，莫若相与笑。"李字山题七古一首："我昔来任城，君名已在耳。仙李为我言，吾党无君比。上溯姚姒下元明，刚日读经柔日史。森森万象罗心胸，高文典册一何绮？诗宗文选得权舆，何论三山与七子？我欲负笈从之游，鸿爪羁留行复止。今春遥从东海来，不期而遇先倒屣。每拟嵚崎历落姿，乃是温温尔雅士。始知文人自有真，茹古涵今应如是。服君雅量何深沈，兴到激宫亦嚼徵。解经端不让丁鸿，问字先能辨亥豕。有时摇笔摹钟鼎，古意苍茫书在纸。从今骚坛有主盟，且喜室迩人亦迩。君才自涌万斛泉，我如杓饮江海水。偶然三日不相见，诗筒忙杀两纲纪。欲向画图印证之，知是形似是神似。题诗未足仿佛君，留取左方待仙李。"仁和钱容川溶集渔洋句题二绝："花气扑帘春昼晴，科头箕踞一先生。新诗乐府知多少，红杏尚书枉擅名。""薛北滕南屡问津，思君流水是天真。尽教乞与丹青手，夹岸山容索笑新。"皖江胡听泉煜题《沁园春》二阕："化境天开，仙源顿辟，豪兴偏奢。羡班张制作，蓬瀛标格；先生琼树，时倚兼葭。秋矣溪边，嫣然渡口，恰映风流绛帐纱。才名著，真绣囊摘藻，绮梦餐花。骚人韵致堪夸，看白眼高歌对艳葩。想凌云裁就，有奇自赏；无言一笑，夕照初斜。如画雄姿，题桥壮志，奕奕精神接汉家。征佳兆，定春官夺锦，独占芳华。"秋日，王仙李题四绝句："绛云携入画中来，一片灵光吹不开。谁识此中渴睡汉，生成原是著书才。""读尽周秦两汉书，却嫌腹笥尚空虚。图中更比腹中窄，难贮牙签富五车。""瘦骨棱棱异昔时，自矜颔下有微髭。须防拈断难重画，莫更狂吟八字诗。""七载交深德不孤，为儒为吏忽分途。文章经济曾相勖，牢记鬓眉守故吾。"济上孙小言同年题二绝句："谬将附骥向人夸，回首秋风阅岁华。还乞同沾三月雨，一时齐看上林花。""放浪形骸识故吾，科头谁敢笑狂奴？知君掩却庐山面，别有深情寄画图。"小言弟少沂题二绝："丰神全不肖清癯，画里描摹有是夫。要试乌纱新式样，故将火色上头颅。""得意花开及第红，琼林指日醉春风。多君青眼频相顾，江上芙蓉那许同？"附余自题一首："非吏非农，非僧非道。乃童其心，而耆其貌。平居略与翰墨为缘，诗书那有独得之妙？知汝临事每多糊涂，奈何见人辄欲戏笑？抑岂圭角尚有未磨，胡乃火色仍复外耀？世堪共证，时用自照，真吾顾若是邪？犹恐此中，未能尽肖。"

## 一七

丁亥春，仙李寄其天津途次怀余及小鹤一律："旅馆灯初上，怀人酒一尊。愁多丰市客，瘦极少陵孙。远道轻离别，知交重弟昆。计程应忆我，今夜宿津门。"秋日，又寄《见怀》一律："木落西风发，城高北斗悬。露浓犹昨夜，云散是何年？鸿雁秋来少，关河望欲穿。不堪相对思，笛里晚凉天。"

## 一八

是年夏，在济南郡幕分校试卷，仙李偶成一律呈诸同人，一时和者二十八人，稿悉存仙李处，兹录仙李元唱暨诸友次韵寄余者。元唱云："绿艾风吹翰墨香，夜窗静对费平章。兰膏有焰初摇影，莲漏无声未是长。辛苦初心期莫负，模糊老眼易生光。漫矜涂抹施红勒，知否倒绷笑阿娘？"余和韵云："几度浓熏司马香，又从王后校文章。齐竽听去犹多滥，山木量来若个长。五色云迷花弄影，一帘风静烛摇光。等闲绣线都抛却，学步争惭新嫁娘<sub>同事多仙李同年进士</sub>"王英斋发越和元韵寄余云："薰风初度浴兰香，试院分来锦绣章。几曲帘波槐荫静，半窗竹影漏声长。龙泉漫拟逢欧冶，鱼目仍虞混夜光。欲得文心工组织，买丝合绣紫云娘。"余依韵答之云："藉甚声名百斛香，欣从莲幕睹鸿章。如披云雾青天见，好度炎蒸夏日长。此处瞻韩增气色，何时借寇挹辉光？来朝相约明湖上，莫访花溪黄四娘。"又袁桂亭风清和韵寄余云："卷满案头锦字香，奇奇怪怪尽文章。何来乌雨连天暗，倏又清辉特地长。嫫母妆修终献丑，西施搽突亦无光。若非诗圣工题品，恐负当年舞剑娘。"余依韵答云："羁身兰室不闻香，欲访名材对豫章。此事推袁人共许，今朝御李我何长？青云路近花生笔，白雪歌成剑有光。好与明湖添韵事，新词争付采莲娘。"又曹兰崖年丈鹤鸣和韵见赠云："兰谱通来旧有香，逢君早赋鹿鸣章。勋名且莫论新息，游览何妨继子长？漫诩词华施后进，更推德谊笃前光。联床共话情无极，窗外凭喧络纬娘。"余依韵奉答云："久挹芝兰气味香，今番稷下读瑶章。雄心未许风尘老，白眼凭看日月长。远望鲍山增璧色，俯临泺水辨珠光。莲花池畔清樽满，好是歌成付越娘<sub>曹自滇西携一姬来</sub>。"又李字山和韵赠余云："花笺重叠墨浮香，安敢临风阙报章？我笑披云迷五色，君能作史备三长。饶他膺鼎希真赏，自有骊珠照夜光。绣出《法华经》几卷，细针密缕敌眉娘。"余和答云："卷帘兀坐漫焚香，忽聆元音奏大章。筝笛耳清人宛在，芝兰气化兴尤长。寄怀锦瑟才原富，接迹沧溟志益光。何日鹊湖同泛酒，新诗听唱彩衣娘。"余复叠前韵寄二杜云："鹊山湖畔酒初香，飞下燕云睹锦章。感事冯车同志少，怀人姜被寸心长。悬知太乙星精照，已见少微夜有光。此处红莲开正好，秋来谁赋杜秋娘？"杜小鹤次韵见答云："好句吟哦齿亦香，明湖烟月费平章。清谈时共王夷甫，绛帐谁开马季长？相贵从君征火色，肤清愧我少精光。秋来惟觉怀人切，倚酒愁听乐世娘。"杜小陵次韵见答云："盥手新分薇露香，忻从云外诵瑶章。怀人最易秋风早，涉世何如荣问长？意外功名惭薄宦，眼前诗句发奇光。湖山多少风流客，可信真珠似窈娘。"仙李弟朴荨和答云："满座浓熏佳士香，齐竿声里费平章。帘旌半下官斋肃，烛剪轻移夜漏长。自有苦心精鉴藻，凭将巨眼辨珠光。金针学绣随诸姊，应笑阿侬未嫁娘。"右诸家和"娘"字韵诗，余曾备录一笺，自历下旋里，孟雨山同年广均见之，次韵寄余云："雅笺摇来韵语香，分标名字集云章。济南度绣金针巧，海右量材玉尺长。马帐风流宜入画，龙门声价倍生光。续貂不惯霓裳舞，善教犹凭十二娘。"余复和答云："归兴偶探花竹香，主人石室对金章。停鞭呼酒缘家近，索笺观诗耐夜长。繁响正虞嘲历齿，佳篇猥自斗夷光。相如已是倦游客，许遇知音窈窕娘。"雨山别号金石花竹主人。余和"娘"字韵诗前后七首，拙集删去，犹觉弃之可惜，聊复备录于此耳。

## 一九

戊子秋，仙李寄余《风雨怀人图》二律："无风无雨夜凄清，对此图犹别感生。况复秋风悲瑟瑟 ，那堪夜雨听声声。思凭旅雁传新字，愁对沙鸥溯旧盟。可忆当时频聚首，几番把酒话天晴。""更番酒醉夜深深，梦醒蕉窗月又沈。未免有情谁遣此，无多好友易关心。公真雅意高终古，我幸清芬接自今。却恐秋残容易别，趁无风雨会相寻。"又言近欲为百韵诗见赠，尚未脱稿，其大略曰："鸿文光典策，乐府著新篇。并世交如漆，千秋笔似椽。推袁宜此日，御李忆当年。相遇黄河岸，倾谈渌水边。仙桥偕鹭立，旅店识鸢肩。下榻来稚子，论诗重乐天。梅花香径里，菊影酒杯前。倒峡词原富，裁云墨尚鲜。绿图收十二，宝笈列三千原注：大著有《国策补遗》及列侯、滕、邾等世家。目有人伦鉴，胸藏金石编。奇书探正解，僻典索真诠。沐雨情相洽，吟风句并联。甘随书画舫，乐附孝廉船。青眼劳翁叔，虚声许仲宣。别来频改岁，自顾愧先鞭。莫假黄金馆，谁开玳瑁筵？梦魂惊磊落，离思觉缠绵。爽气凉飔动，清晖皓月圆。风流里绛帐，瞿铄忆文渊。敢寄巴人曲，遥通蜀地笺。瑶章夸艺圃，斗柄仰星躔。暂著东山屐，频听白雪弦。心期同贺若，手笔埒燕然。岂只吾家宝，鸡林远共传。"右诗殷殷酬拟乐府之意。乐府者，余拟述翰屏先生德政者也。先是，任单县，多异政。值太母诞辰，绅士祝釐，各体具备，惟少乐府，仙李意以相属。及后荐苴济郡，又值庆日，余客幕中，谬拟数首，文繁不具列。仅记《设都正》一首："大野之南，黄河之北，自古多盗贼。搜剔难尽得。君来设都正，敬礼如宾客。用其人，治其邑。以众正，正盗贼。无所匿。"又《免米车》一首："嗟兹单民何苦？不苦输米租，苦出米车！出米车亦何苦？不苦出米车，苦报米车！报米车，残民膏脂饱吏胥。公洞烛之曰：'自今日免米车。'"

## 二〇

冬日，仙李又寄其《旅馆不寐》一律："旅馆不成寐，孤灯逼晓寒。鼠跳梁影黑，马嚼豆声干。门隙风侵入，窗棂月照残。群鸡鸣不已，聒耳睡应难。"渠作近多游戏之句。《咏蠹鱼》二首，录一："未必含英更咀华，也从翰墨觅生涯。胸中那有经纶贮，眼底旋看字画差。滥嗜残编只糊口，不嫌奇句太聱牙。从今检点书生橐，会买芸香置五车。"诗皆未能属和。仙李新分仪曹，频催偕计，余答一绝代柬："果然仙李属春官，犹忆芙蓉江上寒。明岁相逢何处好，杏花消息到长安。"

## 二一

己丑孟夏，燕台旅邸同张六亨父、许一印林夜酌联句："风尘十载羁关河张，郭隗台畔吾徒多马。张镫醉倒金叵罗许，方寸五岳高嵯峨张。放怀古今慷慨歌马，易水送客风扬波许。易京跃马云横戈张，娄桑大树交枝柯马。豆粥麦饭哀滹沱许，英雄竖子同消磨张。富贵乃如春梦婆马，高车驷马相系摩许。金印斗大毋敢诃张，羔羊退食矜委蛇许。彼哉吾岂知其他张，只今首夏犹清和马。莲寺莫鼓收灵鼍许，时回云汉明星娥马。茫茫百感奈尔何张，分笺索句书擘窠许。纵横笔陈惊鹳鹅马，快意激昂如起痿张。良朋嘉会关切磋马，幸无俯仰嘲嫭婀张。手抚腰剑三摩挲许，出门一笑醉颜酡马。"

## 二二

是年冬，余生子。家联斗兄贺诗云："丹桂原有根，修德惟罔觉。绳武称济美，乔荫后起卓。天诞育英才，峥嵘露头角。悬弧符梦熊，时惟十月朔。喜逢三戌聚，斗魁星明晫。官贵坐元堂，早发理自确。共说雏凤生，和鸣应鹭鹭。佳气盈庭阶，喜筵设华幄。欣忭进芜词，伫见传家学。"三戌，谓戌月、戌日、戌时也。联斗精于星命，特言及之。杜小鹤贺诗云："闻说石麟降，君看鬓已星。喜真良友遍，神果泰山灵原注：早春东泉偕计北上，过东岳

<sup>登顶祈子。</sup>弧矢新丰志，箕裘绛帐经。他年展骥足，跨灶语堪凭。"满舒亭贺
启有句云："四十之华年已至，半千之才子初生。珍异西川，降从东岳。"

## 二三

庚寅，余馆邹东北昌平乡，杜小鹤寄余《望昌平》一首："连朝风雨恶，
索居愁无俚。出门望昌平，天寒暮烟紫。忽见归鸟翔，眷言怀之子。之子
在东方，门前纷桃李。尼山亘其北，灵秀古无比。拔地屹独尊，余峰皆环峙。
宣圣此发祥，今古隆庙祀。明德日月昭，闻者易兴起。况君志道切，居此
良可喜。勉图千秋业，高山近仰止。"又和余《登尼山》一律，稿偶遗失。
冬日解馆，余有《留别同学》四绝，及门三刘生各有和赠，摘录于此。方
儒句云："坐入春风倏一年，今朝相送意缠绵。师勤功半殊堪忆，不待吟
诗早黯然。""迟钝不材入艺林，解疑辨惑费精心。相从只恨无多日，山斗
文章寤寐钦。"芳桂句云："鲁源乡是旧昌平<sup>用余原句</sup>，仰止高山素有情。感
荷殷勤期远到，他年何以赴前程？"芳荣句云："规矩端严气象和，循循
善诱益人多。一年得坐春风里，雪点洪炉愧若何？""朋辈牵衣心正悲，
仆夫立马雪风吹。分明不是花飞絮，散入昌间管别离。"

## 二四

庚寅春，余过邹，董书门招杜小鹤同饮。座间，余偶裁取成句戏语小
鹤云："何以解忧惟有杜。"渠思有以对，而未得也。书门曰："云胡不喜
既见君。"一坐称妙。余到鲁原，居停主人刘凤山别驾，每乘暇出俊语索对，
亦有足记者。夏日，玉簪花初开，渠云："玉簪花花簪玉润。"余对曰："书
带草草带书香。"又一日，漫论前明诗人李东阳气最胜，渠云："'李东阳气盛'
亦当有对。"余曰："柳下惠风和。"渠即增字，求对曰："'先生柳下惠风
和'七字甚妙。"余戏曰："正合以'多子李东阳气盛'对之。"相与大笑。
因忆馆济上时，及门龚生学作偶语，方读《左氏传》，余即出句云："立德、
功、言三不朽。"生甚难之，乞代对。余诲以用《葩经》作柱，参以《论语》，
当得一对，生寻思少顷，恍然得之曰："蔽风、雅、颂一无邪。"翌日，以

语李字山,字山因称旧闻:"塾师出句:'《乡党》一篇无子曰。'高足对云:'乾坤二卦有文言。'"两联可以相垺。余曰:"'《乡党》篇中无子曰',当更思一对:'庶人章末有诗云。'"相与一笑。《孝经》五孝,惟《庶人》章无诗辞,或传海外本有之,乃"书尔""于茅"二句也,用以趁句极可工。古人偶句如"《管子》'心以藏心'心之中又有心",杨升庵用"佛语'影以重影'影之外复有影"对,妙。孙贡南云:"曾见一联,以'孔曰如之何如之何',对'佛云不可说不可说'。"亦用彼法也。余顷在济州胡听泉座上,有于公子号也愚。听泉出句云:"柴也愚,回也不愚,也愚也不愚。"强余对之,余曰:"说无法,实无有法,无法无有法。"须臾,听泉复促余对,余曰:"已用方外语对讫。"听泉复述一遍,因笑曰:"不意腐儒今亦逃禅。"胡、刘两句均未能对。漫记以俟好事之客共参之。

## 二五

辛卯冬大雪后,余用苏诗"尖、叉"韵作六首,一时和者十数人,小鹤处萃为一编,欲寄余。既而传观不可复得,惟记董生毓芬押"尖"字云:"聚作小山看更好,中庭卓立一峰尖。"小鹤押"尖"字云:"一样梅花香处立,今朝分外觉风尖。"葛镜海年丈和四首,录二:"霏来玉屑绝尘纤,色相原空问楞严。扑面人谁吟柳絮,烹茶味好试姜盐。船头月黑迷蓑影,驴背风高压帽檐。为唤雪儿歌白雪,夜深冷透凤鞋尖。""千林漠漠冻栖鸦,僵卧袁安高挂车。为换青山留白骨,偏教老树著新花。何人插斧归樵径,有客寻梅问酒家。我亦剡溪思访戴,苍茫不辨路三叉。"

## 二六

壬辰夏日,同董癯仙之邹,访佛岭、铁山等处石刻,杜小鹤寄二律索和,稿留董处。记二句:"两袖苔痕香古篆,一鞭山影逐归樵。"

## 二七

癸巳春,赴都,寓王仪曹仙李处,同寓无锡嵇春原文骏《咏白丁香》

一绝索和："琢就玲珑玉一丛，难将奇妙问东风。何当更洒胭脂雨，染出枝头万点红。"余和韵二首，载小集中。仙李和云："珠帘碎影一丛丛，恰与梨花颜色同。却被折花人看见，杏花阑入几枝红。"乃弟小屏亦和，惟记押"红"字云："等闲一样看花眼，何分深白与浅红？"渠是年登第。

## 二八

夏日旋里，经过平原界，道旁有"东方先生故里"碑，邑中有太守颜公祠，车中漫以回文分咏两贤："乐最君无度，警来问姓名。朔方一面当，人可是真卿。"抵里后，家爱泉索观近作，即以充赋。缪蒙叹赏，且云："回文自昔有之，分咏素所未闻。"未能答和，为书唐诗数句以见意："吾家令弟才不羁，五言破的人共推。兴来逸气如涛涌，千里长江归海时。"东川李颀句也，愧无以当之。

## 二九

余旧交皖人胡煜听泉，巳年邹人董容泉更号听泉，余戏为杂言赠两听君一首："胡听泉、董听泉，俱入东泉金兰簿。一时顿有两听泉，东泉自笑徒涓涓。既不能□千里一曲之大川，又不能为百仞不测之深渊。徒能岩间作细响，非金石丝竹管弦。猥劳好事者，倾耳想沦涟。问君何事结斯缘，彼此不约而同然。一飞皖江下水船，一乘沂泗太乙莲。或左挹袖、右拍肩，吾今何所避逃焉？胡听泉听东泉，董听泉听东泉。"右诗，胡君爱其句法奇特，因裁佛语作对云："非金石丝竹管弦，无口耳鼻舌身意。"工对迥出意外。董君寄答一首："听泉听泉不相识，一住皖江一邾国。异地同名亦前缘，尔我结交马东泉。我交东泉今六载，混混茫茫如观海。海浪不比泉泠泠，我欲听之不胜听。"

## 三〇

董听泉和余《贵殊山》韵见寄一律："东鲁名山是绎山，薄游满贮锦囊还。我因诗思终朝苦，君到家乡几日闲。好友西窗连夜梦，孤峰北郭隔城攀。对门空有寒流水，自愧难随怀素班。"又次韵见答一律："细咏长吟寐不皇，新诗列阵自堂堂。孝廉船泊蓬瀛近，文选楼开凫绎傍。秋日怀人情入画，兰言赠我纸生香。骚坛一代君为主，结社无心效洛阳。"时余馆董朴园方伯家，有重修《邹志》之役，故听泉及之。听泉令弟书门自言梦句甚多，漫记数联："撑肠文字徒增懒，入耳笙歌只唤愁。"又："客梦萦妻子，乡音识故人。""无瑕青玉案，有节碧琅玕。"皆奇。

## 三一

秋日，董园倡和颇多。朴翁《峄山诗》和者十数家，稿俱留。董园犹记原倡云："山形叠叠如堆卵，石色苍苍似染蓝。"它不能尽悉也。中秋玩月，倡和诸作，余俱未存稿，囗记同学诸子，作楫有句云："九重高处思千里，三五盈时又一年。"向葵有句云："寰宇净堪称玉宇，竹林佳处是琼林。"皆和余韵。

## 三二

是冬，董梓亭司勋次韵答余二首："吟坛树帜策诗勋，贻我佳篇兰麝芬。岂有刘蕡终下第，须知韩愈总能文。孤标特立谁知己，邑乘重修独赖君。转瞬观光来上国，会看太史定书云。""曹司十载讵垂勋，奉职聊传世德芬。信有冰壶堪励志，惭无藻鉴漫衡文。每怀兰臭论交友，忽报梅开囗忆君。弟子幸叨亲绛帐，会须努力际风云。"

# 《东泉诗话》卷第六

## 记诗四　赠答

### 一

甲午春，董九朣仙太史假满还京，留别二律："骊歌一曲怅临歧，设饯殷勤感故知。春草塘边牵客梦，海棠花下别家时。囊无长物书充箧，座有清言酒满卮。一语诸君应共记，明年同宴凤皇池。""依然索米长安道，独拥青毡坐下帷。吉士名惭同画饼，秀才官好例吟诗。敢愁禄薄添贫累，且喜身闲与懒宜。抛得故园春色去，何年重践杏花期？"冬，杜小鹤将之文登广文任，留别六首，录二："七载劳劳志一官，无端捧檄起愁颜。非关道远因循久，只为亲衰去就难。地尽青齐仍故国，城环沧海足奇观。计程千里文登路，山到铁槎岁已寒。""祖道殷勤感故知，最难忘是去家时。压装郑重诗千首，浇别流连酒数卮。济水波平余岸阔，绎云风送出山迟。相逢驿使东归日，还望梅花寄一枝。"

### 二

是年，余仍馆朴园方伯家。朴园次孙毓芬茂才抱恙，《夏日自述》答余一篇，词极磊落。不意延至重九，遽尔长逝。特检原稿录于左方："诗书无夙分，文章皆鸩毒。敢作病狂言，请为长者告。芬昔十岁余，厉志陋流俗。下笔粗能文，读书苦不足。自负颇轩昂，艺苑骋迟瞩。岂甘伏枥骥，但愿摩天鹄。十五痛鸰原，感深疾始笃。风雨坐无聊，参苓岂可剧？一病今十年，缠缚甚桎梏。笔花不复开，江郎才莫续。所诵忘如遗，竟日文不属。开卷入梦中，灯昏眼亦绿。愧此朽木姿，三年门墙辱。化雨凤已沾，醍醐今复沃。诲我养生主，期我长生箓。慰我怜我才，爱我时我勖。我非木石心，对此如新浴。读书须下帷，既以乖衷曲。东山近在望，从之岂不欲？卓哉吾师青云士，噫乎我岂纨绔子？奈何平生读诗书，至今反遗诗书耻。古人不我欺，拮据胡如此？学希孔铸颜，道契石投水。敢云效步趋，何能一举趾？我生非不才，病多才难恃。曩慧今何愚，曩泰今何否？由来清奇福，尽在诗书里。命定难妄干，吾今怅已矣。吁嗟乎悠悠者苍天，胡为遗我以屯邅？使我诗书锢尽心力绵。吾今甫廿四，尚足称少年。安得枣如瓜、藕似船，食之顿令沈疴瘳？益慧珠、指迷草，佩之神智浚发思渊渊。琼编玉轴精探研，星宿罗胸珠贯穿。自笑井蛙窥大海，敢说晚岁志学苏老泉。吾力恐不足，吾志穷益坚。但愿有福人，分我读书缘。腹便便，边孝先，忧哉金银台上之神仙。却瞻靡后望靡前，令人即之不能心悠然。"

## 三

乙未春，偕计北上，途次同人唱和颇多，均未存稿。犹记铜山陈梧冈一绝："偕上公车十二回，今番特为大挑来。同人刮目须相认，我是江南第一牌。"又记博平高凤冈一绝："镇日徒行扑面沙，公车多是一轮车。晚寻野店无人处，白板门前手自挝。"虽皆一时戏笑之言，犹足见当时风景云。梧冈和余《公车纪行》五律四首，未及脱稿，匆匆别去。

## 四

是夏，董听泉示余《游昌平山》二律，余依韵和二首，听泉叠韵答云："漫说农家拙养尊，绳床茅舍不堪论。品题全借诗人眼，座次犹留酒客魂。明月偏随人去住，清风常共我晨昏。北窗高卧默无语，欲向维摩问法门。""端居底事报华平，赏月吟风次第行。曾有酒人辞酒社，强随文士盗文名。羡君诗卷留天地，笑我田园养性情。坐对庭前老槐树，昼长吟罢听蝉声。"又，雨中专车迓余，复叠韵代简，结句："相思咫尺人千里，泥泞难邀客到门。"听泉有四虫言诗，邀余和之，文多不载。秋，寄怀余及杜小鹤二律，录一："秋夜雁南飞，怀人欲授衣。独临风露下，转觉友朋稀。诗客杜工部，高人马少微。相思不相见，何日过柴扉？"听泉处寓客沁水张茂才家鳌，送余自《三迁志》馆旋里二绝，录一："谁持五色笔如椽，第伯心怀接圣贤。今日巾车归去晚，文光直射斗牛边。"

## 五

是秋，余膺部选乐陵县教谕。九月朔，将赴省垣，留别诸友二律。在邹，董书门和云："已惯送人作广文，临歧今又欲何云？秋风渐老犹闻雁，远道所思半隔云。预卜行旌魂已黯，未瞻马首袂先分。空怀祖饯国门外，几辈把杯意气勤。""未见征车满别情，和君诗句送君行。新衔得署如初愿，故我无才愧此生。今日相逢秋社燕，何年同听上林莺？天寒折柳难成曲，且伴梅花忆旧盟。"杜蔗畦恺和云："头衔新署重斯文，司铎传家吾亦云。朝雨歌听人折柳，春风客坐气凌云。单车赴任齐燕界，绛帐谈经桃李分。火色鸢肩知必达，暂时化教讲功勤。""伏波家世最关情，修竣《三迁》即远行。祖席送来多旧雨，应官犹是一儒生。秋阳峄岭初飞雁，春暖鬲津喜听莺。今日纱笼堪预卜，此心不独以诗盟。"孟雨山和云："道重官闲际右文，何须素志欲云云？春风入座芸生馆，化雨及时山出云。驿路铃声催梦别，板桥霜迹认行分。襄阳夙有梅花约，樽酒临歧意自勤。""何堪惆怅动离情，相聚无多今又行。苜蓿盘原经两世，金兰簿已契三生。才任著作凭修凤，品重交游屡唤莺。记取鳞鸿如有便，传来尺素证鸥盟。"在滕，李敬斋简堂和云："几年刮目识鸿文，高捷南宫何待云？天意教君资薄俸，人情仍我盼登云。斋居谅应非甘守，饯饮奚容惜乍分。直检旧书新课熟，功名端不负辛勤。""同人满座俱关情，不是薄游小送行。名教情扶施素抱，雄才未展负平生。当还书债休辞雪，暂锁诗肠莫听莺。仁见春荣发杏苑，鸳班鹭序订新盟。"家爱泉兄和云："弟昆情笃略繁文，居近比邻又孔云。兹际侧身听去雁，几番仰首看行云。重阳聊践从前约，卅载难堪此乍分。落落千秋怀雅意，莫将离素废功勤。""秋来风雨最关情，共指秦台祖友生。海岸云深宜赋就，湖陵水满以诗行。芝兰契久人难别，苜蓿盘甘心自盟。此去补山前后望，早春阆苑伫闻莺补山谓薛太史宁廷。"附录余留别原稿二首："家世为官是广文，吾今得此意何云？升沈莫定随流水，聚散有期看去云。八百里遥齐北界，重阳节近燕初分。薄装已费中人产，车马劳劳胡太勤？""良朋祖饯最关情，自笑薄游似远行。酒价何知论贵贱，诗囊端不负平生。峄阳秋老时闻雁，泺北春深几度莺。预卜归期归可待，多因松菊有前盟。"余至济南，遇李十二字山，示以前稿，字山和云："廿载搜罗金石文，经过绎绎复云云。壶觞曾醉南楼月，车马还停北渚云。重叠诗篇征久别，流连情话坐宵分。海邦桃李年来盛，为属先生灌溉勤。""筮仕依然少宦情，古诗怕读重行行。怀人天末云多散，载酒湖干路转生。顾我临风如退鹢，羡君指日定迁莺。春明喜得长安近，更上骚坛作主盟。"又和二首赠行云："居然典策耀鸿文，今岂异于古所云？胸次未除湖海气，脚根犹带峄山云。诗篇自与年华进，恬澹难将仕隐分。更向胶庠搜蠹简，丹黄满眼倍精勤。""临歧触我别离情，华鹊依依此送行。杜若洲边通远讯谓杜小鹤，枣花香里课诸生县有枣林书院。先声一任听鸣鹤，俗调何须学哳莺？正是岭梅开十月，与君珍重岁寒盟。"又三叠前韵二首："稚圭安得有移文，聊向棣州税驾云。好古君口同仲雪，呼贫我自愧扬云。百经剥落征三辅，篆籀纷纶过八分。异日校书天禄阁，然藜庶不负辛勤。""枨触天涯羁旅情，把君诗卷送君行。因缘有意迎千佛，歌哭无端笑两生。得路青云容附骥，前程紫陌共听莺。阳关一曲应三叠，不是相争晋楚盟。"余和答云："客游何处觅田文，聊向齐都乐我云。最喜高歌逢郢雪，不须壮志破衡云。沧溟应许前身是，济泺那堪此日分？北首燕台吾劝驾，阳关叠唱为谁勤？""莫动秋风故国情，蓬山佳处几人行。自嘲身手良家子，无奈形容太瘦生。作贡君原同夏翟，听歌世许识春莺。弹冠结绶寻常事，无俟重征车笠盟。"字山四叠前韵云："金兰结契扫繁文，旨酒嘉肴亦孔云。烛翦西窗同话雨，人于东野愿为云。即看泺水星重聚，未必扬州月二分。他日相思忘不得，好凭鱼雁往来勤。""风涛端为助诗情，暇日帆樯载酒行。画本开时惊海立，文润涌处趁潮生。天高有路盘雕鹗，春暖何妨问燕莺？愧我驽骀输骏足，黄金台上屡寒盟。"余复和答云："毕比坐拥愧无文，假禄即真有卜云。拙句初成留渌水，新诗叠和过渊云。坐中疑有名香引，目里难将五色分。赢得旅居添夜课，探来韵牒几番勤。""棣州遥望动幽情，重合千童取次行。太守泉边群树密，平章台畔百花生。回翔容我谈尊爵，高举几人歌有莺。试向吟坛执牛耳，愿同邾莒请寻盟。"字山五叠前韵云："光景常新展大文，中陵乐育取诗云。蓬壶看涌三竿日，斑管裁成五朵云。手答百函非不给，才收八斗孰能分？等闲莫笑雕虫技，小物由来亦克勤。""回首同人系远情，绎云多处起歌行。团团每饭阑干供，衮衮诸公感慨生。要使梁间飞紫燕，莫教枝上打黄莺。大风表海从兹始，十二诸侯共结盟<sub>原注：闻与嵇春原□行十二。</sub>"余复和答，并送字山旋海阳二首："白雪楼边舒锦文，才高不遇有谁云？三余课就三冬月，五叠诗成五朵云。自笑苔岑原共托，相怜萍水益难分。梅花开处思君甚，驿使传来几度勤。""岁莫怀归我辈情，匏悬自愧送君行。已从济水占朋盍，欲到蓬山访友生。客况凭人嘲幕燕，宦途何处听簧莺。吾今直北臻无棣，犹带雄风甘受盟。"在寓，嵇春原和云："记从都下读奇文，快论真同我欲云。两月琴樽留别梦，三年踪迹判秋云。新衔已觉头颅异，好友无端道路分<sub>谓王仪曹</sub>。今日相逢重话旧，寒灯酌酒倍殷勤。""搔首云天动远情，裁诗珍重送君行。离怀顿向毫端集，快意真从马上生。讲座且看敷化雨，春风相约听新莺。金兰本是同心侣，好上蓬山更结盟。"沈星树奎垣和云："克承先绪绍斯文，今又倾心昔所云。客里再联新旧雨，天边难定去来云。雁行高下因风急，马迹东南计日分<sub>原注：将之粤西。</sub>预卜门前桃李满，知公作育费辛勤。""定谐士论治舆情，晴日梅花载客行。父老争夸新学博，衣冠原是旧书生。云迷海右难招鹤<sub>谓杜小鹤</sub>，花满长安伫听莺。今日历亭同饯别，楼高白雪主诗盟。"受业董作楫、作杙寄来和诗各二首。作楫汝济和云："几年请业细论文，绛帐传经未足云。顾我深情惭沆瀣，羡君高义薄天云。等身著作才原富，过眼风花志不分。此去鳣堂绵教泽，青灯犹是旧精勤。""阳关难写别离情，襆被轻装赋远行。冀北才惊秋叶落，鬲津弥望晓烟生。及时且种公门李，后日还听上苑莺。自愧不才孤训迪，下帷敢负素心盟。"作栻汝毅和云："已从绛帐仰鸿文，临别匆匆尚有云。我幸执经曾立雪，人推作赋欲凌云。三年化雨亲函丈，千里征程叹遽分。负笈何时重请业，门墙侍立话殷勤。""料峭朔风动客情，一肩游橐载诗行。才高莫论驹诸子，志远何殊鲁两生。此日堂阶聊系马，明年禁苑好听莺。门人拭目遥相待，花看丰台有旧盟用余送曨仙赴都诗结句义。"余到乐陵，复用前韵寄答数首，悉附于此。《却寄邹县诸友》云："压装相赠有多文，诗句真同礼乐云。一札五行难和雪，片时千里付还云。光生楮叶何从刻，香入梅花又几分。最是邾娄城畔路，梦中携手话殷勤。""去年送鹤谓小鹤写离情，今岁吾随鹤步行。半世自知无长物，诸君错爱一狂生。应官任比空仓雀，呼友犹如出谷莺。此处骚坛多健者，相期何以主齐盟？"《答董书门》云："萧斋谁复与论文，止酒陶云我亦云。随意咏歌皆暇日，无心舒卷是闲云。客中鸿雪浑难记，望里凫蒙迥不分。相忆昌平山下士，难窗风雨几多勤。""茅檐未遂负暄情，自愧冲风冒雪行。千里途难梅信寄，一囊诗助笔花生。南飞徒羡杨州鹤，北上仜随阆苑莺。相问峄阳亲故少，冰心朗照有同盟。"又叠前韵《寄内》二首："不劳苏蕙有回文，何日能来我亦云。好语只宜吟满月，凝眸何处望停云？寒花著未逢冬至，孤枕眠时每夜分。关怀儿女娇小甚，荆布年年抚字勤。""几次双鱼诉别情，不如身向里门行。谁能倾盖为知己，我自常谈袭老生。客里光阴嘲鹿鹿，诗人风味羡莺莺。平原欲绣鸳针少，七品官堪佩黻盟。"并附于此。

## 六

诸友赠行诗，不用留别元韵者若干首，备录于左。董听泉四首："余岂能吟者，枯肠仗友生。几番诗酒趣，八载弟昆情。拙计甘贫贱，高才答圣明。如君真学博，何处不知名？""才学谁能及，可将李杜看。居然成老辈，不愧主文坛。旧业诗书在，远征离别难。且为留十日，斗酒罄交欢。""行李渐仓皇，一官为口忙。别家去何远，他日话偏长。信有边韶笥，而无陆贾装。清贫君不厌，苜宿有余香。""无计能留客，开尊酒屡斟。与君别离意，费我短长吟。车马何时到，关河不易寻。竹筒如可借，一纸抵千金。"
又五古，用渊明《九月九日》韵一首："东泉我益友，八年与之交。其才
不可及，道亦无枯凋。平生戒子侄，步趋龙伯高。今日御款段，山路入云霄。
前途修且长，征人亦何劳？朔风动高林，一路落叶焦。锦囊随马上，应和
我学陶。得句忘寝食，遑问夕与朝。"颜璞山怀琳一首："素抱青云志，逢
时印绶来。诗文新著作，桃李旧栽培。讲诵声施远，清勤性理该。富平宏
化育，群颂五经才。"李清溪二首，录一："夺我温生意自牵，于何考德侍
经筵。送行愧乏三杯酒，投刺惭无一玉鞭。桃李盈门凭手植，芝兰满室授
心传。泥金报信来春早，杏苑花红摘试先。"家联斗兄二首："一篆催行快
理装，同心相聚各倾觞。羡君有志孤征远，愧我无才两鬓霜。秋月寒毡聊
小憩，春明广殿任高翔。乐安现是传经地邑旧乐安郡，藜火应分太乙光。""莫
厌官斋冷，人文宛在斯。传经存道脉，主鬯仰先师。满座春风洽，盈门化
雨滋。行分鸿渐远，翘首已神随。"又五古一首，文多不载。爱泉兄一首："情
亲老兄弟，卅载几离群。病眼怜归我，高歌喜送君。侧身听去雁，仰首看
行云。落落千秋意，难堪袂又分。"外有李士典七绝、李敬斋五绝各二首，
稿偶遗失，容再补录。杜小鹤自文登寄二律："冷官久宜作，相待各年年。
意子弹冠早，惭余学步先。人原交共澹，地若界相连。望望仍千里，严寒
海上天。""翘首棣州路，为君口感生。一官新宦迹，卅载旧科名。禄薄恩
原厚，毡寒味自清。后凋有松柏，相忆若为情。"

<h2 style="text-align:center">七</h2>

是冬，在历下同年五人南奉若、张敏园、陈萝溪、刘子言，同以教职
候考验，小聚湖上，余成二律呈诸同年："相聚明湖上，占星尚五人。山
临华不注，月是小阳春。白发交情厚，清谈酒味醇。廿三年外事，回首话
难真。""几度公车上，相看尽老翁。诗篇消岁月，学博困才雄。心契时人少，
头衔我辈同。者番宜剧饮，鲸吸百川东。"敏园即和云："历下重游日，他
乡遇故人。呼兄容独老，有弟曲犹春。良会应难再，香醪不厌醇。微官何
足系？俯仰乐吾真。""记得华年事，明湖访杜翁。风流凭我挹，谭笑让君雄。

把酒心相契，裁诗兴不同。一闻钧乐奏，齐唱大江东。"萝溪和云："好是相逢处，同心有五人。列筵将进酒，入座已生春。话旧情原洽，衔杯意更醇。新诗宜寡和，字字具天真。""牵怀惟聚散，肯效信天翁。兰谱随人老，谭锋对酒雄。诗惊翻水似，筵喜坐花同。独集茫茫感，栾公马欲东谓敏园之黄县。"奉若和云："七桥寻旧梦，杯酒聚同人。愧我东山老，输他上苑春。芳踪前度合，交谊者番醇。筵仕依然隐，何如贺李真？""古帖搜炎汉，新诗拟放翁。青云看咫尺，紫气耿雌雄。苜宿阑干共，芝兰臭味同。他时相问讯，华鹊隔西东。"子言和云："落落疑难合，相逢大有人。奇同探历下，曲独奏阳春。句好如霏屑，情深胜饮醇。廿年前后事，款曲话天真。""几日丁年客，童然竟老翁。论文心已怯，把酒气犹雄。自分飘萍似，谁知薄宦同？西方饶苜蓿，惆怅马难东。"余叠前韵答诸同年四首，不具录。敏园再和云："倚马谁能敌，分笺给五人。枯肠惭击钵，花管喜生春。自是仙才捷，非关学问醇。烟波堪钓否，翘首忆元真。""何时凡骨换，相会半诗翁。酒尽情无尽，文雄气自雄。耆英年已近，竹逸趣应同。只被微官累，车西马亦东。"萝溪再和云："又作龙华会，都非雁塔人。筵开容卜夜，客醉尚沽春。交久何妨淡，情深不厌醇。宰官身现否，无计问仙真。""年华方及仕，莫漫遽称翁。谁撼诗城破，竞夸笔陈雄。羁栖知月异，格调谢雷同。一样呼鸡肋，休分大小东。"子言处有它友和前韵数首，未蒙录示，无从搜采。子言考验独列三等，自嘲索和一律，稿偶遗失。李宝华同年见之，和一首云："正怜行色甚匆匆，恰遇同心选又同。自觉身闲无职守，不因宦薄困英雄。文章等第君休较，诗赋唱酬我未工。他日鳣堂重见访，几多桃李被春风。"余亦依韵和一首，乡未存稿，聊附于此："欲唱骊歌莫遽匆，羡君兹去我难同。一番阅历心弥下，三等文章气自雄。已信深人无浅语，惭将薄技对良工。先生到处泠然善，不是鸣冬有别风。"

## 八

会稽沈星堂少仙遇于历下，十年前旧友也。出其诗稿见示，有丁亥年和余《登千佛山》元韵一绝："万壑千峰指顾中，新诗吟罢啸临风。先生自是胸襟洒，名士名山一样同。"当时未见，兹特钞出。余同李字山登晏公台成一律，字山和二首："奇句何须击钵催，笔端绘出旧亭台。瓣香犹向南丰祝，履舄曾随太守来。凭仗长才征典册，莫教韵事没蒿莱。隆冬酒薄难成醉，安得日浇三百杯？""忆昔宾筵羯鼓催，藕花香里涌楼台。我惭大比经三折，君值小春幸一来。到眼鹊华宜北顾，惊心鸿雪望东莱。安能同住两头屋，净几明窗校玉杯。"字山又和余旧作怀渠元韵二首，不具列。

## 九

张亦梅邀同嵇、李两十二小饮于其寄东草堂，余醉后作歌一首："少年五作济南游，饱看鹊华莲湖秋。厥后单车复来过，怀刺未干东诸侯。良友招入红莲幕，诗人同上白雪楼。一别如雨浑九载，落落云散随风流。今岁除书逮小草，应官远赴渤海陬。又至历亭访旧侣，三五晨星宛在不？张公坐上双龙剑，朝来会合冲斗牛。北窗乍起嵇康懒，夕泛并入李膺舟。中酒谁复作楚舞，狂歌犹能为齐讴。公车八上吾知退，作吏一行非所求。羡君有居胜冯骥，生儿虽小同杨修。人指所居为福地，我知遁世有良谋。今夕只合谈风月，一醉凭消万古愁。佳会自有东道主，莫忆当时王子猷谓仙李。"字山和云："蹉跎未遂长安游，冬心萧索甚于秋。同人几辈笫云去，李广数奇焉得侯。良朋更启芝兰室，招我同登花萼楼。苔岑依旧联臭味，泺水潆洄抱城流。杨柳雨雪一弹指，千里家山望海陬。扶风有客应官至，十载白眉似旧不？激昂壮志未题雁，著作名山已汗牛。座中张仲最豪举，肆筵设席屋如舟。攀嵇共溯黄扉业，入郢能为白雪讴。十千沽酒寻常事，不须将出千金裘。依绿泛红忘作客，吾道还宜童蒙求。鸣鹤在阴其子和，梅花知是几生修？马融一笑吹长笛，刻羽引商与耳谋。醉眼闲看华不注，吟毫怒抉畔牢愁。读律读书随吾分，相期黼黻佐皇猷。"春原和韵，并赠行云："男儿须作骑鹤游，佳日莫负春与秋。半生豪兴遂不得，空将意气凌诸侯。绿酒红灯莲快友，一朝同饮湖上楼。脱略无复形迹拘，纵横今古真风流。插足厌居尘以内，寄情都在山之陬。为问当时征逐者，金兰颇有此乐不？座中李侯文最雄，操笔真堪挽万牛。志和逸情别有会,往往烟波思扁舟。马周才思更觉捷,当筵一笑成歌讴。斯时寒月渐上窗,霜风故故吹貂裘。吾辈襟怀要磊落,不成一醉将焉求?大抵穷通自有命,当知遇合皆前修。直须信步任所适,世事茫茫谁能谋?言罢划然各长啸,破尽新愁与旧愁。行矣前程君且慎,好将教化宏嘉猷。"

亦梅答和云:"丈夫少壮轻远游,韶华一掷廿春秋。文章勋业成底事,姓名空惊东诸侯。年年欲投班超笔,日日一上仲宣楼。慨然怀古发长叹,风云会合思名流。胸中五岳消不得,芒鞋踏遍佛山陬。不知茫茫乾坤内,此意犹有识者不?时方岁寒逢三友,万丈文光射斗牛。相将访我莲花幕,明湖同泛孝廉舟。狂歌酣舞兴未足,杂以齐语兼吴讴。中馈有妇藏斗酒,不须更典肃霜裘。冬宵叹会转苦短,千金一刻未易求。巡檐共索梅花笑,昂首不甘稻粱谋。马卿长歌伏短李,起予感叹赋四愁。书生何处论勋伐,且向骚坛夸壮猷。"字山再和赠行云:"渔洋山人明湖游,管领杨柳一带秋。提唱宗风执牛耳,敦盘罗拜小诸侯。林间黄叶容通展,前辈沧溟尚有楼。南施北宋并时出,谁能品题江河流?揭来我辈萍踪合,话雨停云鹊山陬。水面亭中坐怀古,伊人兼葭许倚不?焚香点易空悬象,挂角读书枉骑牛。广文先生持健笔,破浪荡回万斛舟。大声忽从水上发,岂复能听河西讴?座有春风冬亦暖,几番欲脱白毡裘。张公故是豪纵者,同声相应同气求。左史右史来相宅,东铭西铭追前修。梅花香里开汤饼,生儿岂只似仲谋?何以报之青玉案,狂吟烂醉拓四愁。以道得民非容易,珍重有守兼有猷。"字山别后访杜小鹤于文登,出前诗示之,小鹤和韵送字山,兼寄余及亦梅一首:"我胡为乎东海游,浮沈一官春复秋。闭门终朝无一事,书城坐拥聊称侯。三山海上忽入梦,五凤云间旧有楼。几回欲修修未足,抗怀远追谪仙流。天寒有客西南来,访我直造文山陬。风光一别岁月易,为问踪迹似旧不?美人远在天一隅,相去常如风马牛。若水三千隔蓬莱,褰裳欲济河无舟。羽翼蹀躞非所甘,仿徨终夜起悲讴。愁来空吟青玉案,归去已敝黑貂裘。酒酣示我三友诗,托兴苍茫未易求。浣花亦有旧草堂,欲往从之道路修。人生会合各有期,世事原不相为谋。对酒今夕且尽欢,等闲莫为穷途愁。我亦天涯牢落人,还须相望储经猷。"

小鹤诗次年寄到，补录于此。

一〇

丙申春，董听泉寄信函，题签二绝："诗人消息近何如，长路漫漫问讯疏。去使不多来使少，最难相寄数行书。""红笺白纸寄相思，数寸书封数首诗。封罢重题诗二首，不知何日达君知？"余和答听泉，又叠和二首，录一："两转三回乐自如，相思相望肯相疏？却教吾辈匆忙甚，读罢来书写去书。"和余去冬《初请月俸》韵一首："踏遍济南济北山，到官三月几开颜。君因薄宦困奔走，我替征人嗟苦艰。作嫁早还儿女债，归耕莫待鬓毛斑。何年蒸得黄粱熟，大抵人间即梦间。"又寄除夜怀杜小鹤及余二律句云："怀人北望兼东望，知己三分少二分。冬里书函春里读，海中波浪纸中闻。"又答余二首，录一："马卿谪仙客，青眼看凡才。纵向他乡去，仍传尺素来。宽心何啻酒，止渴亦如梅。读罢藏怀袖，胸中有味哉。"余阅《乐陵县志》，知树枣由前明王令，因为《枣林歌》一首，呈明府宗小棠元醇，明府答和一首："君不见海上归来李少君，一枚不尽还瓜分。又不见蓬莱宫中杨太真，其实如瓶名玉文。青华赤心都莫比，今但耳食供新闻。惟我乐陵枣贵小，二百余载留芳芬。自如橘柚邀锡贡，向荣之木更欣欣。乃知地灵由人杰，岂独人云我亦云？我今埋头簿书里，久已谢手刘司勋。何当鸿裁快如鬎，不愧绣囊精于勤。阳春歌罢歌白雪，楼头飞下心醺醺。嘉树忽得韩宣誉，活似名士附青云。吁嗟乎！活似名士附青云。"余又为《贡枣歌》，明府亦和之，不具列。

一一

是夏，余为《忆邹诗》二首寄董、杜二友。听泉和云："绿窗修竹助晴佳，远信真堪解闷怀。乍读书函心慰藉，细吟诗句韵和谐。先生暂寄经师座，弟子争开治事斋。气味如兰香处处，不同秋橘不逾淮。""吟哦忘却路修长，恍听伊州一曲凉。于我多情如手足，知君有梦到池塘。拈毫强和阳春句，闭户独酤曲米香。尔日闲窗寥落甚，相思何日可还乡？"小鹤和云："敢云且住未为佳，时节撩人感客怀。乡思易随秋思至，吟情聊与宦情谐。扶持修竹接云汉，收拾野花遍小斋。多事忽闻梁燕语，归途似说过秦淮。""消夏宜春引兴长，绘将风物寄秋凉。新词脱手王维笔，旧梦关心谢氏塘。千里家山浑在眼，双鱼滋味有余香。共君领取诗中意，海角天涯各异乡。"听泉寄佳笺八分，题诗一绝："千里关山梦不通，何缘得伴我诗翁？将心寄与团团扇，出入长卿怀袖中。"此扇秋杪始至，余次韵答四首，不载。张蓬山家鳌寄四绝，录二："一缄鱼信乐陵来，无限相思梦里裁。读罢瑶章还自叹，愧余终乏马卿才。""不伎由来自不求，驰名何必在风流？鳣堂预有三公兆，他日归家比少游。"

## 一二

是秋，余为《秋夜怀人》诗八首寄诸友。听泉和六首，录二："官寄太山北，名扬北斗南。词源流浩荡，经史饱沈酣。当代论才学，如君无二三。书来无限意，未许我穷探。""交谊如兄弟，此情谁解之？别家千里远，寄我数行奇。未说归山日，空传作客诗。歌吟聊对酒，怅望每心驰。"字山和四首，录一："沧瀛开绛帐，我爱马扶风。火色宜腾上，冰心宛在中。歌翻槐叶碧，秋入枣林红。著作才华富，参稽几异同。"又答余一律："珍重披双鲤，殷勤下两鸥。雌霓劳印证，风雅不差池。自是探骊手，偏裁祭獭诗<sub>赠句又集义山</sub>。雁鸿消息便，次第寄乌丝。"余和答之，字山又和云："九仙空抱骨，何处觅蹲鸱。沧海来笺楮，烟云起墨池。羽衣还记曲，落帽更题诗。韵脚能来往，如搴万丈丝。"字山寄示《明湖杂诗》甚夥，不胜录。录其《新晴野望》一绝："晴来佳气上屠颜，笠影横斜自往还。无麦无禾望有菽，纷纷种豆向南山。"此诗余与听泉共和之。听泉和余九日韵二绝："曾为蜜房多种花，寻芳九日傍蜂衙。忽因时节怀知己，今岁重阳不在家。""骚坛人已宦游去，纵有亲朋载酒过。暮去朝来来去客，到门不复有羊何。"又用前韵问余目疾二首，结句："闻说得书胜得药，不知书到眼如何？"书门寄一律："何日君能赋遂初，城南亦有旧田庐。身闲且试登山屐，步懒还乘下泽车。十亩桑麻三径柳，一箱金石半床书。乡居共羡少游乐，定有瑶篇可起予。"天津孝廉刘渔舫楫秋日过访，留赠一律："斗传芳讯下蒿蓬，一接清谈惬素衷。数到科名推我老，坐来冷署叹君同。残碑挂壁琅环富，雅句惊人晋魏风。怪道齐纨诗句好，熏香日贮袖怀中。"

一三

是冬，字山和韵答余二首："归鞭犹未整，检点旧琴书。五字同心证，一函入手初。他乡惭落拓，何日赋闲居。醉取《离骚》读，芳情独信余。""梅花高格调，如有美人来。云气纵横度，天葩倾刻开。当胸孤月映，有脚一阳催。好句香分瓣，朗吟亦快哉。"和余旧作《在家贫亦好》题十首，录二："在家贫亦好，蓬荜爱吾庐。东海吞胸足，南山对面居。春涛来万马，早市利多鱼。名姓犹能识，带经且荷锄。""在家贫亦好，小灶起炊烟。白壁三间屋，黄泥十亩田。随人分菽麦，伴我有丹铅。一诺人皆信，寻常贷百钱。"渔舫依韵和十首，录二："在家贫亦好，久歇钓渔竿。梅影谁怜瘦，腰围我惜宽。何须寻燕玉，从不累猪肝。惟有吟忘老，追攀换骨丹。""在家贫亦好，如病得良医。我素多狂疾，君应称解颐。倘熏香一瓣，胜饮酒千鸥。老丑心如此，神交谅共知。"渔舫投余长排二十韵索和，略载其起结云："茅屋何清净，乾坤一散人。嵇康惟有懒，原宪自安贫。老不嗟时弃，闲休怨运屯。既为泉石主，更结古今邻。巨阵师偏致，洪炉手自甄。语年吾老矣，幼子或传薪。"余依和一首奉呈，渔舫亦答和，并和余《乐陵怀古》七律五首，文多不载。酬余过访一律："野人及老识欧阳，曾唤肩舆步草堂。蓬户群惊来博士，诘朝又见惠佳章。光辉使我忘衰白，格律知君步盛唐。安得云龙追随好，也教田叟倚门墙。"冬至，得听泉寄橘，并诗二首："微官偶寄君一身，南望家山到无因。多少相思谁入梦，大都君忆忆君人。""侬家酸味金橘子，要伴鱼书到他乡。莫笑篇中多俗韵，开函纸上有清香。"听泉前寄和陶四言《时运》一篇，余已勉和之矣。中冬，又寄和"瓴、难"韵诗："君诗如渊明，尚欲读陶诗。我恨不见君，怅望呆且痴。""倒流三峡水，何处寻词源？不见白居易，想煞黄居难。"余不记有此二韵诗，疑和它人作，误投仆也，还书问之，既蒙将秋初原札掷回："欲和和陶诗，不记陶本诗。

何处借荆州，无缘还一瓿。""此县无陶集，兼无古诗源。不逢胡定之，始信借书难。"乃始恍然一笑，言出于余而忘之耶。听泉和余《初冬》二律，录一："吾爱马夫子，新诗月月来。朔风吹雁至，芳信对梅开。我岂无书寄，君偏作札催。浮沉在何处，一望路悠哉。"小鹤寄《雪中怀人》六首，亦用余《秋夜怀人》诗体，其第一首即见及云："兄弟才名擅，畴如马季常。白眉生有异，青眼少何妨。爱我官同冷，怀人秋正长。几回吟妙句，千里远相将。"

## 一四

丁酉春，董听泉寄其客腊和余《忆邹》元韵四首，录一："幽人风味味如梅，凭仗东风送信来。别绪一年劳梦寐，相望千里隔楼台。书能教我终朝读，诗为怀人竟夜裁。情绪好同联跗鄂，才思生发又春催。"和余《续蓬山句》一首："不问他乡与故乡，肯将佳节度寻常。读书每恨日之短，论事专言人所长。酬谢却无千斛米，清贫只有一钱囊。颇难压岁给儿女，也许声声呼孔方。"又《乡居见怀》五古三首，录二："旱极常梦雨，今日我何思？我虽能言者，亦有寡词时。田父各自去，明月照我衣。披衣步门前，不知夜何其。忽闻北去雁，夜深犹自飞。""旧雨去何旧，新雨来何新？与谁酬清话，但有农作邻。乡居虽云乐，不如逢嘉宾。嗟我知心侣，相见兹何因？愿言膏我车，从之于朏津。"又寄贺纳姬二绝，并《桃杏吟》四绝，俱戏笑之言，不具列。夏日，寄和《邹县石刻杂咏》七首，录二："野火继秦火，直将秦篆焚。不无好事客，重为刻遗文。杜老多闻见，欧阳有录云。只因一枣木，千古议论纷。""铁山亦有字，虽巧类诙俳。书入八分妙，经无一句佳。雕镌借梵语，姓氏刻山崖。都说匡家子，不知衡可怀。"又寄和陶《停云》四章索和，摘句："山之高矣，云雾冥蒙。水之广矣，如隔大江。求友之莺，斯迈斯征。物之生也，与情俱生。"次韵《野望》一绝："诸峰底事笑开颜，何处云生何处还。四面芙蓉皆可见，悠然不必尽南山。"杜小鹤寄示去冬赠徐、张二君七古二篇及《雪中即事》绝句、《雪美人》二律，不胜载。载其《郡寓病起》一绝："极目云山何处家，一官落拓海之涯。

无端病起春将莫，旅馆新开红杏花。"刘渔舫示其旧稿《教官送考》八首，摘句："落地有声身上雪，对人生色鬓边霜。""手僵韵纸重张散，口拙人名讹字繁。""童子何知偏问字，大官有命直疑赃。"曲尽情事，余和四首，不缕及也。

一五

是秋，奉郡符办科场事，入省寓朱敉人宅。敉人，七十老诸生，新梓诗稿见惠，即题二律赠之，敉人答云："绛帐有经师，高名重白眉。冷官从所好，热客少相知。臭味芝兰似，襟怀松竹宜。顿教消鄙吝，可许日追随。""顾我生孤癖，况当衰病侵。一吟忽忘老，万事不关心。仢月常枯坐，闻花独远寻。如何偏见赏，佳句惠瑶琳。"听泉寄赠四言一篇，用陶诗《答庞参军》韵，诗曰："扶风之裔，治诗尚书。以乐为御，以礼自娱。为古人徒，与善人居。昏姻之故，言就我庐。饮无旨酒，食无兼珍。懬具鸡黍，不失其亲。我疆我理，淹留硕人。遂家于斯，为孟氏邻。穷年兀兀，维日孜孜。学优则仕，素丝纰之。乃送于野，乃赠以诗。自此远矣，悠悠我思。聚以类聚，分亦群分。岂无饮酒，与谁欣欣？愿言不获，仢看停云。是吾忧也，孤陋寡闻。昔汝来思，顾畴相鸣。今汝往矣，而叹飘零。瞻望弗及，邈邈北京。王事靡盬，不敢安宁。偶有余闲，采诗观风。倡予和予，如一堂中。长毋相忘，有始有终。犹恐失之，自省厥躬。"又寄怀余赴省、并忆小鹤不来二绝句，不具载也。字山馆会城南郭，寄其《斋中即事》四律，结句："槐花又报秋消息，一战居然是背城。"

一六

听泉和陶四言见赠之作，余未能答和。乃检陶诗《赠庞参军》，复有五言一首，余和韵答之。听泉次韵又寄云："南山经秋雨，其秀不可言。青光满城郭，余亦散林园。忽有好诗来，如读渊明篇。山色与诗句，风味两悠然。每每诗和我，甚与我有缘。惟尔与我意，借诗为之宣。我诗凭谁寄，相隔南北山。思君频北望，别离况三年。"又《见怀》二首，录一："室迩人何远，离情我不堪。空从铁山北，遥望纪城南。旧雨云千里，新秋月一潭。亭亭照孤寝，有梦不同甘。"冬间，归志已决，偶于书肆得《旧榻》一律，如代余言也，并为记之："故园千里渺天涯，西望长吟有所思。雒下秋风张翰语，闺中夜月少陵诗。岁丰东土虽云乐，累重南山不可移。已比渊明归去晚，西风摇落菊花期。"款署："西林。"

## 一七

戊戌中春，余自乐陵任内引疾旋里，留别诸友二律，和者五家，悉用元韵。原任日照司训王七蕚楼锐和云："清才君独擅，摛藻富文词。久佩惊人句，真能益我知。丰标原绝俗，儒雅信堪师。本是蓬瀛客，寒毡固不宜。"'我亦辞官者，探囊愧不丰。情因尝乃淡，曲自异而工。世事浮云共，襟怀霁月同。攀辕无限意，辄复挂胸中。"蕚楼从弟平之治和云："幸遂瞻韩愿，骊歌忽唱词。三年亲面命，一纸验心知。模范遵先辈，文章属我师。照人惟古道，不必问时宜。""心头香一瓣，敬为祝南丰。矩口从灵府，浮沈任化工。春风名教合，秋水雅怀同。惟愿公门树，长归噓植中。"及门两选拔生各和二首，不备录。张为柄华卿起句云："怕听骊歌唱，情难吐一词。亲承三载久，眷恋两心知。"王荣第甲文次首起句："不尽留行意，非关为岁丰。坐风常有愿，和雪愧难工。"刘渔舫先生和云："怕听骊歌唱，殷勤敢致词。交情三载契，宦况两心知。道谊人皆仰，文章众所师。遂初偏欲赋，士论曰非宜。""处世常如梦，昏昏蔀自丰。对人原不怍，随俗讵能工？情愫怜君切，行藏莫我同。攀留无限意，难尽此笺中。"蕚楼又赠四绝句，录二："果然归路去匆匆，杖履追随四座空。知否公门桃李树，无言群欲恼春风。""英年科第志何如，屡次春闱气未舒。且莫临期偏败兴，归车尚望变公车。"莫春抵里，董听泉闻即过访赠诗，用余前《赴乐陵留别》元韵："归装大半贮诗文，进退绰然遵孟云。随意于飞真似鸟，无心而入亦如云。应从此后首重聚，数到当年袂一分。惟我与君两相望，多留尊酒好斟勤。"'三二年来离别情，过门不入径南行。有谁解事伺诗客，教我无憀对曲生。闭户强留梁上燕，携柑独听阳头莺。春风到处鸟先觉，尚解歌呼旧日盟。"次日别去，又口占一律，未能尽记。杜小鹤自文登寄和余《别同人》元韵二首："三年人海悔游宦，一笑翻然悟夙因。适意且寻遂初赋，辞官为爱苦吟身。舍傍旧有三分水，面上曾无半点尘。此去绎阳春正好，碧梧如盖草如茵。""如此韶华剧可怜，忽从闹处整归鞭。喜耽清净迹疑佛，能远俗情骨即仙。眉画难工宁有恨，目耕足恃岂无年？人生信是闲居乐，我亦家余负郭田。"

## 一八

家爱泉兄枉过云近作《山泉吟》，为我诵之。辞曰："东山一泉涌，皎洁白于雪。珠光明上下，色相全无著。不甘流下处，激石发清越。不甘平地行，旋回出岩穴。出山复还山，行止性自若。遇物即泽物，心相拟明月。"又诵其少作《读破书》一首，亦记于左："东邻积钱财，西邻积柴米。我家鲜所积，破箧藏故纸。故纸安所用，得与古人语。因此感祖父，待我恩无底。藉非存此物，将与邻人比。"爱泉过爱余诗，前自乐陵寄呈若干首，悉能成诵，亦奇。

## 一九

长夏无事，检笥中旧稿，有已经删去之作，记一时情事，似亦有可存，漫书于后。丙戌莫春，在任城，胡三听泉招同陆垕圃、李字山、杜小鹤、崔广馨、钱容川、张亦梅、窦庐九、王笠樵小饮于玉露禅林，宾以齿叙，酒以令行。坐中十人各颁觞政，听泉乞余代为记之，戏为一歌："垕圃博雅六书通，口内雌黄辨不穷，忽飞一盏到阿侬。东泉拼醉东堂东，征典索句向诗筒。字山书味贯胸中，大书特书从同同。广馨拈花笑倚桄，天香飘处醉春风。庐九执盏唱玲珑，珍重一字是小红。容川怀古气象雄，驱使说部当酒佣，遍将软饱饷群公。小鹤拇战兴尤浓，酒阵合将偏师攻，三战三捷期奏功。亦梅选胜梵王宫，新诗可许碧纱笼。笠樵才敏气如虹，出口成章组织工，四坐倾觞乐融融。听泉度曲百花丛，掀髯一笑酒不空。"又王仙李新作《茶杆祈铭》云："古铭词多重文，兹限二十字，重者半为上，不及者次之。"余戏为句曰："味可味味无，味无味之味。殊可味味乎，味得味外味。"仙李称妙。又字山扇画女仙，为题句云："仙乎、仙乎，是烈士，是美媛。妙手空空，侠骨珊珊，画里分明可见。传语风汉，轻摇纨扇。莫认作楼上绿珠，须知是府中红线。"字山因作《红线》诗二首，乃未存稿。丁亥，代人祝抚军寿，集《诗经》五章："天锡公纯嘏，福禄来下，学有缉熙于光明。""受天之祐，小东大东。之屏之翰，君子有徽猷。""百辟为宪，干彼朝阳。蔽芾甘棠，君子有谷诒孙子。""俾尔炽而昌，黄发台背，如松柏之茂。君子有酒旨且多，以介眉寿。""我姑酌彼金罍，式饮庶几。寿考维祺，嘉宾式燕又思。"庚寅，代居停刘一答某官大冯君一首："余家托处尼山阳，素闻尼山之砚良。迥如一段璠玙美，大圭不琢成文章。天生奇珍不世出，何时得启山中秘？童蒙有志今就衰，爱而不见非一日。欣逢道光之元年，日月璧合五星联。文明之象启自天，名山之藏始豁然。是月吉日大霖雨，智源溪头来活水。片石涌出似磬浮，宛在中流行复止。龙尾凤味发其英，老夫乍见眼尚明。心知此物难再遇，摩挲无异怀连城。石墨相著联小试，润比端溪新坑异。什袭不敢轻示人，欲结同心将谁寄？去年春值高轩过，文史跌宕幽情多。鉴古不数欧与赵，大树将军真殊科。一见倾心难为颂，肯作寻常鸡黍供。此砚应入珊瑚网，山人留之将何用？辱赠新诗字字珠，闯然入室髯者苏。更惠金石文字若千卷，坐中疑有群灵趋。敬命两儿慎相守，名附青云同不朽。勉出韵语答厚贶，如兹石交世希有。"玫瑰重开，口占二绝："中庭一树粲红霞，正是开时不在家唐人句。今日凭栏聊怅望，深丛又见两三花。""岂是韶光去却回，名花的的为谁开？不曾解语解人意，知到阿侬昨日来。"此诗久经删去，昨自乐陵旋里，庭梅尚有数朵新开者，更忆此句存之。

## 二〇

季夏，听泉寄《怀人》四首，怀余云："达人知足止，不复事王侯。颇得归耕趣，全无作客愁。巢同莺燕宿，田为子孙谋。试问居乡者，谁如马少游？"余即和答。

## 二一

秋日晒书，又于故书札函内，得亡友王仙李和杜小鹤《桓字韵枉赠》一首："当代白眉子，才高得第难。文殊流俗体，座有古人欢。黄绢冥搜富，青毡坐守寒。几时投笔起，武士羡桓桓。"此丙戌冬简也。时渠初登第，漫为馨语，鄙意颇不快，一览弃去。今日复阅，曷胜知己之感？小鹤元作已前录。又杜小陵赠茉莉花朵一函，为谢排律一首，并附于左："华札云中降，浓香已透函。芝兰欣共契，茉莉喜新拈。馥郁凭心写，纷葩忆手缄。只应相视笑，更不一言儳。妙是无枝叶，怀之满袖衫。交情如此臭，丰格本非凡。瓣祝风初发，珠排月半衔。琼瑶何以报，口辅自占咸。"

## 二二

听泉春日枉过，临别口占一律，余每忆之，不能全记。秋日，乃乞得一草："归去来兮赋已成，西窗同翦烛分明。颇随吾辈平生愿，粗话三年离别情。许我流连唯酒德，任君消受是诗名。居乡更比居官好，瘦马寻花款段行。"余勉和奉酬，渠又叠和一首："卜筑南山志竟成，篱边菊种学渊明。直教小隐胜中隐，可赋闲情与定情。各奏能时听尔奏，莫名妙处任人名。迩来因病推敲苦，床下辄闻牛蚁行。"又和余《耳痛》句："不知谁喝得，多恐与痴同。"甚佳。孟冬，听泉寄赠集句一联云："话到快时留半句，心无着处是修行。"粘为座右铭。又叠和名韵二首，警句："不求流辈有知己，憀住他乡随俗情。""疾世偏多传世术，阅人剩有作人情。"又和余《颂酒》二首，句如："胡为绛帐传经客，辄动青州从事心。""聊自消愁谁共乐，任君留意我无心。"不备录。又寄示《秋夜》一律："闻尽霜砧自不闻，北来鸿雁又成群。妄心如膜从头想，处士虚声何足云？对月客偏思颂酒，无风天亦爱停云。多情除却穹苍外，尚有黄花解笑人。"

## 二三

江右苏君孟旸，字宾嵋，前过界河旅次，与家爱泉晤，言与余庚午同年，过蒙青目。今冬乃弟仲鸿，字雪堂，又过界河访爱泉，留茶二笼相赠，并为作画题诗。和余《归田集药名句》一律："远志阑珊鬓已华，车前犹作忍冬花。难寻学士防风粥，合饮仙人枸杞茶。愧我从兄谋菽粟，羡君有弟话桑麻。愿将拜竹昌蒲意，写向青箱处士家。"爱泉即以示余。越日，爱泉用药名答之："苏子车前感岁华，桂枝曾折广寒花。青盐海上迎仙吏<sup>雪堂</sup><sub>注：铨盐大使</sub>，没药壶中饮惠茶。示我奇图藏虎胫，吟君妙句饱胡麻。连翘厚爱将离意，石燕飞传亚圣家<sup>画扇由邹邑孟氏寄到</sup>。"余复强成一首附后："南中橘柚入京华，野客微吟对菊花。漫忆桂枝分早树，如逢钟乳饮新茶。决明已见题黄绢，贯众仝闻宣白麻。拙句只同蚯蚓曲，羚羊挂角羡方家。"爱泉又和一首："白芷生香满露华，黄连橘柚桂飘花。秋寒我爱当归酒，吟苦君投百合茶。旅邸情深依熟地，芒鞋底健仗升麻。传来三绝称苏子，续断峨嵋旧世家。"爱泉又录示松田兄和韵一首："苏子联翩诵棣华，青箱学富笔生花。蹊逢桃李宜通步，泉对珍珠好试茶。素碗凝芳盛琥珀，丹经注寿宝胡麻。灵芝本是仙姿格，笼内参苓尽一家。"

## 二四

腊日，孟雨山博士寄到杜小鹤文登《且寄轩小饮》怀余一律："风雪相过为论文，一樽肯惜醉诸君。交同红友浓如此，人比黄华淡几分。官不疗贫还好客，山能招隐易巢云。故人先我引身去，欲致鱼书离绪纷。"听泉和余《腊日杂咏》八首，已数年矣，今始寄来，录二："腊八粥用五谷，中著枣与栗，和米而煮熟。果又全、米又黏，辟如食蜜，中边皆甜。""具糖饼供灶君前，焚灶马送灶君上天。合家拜祝致礼诚虔，祝曰：'辛苦臭辣君莫言。'"其六称是，甚古质可爱。末咏辞岁酒，结句："酒以合欢，岁岁平安。"尤佳。

## 二五

己亥新正，听泉过余，留诗云："绕舍青青柳色新，隔年相遇更相亲。重寻仲蔚隐居处，得见维摩示病身。"时余耳痛稍愈，左腓生疖，别后又患目疾，甚剧。听泉再致书问，乃得依韵答和，文多不载。夏日，听泉寄示《摅怀》二律，录一：“日余门外有青山，廿载乡村去住间。少任功劳多任过，先求清静后求闲。晚留孟浩催为黍，善学刘伶解闭关。斟酌床头杯箸酒，吾曹相对一开颜。”答和余《寄怀》韵二首：“称善于乡者，吟诗月下行。斯人真大雅，得句亦何清。挂角寻无迹，流泉听有声。一篇山水韵，要为我移情。”“守拙田园里，渐于城市疏。我方请学稼，君又托言渔。物理穷难尽，丰年乐有余。顾名皆野老，其实不相如。”又寄示《雨后作》一律：“放怀何处最相宜，草满衡门竹满池。槐夏微凉缘雨后，茅庵不漏是晴时。寻香最喜花开早，贪饮常嫌酒到迟。醉后狂吟子孙笑，也呼笔纸学题诗。”此诗叠和二首，不尽载。冬日，寄《见怀》四首，录二：“闭户嚣尘远，庭前落叶深。无须更幽僻，即此是山林。拙养古人事，安居吾辈心。饥来一杯酒，不醉不长吟。”“白发无情甚，青灯有味时。与欢谁可者，习气且仍之。欲饮酒徒酒，多惭知己知。路长书不到，何以慰相思？”

## 二六

是年秋，晤听泉，言及近作，多与历下赵一景素倡和，因诵其《谢赵馈菊酒》一绝：“曲生风味孰能加，陶令菊根未断芽。最好养花兼漉酒，醉人有酒送人花。”可以想其风致。又诵景素《游山》一律：“薄醉归来晚，崎岖忘旧程。前村灯火影，野寺磬钟声。数点青萤乱，一轮白兔生。兴怀犹未尽，已到古邾城。”余忆夏间同家爱泉访张六静山，见新脱稿一词：“花如堆锦稼如云，树绕前城水绕村，塘护绿萍原护曛。爱遥岑。一半儿眉痕，一半儿粉。”张云顷自滕归道上作。张、赵俱游醾馆，墨妙如是。

## 二七

董云樵先生，听泉之诸父也，久闻能诗，不肯相示。余每晋谒，辄赐杯酌，索观不得，私心介介。顷为听泉言之，冬杪乃得读其集，中多见和之作，自愧平素知之不尽，缕书于左。《壬辰秋次游贵殊山韵》：“杏花时节贵殊山，旧日曾游烂醉还。白马红林芳草绿，重峦叠嶂晚云闲。烹茶圣

井何年凿，结字藤萝两袖攀。忽忆松风泉响处，佛头苔点记班班。"《丁酉
冬次忆邹韵并示从子》二首："饲鹤吟寒总爱梅，年年花信报春来。寻香
昨夜眠东阁，扫雪何人过北台？偶有里言随手写，并无佳句费心裁。最难
次和尖叉韵，不许阿宜击钵催。""浮生如梦眼全糊，地辟岗阳住古邾。贫
士无妨偕小阮，文名久已耳三苏原注：马氏桥梓入都，时有三苏之目。抛开风月裁诗句，
收拾山川入画图。独笑此身疏懒惯，扶风绛帐未为徒。"《再次前韵兼寄小鹤》
摘句："吹花横笛风清帐，索笑寻檐月满台。""诗来争读陶兼谢，谷贵同
怜郑与苏。"《无题》二绝："看花对酒自当歌，东望云山唤奈何。无限相
思分两地，文登不少乐陵多。""风流不见城南杜，海上诗成雁未传。独羡
两人频唱和，马东泉与董听泉。"又一绝："笑我东家老阿宜，春来吟咏竟
如痴。逢人袖出新脱稿，半和鬲津司谕诗。"

## 二八

云樵集多巨篇，不备录。刺取小诗《昌平山挂线石》一绝："坐对南
山王母石，白云出岫向空飞。石堪挂线云成锦，化作青天无缝衣。"《村居
病归戏赠车中豆》一绝："少不如人老何求，山村秋日病中游。同车黄豆
三升半，是我平生善念投。"《春郊雨后》一律："绕树鸦飞处处鸣，踏青
携酒出春城。旧寻响水泉边路，今向桃花峪里行。谷雨节时逢喜雨，清明
天气恰晴明。开田望杏农人乐，愿与农人学耦耕。"《小女》一首："小女
不解诗，庭前知学步。听我苦吟哦，笑立吟哦处。"句尤雅洁，余可想见。
云樵，名晖，邹诸生。

## 二九

冬日，余题云樵诗卷二律，用听泉诗韵，即蒙云樵先生次韵见答："谁
信交情薄，新诗寄意深。识君真淡雅，悦性在山林。宇宙原无物，功名不
系心。弃官如弃屣，日日和陶吟。""怀人牵酒兴，把酒读诗时。我岂无情者，
君当想见之。阿宜胡作剧，痴叔未曾知。偷得兔园册，转劳雪夜思。"

## 三〇

沁水高涵三之宠明经游济泺间，入醮幕，张蓬山旧友也。在邹与董听泉倡和，听泉称其人甚古道。忆余在乐陵时，听泉寄信，悉由渠处转致。前后所寄橄榄、金橘，并惠仁风等件，讫无浮沈者，亦可想交情之厚。及余旋里，渠亦归田。见听泉送渠诗，七古长篇卓荦有致。度询渠诗尚未得，恐复有和余之作，如云樵先生秘不肯宣也。"季子订交如旧识，尹公取友必端人。"书门赠高、张二君之句。

## 三一

小鹤与修《文登县志》，前有来函，言文山古迹有申子枨墓，意欲一为题咏。余思申乃鲁人，至赵宋时始加封号"文登侯"。地相去千余里，时相后千余岁，安得墓在彼处？此等附会，吾辈宜明辨之，不知渠如何下笔也。小鹤又寄示新与王郡伯松亭倡和诗。松亭，沈阳人，仙李仪曹之业师。

## 三二

庚子春日，余筑一室初成，董书门寄贺一律："先生新自鬲津还，才赋遂初又赋闲。茅屋北窗应设榻，柴门东向好看山。呼童沽酒心先醉，有客投诗手自删。工部草堂子云宅，犹留踪迹在人间。"

## 三三

夏日，听泉邀余游铁山响水闸二绝，末押"来"字，同人和者五六家，俱用元韵。听泉后又自为十"来"诗，文多不备载，节录数首："灵山遥望亦佳哉，欲去迟迟去又回。瞻顾自惭畴匹少，出游游待少游来。"此元倡也。仙源宋星槎和云："早赋归田意乐哉，日随野老共装回。他时携榼铁冈下，应带南山秀色来。"历下赵景素和云："班坐竹林君子哉，七贤歌咏几千回？缘何诗兴一齐发，为约骚坛盟主来。"广文朱佑生和云："懒过嵇康有是哉，鱼缄迢递又空回。如何吟碎松罗板，不见高人携屐来。"云樵先生和云："柴门怅望意悠哉，晓起看花日莫回。每每买春愁独酌，南山客未北山来。"书门寄和云："客窗梦里赋归哉，好事乡人带信回。细读书函与诗句，多言伫望马卿来。"此韵余亦三叠，附录其一："雉飞麦陇念时哉，携幼出门日几回？就此吟诗无不可，何须真到铁山来？"

## 三四

朱佑生广文寄示新词："曲栏花亚，小憩松阴下。书在手，披方罢。云中白鹤飞，天半牛霞挂。传神处，灵台一片分明画。曾记西窗话，疏爽眉如华。看两鬓，星星也。买园期未践，把卷人思借。容我否，绘图共入香山社。"调寄《千秋岁》第一体，为同里刘四桐川题《读书图》者。余不知词谱，仍为题二律。因检朱竹垞《蕃锦集》，中有《鹧鸪天》调为峄山作者，素未采录，即记于左："天半群山孤草亭，下方云雨上方晴。笑拈霜管题诗句，闲向春风倒酒瓶。喜嘉客，展幽情，萦回树石罅中行。他乡就我生春色，此地才应聚德星。"

## 三五

秋试，书门又复被落，柬余一律："自笑龙钟不进身，闲来偏与友朋亲。文章似我无知己，才学如君有几人？寄志田园聊取乐，等身著作不为贫。携肴欲访扶风里，前渡桃源可问津。"又寄示《秋杪晚归》一律："暮色催偏急，高风势转加。飞云逐归马，秃树噪寒鸦。山火人烧芋，村灯夜绩麻。行行城郭近，更鼓已三挝。"听泉集成句为联最多，佳者如："不知其有文也，顾安所得酒乎？""不如饮美酒，可以赋新诗。"皆极工。"采菊东篱下，种葵北园中。"集《选》尤妙。听泉若解作词，《蕃锦集》不能专美于前。

## 三六

书门诗学深邃，乡尝以木窥全豹为欿。今秋乃得读其《叙旧斋诗草》二册。五古最精，不胜录，录一以当鼎脔："五月卖新麦，新麦不敢卖。未谋一年食，遑计眼前债。仲夏无透雨，秋禾将残败。不秀亦不实，谁云如荑稗？我行田畴间，奄奄几时瘥。闾阎无生机，民病甚矣恙。问天默不语，无聊发长喟。"七古《湖上歌》："八月九月天气凉，友人邀我傍湖傍。荷叶瑟瑟葭苍苍，下窥水面鱼洋洋。此境何异在濠梁，临渊羡叹空彷徨。忽闻远浦有鸣铛，纷纷小舟来何方？齐围四面留中央，摇橹不绝潜施网。水族虽多将焉藏，鳣鲔鳏鲤鲫鲜鲂。儿童提篮妇持筐，将鱼作饭充米粱。愧我家居在山乡，水潦虽降谁献将，门对鲍肆不堪尝。今来一餐饱枯肠，笑我贪饕又何妨？"五律《夏夜露坐》一首："绕树送凉飔，空庭兀坐时。茶多常减睡，性懒自无诗。天净云归杳，墙高月上迟。笛声隔院度，已足动秋思。"《游铁山》一首："踏石留仙迹，摩崖刻佛经。字多八分古，山是六朝青。樵牧时来往，神仙事杳冥。空传石洞在，终古户常扃。"《过湘溪大兄村居》一首："别墅全家住，乡居乐意存。有田皆近宅，无树亦成村。山色青围屋，泉声响到门。清谭无限好，薄莫又开樽。"《消寒》四咏，文多不备录。七律《冬杪感怀》一首："莫将身世问青天，屈指光阴又一年。故友何曾千里隔，寒梅未放十分妍。神驰周道常成梦，痴卖吴都不值钱。莫怪更深犹兀坐，满城爆竹易惊眠。"《丙申生日车中作》二首："蹒跚客路任低昂，转瞬光阴到小阳。两足大都因酒病<sub>原注：时患脚气</sub>，一年多半为人忙。风寒但觉绵袍薄，马羸翻嫌石径长。夕照楼台村落近，生辰今又在他乡。""自嗟四十一年身，白发星星两鬓新。日月如梭空过隙，功名有命莫尤人。休寻灵运登山屐，漫著渊明漉酒巾。客馆黄华应笑我，单车不厌逐风尘。"大雪用坡公尖叉韵和余见寄而浮沈者，今于集中见之，亟录于左："疏林月落玉纤纤，夜半寒风如许严。小阁渐消商陆火，空庭尽撒水晶盐。试看积素凝琼砌，已觉扬华上绮檐。四野苍茫天一色，何论平地与山尖？""晓来瑟缩似寒鸦，门外难停长者车。小院无风飞柳絮，寒窗有梦到梅花。紫丝布被宜高士，金帐羊羔笑党家。我欲骑驴寻孟浩，开门不辨路三叉。"集中多有与小鹤倡和，佳句不胜录。与兄听泉倡和，尤极埙篪之美，略记其《馆中次韵题家信后》一绝："昨日封缄今日发，前书甫接后书回。鱼函到后阿兄笑，如见说诗匡鼎来。"

## 三七

贞孝节烈诗有关风化，作者澄心妙虑，自不肯以应酬出之。然自近世，征诗相沿，节孝等篇以累黍计，最难出色。惟以切合本事，不可移易为佳。曩见书门为滕阳烈妇诗集、文选句，作长篇觇缕事，实抒轴予怀，允为奇作。忆甲午秋，余为同郡李云芳之冢妇杨氏节烈诗，臞仙谬赏其句："李僵恻无桃根代，一树杨花自萎地。"余本两世节烈家，闻说节烈心如刺，谓它人不能假也。又忆丁酉在济南题节烈聂氏诗册，末云："旌以绰楔，近深井里。后先辉映，媲聂政姊。"有友摘聂政事太不伦，乃削去之。余意只取《史记》"乃其姊亦烈女"句，断章取义，不顾世眼，亦复不可？

## 三八

秋赴界河，过随斋先生故居，寻其壁间遗挂王容谷集苏句赠联："我书意造本无法，此老胸中常有诗。"范晓麓赠联："小屋如舟可容膝，异书为友得同心。"两联宛然具在，因忆先生曾自书一联："澹中寻味酒称圣，书外论交睡最贤。"又自箴二语："病隐难除悭拙懒，情偏为害戆乖高。"追溯之下，光霁犹存。

## 三九

渊明集中《止酒》一篇，最不易和。每句用"止"字，在陶亦特笔。苏氏和作不叠用"止"字，乡尝以为非是。今春痔发，终夕不寐，正苏和《止酒》□也，因勉成一首，"止"字廿余见，以是为差胜尔。秋日，听泉见之，欣然赐和，并示犹子一首，中"止"字亦廿余见，备录于左，好事者观之。拙稿云："劳止宜小休，虚室占止止。白壁止其外，白心止其里。欲止谁行是，欲行谁止子？因疾忽止酒，止酒真堪喜。长吟知止诗，兴为仰止起。譬风止无定，止水有文理。吟咏聊止痛，痛止惟在己。止酒且止痛，不得不止矣。兼期容止好，安止水之涘。一事止不得，止宜修馈祀。"听泉诗云："黄鸟止丘隅，邦畿民所止。问余止何处，止于田园里。从我而止者，不止一犹子。我止止已乐，儿止止更喜。止于坐不安，止于床欲起。不欲止田庐，而欲止疆理。独止止不欢，止止唤知己。行止偶随之，不知所止矣。朝止山之颠，莫止水之涘。举止已如此，底止在何祀？"听泉又次余韵见赠一律："行行随着小奚奴，不是寻常高尚躯。酷好斯文从少小，暂教名士辱泥涂。读书绛帐情何似，为善乡村味自殊。斟酌一杯明月夜，秋深万籁似笙竽。"听泉是年五十初度，诗押"乎"字韵。余亦和二首，不备录。

## 四〇

辛丑正月五日，陶生游斜川时也。兹幸值其年欲薄游，阻风不得出，即和其韵并旧稿写一通，欲寄听泉。奈听泉时方读《礼》，乃以呈云樵先生，蒙赐和至三叠，其韵备录于左。"北风亦过午，南风晚不休原注：谚云：'北风不过晌，南风到晚上。'飘飘天上云，随风往来游。笑云复何忙，风定云亦流。开笯放白鹅，立雪如双鸥。茅庐自可爱，堆积书成丘。书中千万人，远古与谁俦。偃蹇且高卧，乐志在觞酬。思君不见君，衰状似我不？忽有新诗来，读之可忘忧。愿作终身诵，不恔亦不求。"－"雪晴风更寒，心静气少休。开岁二十日，未得出郭游。今朝天气清，樽酒酌明流原注：酒名，亦名布熬。一酌复再酌，醉卧若眠鸥。处世已浑沌，胸中无壑丘。爱兹深林鸟，众鸟各有俦。岂如鸟同乐，和鸣声相酬。人固不我知，我能自知不？合眼放步行，不思亦不忧。知足可常乐，惟此心是求。"二"元晏一生病，焦先息休休。君与此两人，今故图卧游。画手谁能之，亦非俗家流。不画辋川树，欲画斜川鸥。意在笔之先，中藏一大丘。君形瘦如鹤，画鹤孤无俦。君琴抚无弦，曲高绝和酬。画中有君诗，君爱画中不？对此定憖然，我心恐君忧。愿言非非法，论画象外求。"三云樵善画，于诗中吐露如此，急索解人不得耳。此韵余季弟星娄亦和一首："元日复人日，俗扰渐渐休。趁此春光好，聊为邹绎游原注：新正九日，登绎未果。群芳尚未苏，冰坚何能流？缓辔偕良友，情怡羡沙鸥。虽非神仙窟，庶拟昆仑丘。焚香结伴者原注：途次所遇者，尽朝山进香之客，纷纷非我俦。坐看白云起，薄酒一觞酬。五华插天表，蜡屐堪登不？胜景扩眼界，吾用忘吾忧。力绵徒仰止，神山未可求。"拙作漫附于后，庚子旧稿一首："开岁五日过，微官三载休。息驾邹山侧，偶出滕西游。爱兹乌泉水，随入荆溪流《滕志》：荆沟水自东来，大乌泉、小乌泉注之。隐映栗里树，翻飞斜川鸥。延眺日云莫，归来守一丘。翻书呼举烛，思与古人俦。初月何纤纤，杯酒许相酬。和陶行将遍，吾其后身不？良时殊易失，俗士多怀忧。诗成谁共和，留待羊与求。"本年再和一首："生平耽和陶，下笔不肯休。今复遭兹辰，思续往昔游。寒风昼忽作，溪水静不流。愧非海上客，何处狎白鸥？山中方积雪，不见壑与丘。千里寄遥瞩，云鸾渺难俦。抚躬坐自叹，壮志无一酬。啸歌北窗下，尚可快意不？浊酒进一觞，无乐复无忧。万事付造化，那容有意求。"《酬云樵先生赐和》一首："董子不窥园，心慕公仪休。寥寥一室中，养空而独游。中年颇失志，清漪溷浊流。所遇虽石虎，狎之如海鸥。高趣偕彭泽，寻壑复经丘。幸有贤竹林谓听泉、书门昆仲，啸傲若朋俦。我诗鱼目类，猥以明珠酬。未知小斜川，可称同调不？阳关忽三叠，歌声足消忧。咫尺北山北，驾言复何求。"《莫春晤云樵先生，再叠前韵》一首："我慕陶彭泽，林下得真休。今值辛丑岁，复为葛天游。盎盎春气足，涓涓泉水流。所乐在濠梁，盟心有野鸥。忽与真人遇，洪崖与浮丘。坐致青云上，自顾非其俦。赋诗聊寄兴，一赠辄三酬。我乃痴得意，傍人相笑不？幸勿太自苦，忧先天下忧。武陵源尚在，携手共访求。"此韵去年听泉游铁山亦和一首，非和余作，并录于左，以示押韵不相同。"小民一年劳，入冬始可休。今日是何日，忽作山泽游。我虽不赋诗，我亦好临流。清泉濯吾足，惊飞白沙鸥。高飞何所止，止于山下丘。群鸟来相呼，谁可为之俦？我坐泉石上，白水酌言酬。儿童挈壶至，问余思酒不？无酒诚足虑，无肴亦可忧。采采青山下，聊当缘木求。"押"不"字韵，尤妙。

## 四一

夏日，见爱泉所著《傍山诗记》中有吾叔父卧庐京邸梦句："壮士拔剑夜起舞，人皆好文我独武。"余素未闻也。爱泉又自记梦游华山得句："雁浦斜阳晚，秋山澹月明。"又同郡某梦登太白楼句："云霞半壁晓，水月一天秋。"皆不似平时语。

## 四二

雨山寄和余《春日和陶游斜川韵》一首："抗怀羲黄上，贞志不少休。君同柴桑士，时作武陵游。新诗肯寄我，亦欲涉其流。苍松翠竹间，鸟无三品鸥。南山悠然见，不待凭高丘。裴回玲珑石，欲拜恐非俦。黄华将欲开，明月宜对酬。篮舆何时出，可许相过不？解我宋元结，祛我杞人忧<sup>原注：时</sup>粤东兵尚未尽撤。古来几辛丑，尚堪坐而求。"家爱泉兄亦和一首："吾宗有达士，其心常休休。不为米折腰，爱续斜川游。凫绎列左右，白水界中流。于焉观文鲂，于焉听鸣鸥。五柳绕别业，寓目即曾丘。旷怀千载上，雅量谁共俦？和陶如饮酒，主献宾乐酬。恰逢辛丑岁，君其后身不？人生贵适意，适意自无忧。因悟素位理，此外非所求。"余归田后，久不得亦梅消息，兹闻其因小鹤附兼金助刻诗话，用和陶游斜川韵，复成一首，不定寄梅也。"张君极魁梧，乃自号浮休。平生谁与善，独怜马少游。欲写诗千卷，就输金一流。有书多附鹤，逐浪不惊鸥。我时伏峄阳，远望古陶丘。坐读五柳传，谓是若人俦。追和慕坡老，水镜无停酬。未能免俗尔，可用疗饥不？已成颁白叟，谁怀千岁忧？他年何所遗，足待茂陵求。"

## 四三

《辛丑岁七月，赴假还江陵夜行途中》，陶诗，载《文选》，甚佳，不易和。苏和末句："诗人如布谷，聒聒常自名。"不免趁韵矣。"口如布谷。"乃冯衍责妻之语，以比诗人，似涉戏谑。余既和辛丑正月韵，秋来更和辛丑七月韵，成《夜坐》二首，复和一首寄听泉，蒙答书云："陶集原句'不为好爵萦'，苏集和句'免为诗酒萦'，俱是'萦'字。来章作'荣'，或通用邪，或见别本邪？"余它无所见，惟《文选》五臣注本作"荣"，或系误字，但少已读惯，不知其讹。前韵难改，后作当从苏本耳。间复阅陶《咏贫士》诗，复有"好爵吾不荣"句，与此相发，五臣本或亦可据。

## 四四

听泉寄和余《和陶辛丑七月韵》一首："有客归田园，高风凌紫冥。

悠然弹一曲，实能移我情。我情何所寄，呼儿翦柴荆。好风东南来，峄云随之生。一夜蒙蒙雨，今朝日光明。班坐高隄上，远望大野平。心念学稼人，无才南北征。君胡同我趋，逃禄而归耕。每每好诗来，索和愁苦萦。惜我未读书，学诗亦虚名。"外有二首示书门者，不尽载。书门亦寄和一首："蜗角国蛮触，蚊睫巢焦冥。中田结小庐，聊以适我情。庐内除尘埃，庐外无榛荆。纸窗开三面，习习清风生。阿兄携诗来，新句和渊明。嘱我亦为之，言之患平平。腹空如岁饥，所愿在薄征。欲有一年食，须计三年耕。力田真吾业，所求无异萦。从此请学稼，或可以农名。"余寄答听泉元韵，附录一首："世无扬子云，谁识蜀湛冥？贤守有李疆，虚怀从事情。吾兹处田野，沮溺共班荆。有时篮舆过，竹林两董生。倾囊复倒筐，举烛以继明。志欲游五岳，仿佛向子平。何时昏嫁毕，飘然且独征。久别凭神遇，书来供目耕。尘鞅幸不及，无辱即为荣。答吟还自笑，此乐不可名。"

## 四五

爱泉和余《和陶辛丑七月元韵》一首："闭户寡尘虑，习静言入冥。田园得真趣，诗书自怡情。高轩时一过<sub></sub>原注：谓雨山、听泉诸公，始见启柴荆。如宴桃李园，为欢话平生。辛丑又七月，闲吟对月明。仰观天宇静，俯察水面平。流光不可驻，熠耀白宵征。我亦踏月至，谈诗非课耕。依韵来和陶，思涩意牵萦。泛言聊记事，未足以诗名。"季弟星娄亦和一首："大鹏[①]非凡鸟，万里徙南冥。莺鸠窃笑之，自安枋榆情。漆园知此意，逍遥不仕荆。东坡亦早悟，索句和陶生。今夕是何年，月自古来明。得侍凉夜坐，遥忆湖水平。欲赴黄华约，伫见篮舆征。有田付一力，试使叱犊耕。傅毅吟孤竹，班固咏缇萦。从来大手笔，不妨以诗名。"余夜坐和陶《夜行》元韵，附载一首："鹤声知夜半，对语定入冥<sub></sub>适梦小鹤。肯为耳自玩，青云自有情。吾衰惮行役，日夕返柴荆。夜坐小池上，圆荷珠露生。青山两岸立，疏星照人明。唧唧虫语切，问尔何不平？昌黎咏南山，杜陵赋北征。知为谁驱使，若农自力耕。丘园堪养拙，黄绮非采荣。早晤华阳叟，高卧思完名。"余叠前韵，答听泉、

---

① 底本作"朋"，据文义改。

书门昆仲，限押"萦"字一首："嗟余抱贞疾，占豫复得冥。归来守田园，作赋无闲情。三年不出门，何意求识荆。相契惟二仲，时偕一曲生。夜坐不觉久，东方见启明。炊黍忆范式，食瓜美邵平。凉风肃然至，鸿雁已南征。新诗重叠见，歌之带月耕。井臼吾自操，愁怀近颇萦。强吟复叠和，聊足记姓名。"又用前韵，答爱泉一首："秋气极萧爽，山势入渺冥。新诗忽又至，超然怡余情。坐读依树根，树茂类紫荆。有诗真当和，勿自浮其生。我乃痴得意，不甚愧渊明。更闻东坡语，绚烂归澹平。趋步强随之，敢云疲此征。得君声相应，有如耦而耕。青山不用买，白水日回萦。此间许共乐，勿复弋时名。"曩于记诗册子，不肯记己诗。兹因和韵，辄牵连书之。至于连篇累牍，每一复视，自惭续貂。惟相形之下，益彰众作之美，不复剃去。

## 四六

家爱泉兄熟于《文选》，并沈归愚所编《古诗源》。近复集古句，和陶辛丑正月、七月两篇元韵见赠。初观已服其指挥如意，天花乱坠，细玩通首出句，"尾"字亦悉用元韵。惟"澄""鲂"两字，古句无可采掇，乃略为变例，它皆按谱填词，一一合拍，亟录一通，以贻同好。其一曰："从容养余日<sub>张华</sub>，谁能享斯休<sub>王粲</sub>？惠风入我怀<sub>陆机</sub>，良日登远游<sub>陶</sub>。岩壑澄清景<sub>杨素</sub>，平陆引长流<sub>卢谌</sub>。潜波涣鳞起<sub>郭璞</sub>，翻浪扬白鸥<sub>鲍照</sub>。远近送春目<sub>谢朓</sub>，振策陟崇丘<sub>陆</sub>。眷言采三秀<sub>沈约</sub>，毕景逐前俦<sub>鲍</sub>。从宦非宦侣<sub>沈</sub>，宜城谁献酬<sub>陆厥</sub>？既来孰不去<sub>陶</sub>，问客平安不<sub>古辞</sub>？缅焉起深情<sub>陶</sub>，旷然消人忧<sub>王</sub>。今日乐相乐<sub>曹植</sub>，得性非外求<sub>谢灵运</sub>。"其次篇曰："离居殊年载<sub>颜延之</sub>，梦寐复冥冥<sub>江淹</sub>。虚恬窃所好<sub>张</sub>，遗我远世情<sub>陶</sub>。且当忘情去<sub>沈</sub>，促装返柴荆<sub>谢</sub>。于焉徂岁月<sub>住昉</sub>，理感兴自生<sub>庐山道士</sub>。清谈同日夕<sub>刘桢</sub>，冏冏秋月明<sub>江</sub>。山川修且阔<sub>陆</sub>，沃野爽且平<sub>陆</sub>。终夜不遑寐<sub>刘</sub>，鸣雁飞南征<sub>阮籍</sub>。已矣平生事<sub>任</sub>，幸会果代耕<sub>谢瞻</sub>。今者并园墟<sub>何劭</sub>，思逝<sub>原注：逝昔也</sub>若抽萦<sub>王</sub>。寝迹衡门下<sub>陶</sub>，拙讷谢浮名<sub>谢</sub>。"右集句两篇，不惟于赠答篇中花样翻新，即于和陶并押出句、本字，亦别开一体。

## 四七

听泉寄示近作和陶形、影、神三首，并《饮酒》二十首。浩乎，沛然如川之方至。余前和《饮酒》，勉强从事，仅得十二，不意听泉竟全和之也。摘录二篇："我爱陶渊明，有酒辄饮之。三百六十日，斟酌无厌时。其醉固在酒，其醒亦在兹。借以隐其身，一饮不复疑。但愿日日醉，有禄不必持。""渊明本好饮，求之恐不得。云胡又止酒，令人心疑惑。昨夜梦渊明，一语开茅塞。酒是我乐土，醉即我乐国。前言戏之耳，识之尔须默。"其它妙句，如"开卷即醺然，何暇问其次""饮酒二十首，一读一饮醇"等句，较之坡仙和陶，何多让焉？听泉复要余补和其八章，病未能也，愿俟异日。

## 四八

前闻云樵先生《和陶辛丑七月韵》已脱稿，因非和余之作，未肯寄示，谆向听泉索观乃见。原草一纸，其云："旱愁日杲杲，涝忧雨冥冥。苗槁雨后秀，螟螣豆根生。"乃今岁纪实，种豆甚晚，根科始茂，虫自内生，一茎中或三或五，问之老农，亦所未经得，先生此诗可称诗史矣。虽非倡和之作，亦当刺取。

## 四九

今年辛丑，自春徂秋，和陶两诗。同人见之，辄共和，已若干首。近闻家爱泉说，同里和者尚众，俟得诗再为诠次。

## 五〇

余往岁欲和陶《九日闲居》诗，未敢骤和，因集东坡和陶之句成一首。家爱泉兄谬见赏誉，并集古句赐和，其和法仍并出句韵脚，遵元诗填之。"情嗜幸非多小谢，晚志重长生鲍。挈壶相与至陶，志不在功名张茂先。延颈长叹息魏武帝，诞曜应辰明颜延之。竹外山犹影小谢，复涧隐松声鲍。兹情已分虑谢，一徂辄三龄王仲宣。原注：弟仕乐陵，往复三载。顾念蓬室士曹子建，归轸慎崎倾颜。

旨酒盈金罍<sup>王</sup>，虽贵非所荣<sup>石季伦</sup>。览物奏长谣<sup>谢</sup>，永副我中情<sup>曹</sup>。太平多欢娱，但愿桑麻成<sup>俱江文通</sup>。"拙诗集苏句附后："漂流四十年，谈笑得此生。佳辰爱重九，惜哉亦虚名。东皋友王绩，劝我师渊明。归来闭户坐，忽闻剥啄声。门人馈薪米，乐事满余龄。空杯亦常持，孤坐时一倾。念念竟非是，欣欣春木荣。黄华育甘谷，一欢愧凡情。有酒我自至，金丹不可成。"

# 《东泉诗话》卷第七

## 类诗一　胜迹

### 一

于钦《齐乘》云：“钦尝有诗云：‘济南山水天下无，晴云晓日开画图。群山尾岱东走海，鹊华落星青照湖。’此济南山势也。”又虞集《天心水面亭记》云：“济南山水似江南，殆或过之。”余先兄《骀山遗诗》，《济南秋眺》一律：“拟写此州作画图，原泉七二足清娱。满城秋色华不注，镇日香风莲子湖。名士几人赓白雪，历亭何处觅玄珠？济南绝胜江南好，山水由来天下无。”结语正用于、虞二家之说。济南趵突泉有赵子昂七律一首，后贤多用其韵，偶以所见记之。赵诗云：“泺水发源天下无，平地涌出白玉壶。谷虚久恐元气泄，岁旱不愁东海枯。云雾润蒸华不注，波涛声震大明湖。时来泉上濯尘土，冰雪满怀清兴孤。”明王阳明守仁和韵云：“泺源特起根虚无，下有鳌窟连蓬壶。绝喜坤灵能尔幻，却愁地脉还时枯。惊涛怒涌喷石窦，流沫下泻翻云湖。月色照衣归独晚，溪边瘦影伴人孤。”按王诗押韵多用三平，与律未合。其集中不载，盖删之也。

### 二

国朝浙人沈廷芳和韵：“七十二泉天下无，此泉尤足胜方壶。一泓遥泻渺何极，三窦高喷长不枯。泉势凌虚参古木，日光倒影射澄湖。更来白雪楼中眺，啜茗观碑兴未孤。"雒人薛宁廷和韵："福地曾闻似此无，人间泉石有蓬壶。浮清那许尘缨濯，喷玉直愁瀛海枯。乡思看云连岱华，宦情如水寄江湖。未妨酣饮迟归辔，马首华山涌月孤。"泰安赵国治和韵："世上炎蒸到此无，雪涛飞出水晶壶。奔腾恐有囚龙起，喷泄愁将大海枯。直欲洒空沛霖雨，莫教翻地作江湖。汲来且煮南山茗，清沁诗肠兴不孤。"近见上虞胡白楼昉用此韵作三十首，录一："旧地神仙迹到无，玉京飞饮即蓬壶。跳波积雪峰能立，煮石成涛海不枯。西障斜分龙洞水，北流迅注鹊山湖。源头试挹清如许，一派灵岩见独孤。"白楼初抵鱼台县，诗亦用此韵，附书于后："鹤署风清管领无，设醴饮醇古樽壶。民多愿悫能从俭，吏有文章足润枯。鱼米家充三日市，桑麻地广半分湖。春城到处栽桃李，宾雁何愁楚幕孤。"邹邑秦公楫《历下杂咏》十首，录二："济南名胜地，愁里且闲歌。回首青山近，开门流水过。微风摇弱苇，细雨点圆荷。极目平湖上，烟波奈若何？""旅馆何时别，门关尽日眠。云含千岫雨，浪涌一溪烟。病久诗全废，愁深酒半捐。而今越石父，遥忆晏婴贤。"

## 三

平原董元度《旧雨草堂集》，《济南杂感》四首，录二："满城秋色澹斜晖，瑟瑟西风白夹衣。几点绿萍随雨散，一群花鸭背船飞。烟横晚浦同人少，云冷空庭旧梦非。最是年年绾离别，萧骚高柳又添围。""谁从劫火问乘除，莽莽川原几废墟。山色应羞金伪帝，水声空咽铁尚书。牙门画鼓森行马，古寺秋灯冷木鱼。月倚风沦千载梦，有人回首重欷歔。"又《杂忆》十首，录一："吾州信美梦难忘，木瑟波明总断肠。初日芙蓉仙侣棹，春风杨柳少年场。画堂几处成荒圃，长笛何堪弄夕阳？漫向轩头问名士，高楼白雪倍苍凉。"

## 四

富平王所礼《泺口道中》一首："沙岸溪边路，人家柳下门。小桥多碍马，曲水自成村。雨后秋针绿。风来荷背翻。鸟声如有意，幽静不闻喧。"《明

湖竹枝》十首,录二:"鹊华桥下问扁舟,滑笏谷绞碧玉流。自向百花洲上望,
果然尽是镜中游。""一层荷叶一层风,湖里荷花湖外红。人在画船香里过,
藕花衫子藕花中。"《柳絮泉李易安故居》一绝:"晓风残月想吟怀,闺阁
谁寻咏絮才?听尽泉声人不见,隔墙飞过柳绵来。"

## 五

新城张象津《书邢太仆为李于鳞先生立嗣置田记后》一律:"诗名传
历下,书法重黎丘。一代来禽馆,千秋白雪楼。身兼羲献迹,名并凤麟洲。
宁识文章外,高风万古留。"历下朱畹《拜沧溟先生墓》一律:"泺东二三里,
苍茫秋草烟。楼还高白雪,名自比青莲。恨有樊姬在,业无通子传。华泉
相望处,千古两荒阡。"

## 六

海阳李字山绍闻《明湖杂咏》十六首,寄余索和,欲和未能也。摘录
二首:"孤亭依旧峙湖心,修竹文流供醉吟。可惜笔锋推北海,不镌片石
到于今。""歌成雪后楼还白,书著林间叶亦黄。提唱宗风人不远,一堤秋
柳见渔洋。"《游铁公祠》一首:"地与人千古,何须更品题?波回知岸尽,
山出讶城低。客至宜琴酒,时清罢鼓鼙。只应敷政者,膏雨遍青齐。"

## 七

济南旧有曾南丰祠。道光丁亥,南丰汤君为邑令,扩而新之。祠临湖上,
右起平台,为登眺之所。余时从郡守沈阳王翰屏先生宴集于此,同人赋诗,
稿未存录,惟记字山句云:"人从太守游而乐,地自先贤到后灵。"拙句载
小集中。余少时五游济南,凡诸名胜,时发庸音,兹不具列。

## 八

苏子瞻守密州时,《雪后书北台壁》二首:"黄昏犹作雨纤纤,夜静无
风势转严。但觉衾裯如泼水,不知庭院已堆盐。五更晓色来书幌,半夜寒

声落画檐。试扫北堂看马耳，未随埋没有双尖。""城头初日始翻鸦，陌上晴泥已没车。冻合玉楼寒起粟，光摇银海眩生花。遗蝗入地应千尺，宿麦连云有几家。老病自嗟诗力退，空吟冰柱忆刘叉。""马耳"自是密州山名，或解作台畔菜名，甚可笑也。又《谢人见和前篇》二首："已分酒杯欺浅懦，敢将诗力斗深严。鱼蓑句好真堪画，柳絮才高不道盐。败履尚存东郭足，飞花又舞谪仙檐。书生事业真堪笑，忍冻孤吟笔退尖。""九陌凄风战齿牙，银杯逐马带随车。也知不作坚牢玉，无奈能开顷刻花。得酒强欢愁底事，闭门高卧定谁家？台前日暖君须爱，冰下寒鱼渐可叉。"前首"真堪"二字重见，必有一误。子由次韵二首："麦苗出土正纤纤，春早寒官令尚严。雪覆南山初半岭，风干东海尽成盐。来时瞬息平吞野，积久欹危欲败檐。强附酒樽拼熟醉，更寻诗句斗新尖。""点缀偏工乱鹊鸦，淹留亦解恼船车。乘春已觉矜余力，骋巧时能作细花。僵雁堕鸥谁得罪，败墙破屋若为家。天公爱物遥怜汝，应是门前守夜叉。"

## 九

王介甫读《眉山集》，次韵雪诗五首，皆"叉"字韵，备录于此。"古木昏昏未有鸦，冻雷深闭阿香车。抟雪忽散筵为屑，翦水如分缀作花。拥彗尚怜南北巷，持杯能喜两三家。戏挼乱掬输儿女，羔袖龙钟手独叉。"一"神女青腰宝髻鸦，独藏云气委飞车。夜光往往多连璧，白小纷纷每散花。珠网缅连拘翼天帝名，见《藏经》座，瑶池淼漫阿环家。银为宫阙寻常见，岂是诸天守夜叉？"二"惠施文字墨如鸦，于此机缄漫五车。瞒若易缁终不染，纷然能幻本无花。观空白足能知处，疑有青腰岂作家？慧可忍寒真觉晚，为谁将手少林叉？"三"寄声三足阿环鸦，问讯青腰小驻车。一一照肌宁有种，纷纷迷眼为谁花？争妍恐落江妃手，耐冷疑连月姊家。长恨玉颜春不久，画图时展为君叉。"四"戏摇微缟女鬟鸦，试咀流苏上颊车。历乱稍埋冰揉粟，消沈时点水圆花。岂有舴艋真寻我，且与蜗牛独卧家。欲挑青腰还不敢，直须诗胆付刘叉。"五又《读眉山雪诗，爱其能用韵，复次韵一首》："靓妆严饰耀金鸦，比兴难工漫百车。水种所传清有骨，天机能织皦非花。

婵娟一色明千里，绰约无心熟万家。长此赏怀甘独卧，袁公交戟岂须叉。"

## 一〇

　　右录苏、王"尖、叉"韵诗十二首。东坡诗才高妙，洵不可及；子由、介甫和韵，似皆蹇滞，未为甚工。王诗"青腰"二字凡四见，"阿环"亦两见，尤形支绌。其首句一作"若木昏昏末有鸦"，解者曰："末，端也。若木之末有十日。"语见《淮南子》。鸦，谓日也，亦太奇矣。果尔又与四章"三足鸦"义复。《陆放翁笔记》云："苏文忠雪诗，用'尖、叉'二韵，王文公有次韵诗，议者谓非二公莫能为也。"吕成叔乃顿和至百篇，字字工妙，无牵强凑泊之病。余按吕诗今不传，惜哉。放翁诗最多，乃无一篇次前韵，岂方回所谓"十分好诗在前，不当和邪？"所见和篇录后。《王阳明集》，《元夕雪用苏韵》二首："林间暮雪定归鸦，山外铃声报使车。玉盏春光传柏叶，夜堂银烛乱檐花。萧条音信愁边雁，迢递关河梦里家。何日扁舟还旧隐，一蓑江上把鱼叉。""寒威入夜益廉纤，酒瓮炉床亦戒严。久客渐怜衣有结，蛮居长叹食无盐。饥豺正尔群当路，冻雀从渠自宿檐。阴极阳回知不远，兰芽行见发春尖。"《晓霁用前韵》二首："双阙钟声起万鸦，禁城月色满朝车。竟谁诗咏东曹桧，正忆梅开西寺花。此日天涯伤逐客，何年江上却还家？曾无一字堪驱使，漫有虚名拟入叉。""涧草岩花欲斗纤，溪风林雪故争严。连歧尽说还宜麦，煮海何曾见作盐。路断暂怜无过客，病余兼喜曝晴檐。谪居亦自多清绝，门外群峰玉笋尖。"

## 一一

　　《庄定山集》《和东坡雪诗韵》四首："万物乾坤都自在，莫将诗律斗精严。一阴有片皆成六，天味无穷不在盐。贫老但惟偎柮火，北风徒□撼茅檐。新晴又与新诗约，忽露西山十二尖。""人间道眼留真妙，雪令相看一果严。万里江山无色界，一团天地水晶盐。梅花野店藏诗句，羸马西山阁帽檐。往日独思朱仲晦，朗吟飞下祝融尖。""四时佳兴皆堪出，白帽光风映小车。万古乾坤留卦画，一年消息到梅花。门墙峻地伊川学，雪月高天邵子家。开眼天几无不是，有人诗句只鱼叉。""读书懒对西窗坐，糟粕回看亦五车。自古无言知本静，人间有眼识空花。天非个者难言妙，诗笑东坡也作家。几夜蒙头渔艇子，腾腾睡到月溪叉。"

## 一二

国朝诸家和东坡"尖叉"韵者，不能备载。诸城《高密志》中应多有之，若汇写一处，亦大佳也。偶记雒南薛宁廷《和坡公尖叉韵》二首："散花天女逞腰纤，正色难干冷更严。光耿深宵龙作烛，形成怪石虎惟盐。围炉说饼占收麦，启户看云讶覆檐。炙砚不禁诗思涩，频教古弼退头尖。""难将黑白辨乌鸦，平地量堪半没车。越国六千人组练，孤山三百树梅花。兴高灞岸寻吟客，价重临邛卖酒家。策蹇倍怜辛苦极，迷漫几误路三叉。"任城高如岱《雪后用东坡韵》二首："头白耽吟技已纤，聊将对雪赏清严。未成鹄刻空为鹜，曾是羹调解作盐。灯地围炉话幽室，日高拥褐曝前檐。子期淡泊心焉托，退笔时挥不用尖。""长林云黯冷栖鸦，穷巷烟沈罕过车。入夜照眠通似月，迎春翦彩若为花。荆扉晚节思陶令，柳絮清才付谢家。乘暖跨驴随所诣，村头细路出三叉。"余作未能悉载。

## 一三

道光辛卯冬日，大雪，余用苏诗"尖叉"韵作二首："小院更深对月纤，梁园作赋忆枚严。花飞惯认霏霏絮，声静凭歌昔昔盐。松径平铺才隐砌，竹枝低亚欲穿檐。遥看空际双鹛下，塔影迷离已合尖。""围炉炙砚笑涂鸦，素志难忘下泽车。九陌无尘滋麦陇，千林一色见梅花。清樽对此从多兴，白战于今定几家？欲踏琼瑶寻隐士，迢迢莫辨路三叉。"复叠前韵四首："几番和雨洒廉纤，昼漏初沈鼓再严。露积不垣云子粒，月辉交映水精盐。遥怜帝女投星矢，更散天花舞玳檐。相对一杯欣软饱，何须持蟹论团尖？""欲向早春斗笋牙，蛰龙鞭起走云车。隔窗疑作三分雨，著树都成六出花。汤谷乍凝宜此日，寒江独钓是谁家？常怀白傅裘千里，漫效温郎手八叉。""和诗难得十分好，险韵尤须一字严。几许聪明思澡雪，更番刻画愧无盐。漫劳橐笔题裙练，错比宫花压帽檐。我与老农同鼓腹，占丰喜色上眉尖。""聚作狡狯噪暮鸦，儿童乱掬逐冰车。朗然相照人如璧，色亦能空眼不花。被氅篱间思俊士，传灯兰若忆僧家。寻梅已觉春来早，好句吟成弄画叉。"拙句附诸家后，自愧弗称，一时兴之所寄，亦庶几吕成叔百分之一云。

## 一四

新城张象津《齐城怀古》二首："南山高冢郁嵯峨，北对齐城俯逝波。黑时已归秦日月，朱虚又变汉山河。金汤七十还归尽，珠履三千岂足多？惟有单衣郭门客，只今传得饭牛歌。""章华门外路迢迢，燕客归来市已遥。古观阴森还竹树，荒台芜没尽蓬蒿。心知秦客连环解，不救齐城木偶漂。东帝未成西帝起，六王毕后草萧萧。"《穆陵关》一首："穆陵北望亦关中，阛阓依然旧土风。仲父霸才犹相业，寄奴王者未英雄。六朝儿戏衣冠尽，七国兵争杼轴空。千载遗黎今化日，霜皋晓映海云红。"

## 一五

泰山秦碑久亡。嘉庆甲戌，夏邑汪梦岩师知泰安事，始得其残石一片，后任刻石，自以为功，并刻中丞陈笠帆二律："火余秦篆失，嗜古得其遗。一十字形在，二千年代垂。臼刓周猎碣，跌凿汉残碑。欧赵苍茫感，斯怀欲证谁？""昨蹑岱宗顶，天风吹我襟。摩挲一片石，郁勃古人心。眼界此为阔，胸怀畅到今。披图意无限，渺渺白云深。"梦岩七古一篇，今失所在。

## 一六

程文彝手书《望岳》一律："岱岳高无极，遥瞻翠影寒。玉函传汉简，松树忆秦官。齐鲁烟中尽，风云天际宽。何年登日观，问古一盘桓。"应系自作。

## 一七

刘公干《鲁都赋》有云："及其素秋二七，天汉指隅。民胥祓禊，国于水游。

缇帷弥津，丹帐覆洲。""盖如飞鹤，马如游鱼"云云。据是，古人禊事不仅于春，亦行于秋。其云"二七"者，谓七月七日，犹称三月三日为"重三"也，"二七"之语甚新。水游之俗，今无矣。夫李太白《东鲁行》："五月梅始黄，蚕凋桑柘空。鲁人重织作，机杼鸣帘栊。"至今犹然也。

## 一八

前明李东阳《曲阜纪事》诗云："天下衣冠仰圣门，旧邦风俗古来敦。一方烟火无庵观，三氏弦歌有子孙。城郭已荒遗趾在，书文半灭古碑存。凭谁更续东游记，归向中朝次第论。"自李至今，不及三百年，其所云"一方烟火无庵观"者，顿异矣。曲阜城中，庵观不一，不知谁氏作俑，当事者漠不关心，后之游侣，必有作诗以刺者矣。

## 一九

钟伯敬有《孔子林庙诸碑记》，略云："登岱讫，谒阙里，孔庙、孔林在焉。其地不可以山水言也，其情不可以登览言也，其事、其文不可以图史、诗记言也。然其树与碑之胜，亦乌可掩哉？"开端数语，犁然有当于人心。其下为乾明、大历二碑，告秦庭之急，亦留心金石者。汉五凤二年一方石，今在孔庙同文门下，有目共见，而近人朱竹垞《金石跋》独以为砖，甚不可解。

## 二〇

先君子《怀续堂集》，《曲阜汉碑》诗十首："一片西京石，纵横隶古文。三行词太朴，五凤代犹分。忆彼灵光殿，同归野火焚。后来欧赵辈，应惜未曾闻。"一"请置褒成吏，平原乙少卿。丰碑劖副表，善隶纪嘉名。祠庙严防守，春秋备醴牲。千年遗器在，怀古发幽情。"二"文词多漫漶，片碣岂无征？系本宣尼父，年书汉永兴。春秋推襜述，孝友记清膺。只恐经寒暑，模糊未足凭。"三"东家藏礼器，泰顶屡残亡。不有韩明府，空垂孔庙堂。文全名未灭，时久德逾彰。千百施钱者，犹留姓字芳。"四"欲识中郎迹，摩挲孔宙碑。龙蛇腾雾露，鹰鹜震飘飔。故吏尊贤主，门人铸本师。名山嘉石在，俎豆到今兹。"五"飨祀碑铭古，词镌鲁相晨。春秋隆厥报，渎井复其民。上表三公府，来观九百人。建宁空盛举，党锢正纷纶。"六"博陵贤太守，刊石纪丰功。御患仁恩溥，除残义气通。鉴思留邗下，遗爱著河东。倘入循良传，名应召杜同。"七"片石东门道，残文颇近夸。珪璋称美质，芳丽重才华。姓字无从识，声名信可嗟。幸存年月字，过客每梳爬。"八"气节东都盛，伟然孔豫州。一门争赴难。万古泡清流。碧血千年化，鸿文几字留。人心公道在，珍重为冥搜。"九"颜氏藏镌石，题名费讲求。文阳连沛国，郭尚次侯修。左右分曹史，南东列督邮。闲堂勤拂拭，箨影挂帘钩。"十先君子雅爱金石，于故昌邑搜得《汉兖州刺史杨叔恭残碑》，于凫山前搜得《汉永元七年石刻》，皆有诗，详集中。

## 二一

《曲阜志》载李杰《吊手植桧文》，其序曰："宏治乙未六月十六日，阙里孔子庙灾，先师手植桧毁焉。考之志书，桧枯于晋，复荣于随；又枯于唐，复荣于宋。元初，紫阳杨奂《东游记》：'金贞祐兵火焚橛，无复孑遗。'后八十一岁，为至元三十一年，复生于故处。教授张頵为铭，以识之。今所毁者，即此桧也。然则他日之复生，其可必也，乃为辞以吊之。"文多不载。今杏坛之东南隅，有木在焉，不枯不荣，人呼"铁树"。按米芾有《手植桧铭》云："乃根孑哉，乃枝孑哉。孑哉孑哉，孑哉孑哉。孑乃爻乃，孑乃廾乃。日孑孑乃，月孑孑乃。"其铭如是。盖芾所见，亦孤子之形耳。铭词甚怪，未若芾作《夫子赞》，语妙天然，赞云："孔子孔子，大哉孔子！孔子以前，既无孔子。孔子以后，更无孔子。孔子孔子，大哉孔子！"

## 二二

曲阜城东故城，即宋仙源县治，陋巷颜光猷绝句云："城郭萧条三两家，高林乔木有啼鸦。仙源旧治何人问，五月空庭落枣花。"嘉庆丙寅秋日，余侍先兄游曲阜，谒孔子林庙，同赋诗二十韵。兹阅程月川中丞《岭南集》，有《游曲阜》长律一首，拈韵正同。考其时，亦丙寅岁，顾彼此不相知也。程诗录于后："阙里瞻先圣，昌平入古乡。来从宗庙后，先到墓门傍。岱岳蟠基大，黄河映带长。群峰环寿域，二水绕宫墙。地合归明德，天留待素王。百灵咸拥卫，历代递精详。宅兆由端木，经营佐卜商。时君曾具诔，有客违观丧。汉祖能禋祀，秦人漫饮浆。松槐多两晋，碑碣自初唐。炎宋增封树，前元慎守防。殿庭仍胜国，礼数重今皇。嗣子依魂气，贤孙侍享尝。崇垣周百顷，乔木荫千章。定有麟游薮，时闻凤在冈。公侯绵爵土，支庶袭冠裳。小子生何晚，遗编读不忘。高山徒景仰，梁木动悲伤。坐奠征前梦，心丧忆筑场。筮丛风肃肃，楷干色苍苍。乃造趋庭地，行过讲学堂。百王存祝史，六籍贮缣缃。古柏香成雾，明珠夜吐芒。杏坛遗树在，冕服圣容彰。体合乾坤撰，神符日月光。远瞻心谨凛，近即气温良。配位隆先哲，崇祠祀发祥。尊垒看最古，联额语尤庄。甲动龙蟠础，霜铺石绕廊。余音闻旧壁，大乐在东房。金碧摇旌旆，云霄入栋梁。九门严穆穆，数仞隐将将。在水惟沧海，于山过太行。至哉夫子德，林庙两辉煌。"程名舍章，滇南人。

## 二三

先兄伯府《谒夫子林庙》诗二十韵："至道该群圣，明禋遍万方。宗祠隆阙里，遗化缅宫墙。百石严鱼钥，诸生肃雁行。残碑标五凤，乔木荫空桑。屏树奎文阁，铎悬玉振坊。踌躇思委佩，踧踖暂升堂。杖履瞻如在；尊罍问莫遑。德容超想像，觌面识温良。绅笏偕吾党，声名配彼苍。蛟螭檐际出，丝竹壁中藏。日月无今古，诗书一帝王。两楹钦释奠，千载此烝尝。佳兆层城北，崇封泗水旁。觅檀高马鬣，绵羽韵笙簧。坏土灵终聚，仙源派自长。植楷还爱树，筑室尚余场。世以幽明隔，情难展拜将。闻风原景仰，观艺总彷徨。居托周公宇，游通少皞疆。哲人知未远，慨慕不成章。"余诗亦牵连书之："海岱郁苍苍，生居邹鲁乡。来游观礼乐，所仰近宫墙。昧爽衔清思，两楹拜素王。晬容昭珪璧，元气合阴阳。歌凤衷情慰，蹲龙耳目彰。竹丝闻四壁，师弟俨同堂。圣藻金泥焕，华宗世泽长。历朝崇卒史，亿祀荐馨香。北郭临洙泗，高林觐墓场。龙鳞攀汉桧，马鬣悯秦浆。至道非终隐，达人叹已藏。千年如代谢，何地不丘荒？惟此麒麟冢，长存日月光。丰碑标爵号，异颖发祯祥。荟萃连凫绎，低回敬梓桑。箪怀深巷乐，咏和舞雩狂。青社元公宇，肥田小邿疆。衣冠仍济济，庭庠共茫茫。涂里留风范，东山切景行。巍巍贤圣域，今古一陵冈。"

## 二四

乙亥，先兄教读于曲阜，《晚眺》一律："禽父台西日影斜，子驹门外路仍赊。哲人已发乌儿覆，乔木空传铁树花。赖有春风共啸咏，相携薄酒对桑麻。浮云万变成今古，怪得客心苦忆家。"又《游舞雩》一律，不具列。

## 二五

曲阜孔子庙有古桧，邹县孟子庙亦有古桧。曲阜颜庙有古井，邹县孟子庙亦有古井。造物于此，亦若有意为之者？前明董思白《孟庙古桧》诗："爱此孟祠树，森然见典刑。沃根洙水润，含气峄山灵。阅世磨秦籤，参天结鲁青。方知樗散寿，只入列仙经。"石刻系董手书。"籤"盖"籀"省之讹，然"籀"或是"篆"讹耳？董时为庶常，诗笔系少作。

## 二六

孟庙中有石刻，金大定时真定赵鼎《过邹谒庙》诗一首："老诞佛夷惑后来，诸方宏构切云开。先师立教尊姬孔，其土一祠犹草莱。"孟子墓傍，宋景祐时碑阴有元人刘愬渊《谒墓诗》一首："生平浩气饱胸怀，万古推尊命世才。圣道若非公自任，杨墨塞路为谁开。"二诗，孟氏旧志均未载。

## 二七

近人过孟庙，往往有诗，以所见采录数首于左。朱彝尊《谒孟子庙》二首，录一："井地连滕壤，诗书近孔门。世儒多横议，夫子独知言。杨墨归斯授，齐梁道自尊。岩岩留气象，千载肃心魂。"沈德潜一首："梦寐怀邹邑，今来亚圣堂。斯文天不丧，吾道日重光。古木森松桧，丰碑峙汉唐。薪传应有俟，谁复数荀扬？"按孟庙之建，自赵宋始，碑碣无宋以前者。此云汉唐诗人之辞，自不可泥，要未为纪实耳。

历鹗《宿邹县谒孟庙》一首："庙貌抠衣拜，机丝俨若新。月来邾子国，人宿孟家邻。翠岭森侵汉，残碑远失秦。松风吹夜气，壁立四无尘。"李銮宣《孟庙》二首："善养浩然气，巍巍天地间。群言淆战国，吾道祖尼山。世独关闻见，风常起懦顽。岩岩瞻庙貌，数仞绝跻攀。""母里三迁著，人师百世尊。功宁在禹下，醇漫与荀论。古井存雷迹，丰碑渍雨痕。峄山青入望，天半插云根。"伊秉绶《谒孟子祠》一首："正气承洙泗，浩然天地间。孤城满秋色，周道峙贤关。功不下神禹，象真同泰山。七篇言孔氏，那许况雄攀？"右诗若干首，道光乙未秋日重纂《三迁志》，俱增入题咏类矣。外此，昆山黄子云一首，已见沈氏《别裁集》："歇马余残照，循墙谒閟宫。冠裳王者并，俎豆圣人同。战国风趋下，斯文日再中。低回抚松柏，惆怅仰龟蒙。"

## 二八

先君子自乾隆己酉寄居邹南。庚戌过邹，《谒孟庙》诗一首："漷水东西路，驺山入望频。江河千古下，日月七篇新。得拜垂衣像，长怀命世人。结庐何处好，孟氏有芳邻。"

## 二九

昌平山西麓有二泉，极清冽。邹泉多隶于官，助漕运，兹二泉独否。吾友董听泉家旧有其地。乾隆丙戌，听泉之曾祖明经公招同年友德州赵春碉大经游其地，赵为图之，并题诗二章，图见存听泉家。原叙并诗录后："去董寨东南五里许，山麓崖垠间有双泉上出，流而归壑。环隙地一亩，可容屋三四楹，左右柿树十余本，予友谢公、洁公昆季别业也。丙戌冬，访洁公于董村，因小猎至其地。洁公与予据石俯泉，言将建舍此中，课儿辈读；且言疏泉使绕屋流，不设略彴，则门不可通，亦习静一术也。予谓邹邑之泉，不隶于官供运道，而种树皆在十年前，真福地矣。谢公以此纸属画，因绘此图，并系以诗：峭蒨菁葱内，天然结构成。一弓依树老，双窦泻泉清。地僻孤村淡，云寒半岭横。何日霜叶下，来听读书声。鲁风传猎较，得失付前禽。幸有疏泉计，宁无结社心。夕阳鸡桀静，衰草兔罝深。去住聊乘舆，幽栖不易寻。"谢公讳迁，洁公讳薰，与赵君同乾隆癸酉拔贡。赵时为邹广文，后有《别董洁公同年》五古长篇一首，所云："酒消石洞暑，泉访昌平幽。"即指此事也。其诗已入《山左诗续钞》，兹不备载。

## 三〇

道光壬辰，余馆邹西董方伯家时，拟重修《邹县志》，因多得邹县石刻拓本。冬枞观之，为《邹县石刻杂咏》十二首，次年又《续咏》四首。文多不悉载，漫记其题于左。"一、《秦绎山铭》；二、《新天凤碣》；三、《晋太康砖》；四、《齐武平刻石》；五、《周大象刻石》；六、《酙律刻石》无年月；七、《随开皇碑》；八、《唐景云、开元二碑》；九、《宋乾德碑》；十、《皇祐题名》；十一、《宋牒三碑》；十二、《宋宣和碑》。《续咏》：一、《宋大理丞孙君碑》；二、《政和时人题名》；三、《漷东寺金刻宋牒》；四、《圬山寺金碑》也。"甲午，邹县石墙村新出断石，无年月，八分书，又赋二首。曲阜同年友孔琴南和韵稿，偶失之。

## 三一

凫山峰峦甚多，著名者四十有六。其中两峰遥对，土人呼"东凫、西凫"。它或以形名，或以色名，或以里名，不胜纪。东凫，吾兄旧游之所，余近登眺，作一律："凫山四十六峰齐，极目苍茫混远鹭。秋色飞来邾社下，河声送入鲁郊西。平临绮陌征镳见，坐听霜林娇鸟啼。记否吾师曾税驾，青云有路上丹梯。"又《登凫山西峰》一律："胜迹人传画卦台，凫山远自伏牺来。唐虞累叶洪波息，任宿遗苗青社开。终古此间多秀气，百年谁是出群才？为酬佳月中秋好，绝顶临风一举杯。"

## 三二

泽州陈廷敬《鱼台东境山水》一首："好山过客不知名，好水图经不入选。

我行鱼台山水间，轻绡半幅平如翦。连峰依人行欲近，翠岭横天去复远。山青水绿画新就，邑人宴坐却掩卷。东行若更见麻姑，不问蓬莱水深浅。"

## 三三

长洲沈德潜《舟行鱼台，如故乡风景，同倪稼咸、吴恂士赋》一律："获萧两岸景萋迷，一路舟行旁大堤。黄土墙边春店酒，绿杨村里午时鸡。蓬窗点笔亲风雅，水槛看山认鲁齐。赖有同胞相慰藉，乡心不用八行题。""点笔"句自注云："时校勘唐宋人诗集。"右二诗，吾邑志具载之。前代诗有未载者，如王禹偁《小畜集》中《赠鱼台主簿傅翱》一律，别见上卷。

## 三四

平原董元度《舟行杂诗》，录二："柳外斜阳雨脚收，布帆从此放中流。一番憾事君知否，未访青莲旧酒楼。""渔庄蟹舍接荇蒲，浩淼烟波夜月孤。一碗樯灯数声橹，轻舟已过独山湖。"

## 三五

先君子自言少时戏为回文《湖上》一绝："湖山独青青，青青独山湖。无舟孤坐久，久坐孤舟无。"今集中不载此作，而有《画卦台》回文一绝："前古太醇朴，象卦开天后。传道即传心，止仰此台旧。"

## 三六

余近居邹南别业，距界河驿三里许。界河驿自前明始置，游人羁客往往有诗。《邹志》载明人叶向高《报满北上卧病界河驿》诗八首，录四："渺渺关河望，风烟暗驿楼。浮生犹道路，清梦只林丘。词苑名虚窃，文园病未瘳。故乡魂断后，此地是并州。"－"荒村余古驿，萧瑟动微吟。水旱三齐地，风霜独客心。有方频检药，无计遣抽簪。欲买扁舟去，黄河冻已深。"其四"帝京知不远，其奈客行难。恋阙心仍折，思乡泪欲弹。几人相问讯，何处报平安？卧看南鸿去，无能托羽翰。"五"客舍无停辙，云何此处淹？揽衣腰带减，伏枕鬓霜添。野旷风凝角，天低雪近檐。殷勤驿吏意，相慰语詹詹。"
六黄克缵《晚秋饭界河驿》诗一首："驿路通京国，青山接界河。民知邹鲁
朴，地忆圣贤多。栖亩欣禾秉，凋风怅树柯。十年空癏寐，一饭愧如何。"

## 三七

本朝诸大家过界河驿诗，想亦多有，奈僻居未能远搜。忆儿时游界河
旅邸，见题壁一绝，末二句云："征鞍南下频回首，望断绎山未了青。"当
时未录，今亦不能全记。宗兄爱泉世居界河里，近年接次寄所录驿邸题句，
漫记于后。《丙戌春公车》一律："宵分寒气逼人衣，雪紧风严酒力微。不
见月时偏月朗，更无花处只花飞。红尘压倒三千丈，玉树排成十二围。笑
我此中骑马望，遥山缺处透朝晖。"后无款识。越日，有题其后者曰："此
仁和许玉年笔也，雪中有此清兴。苏州彭咏莪审定。"又，旅壁旧有墨画
牡丹大幅，传是郑板桥笔，近为某观察易去，后有过客觅画不得，题一绝云：
"谁知一片赏心违，如入花源路已非。悔事那堪尽如此，几番惆怅对斜晖。"
《壬辰秋日题句》："朝过峄山下，浓云没高峰。隐见不可测，其上多仙踪。
望绎诵鲁颂，低回思古风。古风不可见，山色犹空蒙。世上有知音，自顾
常虚中。为问峄山阳，曾否有孤桐？"款书"吾生氏"，不知何许人也。《癸
巳公车》题二绝："旷野平沙起晚风，蒙蒙几欲误西东。名场来往人如蚁，
半在车尘马足中。""空床乡梦尚依依，唤起登车去似飞。才是纮如三鼓候，
满天凉露湿征衣。"后无姓名。按此等诗，与界河驿无关。它复有二绝欲
切居止，乃云："此地青州本奥区，官山府海控雄图。"是不知峄阳古徐州地，
疏于考据，兹不滥收。

## 三八

邹邑陈茂才云琴《登界河北阁》一律："驿雄南北路如绳，高阁切云
独自凭。几簇青山生羽翼，一湾绿水界邹滕。弦歌弗辍诚应尔，水旱为灾
幸未曾。凫绎秋深凝望好，破空爽气有飞鹏。"

## 三九

甲申秋日，余题界河驿二首："群山青不断，一水界滕邾。驿列嘶风骏，门迎浴日凫。东南通物贡，直北近皇衢。此际人谁在，风云起大儒。""共插尘中脚，从题壁上诗。邹山凝客梦，鲁道系人思。疆界今犹正，民风古可知。寥寥千古意，韦孟有良规。"

## 四〇

甲午春，余偕诸弟登界河南阁一律："全消积雪耸寒松，极目林皋春未浓。骤起风声狂似虎，接联山势走如龙。滕邾绣壤先畴在，诗礼弦歌比户封。此处高楼无百尺，登临亦足荡心胸。"家爱泉兄和元韵一首："平台直上俯圆松，纵目凭栏兴自浓。环聚人烟纷类蚁，长排山势起如龙。低回井里滕侯地，指点峄阳邾子封。能赋才夸吾弟美，阳春欲和几扪胸。"舍弟星箕和元韵一首："追随高阁抚长松，四望春光渐欲浓。地接吴阊云似马，山连岱岳气如龙。邾娄百里分新界，滕国千年识旧封。不断行人来络绎，高吟谁足涤尘胸。"

## 四一

庚子冬日，毗陵吕尧仙、星田昆仲过界河，和壁间词韵，亦题于壁，家爱泉录以示余。按其词均非为界河作，然适题在界河旅壁，亦是佳话。原词调寄《庆清朝》，末署"词仲车中作"，亦不知"词仲"何人也。词曰："五马驮愁，双轮碾梦，天涯更有天涯。寻春旧恨往来，空掷年华。垂柳迎人自舞，酒旗低拂帽檐斜。和衣坐，月明如水，惊起栖鸦。此际欲眠还醒，渐渐听鸡唱，响歇筝琶。门外马嘶人起，风紧尘沙。时有行行征雁，还疑残睡掩窗纱。孤负了，高楼清梦，人影梅花。"吕星田《雪夜车中和韵》："宵柝催眠，晨鸡催起，轮蹄又逐天涯。云阴压雪重重，隔断春华。一例羁愁莫慰，相随犹有雁行斜。孤村远，疏林半幅，瘦影偎雅。自有江州旧恨，遍青衫泪湿，岂为琵琶？平原极目还疑，淡月笼沙。遥想孤山清梦，定应

纸帐护轻纱。知何处,重逢驿使,寄到梅花。"外有吕尧仙及董子远和韵旧稿,
不备录。

## 四二

界河驿置自前明,始置驿丞一员,并置界河汛守备一员,千总、外委
各有差,俨然一重镇。近代省驿丞,又省守备,顷复省外委,现仅千总一
员。一驿之间,未及百年,沿革已不胜纪。余少于外祖随缘公处,见墨菊
一幅,对之有丞哉之叹,集唐题句云:"此花开后更无花。"盖伤驿丞自渠
而裁也。画已不可踪迹,丞姓名亦不能详矣。凫阳古村增汛,置千总一员,
自道光戊戌年始也。古村西山洞中,有雪溪逸人题句"堪叹羲皇太古初"
云云,诗不佳,亦莫详何代人也。曩见伏羲庙中拓本草书,首云"凫几山头",
传是仙笔,诗字殆皆伪托,无意搜采之。

## 四三

邹县名胜不可悉记,余乡因《史记》称"滕、薛、驺不足齿列,故弗
论。"余悲之,力为采辑,僭作《滕薛、二邾世家》,略以补阙,有资尚论。
于薛之名臣,仅得一宰以官传。滕之人名、地名,在春秋乃无可考,至《孟子》
书中始见一二。若邾,则粲然具在。邾盱、邾快、捷菑、庶其、畀我、黑肱,
皆诸公子、列大夫也;徐钽、丘弱、茅地、羊罗、公孙钽、夷射姑、茅夷
鸿,皆诸臣也;而公扈子,见《公羊传》,又邾娄之父兄也。其它见于《吕
览》,有邹公子启,有邹臣公息忌;见于《释名》,有驺大夫茅亶;不仅孟
子弟子万章之徒,可征为邹人也。至于邹地载经传者数十名目,虚丘、余
丘,《公羊》皆称邾邑;若虫、若滥,杜氏明注邾地。鱼门何在,狐骀有歌。
訾娄、离姑之属蒇,得而详矣。然而旧井不改,古意良多。高山时切仰止,
桑梓尤当敬共。每讨论之暇,辄徘徊不去。就今世邑里可考而知者,纪王
城即邾文公之旧壤,昌平山乃昌平乡之所在,七女城当漆闾丘之故治,平
阳店实南平阳之遗墟。至于西曹、东曹,邾本曹姓,居最古矣;东韦、西

韦，韦孟迁邹，斯又次焉；匡庄乃稚圭之庄，董寨即逻头之寨；石里传自隋代，开皇有碑；鲁原溯自元朝，《东游》有记。真乃世食旧德，户尽芳邻，草木皆馨，泉池俱古。其或里曲易和，剿说难凭。故咸应是故县，庄朱倘是旧邻；香城殆项国古侯之区，富村或凫绎先生之里。"项"转为"香"，"凫"讹称"富"，斯其雅者。若和圣堂世称"和尚堂"，侍御庄俗呼"牸牛庄"，沿而不改。必至称"下马"为"虾蟆"，呼"拾遗"为"十姨"，甚可笑矣。山川不改，名号顿移。巨越，顾子前志但留其称；洸水、嵝山，旧说浸失其处。是以绎云宛在，莫辨峄阳之桐；漷水无稽，仅存漷东之社。加以凫分东西，峰名别以数十；泗绕左右，湍水入者良多。沙迷尼山之洞，后来谁探？路问桃花之源，嘉名谁锡？栗大如拳，曹都尉之进奉；难觅茅且塞径，乌古论之德政将湮。谁为考稽，足慰雅怀。况复金石之家，传闻多误，有如耳食未曾目击，谓峄山为小鲁之处，谓秦篆无北海之藏，谓铁山在邹治之东，谓摩崖为咸韬之笔。乃有山水真观，昌山题字而称为"永真观"，及至清真名观，中统立碣，而称为"贞观碑"。将欲纪实，益开疑窦，尤载笔者所当戒也。略述旧闻，以贻同好，讵当游山之屐，少舒怀古之情。绎山诗多，别为一篇。

# 绎 山

## 一

《邹志》，《绎山诗》起元赵孟頫七古一首，赵诗亦不见本集，相传有此诗云尔。唐宋人诗岂无一首及绎山者？或搜罗未广，有俟异日耳。绎山桃华洞中，有宋皇祐时仙源宰孔宗翰及寺丞郑本立等题名。其傍一石刻绝句，不知谁作也。"踏雪携筇访峄山，攀缘石壁到岩间。洞云休笑辐轩客，直待为霖伴子闲。"

## 二

赵孟頫《舟中望绎》一首："东方巨镇宗岱宗，群山列峙臣妾同。西南崛起一万仞，却立不屈如争雄。何年天星下天宫，坠地化作青芙蓉。外加削刻中空洞，闻风玄圃遥相通。我昔东游访青童，群仙邀我游中峰。悔不绝粒巢青松，失身误落尘网中。如今可望不可到，舣舟空羡冥飞鸿。神仙可学事已晚，安用层层悲秋蓬？吾闻峄阳有孤桐，凤凰鸣处朝阳红。安得斫为宝琴献，天子解愠歌南风。"按"空洞"之"洞"，《志》讹作"同"，题系《望绎》，《志》亦遗却。此外诗凡已登《邹志》者，不复载。

## 三

《志》有明人马敫，不知何许人。其云："孤嶂飞旌旆，连天动鼓鼙。"又云："约伴登山阁，穿藤碍客麾。"似从戎之作，《志》失其题矣。结句："侧

身天地极，纵目海东头。"语亦壮阔。又张辅之诗："泰岳雄天下，东山亦
自奇。孤桐称禹旧，片石见颜时。"泰岳之"岳"，《志》误作"山"，不合律。
颜石，谓山有颜子石，非注亦无以明之。又朱颐塚，前明宗室，《志》遗
其姓，载五律二首。按《山左通志》有朱颐塚七律一首："邹鲁名山大岪
雄，芙蓉如削插晴空。崖边细草千春碧，洞底寒花五月红。海色凭临青玉
杖，仙音不散白云宫。生来最厌尘嚣累，何日移家住此中？"又按绎山石
刻中，有朱颐墉、塚①二人《莲池和钱五卿使君韵》七律各一首。颐塚诗
曰："万仞峰头十丈莲，峄山疑是华山巅。香通曲窦凌风远，色借朝霞映
日偏。种种灵根石上出，田田清影镜中悬。吾生最爱寻仙隐，安得诛茅此
地眠。"钱五卿，名达道，《志》载其《峄山歌》，而不及莲池之作。山中
石刻又有周士元《和钱使君韵》："曾见西湖十里莲，清芬争似碧山巅。沼
依绝壁烟霞迥，花近层霄雨露偏。色映翠微仙掌动，光分玉井镜台悬。山
僧结社如容酒，愿学陶潜一醉眠。"《志》亦未载此诗。《志》有龙为光《莲
花池》七律一首，正用钱韵，盖亦同时和作，诸诗汇录一处为是。

## 四

《志》又有观鞻诗《牛角峪》五律一首。按观鞻，人名，与颐塚同姓，
志皆遗其姓，何居？

## 五

前明绎山刻石，题诗者甚多，《邹志》所不及者，赘录于左。闽人戴燝《登
峰读友人颜范卿、李叔元诗，感怀有赋》："昔皇已乘羊车去，终古名封列
胜图。晓日诸天千嶂出，寒涛万壑一桐孤。诗看吾友东南美，碑觅秦人篆
刻余。见说坛场多望瘗，遗编犹诵鲁诸儒。"按颜、李二诗，今不见。

赤松周士显《登邹绎》二首："不道登封七十家，孤峰如削点青霞。
石驱海上成千垒，星陨空中散五花。仙洞云天低杖履，书门风雨妒龙蛇。
携来谢朓惊人句，搔首狂歌兴转赊。""箭门箂窦石间盘，顶上云从路上沿。

---

① 底本作"琢"，据前文改，下同。

剖得岱宗山若砺，炼来圣女手成丸。钧天不尽孤桐响，掌露偏分玉井寒。极目蓬莱凝气色，买山欲问紫金丹。”

温陵黄克缵《同孟翰林登峄山》一首：“云作衣裳石作台，扶人一杖上崔嵬。孤桐名为青山重，菡萏花从绝巘开。大地烟霞三观接，长淮风雨二陵来。清芬幸挹孟夫子，信有岩岩气象哉。”又《登峄山有怀御史大夫李公》一首：“石磴崎岖石室清，上方遥闻羽人笙。洞深往往披云入，径仄时时绕壁行。洙泗鲁郊原接壤，峄阳禹贡旧知名。好邀谢傅同游眺，岩谷如闻有屐声。”按此石今断裂。

天台应如化《登峄诗》：“巑岏积石若为群，万玉光芒泰岱分。散落芙蓉青满地，浮空贝叶影归云。珠宫缥缈临危涧，岩磴纡回逗夕曛。信宿山斋闻梵响，顿清凡念可谁论。”

长垣李化龙《峄山诗》七首，《志》载其歌一篇及四绝句，遗七律一首：“地形原自岱宗分，禹贡名山果不群。紫气一天常带雨，青霞万片半穿云。阴森似识孤桐影，剥落难寻小篆文。到处称奇今始得，兴阑归路已斜曛。”又《峄阳桐》一绝：“初分天地尔从生，曾谱伶伦太始声。烟雾迷茫风雨夜，依稀犹自凤皇鸣。”

泽州陈相《大通岩》诗一首：“峄峰久作游观所，达士同兴仰止诚。大圣大贤新立像，真山真水旧钟英。一方形胜归先正，千古斯文启后生。高谒大通镌不朽，口碑心刻更难名。”又《次刘水澄边东阜二大参韵》二首，共刻一石，榻本模糊，姑略之。

不其山人于慎行书许邦才诗《同孟连洙柱史、杜质庵宪伯登峄山绝顶，有怀贾石葵大卿》一首：“兹山一何高，岱宗青未极。峻削翠芙蓉，去天不盈尺。我来啸良偶，杖策探奇迹。窈窕寻洞壑，岖嵚扪绝壁。俯首瞰虹霓，四望寥天一。重阴万里生，游目忽不怪。睇彼东南陬，山川含奥邑。沧浪如衣带，半挂青岩色。中有素心人，寤歌方宴息。欲往一相觌，其如返路亟。取彼孤桐枝，弹此万仞石。愿因天风吹，达我心相忆。曲终弦欲绝，援琴长太息。”

上元邵以仁《同门人蒋任重登峄山漫赋二十韵》：“巨灵委神异，能为山川奇。寰宇渺无垠，东土如有私。浩浩泰岳观，回极沧海涯。大峰复嶙峋，顽石索累累。源泉流绝颠，白云栖其湄。天门俨若凿，悬钟谁与垂？削壁立万仞，潺湲响千岐。秦碑埋野烧，孤桐生何时？洞幽杳难测，仙人封紫泥。丹台出霄汉，蹑磴却颠危。乘骢聊假道，邂逅遇故知。携手共登临，游日欲决眦。泛觞活水曲，观鱼嘉莲陂。轻风自窍穴，众籁相鸣悲。揽衣上五华，俯视狭全齐。吴楚一弹丸，宁独鲁小之。远尘子安适，升举滋后欺。仲尼曾燕处，授教留遗思。三迁亦密迩，仁义我所师。焉能解尘鞅，徜徉日在兹。"

闽人谢肇淛《峄山诗》四首，《志》载其二。石刻残缺，余二，有"中原文物还邹鲁，东海山河自古今"等句。

歙人毕懋康四诗，志载其《白云宫》《仙人洞》二首。其《净石岩》云："驱石自何年，玲珑复巉嵘。下有流云奔，上有罡气接。"其《栖桐树》云："罡气割鸿蒙，岖岈列星坠。横空千丈余，飞霞散彩翠。进石喷明流，归崖表灵异。巉岏非一状，林峦尽幽邃。穷壑飘凉风，孤桐落寒吹。居然入蓬山，悠然远尘累。何必慕五岳，拳石足吾意。"

粤东王宏诲《登峄山》二首："邹绎标奇胜，登临俯大荒。沿崖上鱼贯，蹑磴绕羊肠。洞隐仙台古，泉流圣泽长。孤桐生意在，何处问鸣阳。""娲炼自何年，东南半补天。连云迷汉渚，到海避秦鞭。欲借五丁凿，来探二酉传。道逢黄石老，辟谷叩新编。"

洧川王自谨《莲花池》诗："坡下清泉花满池，红红白白露天机。更有鸢鱼多飞跃，动人情处可留题。"按自谨于绎山刻字甚夥，诗仅此一绝，亦非佳构，宜《邹志》遗之。

孟庙石刻中，有宏治时李令刻提学宜兴邵贤《游峄山遵用大司成罗先生韵》一首："翠壁丹崖映晓霞，白云深护梵王家。绕林声应频伽鸟，隔涧香闻蒨卜花。屋后甘泉穿石出，松间小径入岩斜。攀萝更上颠峰看，琼海群山入望奢。"右邹县石刻明人绎山诗，《邹志》失载者若干首，庶备掌故焉。

## 六

新昌吕定《说剑闲吟》，《望峄山》诗一首："极目东山秀色浓，紫霄一叶翠芙蓉。题诗尚记仙人洞，飞珮曾过玉女峰。树老孤桐秋露下，碑残古篆暮云封。何时再醉天门月，卧听清风万壑松。"此诗见余先君子《寄园随笔》。吕定，时代俟考。

河津薛瑄《读峄山碑》一绝："六国平来四海家，相君当代擅才华。谁知颂德山头石，却与他人戒后车。"此诗亦宜入《邹志》。

谷山于慎行《乙酉九月从李元甫宫谕再登峄山》一首："旧隐名峰岱岳前，重扶秋雨上层颠。阴崖自驻千春草，险磴争飞万壑烟。河势遥临双白练，山形近作九青莲。狂来欲问巴渝客，得似华阳几洞天。"此诗见《谷山集》。

临川汤显祖《邹峄》五古一首见本集，结句云："玲珑望峄山，朝阳千古色。"孟氏《三迁志》已采录之。

蓬莱赵弼《峄山晓色》一首："惟彼凫绎山，巍然峙其东。刻厉出奇秀，复若青芙蓉。金乌海底动，曙色渐曈昽。兹山独先得，草木心晓融。而我睡初觉，忽见东窗红。延睇览苍翠，八荒在目中。悠悠天壤间，此乐吾谁同。"此诗见《山左通志》。"其东"或是"鲁东"误字。又按赵弼系永乐时人，当在于谷山、汤临川之前。

无锡龚勉《次于宗伯峄山韵》一首："览胜徘徊古寺前，振衣重上最高巅。千层翠壁留残照，一望苍崖起暮烟。怪石粼粼参玉笋，奇峰朵朵拥青莲。更怜红杏开将遍，疑是桃源洞里天。"按此所称于宗伯，即谷山文定公也，其韵正同。龚勉又有《游峄阳》五古一首："客子长安归，探奇兴不浅。纡道访峄阳，停骖登绝巘。兹山宇内奇，灵秘自天关。层崖谁叠成，危石似神转。峰峦参以差，错落翠如点。洞壑空且明，玲珑玉交斲。白云岭上深，青莲尘外展。神物遗孤桐，生枝世称罕。梵乐悬石钟，不扣声亦远。面面发烟霞，处处积苔藓。涧中流羽觞，花间吠仙犬。孔颜昔幽栖，授受垂世典。兹乐端可寻，永言弃轩冕。"

龙为光《孤桐寺夜步》一绝："携杖入春山，夜来清兴发。徘徊不见人，满院桐华月。"《兴国寺晤寻觉上人》一律："欲问餐霞客，还攀只树林。白云山径远，黄叶寺门深。我拂尘中袖，谁弹座上琴？石龛一相对，已证妙明心。"

长山刘鸿训《游峄山》诗："何日孤桐梦，飘然遂此寻。悬崖通地肺，委洞见天心。黛色栖瑶岛，空花落玉林。泠泠如有会，潇洒绝尘襟。"

阙里孔克宴《雨余望绎山》一律："山色平明看，雨余秋正浓。满前青突兀，几朵翠芙蓉。鸟落悬崖树，云开对面峰。当年颂功石，剔藓辨秦封。"

高叔嗣《赋得峄山碑送东升明府》一律："秦皇千载后，峄岭尚遗碑。断石青山路，孤城沧海湄。萧条余霸气，磨灭想雄词。君到鸣琴暇，应多吊古思。"

高誉《登绎山》诗一律："闻道峄阳控鲁东，一朝登眺见玲珑。千寻峭壁支虚室，百丈飞泉泻太空。古迹苔封余片石，层峦烟锁隐孤桐。五华顶上凌风陟，斫削应知造化功。"

邹人潘榛《同毕水部登峄山》二首："常是潜山麓，今登最上头。冥心千古意，携手暂时游。高谓天将近，远疑海可浮。万方劳应接，容易解人愁。""本自峄山主，何妨尽日登？樵夫时引径，野鸟乱呼朋。屐齿穿云破，石栏带雨凭。一棚容万众，泰岱有无曾。"此诗见潘氏《随在集》。《志》载其纪游五首，而无此作。

任城于若瀛《峄山》诗一首："生平眷疏遁，钦兹凫绎奇。春和结幽念，神与白云随。税鞅蹑基峭，探险入壑深。仄径苦穷陟，透谷忽通夷。孤桐挺古干，玉井泻方池。弛策援丰茸，解裾弄渗漓。白日澹广野，红英照林蕤。览物既欣畅，抚化寻歙歙。岂惟寂情虑，亦因谢尘逮。积疴寡朋侣，觉与崇深宜。永言激孤啸，愿得栖者期。"又《追忆宋鹅池绎山谢客》一首："绎岫富幽阴，嶕峣锁空霿。执志寄栖息，独往谢俗众。香风响鹦谷，夕霏晦狗洞。出入无市车，往来有求仲。凿牖窥崭崼，日与白云共。绣苔侵短榻，孤岑杳清梦。"二诗俱见于氏《弗告堂集》。

古濑魏麟征《登峄山》诗一首："百仞岚光断复连，神工巧斫画图悬。孤根拔石浑无地，曲洞穿云忽有天。阁倚岩头临绝壁，径就树杪得流泉。扪萝欲问秦时碣，野火焚来不计年。"此诗见《名家诗钞》。

右自吕定以下诗，《邹志》均未载。

# 七

国朝绎山名作，《邹志》所载寥寥数人。兹以所见，汇记于左。

济州王天眷《登绎山》四首："翠嶂盘空鸟道斜，玲珑百窍吐烟霞。日衔危阁团青霭，雨涨寒泉沸白沙。碑记宋元存两代，地分邹鲁散千家。扶筇欲问仙人迹，已有白云洞口遮。""名山阅遍总嵚崎，那得空明百叠奇。天削孤峰云叶乱，龙蟠巨壑铁花垂。狂歌欲共双仙饮，危石还思一杖支。别有洞天人不到，穹窿丹室紫霞披。""怪石嵌空影半吞，晴泉河褪水流痕。丹梯日隐中天近，紫府烟笼上帝尊。水际微分邾子国，云深莫辨鲁原村。倚风长啸夕阳晚，一线天迷手自扪。""石林合沓紫莲栽，扪磴直穷五顶隈。似马齐驱千队至，如潮乱涌百涛来。奇峰不受浮云掩，胜地须凭我辈开。何必寻仙依古洞，此山到处即天台。"

辽东高其任《登峄》二首："路入峄源花满川，遥瞻殿阁在云烟。层层洞底皆通径，个个山头都有泉。闻道五华方是顶，谁知一线又逢天？登临已尽犹余兴，好趁清秋月下还。""峭壁连云探海峤，如堆如砌叠层霄。须从地穴翻身出，便是天空绝顶饶。步到源头寻活水，行来片石憩仙桥。当年小鲁应难尽，一望苍茫万里遥。"此诗山中有石刻，末署"康熙甲子初秋题"。

泽州陈廷敬《仲家浅望峄山作》一首："言过仲家浅，仲庙河水傍。峄山对庙门，百里来青苍。影连初日动，势接春水长。遥峰插天汉，空翠分崖冈。不睹泰山尊，争长雄东方。歘吸亘南界，逶迤趋西疆。豁然去欲无，林峦郁回翔。掩映仲子庙，千祀崚相望。我兹在川上，漾舟涉微茫。前浦行修途，未登洙泗堂。生不逢孔子，日月依末光。扣舷问渔父，夕照明沧浪。"

新城王士禛《雪后过峄山》一首："数仞碧玲珑，参差望不穷。波浮泗滨磬，雪照峄阳桐。仙洞浮云敛，残碑野烧空。羊车何日去，辇路翠微中。"又《峄山即事》一绝："雨足烟村事不闲，家家驱犊出柴关。枣花香遍浓阴合，水碧沙明望峄山。"新城王士禛《望峄山》一首："峄山插千仞，高下遍玲珑。游人倦行役，卧看白云峰。野人谈胜概，遥指玉皇宫。顶贮天池水,谷回地籁风。岩峣瞻北麓,苍翠倚长空。人陟罕新迹,鹿游迷旧踪。霞明开翡翠,雨霁洗芙蓉。可望不可即,裴回意何穷?”

曲阜颜光敏《游峄山》八首:“岱岳遗神秀,名山倚太虚。居人迷洞壑,官路隐樵渔。劫火无秦篆,仙踪有素书。我来恣幽讨,风雨定何如。”“迎导喜无客,招寻惟有山。路危穿窈窕,力倦俯潺湲,药草频须剧,篮舆好是闲。儿童相顾笑,三月未应还。”“晓日开残雨,归云收岱宗。开门临瀑水,晞发倚长松。屿远红犹在,楼高翠转浓。明朝寻旧迹,应被野苔封。”“杳霭疑天近,盘回惜路穷。苍山忽坠地,白日迥临空。目眩龙蛇窟,身凭鹳鹤风。浮生随浩劫,耻与众人同。”“忽望阑干峻,琼台象外幽。崖从青帝辟,人为紫芝留。倒影悬珠塔,浮光结海楼。晚来发长啸,便拟过沧洲。”“绝巘余亭古,群游引兴新。钟声山向午,日气水浮春。坐爱蔷薇发,行怜翡翠驯。青阳看已暮,采撷更何人。”“阻水因成憩,沿流稍出村。潆洄浮树杪,娟洁洗云根。款款风中蝶,垂垂壁上猿。只愁灵境闭,无计觅花源。”“淹留真自哂,君至若前期<sub>自注:垣三先生适至</sub>。尽有花留赏,宁辞酒更随。石钟朝自扣,楼笛夜同吹。他日怜芳草,空山复对谁。”

曲阜颜伯珣《望峄山》一首:“渡江走连山,北与岱宗会。空洞邹峄峰,建标徐兖最。薛南映城郭,幂悬如依盖。五华粲可数,孤撑自天外。亲若觌故人,霏岚遥迎赉。嗟哉秦皇封,徒为鸿蒙害。属车海上还,金简虚尘壒。吾庐在其北,鲁邾共襟带。更闻秋禾齐,比岁兹熟赖。新柳合成围,旧松得老大。过门未能入,揽辔发遥慨。”

徐夔《观邹县重摹秦绎山碑》七古一首,“鱼膏灯灭银雁飞”云云,《兖州府志》已载之。文繁,不备列。

义川王尔鉴《峄山廿四景诗》,石刻在白云宫,诗、字并仿赵文敏体。又石刻七古一首:“峄山之峰郁葱葱,峄山之阳产孤桐。欲雕孤桐歌解愠,孤桐已迷白云中。白云散去孤桐老,维山终古自玲珑。坠地嶙峋积片玉,插天耸翠削芙蓉。怪石蹒跚难置步,鸟飞虎怒曜青瞳。太古浑沦重太璞,谁斫奇巧辟屯蒙?岱色之青青未了,结作青莲插鲁东。双凫齐飞河为带,五华一望楚江通。登临缅想古贤哲,文穆之政昔称雄。只今荒城余禾黍，夕阳西下歌牧童。秦篆亦随烟霞去，功德空与草木同。叹息往事遨游倦，枕石且卧白云宫。白云宫外舞白鹤，长唳一声天地空。飞来洞开云未锁，清泉一吸洒鸿蒙。更闻石窍鸣夜月，万壑风涛响岩松。孤桐老矣孤桐在，峄阳千载奏熏风。"又《峄山种桃》一绝："天半峄峰簇锦霞，孤桐老后补桃花。沃根不用人间水，红雨春风到万家。"诗前有序文，甚详，具有石刻，不缕书。《兖州府志》载王尔鉴《登峄山四望作歌》一首，文似赋体，兹姑略之。尔鉴，字在兹，河南卢氏人，雍正时邹令，有循声。《府志》载其《廿四景诗》，不备。后有修《邹志》者，当依石刻具列之。

张汉，字月槎，不知何许人，《峄山仙人棚歌》一首："泰山聚石密，峄山聚石疏。造物并神力，垛叠成奥都。矗不知其万千余，维石顽且巨，内腹嵌空虚。蹒跚石镵通山顶，时或天漏时糢糊，如蚁穿行九曲珠。一窍逼侧循水行，下与圣泉达仙厨。山东奇绝仙人棚[1]，孤石擎石为深庐[2]。此石覆为盖，下可百人居。其上宽平一亩强，四围老树荫苍十余株。我生未见如此巨石者，拟作惊人句，大为謇𥦿书。"此诗山中有石刻，草书，末署"门人王尔鉴镌石"。

济州林之蒨《仲春日游绎山》一首："春风吹蹇驴，日丽开天面。有山拔地横，翠积争眼炫。暂憩褚公家，绿竹团芳甸。晨兴傲肩舆，抖擞凌青巘。引人山鸟啼，层级曲如线。石缝糁杂花，晓气迷深涧。秦碑带孤峰，城古苍松缠。钟鼓洞绝奇，仙棚石一片。虚无透玲珑，泉喷悬匹练。天门铁锁垂，巨灵劈两扇。仰摩尺五天，俯视心欲战。梵呗翻林梢，莲花攒玉殿。振衣千仞巅，云白摇光电。乱石何处来，簇簇飞凫雁。黄冠邀虚堂，胡麻杂素馔。薄暮履巉岩，胜地穷难遍。烧烛对褚公，娓娓谈不倦。浩歌趁春归，欲去心犹恋。一枕入华胥，仙僧游古院。"此诗褚公，未详何人，或指褚先生。

兴化郑燮《峄山》一首："徐州五色土，乃在峄山下。凸凹见青黄，崩裂堕赤赭。偃蹇十里石，蓄怒卧牛马。苔斑古铜铸，黑骨积铁冶。耆然触穹苍，千峰构云厦。曲径回肠盘，飞泉震雷泻。古碑断虫鱼，老屋颓甓瓦。

---

① 底本作"仙人栅"，显系刻书之误或印工不精，据峄山《仙人棚》碑刻改正。

② 底本作"数石"，据峄山《仙人棚》碑刻改正。

秋河舀可竭，寒星摘盈把。悲鸟百群叫，孤鹤万年寡。结茅此间住，万事
莽可舍。山中古仙人，或有骑龙者。"

滨州张远《峄山》一首："特立龟凫际，崔嵬嵌碧虚。远分岱宗势，
近接圣人居。峰顶平临海，山腰半入徐。谁能碎秦篆，聊以答焚书。"

济州王元枢《九日游绎山》一首："绎峰累嵯峨，秋磴余回互。履节
展高兴，呼侣逐幽步。鱼贯下曲窦，猱攀凌窄路。沈入昼杳冥，渐出豁天曙。
巨石忽碑矶，夹溪相抵牾。飞梁悬千仞，微命争一度。过险悔轻蹈，定性
却重怖。默默立巉岩，遥遥肆指顾。感秦失乐石，怆纪余荒墓。兴废由化迁，
年寿谁云固。安得偕云车，长与列风御。何必采茱萸，褰裳湿寒露。"

吴桥方鸣球《孤桐书院劝学篇》四章，录一："峄阳有嘉木，高比龙门枝。
得地吐芳华，雨露涵濡之。凿削成文琴，纬以五朱丝。徽音发清商，藉酬
圣主知。盼兹东山崖，孤桐良不衰。欲并兰与苣，共藉九畹滋。枝叶峻以茂，
爰伐贵及时。奉为庙堂器，连茹以为期。"

邹人秦济《止园集》[①]，《绎山赏菊和邑侯朱雪谷韵》一首："拟践东山诺，
登临发啸歌。钟声云外尽，鸟语谷中多。黄菊摇清露，丹崖挂女萝。兴来
凭酌酒，明月满岩阿。"《游绎山东华观》一首："绎岭盘旋石径迷，南华
观里白云低。花迎洞口连茅屋，涧引泉流到菜畦。峭壁当轩开翠幔，霜林
入目点虹霓。几时卜筑山岩下，长对孤峰听鸟啼。"又《过龙河望绎》二首："孤
嶂千盘秀，双峰万古同。云深夫子洞，秋老峄阳桐。远岭寒鸿度，平沙乱
水通。枫林随处是，片片映山红。""齐鲁青依旧，东山望处尊。烟霞团古殿，
风雨暗书门。石出天无色，林枯水有痕。归来欲薄莫，沽酒问前村。"又《五
华顶》《天通岩》《孤桐寺》七律三首，不备载。又《游唐口山访道士孙天谷》
一首。唐口，绎之支山也。句有云："悠然兴会远，心逐闲云飞。"

阙里孔传铎《望绎》一首："薄暮驱车过鲁台，凫山清远绎山来。地
余碑勒秦皇篆，天借桐为禹贡材。万古玲珑堆洞壑，一松夭矫托云雷。无
由驻马探奇胜，满眼征尘首重回。"

---

① 底本作"止斋集"，据上海古籍出版社出版的《清代诗文集汇编》第 183 册改。秦济，
字公楫，号忍庵，人称止园先生，邹县（今山东邹城）人。

德州赵大经《峄山杂咏》，《炉丹峪》一首："五华何秀削，终古青蒙蒙。不知跗注下，乃有幽人宫。嵌空闭户牖，结茅翳蒿蓬。支灶今遗黑，烧丹何时红？柱史不可见，怅望海云空。"《船石》一首："横崖石似船，积空云作水。藏壑夜难移，八风吹不起。应待化石人，凌虚招舟子。"《东华宫忆王明府》一绝："戏向飞岩掷弹丸，桃花留与后人看。风流合替芙蓉主，岂止头衔署锦官。"

田同之《望峄山》一绝："迤逦烟村积翠间，峄阳遥指绿杨湾。蒙蒙仙洞浮云外，瞥见玲珑数仞山。"

静乐李銮宣《峄山》一首："岱岳分余秀，名山气不卑。梧桐荒禹甸，风雨碎秦碑。石向遥空插，天从半岭窥。大贤钟毓地，仰止景厜㕒。"

莱阳赵起挺《游峄山》一首："策马出城阃，东南屹孤嶵。幸有济胜具，石磴踏荒藓。振衣凌万仞，青徐尽沃衍。济河指顾间，非复旧浍畎。逶巡访古意，世界迷兵燹。梧桐才盈把，不中琴瑟选。秦碣失书门，羊车迹已殄。吁嗟丞相斯，埋没同黄犬。行行且中止，踟蹰路几转。问石石无言，浮云天外卷。"

沁水张大成《登绎》一首："孤嶂落天外，凌空列峭峰。石堆千垒碧，翠滴五华浓。秦篆烟霞迹，纪陵风雨踪。灵岩千古号，不愧历朝封。"

滕邑龙岭《峄山纪游》三首："局束尘网中，见山喜欲忭。况兹勾绎岑，风情余惓恋。振策凌其颠，一览邹鲁见。连峰自岱来，蜿蜒脉一线。达人标胜轨，私淑足英彦。造物钟灵秀，昔言岂荒诞？遥遥千载余，何以为之殿？苔痕篆桓碑，抚摩起三叹。氤氲岩岫间，岚光忽屡变。穿破碧玲珑，轻飞白云片。"一"孤桐郁朝阳，猗兰茂夕阴。扶疏惬我怀，服媚芬我襟。襟怀一以畅，益复眈幽寻。泉荒鹿麋径，洞壑缭而深。乳溜响潺潺，石笋罗森森。山水两相激，泠泠有清音。虚隧侧身入，危岩垂足临。过险逾惝恍，回眺转沈吟。忽焉睹精舍，结构依遥岑。我欲从之憩，何人鸣玉琴？"二"登顿遑恤劳，陟嶵复探谷。磴道数盘桓，纤径益回曲。乱烟赴春暝，罨霭翳林屋。众卉繁且深，晚风动簌簌。依稀山之阿，薜萝俨在目。少焉皎月流，不烦秉游烛。虚林奏仙簧，暗泉漱寒玉。行行到古刹，小参更薰沐。钟动梵放开，戒夜石幢矗。萧椽寄心情，云卧西岩宿。"三 岭字印麓，著《峄山纪略》。

滕人邵凤翔《峄山》一首："峄阳遥望处，风物眼中新。圣水千年漾，孤桐万古春。颓城何记纪，篆字尚余秦。欲识当年事，三迁此卜邻。"

邹人王会之随缘老人《如砾集》，《游绎山南华观》一首："秋山红叶落，石室满苍苔。孤犬云中吠，群花涧下开。小桥通僻径，明月挂悬崖。试听原泉响，涓涓荡我怀。"又《书门小憩》一首："因闻松子落，不见花根苔。起看霜颜色，清风又徐来。"

邹人陈云梣《学牧堂集》，《绎山牧歌》二十首，录二："惊人第一是蟠龙，三石夹悬一石钟。一把放松松不得，化工也是不从容。""白龙洞口水潺潺，洞里嵯峨小峄山。不是米颠题五字，空藏灵境冠人间。"又《五华顶》一绝："几历艰危处，眼开似乍醒。好风东北来，人立五华顶。"《五华顶感怀》一首："杳杳天愈高，青青下无地。白云四望合，予情安所寄。巍然此一身，终恐为形累。愁思来空山，空山转愁思。"又《峄顶风雨歌》一首："雨脚垂地白日暮，蒙蒙前村雨如注。霹雳一声顶上来，回风乱搅峰头树。长松倾侧倚宫墙，五华摇摇冲飞雾。岩溜尽成瀑布声，石上腾腾万鼓怒。移时云开万境清，到处山泉奏韶濩。"云梣，字森庵，诸生讲学于绎山者。

济州孟敬直、申伸联句七律一首，峄山有石刻，乾隆丙寅年造。诗不佳，未及尽收。

阎懋观《登峄山歌》一首："长白之脉穿海来，雄盘泰岱兼徂徕。余势磅礴趋邹鲁，芙蓉削出青崔嵬。名山十年梦曾到，今得蜡屐寻丹崖。怪石陨落星，飞瀑奔晴雷。李斯片碣经野火，孤桐已老空谷材。就中峰号五华顶，去天一握何奇哉？乘云蹑虹或可上，竦身直上烟霞堆。一声长啸鸿蒙开，眼底廓廓无黄埃。沛水如带，沧溟一杯。东蒙差伯仲，龟凫儿孙侪。接帝座于尺五，扪斗柄以徘徊。长风飒飒万里至，动余千古之襟怀。旷代谁是神仙才，扰扰醯鸡民可哀。何如凌千仞、睇九垓，招手容成子、赤松相追陪。青鸾翔兮宛转，白鹤舞兮蹁跹。掉臂便骖茅龙去，三山十洲行往回，回看秦桥磊落何日通蓬莱？"

济上李书明《同友人登峄》一首："突兀双峰峙，东山一望中。车须无憾适，人喜素心同。绝境拟仙岛，遗踪辨古桐。层冈连暮霭，何处是龟蒙。"

邹邑王枢《绎山避暑》一首："烈日烁金何处游，源头活水酌清瓯。松阴未改春前冷，洞里已含雨后秋。闲云度岭荒城断，新月窥泉片影留。人间厌弃来天上，细问仙桃熟也不？"

邹邑聂照远《和王公峄山种桃原韵》："孤桐遗迹隔烟霞，继美端凭玉洞花。天半依稀武陵路，寻踪直到列仙家。"又《观王公廿四景诗碑》一绝："天半峄峰景最奇，登来风暖日华时。幽情历落谁描尽，只有王公五字诗。"

绎山布衣齐荣铨，记山中游侣题诗，有失名者十余首，漫录其四。"斜阳归乱壑，风淡意萧萧。秦碣霞初散，纪陵烟未消。似杯沧海远，如斗鲁城遥。翘首天门外，依稀神理超。"一"万仞高标顶五华，悬崖仙帐卷云霞。白虹乱走峰头瀑，绛雪纷披洞口花。酒酌岩根偎虎豹，诗题松杪撼龙蛇。行行① 不尽寻幽趣，一路山皴采石茶。"二"春醅一挑酒一罂，芒鞋飞度斗盘轻。诗狂几比李供奉，心醉徒同阮步兵。俄问云山谁是主，屡谈游客不知名。兴来欲借茅龙跨，日与群真乐送迎。"三"乱云堆里下嶙峋，平地风光换眼新。岸断水眉分曲曲，城连山齿凿粼粼。杏包浓点朱衣艳，柳线斜披青绶匀。喜得居停偏解事，移文曲部早迎宾。"四

右自王天眷以下诗若干首，皆《邹志》后所当采录者。此外或尚有遗阙，好事者随时补辑可耳。

## 八

先君子《怀续堂诗集》，《绎山》一首，八百余言。内效昌黎南山体，多用"如"字，形容山势。稿初成时，有友张君见之，因赠句称"百二十如山人"。又一老友秦君手录一通，俾其子弟诵习之，略皆上口。兹将全篇敬录于左："东国多名山，邹绎独挺秀。万仞削芙蓉，群岭尾其后。岱宗毓灵脉，联络铺锦绣。五华特岩岩，两峰峙左右。呼吸面玲珑，泉源流且伏。嵯峨复嶙峋，开阖势奔凑。探胜每登临，峰峦恣穷究。扳援径曲纡，

---

① 底本脱"行"字，据清同治三年（1864）侯文龄《峄山志》补。

嵫岈穿孔窦。山石最嵌崎，变幻非常觏。奇巧自天工，宁较肥与瘦。应接殚目力，形容思刻镂。体物敢云精，比拟庶不谬。高者如鼎彝，锐者如弁胄；立者如壁削，卧者如云覆；倚者如拖剑，斜者如挽毂；曲者如拜揖，俯者如受授；撑者如交戟，拒者如忿斗；长者如龙行，踞者如虎吼；凹者如杯盂，凸者如钟豆；小者如弹丸，大者如苑囿；方者如秉圭，员者如悬柚；横者如层级，纵者如屋霤；张者如门屏，陷者如井甃；分者如剖劈，合者如昏媾；累者如贯珠，堆者如钉饳；顽者如釜甑，平者如堡堠。或如万斛舟，或如万马厩；或如栖燕雀，或如巢猿狖；或如切危冠，或如系列宿；或如铃中舌，或如箭上镞。或如指如拳，或如伛如偻；或如坐如立，或如跂如仆；或如坠如抗，或如往如复；或如龟如蛇，或如鹑如鷇；或如钟如鼓，或如瘿如瘤；或如履如綦，或如印如绶；或如廩如仓，或如薪如樇；或如羊如牛，或如鼯如鼬。或突出如碑，或斜伸如眛；或上绸如发，或下细如胫；或中通如管，或旁穿如漏；或矗立如阙，或漫延如鹜；或向如相接，或背如相狃；或连如相随，或承如相救；或比如相摩，或轧如相逗；或俨如相临，或侍如相侑。如坐谭扪虱，如起舞奋袖；如负剑辟珥，如班荆道旧；如捧持尊长，如提携卑幼；如八卦错综，如百宝辐辏；如仙戏排公，如神堆闲簉；如玉女濯头，如井干滴溜；如密布旗幢，如杂陈牲畜；如离宫别馆，如车驰马骤；如丹山凤栖，如麦陇雉雏；如临场观剧，如列肆求售；如磊磊贤豪，如碌碌乳臭；如硁硁介节，如硌硌莹琇；如儿孙罗列，如宾从燕又；如聚米画沙，如夸多竞富。举似不惮烦，琐碎近诅咒。古人云此山，纯石所结构。土壤殆全无，草木何丰茂？触处皆嵌空，清流足涤漱。殿宇诚通明，瓦铺松鳞皱。葛峄生孤桐，琴瑟合节奏。今兹驺绎山，新植笑浅陋。荒城邾子迁，狐骀无尉侯。潳东沂西田，回环相佐佑。秦碑被野火，书门追斯籀。羊车当年登，曾记窥轮狩。大峄载水经，孔穴堪御寇。郗鉴避兵时，碾臼逢夙购。山阴坠危石，遥望目为瞀。愚者强解事，传是古铁枢。山阳欹悬崖，阿谁敢宿留？乃有仙人蹰，飞升当白昼。余家山之南，读书鄙句读。登高寄远情，俯仰观宇宙。游览限奇险，幽邃识高厚。寓目景物新，放怀含春酎。遥望蒙与岛，方此难为副。造物所设施，图画岂能就。云气忽飞来，苍然满岩岫。徙倚插天峰，薄衫湿欲透。四顾发长啸，未遍度广袤。暇日一延眺，胜境成邂逅。崇椒写此章，用为灵岩寿。"

## 九

先兄遗诗自题《詅痴符》，中有《邹绎山行》一首："禹贡徐州贡孤桐，世人讹指此山中。尔雅释山属者峄，邹绎容与葛峄同。群岫罗络随其后，孤嶂秀出插青空。侧身远望如芙蓉，纯石积构倚玲珑。宦寮曲径没秋草，谽谺古洞俨蟠龙。游人分道各钻缘，数武往往更相逢。暗水潺湲横略彴，微闻激流声琤瑽。直从山根穷山顶，处处光明来长风。豁然身出洞天上，下瞰磴道讶蚕丛。俯控马头接虎尾，哀邻凤翅渺凫翁。胡庐大笑怀往事，西眺济西东潒东。孤城墉固悲邾子，石室灶具缅郗公。山行廿里无寸土，欹崎历落奚由钟。截肪蒸栗炼五色，恍惚疑有飞来峰。乱石嵯峨竞奇怪，千态万状错天工。山阴巨涧深无底，咫尺不与后山通。谁能踊跃逾三百，翻然去探法王宫。却忆羊车窥辙日，穹碑大篆铭秦功。我来趺坐书门①侧，惟见当时大人踪。仰瞻绝巘跨鸟道，依稀犹带白云封。神物消磨归野火，落日回首怅匆匆。"又《望绎》一首："邹南有别业，违山二十里。小楼名对绎，登望仅如咫。石气沁人心，岚光入户里。翠鬟向晓缋，青莲才出水。每当新雨后，与天无彼此。相看原不厌，如见远尘子。"

## 一〇

余辑录绎山名作若干首，因自捡小集，附注于后，观者或有取焉。嘉庆己卯《绎山》诗一首："绎山秀无极，上有五华峰。遥望晴空里，彩翠如芙蓉。神工巧积构，洞壑几千重。玲珑不可测，深曲若盘龙。名泉处处有，飞瀑下古松。览眺豁心目，灵气满吾胸。山石多异状，最奇是悬钟。丹丸与累棋，语妙难形容。却忆古图书，三皇有登封。不特秦羊车，于兹留遗踪。斜日照岩壑，苍然襟袖浓。洞天称妙光，道书谁饷侬。采芝穿峄孔，仙人倘可逢？"道光壬午《济州道上望绎》一首："少小爱绎山，家在山南住。

---

① 底本作"昼门"，前文皆作"书门"，据前文改。"書""畫"形近，历代记载多为"書门"。

相距二十里，饱看朝复暮。别来未三载，梦寐成殷慕。驱车来济上，翘首时左顾。欣然见碧峰，飘尔云中露。对面双芙蓉，似与故人遇。揽辔一微吟，裴回不忍去。"甲申《登绎最高峰》七言排律一首："绎山势与岱宗同，秀出岩岩镇大东。共叹峰峦多突兀，那知洞壑极玲珑。千盘结构惊纯石，万状纷腾费化工。饶有名泉称圣水，无多古木想孤桐。青门犹记羊车路，嵯孔谁传郜氏宫？丹峪炼成云捧日，青崖飞下瀑临风。遥探左海胸襟阔，高踞五华眼界空。指顾当年邹鲁域，至今佳气郁茏葱。"乙酉《游绎访王公桃树》四绝句："嵯阳佳卉重天家，何用云峰簇紫霞？可惜当时贤大尹，孤桐不种种桃花。""廿四景诗题最高，五华峰上想挥毫。当年自是神仙吏，不藉山中几树桃。""花开满县怀潘岳，绣出空山忆曼卿。记取王公桃树处，千秋佳话好齐名。""无复秾华似火红，游山两度太匆匆。百年遗事何人续，且乞同心护碧桐原注：客岁约齐生买桐一株于南华观侧，兹故及之。"壬辰《绎山八咏》："峰如青莲花，高高孰与并。我来秋霁时，独立莲花顶。"《五华峰》"山有李斯书，因以书名岫。那知窥轵时，东临义取昼。"《书门》"嵯孔非人为，中如数间屋。倚石想郜公，竭来山中宿。"《仙人栖》"造化有奇功，钟石悬而上。篆文试穷探，寂尔山暗响。"《钟石》"谁刊梵经文，今传石经洞。周隋瞥眼过，幽禽时一哢。"《石经洞》"重来访桃华，深沈入洞府。题字觅承安，完颜名重古。"《桃华洞》"邾依绎为城，时严北门管。鲁叟胡云游，凿祠笑薛侃。"《大通岩》"桐生遍山阳，根出石罅里。谁为封殖之，莫使叹焦尾。"《孤桐》

——

　　家爱泉兄近作《望绎山》一律："忆昔儿时初到游，振衣绝顶豁双眸。云从下起惊天近，水自东明见海浮。辇路光迷秦代月，岩花丽映纪城秋。名山重历知何日，回首苍茫寄一讴。"

# 《东泉诗话》卷第八

## 类诗二 闺秀 乩仙

### 一

任城别驾丁瑶泉，梓其亡友阳山王安福之母李氏《一桂轩诗集》，古风多可书绅，兹录其小诗《夜坐》一首："蛩声鸣静壁，花影澹疏棂。卷幔云穿径，开窗月傍扃。茶香呼婢觉，书好诱儿听。远道怀君子，青灯火正荧。"《怀幼弟芳圃》一首："自小提携手足亲，分离两地共伤神。徒怜姊事同兄事，可恨吾身是女身。父母劬劳空鞠育，家园暌隔独悲辛。箕裘绍述惟凭尔，珍重先兹嘱戒频。"

### 二

邑前令李淇笣明府梓古祝阿女史郝簠《秋岩诗稿》，《秋夜》一首："秋屋卷竹帘，沈沈闻夜漏。碧天无片云，月色皎如昼。散步闲阶上，风寒怜菊瘦。采采黄金英，清香满衣袖。"《春闺》一绝："芳草绿生烟，桃花红作雨。湘帘不上钩，蝴蝶梦中舞。"《母家使至》一首："云水悠悠思不禁，平安得报更沾襟。从知生女了无益，推解依然慈母心。"《题窦大令重刊苏氏璇玑图诗后》二绝："宛转离鸾曲，光芒吐凤才。效颦欲有作，谁为寄泉台？""千秋传锦字，百叶有孙枝。不妨哀苦意，并许世人知。"稿中有《醒堂归自京》四首，录一："驴背垂垂压晓风，路人不道客囊空。一编入手抛难遽，又费机窗半日工。"醒堂，其夫字也。

## 三

西充女史马氏，字韫雪，名士骐，南城令云锦之女，祥符张上舍应垣妻也。十四岁以诗名，中年孀居，初有《漱泉集》七百余首，被姻党窃去。后复成帙，其子刻之，名《烬余草》。有《落花》十五首，襟怀可见，录四："梦回春色已阑珊，百舌声声语晓寒。一坞香风团牧笠，半溪红雨打渔竿。飞来瓦砚知诗苦，偷入湘帘诉别难。为报君恩衔几片，枝头黄雀莫轻弹。""烂红残紫乍高低，痛惜行人踏作泥。六代铅华蝴蝶梦，一林风雨鹈鸪啼。徒闻湘瑟人何在，再问胡麻路已迷。元亮尚存松菊径，不须空说武陵溪。""拟向芳丛试一歌，残红已下最高柯。定知人事无常好，不信天心太折磨。一代琵琶随铁骑，千年荆棘卧铜驼。琼宫玉蕊收将去，野草漫漫奈尔何。""裴回如怨复如嗔，似向韶华叹不辰。燕子楼中愁盼盼，美人图上唤真真。惟余篱菊差强项，见说堤杨也效颦。绕舍种梅三万树，明年春色属幽人。"余不悉载。

## 四

嵝山寺石刻女郎汤文玉《春游》诗一首："山雨初晴洗佛螺，春风几处揭青莎。采香不倦溪边路，多少飞红趁袜罗。"词意极丽。

## 五

家爱泉兄寄余《榛苓吟思》一卷，笺注蜀女阿娟《题壁诗》，备录于左。原诗并序云："妾生于剑外，死别刀镮锋镝之余。全家失所，慈亲信绝，夫婿音讹，系于所亲。携至冀州，复偕南下，流离数月，始达此间。嗟乎！陌头杨柳，尽是离愁；门外枇杷，都非乡景。望剑门而泣下，思蜀道以魂归。阿娟，阿娟，生何如死？邮程信宿，便入江南，当是薄命人断送处也。"诗曰："万里飘零百劫哀，青衣江上别家来。朝云暮雨番番看，一路山眉扫不开。""深闺一命弱如丝，金鼓声中怯几时。妾恨也同花蕊恨，

阿谁马上是男儿？""阿母音书隔故关，儿身只有梦魂还。年年手濯江边锦，
不勾人间拭泪斑。""藁砧望断路盈盈，敲罢金钗忆定情。妾自马嵬坡下住，
此生只待卜他生。""小婢娇痴代理妆，穷途怕检女儿箱。儿时爱谱江南好，
恐到江南更断肠。""雾锁云鬟欲断魂，喘嘶扶住意黄昏。残灯备写伤心句，
撩乱啼痕与粉痕。"末题"龙飞嘉庆二年正月十五日，蜀中女史鹃红题于
南沙河旅壁。"南沙河在滕县城南。序称阿娟，末题鹃红，当是名"娟"，
而又以"鹃红"自号也。爱泉集句和元韵六首，录二："去国怀乡莽自哀，
北风吹雨过山来。栈云陇树重重隔，积雾霾阴暗不开。""杜宇春风古帝魂，
十年往事总难论。来时记得留题处，半积香痕半泪痕。"又集句题后六首，
录二："春城战血冷悲笳，故国音书旅雁赊。一片夕阳横白骨，可怜蔡女
竟无家。""可怜蔡女竟无家，忽逐征鸿去路赊。遍地关山行不得，蜀笺无
信报秦嘉。"又集句拟鹃红诗五律一首："旅舍灯犹在，行人去不留。寒禽
呼木杪，晓雾压城头。长路应难问，远山相对愁。不如营一醉，和梦到扬
州。"俱爱泉著。所有集句俱沈归愚选《国朝诗别裁集》，笺注甚繁，不具
载。余题《榛苓吟思》卷后，用鹃红元韵四首，附后："杜鹃啼血信堪哀，
不变蜀声齐道来。窈窕多情谁似汝，杜鹃花向杜鹃开。""路入江南见复关，
珠生合浦有时还。新诗留向滕阳道，错比潇湘竹上斑。""知他弦望有亏盈，
此际商歌最系情。甘与美人作毛郑，天涯难得一书生。""笺诗一字一销魂，
不是张华赋感昏。叠和更难花样好，百家衣体妙无痕。"

## 六

王仙李录寄娄东沈承妻薄少君诗百首，云得自小说，不知何代人。余
按薄诗已见钟伯敬《名媛诗钞》，明末人也。略记一首于此："他人哭我我
无知，我哭他人我则悲。今日我悲君不哭，先离烦恼是便宜。"又句："地
上有身无放处，不知地下可相安。"语极沈著。

## 七

李字山寄示花卿蒋红红《潍县旅壁题诗》五首，乃渠自壁间手钞来者，

备录其诗。"身如傀儡又登场，往事回头不可详。悔向人间留幻影，敢言天壤有王郎。心愁始觉灯花妄，体瘦生憎裙带长。村女不知人意绪，齐来争看锦云裳。"一"又逐西风作浪游，天涯芳草怕凝眸。如无身世何来辱，剩有眉峰难讳愁。明日更增今日恨，他生甘乞此生休。晞阳不向葵心照，一任伤神赋白头。"二"逆旅当前马不行，入门先听候虫鸣。飘来柳絮风初定，照见花魂月不明。对镜窥颜惊更瘦，临窗陨涕叹余生。吟成莫作新诗看，此是儿家呜咽声。"三"糢糊四壁土痕斑，强对西风整鬓鬟。知是几时成撒手，忍令一世欠开颜。窥窗有月仍宜赏，绕壁观诗聊窃闲。更向颓垣留戏语，似兹真合唤尘寰。"四"破壁飞来衾枕寒，惊魂未死总辛酸。梦回自讶身还在，睡去仍愁境不宽。寄怨西风知己罕，埋头苦海作人难。挥毫不是偏耽咏，冀有怜才青目看。"五款署："花卿蒋红红和泪写。"蒋亦不知何许人也。壁间有依韵和作，姓名镌去，诗亦可存，附录于后："人间何地是欢场，弱质柔姿惜未详。但觉仳俪嗟不淑，何如居处本无郎？梦回翡翠巫云断，怨入琵琶塞草长。寄语春风曾舞罢，不堪重著嫁衣裳。""我亦风尘汗漫游，空怀斑管慰吟眸。飘零红粉添新恨，憔悴春衫有旧愁。世事秋云参变幻，旅窗夜雨梦归休。征轮底事犹东指，要到蓬莱最上头。""古诗怕读重行行，局促辕驹仰首鸣。轮铁磨人何展转，镜函照影太分明。织成锦字留长恨，修到梅花定几生。输我热肠酬白雪，写来都是变商声。""墨痕半杂泪痕斑，雾薄云轻想鬓鬟。谁把黄金收骏骨，天将薄命付红颜。鸿泥有印传君怨，髀骨无端叹我闲。莫恨天涯不相识，一般沦落在人寰。""纱笼应护玉钗寒，客里黄梅句亦酸。谢女心情诗律细，沈郎消瘦带围宽。飞鸿天外音书断，弱柳风中去住难。刻意惜君还自惜，蛾眉画出与谁看？"

## 八

字山又抄寄姑苏女史周黛云《富庄驿题壁》四绝句："离却红尘又劫尘，生来薄命亦前因。遥知终岁难堪处，织女机边妒妇津。""抛残高髻弃云鬟，宛转难承大妇颜。一出都门莫留恋，西山不是望夫山。""从小娇痴阿母夸，那知流落在天涯。而今重返苏台去，羞见吴宫姊妹花。""半床灯火照孤眠，写罢幽情只自怜。夫婿从今音信断，空闻鸿雁叫霜天。"此诗不似香闺吐属，疑妄一男子代作。

## 九

仙李从济上童试夹带册中得江南闺秀焦氏诗一纸示余，漫录之。序曰："江南宣城诸生陆某无赖，鬻妻焦氏偿博负。将行，焦始知，作诗缝衣襟内，自缢，官验得诗。"其辞曰："谁人设此迷魂阵，笼络儿夫暮作朝。身倦囊空归卧后，枕边犹听梦呼么。""一盏残灯照敝帏，伤心重整嫁时衣。妾身不是呢喃燕，肯向他人门户飞？""虚度韶光廿四春，蛾眉淡扫耐清贫。也知锦绣丛中好，羞作世间薄幸人。""独对孤灯谢晚装，裴回无计耐更长。挥毫欲写衷情事，忽上心头便断肠。""风吹庭竹舞喧哗，百转愁肠只自嗟。灯蕊不知成永诀，今宵又放一枝花。""生如羁旅死如归，妾命楮轻心事违。遥属郎君休早去，床头幼子守孤帏。""人言薄命是红颜，妾不红颜命也艰。留下青腰巾一幅，倩君试看泪痕斑。""香焚宝鼎告苍天，默劝郎君性早还。菽水奉亲书教子，妾归泉下也安然。""沧海桑田有变迁，人生百岁总流泉。高堂纵有怜儿意，切莫悲伤损大年。""为人谁不乐余生，我乐余生势不行。今晚悬梁永别去，他年冥府叙离情。"诗凡十首，雅里相半，的是女士手笔。玩其深情笃挚，死而无怨，骎骎乎风雅之遗徽矣。

## 一〇

爱泉处有《云贞寄夫书并诗》一册，弁言："范秋塘，淮南诸生，早失怙恃，后母忤之，谪戍伊黎。其妻云贞淑而多才，恒致书万里外，与相问答。金坛于君和同在戍所见而叹服，录归示人。其书两千四百余言，末复缀七律四首，洵须眉才人所不如者，记之以广其传云。"弁语无款识，云贞姓氏亦不著。余别见一书，云贞陈氏诗六首，小有异同。其书甚繁，悉中多名言。余读至"丈夫处世，怨固不可深结，恩亦不宜多邀"，未尝不深叹"女知莫如妇也"。曩已草录一通，兹惮作钞胥，稍为节删，缕书于左。

"忆自枫亭分手，偻指几十年矣。远塞风烟，空帏岁月，个中滋味，领略皆同。然侍慈帏、抚儿女，贞虽耿耿隐忧，尚有片刻宽慰之时；我夫子只身孤戍，谁与为欢？相距万里，不知消受几许。凄其九年中七奉手书，仅寄复三函便果罕，遇笔尤难罄。前岁密书至，适贞抱病，投递参差，几成不测。少顷，阿姑持书至，榻畔笑语，贞曰：'锦儿脱罪编氓，归期可望。来禀愧悔无聊，想已折磨悛改。我今却也怜他，是皆夫子孝心所感。不然，此语正未易闻也。'丙申秋，托劳姓寄一信，备述别后境况，迄今又将三载，情况大概如斯。亲茔树木整齐，垣墙完固，岁时伏腊，祭扫如常，湖水平漕，不致浸入，可以放心。阿姑康健，饮膳如旧，惟痰症时发，是为可虑。益庭大兄人虽刻薄，但阿姑依赖之人，嗣有书来，总以一味谦让感念，庶可不失其欢。至负心人今已移居它所，罕觌其面。然难免萋斐之言、暧昧之事，怂恿于夫子之前。贞惟忍性坚志，洁身防微，以期尽吾所当尽。至青蝇之口，夫子信与不信，又何敢必？总之，琼女在时，尚可自解，母女相守，何恤人言？不幸酉秋出疹夭矣，十五年辛苦属望，尽付东流。草草治棺，瘗于茔侧。没之前夕，捧贞频悲啼问：'爹爹离家几年，儿倘殁后，万勿寄知。'今忆此语，不禁泪如涌泉。丁郎读书，颇有父风，惜欠沈潜。学诗有颖思，制义则太驳杂。今因病中，不能钞录诗文，后当寄阅。贞母氏于申秋患病，延至酉春，遽而长逝。两老人一生血脉，惟贞一线之存。六十年镜花水月，情深半子，能不酸痛邪？贞自遭此变，愈觉难堪。颗粒缕丝，均无所出。从前缓急可商之处，近皆裹足不前；遇有急需，不轻启齿，正恐无济反惹笑谈。闲承四妹、霞姑等投以钱物，时询夫子近状，情意颇真。些小通融，尚可资助。节次属带瓶口、扇套、鞋袜诸物，尽为负心人赚去，言之恨恨。贞迩来嫁奁、衣衾，陆续尽归典阁。问安视膳，未敢稍懈，怡色柔声，犹恐获咎。即饮食穿戴，亦较前留意。盖俭则负悭吝之名，奢便有花销之责。太素，则云意存诅咒；少妆，则云冶容诲淫。非诟谇相加，即夏楚从事。求一日之免，咎不可得。贞年逾三十，非复少时，对儿女家人，有何面目？自结缡以来，笔墨为命，拈毫横笛，唱随未及六年。一旦断梗飘萍，往事不堪回首。年来羌管绝吹，属和之章，亦是勉强从事；吟风弄月之句，断不敢露于毫端。莲姐稍长，雨榻风棂，寒砧烟灶，与共甘苦。此贞今世之朝云，而为夫子他年之桃叶也。素芝、碧莲辈，簸弄如簧，钩深索隐，尤为心腹之患。惟有委曲将就，沃以好言，博得一时清静而已。今岁有人自伊黎来，述夫子起居，甚悉。并云每年若肯节省，尚可余积数百金。幸负心人未将此语上闻，而贞初亦不之信也。夫子天资机警，赋性疏狂，未能一展才华，辄遭大难。一朝失足，万念都灰，又有何心矜持名节？且栖身异域，举目谁亲？回首家山，刚肠应断。则花晨月夕，灯炧酒阑，拥妓消愁，呼卢排闷。或三生石畔，五百年前，遇解渴之文君，值多情之倩女。书生故习，谅亦未能免俗。贞闻之方痛，闵之不遑，又安敢效妒妇口吻，引不近人情之语相劝勉邪？惟念夫子素体羸弱，性复过挚。彼若果以心倾，君亦何难情死？特患口饴齿蜜，腹刺肠冰，徒耗有用之精神，转受无穷之魔障。私心遥揣，可惜可伤。况曲糵迷心，能致疾病，摴蒱耽戏，更扰神明。些小财物，更何足计？贞釜底余生，尚知自爱。岂夫子有为之体，而甘自颓唐，毫不念及，反待巾帼之规箴乎？来书云三月适馆春斋，六月仍回故地，中间原委，未得其详。风闻双桂一端传言不？确然。夫子既与四爷为骨月，则相依邸舍，自可为家，何必舍此它图，别生枝节？此则贞所不能解者。丈夫处世，怨固不可深结,恩亦不宜多邀。未曾拜德之前，常思图报之地。四爷豪侠中外，颇有微名，但其痴意柔情，殆亦堪怜堪笑。自闻夫子与为莫逆，贞即向亲串访其为人，大抵举动不纯，近于游侠，顾能超拔夫子于苦海中，而煦抚之将来酬报，贞心早为之区画矣。相隔万余里，又复忽西忽东，奉命不定，空致鱼书，未瞻雁足。即有欲寄诸物，恐蹈前辙，被负心人啖吞。微物几何，反致空函不达也。今岁有查办回籍之恩旨，惜乎未能波此，然此后机缘，大有可望，十年易满，我夫子断非终老黄沙者。诸凡随遇而安，两地耐心静守，镜合珠还，我两人讵终无团聚时邪？六弟自上江来，猝闻有回伊之便。掩扉挑灯，疾书密寄，泪痕在纸，神思遄飞，附诗四章，聊以见意。伏惟珍摄。云贞再拜。"

诗录于后："莺花烂漫斗芳菲，底是伤心泪暗挥。镜里渐凋双鬓角，客中应减旧腰围。百年幻梦身如寄，一线余生命亦微。强笑恐违慈母意，竹箱典尽嫁时衣。一 十五年华付水流，绿窗不复唤梳头。残脂剩粉鬘丝阁，碎墨零笺问字楼。千种凄凉千种恨，一分憔悴一分愁。侬亲亦未终侬养，似此空花合罢休。二 当时画里唤真真，岂料追随若比邻。每祷团栾祈绣佛，尝占荣落祝花神。堪嗟失意飘零日，翻得关心属望人。倩我怜才频寄语，年来消瘦不关春。三 早自甘心百不如，肩劳任怨敢欷歔。课儿夜半烧残烛，奉母春寒翦嫩蔬，岂有余闲弄笔墨，偶因定省遇庭除。斐萋休更萦怀抱，犹是坚贞待字初。四"右录云贞诗四首，并书之大略。乍观其诗中二首，不解所谓。及观其书，乃知次章悼琼女也，三章美莲妾也，末章所谓庭除斐萋者，谓群婢也。书与诗，皆可谓善言其情者矣。仙李处有云贞诗而亡其书，诗末复有一首云："未曾蘸笔意先痴，一字刚成泪几丝。泪纵能干终有迹，语多难寄反无词。十年别绪春蚕老，万里羁愁塞雁迟。封罢小窗人静悄，断烟冷袖阿谁知？"与前诗的出一手。或它时续寄，如书中所云，前有和韵者也，其云"语多难寄反无词"，可知非与右书同时寄者。

——

吴卿怜绝句诗十首，自嘉庆己未有人传之，并注甚详，但不知何人笔也。略曰："卿怜，吴门人，年十五归平阳王，继归和相，和败，为此诗。"录二："晓妆惊落玉搔头，宛在湖边十二楼。魂定暗伤楼外境，湖边无水不东流。""最不分明月夜魂，何曾芳草怨王孙？梁间紫燕来还去，害杀儿家是戟门。"戟门，蒋姓购送和处者。

一二

刘则哲女瑞红，字春祥，不知何许人。余于友处见诗一帙，末有《长恨歌》，甚里，不录。录其《闺怨》四绝："马蹄未卜几时回，四顾茫茫泪满腮。幸得君情还似昔，驿亭迢递寄书来。一木兰亭畔夕阳明，人倚雕栏睡易生。毋使流莺枝上啭，梅窗惊破梦难成。二口传郎在凤凰山，力倦征途终未还。刀梦经年虚妄望，别来已改旧时颜。三立倚朱栏强自持，日沈南浦断肠时。心随紫燕帘前绕，意绪茫茫君未知。四"四首用"驿梅别意"四字离合体。

## 一三

济南女史李永著有《秋蛩集》，《春日即事》一绝："经年心事为花牵，况是春风二月天。一院海棠春寂寂，绿烟红雨护秋千。"

## 一四

阮夫人孔氏璐华著有《唐宋旧经楼诗稿》，余于友处得其一册，中多女史倡和之作，择录一二。《登黄鹤楼和古霞女史元韵》："渺渺烟波暝色收，登临遥望楚山头。空怀鹤去千年事，但见人游百尺楼。玉笛吹残明月夜，梅花摇落汉江秋。且将诗句酬佳景，一派沧浪助客愁。"附唐庆云古霞元韵："登临怀古万帆收，芳草斜阳满渡头。楚泽烟波浮大别，江天风雨会高楼。云中黄鹤千年事，城上梅花五月秋。那见飞仙栏外过，一声玉笛不胜愁。"《和古霞木棉花元韵》："百尺修条云底垂，木棉花放最高枝。影摇竹榭如排烛，霞满书窗合赋诗。日色正烘亭午后，风光刚转莫春时。若非海上珊瑚干，也是昆山赤玉脂。"附古霞元作："西堂惯见绿阴垂，今日花光忽满枝。隔院闹红争入镜，过墙旧影索题诗。深含醉意东风里，浓泻春痕夕照时。仿佛玉兰高十丈，全将铅粉换胭脂。"又《梦中得前二句因成一绝》："朝罢归来看落花，铜炉石铫且烹茶。依然五载前头事，蝶梦园中是我家。"道光癸巳，阮相入都，而夫人仙去，"朝罢归来看落花"竟成诗谶矣。夫人，冶山上公之胞姊。

## 一五

诸城同年友王藕唐前妻高密单氏著有《碧香阁遗草》。录其《白云》一绝："白云芳草隔天涯，一别双亲四载赊。遥忆故园新雨后，春风催放碧桃华。"

## 一六

家爱泉兄录示平原腰跅女史《题壁》二绝："更残梦断正夷犹，又逐车声向道周。遥忆绣窗红日满，小鬟低语唤梳头。""扑鼻生香照眼红，杏花如许醉春风。儿夫此夕衔枚处，可擅文场一战功。”款书:“癸未三月九日，奉姑就养维扬官舍。宿此时，外正应春官试，不能无挂望焉。大兴娟月金氏题。”

## 一七

爰泉又录示界河驿女史题壁诗，原序云：“曩者大父出宰井陉，随侍往复，备历风霜。癸巳秋，余归蔡随夫子，之燕，再经古道，今昔情深，适立堂表兄出示《早程》一律，因步元韵，以写衷怀云。”“宦途艰苦昔曾当，为赋于归又束装。旧日青山终未改，当年绿鬓易成苍。晚从店壁寻诗句，早起霜林看曙光。待晓堂前原不远，却惭梁孟说相庄。”款署:“惠泉女史。”

## 一八

菏泽县北高家集有闺秀题壁五首，款署：“醉花仙子。”不知谁氏也。诗曰：“别郎十载绣帏寒，月夜花朝独倚栏。春仲归宁方赴汴，清和忽接报平安。”“报说檀郎转玉京，膏车策马急回程。陆全雨阻香车迹，野店何堪剔短檠？”“连宵风雨且停骖，斜傍妆台启旧函。千里怀人难入梦，权将纸笔代清谈。”“极目阴云四望匀，隔帘鹦鹉亦生嗔。偶吟风雨萧萧句，暂解眉心一寸颦。”“只因愁结写柔肠，惭愧涂鸦玷粉墙。纵有昆仑难送我，困人巾帼是梳妆。”后有依韵和作，亦复不工，不具列。

## 一九

爰泉又寄南沙河旅壁江南女子贾芷莩题诗二首：“轻摘尘鬟黯自怜，误人幻梦小游仙。如弓明月初三夜，似翦春光十五年。屋纵黄金伤不耦，佩虽白璧叹难全。无端竟属沙吒利，并少韩郎若个边。”“怕泛鄱阳波里船，如何此日入秦川？心惊路远三千里，命薄身随一万钱。恨不疏顽同白发，悔曾闺阁理丹铅。比他花蕊夫人苦，旅壁聊充十样笺。”末注云：“侬本维扬贫家女也，幼从李猗夫人伴读。李随任楚江，遣侬归家。长安贾以百十金购得良人，年逾周甲，腹无丁字云云。里词疥壁，以遣无聊。道光乙酉端阳前二日。"

## 二〇

蜀女鹃红题壁诗，家爱泉茂才为笺注成帙，孟雨山博士见之，谓："卷内当得闺秀题之，乃佳。"后果于阙里孔氏诸夫人中得题词三家，备录于左。钱唐孙兰湘田题二绝句："陌头杨柳尽离愁，此日飘零忆剑州。从古红颜多薄命，那堪花落水空流。""六首诗成百转思，分明鹃血洒盈枝。从今传遍凄凉曲，鼛鼓声中绝妙词。"海盐朱玙小苣题词一阕，调寄《洛妃怨》："已去青衣江畔，剑外乡云望断。旅舍暗伤神，柳眉颦。堪叹才多命薄，此日恨凭谁说？题壁欲销魂，半啼痕。"吴门徐比玉芝生题一律："字字啼鹃血，魂归蜀道难。干戈连地起，骨月几时完？卿自伤心写，人争著意看。红颜偏薄命，读罢为长叹。"右三女史题词，俱由雨山处寄来。

## 二一

《彤管遗编》一书，前明会稽郦氏琥著，余家藏者，乃得之济南书肆。卷首有"阮亭""怀古田舍""大司成"等图章，知是新城旧物也。往岁，家爱泉藉阅，因倩名手影钞之，四历寒署，乃成全编。爱泉言其编元、明人诗多不备，曾见苏台《竹枝词》数十首，元代薛氏二女作，编中阙载。思更搜采，并隆、万以后，续为增入，亦闳意也，会有同志助其搜罗。

## 二二

董朦仙太史母吴夫人，蜀人。《哭朦仙》绝句十二首，录二："秋风高爽锦江城，汤饼筵开主客盈。屈指计来廿八载，空将血泪哭声声。""伤心极处有谁知，百转柔肠泪暗垂。守定灵帏惟恸哭，一声爷罢一声儿。"时朴园方伯殁未百日，情真语挚，不堪卒读。

## 二三

李美常，布衣，出其先三世节孝诗册见示。自濡阳陈蕙华以下数十人，末有琅邪女史续氏五律一首：“班姑曾修史，陶母只待宾。何如孤玉质，况事两孀亲。纺绩供新笋，荆钗守旧贫—作颖。纲常在我辈，感激须眉人。”

## 二四

先兄没后，嫂孔自缢以殉。年来蒙友朋哀挽，及时贤诗五十余家，别为一册。中有闺媛二家，复志于此。灞陵女史沈云帘四绝句云：“不是求传姓字香，愿将一死系纲常。成仁取义须臾事，堪笑夫亡称未亡。”“耳膏面血事皆难，总觉偷生心未安。暗拜翁姑儿去也，天风飒飒娑星寒。”“夕阳黯澹照孤村，红荔凝成碧血痕。圣祖贤宗应共鉴，常留浩气壮乾坤。”“视死如归不惜身，古今屈指有几人？懿型壮我闺帏气，愧煞须眉有二臣。”云帘，孝廉沈月波鉴之胞姊，著有诗集，未及录。沈以事仓皇别去，至今缺然。古滕刘君淑清妻孔氏《哭侄女马孝廉配夫没三日殉夫自尽》诗：“仓猝闻变，惶惧惊起。知尔素烈，何遽至此？忆尔未嫁，凤娴于礼。久知纲常，能别生死。洁白贞心，金石坚固。一片冰霜，岂等常妇？不爱生存，只期死安。求仁得仁，嗟嗟其难。”

## 二五

夏邑汪英蕙，吾师梦岩先生长女，能诗，早卒。乃弟之楣记其一绝：“萧条家计愁无奈，千里归来又远行。我愧木兰身手健，不能辛苦替爷征。”时阿爷归自京师，又赴甘肃，故云。又《菊影》一律，仅记前半：“紫艳黄香外，棱棱别有姿。瘦偏宜月映，端不受风欺。”

## 二六

先慈王太孺人晚年训诸女孙温习诗书，间为韵语。凡家庭燕集、唱和、联句等作，翼总为一册，名曰《嘉庆集》，已别见，兹复敬录数章，殿诸贤母咏歌之后。《乙亥秋日赋秋虫》四首：“秋蛩声唧唧，应候尔何知。莫道无知物，警人在及时。”“秋蝉鸣古树，嘒嘒尔何劳？几日金风动，清音不改高。”“秋蚊依暗室，利口似针芒。暑退寒将至，终看何处藏。”“秋蝇爪似错，趋附强相因。自逞营营巧，那知厌杀人。"《戊寅中秋对月示翼儿》一首："自古中秋看月圆，今番相对意绵绵。半生儿女三人在，一块心肠两地牵。遥忆家园风景好，更逢佳节祖孙全。吟诗聊复调儿子，莫遣光阴负眼前。"

## 二七

叔母孙氏，莘县茂才讳炳光公女，著《垚居书室诗藁》，丙申年已授梓。兹敬录数章，《拟古》四言："天空地阔，水清泥浊。青青古松，高山之阿。飘飘浮萍，流入江河。天高风低，云密路迷。燕雀归巢，行人何之？笼中二鸡，各见白黑。白者如雪，黑者如墨。"《秋夜吟》一首："疏窗星澹澹，明月照我床。披衣不能寐，中秋西风凉。蹑履出北堂，寒露沾我裳。绿竹影重重，山花满壁墙。惟念双亲远，遥遥在故乡。"

## 二八

右录近代闺媛诗若干家，而敬以先慈遗句、叔母旧稿殿其后。庚子夏日录成，内人观之，叹曰："平时亦有一句、两句诗，不能成首，奈何？"因自道其暂时归省，辄复言旋，涂次得句，勉成一首，自读而泣，余亦不乐观之也。其诗曰："辞亲下高堂，归省苦未久。再拜欲有言，哽咽难出口。回头见阿嫂，一样为人妇。丁宁勤问视，我已违姑舅。岂不常辛苦，徒然操井臼。悠悠岁月驰，安得常相守。"诗成后月余日，岳母辞世；又数月，内人亦逝。心之精爽，见于吐属。若是人往言存，曷胜叹息？爰附志于卷末。亡妻氏孙，滕邑茂才随斋先生第三女也。

## 乩诗　附

### 一

　　家爱泉兄示余以彭城乩诗《送春》七律三首："欲别东皇丽景空，忍将柔绿替危红。任浇芍药栏边酒，难挽秋千院外风。此去烟光疑梦里，向来花月付愁中。黄蜂紫蝶多惆怅，寻遍残香到绮栊。""韶光浑似不曾来，底事匆匆却又回。绮陌罢催珠络鼓，琼林慵劝玉交杯。歌残子夜清江曲，佩失申椒碧汉隈。人自残春春不管，含情无语拨炉灰。""无计留春只自怜，烟销烛灺思绵绵。寻侵梦雨俄三月，检点飞花又一年。车过西泠云似幄，舟回南浦水如烟。任他相赠情多少，廿四番风已惘然。"款云："梅花主人"，不著姓名。按其辞义，大似近代名流之作。爱泉言梅花主人乩仙降于彭城，乃嘉庆辛未年事，一时和作甚多，不具列。爱泉又为余言：曾闻某处乩降，能诗，少年不信，袖一蕉叶求射覆，乩诗云："袖内深藏一叶青，知君有意叩神明。夜来试听西窗雨，欠滴潇潇三两声。"

### 二

　　滕县吕仙阁内有乩仙诗笔石刻，余得拓木六幅，其傍应别有石刻记其原委，余未之见。乩笔草书，略似近人笔，款署"青莲"二字，意谓李太白也。诗七言绝句九首，漫为释文如左："碧落头衔领侍郎，尚将诗酒逞清狂。绿章草罢三清字，侍女传呼进玉觞。""天厨新赐郁金醪，玉宇无尘夜饮豪。天上秋深寒不禁，东华借与赤霜袍。""黄芽已熟九还丹，欲换人间俗骨难。

解得个中真法诀，只须一片白龙肝。""紫璚宫阙五云中，琪树瑶花处处同。三十二天春似海，人间那复有东风？""投壶帝女玉纤纤，银汉无波笑语添。却恐黄姑遥看见，当窗先下水精帘。""瀑布飞流两白龙，石梁百尺架长虹。桃华流水寻常见，才到天台便不同。""鞭龙笞虎住昆仑，独剖元机孰共论？袖里青萍三尺剑，夜深长啸出天根。""天根顶上即昆仑，水满华池石鼎温。一卷黄庭真诀秘，不教红液走傍门。""杖挂真形五岳图，湛然心迹似冰壶。春来只赏余杭酒，不问蓬莱水满无。"青莲右诗首句"领"字，草书，颇异，或读"饮"字，非是。按《神仙传》："沈义将飞升，有羽衣持节，拜为碧落侍郎。"又云："王远以千钱与余杭姥相闻，求其酤酒。"此诗起结俱用典故，非虚说也。璚，古文"琼"字，见《说文》。"元机"之"元"疑当作"玄"，或道书亦自有"元机"之说，未必乩笔犹知避本朝讳字也。石刻系嘉庆时 <sub>邑令</sub>冯君潮镌。

## 三

道光戊戌十月八日，邹邑九仙山仙女降坛。时余患耳疾，内人亦伤鬈角，闻仙善医，往问之，女辈从听。仙假一田妇口中，应答如响，自成韵语，大女记其略，爰连缀于左。"我是女身不是仙，细为太太说根原。七岁访师入名山，修炼已经八千年。你家耳症风火缠，盍不早时讨灵丹？直待三月无其奈，举著药碗求神仙。仙丹服三次，可许保平安。太公本是刚强性，不能低心受烟煎。放著官职不肯做，归家看守数亩田。耳疾百日灾已过，不必忧虑胡儳言。人生居家须耐烦，难得白首常欢颜。切莫生闲气、起祸端，麦芒对麦芒，针尖对针尖。剥杂琐碎你休问，寻个替身你也闲。眼前守著一桂子，还有两个女花媛。儿女双双在眼前，你心喜欢不喜欢？头皮破损非小可，勤心保护一百天。莫吃长流面，莫用木梳缠，不用服药身自安。一家平安即是福，人生长寿最为难。此后常向好处想，夫妇商量过坦然。将来尚有时运至，看著贵子做高官。你家儒医非一世，我来结个香火缘。有心多与太太讲，只恐香头不得闲。官相怜，民相怜，官官相怜神相怜。旁边笑的老蓝花，只许闻之莫轻传。"仙语如此。"香头"，谓所凭妇；"蓝花"，谓村媪也。见称"太公"，实不敢当，亦不解何缘也。"儒医非一世"，谓余妇翁随斋先生及内兄右民世医。

## 四

右语酷似村偈，或巫妪伪托，本无足录，然实有此事，亦不可略。间与家爱泉共观之，相与一笑。爱泉因诵乩诗有极佳者，《咏萍限押梁字》云："点点青青浮野塘，不容明月照沧浪。风吹雨逐沙泥上，燕子衔来绕画梁。"亦有极平常者，乩笔自称吕仙弟子申畅，能诗，傍人指韵限押，立成，略记一首："烛彩辉煌酒醉魔，枯肠搜索为君歌。夜深忘却惊星斗，句里喜非诵弥陀。风到檐前金烈烈，人来座右玉瑳瑳。俄看杯中饮未了，颇嫌苏合著无多。"苏和，自注：油名。"陀、多"二韵，律法不合，或以为讥，余笑曰："仙人诗，岂可以沈生弊法绳之？"

## 五

乩仙事有无不可知，要似有物以凭之。余时有异梦，非因非想，别有机缄，事亦有可记者。因乩诗、巫词，而附及之。甲申冬日，余方读书于琴台之侧，夜梦一文士衣冠而来，似有乞于余，余意已了然，即询之曰："风雨十年，大江南北。不知天上修文客，头衔又添几个字？"客即应曰："不南不北，风雨天黑。不知天上，漫道是修文客。"吟哦再三，意甚凄然，犹留一简而去。余视其简，乃言"孟子裔孙收葬贞女"事，醒而异之，即记于日功册尾。越乙未，有重纂《三迁志》之役。秋日，正册草具，又编辑杂事，忽异前梦，倘有幽贞未加阐扬者乎？为雨山博士缕述之，雨山曰："不南不北，风雨天黑。此语大类吾黎仲山也。生为文士，死为才鬼，固宜托名贞女，殆不欲显言之耳。"因出其所藏诸家《哀黔黎》册子见示余曰："是也。"即为序录。此事甚异，余梦时距黎生之没已七年，兹又在梦后十一年，孰主宰是？得非造化小儿弄我也？黎生事详于左。黎仲山，原籍贵州都匀府荔波县，嘉庆癸酉科选拔贡生。戊寅，单车入都，于中夏日过邹，涉城河，山涨猝来，与一仆王姓半渡而没。邑侯边公检其行箧，有吟稿及琴谱各一、箫一，盖南中韵士也。谋之博士孟照亭先生，厝诸高阜，邮牒于黔，访其亲丁，四载绝无消息。照亭恐其湮没，为立石、题姓名，并命子弟以时取酒脯奠之。自作四韵以哀其才，同时作者十余人。附书于后。世袭经博孟照亭继烺元倡五律一首："谁解升沈理，如君事可哀。功名微禄恋，辛苦异乡来。胆落涛千尺，魂招酒一杯。碣文留姓字，珍重为怜才。"邹邑明经董唯堂曾五古一首："松茂柏亦悦，志士赏抱负。芝焚蕙应叹，游子须回首。嗟嗟黎仲山，文章移北斗。胡以太轻生，长河争渡口。过涉灭顶凶，有仆从其后。同为异乡魂，葬于河之阜。检视箧中藏，琴伴与诗友。如此风韵士，赋命何不偶？孤魂千里月，夜夜此相守。赖有阐幽人，立石墓之右。炷君一息香，酬君一尊酒。与君结义缘，地下君知否？"诸生杜小陵清平七律一首："临流何处吊清修，云暗长河水气浮。姓字有人留短碣，文章无命振黔州。荒城日落秋天冷，古寺钟寒夜月愁。旅墓谁怜吟魂瘦，年年风雨响松秋。"右三家俱已作古，故详录之。外此，复有济州孝廉孙岚墅成冈楚辞一首，又七律一首；历城孝廉贾丹生辉山七律二首；滕邑诸生钟子衡季平、谢凌云鹏翔七律各二首；马爱泉元本绝句四首；江南阜阳候选府倅孟小然传绪七律二首；邹邑诸生董书门长枢《拟公无渡河行》一首；杜小鹤清和七律一首；并余拙作二绝句，俱不悉载。照亭先生季弟肆亭明经《奠黎生启》一篇，诸前后四首，录二绝："曾记当年埋俊骨，倏然岁月又新春。自嘲尔我交成故，八载痴情白酒真。""短碣题名字未湮，羁魂莫漫苦酸辛。他乡身后逢知己，地下如君有几人？"

　　照亭先生令嗣雨山孝廉七律一首："都匀拔萃负英才，琴谱吟笺妙翦裁。横命顿随流水去，惊涛敢为溺人来。风凄古庙寒诗魄，声断南鸿痛夜台。那得魂归荔菠县，徒然瘗旅有同哀。"雨山雅意，欲托南中诸友，返黎生之骨于黔，余更为征诗小引，亦附于此。从来公无波河曲传，当奈匏有苦叶，诗美印须。兹来贡树于黔州，沦身湍水；幸遇翰林乎驺邑，义气凌云。风波如此不可行，示后车以永诫。词客有灵应识我，羡古谊之常存。今已星霜屡易，犹供斗酒与只鸡。皆由地主多贤，不计衔环之黄雀。适有客谈往事，若闻幼眇音声于时。仆本恨人，怕作穷愁诗句，实有生所共悲，宜载赓以同调。倘逢南土贤豪之士，泽能润枯，庶使世间缺陷之端，尽成完璧两美。知其必合，惟大力者负之而趋，众情可以毕宣。冀有心者闻之而动，共成善事，不惜苦言。

# 六

余自丁丑抱孔怀之痛，每梦见先兄语如平生，时示以诗文，惜觉后都不能了然于口。惟记一联："照水云皆白，当花月自黄。"真幽冥语，读之增恸。又梦先外王父随缘翁说诗，有"青山坠虚潭，遥印空天碧"二句，亦不似平时语。友人王仙李归沈阳后，余曾梦渠吟一联："心相心无相，眼波眼不波。"醒来漫以呓语置之。浃日，乃闻其赴音默默之中事，亦大奇。因黎生事又附及之。

# 《东泉诗话》附册

## 类诗三　演《韩诗外传》

### 《演韩诗》自叙

《韩诗外传》中多韵语，曩尝集之，得若干条。噫！此于古书何所发明，于读书者何所开悟？而某喜为之。舍帖括正业，孜孜于此，误用聪明，消磨岁月，亦既垂老无成矣。而循览之下，犹不释手，若有余味在其中者，诚不可解也。言念今昔，虽多误学，各从所好，仍不知悔。辄复缮录一通，俟好事者观之。

道光丙申九月丙子朔廿一日丙申，鱼台马星翼书于乐陵学舍。

### 《演韩诗》四言四十首

#### 一

古者天子，左右五钟。右则蕤宾，左则黄钟。左撞黄钟，天子将出；右钟皆应，马鸣中律。驾者有文，御者有数。立则磬折，拱则抱鼓。行步中规，折旋中矩。然后升车，大师乐举。入撞右钟，蕤宾有声。以治容貌，鹄震马鸣。儓介之属，延颈胥听。内皆玉色，外皆金声；然后升堂，少师乐成。

## 二

孔子鼓瑟，燕居暇日。有鼠出游，狸见于室。循梁微行，造焉而避。厌目曲脊，求而不得。感之于音，贪狼邪辟。参也致疑，赐也前席。伊谁知此，可与入德。

## 三

雉处中泽，五步一噣。终日乃饱，羽毛光悦。奋翼争鸣，其志自乐。置之困仓，饲以粟粱。羽毛憔悴，低头不鸣。夫岂不善，失志彷徨。

## 四

土为人下，功多不言。树得五谷，掘得甘泉。草木以殖，禽兽以蕃。生者立之，死则入焉。

## 五

岩岩者山，民所仰观。草木生之，万物植焉。四方取益，货财攸迁。出云道风，从乎两间。天地以成，国家以安。

## 六

水似智者，缘理而行。蹈深不疑，其勇益彰。似礼就下，似德孔明。又似知命，漳沠而清。天地以成，群物以生。国家以安，万事以平。

## 七

江之始出，可以滥觞。及乎巨津，其流汤汤。不避其风，不可以航。惟积众川，以成大江。

## 八

美包天地，惟德之名。福乎两间，而神竞清。敛乎太阴，散乎太阳。阴而不湿，阳而不亢。化调四时，配日月明。

## 九

智如泉源，行为表仪，是曰人师。智可为砥，行可为辅，是曰人友。

## 一〇

何谓六经？千变万化，其道无穷。何谓圣人？存其精神，以补其中。何谓先生？世人皆醉，此独先醒。

## 一一

乐在内者，有亲可谏，有子可怒。乐在外者，有君可事，有友可助。

## 一二

扬人之美，非道谀也；指人之恶，非毁疵也。与物周流，道之归也。

## 一三

日选于物，不知所贵。五藏为政，心从而坏。不知选贤，日从于物，动而形危，静则名辱。

## 一四

聪者自闻，明者自见。行不苟难，说不苟辩。同音相闻，同明相见。和者好粉，知者好弹。

## 一五

虽有利剑，不厉不断。虽有美材，不学不善。

## 一六

以管窥天，所见者小；以锥刺地，所中者少。

## 一七

良玉度尺，明珠径寸。水土不掩，其光十仞。

## 一八

茂林之莒，深山之兰。人莫见之，岂不芬焉？

## 一九

心有四肢，可以代理。四肢无心，几日不死。

## 二〇

有酒入口，舌出获咎。与其弃身，无若弃酒。

## 二一

爱其人者，及屋上乌；恶其人者，憎其骨余。

## 二二

夏不频汤，冬不数浴。非爱水火，适时用足。

## 二三

农人善艺，冬至必雕。庶人之戒，日日慎桃。

## 二四

兽穷则啮，鸟穷则啄，人穷则诈。善为国者，莫穷其下。

## 二五

治暴思仁，国乱思天。民之归仁，欢如父子，芬如椒兰。

## 二六

民困欲逃，猎者可喻。何知善走，瞻见指注。虽有良徇，不及狡兔。

## 二七

能渠善射，有名于楚。夜见寝石，以为伏虎。弯弓射之，没金饮羽。

## 二八

吞舟之鱼，不居潜泽；度量之士，不居污世。吞舟之鱼，可谓大矣。荡而失水，制于蝼蚁。

## 二九

以跖诈杰，势犹相敌；以杰诈尧，如卵投石。抱羽赴火，以指挠沸。入则焦也，谁与共至。

## 三〇

稷蜂不攻，社鼠不熏，托者尊也。鱼厌深渊，而就干浅，乃就缗也。

## 三一

朝廷之士，入而不出，以为禄也。山林之士，往而不返，独远辱也。

## 三二

春树桃李，夏得其阴，秋得其实。春树蒺梨，夏不可采，冬得其刺。

## 三三

阴其树者，不折其枝；食其食者，不毁其器。愚民百万，不为有人。磐石千里，不为有地。

## 三四

君子之居，君子之游，晏如覆杆，绥如安裘。倏忽龙变，仁义沈浮。汤汤慨慨，天地同忧。

## 三五

小人闻道，其言斯苟，入之于耳，出之于口。譬如得食，既饱而呕，无益于肥，适见其丑。

## 三六

为民父母，其道如何？授衣以最，授食以多。法下易由，事寡易为。见人有善，欣然乐之。

## 三七

为父怀慈，必先严居。爱及束发，授以明师。冠子不言，发子不笞。听其微谏，无令忧之。

## 三八

为子如舜，因变顺时，大杖则逃，小则受笞。索而使之，日常在侧；索而杀之，未尝可得。

## 三九

吾师至圣，譬如天地。终身戴履，高厚莫喻。又如江海，渴饮攸赖。腹满而去，孰知其大？两手拜土，无益泰山；两手把之，亦无损焉。

## 四〇

昨日何生，今日何成。必念归厚，必念治生。日慎一日，完如金城此首原文也，特附于末。

# 《演韩诗》五言三十首

## 一

水清则鱼唱，令苛则民乱。城峭则崩城，岸峭则崩岸。

## 二

山锐则不高，水径则不深。行礛则不广，抱石而自沈。

## 三

渊广者鱼大，主明者臣惠。眼观而志合，其中为之契。

## 四

源清则流清，源浊则流浊。福生于无为，患生于多欲。

## 五

麋鹿在山林，其命在庖厨。人命有所悬，安行勿疾驱。

## 六

明珠生深泽，无胫而至国。士乃有足者，何患独不得？

## 七

鸟之可畏者，美羽而勾喙；人之可畏者，美辅而巧慧。鱼之可畏者，侈口而垂腴；人之可畏者，利口而辩辞。

## 八

观士有成法：达则视所举，居视其所亲，富视其所与，穷视所不为，贫视所不取。

## 九

官怠于有成，病加于小愈，祸生于懈惰，孝衰于妻子。君子察于此，慎终必如始。

## 一〇

患生于忿怒，祸起于纤微。汗辱难涵洒，败失不复追。谗行则害成，欲佟则行亏。不深念远虑，后悔将奚裨。

## 一一

造父虽善御，不可无车马；后羿虽善射，弓矢不可舍。大儒调天下，无地见功寡。

## 一二

目欲视好色，耳欲听宫商，口欲嗜甘旨，鼻欲嗅芬香。圣人之教民，必因其六情。

## 一三

有君不能事，有臣欲其忠；有父不能事，有子欲其从；有兄不能事，有弟欲其恭。

## 一四

重色而成文，累味而备珍。道亡则国亡，道存则国存。

## 一五

不宝径寸珠，所宝贤与圣。将照千里外，岂特十二乘？

## 一六

渊深则鱼生，林茂则禽归。君子明礼乐，众人之所怀。

## 一七

明镜以照形，往古以知今。前车既已覆，后车有戒心。

## 一八

乡者刈菁薪，今者亡菁簪。贤者不忘故，中泽有哀音。

## 一九

姜桂因地生，不因地而辛。女子因媒嫁，不因媒而亲。

## 二〇

笃行无善名，所友殆非人。虽有国士力，莫自举其身。

## 二一

始疑鸿鹄举，所恃惟六翮。若非鸿之力，安能举其翼？

## 二二

不逢时而仕，任事而敦虑。内不入其谋，外则为之使。

## 二三

诸侯藏于国，商贾藏箧匮。束帛而贺者，藏台烧亦得。短褐不被形，糟糠不充口。百姓乏于外，君仍大半取。

## 二四

慎言者不哗，慎行者不伐。天道示不盈，屋成必加拙，衣成必缺衵，宫成必缺隅。

## 二五

智则盗而渐，愚则毒而乱，穷则弃而累，达则骄而偏。入为乡里忧，出为宗族患。

## 二六

身莫贵于气，人得气以生。气非金与珠，亦非谷与缯。不可籴买得，不可求而赢。惟在吾身耳，保之则安荣。

## 二七

士处蓬户中，弹琴咏王风。有人亦陶陶，无人亦融融。

## 二八

不为安肆志，不为危激行。顺理而发言，矢志必公平。

## 二九

洋洋若江河，巍巍如泰山。钟期不失听，伯牙欲绝弦。

## 三〇

伪诈不可长，空虚不可守，朽木不可雕，情亡不可久此首系原文。

## 《演韩诗》杂言五十首

### 一

任重道远者，不择地而息；家贫亲老者，不择官而仕。君子矫褐趋，时当务为急。

### 二

树欲静风不止，子欲养亲不俟。枯鱼衔索，几何不蠹？二亲之寿，忽如过隙蠹读如蚀。

## 三

往而不可还者，亲也；至而不可加者，年也。彼椎牛而祭墓，不如鸡豚逮亲存也。

## 四

欲知其子，视其母；欲知其君，视其使。鲍鱼不与兰茝同笥而藏，桀纣不与尧舜同时而治。

## 五

根浅则枝叶短，本绝则枝叶枯。故盈把之木，无合拱之枝；荣泽之水，无吞舟之鱼。

## 六

登高而远，见台榭不如丘山；临深而广，望池沼不如大川。

## 七

凤象何如？五采备举。鸿前鳞后，龙文龟体。戴德而负仁，抱忠而扶义。小音金，大音鼓，动合八风，气应时雨。揽何国而来下治？得凤象之五。

## 八

鸡有五德，可约而举。文则戴冠，武则傅距。仁得食而相呼，勇遇敌而敢拒。守夜不失时，其信又可许。

## 九

鸿鹄一举千里，所持者六翮。彼背上之毛，腹下之毳，减一把不足为损，增一把不足为益。

## 一〇

马鸣而马应之，牛鸣而牛应之。君子洁其身，而同类敬之。

## 一一

茧可为丝，卵可为雏。茧不得女工不能为丝，卵不得伏鸡不能为雏。人之性善，如茧如卵。

## 一二

丝本素也，假染则异。假之青青于蓝，假之黄黄于地。

## 一三

善射者不忘弓，善御者不忘马，善为上者不忘其下。

## 一四

弓调然后求劲，马服然后求良。士不信焉又多知，譬如豺与，近之则伤。

## 一五

虽有奚公之车，不能自驰；虽有莫邪之剑，不能自断。大车不绞，则不成其任；琴瑟不绞，则不成其音。

## 一六

五色有时渝，丰木有时落。物有盛衰，不得自若。

## 一七

高墙激下未即崩，流潦既至必先倾。草木根浅未即撅，飘风一至必先拔。

## 一八

四体不掩鲜仁人，五藏空虚无立士，民困饥寒未可御。

## 一九

爵高者人妒之，官大者主恶之，禄厚者怨聚之。

## 二○

喜名者必多怨，好与者必多辱。安命养性者，不待委积而富。

## 二一

骄溢之君寡忠，口惠之人鲜信。居处齐则色姝，食饮齐则气珍，言语齐则听者信。

## 二二

立者言义，坐者言仁。疾言则翕翕，徐言则不闻。

## 二三

国有道，朝多贤。其风治，其乐连，其民依依，其行迟迟，其意好好，其马舒舒。泽人足乎木，山人足乎鱼。

## 二四

道之衰，多琦词。卵有毛，钩有须。出乎口，入乎耳。山渊平，天地比，齐秦袭。

## 二五

枯耕伤稼，枯耘伤岁。田荒谷恶，民饥籴贵。物有灾，不足怪；惟人妖，最可畏。邻人相暴，对门相盗。寇贼并起，死人满道。上下乖离，父子相疑。是谓人妖，乱必随之。

## 二六

君子避三端，可畏不可亵：文士笔，武士锋，辩士舌。

## 二七

君子有三言，可佩以终身。无内疏而外亲，无身不善而怨他人，无患至而后呼天。内疏外亲，不亦反乎？不善怨人，不亦违乎？患至呼天，不亦晚乎？

## 二八

世有三死而非命也。居处无节劳过者，病也；干上者，刑而侮强者，兵也。

## 二九

富贵而智，易为人恶。使人勿恶，其亦有故。贵而下贱，则众弗恶也；富而分贫，则穷士弗恶也；智而教愚，则童蒙者弗恶也。

## 三〇

贫如富者，知足而无欲。贱如贵者，礼让以自束。无勇而威者，恭敬而不失。终身无患难者，择言而出。

## 三一

与人以虚，虽戚必疏；与人以实，虽疏必密。实之与实，如胶如漆；虚之与虚，如薄冰之见昼日。

## 三二

少学而长忘，费在身兮；始交而中绝，费在人兮；己有功而轻负之，费在事君兮。

## 三三

微幸者，伐性之斧；嗜欲者，逐祸之马；谩诞者，趋祸之路；毁于人者，困穷之舍。

## 三四

学而不已，阖棺乃止，播乎不知其时之迁矣。

## 三五

学非为通也，不敢玩日而惕时为。穷而不忧，困而志不衰。

## 三六

士有独善，安往而不得贫贱乎？授履而去，可楚可秦，亦可以骄人乎？

## 三七

疏食恶肉，不足旨也；驽马柴车，不足美也。可得而食，可得而乘，且犹不欲死也。

## 三八

君子易和而难狎也，易惧而不可劫也。温乎其宽大也，嘁乎其廉而不刿也，超乎其有殊于世也。

## 三九

凡民以从俗为善，以货财为宝，以养性为己至道。民德如此，未及于士也。士行法而志坚，未及君子也。君子言行多当，未及圣人之至也。圣人何如？行礼节要，若性四支；因化之功，若推四时；天地得序，群物安居。

## 四〇

鲁庙有器，其理可师：满则覆，中则正，虚则欹。持满之道，抑而损之。一谦而四益，易义正如斯。

## 四一

江南之树名曰橘，树之江北化为枳。齐士入楚为楚人，土地之化使然尔。

## 四二

园中有榆，其上有蝉。蝉方悲鸣，螳螂在焉。螳螂伺蝉，曲劲欲攫，不知其后飞来黄雀。黄雀飞来何翩翩，不知童子挟弹丸。童子方欲弹黄雀，不知前有深坑后有窟。

## 四三

蔡人之子，弓人之妻，论射于景公之前，免其夫于齐。"凡射故必有仪：掌若握卵，手若附枝，四指如断短杖，右手发之，左手不知。"

## 四四

鲁监门之女婴，相从夜绩，而涕纵横。闻卫士子不肖，而甚好矣。女言之明且清："忆昔宋向魋得罪而东行，其马佚骤吾园葵，使不得荣。于越攻吴，而鲁献女与往者，姊；道死者，兄。国之祸福，民之死生。今吾男弟三人，忧且废耕。"

## 四五

齐之牧者，遇金不取。爰斥延陵季子为皮相之士："子何居之高而视之下，貌君子而言之野？吾上不仕诸侯，下不友大夫，当暑而衣裘，君疑取金者乎？"

## 四六

子路采薪，韫丘之下。谁与偕出，是惟巫马。陈有富人，处师氏者。脂车百乘，觞于此也。"勇士忽丧，勇发言一何鄙？使汝得此富，无复见夫子。"子期仰天叹，投其镰于地："子倘试予欤？抑诚尔之志？"子路心惭，负薪先归。夫子援琴，以写其悲："吾道不行邪，何为至于斯？"

## 四七

原宪居鲁，匡居弦歌，轩不容巷。子贡来过，杖藜出应门。正冠而缨绝，振襟则肘见，纳履则踵决。自称贫非病，希世非吾学。歌商出金石，声沦于天地。钟筥有不爱，忘身而养志。座中绀衣客，逡巡惭而去。

## 四八

楚丘先生往见孟尝。春秋高矣，谓多遗忘。先生闻之，对曰："否否！君谓我老，老于何有？将使吾投石超距，而搏虎豹，吾则死矣，何暇言老？若深计而远谋，出正词以当诸侯，吾始壮耳，又何老乎？"

## 四九

德行宽容而守之以恭，土地广大而守之以俭，聪明睿知而守之以愚，博闻强记而守之以浅。

## 五〇

独视不若众视之明也，独听不若众听之聪也，独虑不若众虑之精也。

### 《演韩诗》后自题

韩诗存外传，亦足解人颐。隽永多余味，纷葩似古辞。
寻声如可绎，续胫已忘嗤。世有扬云者，还应复好之。

几年钻故纸，白首叹飞蓬。诗觉萌牙出，才难妙手空。
光阴流水似，著作镂冰同。录录因人事，奚论拙与工？

# 东泉诗话续册

## 第一册　论诗类

### 一

《文选》载李陵诗三首。《太平御览》别有一篇，结句：“巢父不洗耳，后世有何称？”引喻失义，自拟非伦，殆废鼎也。《古文苑》有《拟李陵诗》七首，不著谁作，其一“有鸟西南飞”，其七“凤皇鸣高岗”。后人引诗，或即以无名氏拟诗为陵自作，而此外尚有遗句。李善注《文选》：魏文帝《与钟大理书》“五内”句下引李陵诗曰：“行行且自割，无令五内伤。”又孙子荆《为石仲容与孙皓书》“虎步”句下引李陵诗曰：“幸托不肖躯，且当猛虎步。”今俱不见全篇。

### 二

刘向《杖铭》，借杖喻相，极得风谏之谊，所云：“都蔗虽甘，殆不可杖；佞人悦己，亦不可相。”曹植《矫志诗》全用其语：“都蔗虽甘，杖之必折；巧言虽美，用之必灭。”盖深有味乎其言。子建之在魏，与子政之在汉，其心同也。

### 三

匡鼎说诗解颐，古今艳称。而稚圭自作之诗，殊无传焉。《礼乐志》云：衡为丞相，更定郊祀歌，“奏罢‘鸾路龙鳞’，更为‘涓选休成’。……又奏罢‘黼绣周张’，更为‘肃若旧典’”。此《涓选》《肃若》二诗，非别有全篇，殆其改句仅见者。解颐之句，亦可见一斑。

## 四

古绝句"藁砧今何在,山上复有山"四句,宋人《韵语阳秋》具为解释之矣。《诗乘》,近人所撰,引古辞"围棋烧败袄,著子故依然"。谓与"藁砧"相类,但未知所出,亦未见全篇。

## 五

楚调《怨歌行》:"大德悠且长,人命一何促。"高彪《清诫》:"天长而地久,人生则不然。"马明生《游仙诗》:"天地自有常,人命最险巍。"三诗起句,旨义相类,而"险巍"语甚里。明生,临淄人,见《神仙传》。其诗或用当时里语。今时犹有"人命甚脆"之语,"巍""脆",音相近。

## 六

伏波《铜柱》,《汉书》不载,其铭注中亦不及之。宋人《十国春秋》:"伪楚追谥伏波为祖昭灵王"。具载其《铜柱》铭文十六字曰:"金人汗出,铁马蹄坚。子孙相连,九九百年。"句亦不甚可解。字体或篆或隶,亦都未详,姑备一说可耳。

## 七

班固《咏史》:"百男何愦愦,不如一缇萦。"全首载司马贞《史记索隐》,通首五言。其郊祀《灵芝歌》乃骚体,见《太平御览》。孟坚诗传者,不仅《东都赋》后四言数篇也。《灵芝诗》与《宝鼎》《白雉》二篇正相类,疑亦同时作。

## 八

张衡《思元赋》中有四言诗"天地烟煴,百草含葩"八句。末系以诗,乃七言。变骚体而为七言,通首十二句,是亦七言古诗之星宿海矣。

## 九

沈约《宋书·乐志》载《气出唱》,魏武帝辞。自"驾六龙"至"宜子孙",下乃更端写"游君山"一段。似前为艳、后为辞者,艳未免太冗长矣。近人《诗纪》分为三首,"驾六龙"至"道自来"为一,"华阴山"至"宜子孙"为二,"游君山"以下乃第三也。不知何所据,或《宋书》自别有善本。

## 一〇

魏武诗杂言虽工,未若四言之善。"呦呦鹿鸣"四句,短歌中袭用之,如自己出,其气盛也。"老骥伏枥,志在千里。"《碣石》篇中句,王敦以击碎唾壶。"月明星①稀,乌鹊南飞。"东坡《赤壁赋》中犹引之,赏音固自不乏。

## 一一

诸葛武侯《梁父吟》:"力能排南山,又能绝地记。""又"字别本皆作"文",蜀中石刻亦然。殆非是,三士皆力臣,不知其有文也。史言武侯自比管、乐,此诗乃是自比晏子。

## 一二

魏文《善哉行》,《文选》载其四言一篇,《诗记》乃有四篇,《选》是第一,次"有美一人"亦四言也,其三、四皆五言。末首"朝游高台观,夕宴华池②阴"一百字,明人《广文选》弋取其大半,别题为《铜爵园诗》,不知何据。铜爵台称园,亦似新题。

## 一三

陈思王《赠友》一篇,"君王礼英贤"云云,乃江文通拟作,明见《文选》前。明人刻《陈思集》者亦并编入,与《陶集》编入江拟《田居》一篇,其弊正同。东坡和陶并和此作,知宋时刻本即误入。

① 底本作"是",据原诗改。
② 底本作"他",据原诗改。

## 一四

《诗纪》，陈思乐府以《丹霞蔽日行》为首。"丹霞蔽日"之义，篇中不见。其句有云："周室何隆，一门三圣。"与题义无关。按《魏文乐府》亦有此题，其首句云："丹霞蔽日，采虹垂天。"子建殆和其兄作，藉周为喻。

## 一五

《陈思集》中前有《七哀》，后又有《怨诗行》，仅增多数句。"念君过于渴，思君剧于饥。"亦非妙谛。岂初稿如此，后乃删剃耶？《善哉行》"来日大难"一首乃古辞，亦误入集中，皆编者滥收之过。

## 一六

程晓，字季明，乃程昱孙，见《魏志·昱传》。晓有《嘲热》一篇最为名作。编诗者因昱孙编入魏诗，实是晋人。与傅休奕赠答四言诗俱在，当与傅相次并列。

嵇叔夜《赠秀才入军诗》，《文选》五首，在本集乃十九首之六也。本集"携我好仇"下别为一首，而《选》合之，集末首五言："吉凶虽在己，世路多崄巇"。

## 一七

嵇生《答二郭诗》有云："庄周悼灵龟，越穆嗟王舆"。"越穆"二字，诸本悉同，实则正用越王子搜事明，见《庄子》书。曩谓"搜"字古写近"穆"，故讹。《文选》《谢公会吟行》句云："勾践善废兴，越叟识行止。"所云"越叟"，亦当是"越搜"之讹，"识行止"亦谓其"叹王舆"云尔。

## 一八

《阮步兵集》中，《咏怀》乃八十二首，可谓多矣。《文选》载十七首，悉其佳篇。《吹台》一首尤其名作，《选》顾遗之，知不能备矣。本集尚有四言诗三首亦题《咏怀》，有句云："回滨嗟虞，敢不希颜。""回滨"二字不解，俟校别本。

## 一九

《文选》王仲宣《七哀诗》"西京乱无象"，李善注已作"无象"解之矣。曩疑"象"是"家"字讹，王自叹无家，故下云"身适荆蛮"，语意相贯。乃谢公拟仲宣诗云"函殽没无像"明，押"像"字韵，则自刘宋本已然，何得言误？

## 二〇

"清风细雨杂香来，土上出金火照台。"见王子年《拾遗记·薛芸》篇，乃当时行者歌词。"清风"句极似后世语，"当涂高"已开其端。

## 二一

陶诗《归园田》句："试携子侄辈，披榛步荒墟。"湛方生后诗："抚我子侄，携我亲友。"或以侄称太里。按杜氏《左传注》："兄子曰侄。"范氏《穀梁传叙》亦有"兄弟子侄"句。盖兄子称侄，自典午以来皆然矣。必谓古称侄皆谓女，而不可施于男子，亦拘而鲜通。今人即以典午为古，可也。刘向《列女传·鲁义姑姊》颂："见军走山，弃子抱侄。"已谓兄子为侄。

陶诗《劝农》首章："厥初生人。""人"字当是唐人避讳改之，今本仍当作"民"，与结句"实赖哲人"，韵乃不复。其第六章"民生在勤"，"民"字独未改，何居？

## 二二

谢诗题《田南树园激流植援》，"援"字李善注中未释。按诗内有"插槿当列墉"句，即"援"义也。以"墉"为"援"，究不知所本，或用当时语耳。

## 二三

《西洲曲》，梁武帝作，别本一作《晋辞》，或自晋即有此曲，而萧氏更加修饰之耳。其曲八节，宛转关生，姿态横出，极为妙笔。八节中惟"采莲南塘秋，莲花过人头。低头弄莲子，莲子青如水"两句一转韵，更觉簇簇生新。何逊选韦司马别一首，调度仿佛《西洲》。至唐《春江花月夜》之作，亦极相肖。

## 二四

《白马篇》十八韵者，乃孔稚圭作，见《詹事集》，音节清壮。而坊刻编入隋诗，且题曰炀帝作，未知何由。

## 二五

隋人尹式句："秋鬓含霜白，衰颜倚酒红。"孔德绍句："风度谷余响，月斜山半阴。"王申礼句："叶落秋巢迥，云生石路深。"皆律句之佳者，入之唐诗，殆无以辨。隋诗中惟杨素《赠薛内史》《薛播州》诸篇，犹近古之作者。

## 二六

明余庆《从军行》："剑花寒不落，弓月晓逾明。"亦是律句，而研炼极工。乃初唐虞世南同此题、用此句，仅颠倒二字，乃袭用之耶。要之"剑寒花不落，弓晓月逾明"，似未若原句之善。

## 二七

唐诗选本，在唐姚合有《极玄集》，以王维为首，皎然为终，无李、杜，亦无高、岑。所选摩诘诗，亦仅律诗三首，似未为极玄也，摩诘五、七古岂可略哉？韦庄有《又玄集》，以杨炯为首，司空曙终，中有李、杜矣，乃李仅一律、二绝句，杜仅吹留一律。是皆偶然弋取，未足为定衡也。若元结《箧中集》，仅沈千运等六七人；令狐楚《御览诗集》，仅刘方平等十余人；所载更隘，不足尚。

## 二八

唐芮挺章选《国秀集》，以李峤为首，祖咏终，全无李、杜，与殷璠《河岳英灵集》、高仲武《中兴闲气集》所见略同。殷本有李无杜，意见已别；而末有李嶷、阎防，与王、孟、高、岑果足相匹耶？芮本自载其《江南弄》五律一首，"鹦鹉能言鸟，芙蓉巧笑花"是其佳句，亦可想见芮所步趋者，如此而已。选人自入己诗，殆始于此，或前此矣，姑弗深考。

## 二九

《闲气集》末有闺秀李冶季兰诗三首，盖高氏所欲表章者，专在此等。其《三峡流水歌》，实为佳篇。韦谷《才调集》亦载之，题上有"从萧叔子听弹琴"七字，高本遗之不得。《国秀集》《御览集》俱有梁锽《观美人卧》一律，甚非其美。"落钗犹挂① 鬓，微汗欲销黄。"是何等句？而诸家滥收，殊不可解。

## 三〇

《唐文粹》有苏晋《遇贾六》诗一首："主人病且闲，客来情弥适。一酌复一笑，不知日将夕。昨来属欢游，于今尽成昔。努力持所趣，空名定何益。"苏晋诗罕见，似此与陶诗气味何远？宜为拾遗所称。

## 三一

天宝间，李康成选《玉台后集》，自存其诗数篇，其一云："自君之出矣，弦歌绝无声。思君如百草，撩乱逐春生。"吐属亦近六朝。

## 三二

皮日休《七爱诗》多名，余尤爱其《元鲁山》一首，合缕书之。"吾

---

① "挂"，底本脱，据原诗补。

爱元紫芝，清介如伯夷。辇母远之官，宰邑无点疵。三年鲁山民，丰稔不
暂饥。三年鲁山吏，清慎各自持。只饮鲁山泉，只采鲁山薇。一室冰蘗苦，
四远声光飞。退归旧隐来，斗酒入茅茨。鸡黍匪家畜，琴尊<sup>①</sup>常自怡。尽
日一菜食，穷年一布衣。清似匣中镜，直如弦上丝。世无用贤人，青山生
白髭。既卧黔娄衾，空立陈寔碑。吾无鲁山遵，空有鲁山辞。所恨不相识，
援笔空涕垂。"此诗亦见《文粹》，当与汉人洛阳令王君诗并垂。

## 三三

《全唐诗话》："郑征君为诗，皆祛淫靡，迥绝嚣尘。"如《富贵曲》云：
"美人梳洗时，满头闲珠翠。岂知两鬓云，戴却数乡税？"《咏西施》云："素
面已云妖，更着花钿饰。脸横一寸波，浸破吴王国。"又《伤时》句："浮
名浮利过于酒，醉得人心死不醒。""翠娥红粉婵娟剑，杀尽世人人不知。"
又《偶题》一首："似鹤如云一个身，不忧家国不忧贫。拟将枕上日高睡，
卖与世间富贵人。"此等句甚多，不备录。余谓此等诗类，皆自香山《长
庆乐府》来。有意刺时，自谓得诗正派，实则满腔恶俗，艳羡富贵，固作
煞风景语，以自矫异云耳。在当时矜为杰作，自近人观之，了不异人意。

## 三四

"东坡云：'唐末五代，文章衰陋，诗有贯休，书有亚栖，村俗之气，
大率相似。'如苏子美家收藏张长史书云：'隔帘歌已俊，对面貌弥精。'
语既凡恶，而字画真亚栖之流。"此一段见苕溪《渔隐丛话》，实为名论。
而世俗不察，反以五代时语为法，甚可闵笑。

## 三五

放翁《老学庵笔记》：天庆观有陈希夷石刻云："因奉攀县尹尚书水南
小酌回，特叩松扃，谒高公。茶话移时，偶书二十八字。'我谓浮荣真是幻，
醉来舍辔谒高公。因聆玄论冥冥理，转觉尘寰一梦中。'道门弟子图南上。"
余按此近人诗题，用"茶话"二字之祖。此类岂可效法？由此以推，"奉

---

① "尊"，底本脱，据原诗补。

攀县尹"亦可作题目。村恶之气，不可向迩。

## 三六

近人诗集中又每用《坐月》题。按刘须溪《元宵雨词》"坐月夜吹箫"殆是"坐月"二字之始。要本五代路洵美《夜坐》诗："漏从吟里转，月自坐来明。"又按唐贾岛《过杨道士居》，即有"叩齿坐明月"句。

## 三七

杜荀鹤句："卷一留丝供钓线，种千林竹作渔竿。"见《野客丛书》。按：此"钓线"二字所本。但杜原句有"丝"字，其义自明。近人直以钓丝为钓，何居？又山甫诗以"七条丝"为"七条线"，皆率于格律，趁韵而已，岂足为法？

## 三八

《唐宋遗史》：僧乾康有《经方干故居》诗："镜湖中有月，处士后无人。荻笋抽高节，鲈鱼跃老鳞。"以"老鳞"对"高节"，已属牵强。若本此为典故，凡海大鱼皆称"老鳞"，殊为孟浪。

## 三九

《宾退录》："五代蒋维东好学，能属文，隐居衡岳，从而受业者号山长。"按近世号书院师为山长，盖本此，或前此矣，俟考。录中多载别号，如曲子相公，晋和凝也；判诗博士，王仁裕也；秦妇吟秀才，蜀韦庄也；风月主人，欧阳彬也；皂江渔翁，张立也。盖当时风气，所尚如此。《零陵总龟》载蒋维东《孟阳落花》诗："流水从将去，春风解送来。"亦是恒语。

## 四〇

"南汉刘龑才人苏氏，通经史，宫中呼为'苏大家'；蜀黄崇嘏号'女状元'。"俱见《宾退录》。

## 四一

《翰府名谈》:"陈希夷赠金励《睡诗》二首:'常人无所重,惟睡乃为重。举世皆为息,魂离神不动。觉来无所知,贪求心愈勇。堪笑尘中人,不知梦是梦。'其二:'至人本无梦,其梦乃游仙。真人本无睡,睡则浮云烟。炉里尽为药,壶中别有天。欲知睡梦里,人间第一玄。'"按《玉堂嘉话》载希夷诗云:"我见世人忙,个个忙如火。忙者不为身,为身忙却可。"诗只四句,而意味无穷,较《睡诗》似觉更胜。渠以导引为为身,吾辈自有为己之学,可藉以自励。

## 四二

胡仔《渔隐丛话》载回仙《沁园春》一阙,明内丹之旨。词曰:"七返还丹,在人先须,练己待时。正一阳初动,中宵漏永,温温丹鼎,光透帘帷。造化争驰,虎龙交合,进火功夫尤斗危。曲江上,看月华莹静,有个鸟飞。□□当时自饮刀圭,又谁信无中养就儿。辩水源清浊,木金间隔,不因师旨,此事难知。道要玄微,天机深远,下手速修犹太迟。蓬莱路,仗三千行满,独步云归<sub>词完</sub>。"按此词乃近人八段锦功夫之祖。余常从孙太医右民受此诀所云"进阳火""退阴火",气息如春水鱼,皆此中秘要。

## 四三

回仙即吕翁,一称回道人。吕翁诗,载《全唐诗》集中甚夥,不知采自何书。漫录其《劝世篇》:"一毫之善,与人方便。一毫之恶,劝君莫作。衣食随缘,自然快乐。算是甚命,问什么卜?欺人是祸,饶人是福。天眼昭昭,报应甚速。谛听吾言,神钦鬼服。"

## 四四

《十国春秋》:杜仁杰善导引烹炼之术。孟知祥镇西川,仁杰来蜀,留题至真观云:"坤所载,乾所筹"云云。近二百字,不备列。中有句:"昔王人,往昭告，始轩辕，末徽庙。""徽庙"二字在赵宋前即有之，究未知何所指。

## 四五

颜仁郁，泉州人，仕为归德场长，有诗百篇，历尽人情，邑人歌之，号"颜长官诗"。其劝农云："夜半呼儿趁晓耕，羸牛无力渐艰行。时人未识农家苦，敢道田中谷自生。"亦见《十国春秋》。归德场，是否即今归德府地？

## 四六

《洞微志》，不知谁作，载《齐人病中歌》，甚幻，漫记之。显德中，齐州有人病狂，每歌曰："踏阳春，人间二月雨和尘。阳春踏尽秋风起，肠断人间白发人。"又歌曰："五云华盖晓玲珑，天府由来汝腑中。惆怅此情言不尽，一丸萝卜火吾宫。"后遇一道士作法治之，云："每见一红衣小女，引入宫殿，皆红，多召紫州小姑，令歌。"道士曰："此正犯大麦毒，女即心神；小姑，脾神也。"《医经》："萝卜治面毒。"故云"火吾宫"。即以药兼萝卜食之，遂愈。余按此事极幻，而萝卜方甚效。孙太医每以煮萝卜饱食之，治疟有奇功。客秋一老吏患疟两月余，惫甚，漫以萝卜方治之，乃止，或所犯亦面毒也。附及之。

## 四七

徐夤有《温陵集》，刘后邨为叙，称"夤善赋"，时人目之为"锦绣堆"。其集十卷，今皆不见，但摘其句："丰年甲子春无雨，良夜庚申夏足眠。"可想见"锦绣堆"中语。至"身闲不厌常来客，年老偏怜最小儿"，乃恒语耳。

## 四八

《雅言系述》载曾弼《宿玉泉寺》诗："山偷半庭月，池印一天星。"以为奇句。余谓"山偷"句，里不似诗人吐嘱。零陵记毕田句"石上泉华喷猛霜"，"猛霜"亦里语，不可为典要。毕诗至以"泪筱"对"湘弦"，更何足云？

## 四九

《青箱杂记》有冯道诗一首："穷达皆由命，何须发叹声？但知行好事，莫要问前程。冬去冰须泮，春来草自生。请君观此理，天道甚分明。"余谓此真香山派，惜出自痴顽老子，不能为广大教主。

## 五〇

《碧鸡漫志》，不知谁作，其中一条有"鱼台"二字，似是吾邑旧事。朱三曾驻兵于此，歌舞于此，洵故里之不幸也，弋取其略。屯田员外郎冯敢，景德三年，在开封府界宿古佛堂，携童子王侃，观女鬼三妇人歌舞，歌者问侃："识歌何名？"侃对曰："喝驮子。"渠曰："非也。"此曲单州营妓教头葛大娘所选新声。梁祖作四镇时，驻兵鱼台，值生日，大娘献之。梁祖令李振①填词，付后骑喝之，以押马队。河北军竞唱此曲。以押队故，讹曰"喝驮子"。庄皇入洛，闻此曲，谓左右曰："此亦古曲，葛氏但更五、七声耳。"

## 五一

《清源文志》载：闽人詹敦仁《复留侯从效问刘岩改名龚字音义》诗一首，五古长篇。余常用其韵答友人问古泉刀奇字者，缕书于左。"伏羲初画卦，苍颉乃制字。点画有偏傍，阴阳贵协比。古者不嫌名，周人始称讳。始讳犹未酷，后习转多忌。或援他代易，或变文回避。滥觞久滋蔓，伤心日以炽。孙休命子名，吴国尊王意。霸音弯茵迻霙甑罘贤僻，𩨙莘皛举寇褒焚音拥异。梁复踵已非，时亦迹旧事。戳万朶杰自其一，蜀桂闽琛入声是其二。鄙哉仇掌脊起名，陋矣𫘝颐齇端义。大唐有天下，武后拥神器。私制迄无取，古音实相类。乖年凤初回日囵月星，唐君悪臣韭人丙天坴地。舌正囝国及曌照朤日载，作史难详备。唐祚值倾危，刘龚怀僭伪。吁嗟毒蛟辈，睥睨飞龙位。龚俨虽同音，形体殊乖致。废学愧未弘，来问辱不弃。奇字难雄博，摛文伏韩智。因诵鄙所闻，

---

① 底本脱"振"字，据文义补。

敢布诸下吏。"右诗罗列异字，亦资考据。按敦仁，固始人也，闽王命参军事不就，而就留从效之辟，盖亦有所不获已耳。仕闽，故又称闽人。

## 五二

《研北杂志》："李仲芳家，有南唐金铜蟾蜍砚滴，重厚奇古，腹下有篆铭曰：'舍月窟，伏棐几。为我用，贮清泚。端溪石，澄心纸[①]。陈玄氏，毛锥子。同列无哗听驱使，微吾润泽乌用尔。'"按此铭不著年月，志称南唐者，为有"澄心纸"耳。"金铜"二字不分明，古者铜亦称金，但未有混称"金铜"者。

## 五三

《雅言杂录》：廖图赠沈彬诗："名利最为浮世重，古今能有几人抛？逼真但使心无着，混俗何妨年强抄。"押"抄"字不甚可解，或亦当时俗语。

## 五四

宋《文鉴》载郓人张俞作《蚕妇诗》："昨日入城市，归来泪满巾。遍身罗绮者，不是养蚕人。"俞，字少愚，自号白云先生。按此诗，世所习闻称唐诗，殊误。《文鉴》又载郑毅夫獬《采凫茨》一首："朝携一筐出，暮携一筐归。十指欲流血，且急眼前饥。官仓岂无粟，粒粒藏珠玑。一粒不出仓，仓中群鼠肥。"道得民间疾苦，主风人不远。

## 五五

张文裕掞，乃吾齐州人。其《贺执政入东西府》一律，见《王荆公集》李璧注中，实一时应景[②]之作。漫记其首四句："五仙同日集蓬莱，玉宇珠帘次第开。乍向壶中窥日月，犹疑海上见楼台。"《历城志》中应有此诗。

---

① 底本"纸"字脱，据文义补，下同。
② 底本"景"字脱，据文义补。

## 五六

彭城陈亚之洎，乃后山之祖，有《过田文墓》一绝，墓应在今滕县，《滕志》当载之。"当时闻奏雍门琴，话者池台泪满襟。何况今朝陵谷畔，池台无迹可追寻。"

## 五七

《濂溪集》有《自题濂溪书堂》五古长篇，句云："有时吟复默，酒罢鸣幽琴。数十黄卷轴，贤圣谈无音。"诚不愧其言。集中亦有与人同流之作："三月僧房暖，林花互照明。路盘层顶上，人在半空行。水色云含白，禽声谷应清。天风拂襟袖，缥缈觉身轻。"《同宋复古游大林寺》句也。

## 五八

《渔隐诗话》载韩持国维一绝："闭门读易程夫子伯淳，清坐焚香范使君纯礼。顾我未能忘世味，绿醑红妓对斜曛。"又载苏舜元、舜钦兄弟联句，四言长篇，首云："大荣大辱，能生死人元。"结云："驾风鞭霆，以脱凡鳞钦。"实为一时奇作。

## 五九

《庐①山志》有任大中《送②永倅周茂叔还濂溪》一注："君去何人最泪流，老翁身独宿南州。随君不及秋来雁，直到潇湘水尽头。"任三，衢人，字子固。

## 六〇

李泰伯觏，不以诗名。乃其《咏梁帝》一绝："但学禅心能忍辱，不羞侯景隐台城。"亦是妙手偶得之句。杨修之备《秦淮》一绝："金陵地脉何曾断，不觉真人已姓刘。"咏史诗皆可与义山相匹。若刘彦冲《汴京诗》：

---

① 底本作"座"，据原书改。
② 底本作"选"，据原诗改。

"空将覆鼎误前朝,骨朽人闲骂未消。"似太直致矣。

## 六一

朱童子,浮梁人,名虎臣,年九岁,绍兴间武状元。程元祐赠诗有云:"迩来忽得朱虎臣,九岁知兵及古人。仆姑十上九破的,玉帐七书成诵臆。"见《饶州府志》。九岁骨干未成,而能以武艺冠军,真所谓有力如虎者也。

## 六二

《朱子大全集补遗》载《德兴县叶元恺家题》一绝:"葱汤麦饭两相宜,葱暖丹田麦燎饥。莫道儒家风味薄,隔邻犹有未炊时。"又云晦庵,亦号云谷老人,又称沧州病叟,此二号今鲜知者。

## 六三

晁公溯,字子西,巨野人,公武之弟,著《嵩山集》。《有感》绝句:"不见罘罳阙,于今已十春。素衣不忍弃,为有洛阳尘。"极有古意。

## 六四

章伯渊乃惇之裔,著《槁简赘笔》。其《子夜吴歌叙》载《吴中里曲》,有句云:"消梨应郎心上冷,甘蔗应郎心上甜。"又:"罗裙十二①褶,小妻也是妾。"类古乐府,因演之为二章。其诗不佳,反为蛇足。

## 六五

《濂洛风雅集》载叶仲圭𥿄《书事》一绝"双双瓦雀行书案"云云,俗误称朱子诗,不知为叶作也。"近水楼台先得月,向阳花木易为春。"乃北宋杭州巡检苏麟献②、范文正句,世人习用,不知所出。

---

① 底本"二"字脱,据原诗补。
② 底本"献"字脱,据文义补。

## 六六

苏简，字伯业，苏籀①，字仲滋，伯仲分明，皆苏迟之子。而世谓简为籀弟，何居？著《双溪集》，有《游鼓山》七古一篇，不注山在何处。

## 六七

朱子尝登鼓山望闽海，云："后五百年，海中当有数万家之聚。"今台湾是也。当以苏氏居里证之<sub>山名象形，不一处。</sub>

## 六八

胡元任<sub>仔</sub>，号苕溪渔隐，《利人七夕》一绝："乞巧筵开玉露秋，一钩凉月挂西楼。人间百巧方无奈，寄语天孙好罢休。"别有怀抱。

## 六九

梁安世，字次张，著《远堂集》，有《呈秦碑一纸于梅溪太守》七古一首，略云："公生博物好奇古，劝我搜求秦望碑。我来稽阴且三载，梦寐绝顶云俱驰。""暇日登临云门寺，僧曰若耶溪上奇。山曰何山<sub>山名</sub>势最峻，丹鹤夜宿天孙枝。李斯篆书真刻本，昔人避乱此见之。惜哉无此纸无一画，欲记存亡人应嗤。"按《龟龄集》亦有答作。本无一画，真可谓无字碑矣。

## 七〇

《范石湖集·琉璃河》一绝，末句"琉璃河上看鸳鸯"。自注：此河又名刘李河；宋敏求《入番录》乃谓之六里河；在涿州北三十里，鸳鸯千百为群。按此即今涿郡之琉璃河，明时修桥，桥侧铁梁刻字甚明，乃俗称王彦章铁篙，较六里、刘李之讹，益属无因。丁丑，余与袁树堂同年过此桥，口占一绝："河中水似碧琉璃，桥上装回枉寄思。故宋鸳鸯今已老，我来不见一行飞。"袁规余云："此是悲音，君年方小，不宜尔。"因弃置不存稿。今阅石湖诗注，

---

① 底本"籀"字脱，据文义补。

附及之。当丑岁，余方有孔怀之痛，又值下第，不觉情见乎辞。

## 七一

《陆象山集》，吾家藏本独无其诗。别本《鹅湖》七律外，尚有《子规》六言一首："柳院竹亭茅店，云芜风树烟溪。听彻残阳月下，不论巴蜀东西。"《陆剑南集》五六函，殆近万首，然亦时有遗句。"积愤有时歌易水，孤忠无路哭昭陵。"见《玉堂诗话》。又赵章泉《梅课》载放翁一绝并叙云："'嘉泰壬戌九月，梦一故人相语曰：我为莲花博士，镜湖新置官也。我去矣，君能暂为之乎？月得酒千壶，亦不恶也。'"遂以诗纪之曰："白首归修汗简书，每因囊粟欲侏儒。不知月给千壶酒，得似莲花博士无？"本集不载，盖删之也。

## 七二

《鹤林玉露》载："徐渊子买砚一绝：'俸余拟办买山钱，却买端州古砚砖。依旧被渠驱使在，买山之事定何年？'"风味甚佳。但称砚为砖，不知何所本。"古砚砖"正可与"芭蕉树"作对，用事不必有出处，此类是耶。渊子又有句："胸中着云梦，皮里有阳秋。"句甚工。《困学纪闻》载其"植梓""艺荪"等句，世多称之。渊子，名似道，此别一似道也。

## 七三

王龟龄同时，有赵十朋，黄岩人，隐居不仕，有句云："四枚豚犬教知书，二顷良田仅有余。鲁酒三杯棋一局，客来浑不问亲疏。"龟龄和之云："薄有田园种斗升，两儿传授读书灯。客来一局三杯酒，王十朋如赵十朋。"戏句亦有佳。赵诗以"四枚"称豚犬，较之"古砚砖"，似更无所本，皆宋诗之不足法者。

## 七四

宋诗惯用里俗字眼，如放翁诗中"蚕三幼""穷四和香"等句，幸皆有自注。若王从周<sub>镐</sub>诗"洗红窣窣鸟蓝雨，落紫飕飕皂角风。"尹少稷<sub>穑</sub>句"异日是非忧史谬，终身饥馁羡钱愚。"皆当有自注乃分明。

## 七五

张师锡《老儿诗五十韵》，"老儿"即老人也，形容可谓尽致<sub>见《宾退录》</sub>。惜有重复句，如前云："头摇如转旋，唇动若抽牵。"后又云："观瞻多目眩，举动即头旋。""旋"字一义，平仄互见。又云："风牵口更偏，眼暗似笼烟。"失之冗长耳。"形骸将就木，囊橐尚贪钱。"句甚有味，奈与后段"女嫁求红烛，男昏乞彩钱"又重见。

## 七六

《齐东野语》载晋江人林外《题西湖酒家壁》一绝："药炉丹灶旧生涯，白云深处是吾家。江城恋酒不归去，老却碧桃无限花。"酒肆惊异，以为神仙至云。《庚溪诗话》直以为仙诗，误矣。《西溪丛话》《辍耕录》悉载此诗，小有异同，而人名亦殊。按林外仕兴化令，著有《姤窠类稿》，今都不见，而此诗独传。

## 七七

姜白石《自题画像》一绝，本集不载，而《砚北杂志》有之："鹤氅如烟羽扇风，赋性芳草绿阴中。黑头办了人间事，来看凌霜数点红。"按白石每自称布衣，而诗有"虚縻廪禄饮醇醪"之句，盖时以布衣校礼乐书，故其承句即云"不押文书不坐曹"。而所云"黑头办了人间事"者，亦谓是也。

## 七八

《白石集》亦近人所刻，其《咏草》一词结句："萋萋无数，南北东西路。"全首见《绝妙词选》，乃林君复作，不知何缘误入。集后载周密《题辞》，述白石事颇详，附及单炜，字炳文，用武举出身，博学能文，于书法尤精。按白石《别沔鄂亲友》诗所云："单侯出机杼，岂是剑舞得？"正谓其好武而又工书。但原注单名炳文，不无小异，或当时以字行，称字、称名皆是也。《咏明妃》三首乃乐府礼，编入五绝亦未协。

## 七九

"绿蒉自来还自去，来时须载白鸥来。"白石《湖上咏》句。"绿蒉"，不注何物事。又"老去无心里管注，病来杯酒不相便"，"便"读平声，亦疑。

## 八〇

周文璞，字晋仙，阳谷人，著有《方泉先生集》。方泉，盖其号也。集有《山乐官》一首。山乐官，禽名。其诗曰："山乐官，尔谁魂？逃河入海俱奔奔，伶伦梨园何可论？山乐官，予欲尔兮无言。为予如有言，不余歌《云门》。"《阳谷志》中当有此人、有此诗。

## 八一

金华杜旟，字仲高，《送陆务观赴召》一律首云："四海文章陆放翁，百年渔钓两龟蒙。数关天地吾何与，老作春秋道未穷。"

## 八二

《曾茶山集》，近人刻本，集前有赵仲白题句云："清于月白初三夜，淡似汤烹第一泉。咄咄逼人门弟子，剑南已见□灯传。"赵诗不知采自何处。集中多有与校官唱和之作，如《赠张耆年》句"广文官舍似僧家"。《过王仲礼教授小园》云："衡门静似水，委巷深于山。"又《汪敦仁教授即官舍作斋，予以独冷名之》五古长篇。此数家在当时想必有酬和之作，至今泯泯，校官诗之难传如此夫？

## 八三

茶山七古有叠韵三首，押"菀"字，悉用"於菀"，不少变化。"菀"在平韵，只此一解。若"赤菀"等字，自读去声，不可混也。板本亦有讹字，如"军将打门"误作"将军",不惟平仄不合,并失典故矣。"凉风急雨夜潇潇,便恐江南草木凋。自为丰年喜无寐,不关窗外有芭蕉。"一恐一喜,转折分明。今年秋旱,直至重阳始得雨,可以树麦,诵此绝如代余言也。丙辰秋志。

## 八四

"人情甚似吴江冷,世路真如蜀道难。"此向丰之句,杨诚斋甚奇之,见《湖海新闻》。而全篇不见,亦不详丰之何许人。可知好句埋没者,不乏能言之类,至众多也。抑或其诗正如"枫落吴江冷","所见不逮所闻"。

## 八五

文丞相《吟啸集》有《遇异人指示作》一首:"谁知真患难,悟此大光明。云散天仍在,风休水自清。功名几灭性,忠孝太劳生。此意如能会,神仙亦可成。"所谓异人,不知谁也。元人刻《信国遗墨》一种,乃《六歌》,后跋略云:"可将此诗呈嫂氏,归之天命,仍语靓妆、璚英,不曾周旋,得怨毋怨。书达百五贤妹。"据是,《六歌》所云《有妹》者殆即百五是也。百五,盖其字。《有妾》一首所云:"晨妆靓服临西湖,英英雁荡飘璚琚。"乃隐用二妾名字,非泛语也。非得此遗墨,乌能知之?

## 八六

柴隐士随亨,字刚中,宋亡不仕。《江行即事》一律:"读罢骚经手自抄,纫兰归计胜诛茅。新蚕食叶将成茧,旧燕衔泥旋补巢。菜老花随黄麦落,草长色与绿杨交。一春过尽三之二,闲倚东风似孟郊。"押险韵,极自然。宋亡隐居者,又有庐陵刘长翁,字会孟,著《须溪集》。《题苏李泣别图》甚简古。"事已矣,泣何为?苏武节,李陵诗。噫!"凡十三字,意味无穷。

## 八七

"欲凭莺燕留春住,无奈东风信杜鹃。"吕人龙《春归》句也。"丁香拟结相思梦，无奈东风作社寒。"葛起耕和人句也。致怨东风，亦成恶套。

## 八八

"月趁潮头上，山随柁尾行。大江中夜满，双橹半空鸣。"葛天民句也。
"人语水相应，帆移山倒行。"黄复之句也。二诗气韵相同，皆其集中杰作。

## 八九

刘后村克庄《咏梅》结句："东风谬掌花权柄，却忌孤高不主张。"坐
傍讪得罪后不知悔，复有句云："梦得因桃却左迁，长源为柳忤当权。幸
然不识桃与柳，也被梅花累十年。"噫！不是梅花累君，君自累梅花耳。
梅乃清友，诗人习咏。如魏了翁《鹤山集》《雪融夜起》一绝："远钟入枕
报新晴，衾铁衣棱梦不成。起傍梅花读《周易》，一窗明月四檐声。"妃见
高致。

## 九〇

杨慈湖简六言诗："净几横琴晓寒，梅花落在弦间。我欲清吟无句，
转烦门外青山。"似是琴曲，能为清声。无庸说几生修到，为梅生色。

## 九一

钱唐陈道人宗之，名起，开书肆于睦亲坊。宝庆初，以诗祸波及，为
史弥远所黥，著有《芸居乞稿》。《夜过西湖》一绝："鹊巢犹挂三更月，
渔板惊回一片鸥。吟得诗成无笔写，蘸他春水画船头。"亦可想见风格。
于此道殆好之者，工拙所不计耳。同时郑立之赠五古长篇略云："昔人耽
隐约，屠酤身亦安。矧伊丛古书，枕藉于其间。读书博诗趣，鬻书奉亲欢。
君能有此乐，冷淡世所难。""百年适志耳，岂必身是官。不见林和靖，清
名载孤山。"吾每读此，为之慨然。曩见《张蒿庵集》有《赠书贾》诗，
似当引用此道人事，因备载之。书肆中亦有诗人，况居近槐市而岁縻清俸者，
直何如自励耶？

## 九二

宋之巨儒亦多工诗。紫阳在当时有以诗人荐之于朝者，可知矣。真西山帅潭州时，会长沙十二县宰，作一律："从来守令与斯民，都是同胞一体亲。岂有脂膏供尔禄，不思痛痒切吾身。此邦只以唐时古，我辈当如汉吏循。今日湘潭一卮酒，直须散作满怀春。"温然一诵，如亲道范。王深宁著述最多，韵语罕传。延祐《四明志》载其《泽民庙》七古长篇，亦极磊落，略云："城西有祠临水涘，翠柏列植路如砥。问之耆老此为谁，唐大历中吴刺史。""昔汉吴公治第一，列传寂寂名无纪。刺史岂其苗裔欤，明州政亦河南比。""粳稌充羡侯之赐，庙食长存如此水。"刘共《送元晦》五古长篇句云："念子抱孤桐，窈窕弦古词。清商奋逸响，激亟有余悲。"通篇古雅，近《文选》体。

## 九三

汤巾，字仲能，安仁人，曾主白鹿教席，以《庐山三叠泉寄张宗瑞》一律，张有答诗，皆非佳构。巾名颇奇，可与王简栖并列之。潘牥，字庭坚，富沙人，初名公筠，后以诏岁乞灵南台神，梦人持方牛首与之，遂易名牥，理宗殿试第三人。牥名尤奇，不知何音。事见周密《齐东野语》。

## 九四

碧梧老人马廷鸾，乐平人，度宗时参政，忤时相，归里，十七年薨。有《赠程楚翁》一律："汗竹丹青侧，空花粉黛中。尚怀丞相亮，□署大夫雄。有客来今雨，夸予迈古风。幽情倾不竭，渺渺碧云东。"见《新安志》。温州马宋英，题所画古松一绝："磨出一锭两锭墨，扫出千年万年树。月明乌鹊误飞来，踏枝不著空归去。"见《图绘宝鉴》，附及之在南宋时，吾宗仕隐，并有作者。

## 九五

临川布衣曾极，字景建，著《金陵百咏》，《方兴胜览》载其二十九首。

余曩手抄一编，跋云："七言绝句，余少时目为小品。既老，乃见此作议论深至，音节铿锵，正是咏史别派，可与道古，可以言怀，岂可废哉？"略记《新亭》一绝："青山四合绕天津，风景依然似洛滨。江左于今成乐土，新亭垂泪亦无人。"金陵亦有天津桥，蔡薿作，见原注。

## 九六

少时尝见《西湖十景》小画幅，意谓十景，世俗论也，不谓自南宋时有之。闽人王洧，字仙麓，曾为浙帅参，有《西湖十景》诗。所谓《苏堤春晓》《断桥残雪》等题目，咸列焉。偶读一过，如见旧画，较之《金陵百咏》，笔力则少弱耳。

## 九七

近人律句，用"仙骨"为"仙骸"，"鱼目"为"鱼睛"，虽各有出处，不可为典要。常以为帖括习气，误人如是。乃适阅《鲍参军集》，已多此类。若"飞念如悬旌"，改"旌"为"旗"，尤易见者。他句如"欢觞为悲酌，歌服成泣衣""华志分驰年，韶颜惨惊节""宝饵缓童年，命药驻衰历"，皆是累句。善学者，当云古人则可，我则不可。

## 九八

辽后萧氏《回心院辞》，曩于杂书中见之，决非废鼎，乃《辽史》无文，亦无其事。史载天祚文妃萧氏，小字瑟瑟，有《讽谏歌》二篇，其次篇云："丞相来朝兮剑佩鸣，千官侧目兮寂无声。养成外患兮嗟何及，祸尽忠臣兮罚不明。亲戚并居兮藩屏位，私斗潜畜兮爪牙兵。可怜往代兮秦天子，犹向宫中兮望太平。"天祚衔之，后赐死。瑟瑟当喈曰："妾得与龙比游，不知圣朝何如耳？"

## 九九

《辽史·宗宝传》：义宗名倍，太祖长子，后让弟德光为帝，归国东平，作《乐田园诗》，不载其词。及唐明宗招之，乃立木海上，刻曰："小山压大山，大山全无力。羞见故乡人，从此投外国。"至唐封之，是为东丹王，赐姓名为李赞华。

一〇〇

《杨佶传》：佶字正叔，为武定军节度使。视事之日，雨泽沾足，百姓歌曰："何以苏我？上天降雨。谁其抚我？杨公为主。"《萧铎卢干传》：一日，临流闻雉鸣，三复孔子"时哉"语，作古诗三章，亦不载其辞。《王鼎传》：鼎以怨望流镇州，遇赦，独不免，以诗贻使者，有"谁知天雨露，独不知孤寒"之句，上闻而召还。《耶律孟简传》：性颖悟。六岁，又出猎，俾赋《晓天星月诗》，应声而成。后流保州，作《放怀诗》二十首。史载其序，而不及其词。《列女耶律常哥传》：乙辛求诗，常哥遗以回文，乙辛知其讽己，衔之。所有回文诗，亦不载。《奸臣传》：张孝杰侍宴，赋《云上于天》。诗句亦不载。辽诗传者甚略，故弋取之，以见何代无才之意。

一〇一

《辽道宗纪》：马希白诗才敏妙，召试十吏书，不能给，今其诗无一传者。又林牙资忠，作《治国诗》，为雅里所好，常命侍从读之，今亦阙如。

一〇二

《马人望传》：人望初除执政，众人贺之，愀然答曰："得勿喜，失勿忧。抗之甚高，挤之必酷。"语似古诗，聊附及之。

一〇三

《前明十二家诗选》，乃万历时，益王自称潢南道人选辑者，以李吉为首。其末一人张文介，号少谷，龙游人，不甚知名，盖益王座上客也，诗亦非七子比。原叙以严沧浪说诗为主，又自谓："宋元诗未尝一经眼，深恐下劣诗魔入肺腑也。"正近世名流所讥"几人眼见宋元诗"者。选中岂皆唐音？恐不免与宋元作后尘耳。选本称"盛明十二家"，渠自知所处乃衰晚耶，亦似非宜。

## 一〇四

献吉[①]《酬殷明府》五古："徒然仟王凫，未果偕缑鹤。""缑鹤""王凫"等字眼，似排律中句。昌谷《赠方周二子》："游情倦素艺，委志脱玄蝉。"谓"玄冕貂蝉"为"玄蝉"，亦同此弊，皆不足法。

## 一〇五

高子业，洛阳人，乃其《叙怀》首句"生长夷门郭"，何也？又有句云"弱冠发大梁"，皆当有自注。其《集和氏园》，通首"祃"韵，乃一联云："赋诗芳泉侧，举爵茂阴下。"似又借用"马"韵，或偶误耶？又按"祃"韵，夏字仅春夏一解，余皆在"马"韵。而俗本韵牒，详注周礼九夏名目，误人殊甚，合附及之。

## 一〇六

薛君采《杂诗》："吕生钓奇货，苏子挟阴符。"又："班生嗣前□，藉梁奄为累。"称不韦为吕生，孟坚为班生，不知有出处否？

## 一〇七

何大复《明月篇》前有原叙，兹本删去，甚为不宜。《岁晏行》："白金纵有非地产，一两已值千铜钱。"当时银价如此，即动诗人之叹，今且三倍其值，奈何？《秋兴诗》："尘满一区杨子宅，蓬生三径蒋公堂。"押"堂"字，未稳。蒋诩又僭称公，大复亦有此失。七日为人，自古记之，其次日为谷，莫知原妃。献吉有《谷日酬郑屠二省使》七律，王弇州有《谷日雪作》

---

① 底本脱"献"字。李梦阳（1473—1530），字献吉，号空同，明代文学家，复古派前七子的领袖人物，下同。

五律，句云："腊迟偏为谷，春□未疑花。"今人称谷日，殆可以二家为滥觞矣。

## 一〇八

少谷七古押韵，多用乡音，不必古通也。如《长歌行》："嗟余落魄尤可轻，论学谈兵一未成。桓公漫奇王景略，汉家谁识韩淮阴？"又《送客》云："丹阳古道接金陵，虎踞龙盘佳丽城。清芬再挹知何日，一片离心逐晓云。"又《九日诗》："亭高酒浓花复清，急管娇歌愁煞人。座中宾客尽燕许，片言落纸千黄金。"庚真与侵韵混押，惟不为沈生弊法所缚，是为得耳。

## 一〇九

长排中，虽大家不免有趁韵之句。如献吉《鄱阳湖作》"虎贲虽莫敌，龙战岂全辜"句，不甚可解。《哭陈博士》句"吴水痛沈珍"，沈珍亦未必有出典。《冬至诗》"行藏虞氏传"，虞氏不知谁谓，虞卿、虞翻在古皆未有称氏者。

## 一一〇

顾东桥《元日作》，通首"支"韵，乃中一联云："禄米供调膳，家园奉杖藜。""藜"字出韵。《送费学士》结句："相将南浦上，空有折麻悲。"折麻，不知用何典故。姚凤麓《漕河送人》诗："国饷资漕挽，河渠实要津。"以"转漕"之"漕"作平声读。张少谷《送人》句："绝胜孙讨虏，不啻马长卿。"以"长卿"作平声读。若入试帖，皆当磨勘。弇州《天宁寺》诗"净域本非遥"，下又云"俄然觉路迢"，押法亦形窘步。

## 一一一

弇州《拨闷》七律，起句"不堪车马日骎骎"，下又云"其奈衣冠懒不堪"，两用"不堪"，妃玩纪韵，后又重见，实为失检。少谷《上张相公》诗"答钺重膺大将权"，又云"大将从言若转圜"，"大将"二字亦重见。又："营中共贺来张镐，吴下齐歌得伍员。""员"字旧读云，押入"先"韵，亦非宜。

## 一一二

君采绝句："海内论诗伏两雄，一时倡和未为公。俊逸终怜何大复，粗豪不解李空同。"至今为口实。渠《行幸南京歌》四首俱失粘，亦豪气未除耳。丙辰夏日，初得此本，细为校阅，恐误后生耳，非故与古人为难也。

## 一一三

袁凯，字景文，以《白燕诗》知名，当时号"袁白燕"。《明诗选注》中乃详其颠末，云：景文尝谒杨廉夫，见几上有琴川时大本《咏白燕》诗："春社年年带雪归，海棠庭院月争辉。珠帘十二中间掩，玉翦一双高下飞。天下公侯夸紫额，国中俦侣尚乌衣。江湖多少闲鸥鹭，宜与同盟伴钓矶。"谓廉夫曰："此诗殊未尽体物之妙。"廉夫不以为然。景文归作是诗，以呈廉夫，廉夫叹赏，连书数纸，尽散之，坐客一时称"袁白燕"云。袁诗云："故国飘零事已非，旧时王谢见应稀。月明湘水初无影，雪满梁园尚未归。柳絮池塘香入梦，梨花庭院冷侵衣。赵家姊妹多相妒，莫向昭阳殿里飞。"袁、杨俱生元末，有怀故国人情，固自易感。若平时吟咏，则不必然矣。正嘉时，李伯承先芳有《白燕》一律："昭阳宫里洗新妆，粉黛三千枉断肠。不是楼台凉似水，那教毛羽化为霜。河边度影银生色，花里衔泥玉作香。莫□众中夸素质，蛾眉妒杀雪衣娘。"又《文征仲集》亦有《白燕》一律："高下翩翩雪羽齐，江南社后絮飞时。梦回王谢乌衣尽，舞罢昭阳缟袖垂。帘外风轻云剪剪，钗头春冷玉差差。当楼霜月伤心处，亦许张家盼盼知。"与袁诗亦可称同调。时大本诗，"惟天下公侯"句劣，或刻字有讹，无从校正。世有传奇，载诸名媛咏白燕诗甚具，友人尝为余称之，都不能记。

## 一一四

薛文清瑄沅州《杂诗》一律："辰沅风壤带三苗，一望中原万里遥。

翼轸众星朝北极，岷嶓诸岭导南条。天连巫峡常多雨，江过浔阳始上潮。近日诗怀殊浩荡，谩将新句答渔樵。"此诗最为王元美所称，谓讲学者动以词藻，为雕搜之技，工文者则举拙语为谈笑之质。若枘凿不相入者，实不然也。七言最不易工，若文清此诗，何尝不极其致？

## 一一五

《薛文清公诗全集》，余未之见。友人抄示其《鱼台分司》一绝："翠竹红榴掩映间，柏台清昼鸟声闲。情知物理相关处，心与乾坤一样宽。"此诗吾邑志中已载之。又抄示《乐陵道中》一律："乐陵东去古堤长，野水村烟共渺茫。远海天空初过雁，大田秋老未经霜。铁冠十载心如昨，宪节双持鬓欲苍。揽辔悠悠思往事，趋朝曾对御炉香。"《乐邑志》中未载。

## 一一六

杨太宰巍《梦山诗集》，余从海丰购得一部。集后附《谵语》一册，末一首云："名巍字伯谦，梦山其别号。空生九十年，可惜未闻道。"集前有邹君观光叙，称魏允中诵其《晋中诗》，如"灯前梳白发，马上梦青山"，思沈而致远，非唐人不能到，梦山殆用此自号。记其《还家逢九日》一首："自喜一官罢，宁悲三径芜。悬车少客访，入户有僮扶。黄菊寒仍在，青山道不孤。老来慵戏马，高枕卧江湖。"

## 一一七

茅鹿门《白华楼稿·中秋夜泊南望待月》一首："年年故园夜，揽月练如掌。何堪悲秋客，翻迟中林赏。对晤不成研，露气沈初幌（幌字疑）。"《七夕过济上访靳两城不及赋诗寄之》一首："美人不可见，况复是佳期。独倚支机石，堪怜牛女帷。盈盈隔河汉，脉脉阻光仪。空抱七襄咏，何当寄所思。"《七十诞日》三首录一："岁晚气犹壮，兴来醒亦狂。倚花了文债，对酒涤诗肠。宾戏不欲答，书成聊自藏。知稀我已贵，无复问名缰。"《晚行鲁桥道中有怀》一首:"一眺城原秋水前,数家砧杵夕阳边。初攀星色衣裳满,翻溯溪流鼓角传。飘泊羁愁随落木,萧条驿路上寒烟。故园今夜多摇落,谁共山中听杜鹃。"《蔡敬斋赴河南方伯兼简李沧溟虑使》一首,起结:"忽传拥传下中州,一片杂云挂驿楼。为报梁园词赋客,□携诗什寄余不<sub>溪名甚新</sub>?"《山斋中读故友李于鳞诗刻有感》一首:"读罢当年供奉诗,谪仙声价倍明时。人埋剑佩重泉下,名傍云霄北斗陲。我已久惭王勃后,君应不负贺监知。欲投吊草那从寄,万里凄风系所思。"

## 一一八

《李沧溟集》七律、七绝若干首,余尝全抄一册。素闻沧溟谈诗,戒作者勿用唐以后典故,用是复校所作七律、七绝,果无一语涉宋元事者,真可谓抗心希古、坚持雅操者矣。它家概未能若是<sub>沧溟赠元美句:"微吾竟长夜,念尔和阳春。"</sub>自负亦未免太过。

## 一一九

滇云马弢叔,金陵武职,有《落花诗》三十首,附载吾济郡于圉卿《弗告堂集》内。于有题辞云:"弢叔饬戎之暇,弄笔自娱,赋《落花》三十首,首各一韵。既畅才情,亦追高雅。"漫摘数联:"自是愁人伤暮景,况逢游子客天涯。""人于乐处偏生怅,忆到开时实可怜。""春江月夜空成咏,金谷豪华罢举觞。"可仿佛大略。

## 一二〇

于圉卿若瀛,字文若,《弗告堂集》前有叶向高叙,行草讹误,至不可读,不知何人为投刊之也。《七夕选曹能始还闽》一首:"怜君奏最入皇州,又挂轻帆昼锦游。酒对青枫当七夕,诗披白雪足千秋<sub>原注:将行先别我以诗。</sub>云开钟阜峰孤峻,江过昆陵水乱流。君到西湖维画舫,可能重上水边楼。"《制台寨师邀登檀州城楼》一首:"楼压孤城俯大荒,凭栏指点说金汤。天寒雁渡河冰白，风起沙飞塞雾黄。圣水远从南岭落，关门遥控海天长。欣同制府开芳宴，薄暮登临兴未央。"摘句："雪色压城疑上月，江声入夜似惊秋。""攒空岳色当窗起，回影枫林入望平。""雄风剑罢吹高树，落日樽前晦太行。"杰句不胜录。

一二一

钟伯敬《隐秀轩集》载：洛阳李志登，万历庚辰进士，登泰山题十六字："登岱颠兮色光莫纪，想太初兮山生之始。"句甚简古，愧不能及也。道光己丑，余登岱颠，不见此石。峄山石钟洞有志登题二十字古篆，仅识末十字："介石扣不鸣，寂尔山暗响。"

一二二

《隐秀轩集》开卷四言《赠谭友夏诗》，盖其少作，摹古有醴，略载数章。"维东有阜，维南有湖，阜则我宅，湖则尔居。子无所往，我无所徂，我室子室，子庐我庐。自南尔归，有言不同，子三逢我，我不子从。子之逢矣，如予之从矣。"此伯敬诗之有矩规者，岂以貌古为嫌？至其晚年游太山，作结云："岱实为之，劝登宏奖。"殆不成句。其五、七律高语澹泊，乃成为竟陵体，顾不惜哉。《题桃源洞》一绝，乃其佳篇。"商山海上半秦民，何独桃源是避秦？满洞仙人一渔子，翻疑渔子是仙人。"伯敬又有梦句"石引长松天一笑"七字，甚奇。余曩因重九闲居，戏集伯敬句为一绝："客边难见重阳好，昨夜犹闻风雨声。石引长松天一笑，游栖事事若先成。"兹附及之。

一二三

诗自晚唐以来，卑俗之句，殆与小说相似。如杜荀鹤《隽阳道中》一律："客路客路何悠悠，蝉声向背槐花愁。争知百岁不百岁，未合白头今白头。四五朵山妆雨色，两三行雁贴云秋。输他江上垂纶者，只在船中老便休。"

又无名氏《牡丹诗》："近来无如牡丹何，数十千钱买一窠。今朝始得分明看，也共蜀葵增不多。"此岂诗人吐嘱？乃几于骂矣。以蜀葵与牡丹并称，岂不唐突？"西子不别花，人莫使看意。"正谓此耳。南宋杨诚斋尤多里句，如《听蝉诗》："一只初来报早秋，又添一只说新愁。两蝉对语双垂柳，知斗先休斗后休。"似此等诗，岂足为法？且山称四五朵，牡丹称一窠，蝉称一只，皆无所本。今人欲奉为典故，益非择言尤雅之意。

## 一二四

专用肤浅字句，固是诗中别派。若过于雕琢，务为深晦，亦非中声之所止也。尝怪昌黎《元和诗》欲匹雅颂，自应章妥句适，乃押妥韵云。"圆坛帖妥"，此其妥帖之句。后人取法，殆非其美左萝石不以诗名，偶见其题画一绝："空翠湿秋深，山色净如木。有客方著书，寒烟隐茅屋。"亦极幽雅。

## 一二五

吴梅村伟业诗，世多称其近体。及阅全集，如《秋胡行》，仿魏武体，去古正自不远。录其二首。"西上太行山，十月天风寒。西上太行山，十月天风寒。粮尽不进，牛死谷间。道渴下车，沙老水干。日莫路长，关山七盘。歌以言志，西上太行山。""随俗浮沈，盛名为不祥。叠句二。塞足康衢，骔耳羊肠。干将易折，铅刀善藏。嫫母不嫁，乃笑共姜。歌以言志，盛名为不祥。"《行路难》仿鲍明远体，亦极相肖。"君不见南山松柏何葱菁，于世无害人无争。答声丁丁满崖谷，不知其下何王陵。玉箱夜出宝衣尽，冬青叶落吹鱼灯。石马无声缺左耳，丰碑倒折缠枯藤。当时公卿再拜下车过，今朝蔓草居人耕。"《悲滕城》一首有序："道出滕城，滕丈夫来言曰：'滕以七月某日夜大水，杀人坏城郭庐舍。'吴子作《悲滕城行》。"文多不具载，《滕志》当有之。滕有此贤，正与往年闰五月二十七水涨相似，惜吴诗不明著何年。又见万历时无名氏诗，有"滕县"字，亦附及之。"三年迁客意蹉跎，芳草天涯路又过。滕县树边朝雨细，峄山云下夕阳多。

心如乳燕初辞社，身似蓬飞乍转科。苦忆淮南旧丛桂，秋风为我发山阿。"
又"滕县春来花万树，花白花红夹烟雾。交加嫩蕊欺艳阳，灼烁繁英照日
暮"，文多不赘及也。

## 一二六

梅村《自题》一首，雅近放翁。"枳篱茅舍掩苍苔，乞竹分花手自栽。
不好诣人贪客过，惯迟作答爱书来。闲窗听雨摊诗卷，独树看云上啸台。
桑落酒香卢橘美，钓船斜系草堂开。"摘句："钟寒难出树，云静恰依僧《游
西湾》。""鸡鸣松顶日，僧语石房烟。""清磬秀群木，幽花香一泉。""云根
僧过白，霜信客来红。""暗泉随去马，急叶卷归人。"句法多如此。其无
题诗近义山。摘句："千丝碧藕玲珑腕，一卷芭蕉展转心。""画里绿杨堪
赠别，曲中红豆是相思。""天上异香须有种，春来飞絮恨无家。"

## 一二七

坊刻《词林万选》一编，甚庞杂无次叙，托名杨升庵选，殆非是。其
词注中，引《太平广记》老子之母益寿氏，名婴敷，"寿"字作"夀"，实
为异文。但云《广记》，亦不言记中何篇也。往年有鬻此《广记》者，价
昂未能购，不免介介耳。婴敷之名，殆后人伪撰。宋自来和天尊以后，林
灵素辈伪撰天神名号甚夥，此或亦其类，姑弗深考。《生查子》调，正是
古绝句之流。略记朱希真一阕："年年玉镜台，梅蕊宫妆困。今岁未还家，
怕见江南信。□□酒从别后疏，泪向愁中尽。遥想楚云深，人远天涯近。"
吐属甚妙。

## 一二八

《类书载》："明成化三年，长乐人陈丰独坐山斋，见二鼠自梁上坠，
化为二老翁，既有二女子歌舞劝酬。歌曰：'天地小如喉，红轮自吞吐。
多少世间人，都被红轮误。'又曰：'去！去！去！此间不是留侬处。侬住

三十三天天外天，玉皇为侬养男女。'歌毕，酒既阑，乃合为一大鼠，拱揖而去。"此事极幻妄，必陈丰自记者，不知采自何书。鼠养男女，亦不必求其说，真鹅笼伎俩，幻妄二字，了之可耳。吐一人事甚怪，与此相类，姑妄听之可耳。顾其歌词，迥非人间语，合附及之。

# 第二册　记诗类

## 一

《尤西堂全集》有《论语》诗七律三十首,《岁莫险韵》诗五律三十首,皆极工, 不可刺取。《南阳九日》一律 :"重阳九日泊南阳,何处登高可望乡。零落一身如苦叶,萧条两鬓已微霜。相思青镜应蓬首,反闭黄华空草堂。浊酒颓然成独醉, 秋风济水正茫茫。"玩结句"济水茫茫",所云"南阳",即吾邑湖干南阳闸也,邑志当采之。《初度偶成》:"关山烽火近何如, 放逐犹存旧草庐。刘峻穷惟辨命论, 稽康懒少绝交书。槐阴四月啼黄鸟,梅雨三江出白鱼。俯仰酒樽殊不易,诸公何以答居诸? "原注：東同庚诸友。此韵后再三叠。摘句:"平生最拙惟谋食,一事差强已废书。""忧谤常哗世有虎,乐饥岂叹食无鱼? ""诗里穷愁删去少,易中悔吝占来多。""贫去鲍生知我少, 老来邓禹笑人多。"《夏日闲居》六言 :"尝慕君公避世, 偶同摩诘掩关。日月自来壶里, 山川只在壁间。南面百城足矣, 北窗一枕悠然。游戏倦教化蝶, 呼号叵耐鸣蝉。半云半雨时候, 一丘一壑襟期。且躲天边赵盾,休惹门外元规。"《戏咏竹夫人》首句"绿衣黄里卫庄姜", 直用古名, 似不宜也;承句"与我周旋宁作我, 为郎憔悴却养郎", 用苏子瞻、王平甫句,对甚巧;结句"却笑一身都是节, 不辞夜夜侍匡床"。大约西堂诗长于游戏, 即《论语》诗亦未免失之轻浮。又其集中题目亦似有可议, 如《右北平集》有《除夕怀两大人》诗,"除夕"下四字似可省却, 明为标出, 翻失大雅。又有《懒朝》二字题目, 见于京集朝也, 何故以"懒"名? 此等题名, 在古未有，后学不宜取法。解人当日知之，勿谓余固哉论诗也。

## 二

琅邪李渔村澄中著《卧象山房诗》，余于友人处仅得其一卷五、七古体。其五言追步建安，实为高手，奈亦颇有累句，如《赠旋愚山》"抱兹知罪心"，又《马鞍阁》句"一挥扫贼残"，两用孟子语，带毡裘气。又《送人归省》句"孝友匪细故"，更似语录，皆累句也。《送人归里》起句"惜别愿君留，久客愿君归"是其佳句。七古有《弃官行》，题目不似古人，中有句"谗言一入便出走"；又《纪事》句"归来遭谗忽一蹶"，皆自称"遭谗"，亦不似雅人深致。愿阅者细考。

## 三

"天水争一机，江海不相让。激作浙江潮，但觉风涛壮。"《渡钱唐江》句也。"天无三日晴，地无三里平。黔人为此语，念之心骨惊。今登江西坡，指愿风云生。"《江西坡》句也，皆渔村佳篇。其《题赵秋谷并州集》起云："赵子才俊秀且雄，论诗往往与我同。"结云："把君妙句相持赠，七十二河秋水声。"起句"俊秀"二字连用，似复。中又云："酒卮在手怀抱开，浮云落日相徘徊。双履平踏太行顶，一线黄河天际来。"固是豪语。至《青山拜太白墓》，末段"白屋翰林我与君，但恨独逊君声闻。君谪我迁同失意，世上岂少高将军？"居然以太白自命。顾太白遭遇，岂可相拟，不亦引喻失义耶？

## 四

渔村诗中每用"角、狂"二字，与"追、欢"相对，不知出何典记。"黑龙潭上角诗狂"，又"角韵龙湫阳"，皆渔村句。用典不必有出处，自可使鬼神惊耳。

## 五

齐人作《齐讴行》，自应称道其风俗之美。乃渔村讴中"六博临高楼"

云云，殊非其美。次篇称"龙钟渭滨叟"，不称"鹰扬"而称"龙钟"，意致迥殊。且谓师尚义为"龙钟叟"，亦是杜撰。末篇"田横耻归汉，鲁连不帝秦"乃其佳者。

## 六

秋谷所著《声调谱》，余最不喜之。疑秋谷必不为此，或外人托言之耳。七言歌行押平韵者，例用三平，取别律句耳。在古殊不尔，摩诘七古率多律句，四句悉合律绝者甚多，何害为佳篇，何害为作者？今不以盛[①]唐大家为法，而必以世俗论为默守，何耶？无论沈生敝法，不足为三尺律。所谱四声多操南音，即使悉合，亦非天籁。不亦拘而多忌，为文之蠹耶？凡为文，当行乎不得不行，岂可预设三平之说，以迁就之耶？试韵以试士，不得不尔。歌行古体，当存古意，不当以试韵绳之。况五言古诗，更不可用三平之例，人所共见，无须多言也。

## 七

秋谷《谈龙录》中，不乏名言。顾专意攻击阮翁，似有不必。百余年来，士无门户之见，可以平心论古。矧两贤俱乡前辈，岂可妄为轩轾？但秋谷所讥，似毛举细。故欲加之罪，适足以见笑而自点耳。

## 八

秋谷《饴山集》中有怀旧诗九首，于九人各先立一小传，大略专以诋欺阮翁。聊摘录各段数语，而附以管见，好事者一览观焉。

其一：毕公权。世持三十作解颐，一朝名天下。其二：常熟陶元淳子师。戊午之秋，从翁司寇来济南，与公权及余结友。明年，余留京师，晨夕无间。钝翁先生遗书，子师先得之，转以付予，且为赏析，由是得肆力于诗。于书法，子师以文自豪，名日益高，性傲异，自予而外，无所推许某于先生，亦不甚推许，傲异更甚于子师，何如。其三：德州冯廷櫆大木，亦乡同年也，壬戌榜

---

① 底本作"感"，据文义改。

进士，明年授中书。诗才清拔，恒与余倡和，并以《诸葛铜鼓诗》得名，阮翁称曰"二妙"。大木始渐于其里中及新城之习诗。惟主新异，疏阔唐贤，后于所闻冯氏学。又熟读《太白集》，久之，能自成就章句。闲有怨讽，与风雅相出入矣。然鲜妍修饰，未遂忘也。宦十年不进，后将迁仪曹主事，未拜职。一昔无疾卒于寓舍此一段全文，谓阮翁称"二妙"，时大木尚未熟《太白集》，可信否。其四：沧州刘果实提因。其五：闻喜张克嶷拗斋。其六：诸城李澄中渔村。渔村始生时，父梦李攀龙入室，既长能诗，仍效攀龙体，而差妥帖矣。以荐入翰林，于时宋元风气方煽，渔村独守故步，然学识日进，弥扩而清之，作者不能薄也"差妥帖矣"语太无端，并于鳞讥之，何居"妥帖攀正"可与"清秀于鳞"作偶句。其七：蒲州吴雯莲洋，其父故与阮翁同年，始入都，以诗投谒，阮翁心折，极口为延誉。而其性迂僻寡合，遂沦弃终身。与余甫一见，如旧相识。余好用冯氏法攻人之短，惟莲洋不以为忤。其作字用冯法，粗知间架，然不能工也。晚相值于津门，出诗卷见示曰："曩之所攻，悉删改矣。"乃知其非名辈所及也。嘱余论定，予请俟异日。盖其时正逢阮翁之怒，不敢阑入诗坛故耳。又数年，莲洋卒于家。卒后，其集闻选。新城阮翁为作墓志，且删定其集，迄今将二十年矣，而未行于世。意其时阮翁耄而多忘，未几遂亡，未及归诸吴氏耶。若然，池北藏书散失殆尽，《莲洋集》从可知矣此段全文案：《莲洋集》今固在此也，何为架空，归罪新城。其八：钱唐洪昇昉思。其诗引绳切墨，不顺时趋，虽及阮翁之门，而意见多不合，朝贵亦轻之。见余诗，大惊服，遂求为友。久之，以填词显，最后为《长生殿传奇》，甚有名，余实助成之。其九：南海陈恭尹元孝。阮翁昔奉使过岭，著《皇华纪闻》，极称元孝，而元孝顾大有不满之言。虽文人自古相轻，然阮翁之受侮，可谓不少也欤。予以丙子、丁丑间游广州，相与结契甚深。

秋谷诗传，大略如右。凡所结契深者，皆与新城不合者耳。所云"冯氏学""冯氏法"，引而不发，不知即世所传声调谱否？外此亦不知更有何法、何学。秋谷欲铸金事之者，乃今无传焉，岂亦耄而多忘耶？

## 九

七言歌行，例用三平，此说不知起自何人。以校宋、元作者，大略悉合，是乃宋、元派耳。律体盛而古体衰，皆此等议论，有以启之。五古亦用三平，虽宋元人亦未之有，岂近世所云"冯氏法"耶？秋谷讥鲜妍修饰之习，更觉刻深。夫鲜妍修饰，岂诗之病哉？渠为诗俱朴拙不修饰耶？陈言不去耶？噫！已过矣。

一〇

施愚山《学余集》有《竹亭歌赠王贻上》诗，乃王为倅时作，编刻者误载《寄阮亭侍读》以后，殊失其次。略记数语："使君佐郡广陵城，高斋远听寒涛声。却构竹亭如箸笠，琅玕四壁青霞生。"又得《贻上扬州书却寄》一首，起句："渔洋山人海鹤姿，一卷冰雪忘朝饥。我怀君日君思我，千里同时各有诗。"两篇当使相次。

一一

愚山《汶上》一律："半霁春阴好，平沙趁马蹄。桃花村径里，杨柳板桥西。薄雾横高陇，清流到旧堤。如何寒食过，不见燕衔泥？"《题马西樵听山堂》一首："有客卧郊坰，林泉接杳冥。湖云通夜白，水树涉冬青。邻圃分幽径，孤槎傍小亭。独吟冰雪里，绝调许谁听。"西樵当自有诗，容俟搜采。

一二

《云川阁集》，无锡杜紫纶诏著，前有杨绳武叙云："云川之能为温、李也，正其善守少陵之家法也。"语似过当。温、李自温、李耳，因其姓杜，遽以少陵推之，有所不必。又有东委书一页，东委者，蒋汾功字也。蒋不与作叙，而但与一书，末云："足下将取吾不足存之文以弁于首，奚为乎？"论甚狂，而是集即弁焉，诚不可解。集中《和元人十台咏》："见说高唐事杳冥，仙姿石幻误传闻。""冥"字押入"文"韵，盖用乡音，集中似此者不一。《惠泉山歌》："九龙山泉出山骨，不放中泠名第一。荆南四月采茶来，纱帽笼头品奇绝。"以"质"韵与月盾通，或亦用乡音。《大捷》诗："鲸鲵惊陨命，组练尽弨兵。""弨"字作平声读，则误矣。

## 一三

紫纶一生多膺异数。壬辰会试，榜发后，奉旨搜遗卷，特赐出身。《纪恩》八首，录二："通籍方惭滥职司，彤廷对策复何知？乍聆胪唱趋鸾掖，旋点仙到凤池。落第忽惊登第日，授官还喜改官时<sub>有注删去，亦可意会</sub>。金銮密记恩重叠，讵比寻常颂圣词？""忆赋迎銮望彩游，几番宣召自苏州。中丞早为传天语，内侍曾呼上御舟。鹤绮半裁霞彩烂，龙章双印篆香浮。宋人诗句重拈出，五色云生川上楼<sub>原注甚多，俱遗之</sub>。"《甲午登任城太白酒楼》一首"长啸一登楼，四顾天宇窄"云云，想吾郡志采之，不重录。甲辰，北沙河遇蒋八汾功，蒋时乞养旋里，北沙河乃滕县地，为有"沙河扑面尘"句，特为录出："执手惊相见，匆匆片语真。问谁能得第，似尔即完人。客路伤心泪，沙河扑面尘。从今应共约，终老五湖滨。"

## 一四

云川阁古体，大篇甚多，余尤爱其短篇，《莲蓬词》二解："莲蓬出水莲叶干，红叶落尽愁相看。愁相看，笑相视。旧莲房，新莲子。"一"莲有子兮子为药，药既成兮中有薏。中有薏，意谁传？君不见，想夫怜。"二古趣去六朝作者何远之？有七言歌行《饮虚舟斋赠云衢》一首，余观之，颇觉有瑕可指。二君皆姓王，诗中夹杂。前云"老友欣逢王吏部"，谓虚舟也；后云"王郎戒我诗勿作"，似谓云衢。若前后一人，则虚舟老人岂复王郎时耶？中间云："座中有客其谁乎，墙东先生旧名宿。"又云："可怜王阳多畏道，不解阮籍悲穷途。"既以王阳指墙东矣，阮籍又谁属乎？末云"惟君与我守故吾"，君谓墙东，承上句"王郎"，又似语意相背，悉为拈出，以见完好之难。《浮芳阁》诗叙曰"王虚舟颜之曰浮芳"，究不言"浮芳"二字出何典记。《积书岩》诗叙引"水经"云云，当是《水经注》。紫纶《读天启宫词》句："颁来菜户黄金印，奉圣夫人顾命臣。""菜户"二字未注，偶阅《酌中纪略》，乃知当时宫人所役名菜户，犹重儓也。《和石床八咏》

叙云"吾友天公"云云,"天公"二字岂是人号?乃屡称不已,亦甚可诧。《蓟门杂诗》《萧瑟悲秋赋》《飘零哭母诗》,此何等事,而以入诗?古人集中,惟文文山有《哭母诗》,渠遭大变,不得如礼,岂可引用以为寻常人法哉?《赠友》句:"潦倒诗狂亦酒狂,与谁偕隐在东墙?"以"墙东"为"东墙",不亦戏欤?较之"晨昏"倒押"昏晨",尤觉不稳。集中佳句如:"歌翻杨柳矜眉绿,镜拭芙蓉惜鬓银。""半晌花前嫌日短,一帆江上到天长。"皆仿佛西昆体。而"半晌""鬓银"等字,皆似词中色目,入诗近纤。其以"云川"名阁者,因初得御书有"五色云生川上楼"句,既以名阁,又以名集,皆志异数。《云川集》刻本甚精,乃亦有误字,如"涓埃"误作"捐埃","宏奖"误为"宏长",尤其易见者。

## 一五

杭大宗《道古堂全集》,前叙甚多。第一叙以东方生况之,似为过甚,或以其诗多谐语故耶?其三叙以竹垞,为比乃近之耳。《闲居》一集似告养旋里者,而叙称其岭南之游,何居?读其诗不知其人,殊闷闷也。诗中谐语如《厌胜钱》句"不如日在钱眼坐",又《怀人》句"年来烟骨各嶙峋",似此"钱眼""烟骨"等字,皆俚语,岂有出典?《早发》句"多谢天公放老晴","老晴"是何语?亦当有自注。《夜泛》句:"放舟从下上,留客问平而。"又用昌黎联句,押"冢"字韵。"谟谋参庙堂,燮理佐宰冢。"大有称通判为"判通"之致,殊可笑也。其《丘岩夫妇合昏》诗、《次邑侯高明府元韵》叙称:"高名谟,字彦范,历城人。"是吾同乡前辈,惜其原诗未之载也。集中结交甚广,与吾东人士,题中仅见《刘侍讲藻席上送客》,又《兼简刘编修墉》,都无倡和诗篇。《送颜行人肇维致仕归》句:"不周风向东,冬初急未了。山近马首青。"颜,曲阜人。

## 一六

大宗《送①陈谟之官全州》诗,通首九言,不知仿何人体,或云宋人

---

① 底本作"选",据原诗改。

即有此调，然如所云"王刍个个放叶绿沈绿，赤心纂纂结子青虫青"，亦是凑泊可笑之句。其《济宁竹枝》五首，又《石佛寺买酒》七律四首，吾州志应已采之。所云："八闸帆墙千树柳，就中秋士最无聊。""秋士"不知谁谓，或自道耶？附载厉大鸿怀渠诗叙"山左大水"云云，未详是何年。句云："龙蛇争路险，波浪益愁新。"正合今日情事<sub>咸丰乙卯重阳后记</sub>。集中多有《坐月》《坐雨》及《茶话》等题目，皆未可与道古，只可谐俗耳。《寓中小集》云："得句超于王子鹤，摘蔬清胜庾郎鲑。"又"入世生涯惟习懒，于应务不相妨也"。《泰安除夕》绝句结云："又着一行风雪画，泰安古道蹇驴驮。"最其得趣之句。他若"吟答江喧到昏晚，神物完好无差参"。强押如此，亦未免趁韵耳。

## 一七

仁和金状元德瑛著《桧门诗存》，桧门，其别号，不以秦名，为嫌意见迥殊。钱香树为叙，亦不甚称许之。蒋心余跋尾，蒋乃其门下士。集中多有倡和者。曾督学山左，于吾乡名胜多有题咏，大篇不可刺取，取其《张氏漪园》绝句："历城泉水天下无，随地涌出皆明珠。张家园子分一曲，玲珑户牖如冰壶。"张征君《漪园诗刻》应已载之。集中多应制诗，自是凤阁舍人文样。押韵亦有强者，如"携来畚锸疑无用，今日方知未事缪"。牵于和韵，迫窘若此，亦不为工。其《弹子涡》句："使入文字腹，撑肠添斗科。"通首"歌"韵。"科斗"可称"斗科"，则"活东"亦可称"东活"，似此又皆帖括习气误之耳。"江陵措大，多于鲫鱼。"乃小说中语，忘出何书。金诗有"得士如鲫鱼"句，亦近戏矣。《九江阻风》起句"行使止泥凭天公"，似非所宜言。集后有《观剧》绝句，自谓咏史别派。其《周仓》题下注云："仓名不见史传，《广德府志》有之。"

## 一八

平原董寄庐《旧雨草堂诗》，前编已收入，兹复阅一过，见其《寄仙鸣皋城守》一律，叙曰"仙名鹤林，字鸣皋，兖州人，任临清把总。王伦之役，仙随征，直入其穴，与伦相遇，径向前抱之，身中一刀，伦逸去，旋自焚死。仙以功升东昌营千总。未几，调寿张营。向在东昌，每邀共猎"
云云。余素闻仙事，未得其详，兹为录出，其诗曰："霜寒一剑欲凌霞，
誓扫搜抢不顾家。曾以倾身称虎穴，居然刺手拔鲸牙。群推飞将名无敌，
喜接书生气自华。为问寿良形胜地，共推驰马猎平沙。"《对菊》一律："不
负重阳候，黄华照眼新。晚香清入梦，秋色老于人。插帽惭华发，衔杯怯
病身。篱英应笑我，逐逐尚风尘。"《晚香》句佳，对似未工。摘句："久
客倍怀兄弟乐，长贫渐觉故人稀。""刺菱旧性应杂间，小草初名竟若何？"
皆佳。《消寒四咏》《手炉》之类，末一首《菘菜》："山家置清供，盈瓮得
霜菘。味领酸咸外，香生淡泊中。"亦得趣之句。《挽孙巫女》古风一篇，
不注女何许人，篇内有"峄山何崔嵬，泅水清且洁。盈盈十五龄，矫矫千
人杰。"知是峄县人也，合并著之。《博平校官乞归留别》一律："稽古羞
夸弟子员，冷官潦倒费周旋。谬为恭敬推先辈，不合时宜畏后贤。浮梗半
生原幻梦，系匏十载亦前缘。归软庆倩祠边老，长谢高台鲁仲连。"

## 一九

河间纪文达公，著《三十六亭诗稿》，《寄董曲江》一律："五纬宵明
璧府宽，风云翁合竞弹冠。相携诸子蓬莱岛，时忆先生苣蓿盘。名士为官
原洒落，词人垂老半饥寒。只应雪夜哦新句，且付彭城魏衍看。"《刘文正
公旧砚》一绝："砚材何用米颠评，片石流传授受明。此是乾隆辛卯岁，
醉翁亲付老门生。"《题桂未谷思误书图》二绝："老去观书信手拈，无须
甚解似陶潜。今看画里沈思意，惭负红牙十万签。""紫凤天吴颠倒缝，文
章新样递争雄。谁期老屋青灯下，刻意研经尚有公。"《送未谷之任滇南》
二律起句："地远山川僻，滇南俗最淳。将求司牧者，合用读书人。"集中
古体名篇甚多。《寄戈芥舟》句尤奇："长鲸跋浪出，万里沧溟开。三山岌
欲动，倏忽生风雷。夫子振高节，早岁驰雄才。胡为久蹉跎，幽郁使心哀。
绿草春离离，感激贯金台。"《为伊墨卿题扇》四言一首："风露夜清，幽
花自吐。与淡泊人，结尘外侣。人本无心，花亦不语。月白空庭，寥寥太古。"
皆奇作，意致深远。《南行杂咏河间太守郊迎赋赠》一律："长亭相见一停

车，斜照疏林认隼旟。五马敢劳迎驿使，双旌本自引天书。枌榆旧社犹前日，风雨孤村有敝庐。我是州民应下拜，邑人莫拟马相如。"《寄寿蔡相公》中二联："与蔡季通传世学，为朱元晦续儒风。""倦辞黄阁当全盛，老住青山任屡空。"按《论语》旧释，"屡空"字读"如孔"，此作平声读，"如"字当别有说。它首用"强项"字，自注："强读去声，本《素问》。"此"屡空"读"如"字，惜未注明。文达，系庚戌拔贡，朝考读卷官。先君子在门下，未有倡和诗，然有一事可记。先君时年二十九，礼部签写"二十四"。询之于公，公笑曰："此大佳事，省五百金，可勿复道也。"答云："此系部中新改，恐与外间入学年分不合。"公曰："吾为礼部堂官，知此辈伎俩。误笔免责为幸，尚敢拨弄外官耶？外官改年儿者，减一岁例索百金。贤契减五岁，不费一金，不亦善乎？"即此一事，可想见此公诙谐了事。因录其诗附及之。集中《题张孟词遗照》，自注："君卷被斥，时余引《公羊疏》争之，乃反激成其事。"并记挽联云："和璧虽珍终抱璞，禹门已上未成龙。"究不知孟词当日是何事件，公所引《卖饼家说》更是何篇？殊令人有误读《南华》之叹。

## 二〇

文达集中有《与余太史书》，说戴东原《声韵考》一编"以孙炎反切为鼻祖，而排斥神珙为元和以后之说"。昀常举"《隋书·经籍志》明载梵书以十四字实贯一切音，汉明帝时与佛经同入中国"，以规东原。东原务伸己说，讳而不言，是其著作一瑕。蒙窃不逊，似为东原左祖。夫《隋志》之说，即唐人之说耳。唐之群臣才识不远，袭取释伽不根之语，以志经籍。据此孤证以驳东原，殆东原所窃笑也。文达于此信《隋志》，未免过甚，而东原亦付之不答，何耶？在汉诸儒，无一道梵经者，更何梵音之有？岂孙炎独入白马寺探取之耶？诬亦甚矣。

## 二一

仁和魏宝臣成宪任兖济观察时，著《东鲁小草》。《上巳过曹南》五古一首，曾手书寄余先君子，索和诗，札久失所在。兹于其集中录出："茫茫古济阴，按部我行野。山虚陟景员，俗且问曹社。居民果园稠，时维莫春者。桃花梨花村，到处矜娅姹。径穿雪香中，映带红云下。牛宫菜绣畦，鳞屋柳飘瓦。已觉泠风和，但少甘雨洒。振穷或攀辕，劳农还驻马。蓬心增烦忧，芳序足陶写。罢咏曲水诗，鞅掌歌小雅。"此诗先君子叠和，亦不存草，犹仿佛记起结之句："□使本词曹，小诗拟东野。盥诵思继声，择言愧其雅。"观察又《寄曹南书怀》一律，记起四句："惊心插柳遍千家，渺渺曹南水一涯。片段云生寒食雨，三分春到小桃花。"集中有《鱼台舟次观刈麦》一绝："香吹饼饵暖风薰，山下人家笑语殷。相绝横镰趁晴色，辉辉新月卷黄云。"又《五月望日放舟独山湖》一首："独山湖外水云宽，万顷苍茫不见端。此日登临行役慎，古人忠信涉波难。清风送客双帆饱，细雨催诗五月寒。白浪黏天休倚柂，芦湾深处是平安。"又《乘月登独山》五律、《月夜舟行独山湖》五古，文多不具列。

## 二二

庆云崔晓林旭著《念堂诗草》。念堂，其号也。集前无叙文，极为高致，仅于诗中得其平生大略。始久客燕邸，后仕为蒲县令，老归林下。于诗盛推张船山，盖由乡举出船山之门。究其诗派不同，张专尚气力，崔则务修词藻。摘句："杏花莫雨龙冈树，燕子春风马颊河。""老去交游重龙尾，意中道路怯羊肠。""精神枉被耽书困，老大才知入世难。"佳句不胜录。又句："经义方怜成绣帨，头衔漫拟笑花糕。"糕，不知出何典记。既以对"绣帨"，亦必出《法言》之类。其《下河崖》五古，通首押"遇"韵，乃起句"骑驴向城南，逐处问耕获"。按"遇"韵，"获"字只"焦获"一义，余自在"药"韵，似不可混。《田闲》一绝："西风吹柳咽寒蝉，打枣声中种麦天。垂老只知农事重，斜阳依树看耕田。"次句特佳，但时令少乖，八月剥枣，时尚未有种麦者，或应是劝种麦耳。结句"耕田"，义亦可见。

## 二三

晓林弟曙林晨，亦能诗。早卒，著有《柳桥诗草》，晓林为叙之。《秋日怀兄》句："愁心思远客，滞迹在他乡。闻雁疑书到，经秋叹叶黄。砧声千户急，月色一村凉。兄弟皆分散，饥寒各异方。"《渡滹沱河》一律："风沙迷白日，一水接遥天。前渡疑无岸，中流尚有船。冰桥传此地，麦饭忆当年。远望苍茫里，山光淡似烟。"

## 二四

《念堂诗草·长相思》五古一首最善："名山无多游，一游畅怀抱。美酒无多饮，多饮愁醉倒。良友长相思，每恨相见少。相见不相知，不如相思好。"念堂著《诗话》二册，多载时贤佳篇，不更节录。册中于先君子《峄山诗》未详及，但载"百二十如山人"之号，乃时人雅谑，非实有此号也，不知念堂从何得之。念堂，字晓林，庚申北闱乡魁。是年东闱榜首乃李晓林，同时登榜，名字相同，亦造物之巧也。东榜解元李亚元杜，时亦称"李、杜榜"云。

## 二五

淮阴徐石生鈖前任乐陵典史，后升惠民知县者。《岱吟诗存》二卷，中有百韵诗二篇，一挽其妻，一挽其师，具有缠绵悱恻之意。惜浮沈下僚，仆仆风尘，不得专擅其长耳。亦曾摄篆鱼台，与潘丽槎明府倡和，合备载之。《之官鱼台偶成》二首："环城百里半湖光，一片帆樯水驿长。治有凫山分鲁俗，民多沛上入江乡。松槐日永开轩古，禾黍风高绕郭香。一事与民先约法，卖刀买犊始为良。""那有循声慰下车，时和讼息一堂虚。河阳花满何须种谓丽槎，城北人来愧未如。清俸无多分词鹤，簿书有暇试观鱼。平生制锦看人易，莫道临风不解舒。"《南阳月夜》一首："玩月登楼思悄然，湖光百里净无边。水明大地壶中夜，人立高寒镜里天。烟外渔歌舟不见，渡头灯火客初眠。淮阴赵嘏思乡甚，犹忆垂杨弄留年。"又《南阳湖》一首："长沙一棹傍湖行，荇藻菱花碧水清。客子鱼虾堪作饭，人家莲藕足为生。"《之官乐陵》二首："境辟三河古，时清两镇闲。乐居民有土，平远地无山。教泽龚房后，人才燕赵间。浩歌当此邑，临眺一开颜。""未识官居贵，须知宦隐佳。草迎新狱吏，槐阴旧书斋。径旷留花补，吟孤待客偕。闲衙无事业，蜂蝶亦吾侪。"《沿海晓行》是其佳篇，合再录之。"几度山城复水隈，晓行今日见蓬莱。风回绝㠗潮声壮，日上深林海气开。千里澄波烽候息，百年古道挽输来。小臣亦预军储议，惟望河流顺轨回。"又《山村晓行》一首："秋村多画意，晓起一鞭招。旭日衔山口，轻烟围树腰。马头飞木叶，人迹乱霜桥。堪羡闲居乐，柴门未许敲。"《故袍》一首："绨袍一袭客长安，暗淡从今典质难。劳尔风霜千里共，偎余灯火十年寒。襟分别泪余痕浣，笔扫秋风两袖残。欲弃空箱情似薄，相逢留作故人看。"《趵突泉步松雪韵》："湛然心迹一尘无，坐对名泉倒玉壶。人事几回波上下，仙源不与世荣枯。吟来海右千年笔，抛却临安百顷湖。十三兰亭题已编，北游山水兴非孤。"附载丽槎司马《南沙河道上晤石生》口占一律："翩然白马来徐孺，握手相看两鬓丝。倾盖喜成千里合，班荆重话五年思。摩挲剑气犹如昨，腾踔驹光尚未迟。今夜对床鸡唱后，祖生又是著鞭时。"丽槎前宰吾邑，兹时升秩，护送暹罗贡使。起用"徐孺"切石生姓，结用"祖生"何谓者，得不夹杂否？徐前诗"不解舒"句，亦未稳惬，或一时戏笑之言。又《魏观察湖中》"不见端"句，亦似弱，并为拈出。

## 二六

同郡李阔《石林诗稿》，余得其一册，皆古体也。《闲行》一首："霭霭出岫云，悠悠无著处。在水映水波，在山依山树。坞北复坞南，盘桓苍茫路。不作闲散人，安得泉石趣？"《游峄山》一首："邾子城陬泗水东，东山联络置其中。盘根远地通灵岳，崒嶫高削挂穹窿。中空剔透垒卵危，生物难测造化工。窄径萦纡接回磴，斜穿石窦陟云峰。不辞遍览林泉处，一洗尘襟生幽趣。浃日餐胜颇忻忻，俗缘又牵下山去。"篇首"邾"字，刻本说作"杞"，或缘邾故城俗称纪王城，由"纪"而"杞"，又音之转也。前编有峄山诗类，兹不更别出。《春日高青岩招饮》一首："吾侪愚夫子，相呼集樊圃。圃中所栽花，居半桃李树。相狎放形骸，何必分宾主？家酝足醉人，何必杭阿姥？春笋味颇佳，何必擘麟脯？既醉便归休，何必吝留去？有如儵鱼乐，可知不可语。"诗趣甚佳。树如字读，乃是去声，不无小疵，或固使上去相通云尔。集前有韩桂舲斠叙。石林英年官京师，未几缘事西指，逾玉门、跨沙州，既得召还，筮仕楚南，想见出处大略。集中绝无鸟垒、雪山等作，盖其慎也。

## 二七

桧阳李鹤坪，名士沪，字书源，著《明史咏》一百首，叙称与吾乡蔡大令松若，俱以采铜之役留滞滇省，间时共作。记其《论诗》一首："羹吹虀及递相惩，诗派公安迫竟陵。歌和郢中皆下里，音传濮上是亡征。律参牛铎翻成韵，技转蜣丸漫自矜。不有云间追正始，谁从暗室认孤灯？"《和松若将离滇省述怀》之作六首，录二："穷荒奉使异丁年，短鬓飘萧愧独贤。汉使旧传盐铁论，天家待济水衡钱。西来顿悟恒河迹，东下同乘粤海船。征斾共君一日发，着鞭免令祖生先。""梦想平生不到处用山谷句，夜郎天外著飞蓬。金钱涌地无刘晏，蛮语题诗有郝隆。骥惯修途嘶伏枥，鹏经倦羽悔培风。檐前耐久寒梅在，预放南枝送寓公。"松若，吾乡人，不知居里。鹤坪题《松若〈秋舫图〉》起云："把君秋舫图，吟君秋舫诗。君诗如长年，操纵任所施。"秋舫应是松若别号，或并以名其集，俟更采访鹤坪。赠句又云"妒杀莫愁今抱子"，知松若在滇得妾宜子，更是佳事，诗卷流传，当必有知之者。

## 二八

乐陵前辈蔡孝廉埙，字和衷，名见卢雅雨《山左诗抄》附注，以征诗未得为憾。余再至乐陵，晤和衷裔孙，索其家藏《儒雅堂集》，录一别本，极为快然，缕书数首于左。集首冠以《鸠庵雪诗》，蔡文耀蕴若著。蕴若仕为朝城学博，乃和衷之父也，其《雪诗》曰："积雪照春夜，萧然庭户闲。光寒天似水，心旷地如山。皎洁心魂肃，空明树影闲。奉兹严静意，可以起慵顽。"《鸠庵题壁》摘句："入山恐不深之语，前日以为人愦谈。居士近来学大巧，数椽茅屋号鸠庵。""我拜斑鸠大道师，损之又损蕴深奇。只容蝴蝶为双友，还许鹔鹴共一枝。"五言摘句："笠戴花边雨，裘穿林隙烟。""云湿和烟重，禾娇带露酣。""平沙白鸟下，老树乱蝉鸣。"

## 二九

和衷《儒雅堂集》，《宿长坑茶庵》一首："处处山藏寺，岩岩寺有僧。峻峰临古刹，高榻隐禅灯。茶取雨前嫩，泉流涧底澄。栖迟流此地，何用戒晨兴？"《深秋独坐》一首："危楼终日坐江滣，楼下澄江照客鬐。地远罕通归雁信，时艰空作泣珠人。思将暖律回芳草，已见霜华点绿筠。闻道休官休亦得，天涯何事滞孤臣？"自注：时卸靖安县事，以亏空留滞二载。《赴德州道中》一首："未断西州路，仍来八月天。野禽窥剩粒，贯叟荷余田。古道平原广，遗踪咼岸连。何时栖止定，疏散卧林泉。"《卢梦山过萧太史园赏梨花索和》七古，文多不备列，末段云："安德城中小阁闲，萧然独坐掩书关。静似山中忘历日，东风吹动鬓毛斑。斑鬓梨雪果谁怜，莫怨今年老去年。人欲留花花不住，花却看人似地仙。"《空斋书怀》绝句："孤馆寥寥坐冷衾，遗文散蛛耐幽寻。何因老不离书卷，正恐闲中错用心。闭户年来少往还，独居深院景萧然。闲阶碧草堪扶杖，纸帐梅花听自眠。"自注：时年八十有三。摘句："倚树谈天宿鸟动，临池说鬼老龙惊。""推窗乍作风频爽，倚树微听叶欲吟。"集后附蔡秉度省园诗数页，盖其家世能诗，风流不坠。并录二绝："春衫初曳踏莎行，连袂逍遥趁晚晴。偶到上方谈半日，天花顿觉座前生。""鸟喧竹静影扶疏，户外囗尘尽扫除。酒醒梦回茶碗碧，此中清兴复何如？"

## 三〇

《宝研斋诗抄》，金筑花侍御晓亭杰著，余最爱其《自嘲》一律："止水无波月有邻，诙谐曼倩亦精神。身如野鹤奚嫌瘦，修到梅花不碍贫。乡梦黑甜游五岳，诗狂白战扫千人。仙家何定居蓬岛，到处云山到处春。"又句："我有一奁秋水镜，越消磨处越光明。"可以想见风格。

## 三一

罗峰康少府普于，出其先世伊山先生诗轴见示，有《乙未仲秋同人集陶然亭分韵诗》，各极工雅，录一以当鼎脔云尔。"赤日淄尘散午街，秋来暑气未全排。人从藤署公余早，地近窑台选胜佳。僻径荻芦饶野趣，虚亭松菊动乡怀。天瞻尺五开图画，朋得西南聚辈侪。归骑趋承车似水，留宾觞咏酒如淮。清谭叠叠风生尘，好句琅琅月满阶。吏部文章悬北斗，对山诗格近西涯。登高能赋吾何有，暇日追陪乐意偕。"宜兴任烜跋园稿，以对山比伊山句，尤工。

## 三二

《乐陵诗汇》二卷，乾隆壬子年梓，王平之茂才处尚存元册，余得假观其中大篇，如潘五云《绘事引及》《题米家山水图》等作，文多不具列。兹刺取小诗，以志乡往。张楫《旅慰》一首："为爱春江好，褰裳兴窈然。酒杯天地阔，山月性情妍。独咏无同调，邻歌有扣舷。凭高还极目，历历看晴川。"又句："云暗秦淮月，风吹采石潮。""桡轻知水急，春老惜花娇。"史继经《冬日咏怀》一首："息机内视在胡床，闭目拥衾百事忘。奴子窃樽知腊近，儿童问字觉书香。梅花仅放诗成债，雪色平侵发似霜。曝背偏宜随日影，依稀葵藿向朝阳。"张士睿句："惟于诗酒寻其乐，不把饥寒算作贫。""老眼观书常就日，闲身寻事数移花。"郑钦《除夕》一绝："四十年来笑傲身，不愁孤苦不愁贫。久甘冷淡真成我，拼把繁华让与人。"王元达句："充腹尚余诸葛菜，饰躬幸有老莱衣。""老去每叹花上眼，愁来反苦酒侵脾。"潘体临句："琴少知音须在匣，诗多惹谤莫传人。""米盐不聒狂生耳，风月常随处士身。"刘士藻句："堤柳啼黄鸟，池鱼逐绿蘋。""古木参天迥，奇花傍径栽[①]。"潘内召句："乱山双鬓白，孤店一灯青。""寒泉当户响，黄叶满林秋。""痴云不散重重结，积雪无声寸寸深。"史尔信《怀友》一绝："同心款曲与谁期，冷署孤灯有所思。消息凭书鱼雁渺，遥情结作数行诗。"张梦仁句："杨花飞尽三春白，萍水流来一派青。"皆百读

---

[①] 底本衍一"绿"字，"径"底本作"经"。

不厌之句。

## 三三

《乐陵诗汇》有史易斋先生后叙，其文孙迪堂明经殊未之见，余手抄一通与之，欲迪堂动绳武之思。渠乃谦让未遑，且曰："仆病未能也。"平之乃录乡前辈四家诗为一卷，余又得备观之。其一宋公盘，盘乃前明人。次则流寓薛尺庵榲，《题杜氏一层楼》五首，录一："南篱开气象，游目正当时。界外天为画，云间鸟篆诗。是楼真白雪，古调叶朱丝。知有千壶酒，频来惯不期。"《即事》一律："横沙断岸九河间，平野连天塞雁还。且得披吟人半饱，多沾浩荡日全闲。潜鱼忘味休弹铗，霜羽息啼总闭关。却为童孙双问字，一堂言笑似家山。"《送宁儿赴华州学官》五古一首："三年空皮骨，崎岖得一官。一官虽卑薄，君子遗以安。少华连太华，峻峻表云端。我力堪健饭，犹驰域外观。曰惟教学半，辞赋徒珊珊。西去二千里，近当几筵看。但愿无虚禄，胜如视常餐。"宁，即补山太史也。摘句："四十年来春未老，三千里外艳如斯杏花。""春梦支离为鲁鱼，一帘花信一编诗。"补山令嗣侃，字荆州，仕为文登学博，实入乐陵籍矣。荆州《秋柳》诗四首，虽不用阮亭元韵，而风调自佳，录二："千条万缕绾闲愁，勾拨人间欲白头。翠黛只今叹憔悴，细腰从古说风流。休过残月疏星寺，尚带寒烟暮雨楼。记否青青年少日，河桥回首不胜秋。""迢递征尘满目遮，绵绵芳草思天涯。梦随南浦骊声远，魂断西风燕子斜。欲把心情话桃叶，何堪身世共芦花。长亭惯见人离别，知否于今客忆家。"《书斋》一首："早起贪佳日，朝曦不满窗。花香融药灶，树影落鱼缸。性拙周旋简，吟多意绪庞。茗芽津有力，容易睡魔降。"《贫女叹》五古一首："贫女鬖指爪，当窗弄机杼。自谓当人意，持向富家女。富女色易骄，心可口不许。低昂一任渠，含羞未敢语。"《寄内》二绝："自笑佣身值几钱，家书寄尔亦徒然。缟衣莫道相忘却，知否愁人夜不眠？""嫁得黔娄念合灰，差无酒食动疑猜。良人未识墙间路，敢道曾交富贵来。"摘句："门推半床月，窗破一灯风。""前游追梦蝶，远信误烹鱼。""穷年岁月还弹指，愁里丹砂不驻颜。""乔林风日怀莺友，阿阁文章识凤毛。"《寄示诸侄》一首："门祚成衰薄，人从汝辈看。贫来守分易，时过读书难。久病还术艾，荒庭也爱兰。无为学痴叔，半世一毡寒。"《戏咏豆腐》一律："长共园蔬趁早暾，担头挑过几家门。擎来滑滑凝脂样，划处轻轻切玉痕。入世酸咸非本性，初生萁豆是同根。贫家款客无他味，薄酿相将市近村。"平之说荆州诗甚夥，渠但得其一册耳，存亡不可知。荆州有句云"嗅得莲花是苦香"，寄托如此，亦可慨也夫。

## 三四

海丰张经德映纬诗，亦平之所录四家之一，其《过历下留赠朱式曾》："即使君相送，征骖未可回。所伤违咫尺，不得共追陪。赭日争驱马，青山数举杯。无劳赋招隐，猿鹤恐惊猜。"《考城渡河》二首："颢气搏沙下，崩腾日夜奔。千盘来远塞，一泻划中原。跋浪争相逐，旋涡是处翻。临流叹明德，我欲酬清樽。""怪得闻鸡者，难平击楫心。长风来万里，浊浪破千寻。远上连宵汉，朝宗自古今。壮游浪可喜，曼啸一披襟。"《九日登锦屏山》一律："三峰高并倚崔嵬，引我提壶直上来。且共篱花开笑口，还思野水注宽杯。松杉卧壑风涛卷，紫翠蒸霞日脚颓。一望直穷千里目，陋他戏马说高台<sub>高、直二字重见。</sub>"《送桑弢甫南归》一律："底用车前列八驺，先生归矣仅风流。岱嵩华岳添吟卷，雪月梅天放去舟。竹苑词坛谁管领，蓟湖鸥伴自勾留。玄言载酒前期在，复向骊歌赋别愁。"摘句，《秋雨》："声随千叶乱，冷逼一灯青。"集中巨篇甚夥，略记其题，《函谷关怀古》、《虎牢关》、《望黄河》及《中秋月蚀》等作，皆见大手笔。

## 三五

河间李东生燧《青墅诗集》，《九日丛台》一首："磴道倚荒城，丛台旧有名。河山销霸气，木叶乱秋声。云净千峰瘦，天空一雁横。盍簪逢令节，好结岁寒盟。"《彭城送别》一首："相将走马白沙堤，飞絮飞花送马蹄。山势中分平野断，河流高压女墙低。试衣亭畔东风暖，戏马台边宿草迷。闻说彭城多胜迹，几回凭吊夕阳西。"集中行旅诗甚多，壮句如《雁门道中》

"云连山势围狐塞，沙拥河流下雁门。"而往来兖济，仅得一联："廿载问津迷旧梦，千秋邹鲁溯遗风。"亦大段窘也。《题古瀛台冯道读书处》二绝，录一："瀛王旧迹已荒芜，秋雨秋风蔓草疏。博得勋名荣四代，不知台上读何书？"《过卢生祠》一绝："寂寂丛祠蔓草青，蓬莱遗迹半凋零。神仙富贵成何事，终古卢生睡未醒。"摘句："庄生作吏何妨傲，梅福求官不厌卑。""生涯似梗频年泛，诗格如官一样卑。""身经磨练贫逾健，诗渐颓唐格逾卑。"屡押"卑"字，有似代余言者。

## 三六

桐城张廷璐药斋《咏花轩诗集》，《望岱》一律："秦松汉①柏近何如，独峙真形邃古初。放眼日轮升渤海，荡胸云气合青徐。千山应就儿孙列，百代空传封禅书。遥想振衣凌绝顶，宛然天地一穹庐。"蒙古和瑛太庵《易简斋诗钞》，《和沈舫西太守登岱元韵》二首："自饮中原水，胸无万仞山。寸心皆佛界，绝顶亦尘寰。民务丝千缕，官声豹一斑。黄堂能了事，半日且偷闲。""万壑松风静，轻兜曲曲安。苦吟惭畏杜，默祷愧希韩。仙迹人间古，神灵达者观。天门欣有路，呼吸白云端。"二家诗，《泰安志》中当载之。《易简斋集》中，前、后《纪游》七古长篇最为杰作，文多不载。《咏珍珠梅》一绝："一路梅花万斛珠，清高富贵两名俱。不知摇落春风后，纯盗虚声恨也无？"此似叹梅，非咏梅也。复阅《咏花轩诗》，爱其押"闲"字数联："好景不妨成独赏，劳人难得是真闲。""浮生但觉双轮疾，仙境无过半刻闲。""愧我同庚复同月，输君余健更余闲。"《除夕仄韵》诗，结句："我正迂疏痴欲绝，吴儿且唤卖痴呆。""呆"字，仄韵中未见。

## 三七

《〈吟秋图〉倡和诗》一帧，曩岁偶得之，惜俱不知其里居，亦不知何时人也，漫记于左。罗煦，字罗邨，《秋吟元倡》六首；吴树珠，字蕙庭；黄阁，号九霞；并和元韵。其图则霁窗作，不署名姓，能闲居士俞艮峰题。

---

① 底本作"潢"，据原诗改。

元唱《秋雁》："咄咄书空字几行，倚楼人自对斜阳。遥怜塞外风霜急，何处江南沙草长。千里暮云秋索寞，一溪浅荻月昏黄。稻粱误尔长飘泊，回首梁州路渺茫。"九霞和云："日暮林疏见一行，远随鸦阵没斜阳。相怜樽酒人还别，最怅空斋夜独长。客里愁心开尺素，闺中少妇怨流黄。南楼极目多乡思，留里关山路杳茫。"又和《秋草》云："裙腰无复旧芳菲，拾翠当时侣伴稀。苜蓿秋高霜陨落，蘼芜香散月霏微。晋公庄在牛羊老，谢客诗成岁月非。独有庾郎盘马地，西风正好猎禽归。"吴和《秋云》一联："水气溟蒙疏柳外，山姿浓淡夕阳中。"他作大略如是。

## 三八

前编于同时作者，别为时贤一编，兹附于近代之后。

家爱泉兄壬寅夏日录寄界河逆旅馆中，有郡守岳湘岩先生题诗，乃《登岱》六首之二："未入重重谷，先登九九盘。崎岖行树杪，曲折到云端。放眼沧溟近，开怀世界宽。回看岩畔路，翻恐下山难。不见五丁来，何年丹嶂开？洞深飞蝙蝠蝙借读及，石瘦长莓苔。幡影岩前落，钟声涧底回。慈云空色相，随地有行台。"又七律一首："花名村落鸟名山，行到山中不欲还。杖履自疑来世外，林峦都不似人间。云门路僻僧归晚，铁嶂松高鹤梦闲。回首乱峰青未了，又看斜日下烟鬟。"不注何题，或游凫山句耶？次年，爱泉诸孙赴郡应试古场，诗题《风筝传来》，徐太守树人拟作二首："薰弦远响入云中，天籁非关线索通。自有金丝生鲁壁，不应筝筑和齐风。鸿毛谱续贤人颂，雁柱弹成少女工。二十四番分按拍，何曾嘈杂笑雷同？""扶摇初步问前程，也是登科说善筝。提唱度来天上曲，读书听到树间声。圣贤遗俗留余韵，草野惊人此一鸣。操缦安诗须努力，好将风雅答承平。"是冬，徐迁蜀郡，其门下高足邀余为送行，诗即叠用此二韵应之。

## 三九

莫岳臣明府以杨大令《石泲诗集》见示。杨候补时，曾捧檄至乐陵，倾谈移晷，不知其能诗也。兹闻已任德平，挂冠归去，为之慨然。集中歌行，骎骎入古，抄存一首。《登岳阳楼放歌》："生不穷汪洋，浩渺渺之大观，便当置身千仞高出青云端。坐阚茫茫宇宙亿万载，一洗山凡水俗眼界为之宽。洞庭周遭八百里，汇湘吞泽何漫漫？斯楼创建自何代，岿然巨镇回青澜。大风浃浃吹客上楼去，岳阳门外五月犹轻寒。一琴一笛一剑一麈尾，一饮一坐一卧一凭栏。瞳瞳双眼直逼海门外，但见金马玉兔逐逐跳双丸。俗尘扫去万余斛，逍遥且尽终日欢。左骖羽衣鹤，右驾天使鸾。安得湖中帝子楼上仙，清风明月日日相盘桓。""凭栏"一联，叠用八"一"字，实为奇作。《梦登太山吟》一首同此调，不具列。《初到济南》二律："马首东来倦眼开，果然佳境接蓬莱。半城湖色青如洗，四面岚光翠欲堆。人为江山留宦迹，天教游历长诗才。岱宗定有登临兴，万仞冈头看海来。""七二泉边卜宅初，朝朝对镜揽芙蕖。顿教俗吏成仙吏，翻觉家居逊客居。重校诗添新岁月，难忘情是旧樵渔。单床茶灶先安置，毕竟书生气未除。"摘句：《太白楼》："是真气魄难为酒，如此江山合有楼。"《南阳湖》："蟹舍渔庄湖里外，酒楼茶社闸东西。"《途中偶成》："村雨织烟千缕碧，山风扫瘴万重青。"《闰九日戏作》："惊心已过重重九，偻指还余半半年。"五言："水声兼雨急，岳色压城低五道岭。""竹清千个雨，蕉响一窗风濂社。"皆佳。

## 四〇

石沩，宁远孝廉，名泽闿。石沩诗，佳者不胜录，再记其《雨后游大明湖》一律："苇叶高于屋，荷花界作田。众香来雨后，一碧漾风前。到处堪垂钓，闻歌不见船。还思待明月，展簟狎鸥眠。"《滕县》一律："绿槐浓处午阴凉，小驻征旌入醉乡。山色万重连岱岳，河流一线画滕疆。火云欲敛蝉初静，花雨交霏草亦香。井地纵横祠宇萧，古情无限吊苍茫。""河流一线画滕疆"，正谓界当以目志，惜不得与爱泉共吟赏之也。《烟霞岭》一律："平生未少烟霞兴，今到烟霞第几重？回环九溪十八涧，坐对西湖南北峰。泉不琮琤泻珠璧，树枝蟠屈走蛇龙。崖前一步一回听，下界才敲午后钟。"《南池》一律："野水径通舟，城南问旧游。一池菱芡雨，四辟薜萝秋。鸟语生禅悦，蝉声断客愁。百花潭畔宅，重忆宴遨头。"自注：昔岁客蜀，居近草堂。《秋怀》句："富贵逼人庸是福，衣冠入世觉无聊。"高尚之志，盖有素云。

## 四一

邑明府殳积堂先生，著《小栗山房诗集》，丙午岁履任，以刻本见贻。佳篇甚多，又长于叠韵，不可备录，摘其佳句以志仰慕之意。七言如："细柳淡于新水碧，小桃分得夕阳红。""半帘绿影庭前树，一片秋光画里山。""小楼明月梨花白，细雨斜风竹叶青《对酒》。""绿杨城郭将军画，红袖笙歌太傅家《扬州》。""一串珠喉花十八，殿春婪尾月初三。""莓苔雨过草心绿，山馆人来缸面红。"五言如："梨花三径雨，翠黛一房山。""万树排云出，群峰走马来。"皆佳。余奉题卷后，用集中《读〈樊川集〉元韵》二首，未蒙答和，旋即撤任。明府爱梅，署中罗列无隙地，一时文雅纵横。后卒以捕①盗不力被议云。

## 四二

邑学博王年丈竹屿先生，寄示近作一册。《初秋旅怀》一绝最佳："更鼓初敲步曲廊，庭梧叶落怯新凉。低头不敢望明月，又恐今宵梦故乡。"王，福山人。

## 四三

商河宗人紫芝孝廉，有《闽峤集》。《上巳》句："花如锦簇草如茵，妒煞风光是暮春。绕郭闲行四五里，寻访恰得两三人。"仕为荣城司训。《旋里》句："作客年年感鬓华，今朝乍喜客还家。山中已熟重阳酒，海上初回博望车。"用"博望"字似无端，盍易以"下泽"二字？紫芝，名江，乾隆乙酉举人。雪渔太守有《万里吟稿》，录其著题诗二首，《雁字》云："似得凌云笔，征鸿泼墨长。霞笺非有幅，录字宛成行。垂露临飞白，衔芦拓硬黄。回文真洒落，体势挟风霜。"《柳线》云："春风抽引绿杨枝，万缕千条疏地时。未到三眠留薄絮，先从二月卖新丝。莺梭织就黄金嫩，燕剪

---

① 底本作"补"，据文义改。

飞来碧玉垂。少妇登楼缘底事,空穿望眼蹙双眉。"《漫兴州首》录一,以
当鼎脔。"自笑羁栖似系匏,鸠来雀去不营巢。苍松有干留清节,秋水无
尘识淡交。花径荒芜随雨湿,帘钩摇荡任风敲。澄怀渐解推移理,斗室焚
香筮六爻。"雪渔,名毓林,戊辰进士。

## 四四

蒲台盖年丈《春舫诗抄》二卷,古作甚巨,未宜摘录,只载律句《秋
日杂兴》二首:"锦江城外锦江流,夹岸萧疏芦荻秋。三国名犹传木马,
五丁人欲逼金牛。山川玉垒形还在,风雨峨眉势未休。八月涛声翻去浪,
巴州东下是渝州。"一"陈仓口北栈云西,谁向青蛉寻碧鸡?名马争骑红叱
拨,征人尽唱白铜鞮。峰回叠嶂山疑断,洞落深岩路转迷。无限客愁增怅望,
那堪夜夜子规啼。"二《咏古》摘句,《鲁仲连》:"隐先黄绮传高士,道继
夷齐称逸民。"《蔺相如》:"欲得连城全赵璧,敢将鼓缶叱秦君。"《平原君》:
"如何门下三千客,只是空传十九人。"《潼关》一联:"河到龙门才一曲,
云开华岳见三峰。"《峡石驿》:"河山三晋壮,风雨二陵多。"《鸡头关》:"路
自羊肠出,人从鸟道还。"《郡斋小筑成》:"移梅经雨活,疏竹受风清。"

## 四五

《春舫诗抄》皆宦稿也,由陇入蜀,盖公为顺庆太守,时在嘉庆初年。
近岁文登王者政,亦号春舫,亦仕蜀都,相距不三十年。王春舫与王雪峤
有《蜀道联辔集》。雪峤,名培荀,淄川人,记其《由龙洞下窥洞口》一律:
"风云忽见足边生,直上苍龙背上行。洞入太阴千丈黑,崖吞骇浪四山惊。
青天咫尺晴疑雨,蜀道艰难险未平。壮老题诗谁再继,凌虚高阁独留名。"
王春舫《赠雪峤》一律:"闻道良朋亦挂冠,长途且喜客心宽。据鞍婴铄
谁知马,对月推敲我遇韩。世事从来收手好,交情能到下场难。鹊华山色
应如昨,何日明湖共把竿?"《济南别雪峤》后四句:"七帙衰翁订后约,
廿年知己对今宵。怜君泪眼愁回顾,押手匆匆上客轺。"雪峤《过马孟起

墓》："一代英雄扶汉鼎，当年士马数凉州。"《题留侯庙》："吕在知难除汉患，秦亡喜已报韩仇。"《望华山》一联："万笏都来朝白帝，三秋共讶起苍龙自注：岭名。"庆云崔时林旸，前抄晓林之弟，亦仕为令，著《月沽诗草》。《舟行》一律："风定舟行稳，秋深水气凉。中流帆影乱，数里棹歌长。蟹舍迷前度，渔村淡夕阳。今宵何处泊，客思正茫茫。"《赠陆广义》句："薄宦天涯孰与群，超然台上喜逢君。才华漫比崔黄鹤，词赋佳于陆士云。"《客夜》一绝："木叶萧萧一院霜，征衣懒解怯风凉。更深独坐愁难寐，月带钟声到客床。"摘句："是非有定关人品，得失无常任化工。""未展一筹成白首，已经两度厄黄杨。""风和日暖花争笑，树密春深鸟乱啼。"晓林昆仲集中各有《咏芦花》，用渔洋《秋柳》韵四首，不可摘取。按《秋柳》韵中，"箱"字最不易押，时林句："隔岩一星穿蟹火，近潮几处隐渔箱。""渔箱"二字，不知出何典记。又"落叶"一联："到耳哀蝉皆曲谱，惊心扫叶尚书箱。""书箱"自应有本，而与"扫叶"相贯，亦似羌无故实。

## 四六

壬子夏日，省寓得历下王秋桥德容诗册，前有嵇春原、李字山题辞，皆吾友也。《初秋》一绝："新霁银塘绝点埃，白莲千朵一时开。推窗才欲闻花气，招进南山翠色来。"《晚行》一绝："绿杨郭外故人庄，步向东南近夕阳。不是缘城寻曲径，贪闻一路枣花香。"《得家书》一绝："一别阿兄八载余，殷勤缄札月无虚。遥知近日龙钟甚，字报平安非手书。"《蓬莱阁》一律："海口连山山上城，城高山峙海空明。窗间四面水天色，日上三竿雷雨声。岛屿微分晨气暗，帆樯骤集晚烟横。凭栏正好凌云赋，万里波涛一叶轻。"秋桥家本蓬莱。《秋试后送东归亲友》一律："怕引东归意，临歧不忍看。出闱登路急，到老忘乡难。海国程途远，霜晨旅店寒。到家人若问，莫说太衰残。"《郊外遇雨》起句："水墨涵天地，匆匆四顾间。风声喧带雨，云势厚连山。"句最佳。

## 四七

乐陵张汉青天衢，乾隆丁卯举人，任诸城教谕，著有诗稿，余未之见，仅从其族子得《秋闺》，乃一时游戏倡和之作，录其二首。一、限用美人名。"飞燕辞巢风已秋，玉箫何处月明楼？长怜乐府传苏小，不信卢家有莫愁。偶整翠翘悲索莫，闲拈红线结离忧。幽情欲寄薛涛纸，何似文君赋白头？"一、限用药名。"天南星转火西流，半夏无聊又到秋。此日雕梁辞海燕，几时银汉会牵牛？眉匀青黛空凝恨，鬓插红花只戴愁。欲寄音书寻故纸，不堪续断数更筹。"余皆称是。

## 四八

刘渔舫先生，实乐陵人，乃系籍天津灶户，以孝廉任肃宁学博，著《见吾诗集》数十册，余从其令嗣索观二册，录存数首。《春日》一律："独乐村居好，归来十九年。祥云飞捧日，野树坐争天。草色铺文锦，莺声杂管弦。悠然盘膝坐，瀹茗起炉烟。"《秋夜》一律："秋夜清如许，开帘坐一床。月明虫语细，风定树阴凉。竹暗还凝露，花多欲散香。天边几行雁，知到为谁忙？"《初度自寿》一律："月旦何须下里评，身家自顾有余清。□看坦路统留步，但费机心不敢行。曾入蟾宫攀一桂，已从槐市率诸生。稍尝宦味心情懒，独挽鹿车又学耕。"绝句二首："春风习习树啼鸦，卷起布帘自煮茶。闲住柴门人不到，白头翁对白梅花。""绿杨蹴地絮初飞，语燕呢喃绕草庐。正是春风桃杏艳，半窗红日坐看书。"又二首："斜阳翻壁晚风清，老树婆娑野鸟鸣。非是良朋真待我，自拖竹杖绕村行。""茅屋三间归弄田<sub>借用</sub>，一帘花木夕阳边。书声听罢茶刚熟，门外蝉鸣雨后天。"摘句，五言："人求如意少，事到知心难。""观书愁细字，见客怕新交。""人冷能充隐，心闲免附炎。""草长疏帘碧，蝉鸣老树秋。""去水连沙卷，流云带树行。""云开□漏碧，风定雁留声。"七言："草色平铺三径绿，榴花倒射满堂红。""径外花飞迟到地，云中燕舞欲参天。""老子休言生苦县，安仁也得赋闲居。""海能翻浪鸥偏卧，风可飞沙草不知。""穿篱突兀猫头笋，浮碗馨香雀舌茶。""开口便询七十否？回头尚记少年时。""柴门不设司阍者，了鸟声中风替关。"单句："万花围住屋三间""一路鸣蝉送老翁""老梅影瘦小窗深"，皆得趣之句。

## 四九

陈钦士少府抄寄无名氏《左耳病戏作》一首，有似代余言者，漫识于左。"叹世侵寻似鹿皮，聋虽半耳已如痴。盈樽社酒凭谁饷，决牖仙方久不窥。但遇一呼仍响应，若聆偶语却参差。僮便主聩夸脾健，婢噪医庸讳肾①衰。强欲属垣还侧耳，才看抛枕又支颐。史称偏听应如是，人说佯聋或近之。憎老懒令娇女剔，怯狂畏与醉翁持。八音未许谙全部，两造只能割半词。洞里乖龙眠正稳用韩句，床头斗蚁动还疑。耄呼贤吏犹多愧用龙丞事，归作家翁渐有期。空筊音闻旋恍忽，兜玄梦断转迷离。不须□箴从军法，好证圆通问道师。"按此是长排，"聋、耳、多、半"等字重见、叠出，戏作则无不可。

## 五〇

单父旧友孙凤庐，自昌邑学署寄其《戏作咏物》四律，漫载其二："蚁战初酣气似虹，无端白雨忽蒙蒙。蚕因作茧身先缚，鱼到吞钩饵亦空。窟若营三终是狡，技非擅五更遭穷。几回勘破蒙庄意，蝴蝶原来是梦中。""螳捕浑忘黄雀觊，好提俗耳苦针砭。蚊皆有口能成阵，蟹本无肠枉恃钳。饮露蝉高空自洁，过墙蜂去为谁甜？西来参透人天谛，值得昙花一笑拈。"凤尘素不作诗，兹寄托殊深，未久则引疾归尔。

## 五一

乐陵孝廉王凤文荣封，任曲阜学博，著《咀芸山房诗草》。《寄谢史迪堂》四律，录二："涤俗率真吾，尘氛一点无。品惟清乃峻，行以洁而孤。信

---

① 底本作"贤"，据文义改。

是人如王，端应唾尽珠。风流前代溯，晋魏与为徒。""自笑吟成癖，淫哇误半生。牛心输擅誉，骥尾附知名。愧昧风人旨，叨承月旦评。金针欣已度，罔敢诩同声。"《赠潘子骏》一律："澹将秋水浣襟裾，诗酒放怀兴有余。涤俗原来无长物，忘贪每喜购新书。穷何必送情真达，热不须因意自如。静欲参禅甘冷卧，一帘明月伴幽居。"《咏梅用东坡咏雪韵》二首，录一："芳心一点送香纤，鹤守无嫌冷气严。巧样谁栽花藕蜡，寒妆只耐雪飞盐。敲诗兴动时开阁，索笑情深偶傍檐。拟否玉堂高咏处，芸窗觅句斗新尖。"《咏六角扇》二绝："岂必玲珑说五明，芳形恰拟泰阶平。轻摇细细凉风发，信是风原叶律生。""持来价可百钱售，太傅蒲葵胜此不？岂是人偏珍六角，右军五字足千秋。"又句："此君偏自矜圭角，独具觚棱亦不嫌。"摘句："众绿从生惟夏雨，群黎副愿是商霖。""旷职真惭唐博士，绝交信是孔方兄。""契深兰友欢无限，情洽曲生味倍真。""夹路云深新绿暗，随车雨细软红消。"皆曲阜任内作也。余前来乐陵，时凤文正在曲阜。及其推升告养，而余亦移病旋里。十年重来，则渠墓有宿草，仅从文郎得读其遗稿云尔。

## 五二

乐陵张茂才维桢，字干园，著《亦云轩诗草》，其族弟竹轩孝廉手录一册示余。咏史如《严滩》一联："角里衣冠终俗格，云台事业等浮沤。"《淮阴歌》末段："淮阴就死淮阴悔，淮阴岂得为无罪。一请假王一后期，二事皆足中君疑。"皆议论独出，不蹈袭前人科臼。律体亦工，余尤爱其《闲居》一首："漫说穷居乐境稀，知几处处尽天机。池边草长鱼儿出，帘外花香燕子归。刈麦刚逢桑葚熟，种棉盼到枣芽肥。随时景物皆堪赏，不道年来心事违。"自注，里言："枣树发芽种棉花。"乐陵宜枣，尤足见土俗云。竹轩又示我李笠翁诗一帙，皆律句也。如："因贫才得乐，为傲妃能闲。"又："病除闲有力，愁破酒无功。""月色常依水，江声不在潮。""冰消渔岸水，寒雾雪花天。"皆得趣之句。又一首："书淫犹好色，滥嗜即登徒。能割始成爱，姑存尚带懦。""懦"字疑误，或渠用乡音读作"儒"耶？吾不能滥嗜之矣。《赠瓢饮道人》云："松为同辈友，鹤似少年人。"瓢饮，不知何许人也。

自乐陵前辈以下十余页，搜采极富，足征先生之圣才。然惬心志贵，当此系未定之稿，无妨以多为贵。窃谓开雕时，自另有一番斟酌，以当于最爱之中，稍从割爱，想高明必不以瞽说为刻也。

小云绂谨注

# 闺　秀

## 一

　　前钞阮夫人《旧经楼诗》，乃其次集。道光辛丑秋日，爱泉兄复得其初集以示余，佳什不胜录，录其似史论者。《读长恨歌》一绝："仅可宫中宠太真，但须将相用贤臣。君王误在渔阳事，空把倾城咎妇人。"《读娄妃墓碑》一绝："贤妃虽死却如生，一片冰心似水清。惭愧宁王是男子，妇言不用反倾城。"名论可传。

## 二

　　甲辰夏日，江南古朐汤茂才过邹，以其亡女汤蓝英《紫筠轩诗》二册见赠，盥诵再三，不胜有才无命之叹。《即目》二首："忽听篱边声，不见篱边物。小妹篱边来，惊起两促织。""南园干菜甲，疑是黄胡蝶。小妹最娇痴，恰向篱中捻。"《春闺》一律："春阴尽为海棠浓，转到黄昏露影重。月上快逢天女面，花开疑对美人容。心缘何痛针偏入，衣欲成章线更缝。邻女较侬劳倍甚，香粳犹里五更春①。"紫筠年二十而殁，卷中多病吟，不堪卒读。再录其《自遗》一首："松竹窗前影肃清，频年雠校拥书城。苔痕径满稀人迹，天籁风传只鸟声。班氏妹兄期作述，谢家父子似师生。庭帏独领闲中乐，门外无心问雨晴。"又一绝："岂是涂鸦学转痴，童年习惯性难移。呕心如我真堪笑，痛到翻添数首诗。"集中佳篇不胜录，尤爱其

---

　　① 据首都图书馆藏清钞本《紫筠轩诗略》，此诗名为《春闺夕咏》，后两句为："邻女较余劳倍甚，香粳犹听五更春。"

四言《观天》一首："浩浩碧落，无言化周。不知天外，可许昂头？"真慧业文人语。

## 三

辛亥秋，晤青城学博曲阜东野伊斋，乃夏邑汪梦岩师之兄子婿也，询及"前钞汪师女公子诗，尚有遗篇否？"伊斋即诵其《寄从娣》二绝句："春深绣阁离愁重，梦冷池塘雁影单。记得旧时花月夜，双双同倚画栏干。""绣倦停针倚碧纱，自看小婢试新茶。无端帘卷添惆怅，开到阶前姊妹花。"语极精妙。再询伊斋"尊阃必有和作"，乃秘而不宣。

## 四

壬子夏日，历下友人处得观文登王春舫宝奉天陈箴史名宝四所著《蜀道停绣草》。《宿龙溪》一绝："嫁得浮云惯远游，征尘屈指又从头。一年一度邛崃道，为问春风识我不？"《清溪道上早行》一律："茅店鸡犹唱，星河淡欲笼。人家修竹里，月色乱山中。凭轼寻残梦，垂帘避晓风。前峰知日上，指点晓云红。"《中秋望月忆弟妹》一首："凄凄旅馆中，渺渺凉风发。弟妹天一方，今夕亦佳节。素娥破云来，两地照离别。感此伤我心，伤心不如月。"《扶风怀班大家》一律："路近班门喜问津，大家才思总无伦。千秋史笔成巾帼，汉代文章有妇人。恩被三朝闺阁少，家遭多故弟兄亲。璇机图里诗盈锦，苏蕙何修作比邻苏亦扶风人。"《渡河》一绝："黄河天上来，汹汹势何壮。一帆挂秋风，横开万里浪。""汉代文章有妇人"，真名句也，堪作史论。

## 五

贾少峰学博新得《沧州诗钞》以赠余，卷中有闺秀十六家，摘录数首。刘曾璇妻吴氏有《双榕栖稿》，《舟中即事》一绝："扁舟一叶水迢迢，扬子江头看晚潮。遥指绿杨城郭外，月明二十四红桥。"《观弈》一首："一秤胜负两难均，博得傍观局外身。着子心原多未了，生花眼不太宜真。杀机虽觉非关我，活路何妨且指人？莫自矜能余步在，此中消息要凝神。"叶伯俭妻全氏，名澹真，有《晚香阁存稿》："韶光如许正无垠，庭院深深静掩门。莫使东风来砌畔，好留残雪伴梅魂。"左善洵妻李氏，有《丽景楼诗草·梨花》一绝："几枝白雪压疏篱，寂寞三春独放迟，人定帘垂深院静，冰姿只许月明知。"《春月》一首："春月清晖满，冰轮露濯鲜。倚栏花入梦，临水柳生烟。的皪金波照，裴回玉镜妍，最怜香雾里，帘影更娟娟。"吴茂椿妻张氏《秋夕回文》一首："啼鸟夜月对凉天，院静垂杨锁绿烟。迷路归来寻径远，萋萋草露带平川。"按此诗不避行露，疑是伧父代作，余不悉载。

## 六

河间白氏著《绿窗诗草》，白乃高阳孝廉王棻香甫室，署名称香室女士。《夜雨》一绝："坐喜宵来雨，莺啼过短墙。卖花声不远，风透隔帘香。"《辞家》一绝："辞家时节值残春，绕砌花垂晓露新。十日相看千日别，似含珠泪送行人。"《金台咏古》起句："神俊不恒有，有亦溷风尘。千金收骏骨，贵在识其真。"语尤雅鉴，亦似史论。白氏十四岁能诗，《咏雪》有"借问梅花何处落，风吹一夜满千山"句，乃重唐人高达夫《闻留诗》，及后知之，欲削去，香甫以诗留之："绿窗染翰漫因陈，暗合翻令旧句新。宁向齿牙居后慧，却疑环印记前身。得心自许能先我，出口何须定异人？老屋寒窗同把卷，呼灯重拂单床尘。"事极风雅可记。白氏《咏白燕》一律："珠帘冰剪下雪飞，故垒初还雪翼肥。柳絮午晴波滟滟，梨花春冷雨霏霏。奁前幻化双钗玉，梦里分明白板扉。寒素家风清望重，不须门巷号乌衣。"结句可谓诗中有人在者矣，它姓移去不得。《家居》一绝："获稻栽蔬学作家，田园生事计丝麻。篱边几点闲秋色，旧是儿时手种花。"

## 七

雄县王侍郎炘女名淑昭，河间左大令印奇室也。左任河南涉县令，淑昭赠诗二首："从君来万里，本欲避饥寒。命簿逢兹邑，时难笑此官。房帷茅盖冷，儿女布衣单。愿□还山曲，祈君早挂冠。""三年莅兹土，囊橐愈萧条。岁月人将老，风尘鬓欲焦。长贫甘计拙，多病恨家遥。素抱柴桑志，如何冒折腰？"可以想见高致。

## 八

平昌诸生，传其乡前辈季孝廉鹏九继室刘夫人，有《菊窗吟稿》，《中元夜雨》一律："月华秋不见，寂寂坐南轩。树老风声动，虫多夜语繁。灯分千里梦，雨断几人魂。遥忆悲秋客，凄凄静掩门。"盖其寄外之作。刘夫人乃滨州刘虞城令嘉隆之女，名眷仪。菊窗，其号也。

## 九

世传前明闺秀诗，五、七言律、绝极多，古调殊少。惟吴江叶虞部仲韶二女《春歌》叠韵，与唐人光、威、衰相埒，备录于后。叶纨纨，字昭齐，《春歌》元唱："东君编把香尘浥，枝头处处春光及。闲心踏草草偏芳，泪眼看花花尽湿。深闺帘卷日长时，罗衣乍试春风急。游丝路上白秋千，独坐帏香屏影涩。清明寒食断肠天，可怜绣陌游人集。画桥烟暖涨晴波，武陵花泛渔舟入。黄莺睍睆燕呢喃，揉碎韶华余几十。一番风雨过栏前，满庭红紫空相拾。"昭齐妹小鸾，字琼章，和云："春雨霏微花气浥，江村处处春相及。半庭芳草黛烟深，一树梨花粉痕湿。数声啼鸟□游丝，晓来拂拂东风急。东风胡蝶寻香飞，新莺欲语娇还涩。陌上堤边更可怜，香车宝马纷相集。高楼帘卷画屏开，落花飞絮随风入。榆钱满地更堪愁，难买东君又九十。折花安顿胆瓶中，犹恐春光暗收拾诗见沧溟《明诗选》。"

## 一○

杭大宗《榕城诗话》载黄莘田二女能诗，长淑窕，次淑畹。淑畹有《题〈杏花双燕图〉》诗："艳阳天气试轻衫，媚紫娇红正斗酣。记得春明池馆静，落花风里话呢喃。""夕阳亭院曲阑□，语燕时飞扇底风。不管春来与春去，双双常在杏花中。"时人称之，惜未载淑窕和作，亦光、威、衰之流亚也。押"酣"字用通韵，乃觉太宽，固是欢愉之词耳。大宗盛称莘田能诗，乃载其《过昭陵》一绝，贞观"观"字读平声，亦可疑也，即录原句于后。"际会风云未足难，始终恩礼羡贞观。汉家多少韩彭将，不得铭旌一字看。"或"贞观"在《易》读仄，于唐年号当别论耶？

———

张小云处有湘潭郭氏《闺秀集》，中有三家题蜀女鹃红题壁诗者，悉用元韵。前钞雨山谓"《榛苓吟》卷后当有闺秀题词"，于此益见其言信而有征矣。即摘录于后，郭友兰素心句云："闻道兵戈靖剑关，痴情犹自望生还。金钱夜卜刀环约，两袖频添泪点斑。""深闺成惯理行装，错怪牵牛不服箱。却羡木兰真有胆，芙蓉带上系鱼肠。"郭佩兰芳谷句："匆匆女伴促行装，黄竹曾遗百宝箱。记取兹帏亲检点，明珠翠珥断人肠。""离家屡见月亏盈，望断刀环不尽情。春到江南江水绿，又添愁恨共潮生。"郭漱玉六芳句："命薄于云亦可哀，无端烽火逼人来。鹃红小字真成谶，啼血声中一朵开。""前身杜宇忆啼魂，破壁烟寒夕照昏。应有碧纱笼护惜，莫教尘浣麝煤痕。"

一二

郭氏《闺秀集》中，附载芳谷女王继藻浣香诗，多有五、七古，大篇未易摘录。其《寄笙愉姊》："守道方为乐，无愁即是仙。"乃本郭步韫《自遣》句："浮生安命方知乐，处世无愁即是仙。"步韫系笙愉之祖姑，可谓不忘师资，成一家言矣。笙愉，名润玉，乃湘阴李石梧星沅之妻，刻此集于广东使院者。后附《梧笙馆倡和集》，不及备录。渠系显宦，诗卷自流播海内，亦无庸赘及也。笙愉《题雨青女士画册》一绝："我正吟诗倚碧纱，愧无斑管写烟霞。知君细洒金壶汁，可忆江南二月花。"雨青，不知何许人。

一三

小云茂才又以古润女史茅桂芬蕊仙《卧云馆诗集》见贻，集中多佳篇，尤警者如《焦山看梅》句："江山壮丽人非旧，我辈登临月共清。"吐嘱殆不似巾帼语也。弋取小诗数首，《晚眺》五绝一首："落日古渡头，冉冉欲堕水。不见长歌人，声在溪烟里。"《田家》七绝一首："通岁田家四月忙，锄禾打麦遍村庄。五陵公子乘骢马，那见辛勤满路傍？"

## 一四

滕邑馆中，有人传来"咸丰十一年，南匪入登州境，海阳女子李氏被虏。贼破，氏逃回至沂州兰山县刘家寨，题诗九首"。录其起、结二首："静养深闺十八年，何曾露面到人前？闲将鸭鼎分青火，早向鸡窗理翠钿。午梦乍回春寂寂，暮云初散月娟娟。自从盖地烽烟起，骨肉惊离各一天。""本贯登州属海阳，村名牛渚即家乡。氏无兄弟孤身李，门少翁姑未嫁王。人素敬烦诸伯父，寸红转寄老爷娘。倘能再得重相见，镂骨铭心死不忘。"此诗小儿得自滕馆，不知所自来也。吾友海阳李字山，亦死于南匪之难，此女子定其族人也，不知题诗之后，归落何处。小云每谓闺秀诗多依托，或他人代撰，似此诗必无代撰者矣。又按其诗中琢炼之句，如："深闺昨夜犹穿线，旅舍今宵忽枕戈。""万里愁云迷远塞，一钩残月挂孤城。"吐属皆极风雅。至"爷娘撒手难相见，生死临期未可料"，则不堪卒读矣。其七首后四句"水远山高音已断，鱼沈雁杳信难偿。兰山西北刘家寨，苟且偷生暂隐藏"，则直述其事，不计工拙也。

## 一五

同治戊辰菊月，大女从广川来宁，见其绣余小册，后有其侄妇东昌王氏题一绝："一卷新词叶凤鸾，此中惟有率真难。谢庭写尽天伦趣，莫作寻常咏絮看。"即物色得王氏《云龛口草》一编，灯右盥读，前有和乩仙诗十二首，不具列；次有《感秋》八首，录二："最好乾坤爽气清，朝来忽觉嫩凉生。书空雁字题何恨，伏壁虫吟诉我情。冷梦照残灯一点，秋心打碎雨三更。小窗消尽凄清况，伏枕微闻落叶声。""卷帘澹坐一庭烟，摇落西风思渺然。玉宇无尘清似此，青山有骨瘦堪怜。三更冷梦秋如水，一片冰心月在天。几许闲愁消未得，虫声吟到枕函边。"又句："白云明月身前梦，红树青山画里思。""菊有黄华偏笑日，柳因青眼易伤秋。""杨柳真为憔悴树，海棠今是断肠花。""一径云烟啼竹泪，五更风雨卷蕉心。"诗是病中作，故多凄音。又《雪诗》四首，录二："骑将白凤下天来，散作琼花顷刻开。已悟幻身同絮影，不知何地着尘埃？偶然此世留鸿爪，遮莫空山化蝶灰。漫道南华清梦冷，冰心只合伴寒梅。""一片灵光玉宇澄，小窗静坐澹寒灯。尘埋下界三千丈，梦踏琼楼十二层。絮影暗飞空是色，梅花含笑冷如冰。仙人跨鹤纷纷去，何处青霄有路升？"又句："人间那见崎岖路，天上偶开顷刻花。""凤翥鸾翔空有迹，冰清玉洁总无瑕。"《咏菊》六首录二："东篱风景绝尘嚣，我与黄华共寂寥。疏雨半帘人影瘦，古香一室梦魂遥。秋心太觉清闲甚，世味应从冷淡消。此是花中真逸品，芳姿贞白不妖娆。""憔悴东篱物外身，无言相对卷帘人。烟疏月淡初留影，冰洁霜清不染尘。独与梅花同比瘦，只应秋水共传神。素心一点愁多少，我爱黄华臭味真。"又句："天教入世惟宜淡，花不逢时转得高。"《与从弟志别》四首，摘句："家园再到谈何易，骨肉无多别更难。回首可怜星聚散，惊心怕见月团圞。"

# 乩 诗

## 一

陆云士《杂记》朱淑真降乩，书《浣溪沙》一词："儿家原住古钱唐，曾有诗编号断肠，犹传小字在词场。□□漫把若兰方淑女，须知清照异真娘，朱颜说与任君详。"下坛又书一词："转眼已无桃李，又见荼蘼绽蕊。偶尔话三生，不觉日移晷。去矣，去矣，叹息春光似水。"陆记乩笔应答节次甚详，兹但录其词耳。

## 二

尤西堂《杂组》有《琼宫花史小传》，略曰："花史何氏，小名月儿，明初山阳富家女也。年十六，为书生所调，赴水死，王母录为散花仙史。初降坛，诗曰：'片片落英飞骑客，翩翩独向风前立。缓行徐步小桥东，只恐春衫香汗湿。'"按此诗似自叙前事，或其旧作也。花史诗词甚多，最著者《太华行》一篇，词曰："登峰当登第一山，娑娑屹立不可攀。巨灵屃赑崒为掌，云气时流十指间。苍龙玉马随风步，黄冠鹤羽皆童颜。半壁飞泉珠雨散，水天相对乘时闲。尔乃坐青莲，游玉田，金鼎石室篆如烟。团团握麈成清谈，铁笛一声江天寒。玉女乘鸾相接引，蒲桃火枣列嘉筵。歌一曲，乐万年，进一觞，成百篇。松风枕上听流泉，陶然醉倒不知还。呼吸三光应列斗，巍峨两山一画剖。少阴令德合秋成，气函金爽据丁酉。伊古少昊居此都，蓐收别馆称中皋。何若凌虚此一游，凭风羽化飞飞走。

视昔登颠①发狂号，垂书作别真堪呕。仙兮仙兮不可及，仿佛斯游不竟口。
我向琼宫索记书，大文千言如蝌蚪。"花史此诗，故作虫书，真人译之，
乃得识。花史每呼侗为展子，展子记之如此。按此诗降乩何处、何时展成，
皆未详及。而所谓真人者，乃孙过庭，皆恍惚难凭。

## 三

西堂《杂组》又有《木渎仙姬小传》，略云："姚氏，名玉儿，字守贞；
娟娟，其小字也，武林人。五岁能诗，九岁流落广陵狭斜中。十五而卒，
一灵不散，遇华山破云仙师<sub>不详何人</sub>，教以真诀。后入仙籍，主木渎，为水神。
降坛诗曰：'经年憔悴到梅花，木渎寒风石径斜。记得相思明月下，炉烟
缥缈认儿家。'"仙姬与郡侯高苍岩幕客陈山农等倡和最多。然其生前所著
八百首竟不传，惜哉。

## 四

西堂诗集有《春风舞歌吊何澹王》诗，叙曰："何，武林妓也，十八而亡。
有歌曰：'春风舞，春风舞，吴姬紫玉飞作烟，越艳西施化为土。'其下友
人记之不全。又一律，忘其首句，承云：'数句琵琶绝妙词。看尽青山惟有泪，
烧残红烛不成诗。半帘梅影无君瘦，千古情人是我痴。可惜临歧分付语，
至今湖水笑相思。'"何乃才妓，附载之。

## 五

纪文达公杂著：西湖扶乩，苏小降坛诗："旧埋香处草离离，只有西
陵夜月知。词客情多来吊古，幽魂肠断看题诗。沧桑几劫湖仍绿，云雨千
年梦尚疑。谁信灵山散花女，如今佛火对琉璃。"或请曰："姬生南齐，何
以能七律？"乩判曰："阅历岁时，幽明一理，性灵不昧，即与世推移。
江文通、谢元晖能作《爱妾换马》八韵律赋，沈休文子青箱能作《金陵怀古》

---

① 底本衍一"登"字，据文义删。

五言律诗。古有其事，何疑于今乎？"又问："尚能作永明体否？"即书四诗曰："欢来不得来，侬去不得去。懊恼石尤风，一夜断人渡。""欢从何处来，今日大风雨。湿尽杏子衫，辛苦皆因汝。""结束蛱蝶裙，为欢棹艀艋。宛转沿大堤，绿波双照影。""莫泊荷花汀，且泊杨柳岸。花外有人行，柳深人不见。"诗盖《子夜歌》也，虽才鬼依托，亦可谓俊辩。按此段议论及永明体，大似小仓山房拟作，托之苏小云尔。

## 六

李鹤坪昆海《联吟集》中载与乩仙倡和甚多。明冯祭酒梦祯自号"采芝翁"，降乩诗曰："招邀深感主人贤，白发婆娑话旧年。征梦远随衡雁去，骚坛高树瘴云边。天垂岭峤寒愁客，秋尽沅湘水接天<small>按此联'天'字重见</small>。惭愧点苍山下鹤，声声还忆采芝仙。"鹤坪和云："鞅掌何心赋独贤，星槎奉使已三年。身经瘴雨蛮灯外，梦绕河声岳色边。短发浑添点苍雪，秋阴不放蔚蓝天。洞庭一日三题句，潇洒真惭鹤上仙。"乩笔又《忆鹤坪》一首："负手秋天数雁群，蛮荒木叶又纷纷。青山满眼悲乡国，白发盈头忆使君。枕上疏灯官阁雨，酒边残留洞庭云。猿声一夜休惆怅，独客年来已惯闻。"坪又和云："先生自是列仙群，忆旧偏增逸思纷。万里悲秋怜宋玉，一舟载月吊湘君。神鸦不散洞庭树，老鹤孤飞滇海云。最是轩皇张乐地，遗音可许世间闻。"又《夜听蟋蟀》诗："秋气入深巷，落叶声骚屑。夜寒独掩扉，萧萧一庭月。"又《题刘古山〈君山觅笋图〉》一首："洞庭十日南风作，客船如鸟沙头宿。炊烟日午犹悄然，扶杖高吟入深竹。白木镵，青竹篮。几枝入手君非贪，风味满腹殊清甘。君不见老人衣染君山云，朝朝忍饥为此君。"俱采芝翁乩笔。

## 七

杨升庵《乩笔同采芝翁作》："白发飘萧折角巾，相看世外两遗民。蛮天落拓愁边客，故国尘沙梦里身。关塞魂归云似墨，琵琶声断雨如尘。哀牢山下垂垂柳，犹认天涯放逐臣。"又《赠采芝翁》一首："雪意晓初霁，山风吹葛衣。春生蛮地早，老觉故人稀。携手入林僻，题诗吟翠微。回头沙上雁，一一向南飞。"采芝翁和诗："十九峰头月，清光欲满衣。名山荒外少，高士蜀中稀。一杖穿云去，双凫入海微。便当同跨鹤，直向青城飞。"亦见昆海《联吟集》。

## 八

采芝翁又与同人联句，《题东溪亭子图》共十六韵，合备列之。"少室横半天，爱绝白云上。下瞰东溪流翁，日夕波滉漾。倒映玉女峰蔡松若，飞瀑落层嶂。绕涧昌蒲生李鹤坪，紫茸花初放。中有幽人居萧云巢，云构凌空旷。窗虚岚气阴王椒园，松古涛声壮。玲珑檐际月鹤坪任震，石梁宛在望。清光如可招钱松壶，秀色静相向。我欲骑白龙翁，于焉陶嘉尚。一啸鸾鹤集蔡，小筑磨霞傍。吸景味元诠坪，餐芝怡真贶。兹意归画图萧，斯人妙心匠。云烟缣素披王，墨雨峦翠涨。浮丘迹可寻震，卢鸿宅堪访。依微闻远钟钱，仿佛听樵唱。他时掩山扉，丘壑还无恙翁。"鹤坪所记同人联句甚多，其"坐"字韵诗至于四叠"坷"字，俱押"坎坷"，独未载。仙句不知是"凡人坎坷，仙亦坎坷"否？盍载之，与宋时"君也徘徊、臣也徘徊"好作偶句。

## 九

商河宗人雪渔太守《鸿泥杂志》载滇人扶乩，陈圆圆降坛，诗甚多，不具列，但录其《自述》一篇："我本吴门浣纱女，圆圆小字娇白苎。自幼深闺秀出群，妆成多厌铅华御。稍长舁藏贵戚家，珠围翠绕擅歌舞。当时名誉动京华，能使王侯屡延伫。一朝蛾贼绕南枝，孩儿十八焚钟虡。鼎湖龙已去深渊，万里分封来蛮宇。碧鸡山色映瑶窗，翠海波光环珠户。后宫佳丽尽如花，独妾承恩娇不语。其移物换彩云收，伤心瘗玉归黄土。环珮难从夜月归，故国姊妹空愁予。"圆圆自述如此。渠生时不闻能诗，乃一灵不散，与世推移耶？篇中上、去混押，或用乡音，不可以沈生弊法绳之。

## 一〇

近人传抄有吴县陆巫女降乩诗，前有自叙，骈体，甚长，略记其名馥华，号潋塘女史，嫁吴郎，行七，于归十日而寡，不肯改适，有强之者，触石而死。降乩诗云："石藩一触碎珊瑚，花影飘香月影孤。干净身还真万幸，敢将幽怒诉天衢。黄沙白草怅东风，卧老梅花五尺红。如纸桐棺自安稳，几多马革裹英雄。薜萝烟冷墓门荒，一线沙堤接绿杨。春老三村村畔土，桃花香带女贞香。不堪回首望吴门，凄冷灵萱月下魂。别有数行儿女泪，鸳鸯枝断七郎坟。"合具载之。

## 一一

乐陵老友张君丹芳善扶乩，余前到乐，渠已归道山。乡人传其乩诗一册，多赋四时景物，无庸弋取。卷末有《赠主人》一律："平生最爱静中居，绿水青山绕故庐。栽一两竿无碍竹，养三四尾有情鱼。人来问字拈拈笔，客去关门看看书。得一日闲闲一日，五陵车马待何如？"又一言至七言增字体一首："清，清。祥云，和风。池内竹，墙外松。煎茶小仆，谈道仙翁。门下无俗尘，几上多古经。闲来坐观周易，闷时起听鸟鸣。无拘无束随日转，何忧何虑天地空。"乩笔不书名，极为高雅。韵脚"东、庚、青"并押，悉用乡音，仙亦是土仙，盖戏之也。城南王生，乃张君门下高足，收藏乩笔屏风十二幅，款署"藏珠道人"，相传"藏珠"亦回道人别号也。余流览一过，不能举其词，但记屏中有误笔，因口占一绝："乩笔飞腾有是哉，鸟簧蝶板费心裁'板'字误作'牒'。就中奇字知多少，试觅人间吴郁台。""吴郁"二字不解，或是"舞云"音之转也，惜不得起同岁生扶乩问之。

甲寅秋，高唐及连镇逆贼方炽密，适乐陵邑人传乩语云："读书乐何如，白云陵上住。诸君何须问，芳草碍余步。"中隐"乐陵何碍"四字，人谓太显露，恐非仙语，殆好事者为之。冬日，有闹漕事，摄令姓名与芳草有合，亦似谶矣。其它传来独流石韵语，伪妄不载可也。素闻乩诗，但视扶乩者之文艺，如能者扶之，则诗多佳句，否则诗多浅俗。至有一二语后不待送而逃去者，其故可思矣。以此不知观此技，遇有传诵韵语者，亦姑听之。此册所辑，喜其不多，知先生原不过取备一体，勉为盥读一过，而一词莫赞焉。

小云缄谨注

### 戏题《诗话续册》后希晒削

登山采玉海探珠，
合璧联珠世所无。
郄氏冠英（珍）才一片，
王家竞秀只三株。
兵如韩信多尤善<sub></sub>有付梓前册十余卷。
博似莱公注太孤<sub></sub>册题上卷知尚有其次。
更欲从君观异宝，
铁如意打碎珊瑚。

知君十万卷撑肠，
卓笔成峰墨作庄。
落纸烟云簇锦绣，
随风咳唾化琳琅。
岂无鸡犬登天去，
大似牛羊满谷量。
他日名山夸富有，
肯教多积让曹仓。

冶山愚弟黄来麟拜草

## 赠答类

### 一

辛丑秋日，朋辈叠和陶诗"萦"字韵者，具已见前册。是冬，听泉亲翁复寄余重和一首："大块禀万物，洪钧杳而冥。扶风有佳士，不识仕宦情。漱石枕流水，今之孙子荆。清节不求进，古之黔娄生。矧有两难弟，比之于三明。同读秋树根，既翕和且平。宁寄蜗牛庐，不学蟋蟀征。宁锄草与茅，不以禄代耕。三余间著作，甘为读书萦。借此以自见，逃避世上名。"又和余《重阳》二律，录一："开冬十月便为阳，一日难倾三百觞。望雨云随风北去，怀人意逐雁南翔。间将此会明年忆，闷取落英秋菊尝。肮脏依门有何事，小园半亩自开荒。"家爱泉兄亦和二首，录一："九日登高不费钱，归来无事可牵连。一樽爱对中天月，数卷堪酬古圣贤。情话只宜寻旧侣，高吟亦足结良缘。诸孙问我何经好，不读《中庸》性自偏。"原注：时方诲小孙读书。和稿成，即付代誉。

### 二

壬寅夏日，听泉示余用孟襄阳《过故人庄》韵一首："雨余晴更好，最喜是农家。秉耒南山下，披榛一径斜。人间争种豆，天意许收麻。生发且无尽，请看枯木花。"和余《重午书怀》韵："两余老幼共扶犁，节过天中到竹迷。好事何人分角黍，问年先我近眉梨。平安书寄一行雁，风雨谁怜五德鸡？试向舍南呼小阮，声名未必自今低。"原注：本童坐号"西生"，复试入场，学使乃持"西出"一卷易之，慰本童曰："没你的错，你且去。"本童即听泉。所谓小阮者，余有诗慰之，故兹答及。是年秋，偕听泉昆仲同登铁山，重摩北周石刻，用小鹤仁棣旧韵二律，小鹤和云："五斗从前悔折腰，伛偻石上意偏骄。奇文办处澄心目，胜迹寻余病采樵。书画含情余汉骨，山犹带润易周朝。共君回首十年事，尚欲悬崖姓字标。"原注：摩崖骈体，旧释首有"曰池"二字，不解，自兄辨出乃"白泡"二字，与"朱霞"对文，极为豁然。听泉和云："众星错落满山腰，访入欧阳意气骄。梵语偏傍摹可读，匡家踪迹问诸樵石刻称丞相匡衡之裔孙作。云崖勾画分书字，骈体文章大象朝。何不说诗迈乃祖，传为千万世之标。"余不尽载。

## 三

癸卯春日，雨山博士寄来海丰吴六子芝诗札，称："去冬受读大著《诗话》，如见颜色，途中口占却寄代函。""残雪邾滕路，驱车赋北征。言思子云宅，住近峄阳城。七载江湖别，千秋金石盟。纤途欲相访，无那迫王程。""雨山孟博士，示我一编书。开卷悟良友，论诗真起予。人惊花比粲，君贾勇之余。更有藏山业，相期邃古初。""倘讯风尘客，年来鬓欲华。一从离辇下，四载守梅花。政愧图民拙，情还嗜古赊。怀人风雨夕，曾梦到君家。""东华门外路，此去未淹旬。待踏燕山雪，来寻凫岭春。文奇欣赏汉，碑古共摹秦。它日初衣遂，还期卜结邻。"余即依韵奉答。

## 四

是年起病赴省，嵇山长春原见寄一律："卧病正愁绝，东风来故人。颇怜离别久，倍觉笑言亲。湖上波初绿，门前草自春。幸君多妙句，重与斗清新。"《偕游小沧浪亭》二首："万仞峰头至，游踪又水涯。坐来青雀舫，寻到白鸥家。春信迟杨柳，诗情寄杏花。一杯烹活火，新试雨前茶。""地爱小沧浪，绕门流水香。云光摇画槛，山影落虚廊。人静鸟声乐，庭间草意芳。依栏情话久，竹外见斜阳。"秋日寄余二首："西风忽吹到，一纸故人书。远寄水云外，刚逢鸿雁初。寒蛩动遥夜，明月照吾庐。案上瑶编在

原注：谓新得《诗话》册，长吟重起予。"次首结句："疏雨花三径，秋林屋数间。著书心太苦，莫益鬓毛斑。"

## 五

山阴张七亦梅旧友，时入宪幕，历下快晤，出近作相示索和，记其原稿。《蓬莱阁观海呈托爱山中丞》一律："乱山背郭水衔城，百丈蓬瀛接上清。窥槛鱼龙吞浪立，插天岛石压涛生。帆墙明灭鲛人市，旌旆飞扬虎节营。长幸波恬庆海若，为公草奏颂升平。"又《和中丞登岱祈雨》一首："未遂登临约，新诗许共论。山为群岳长，公是此邦尊。霖雨苍生愿，慈云黍谷温。俯看齐鲁境，列岫似儿孙。"

## 六

癸卯夏日，听泉于田舍成一小楼，余用陶诗《癸卯年怀古田舍》韵作二首寄贺，听泉答和云："平生好楼居，此愿今乃践。仙乎吾不能，旧染亦难免。养拙于其中，何以慰所缅？善且不欲为，而况为不善。惟有耕与读，言近而旨远。以此教吾孙，淹留不欲返。良朋惠我思，寄兴亦不浅。"一"董生虽有楼，似富而实贫。寄此小楼中，体与口俱勤。半为田舍翁，半为读书人。楼遂名半半，所名亦何新？君和古田舍，读之令人欣。何日始过我，相见喜津津。斟酌共一楼，高谭惊四邻。自恨舞仙仙，君当恕酒民。"二小鹤亦用此韵贺之，略云："有客饶仙骨，乐与人为善。西北起高楼，地僻而情远。竭来贻我诗，自云乐忘返。时共陶隐居，斟酌较深浅。"听泉又为长句寄余，有云："年年岁岁春二月，几载一逢癸卯年。伊人古调为余弹，乃和渊明怀古田舍诗二篇。"余不悉载。是年，余捧檄赴朐山，听泉用陶诗《送客》韵见寄。余到朐山乃得见之，原稿传观，偶失之，记其结句云："宵征非吾事，田园可栖迟。种秫多于粳，作诗为君贻。"

## 七

滕邑张宏蕴先生闻余捧檄赴朐山，里人误传复之乐陵，蒙赐一律："归云看缕缕，一路带清风。又欲出山去，仍施润物功。秾花鬲津雨，澹月峄阳桐。慰我相思意，秋高有雁鸿。"又寄题拙《诗话》二首："潇洒旧风姿，同车北上时。别君廿载久，惠我一编迟。宦绩诸生课，交情几卷诗。高吟编齐鲁，对此已神驰。""季长才绝世，最小是诗名。聊记同心话，兼摅独坐情。因之开眼界，未许冠平生。别有千秋业，奢心望早成。"又题拙刻《家集》一卷，诗云："久传歌咏编琴台，况复兼承画荻来。陈氏元方成古调，谢家群季亦清才。紫桐旧接凫山秀，绛帐新从漷水开。白发盈头吾老矣，逢君杯酒愿追陪。"

## 八

胸山摄司训篆，同事海阳赵三凤麓赠诗二首："每从东海望昌平，到处逢人说马卿。二陆文章蜚虎观，三苏声价重燕京。盈阶桃李承新泽，入座芝兰结旧盟。惠我佳篇频盥诵，珠玑字字焕晶莹。"一"廿年书剑感飘零，幸有师资树典型。愧我头颅梁既皓，多君眼界阮垂青。宏编博雅通班马，古榻斓斑辨豹鼪。自笑未能工和郢，聊将小技试撞莛。"二胸山文少府仰之，廿年前王仙李座上客也，重阳成一律，记前四句："重阳风雨最关心，一夜檐前淅沥音。童叟欢呼催种麦，山川改色沐甘霖。"同人和作稿俱不存，犹记冯介堂起句："香尉风流生佛心。"凤麓一联："九日风光当令节，一天喜气沛甘霖。"余归自胸山，少府赠行又有诗，记一联云："黄花三径刚归去，红杏一枝探早春。"

## 九

癸卯冬日，自胸山归来，汶阳阻雪，用陶诗《癸卯十二月中作》韵寄董、杜二诗友，听泉和云："北来假舟楫，汶水亦可绝。路经我田舍，场涤门户闭。四方云色同，小雪节大雪。客行冰雪中，天人同一洁。兴高诗和陶，妙语为谁设？以我为敬远，我心胡不悦。思君欲访君，无奈风栗烈。人言加餐饭，我言饮食节。以斯相劝励，莫笑余谋拙。君其取斯言，颇足慰离别。"小鹤和云："一病过百日，惫极交未绝。顾非素心人，门且为之闭。素心人何处，远道际风雪。游宦兴已阑，归软志何洁？相思不可见，陈楊徒为设。胡不惠然来，使我中心悦。永夜月皎皎，寒天风烈烈。咏诗勉寄答，怀古依时节。久病减吟兴，愿言守吾拙。歌成助一笑，聊用慰离别。"按"别"字，"屑"韵中两见。"离别"之"别"，与陶本意同否未定，要之借押亦可耳。

## 一〇

甲辰中春，徐树人太守自蜀过鲁，宿界河驿，和余壁间韵，记后四句云："停车不去三迁地，画井犹存百里风。记得峄阳曾着屐，最高峰顶拓心胸。"夏日，余又捧檄权招远学事，听泉送行二首："君子于大水，欲观久矣哉。偶开绛帐坐，忽报素丝来。行入罗峰界，如临大海隈。相招亦何远，奚啻到蓬莱？""咫尺难相见，遥遥更若何？连年作客惯，随处识君多。道自羲皇出，才能屈宋过。只缘行近海，珍重慎风波。"是行也，莱郡遇雨，几于漂没，垂诲之语，如先见矣。余到招远，却寄听泉，用《题扇》旧韵，又蒙答和二绝："蓬莱高阁与天通，连步堪夸夔锡翁。如何旧事重欣赏，风雨关山客况中。""日月弥多信始通，吾曹相看渐成翁。他时剪烛西窗下，大海茫茫一笑中。"又寄和余《蓬莱阁》韵："东去君何憾，得观波与涛。三旬始到海，千里独登高。沙里吟淘浪，愁中著畔牢。摅怀当胜地，恨我未同遭。"栖霞王茂才密荐晋和二首："百尺云梯上，茫茫看海涛。帆樯通远地，楼阁接天高。大壑连鳌极，严疆重虎牢原注：时方修沙堤。东洋资巨镇，垒石列周遭。""楼高沧海阔，风静碧环清。万斛珠玑涌，双丸日月生。垂云鱼化岛，嘘气蜃为城。感佩成连曲，泠然移我情。"又垂赠一律："问字人皆比陆潘，论诗我更仰苏韩。少年到处称才子，壮岁偏能耐冷官。瑞兆芙蓉应有镜，清怜苜蓿不盈盘。渊源经术钦家学，愿列门墙极大观。"

## 一一

蓬莱学博王九春帆，吾同郡人也，寓中时以单饼见惠，谢二绝，春帆次韵见酬云："曾无兼味佐晨餐，苜蓿官厨供客难。羡煞诗人多雅兴，常教车马驻江干。""快睹云笺客思绵，小园新剪露蔬鲜。何当共卷鸣牙饼，任有王周病未痊<sup>原注:时患牙痛,唐人王周有《落牙诗》</sup>。"乙巳春日,听泉用陶《经钱溪》韵赠山长张若震,余亦和寄一篇,若震答云:"意外忽相逢,离怀不复积。主人洒芳樽,过客话畴昔。当时北冥鹏,暂息垂天翮。谓当快扶摇,一举风尘隔。视我折腰人,蝼蚁同役役。岂料三十年,浮云多变易。菀枯与升沈,此义古难析。舜华朝暮耳,何如后凋柏?"又寄示和听泉《击柝》一绝:"梦在梦中梦不知,睡魔撩梦起吟诗。比他夜遇韩京兆,剥啄推敲自一时。"时邹有捻匪之警,击柝相闻,听泉不免身执其役,故记之。

<h2 style="text-align:center">一二</h2>

秋日,听泉寄示《杏花重开》二绝,录一:"道人七七不曾来,难得春风八月开。独我园中有奇事,桂花节里杏花开。"是年,园树夏虫食叶,故多发秋花,而余圃杏一株,依然无恙,戏成一绝答听泉:"杏树青青屋角斜,临风笑向董园夸。秋来一样折磨后,我乃无花君有花。"稿成未寄,因"董园"二字小犯其忌,姑附于此。

<h2 style="text-align:center">一三</h2>

冬日,家十二弟星其张自湖上来邹,住月余日,雪后梅边唱和颇多,记其初来见赠一律:"陶令还家骨已仙,梅花庭院绕山川。谈深经史愁能破,笑对友朋梦许圆<sup>原注:见有记梦诗</sup>。垂钓古矶添活水,烹茶落业续残烟。凭添佳兴知何在,珠树森森植砌前。"岁除将归,又留赠一首:"廿年岁月任优游,暂住山阿泊钓舟。客馆吟成珠露冷,云笺题就墨花稠。诗逢真处心如水,更到阑时梦亦秋。一忆联床风味好,峄阳莫感小勾留。"诗系初学,句多未工。曩未登稿,兹因其不幸短命,特检旧稿以志音形。草录之下,犹有余怆。所有咏梅着题诗十余首,皆载渠课册,无从追寻。

<h2 style="text-align:center">一四</h2>

丙午春日,听泉寄示近作,叠用拙作元韵四绝句:"我为钞书也杀青,劳人白发半星星。仍然古谚遵邹鲁,万两黄金不抵经。"余不悉载。是年

夏秋间，忧旱忧蝗，诗人无好句矣，概从割爱。听泉前寄和陶《停云》一篇，其末章云："交交黄鸟，集于芳柯。载好其音，既平且和。"按陶原句"好音相和"，"和"当读"唱和"之"和"。然自东坡和陶"即云默数，永和我辈"，当平声押之，亦得。

## 一五

是年冬杪，听泉与友五人作消寒饮，每九日一聚，相轮为主，唱和数首，寄余索和。听泉首唱云："杨云笔阵冠吟坛<sub>原注：初九杨君为主</sub>，节贺肥冬笑语欢<sub>原注：土人谓有年为肥冬</sub>。茅屋几筵添色泽，竹林风叶报平安<sub>原注：阿咸亦与于会</sub>。感君不惜十千费，约我同消初九寒。次第流传皆是主，相看莫作客相看。"凡四叠韵，"梅花香破一枝寒"句尤佳。小鹤和作记一联："试占云物春将至，互作主宾心乃安。"

## 一六

丁未春日，小鹤捧檄又往文山。余时与听泉约共和陶全诗，乃用陶《送羊长史》韵赠之，小鹤答云："宿昔事薄宦，归欤非所虞。怀忧不可言，六载废琴书。胡为毛生檄，复捧向彼都。彼都有文山，徘徊未忍逾。昔日春风发，携子奉潘舆。今春复来此，子独与之俱。见孙已长大，瞻顾重踟蹰。故人相慰藉，邮诗自相如。欲和不成句，匪关学殖芜。飞飞堂前燕，将雏日相娱。栖乌巢庭槐，反哺未肯疏。感此百忧集，有怀何以舒？"是年入夏，三月无雨，秋蝗又至，听泉寄一简云："旱极蝗为害，愁生四野中。地将任我卖，天实使之穷。有酒心难醉，吟诗语未工。连年饥且馑，风味与谁同？""忽有诗人至，寻思复自叹。漫劳车马驻，未尽友朋欢。诲我终朝久，留君一饭难。相怜别有意，不必勤加餐。"冬日，余捧檄往茌山，过邹，书门亲翁口占二绝相送，未示清稿，有待补录。

## 一七

戊申春日，自茌平赴东昌，携儿登光岳楼，强成一律，同人淄川孙九子慕和云："突兀雄东郡，奇观拟上层。河流明线影，岱岳辨主棱。兴为寻春发，人宜载酒登。会当同一蹑，诗胆醉应能。"又叠韵见赠一首："失喜逢好友，尘烦涤万层。襟怀何落落，风骨自棱棱。客舍频相过，危楼约共登。新诗承寄和，学步愧难能。"子慕示以近稿一册，摘录数首：《新春漫兴》云："一冬耐枯坐，新岁剧怀人。官味闲中冷，家山梦里亲。垂青惟柳眼，寄素少江鳞。忽念瓜期近，行歌且买春。"《晓发即目》云："出城身似脱樊笼，泼眼芳郊入画中。宿雾遥看浮水白，朝晖喜见隔林红。黏轮路泡帘纤雨，扑面寒余料峭风。共说今春光景好，青青垄麦兆年丰。"《留别》一首："几番酒绿与烟红，所遇难期臭味同。宦况自嗤巢幕燕，诗才独诧亘天虹。茌山君幸谐今雨，聊摄我欣识古风。最是欢场情乍合，无端临别又匆匆。"莫春，余自茌山卸事，阻雨未行，留别同人《阻雨》一律，接任安丘宗棣丹石次韵云："弟兄缘结总非轻，绛帐承家旧有情。好逐东风辞历下，也分化雨到茌平。洒成官道迟归客，湿暾宫袍待晚晴原注：借花袍祭先农坛。温语联床才几日，来朝泥滑不须行。"

## 一八

是年春，余复补乐陵原缺，旋自茌山又束装北上，邹友用十四年前留别旧韵相赠。听泉云："晴日满天锦绣文，送君君去我何云？荒园自结庐容膝，短发谁怜冠切云？世上无非名与利，人生最苦聚而分。马卿贪佩铜符否，不觉连年捧檄勤。""十四年前旅馆情，今年又向鬲津行。漫漫长路青山隐，草草劳人白发生。书信几番封付雁，离怀连夜睡闻莺。到官应记新装处，肯负衾裯月下盟？"小鹤云："旧地重游作广文，年来惟我亦云云。征车应识鬲津路，归橐空余蓬岛云。何意后先如一辙，此中甘苦许平分。碧梧癯状今犹记，肯惜鱼书寄问勤？""两度关心薄宦情，今番忽又送君行。纵谈意气空千古，冷落头衔各半生。乡信待传宜借雁，诗人未老尚随莺。到官莫再轻归去，海上文坛须主盟。"朱佑生学博垂赠，亦用此韵，摘句："动我归心盘里鲙，触人离绪陌头莺。""佛氏凤缘原各各，荀卿儒效自分分。"按"分分"字义，与《荀子·儒效》篇原句异读，或见别本，更俟考证。

听泉复叠前韵临岐相送,摘句:"去留聚散见交情,六十明年尚远行。""几回樽酒几论文,最不易逢却易分。"皆情至语。余于季夏六月复抵乐邑,冷署独坐,乃一一答之。书门亲翁亦有赠言,但不肯留稿,无从记注。

是年重九,史迪堂明经招饮,余口占一律,迪堂和云:"怀抱何因得好开,重阳风雨正徘徊。举杯自觉三人少,扫径欣迎二妙来。有酒端宜骚客至,无租不患吏人催。粗才愧乏登高赋,难与先生共一台。"又倒叠前韵一首:"何处岧峣百尺台,重阳风雨枉相催。但欣有客看花去,莫恨无人送酒来。破屋数椽君寂寞,新泥满径我装回。几时再筑鳝堂起,好把龙门一洞开。"时学署仅存一屋,余谋小筑,迪堂助秫秸二车,戏作《送秫行》七古长篇,又三叠之,文多不具列。乐俗,盖屋以秸为笆,迪堂又作《笆子诗》见贻十二韵:"命名为笆子,此制自谁何?取向纵横亩,覆来安乐窝。千竿攒劲直,数草束婆娑。坚整凭椎击,圆成使足搓。排嫌三五少,引爱丈寻多。续续同添线,丁丁想伐柯。长应牵壁角,短亦压门阿。交插牛衔尾,蒙茸渔著蓑。帘将芦并织,箔让苇先拖。要戒雨风拔,端将泥水和。绸缪频密密,编次莫罗罗。犹是索陶意,豳诗君试歌。"诗言笆法甚精详,余勉和答。

## 一九

潘子骏上舍,名锡康,乐陵诗人,著有《待删草》。冬间寄余一律:"闻道平生著述多,别来无恙鬓应皤。风诗一代精裁鉴,碑版千秋富网罗。孰讶古人瞻北海,我原旧雨识东坡。记否一十年前事,曾误旁观烂斧柯。"又赠二首:"大巧由来不可阶,斫轮老手谢安排。词源滚滚川流峡,笔阵堂堂水背淮。谢氏庭前森玉树,季长帐后列金钗。疏狂似我真多幸,也许论文厕等侪。""先生六十尚青衫,我亦躬耕困载芟。一别频书新甲子,重逢已老旧松杉。漫云散木材堪用,久识洪钟响不凡。窃比韩门穷贾岛,强将俗乐和英咸。"又叠和,摘句:"时光又值梅开岭,霜信初催橘过淮。""鹤如善舞翻嫌俗,鸟未常鸣或不凡。"皆出尘之语。此后倡和甚多,未可缕述。冬杪枉顾,又寄二首,录一:"谈只文章话自佳,前宵相访到高斋。冲襟蔼蔼春生座,雅抱澄澄月入怀。我见文贞殊妩媚,谁云方朔太诙谐?如君不厌清狂客，阑入还将户闼排。"此韵迪堂亦有和章。

## 二〇

己酉早春，子骏赠简云："春风随杖履，时复到衡茅。顾我真何有，而君肯下交。论文分甲乙，觅句共推敲。愿作云龙逐，韩门比孟郊。"迪堂和余《元霄》韵有句"写韵何人会彩鸾"，怪其无端，后知该处韵府廿函，此夕失去，事亦大奇。听泉自邹寄示客腊自书楹帖曰："□余不宜言饮酒，望君相待敬如宾。""当门多种竹，开卷乍闻香。"及近诗数首，摘句："烈士壮心付流水，诗人清梦到梅花。""卷帘院落流书韵，向暖池塘见草芽。""虽无旨酒酬余醉，偶有嘉肴望客来。"可想见云谊。又以"杏奴茶"对"桑落酒"，询"杏奴"之说，则以目志："杏子留冬在树者名杏奴，以浸茶，有奇香。"更足见博物。

## 二一

荔浦莫岳臣炽明府摄乐陵篆，三月瓜代，留别诸友律句，如："文章缘浅期偏左，保抱情长志未伸。""名当浪得滋惭歉，人到将离易感伤。"余叠和之外，又撰赠七古一篇，蒙即赐和，一日之间，辄为三叠，录一："臣心自信清如水，臣职七品小官耳。几年吹滥齐门竽，骑虎依稀势难已。一朝负荷任匪轻，小雨春深乃发生。临履不胜冰薄惧，退军忽闻班马声。琴鹤一肩行且作，引杯但觉剑光烁。泰山巍巍东海宽，何处重看绶若若？此情不敢随境迁，见君诗句思君贤。毋宁许公复社稷，渠处东偏君西偏。"别后，明府又摄乐安篆，"居许东偏"之说，验矣。

## 二二

刘渔舫先生令嗣恩光茂才，出其遗集见示，集内有戊戌春日闻余投牒旋里，感赋一律："此夕闻君返故乡，曾无片语别诗狂。应知得信难分手，却向五更遽整装。鸟弄春声多雅韵，桃含宿雨有浓香。只轮趁此全家渺，独看天边雁几行。"又《秋日见怀》一律："不恋鬲津苜宿盘，竟抛老丑气如兰。小车独驾三更去，诗社谁赓九月寒？长路知君吟兴在，茅斋剩我菊花残。可怜消息无人讯，愁听宾鸿两鼻酸。"余急录出，以识前辈殷拳之意。后值渔舫安葬之期，余作挽持二章，用陶集《挽歌》元韵，以寄哀焉。

## 二三

青城学博曲阜明经东野伊斋隆祜，乃夏邑汪梦岩师之兄子婿也，询知师后零落，诗集无存，为叹息久之。伊斋处尚存其《送春》一律，丐得一草，敬录于左。"子规啼急客情牵，蜚尾花中罢绮筵。飞到杨花春似梦，立残斜日草如烟。消愁底事凭杯酒，看好韶光待隔年。我亦欲归归未得，数声长笛暮江天。"此诗不知作于何时，玩结句，自是客中作也。

## 二四

蔡茂才浮出其家集见示，所有和衷先生《儒雅堂集》，已见上卷。兹更录其集后附载诸家之作。蔡廷槐《翠亭初秋》一律："一叶梧桐又报秋，凄清风味仍从头。也应少妇添新恨，能不征人起旧愁？渐看花阶移雁影，徐听爽籁到帘钩。他乡正作无衣叹，刀尺谁家响画楼？"又《秋怀》五首，惯押"花"字。"世事浮沈波底月，人情冷暖镜中花。""长亭败柳伤心木，深谷幽兰薄命花。""戍楼有恨逢衰草，旅馆无心伴落花。"皆沈着之句。蔡佶吉人《春柳》一首，和拙渔元韵："暖日柔风三月前，傍桃逐杏似争妍。依依陌上征人去，郁郁园中思妇怜。司马尚将悲往日，君平能不忆当年？而今未肯轻攀折，汁染春衫或有缘。"

## 二五

夏日，子骏谢书诗扇一律："诗清兼墨妙，便面写来新。顿觉无炎暑，浑如对故人。卷舒能称意，用舍总随身。绝胜裁明月，常为握内珍。"又《即事见怀》一律："新晴殊可喜，阴雨已连朝。晓日明花坞，轻烟暗柳桥。衡门虽寂寞，艺苑且逍遥。想见东泉老，清吟兴正饶。"又寄余索和一律：

"逝水年华不可留，阅来四十度春秋。已陈事迹同刍狗，无用词章类棘猴。屈子何须分醒醉，虞卿漫自结穷愁。此身顽健须行乐，莫遣花枝笑白头。"

## 二六

是年，迪堂令郎得选拔贡，成均贺之以诗，蒙答和二首，录一："昆弟同科世所稀，重从绛帐仰风徽。先生自种桃千树，敝舍依然桑四围。款客未能频作黍，好贤窃慕改为衣。如何寂寞潘邠老，不共筵前一赐辉。"子骏亦和韵，前后四首，都未存稿。子骏书一联见惠："商寻周鼎文心古，霁月光风道气深。"

## 二七

淄川孙子慕寄和余《见怀》元韵："论文讵易得同心，别后相思仗梦寻。顾我闲中羞蠖屈，感君天外落鸿音。功名已负青灯对，岁月翻愁白发侵。五夜闻鸡犹起舞，遣怀惟有酒杯深。"海阳李字山从省寓寄一札，中有旧作和余《枣林歌》一篇，文多不载。又题拙《诗话》一律："书来千里度奇峰，开卷如听万壑松。愧我虚名真附骥，知君别集益雕龙。即看今古全归冶，已是东南一大宗。多少儒林闲月旦，寸莛未许遽撞钟。"历下旧友高晓山茂才前和余韵，有"先生气味犹如昨，曾到蓬莱顶上来"，皆揄扬过分。曩未留稿，附及之。

## 二八

《己酉岁九月九日》，陶诗有此题，曩与听泉共和之。兹复叠韵寄诸友，子骏和三首："重阳候已过，时届秋冬交。天气颇暄暖，林柯未尽凋。不寝坐清夜，仰视明月高。朗然想襟抱，一鉴悬秋霄。侁偢应笑我，终日心神劳。示我和陶诗，如抚桐尾焦。毋乃君前身，即是彭泽陶。我欲一问之，相访期明朝。"一"雨后明月出，庭前花影交。爱此露下菊，近冬犹未凋。幽居遂疏懒，岂敢云养高？却同云无心，舒卷在绛霄。人生各有命，机巧真徒劳。胡为苦营营，坐使思虑焦。不如且饮酒，任运由钧陶。嗤彼狂驰子,奔走穷昏朝。"二"结缔期终始,君子慎择交。故人如秋叶,霜后已半凋。人生当贫贱,难云志气高。蹇步困泥涂,逸翮凌九霄。夫子略年德,猥蒙洄泼劳。赏音遇良工,爨下惜桐焦。生平爱陶诗,诗陶人亦陶。愿言常相从,岁久同一朝。"三

## 二九

冬日,始接到听泉所寄《九日》二绝,与子骏共观之,并赏其结句:"忽被西风吹落帽,才知今日是重阳。畦边也有篱笆护,半亩寒菘当菊花。"子骏因和二绝,押"阳"字,亦佳。"村僻无花更无酒,也如客里过重阳。"书门亲翁寄一律,记其中二联:"笑我五旬无远志,望君十载寄当归。""鬲津风水流何急,绎岭云霞遁可肥。"是年,余捧郡符兼理阳信学篆,《送袁四少岩赴省》二律,袁答和,录一:"蔼蔼停云伫,怀人赋溯游。开书先盥手,问字愿低头。诗梦联床夜,仙心露在秋。闻君修五凤,可许一登楼。"

## 三〇

王平之茂才久困场屋,诗才甚俊辐而不出,频年督劝,是秋乃投我一绝:"愧把金针度得忙,从今也学绣鸳鸯。剪裁毕竟无头绪,更向师门问短长。"是后唱和甚多。前于薛荆州诗注中见小山先生招远署中句:"持券空来贤债主,载酒频过好门生。"螺峰风景如睹,以询平之,遗句甚多,不能悉记。平之谢余送胙,口占有"一家饱食大官羊"句,曾面领之,不能记其全首,亦未便索稿。平之乃小山先生令嗣,名治。

## 三一

是年除夕,始得董婿缉亭为熙应县试冠军之信,喜赋一律:"匝月望来书,书来逼岁除。喜闻名第一,预卜复其初。"谓乃翁朴园先生少时,即以案首入学。缉亭答和云:"盼得数行书,得书积念除。人应推白傅,诗本过黄初。景行诚宜尔,追随合愧余。来春游鲁泮,许作化龙鱼。"

## 三二

门下阍生榴匡绂谬好余诗，接次索观拙稿八册，题五古长篇见赠，合备列之。"诗以道性情，诗教合今古。源肇三百篇，品区廿四谱。体格极森严，鸿章难枚数。诗家萃三唐，非止李与杜。踵起代有人，后先相接武。地灵诗亦工，尤盛在邹鲁。吾师自邹来，诗与唐贤伍。佳句满锦囊，雕龙兼绣虎。纸骤贵洛阳，为快争先睹。未得窥全豹，章仅读三五。戌岁车南旋，云树隔良苦。十载幸重来，春风归艺圃。惠赐览诗编，全集光黻黼。蔷薇盥手诵，诵不停晨午。古风既雄浑，律复严规矩。短章何研炼，长篇尤鼓舞。可入昭明楼，可参古乐府。雒诵匝月余，篇篇惬肺腑。沆瀣契心源，相贶非小补。恪侍绛帏傍，时时沐化雨。"余棣鱼台籍，本鲁棠邑。自先君子教授邹、滕间，始卜居界河西偏。听泉曾招余入邹籍，诸弟辈不肯从也。朋辈知余久居于邹，即以邹人目之，亦无不可。

## 三三

庚戌，余年六十有一，作《初度》一律，子骏和云："艺苑声名世早知，公车宜上未宜迟。文原经术匡刘体，艳摘风骚屈宋辞。白首莫夸才更健，青云未必路多岐。明良遇合应非晚，莫对菱铜叹鬓丝。"平之三叠此韵见赠，摘句："年登周甲添吟兴，岳降生申进祝辞。""裁来锦绣黄金缕，愿乞天机织女丝。"子骏自云前意未尽，因作寿余诗五律八首，语多扬诩，亦何敢当？略记其二："先生官独冷，旧物只青毡。博雅同刘敞，风流比郑虔。才原天下士，人是地行仙。衍就韩诗妙，他时知必传。""先生官独冷，却与读书宜。古韵琴三叠，秋香菊一枝。心真清似水，事更少于诗。腹笥便便甚，端应是我师。"摘句："人常怀栗里，集合配松陵。""评常高月旦，学更擅春秋。""职惟秦博士，人比鲁灵光。"

## 三四

平之示余抄存乡前辈四家诗册，余题后二首，用中薛荆州七叠之韵，平之答和四首，录一："私淑情原切，执经愿已违。敬将千载业，敢矢一心依。

蠹简愁分散,鸿题得旨归。典刑兹即在,吾道有传衣。"子骏亦和二首,摘句:
"纵有腾骞志,其如素愿违。""不堪谈往事,零落旧乌衣。""懒久抛书卷,
狂惟托酒樽。""非君能好我,此意更谁论?"

### 三五

听泉寄和余六十守岁诗:"作客当除夜,平头六十身。问君几守岁,
先我一经春。此去虽云远,如居之有邻。伫望多美事,相报更相亲。"小
鹤亦和云:"为问重游地,谁怜薄宦身?一樽除夜酒,千里异香春。俗僻
难为客,官寒孰与邻?十年曾海上,相忆独余亲。"秋日,听泉寄《见怀》
二首:"万叶齐吟解到秋,常教身与境同游。停云伫月难排闷,知我无人
可说愁。惟有公荣堪共饮,若逢东野便低头。始终也似驾虚否,愧悔从前
醉未留。""频经日月几三秋,矍铄翁为汗漫游。也许我吟垂老别,多凭君
著畔牢愁。雍容到处逢青眼,寤寐怀人易白头。自笑痴情类王述,角声常
在耳中留。"小鹤亦和其韵:"最易怀人风雨秋,故园有客感同游。纵教锦
鲤为缄恨,未必鸣蛩解说愁。落落红尘聊驻足,星星白发已盈头。绎云秋
色清如许,踪迹何如海上留?"又《自述》寄余三首,录一:"闲将往事
细推求,怅触中怀不自由。过纵无心终是累,贫原非病肯为忧。平生知遇
多青眼,如此功名已白头。只有豪情兼逸韵,兹身犹健未曾休。"余皆依
韵和之。

### 三六

余前寄右生广文,押"鱼、虾"字,听泉叠和二首,记其押韵多"蝗"
也,须变为"虾",皆奇稳。又和余韵,摘句:"怀人一日如三岁,惠我八
行抵万金。""自有伯仁腹容物,不妨中散手无琴。""纵然百岁如过鸟,早
有英词胜广骚。"

### 三七

是年九日,书门《见忆》一绝:"百亩山田尚未芜,负租人又去催租。

不知风雨重阳日，也有诗人得句无？"平之近作《完米诗》，亦押"租"字，可称同调："昨日官粮已尽输，橐囊那计有余无？兴来惟恨难成句，却幸今朝不欠租。"子骏和余《九日醉歌》长句，不具列。寄余诗多，摘句："侧身天地知心少，驻足风波行路难。""百年有限兼衰病，好友无多更别离。"时欲就南昌幕，余前见子骏诗有"全家生计一渔竿"句，戏谓之曰："不见先生有钓竿。"兹乃知有南昌之行。

## 三八

平之《村居》寄余一律："头颅自顾已华颠，每到秋来盼有年。学稼未能聊复尔，知苗不顾亦徒然。心奢空计廪三百，力薄何曾岁十千？底是收成农事急，家家碌碡夕阳天。"此韵后凡四叠，摘句："庭存松菊陶元亮，雨滴梧桐孟浩然。""岁月已随流水去，功名那望死灰然。"皆佳。题余和陶册子后，亦用陶韵："绛帐叨陪侍，谈经多名言。三载辞官去，啸吟乐田园。重来承杖履，示我和陶篇。天成饶佳趣，今古有同然。渊明诗细和，苏子结前缘。回环再三读，绳削巧自宣。景行深仰止，北斗与泰山。从学乃所愿，惟叹际暮年。"冬日，学使案临武郡，平之以年满不赴岁试，乃作《辞头巾》诗一首。余锐意劝驾，前后九叠其韵，平之但答诗，而终以游学投牒。及除夕，平之复十叠见寄，兹约略记之。原唱云："四十年来负此巾，此巾恋我亦无因。漫云韦带犹称士，谁识儒冠竟误人？棋到敲残难下子，姜逢捣后少余辛。从今不煮黄粱饭，那向邯郸道问津？"摘句："倦游常愧青云客，息驾应怜白首人。""论年漫说同书亥，从革何妨便作辛？""风吹细草难荐甲，雪洒长途耐苦辛。""社燕将来能识戊，芇蜂毖后自求辛。""文如翻水看诸子，稼以名轩合慕辛。"《除夕》云："相同况味忆山巾，略分言情证果因。函走岁除为急债，诗吟腊尽属闲人。饭余检帙签排甲，睡起占年岁在辛明年辛亥。底事阳和新布令，十分春色绿杨津。"

## 三九

冬日，小鹤寄示《嗅梅》五古，隔岁始得接读，有"嗅之不闻香，问香在何处"等句，文多不载。腊日，武郡晤黄二金榜，前在乐相熟者，诵余旧句："如此闲曹闲不得，荒斋夜夜自支更。"余漫不复忆，而"支更"情事，至今犹然。乃为续句，但不知渠何独记此诗。子骏前寄《闲行》一律："偶尔乘清兴，闲行信所如。草香新雨后，柳起晚风余。云际数归鸟，溪边观打鱼。平生疏懒性，端合伴樵渔。"未及和者，附志于此。

### 四〇

辛亥咸丰纪元，平之和余《早春》二律："暖回寒谷艳阳天，律转新春又一年。砌外萱芽含嫩绿，桥边柳色袅轻烟。潜消壮志寻诗社，不负初心事砚田。无限吟怀清昼永，云山经用倍新鲜。"摘句："经谈马帐延多士，瑞兆鳣堂禔此身。""门多桃李芳华盛，室入芝兰气味亲。"韵亦三叠，不备录。

### 四一

是年闰八月，听泉垂问"自天宝以来闰八月者几"，愧不能悉知。适阅朱竹垞诗注，有"闰八月"句，在康熙时即有之矣。世言明末闰八月，后以为忌，殆不根之语也。然古人闰七夕、闰重阳，多有吟咏，而闰中秋诗，殊未之见。郡寓为余明府芟艻偶言及之，余云幕中方有倡和，即出众稿相示，元唱结云："翻笑百年人坐负，当头几见月重圆？"寓中次韵勉和，记刘六星槎句："好境添来休枉过，羡君琢句十分圆。"于一紫溟句："蓂荚再从三五数，桂轮仍作十分圆。"予别有句云："庾公高宴仍多兴，杜子北征宜到家。"董婿缉亭来郡见之，和韵一首："频经几度团圞月，独自愁看感岁华。儿小何能知忆远，妇贤差好代持家。霜风一路催枫叶，天气连番到菊花。预卜归时归可俟，何能久系叹匏瓜？"

### 四二

芟艻明府又出其《新筑将台》及《太公庙落成》二诗索和，幕友王秋垞原唱"其间气合风云护，从此材兼将相储"一联最佳，明府和云："师壮久殷同敌忾，泰平原不废军储。新崇俎豆馨香典，旧赐河山带砺书。"

予约紫溟共和之，紫溟句："行藏只许隆中似，将相原从海上储。故垒弥增金鼓气，高檐新焕玉堂书。"皆佳。时在芟艿座上，初传邸报。

## 四三

御制《赐赛鸟诸臣》诗片，恭读一番，或强予和，勉成二首，明府为更易数字，并索拙作诗册，予呈一律致谢，蒙即赐答云："不羡人修乞郡章，毕罗无计致鸳鸯。春深绛帐前徽在，秋老黄花晚节香。倾盖交新逢渤海，题糕韵险恰重阳。珠玑拜荷百朋锡，五体欣投谒上方。"予叠韵奉酬，又即答云："倚马频传急就章，骚坛健将溯文鸯。横秋气挟风云壮，盎露芬流齿颊香。培塿不期增泰岳，豨苓何足喻昌阳？衙官我愿含毫侍，矩镬亲承免柄方。"时有梅坪明府，吾同宗也，亦赐和元韵："偶因莲幕读瑶章，巧样频翻羡绣鸯。一字待敲音更细，万言立就笔生香。师资绛帐联新谱，酬唱红笺赋老阳。司马政声安定学，每从趋步仰型方。"芟艿再和，兼答梅坪云："酬唱纷纭贲锦章，一声鸳和一声鸯。贤能佐郡联新侣，苜蓿堆盘蕴古香。共切观摩怀丽泽，各张旗鼓战昆阳。白眉艳说君家最，不数元方与季方。"芟艿招饮赏菊，拙作四叠前韵，兼以《留别》二首，芟艿复答云："挥麈名言出有章，红鸯咏罢又青鸯。论诗欢订忘年契，判袂衣留十日香。深幸俗尘邀月旦，重亲芳躅企春阳。切偲定荷心期远，莫怅怀人水一方。"旋署后，再叠奉酬，又蒙赐答云："怀君夜静读瑶章，耀眼霜凝卧月鸯。思入三霄冰鉴朗，笔饶五色露华香。联登桂籍推名宿，独抱葵心捧太阳。机杼一家传世美，绪余分我济时方。"

## 四四

九日，郡寓偶成一律，留别诸同人，东野伊斋答和云："相逢一笑两情狂，佳节今朝在异方。为客登高乘逸兴，云谁送酒过重阳？佩来萸实人增寿，赋到黄花字亦香。好是题糕兼赠别，聊将里句和钧章。"于紫溟和云："连朝竟免雨风狂，更喜良朋尽远方。马颊西来空忆旧，鸿声南下正随阳。泛来白酒寻佳趣，看到黄花惜晚香。好是客窗无个事，聊持蓬饵诵新章。"

## 四五

冬日，梅坪复叠"鸯"字韵寄答一首："飞来金简细评章，无限心裁绣锦鸯。曾羡壶头毫吮墨，重经盥沐手薰香。埙篪合谱逢山左，枌杜口阴接海阳。幸出伏波联一脉，景从福曜自东方。""海阳"句原注：故居海阳里，乃汉之海阳郡治也。芰芎刺史赠柬，缴还诗册一首："别绪翻饶乐意浓，朵云飞至慰情惊。开械真令焚香读，请益还将负笈从。强作解人忘鄙陋，猥邀知己定涵容。珍逾和璧今归赵，肃拜书名手自封。"又示《捕蝎虎》杂言长篇，不具列。同舟刘果田明府见郡寓倡和一帙，赐题二绝，录一："清新诗句豁双眸，浣诵临风解我愁。我也偷闲吟短句，百城权拜小诸侯。"

## 四六

雨山博士自邹寄其近作《谢友人赠鹤》七古一篇索和，略曰："时惟九月商飙急，故人持书来赣邑。伴函双鹤神仙姿，使我高咏鹤鸣什。引吭初缓渐入高，舞翼既舒旋复戢。踞石雅爱玩月明，巢松无烦警露湿。九皋清唳闻于天，此身岂向鸡群立？"余依韵和之。小鹤寄一律："身为耽吟瘦，秋先近海寒。怀人况在远，顾影每愁单。离绪解非易，名心去尚难。老怀应共健，无事劝加餐。"是冬，董缉亭婿访孔九菊农于交河，寄其《旅次书怀》等诗，不可弋取。记其怀余作："佳句传来妙语多，坡仙诗兴近如何？连朝聚会劳心忆，百日光阴转盼过。"听泉守岁诗用乐天句，寄余云："东翁六二我六一，多我一年多一春。此夜夜中为改岁，两人六十二三人。"用成句恰好。

## 四七

壬子开春，听泉《寄怀》一首："何计慰离群，拈毫我又云。双鱼宛在沼，远雁欲随云。来去书相问，平安信各闻。眼看公子贵，款款话郎君。"小儿延斌新得入庠，听翁故及之。又示《和小鹤单字韵律》及《谢书扇》二绝，不悉载也。书门来函，乃有《客岁九日见怀》一律："轻霜飞旅馆，佳节又天涯。一官常为客,三年未到家。新诗吟白雪,雅度仰朱霞。何日携樽酒,东篱就菊花。"时过太久,未及答和。客腊,得王甲文太史自郡中赠鹿脯,分寄书门,来谢亦有诗,未存稿。

## 四八

张罗若孝廉纹植用余与平之倡和"巾"字韵见赠一律:"手盥蔷薇浴用巾,开函雒诵记前因。郢歌属和惭非我,洛纸传抄信在人。漫道冷官甘澹泊,都从热念溯艰辛。骚坛自昔推盟主,学海汪洋敢问津?"又叠和一首,摘句:"垂青纵有知心侣,曳白甘为负腹人。""念冷春闱科列甲,身饶秋气味多辛。"阎榴厓用此韵作《春咏》八首,押"巾""辛"等字,俱工,文多不载。余去秋倒叠"巾"字韵寄平之二首,平之亦和作:"黄添绿柳漾烟津,玉露微寒斗指辛。抚序兴怀多韵事,断章取义属诗人。深情摭处同赓唱,倒叠吟成妙创因。巧月方才过乞巧,欣看蟢子上罗巾。"兹又叠和二首,摘句:"循墙偻伛遵成训,破壁飞腾会凤因。""讵知此日风骚主,偏爱于今禩襫人。"又和余去冬《目疾自遣》元韵:"夙慕高吟温八叉,诗成顷刻足豪夸。凝神闭目参真谛,切理餍心属作家。底事学深存有瞬,从知养到老无花。词源一泄山千仞,下水船如舵自拿。"寄示《新春》二律,摘句:"检书开旧帙,洗砚汲新泉。""笔尖添雾障,墨汁杂尘飞。"题余和陶又二首,悉用陶韵。

## 四九

中春,平之贺余侧室生子一律:"充闾佳气漾晴风,喜见鳣堂庆集时。自古兴家推络秀,于今抱送藉宣尼。椿荣寿域枝原茂,桃结瑶池实本迟。底是德门多盛事,吹埙雅奏又吹篪。"余勉和奉酬,又蒙赐答,摘句:"投怀社燕来非晚,摩顶石麟降不迟。"此子以社日生,平之故及之。满月,平之送绣褓、花帽等件,又侑以诗"筵开汤饼拟分荣,惭愧贫家莫竭诚。拙妇缝裳循俗例,秀才片纸见人情。兰芽自合瑶环贵,芹献何妨毛羽轻?待得晬盘周岁日,提戈携印兆前程。"汤饼会后,榴厓又贺二律,摘句:"诞日原宜占大有，经年料可识之无。""馔胜郇厨蒙惠爱，诗从邺架示根源。"

## 五〇

夏日，余以俸满赴省垣，榴厓赠二律，录一："富平久客亦如家，又别盘河看鹊华。触热逴云行不得，循途却觉乐无涯。愧谈饯物吟投李，切盼归期问及瓜。小草频年亲绛帐，聊将里句送征车。"听泉集《豳经》见寄，略云："维此六月，其毒太苦。黾勉从事，不遑启处。盖云归哉，或歌且舞。"

## 五一

秋日，小鹤为听泉转寄一札，后附长句："与诗人书向有诗，习以为常本无奇。于其偶然留缺陷，何如循例补还之？胸中离绪萦千丝，海上风雨六月驰。岂复望书如望岁，得书得诗书可知。何如循例补还之，故人多情情在斯。阿谁共喻此心期，听泉人随一鹤飞。"又寄一律，有"齿衰身较健，酒止病偏多"之句，即为答和。身较健而病偏多，此中消息伊谁知之？

## 五二

张罗若孝廉阅余《乐陵怀古》诸作，因题赠一律云："昔贤题咏处，乡里藉为荣。何事千年国，曾无一字评。地灵资品藻，盘水聚精英。试向梧冈望，于今有凤鸣。"雪中又寄一绝："立雪程门教泽公，洪炉点处道尤隆。不须更藉书帷照，此日清明已在躬。"时闻粤警，又叠韵一绝："万里长城赖巨公，何人能报主恩隆？勋名盖世无多事，诸葛当年只鞠躬。"和余《独酌》二首，录一："南面凭夸拥百城，衔杯乐圣复多情。崎岖世事云同幻，皎洁心情月共明。不羡虎威称挟乙，只凭鹤俸免呼庚。知君魂礧全消后，笔下银河欲倒倾。"

## 五三

癸丑，余年六十有四初度，用旧韵成二首，平之叠和云："寿筵陪侍醉陶然，得读高词拟谈天。时际春丁观佾舞，人逢岁丑祝长年。门多佳气才添秀，诗写清言句欲仙。盥诵八叉成八韵，饫领师训是良缘。"一"桃李盈溪粲锦然，春风嘘植媚晴天。樽开北海初斟后，茶泼东坡共饮年<sub></sub>原注：东坡年六十四，与崔简泼茶共饮。附骥相随携伴侣，飞凫重庼接神仙。门墙叨列频赓和，愿侍先生话旧缘。"二罗若亦用此韵口占一首，乃未留稿。中春，平之枉顾，答余代简一律："老病成真懒，鸿章特锡来。实能容大度，终不弃非才。款曲频频道，诗情故故催。里言呈四韵，聊以佐余杯。"

## 五四

听泉寄示近作《雪夜述怀》二首，摘句："容易事从难处得，冰凉心自热中生。""青云有路名无分，白首归山计未成。"此联似代余言也。又示及旧作《客至》一律："君方下马呼童问，我已归家与妇谋。"句甚佳，自注：断弦以来，无此风味矣，故追忆之。小鹤寄其《病后捧檄将赴东昌》一律："卧床当首夏，不药近秋寒。体弱难为病，时艰勉赴官。妖氛仍肆虐，河水正扬澜。如问秉钧者，云何策治安？"时楚氛甚恶，丰北口又未塞，故小鹤及之。

## 五五

平之岁试告顶，又用"巾"字韵成二首索和，录一："惭愧四方平定巾，年年苦恋有何因？蹉跎又复迟多岁，濡滞终为不第人。抚序兴怀添怅恺，临风寄慨倍酸辛。而今满眼皆英少，丕展才华据要津。"起句未知所出，渠云"明祖初制此巾，锡此嘉名。"亦忘见何典记。和余《遣怀》二首："领略新秋趣，惊心又一年。欣逢茶户喜，恰受曲生怜。帘外含微雨，壶中别有天。衔杯思乐圣，风味忆前贤。漫说鬒华侵，先生拟醉吟。诗篇千载业，世事百年心。意结生花管，寒催捣练砧。芜词惭下里，敢步洛阳音。"

## 五六

秋日赴武郡送岁试，偶成二律呈芰芗刺史，即蒙赐和元韵："一朵云飞天外来，秋阳暴我似春台。论心幸不风尘弃，握手翻惊岁月催。却喜如期鸡黍约，终惭从政斗筲才。赐章拟作箴言读，时雨方酣霁色开。""爱我深情若有私，绣君我欲买新丝。文章道义千秋重，香火因缘一己知。芸馆蔓生书带草，兰阶芳接桂林枝。吟成自觉颐先解，辜负匡衡善说诗。"客中见近人著《两般秋雨盦随笔》，载山阴余椒云司马瀚一绝："平生心力半销磨，无限烟云眼底过。昨夜月明今夜雨，来宵情事更如何？"椒云乃芰荇太翁。

## 五七

中秋，郡寓同东野伊斋、于紫溟玩月，口占一律，颈联："幸有三人相聚会，真堪一笑忘形骸。"同人以"骸"字韵险，未及和。旋署，榴厓明经见之，叠和三首："锦囊有句凤称佳，况值秋宵惬素怀。得意一时联角绮，作朋三寿壮筋骸。"又句："从知沆瀣参三昧，宛胜醍醐润百骸。""句琢鸡窗惭俗体，诗裁马帐有仙骸。"皆工。紫溟和作，别后方掷下，补录于此："我亦今宵得趣佳，两兄况具雅人怀。高吟端合称三益，小步欣能畅百骸。讵必壶觞夸宴集，并无芥蒂证心斋。旗亭不日东西去，还望秋空雁字排。"

## 五八

重阳节前，小鹤自东昌学署递来答和"寒"字韵二首，录一："秋胜午前热，衣添雨后寒。客边逢令序，老去喜闲官。书寄云中字，词翻舌底澜。西征闻奏捷，传语且相安。"又寄示《重丘杂诗》，摘句："闭户惟清卧，逢人亦寡言。""情同云外鹤，机忘水边鸥。"

## 五九

重阳，潘子骏和余《北城独眺》元韵二首："梦断章江与楚江，生涯且付钓鱼矼。俯临流水影成百，长啸空山声欲双。那得妻儿皆逸乐，肯教志气以贫降。想君独立苍茫处，咏罢归来月满窗。""野旷天高秋色佳，聊凭浊酒散幽怀。雁鸿几许鸣中泽，千羽何当舞雨阶？三策治河推贾让，孤军歼寇忆临淮。如何君抱经纶志，蒿目时艰老一斋。"阁榴厓亦和二首，起句：

"诗如陆海与潘江，迥异涓流滴藓矼。"次首一联："登高那觉山如黛，助兴惟凭酒似淮。"押"江""淮"字，俱工。子骏出《南昌见怀》旧稿一首："禹水迢迢章水深，三千里外怅分襟。难从梦里寻知己，空向天涯忆赏音。耽句自饶名士气，论文独见古人心。他年会面应相讶，已有秋霜点鬓簪。"又答余《客秋见怀》二首，悉用元韵。

## 六〇

榴厓阅余近诗，题册后，又用杂言一首："气熊熊，意井井。脱臼窠，臻妙境。如水绘声，如花绘影。味深且长，文蔚而炳。忆昔辛亥年，频读师诗笺。百斛龙文鼎，一棹珍珠船。何幸复瞻大稿，如游逢壶仙岛。律句字字清新，古体笔笔苍老。论诗受教日益深，绣鸳不吝度金针。天寒频来雪中立，愿得点石亦成金。"

## 六一

子骏叠用《重阳》诗见赠二首："词源滚滚走长江，岂比涓流激石矼？控得骊珠原不一，赠来荆璧又成双。居然大国堪称霸，纵有偏师合受降。更羡飞卿才思敏，几回叉手向吟窗。""秋气虽悲亦自佳，一庭风月澹诗怀。丝声不断虫吟壁，花影轻筛菊覆阶。游兴几回思入越，捷书何日报平淮？近来清况君知否，未许山妻辄犯斋原注：妻病已久。"又叠韵二首，摘句："摇落正多秋士感，牢愁不为酒人降。""何意鼓鼙鸣白下，顿教风月怨清淮。"又二首，摘句："会看气吐虹千丈，岂便尘埋剑一双？""烽烟又见传三晋，漕运深忧阻两淮。"唱和正殷后五日，闻逆匪窜入北省，较之催租败兴，更甚什倍。

## 六二

腊日，小价自邹来，尽得听泉近作，赐和多篇，约略记之。《和对酒韵》："广文到官舍，兀兀又穷年。奇字随人问，寒毡独自怜。与我埙篪意，劳君锦绣心。敲成当午夜，歌罢听寒砧。"又示叠韵《喜侄煊入庠》句云：

"阿买不遑读，子年到丑年。老亲瘫痪病，一孝鬼神怜。"煊，字仲宣，乃
吾次女之婿。听翁此诗，可当诗史。又《自遣》一律，结句："朝行三十里，
六十后犹能。"想见此君老健。听翁是年馆邹西太平桥张锦堂家，约锦堂
共和余《九日》"江、淮"二韵，摘句："清言如屑人忘倦，白战杀戈我乞
降。""柝声真可达平境，雨点何曾滴入阶？"原注：时又小旱。张诗录一：
"蹄涔竟欲学长江，自笑无才守钓矼。久仰诗名添凤五，惊看墨宝寄鱼双。
三秋夜雨清如许，万顷春潮气未降。瓦缶黄钟增汗愧，推敲且傍小松窗。"
锦堂与余为世讲，初以诗交，余即和答，结云："我自得诗添夜读，人虽
未见已心降。太平桥畔无多路，梦里相寻到碧窗。"

## 六三

腊八前夕，往唁榴厓火灾。渠仍询及近作，并借阅新令胡会试朱卷，
慰之以诗，渠即和答，摘句："文瞻花县好，书得柳州怜。颓垣甘寂寞，
忘却是新年。"所云"花县"者，谓明府也。是冬，新任少府海昌陈钦士
寅吉能诗，有《延绿斋吟稿》，与嵇十二春原倡和，余叠用其韵赠之，又
题其诗册二律。渠索观拙诗，亦赐题二律，摘句："涤去胸间万斛尘，相
逢博士马虞臣。""磨穿古砚仍难止，厚积诗囊不算贫。""薄醉秋行黄叶路，
清谈春逗早梅天。""花生舌本浑如锦，兴到豪端涌若泉。"钦士稿屡自改
易，未能遽定，故弗列全篇。其叠春原韵见答："捧檄敢云迟，无才难济时。
兵戈偏我值，心事独公知。"前少府叶眉洲亦和韵："瓠落暂栖迟，雄心依
旧时。贼情多叵测，天道总难知。才谫官应小，福轻德未滋。三杯狂醉后，
高诵好贤诗。"叶时瓜代，留办团练者。

## 六四

甲寅新春，陈少府筵上出七古《喜雪》一篇索和，勉答一首，文多不载。
榴厓和韵："幸蒙吾师度金针，漆室一灯灼不灭。诲以勿矜獭祭能，后人
所尚古弗屑。"押"屑"字最工。又寄余《雪后》四律，有"占到洪炉常
企慕，吟成白战耐频仍"之句，余即和答。嵇春原山长自济南寄二绝，录一：

"闭户清修自乐天，白头忽已过青年。幽居莫谓闲无事，种了梅花又水仙。"外寄着题诗八首索和。余初度日及门王生承祐有诗，记其一联："天为补祝催晴放，人沐栽培立雪宜。"少府《元旦述怀》及《巡夜》等篇，余皆和韵，后见其定稿，诸作皆未登，兹亦从其例。

## 六五

听泉寄示近作，押"难"字韵数首，其一联云："吟诗自笑推敲苦，使酒教人亲近难。"似有为而言。又押"情"字韵："熟闻何不学仙语，争奈未能免俗情。"句极自然。又寄示邹广文仲向《劝赈作》，有"劝人不惜言千万，向我何曾听二三"句，极切事情。小鹤答余《寄讯》元韵二首："消息平安幸，烽烟远近愁。引狼计原左原注：谓高唐牧，伏鼠迹真俦闻贼匪悉居地洞。战垒连河济，军威借鲁邹。会将丑类灭，釜底断鱼游。""欲退何能退，求尊未许尊。去留凭造物，时事鲜公论。忽诵惊人句，翻羞达者言。故国春又去，归计殢王孙。"

## 六六

夏日，子骏见过，余用前《喜平之枉顾》韵复成一律。及余过访，即蒙答和："蓬蒿蒋诩径，曾有几人来？举世谁知己，惟君独爱才。草香朝雨过，花困午风催。相对清吟处，时时啜茗杯。"示及《南昌书感》七古一篇："饥来驱我三千里，挂帆直渡西江水。那知转似辙中鱼，困在泥涂穷欲死。西江之水日悠悠，不为羁人浣别愁。客心却胜江头水，流到乡园始不流。"前后四句与七绝平仄悉合，盛唐作者往往如此。"草香花困"句，较小鹤"草香柳起"一联，有欢愉憔悴之别。

## 六七

伏日，小鹤诗札叠和前韵，又赐寄一律，颈联云："窗涵槐影纸皆绿，香送枣花风亦甜。"写枣林风味，尤得"甜"字韵，颇难工，勉和，只好用"黑甜"耳。钦士少府屡赠诗，多揄扬过分，如："东坡阔大文章妙，方朔诙谐才气高。

百首和陶清庙瑟，数篇拟古子登璈。"皆是也。题拙诗册后，又二绝句："高洁渊明第一流，后来冲澹韦苏州。生平两集都攻破，下笔能从象外搜。""落落堂堂笔一枝，东坡才大尽人知。许多叠韵翻新锦，奇外无奇更有奇<sub>用元遗山句</sub>。"

## 六八

子骏题拙诗册后五律一首："不必分唐宋，清真自一家。创为新格调，撷得古英华。"后四句自嫌不称，乃改为七律，其后半云："和陶更比东坡妙，拟杜深知北地差。凡俗何由蹑高步，愿将仙佩乞飞霞。"于拙诗费推敲如此，甚可感也。即当二绝相连读之，亦甚佳耳。伏末，偶患痢数日，钦士寄诗，有句云："时多风鹤愁何益，世少山芝病却难。"次句对未工，强余易之，谢曰："易之则非本意，何不曰'人异山鸡舞却难？'"

## 六九

中秋上丁，子骏《谢胙》五古一首，略云："异哉此大嚼，乃符占梦奇。豚蹄与羊胛，二者且兼之。尝遗北郭粟，为怜桑扈饥。今仍劳见饷，受恩良不訾。衔戢思所报，请书乞食诗。"又《秋晚霖雨见怀》一篇："秋气已可悲，阴霖又旬日。商飙杂落叶，带雨声萧瑟。视听易生感，忧端况非一。块然对孤影，惝恍如有失。思君不得见，念之成首疾。八表望停云，何由共促膝？"此韵后凡三叠之。中秋，榴厓亦有《谢胙》二律："不图今岁颁膰日，绝胜当年执豆时。"是本色语。秋深，榴厓偶抱小恙，寄余一律："对镜怜潘鬓，扶筇怯沈腰。桑榆嗟晚照，蒲柳恐先凋。转侧神无寐，呻吟病未消。中秋明月好，相值正无聊。""聊"韵颇险。余和云："何日同登眺，羁魂乐且聊。"用薛夫子章句"聊乐我魂殆成僻"典，借以趁韵耳。

## 七〇

重阳节后，芰芗观察寄示近作《东西门行》二首，各二十韵，记其次篇，略曰："策马出西门，旌旆迎风舞。兵精不贵多，制梃挞秦楚。我情关休戚，我愿同甘苦。蚩蚩不我罪，尔愚我亦鲁。得安耕凿常，相逢忘尔女。"予即依韵勉和一首，略继其声云尔。

## 七一

春原山长寄其《秋日避地入山》等作索和，录一："乱峰横远近，苍翠若云屯。天入山中小，人游世外尊。情惟酬野老，吏不到衡门。花外飞黄蝶，秋怜晚圃存。"余和其二，子骏亦和其《望月》一首："空山夜岑寂，高处月偏明。露洗千岩白，霜流万壑清。寒兼松桂影，静带石泉声。坐看冰轮转，悬知已二更。"原唱颈联："露华流树白，石气逼人清。"余谓改押"青"韵，似当更佳。

## 七二

冬日，子骏寄余一律："共有狂吟癖，难教习气除。幸曾闻绪论，快胜得奇书。诗耻卢王后，谈轻魏晋余。寸心真莫逆，一笑未能疏。"又叠和答余一律："不有赏音在，谁怜狂未除？慨分阳子俸，频借邮侯书。契结三生后，交深十载余。看君风义厚，古道未全疏。"又题余五言诗册后二绝："海内风骚有几多，惟公五字妙阴何。笑他瓦釜雷鸣日，翻说黄钟调不和。""自古才人埋没多，文章憎命欲如何？也知大力能推挽，耻拜车前学彦和。"又观余杂著各册，题赠二首："矻矻穷年壮不如，为因才大转心虚。新诗妙似尝佳茗，名论多于读异书。国策补成千载后，汉碑搜得两京余。等身著作君堪羡，袁豹深惭学术疏。""阴穷至后又回春，歌向樽前感慨新。贫极难为终岁计，愁多已作白头人。偶同明月成宾主，尚欠青山半隐沦。不是东泉老居士，交游谁念苦吟身？"余皆叠和答之。

## 七三

是冬大雪，余用曾茶山《大雪》韵呈子骏，各已三叠。子骏又用元韵《咏残雪》一首云："已残犹起晚风余，冷气寒光欲袭裾。日出乍看消瓦陇，月明时见照阶除。兔园才调应推子，鹤氅风流更让渠。为语儿童须莫扫，好留昏夜映窗书。"次韵答余二首："饮河期满不求余，懒向王门更曳裾。万事但凭天付与，百忧全仗酒消除。履穿东郭应怜我，葛着西华尚胜渠。深荷故人情意厚，赠来金错伴鱼书。""一饱何须更有余，布衣岂敢羡华裾？已甘生事终渔钓，独恨妖氛未扫除。岁岁征输催羽檄，家家团练列犀渠。知君久郁匡时略，光范门前懒上书。"又和余感事诗，仍用前韵："委蛇退食说公余，衮职何人补帝裾？失业流民多未复，滔天狂寇岂全除？法更盐铁开新例，漕阻淮黄废旧渠。输粟但闻晁错议，至言谁上贾山书？"

## 七四

岁除，得听泉诗札，用子骏来韵奉答，并以寄余二首："北海有一士，常怀我好音。未能与之友，乃亦识其心。祛虑全凭酒，委怀半在琴。奈何相去远，不得一追寻。""马卿官海上，潘子是知音。皓皓媲连璧，区区抱一心。门前无杂客，座上有鸣琴。雅意谁能识，开篇仔细寻。"余次韵答之。闻子骏明岁又将游幕，寄二律致留行之意，子骏即答云："敢因远志忘当归，其奈长镵生事稀。奉母自能甘草具，对妻常笑泣牛衣。肯同在冶金争跃，合似因风鹞退飞。总为饥驱须一出，侯门弹铗久知非。"又见寄一律："谁从风雪后，肯念故人寒？君自笃高义，吾犹幸苟完。文休依马磨，仲叔谢猪肝。自古多如此，清贫岂所叹？"渠立志高洁如此。

## 七五

榴厓馈岁，以诗代简："师生赓和结深缘，屡度金针授秘传。聊表微忱呈薄陋，非循俗例竟周旋。心关爆竹喧元日，首仰仙椿祝大年。暖意暂催吟兴动，绛帷应耸作诗肩。"余次韵和答，惟记结句："耐此残冬云际望，高飞有鸟羡题肩。"此韵次年又复三叠，不具列。

## 七六

乙卯春日，小鹤归自武水，听泉赠诗，渠答和寄余一律："竟岁居临虎豹群，书生敢谓自能军。剧怜逐队同听鼓，何似开樽共论文？匝地烟尘愁著我,漫天风雪倍怀君。归来犹幸身俱健,人海茫茫何处津?"听泉叠和,寄余云:"矍铄是翁真不群,长教人忆马将军。又到春天兼暮日,多斟樽酒少论文。夜吟耿耿愁萦我,心抱区区察冀君。何日归来芸植杖,滔滔四海已知津。"

## 七七

夏日,听泉寄《忆同心》拟乐天《忆江南》调三首,录二:"同心好,费我短长吟。日暮江东云似锦,春天渭北树成阴。能不忆同心?"一"同心忆,最忆是扶风。夜雨讴吟频寄北,绛帐礼乐尽归东。何日叩洪钟?"二又寄和王、孟体二律,录一:"静坐蜗庐者,为农亦出城。步行渐觉远,山路不能平。桑树伐无叶,麦场打有声。田家风味美,即此卫吾生。"又和余《春夜独吟》元韵:"扶风有一士,能以诗写照。不得与之游,开卷一临眺。诗来如鼎来,令人开口笑。一读一清心,新声神入妙。邈然不可攀,如闻孙登啸。我亦好咏吟,不敢言同调。"春原山长亦和此韵:"清风池上生,明月天边照。静夜想仙踪,闲园纵遐眺。淡默石不言,轩渠竹欲笑。泉声远更幽,花影疏愈妙。此时旷襟期,应知发长啸。可有素心人,与君赓古调。"听泉又寄《山下小饮》,用刘长卿"对酒春日长,山村杏花落"韵者,句云:"何以欢我颜,开樽且斟酌。一酌忽忘天,夕阳西欲落。"甚为佳妙,余亦勉和之。又寄其《自遣》一律:"莫笑糟丘一酒徒,闭关静坐即工夫。调和饮食身常健,亲近诗书面不枯。偶尔出游时或有,从来没病药何须?他年化作丁家鹤,犹许云孙认识无。"余正多病,甚愧其言,亦勉和二首,押韵而已。

## 七八

秋日,小鹤寄其省寓同人小集一律,有"宾朋剩有晨星在,身计仍从故纸求"句,读之甚为黯然。潘子骏自春间读礼,遂无唱和。改岁复欲游幕,将之保定。检去冬和余元韵诸作,补行寄来,以作留别,合备列之。和《旅居》二首:"春风如故人,初从万里至。不衣身自暖,未语心已醉。故人如春风,惠然不遐弃。顿令穷愁中,转为欢喜地。""濩落百无成,蹉跎岁已晚。

久矣余行迷，途穷驾宜返。矧夫七不堪，性懒如中散。运命姑任之，无劳问京管。"又和《忆家》韵二律："淰淰寒云重，荒荒白日斜。风窗虚作籁，冰砚凸成花。懒复摊书卷，偏宜问酒家。新诗谁解唱，书壁亦堪夸。""清词珠错落，醉草墨欹斜。意惬风行水，香生笔吐花。真称射雕手，不落野狐家。他日流传远，弓衣未足夸。"

## 七九

冬日，榴厓见余前刻《诗话》，题后七排一首，"直是昭明裁选定，何须表圣品题加"等句，未免过当。又用"尖、乂"二韵咏新霜，意欲出拙《诗话》册所载韵脚之外，姑略之。又和册中旧韵押"娘"字数首，摘句："诗度金针乘暑刻，自将添线比闺娘。""敲诗绛帐无他事，改岁谋凭络秀娘。"罗若孝廉和余，用香山《六十六》韵二首，录一："教宣夫子铎，兄事十年论。不信头能责，终欣舌尚存。细君侍巾栉，稚子奉晨昏。貌古松多寿，薪传竹有孙。鄙怀方欲展，芜语讵辞繁。敢厕游杨列，无嫌雪在门。"是年余六十六，听泉札来催和香山此题，勉应之也。听泉又寄《见怀》二首，录一："空有箧中赠，思君未见君。计程千里远，遥隔万重云。"小鹤寄示近作，有句云："病魔渐欺老，衰状不宜贫。"尤为警策，余皆勉和。所有香山《六十六》韵，听泉次年乃叠和，首云："君为六六翁，让我让何速？去年我六五，今春亦六六。"

## 八〇

丙辰年立春，乃乙卯岁除之亥时也，榴厓除夕来诗起句云："屠苏蒙厚赐，明日又逢春。一盏年辞卯，三更月建寅。"余元辰乃和答之。人日雪后，榴厓招同芳邻及其从兄辈饮春酒，即席余有句云："我辈相聚各问年，五人三百五十五。"榴厓叠和，前后六七作，略记榴厓始和之篇："滕六番番弄琼姿，日移媖婧雪成雨。封姨昨夕闹香尘，似妒姮娥当三五。转幸春风入座来，敲诗亲炙骚坛主。桃李蒙恩纪休征，来备以叙颂蕃庑。"小鹤寄其《除夕杂诗》，有"家贫仪节简，人老子孙亲。为陈除夜酒，忽忆始生年"

等句。又一律："廿载风尘逐逐身，暂时息影又逢春原注：自题蜗庐为'息影轩'。齐眉难得妻犹健，绕膝欣看女更亲原注：女病新愈。奢望儿孙皆幻想，甘为牛马亦前因。灯红酒绿团圞夜，满座欢声未是贫。"听泉和，余亦和之。听泉又寄用香山《与梦得共饮》韵二律，摘句："似我已成班白者，比君较远古稀年。偶开奁镜也惊老，欲弄瑶琴早断弦。"正同病相怜之意。听泉去年小弦断又续矣，今春余始闻知。渠凡再娶妻，又再纳姬，前贺其纳姬戏句："世言二色已非分，何意君为三色人？"兹又戏云"四色礼来凭天定"，犹前意也。小鹤和韵有："漫云星小非关命，却恨花多转少绿。"皆戏笑之言。小鹤应聘往嘉祥阅试卷，途次一律："晓起三竿日上红，连朝天气近春融。草含嫩碧初经雨，柳吐新黄不耐风。细碎车声鸣古道，苍茫野色接遥空。山城寂寞斜阳外，常忆弦歌雅化隆。"听泉寄示和小鹤《遣怀》韵者四叠，皆工，略摘其句："把盏无须千日醉，开篇懒诵四愁诗。""马知此后再来事，不胜从前已过时。""年又何曾敢言老，穷而仍是不工诗。""闲游怕近炎凉处，饱饭还思饥饿时。""闻鸡君到功成候，待兔我当株守时。"听泉近学香山派，不啻升堂而跻其奥矣。

## 八一

首夏，赴武郡送童子试，太守余芰翁赐饮于郡署之观稼轩。芰翁前为惠民令，多有倡和者。时适阅明诗，即用高子业《集和氏园》押"稼"字韵呈二首，蒙即赐和元韵，自注："时捧济南之檄，行将就道，兼以识别。""高人道自尊，达士心多暇。先知觉后知，抢才时命驾。回忆斗捷时，颉顽不相下。鸳鸯度金针，拙藏艰欲罢。怀君风生春，震我雷鸣夏。渤海愧重来，老农方学稼。"其二云："时雨喜应时，蓬勃知未稼。地僻时且和，论园思买夏。胡为辕下驹，鞭策未肯罢。深畏此简书，今已联翩下。恋恋同故乡，舆人偏促驾。翘企云间鹤，顾盼何间暇？"竹轩孝帘和"稼"字韵前后四首，录二："君年近古稀，笔阵不遑暇。方庆摩垒还，旋展鸡鸣驾。有如奏肤功，严城一时下。指挥屡登坛，棘门军未罢。我本不知兵，芰舍资中夏。师或寓于农，愿复请学稼。""舌耕三十年，年年墨为稼。门无租可催，何况值九夏？日暮遂言归，恰似晚朝罢。痛不逮亲存，得见毛檄下。驽步骥后尘，反之称始驾。饷我以官方，请君及兹暇。"二竹轩，罗若号也，是时欲赴铨部候选。榴厓亦和此韵二首，"夏"字皆借读上声，殆为坊刻韵牒所误，兹故略之。

<h2 style="text-align:center">八二</h2>

竹轩阅拙著《绎阳随笔》数册，题二绝："展卷惊推博物才，琅嬛福地洞然开。纵余素号清贫者，肯向宝山空手回<small>原注：时为摘录数条。</small>""词章考据两兼之，大业名山我所师。怪得当年频下第，肚皮原不合时宜。"揄扬未免太过。惟满肚皮不合时宜，似稍近之。贾修五茂才题拙诗册后一律："绛帐悬处净无尘，信手拈来笔有神。似此文坛称健将，端因仙骨在君身。绣成鸳谱金针度，织就云裳锦段新。豁目已观沧海日，前途且待指迷津。"<small>修五，名凤楼，癸酉同年，英若之孙。</small>

<h2 style="text-align:center">八三</h2>

榴厓阅拙作《和陶全诗》册子，题后，用《文选》所载陶《杂诗二首》元韵："人真羲皇上，门无尘市喧。寄傲北窗下，吟诗好非偏。全稿幸赐读，如身游宝山。昕夕充钞胥，葳事乃璧还。其中多疑义，俟谒领教言。""讵是陶后身，咀华复含英。和陶无遗句，绰然脱俗情。洋洋百余首，箧倒而囊倾。德既荷众望，天假以诗鸣。会授学陶诀，有幸证三生。"是年丙辰，余用陶《丙辰岁八月中于下潠田舍获》韵又作数首，榴厓俱叠和之。其《中秋和观获》一首最佳，兹类载之："月将届三五，赏月桂岩隈。且勿忧瓶石，聊自畅所怀。读不求甚解，吟不求律谐。何须悲歉岁，痴儒为廉鸡。昨听鸿嗷切，缘风鹬退回。仲宣感时事，随意赋七哀。南亩禾虽槁，东篱菊欲开。赊酒因成醉，醉任玉山颓。醒来觉颜汗，自愧仪节乖。未敢学狂放，拘拘茅斋栖。"竹轩亦和此韵，结四句："为贫官居卑，所愿幸无乖。梧桐不可慕，何妨枳棘栖？"

## 八四

中夏，听泉寄示《麦秋用陶秋获韵》一首："去去寻旧路，不记几隅限用《楚辞》。宿麦欲收之，念念动余怀。盘中辛苦意，老农与我谐。知我久戒杀，具黍不具鸡。虽收几斛麦，云汉夜昭回。云胡癯以旱，则苗稿可哀。坡无可悦者，笑口何由开？出岫非无云，维风又及颓。皇天好生意，数月膏泽乖。何能消我愁，一醉憀安栖。"又寄示《望雨》四绝，小鹤和之，摘句，元唱："每有风来疑带雨，开门不记几回看。"和云："忽闻风雨敲窗急，刚欲起看未敢看。"皆得趣之句。听泉来札，附及令孙和小鹤韵二律，余尤爱其"把酒桑麻话即诗"之句，妙极自然。听翁又寄一律，后四句："八行惠我情何厚，七字怀人愧未工。莫怪出言多俗格，由来得句太匆匆。"后又叠和"匆"韵，太窘，乃用《隶辨·严欣碑》："华泽青葱古字通用，听泉云。"小鹤寄示《伏日》一律："溽暑客常谢，垂帘吟兴饶。养衰宜守静，积懒渐成骄。益智书千卷，开怀酒一瓢。北窗清卧起，风竹正潇潇。"听泉和之，句云："偶因物兴叹，莫谓我宣骄。"予亦和押"骄"字云"骄阳秋正骄"。是年夏雨甚足，入秋大旱，既旱又蝗。听泉寄示《忧旱》《忧蝗》之作不一，略载其句："我于田舍亦情殷，今年年又遇丙辰。马卿寄和陶诗来，欲以秋获富其邻。"小鹤寄《大雨后作》，句云："沛然一夜民心定，沴气全消天宇净。种豆南山尚未迟，乃亦有秋真堪庆。"六月望日作也，讵知此后七、八月之间旱，直至秋分乃雨。

## 八五

秋日，榴厓寄余五古一首，句云："亥豕解真膺，餍饫如肉胏。""胏"字韵险，竹轩和作亦云"饱德记三春，同餍鼎肉胏"，义正相同。榴厓又作长排二十韵，有云："朵颐欣屡饫，烹鼎喜频占。适口甘芬在，充肠厚味沾。"纪前事也。

## 八六

竹轩新选德平司训，余贺以四绝，即赐答云："休言一命是微官，此日方知报称难。领袖斯民惟士子，读书为善可谁安？""治谱传家羡纪群，平昌幸与德为邻。名山著作吾何敢，道义相同或问津。""从前岁月去堂堂，古锦应惭李贺囊。欲把声名留骥尾，可怜袜线竟无长。""汪汪千顷最堪钦，百里无由接德音。好借邮筒频寄我，清风明月印心心。"余再用榴厓韵《送行》二律，亦蒙答和："光岳楼边思故迹，观莲台畔乐余年。"皆用德平古迹。

## 八七

季秋雨后，榴厓用杜《乐游园》韵寄余一首，起云："雨余西山气朝爽，雨后庾圃蔬茁长。坡老得雨喜名亭，吏民相与欣鼓掌。"此韵叠和至三，不悉载。和余《九日》二律，摘句："寄远挥书鸿戏海，怀人得句凤为楼。"又："敢云吟咏联诗社，惟仰昭明有选楼。"

## 八八

听泉寄示《九日游冈山》一律，起结最高古："一双孙子四门生，更有潘邠老与行。""他日移家冈下住，仍然心事在躬耕。"又赐一绝，结云："惊人诗句通神鬼，直带和风甘雨来。"自注云：每接来函日，辄得雨。此翁固为揄扬如是。

## 八九

阳月，学宪札调岁试有期矣。榴厓作《送行》诗，再三叠答。既而改牌，临期停鞭，又叠韵倡和数首，略载元唱后四句："菊篱暂别关心切，芹泮含馨转眼新。翘盼归来添景色，满门桃李小阳春。"是月，余课诸生，题用司空表圣句"第一功名只赏诗"，得"侬"字，榴厓问故，为说本诗上句"侬家自有麒麟阁"，渠欣然又成长排二十韵见赠，其警句："探骊归月旦，绣虎想风从。""稽古赓樊夏，宜今课孟冬。"余皆称是。竹轩留滞历下，余寄怀二律，榴厓和韵，起结："分襟秋色好，倏忽岁之余。""绛帐犹悬念，余情讵澹如。"

## 九十

岁杪，始得听泉寄来《喜侄煦、孙锡祉同日游泮》二绝，并小鹤和作，余亦和之，记其元倡："得失何曾肯系心，忽闻门外有鸣禽<sub>自注：有游泮者，鹊辄鸣。</sub>翻飞竟敢迎人叫，又把阿家作泮林。""不断芹香旧有栽，隆寒天气泮宫开。阿宜元是此中客，为待阿孙晚进来。"煦，字伯和，前事详辛丑年诗注。小鹤和韵，摘句："科名每藉鹊音报，佳话从今重艺林。""回首十五年前事，得意还从失意来。"

## 九一

郭乐园广文自茌平学斋寄和《九日》元韵一律，"茂叔春风时入座，庾公明月几登楼"一联最佳。又和《冷斋漫题》二首："镇日青毡坐，萧疏御此冬。谁堪投缟纻，客与话羲农。冷动空斋竹，寒生古殿松。狂搜枯海久，得意敢撞钟。"余不具列，余复答和。次年又蒙叠韵，有"树低因雨润，草细得风香"一联尤佳。乐园，名续涑，余所举优行生。

## 九二

丁巳开年，听泉寄四言长篇，述去冬事，文繁代束，不可摘取。又寄《人日有感》诗一首："邹境年大饥，四野多饿者。十家九绝粮，有粮亦难假。农人望宿麦，一冬雨雪寡。又逢闰月年，人日春未打。何日是芒种，远哉遥遥也。"余和答四首，榴厓亦和之，起云："事皆如意难，全在达观者。释闷且吟诗，诗鸣天所假。"乃慰解之词。榴厓处春宴，去年五人三百五十五者，今岁三百六十矣，即席又成一篇，渠即和答，结云："相形小字仍后生，翘仰鸿慈深孺慕。愿乘好韵赐叠吟，稔知佳章成七步。"后又叠和之。渠适得足疾，有《自述》索和一篇，略云："陶诗自愧学未能，却得脚病与陶比。明朝渐可效步趋，来谒绛帐侍夫子。"又和余《闻雁》七律，限押"江、淮"二韵，摘句："当年雁序同攀桂，荣世鸿文欲濯江。""得意挥毫夸戏海，怡情酾酒有如淮。"又："吟絮一庭同慕谢，能文六岁可齐江。"原注：南齐江革六岁能文，时余小儿燕来方六岁，是以及之。

## 九三

潘子骏自保安州归来相晤，出去秋答余《见怀》元韵："先生无俗韵，终日兴悠哉。客为谈经至，人因问字来。耆年弥好古，雅意独怜才。想见吟窗下，清新句自裁。"又新州怀余五古一首，文多不载。又一律，起四句："眠食近何如，经年信使疏。好凭千里雁，遥寄一封书。"后以《新州杂诗》一帙相示，余用其"不寐"元韵题后，约榴厓共题之。渠《新州不寐》元作："更深仍不寐，陡觉夜寒增。月砌留残雪，风檐响断冰。客愁浓似酒，旅况冷于僧。此际谁相对，昏窗有暗灯。"杂诗摘句："砧声敲客梦，秋色澹诗怀。""山衔新月白，鸦点暮云黄。""鬓发随年变，乡园入梦非。""寒入边城早，愁连夜雨深。""塞外看殊俗，灯边梦故乡。"皆佳句也。《入关口号》："去岁出关来，今年入关去。出关复入关，鬓发已非故。"尤有古意。

## 九四

元宵前夕，崔少府幼田筵上漫成二律，蒙即赐和："化洽儒林久，斯文秀可餐。丹铅亲炙易，白雪和吟难。掷地惊金石，抛珠落玉盘。兰篇频浣诵，味早别盐酸。""许下陈蕃榻借用，谓前少府陈二，宾筵索赋诗。鬲津欣共楫，宦辙愧分歧。小饮沽春早，清谈破俗宜。羡君风度好，景行欲行之。"后复叠和四首，摘句："奇文盈史笥，古训绎汤盘。""愧我名难立，输君学不歧。""联吟叉手易，得句惬心难。""有酒春常在，无毡坐亦宜。"

## 九五

中春上丁以后，闻明府李研籽有瓜代消息，口占一律赠之，即和答云："仕宦非吾愿，功名愧壮年。抗尘为俗吏，秉铎仰高贤。政觉输前辈，诗难问谪仙。荷君佳制赠，巽语示行权。"又留别七律二首："捧檄经年宰鬲津，徒缘案牍叹劳薪。未消鼠讼渐古口，赖有鸿儒道得民。蔀屋书声时琅琅，杏坛士气共断断。乐郊倘欲重回辙，定见文敷雉亦驯。""幸同桂楫荷相扶，公暇论心不弃吾。愧我尘怀难洗涤，感君风轨范驰驱。瓜期已届增惆怅，兰简先施勉步趋。宦海浮沈无定迹，南针还望指迷途。"案：斬斬，如也。《史记》注：争貌，言鲁道之衰。兹作"彬彬"义用之，或别有说。

## 九六

贾修五世讲题余《和陶全诗》册后一首，用陶《止酒》元韵："趋谒绛帐前，高山切仰止。和气满座间，如坐春风里。示以和陶诗，高妙超苏子。捧持归敝庐，雒诵窃自喜。拍案时相惊，渊明胡复起。掷地有金声，个中备条理。纵吾不尽解，少得亦益已。旷代一作者，于兹观止矣。大哉沧海水，浩浩无涯涘。定与正始音，相偕传奕祀。"此韵去年榴厓用作《止午睡》诗，彼此叠和数首。因篇中不叠用"止"字，殆非其美，故略之。然自东坡和作已不叠"止"字，后学何讥焉？

## 九七

莫春之望，武郡寓中作《喜雨》二律，于紫溟见之，即和元韵："好雨知时惯，今春久未来。一朝酝泽普，万井喜颜开。耕陇人相唤，吟坛我亦催。麦登应计日，搁笔问恢台。""入夜听檐滴，凌晨尚未休。园醅浓似酒，畦盎碧于油。客久添新况，官闲忘远谋。桃源宜共访，裁句为花酬。"榴厓亦和此韵，结句亦用"恢、台"，真不谋而合矣。东野伊斋补送客夏和余《郡中喜晤》元韵："客寓逢良友，言称晤面稀。新诗君已赋，雅调我难挥。且共开樽饮，还愁送别归。有时瞻绛帐，再得近清晖。"浴佛节后，听泉来札，有和小鹤《喜雨》诗，不注月日，想在上巳前后，吾邹得雨，乐陵独无，深可叹也。来诗亦不能勉和。小鹤自高唐学斋寄示一律："老去宦情澹，闲来诗卷亲。一编常在手，异地又逢春。敢谓懒非病，应知贪近贫。俗情且尽涤，料理苦吟身。"

## 九八

重午节后，子骏袖诗来，补和余甲寅年题其诗册元韵，略云："学诗二十年，得诗若干首。譬人实小户，自谓性耽酒。幸蒙不遐弃，时为定可否。更请发妙谛，师说当谨守。"又出一札，亦甲寅年拙诗稿，渠云"蟹"韵甚险，当时叠和，不记何语。余检诗札中，为录一通，更志于此。余元稿云："邑僻无监州，水浅亦无蟹。不知清秋日，客从何处买？读君惠蟹诗，令我颐为解。征典极繁博，汪洋如渤澥。惟遗相如梦，曾惊卓氏奶。文笔贵横行，何羡狮与鼐？君言更润色，煤麝久当洒。脱稿希寄余，写之以妙楷。"子骏和答云："昨赋郭索诗，因故人惠蟹。亦欲张吾军，银钩见阿买。先生偶见之，更为进一解。征事实疏漏，譬水犹潺澥。来诗亦何奇，昼睡破黄奶。用韵尤险绝，大力弄獬鼐。想见下笔时，墨花乱飞洒。和之顾未能，姑留作模楷。"

## 九九

郭乐园自茌平寄到《莫春登光岳楼》，叠用拙作《九日独眺》元韵一律："经传绛帐忆从游，霁范翘瞻道路悠。迹寄茌山同作客，吟思光岳独登楼。青郊早被春风暖，鸿藻重颁化雨流。今日凭高须有赋，更番学步兴难休。""同作客"谓余前亦署茌山训，"鸿藻重颁"谓在郡寓得余答和之作。后又叠和余《春日闻雁》限用"江、淮"二韵，文多不备列。

## 一〇〇

芰芗观察自首郡寄示客冬与何太史子贞倡和诸作，韵有极难押者。太史元唱云："习闻鸾树积嘉誉，宜有鹤子殊凡胎。余事何尝废文史，谦谓荒田留冻芰。"观察和云："知君身是玉为骨，诵君诗比花初胎。驰驱未已肯伏枥，羞彼吐豆与龁芰。"可谓弓力悉敌。观察押"开"字尤工："家学渊源二酉富，皇华驿路五丁开。"谓太史前为蜀省学政。余依韵勉和一首，自愧蜂腰耳。

## 一〇一

闰重午，榴厓寄诗片，有"闰逢重午增炎热，伏届三庚问起居"等句。又和余韵二首，起云："角黍应重馈，蓂添夏律中。适逢苔雨绿，恰接朵云红。"

是年春夏大旱，直至闰重午前后，始得连雨深透。伏日，往棣郡送童试，又值快雨，寓中自叠《闰重午》韵二首，于紫溟见之，和四首，录二："无计驱炎暑，薰蒸到夜中。四郊郇伯雨，一榻楚王风。径水徐添白，园花定洗红。新亭应作记，乐事与民同。""拜德惭无状原注：蒙书扇相寄，芳情隐隐中。十年仍旧雨，一握奉仁风。恰沐春膏绿，无愁夏日红。耸肩时染翰，挥汗想谁同？"东野伊斋和二首，录一："今年逢闰五，两度节天中。蒲酒重斟绿，榴花别样红。闰中仍斗草，江上又临风。无限时光好，心同兴亦同。"伊斋旋青城，又出以示同好，有莲幕俞君焕堂赐和元韵，漫记其后四句："夺锦喧前度，开筵快此风。良辰恣啸咏，物候较量同。"

<h2 style="text-align:center">一〇二</h2>

六月中旬，旋自武定时，儿斌自邹来省，榴厓寄诗四绝，录二："驾留古棣两旬余，千里趋庭有伯鱼。葳事荣旋逢侍养，权将客况拟家居。""客年来省值炎天，又逐南薰到膝前。暂藉萤光经可授，休言返辔促征鞭。"榴厓得恩贡已六年矣。今夏明伦堂上遍阅题名匾，见其先三世大名具在，因倩能书者补列其名，余贺以二绝，渠依韵答，其一曰："题塔题桥世所钦，名题木板汗颜深。明经不第钱何值，空负诗来掷地金。"第三句自注：用蒲留仙小说"明经不第，何值一钱？"入秋，出《秋蝉》《秋燕》等四律索和，文多不载。

<h2 style="text-align:center">一〇三</h2>

听泉寄来和余《题桑悦〈独坐轩记〉后》元韵："闭关独坐，不求世悦。厝意为文，佳言霏屑。我爱其静，欲名其洁。芳菊林耀，青松岩列。处世贵中，狂乃古风。优哉游哉，君子所同。"又寄示《乡居喜雨》等篇，并《次文孙锡祉韵》二篇，祉元作："微恙连朝读住声，偶吟雨后爱新晴。学诗不学推敲苦，怕作骚人瘦一生。"听翁次韵云："改罢长吟颇费声，多缘天气赋阴晴。无庸追悔作诗苦，汝自从前是瘦生。"可想见半半楼中祖孙倡酬之乐。又寄《酒熟见忆》二律，录一："曲米生香喜有秋，一谈文字坐搔头。

学诗最爱逢诗伯，贪醉常怀作醉侯。安得良朋突如至，不妨小妇与之谋。葛巾洒出封须固，留酌骚人马少游。"又寄《旱蝗叹》五古，余依韵和之，榴厓亦同作。榴厓时有小恙，故有"疗疾借诗词，不须服半夏"之句。

<h2 style="text-align:center">一〇四</h2>

榴厓小恙新痊，又叠和"江、淮"二韵："玲珑屈戌又开窗，坐透藜床抱膝双。道学谁能攀闽洛，良知误致笑姚江。空怜桂月留残魄，怯对菱花改旧庞。病起自嗟诗力退，推敲未得入时腔。""频颂锦句拟鳞排，欲步云梯不可阶。桐木谐音瞻鲁峄，玭珠耀彩溯徐淮。波涛旧险随时化，风雨重阳迓节佳。篱菊休率人意淡，渊明恰好触吟怀。"又和余《朝餐书情》七古，集隘不载。潘子骏题后二绝："人生强健且为欢，须放胸怀似海宽。架有奇书樽有酒，晚菘早韭好加餐。""妾比朝云子袞师，自堪相对慰衰迟。乐天著作三千首，况有人传长庆诗。"

<h2 style="text-align:center">一〇五</h2>

中秋，榴厓索观拙作近岁一册，题后用杜《赠韦左丞》五言长古一篇，起云："勋猷焕一代，著作富一身。学优与仕优，其说可并陈。"结云："诗教仰绛帐，讵羡馆阁臣？俚言赘简末，自愧不雅驯。"余不能叠和，乃用刘慎虚《赠阎防》韵五古短篇答之，渠即用阎防《百丈溪》诗韵见贻，亦叠韵答之。

<h2 style="text-align:center">一〇六</h2>

听泉寄和《书情》元韵外，又答余《奉怀》一律："千里因循作客风，世间谁爱白头翁？衣难称体缘身瘦，秋早生凉为室空。梦破鸡声阴雨候，诗成书信往来中。眼看佳节重阳近，又把芳言递竹筒。"并寄高足生屠春森次韵，中二联云："大水双鱼任来去，长天一雁入高空。已蒙白杜栽培久，也在绛纱教化中。"余愧不敢当。

## 一〇七

小鹤寄其《谷山途次》二绝及近简听翁"笑"字韵五古一篇,结云:"兹意谁共领,秋月含微曜。主客静无言,相与拈花笑。""曜"字韵颇难叠押。听泉和云:"醉后弄兰孙,残杯劝德曜。恩爱两不疑,相视各一笑。"余和则云:"上下偕云龙,奇句联贞曜。"庶几各别耳。

## 一〇八

九日,童少府邀赏菊,至则仅有壁上画菊四幅,为之粲然,口占一首赠之。越日,蒙赐答,略云:"友花如友人,总不求尘俗。落落篱下姿,宛然寄芳躅。把玩未忍抛,一笑忽翻局。今读先生诗,夜深犹秉烛。"榴厓亦有和章,又用杜诗《述怀》五古原韵见赠,文多,姑弗载。初冬,送余赴郡四绝,录一:"桃李一年两度开,风檐短晷炼英才。冰寒于水知谁是,多士纷纷立雪来。"

## 一〇九

长至日,赴郡途次,口占一篇,于紫溟索观,缪赏其中四句:"浮云多变态,一日再三化。天时固有然,地险尤可怕。"次韵叠和,至于再三,录其第二首:"旅进懔趋公,退食愧迟驾。闲步城东门,行吟海子坝。缅忆少年时,气盛如春夏。一自困公车,不觉趋愈下。和光冷署中,日与屠沽亚。黍谷无春温,望切时雨化。仰面时兢兢,翻如夜行怕。归寓思遣怀,一编抽邺架。故人叠璧吟,不意飞来乍。兵行何神速,敬当回车谢。"渠阅余近年诗册,与潘四叠和"蟹"字韵,不觉技痒,次韵补和一篇:"河伯向东来,吾州尤多蟹。径寸大团脐,一钱即可买。我惩蔡谟馋,熟读尔雅解。对垒两诗翁,奇肆惊如灖古'海'字。抿鬓欲效颦,老羞客氏奶。况有催租呼,临之以绣膺时差记名御史。不如脱尘轨,持螯意洒洒。细读惠蟹诗,晴窗写小楷。"渠有《新蓄颏下须自嘲》一律,叠和各二首,载其元倡:"相对讶鬖鬖,无端怪相添。出门人共笑,揽镜我犹嫌。称老殊无愧,问年还自谦。但期身健在，高咏继苏髯。"

—一〇

夏日，送岁试，时同班二十人中，长于余者四人，同人戏称为"五老"，欲为会，匆匆未能。余当既会咏之，寄东野伊斋。冬日，复聚郡垣，伊斋出其答作，用余往年《喜晤》韵："言别当初夏，方愁雁信稀。忽传佳什赠，如睹彩毫挥。约会何曾会，期归已早归。寄诗歌五老，冷署也生晖。"伊斋是时抱曾孙，余贺一律，紫溟和作，伊斋次韵见答："祯祥谁料到蓬门，节近中秋子抱孙。四世同堂人共乐，一家团聚酒初温。添丁且喜承先泽，书亥难工敢自尊。良友吟诗频赠贺，裁笺申谢竟何言？"利津学贾二皞民览余《诗话》册，赐题一律："苜蓿盘休叹屡空，才高知己亦何穷？长杨彩凤翔云白，铁网珊瑚耀日红。自有文章惊海内，更无俗事到胸中。时人莫作冬烘看，此是当今一放翁。"

———一

冬杪，听泉寄到答余《奉怀》二律，摘句："日边时有高飞雁，天上常停懒动云。""聚散十年人易老，褐来一纸意相同。"示及《落叶诗》《读易诗》，文多不载。其《除夕见忆》二绝，乃次年寄到，附此："昼望双鱼夜懒眠，觅人探信苦无钱。漫漫长路一千里，纵有书来亦隔年。""十载一官归去迟，应吟独在异乡诗。每逢佳节更相忆，日夜思君共几时？"此诗未和，因已有《除夕》拙句，寄去代面。

——二

榴厓馈岁甚丰，余薄有答，渠谢一律："春风普被散余寒，绛帐推恩更惠餐。未敢当时充午馔，敬留元日配辛盘。甘分苜蓿关琼注，味胜黎祁斗粉团。好伴屠苏同餍饫，含芬待晓谒吟坛。"此韵后又四叠，摘句："两袖清风临厌次，一心白水注钩盘。""日逢初度辞觞贺，诗耐重吟灿锦团。""新年未度留三日，和气欣逢聚一团。"

## 一一三

是年冬初，余于故书担上买得朱草衣诗一册，仅其近体。册中故纸写潘子骏诗数首，适子骏来观之，乃其少作，皆未存稿者，略记其《古意》短篇："灯影暗红窗，梦破惊残雨。不见梦中人，犹记梦中语。"原纸子骏袖去，亦意外之获也。草衣，名卉，休宁人，其集中有《赠乐陵潘羹臣》一律，羹臣乃子骏之曾祖，子骏即抄羹臣集中《赠草衣归白下》二首，外又《岣嵝碑》七古一首见示，足当鼎脔。

## 一一四

张竹轩自德平寄到怀余棣郡送考一律："遥忆趋公侯，超然众莫侪。寒风清道骨，冷气逼诗怀。芸荔含芳早，松梅助兴佳。归来应有语，休使好音乖。"又续致其《除夕》一律，并《诘内》《代内答》二绝，皆戏语，未敢阿好，记其结句："但愿妾愁君更乐，任教各梦说同床。"《除夕》起四句："愁叹怜妻子，欢呼接比邻。我原无长物，天殆富淫人。"有慨乎其言之。

## 一一五

戊午开春，小鹤寄到去冬贺听翁抱曾孙一律，起云："天上石麟降，人间白雪香。试啼识英物，问序正春阳。"听翁答云："为有曾孙庆，大开春瓮香。家人方哑哑，我意亦阳阳。"余贺一律，未能叠用其韵。

## 一一六

新春，余读刘长卿《盐山官舍》诗："一官如远客，万事极飘蓬。"为之三叹。盐山与乐陵壤相接也，时值余初度，即用其韵，有"不材等樗栎，有志愧桑蓬"之句，榴厓见和："莫采商山草，仍观汉堞蓬。"致留行之意。其"汉堞秋蓬"，乃乐陵八景之一。元夜，榴厓出一律："璀璨华灯午夜挑，趁时勉强赏元宵。相逢后辈多回避，欲觅同游叹寂寥。"结押"料"字，云"塾课犹堪静理料"。此韵后又三叠。按"意料""物料"之"料"，俱仄声。

平韵只收"料理"一解，押"理料"已是强押，其余难尽稳，不具列。

## 一一七

元宵次夕，童少府筵上客有吹洞箫者，为口占一律，少府和云："春酒盈盈沽一瓢，群仙此夕许同招。欲聆桓子操长笛，先对坡公吹洞箫。"余复和答，押"箫"字云："献诗自愧雷门鼓，赐和真如风过箫。"颇为同人所称。

## 一一八

张仁东明经，乃竹轩先生之犹子，素不以诗鸣。自客岁同作《杜洁妇诗》后，每见必谈诗。其《洁妇吟》一册，该本家已付梓，奈将余诗原序删去，甚非我意。仁东言此乃其母家意，夫在身亡，必欲称烈妇，何居？余引《列女传》秋胡洁妇之例，称曰："洁妇翻以为贬也。噫！"仁东初见，撰一联相赠："秋水凝神胸怀洒落，春风入座心气和平。"题余诗册后一律，摘句："直以风流挥彩笔，还将老横写新词。"自注：朱子评少陵诗，往往老横不可当。后枉赠一律："先生家住在凫阳，绛帐传经世泽长。好古何只晞伏郑，朗吟可许比苏黄。诗书以内觅同调，廉让之间耐异乡。花里寻师参妙论，讲堂常带枣林香。"用"廉让"语，渠意自谦，究与"耐异乡"义不贯，此亦豪厘之差也。"香"字韵，后凡三叠，有"名士自从前辈近，圣人居□是旧乡"，语极分明。仁东又出《春游》一绝索和，亦三叠之，载其元倡："杏花香里路迢遥，懒入市城远避嚣。踏遍平芜人不见，故将乐意问渔樵。"又和余《排闷》四绝句，记其末首："旧梦分明记不差，江郎何日笔生花？鳣堂有命索诗句，灯下续貂字半斜。"

## 一一九

上巳后，伊斋自青城寄诗，叠用往年《喜晤》元韵，致留行之意。"老友频相忆，思君近古稀。旧诗蒙叠和，彩笔又重挥。且住斯为美，谩云胡不归。韶华堪共赏，夕照有佳晖。"去岁赐和《郡寓喜晤》元韵，前编失载，兹检出附后："相逢春暮后，绿暗嫩红稀。屡聆高人教，频观玉麈挥。趋公同竣事，赋别各言归。青邑行行近，驱车带夕晖。"此韵各已三叠。

## 一二〇

去冬，潘子骏抄寄其先羹臣《行人诗》数首，已尝鼎脔。兹余于城隍庙僧舍中，得阅旧册，乃《行人诗》，集前有海丰张可太序，知行人由康熙丁酉乡举任兴山令，升遵化州，内擢员外郎，未赴而卒。按行人名内召，当咳名之始，若为之谶矣。诗古体甚夥，而《岣嵝碑》一篇却未之载。或僧房所存，仍非全集。《过屈子祠》短古一篇："采采杜若香，泽畔行吟处。屈原祠上月，来照青枫树。望望不可招，空江起烟雾。"音节最古。其《忆施南诸山》一首五古长篇，略载其起四句："南荒景地寄，游历不厌贪。十里五里溪，千仞万仞山。"篇中"寒、删、先"与"覃、盐、咸"六韵并押，不知用谁格也。《杜了溪》一律："白岩红树绿萝村，一般清溪恰到门。夜火炉红煨榾柮，晨炊日暖散鸡豚。毕生未识繁华象，终岁惟知吏役尊。僻俗可嘉亦可叹，漫夸风景似桃源。"《过王秋史故居》一律："给事西庄远，鸦声夕照愁。寒泉当户响，黄花满城秋。道大来多谤，才高不自谋。相如遗稿在，恐有茂陵求。"七律佳篇尤多，而子骏前都未抄示。兹记其《偶成》一首："药炉禅板且随缘，留病三分好自怜。曝背爱亲秋后日，吟诗喜趁晚凉天。羞言声气趋时辈，渐觉锋芒避少年。黑白一枰书数卷，闲来何处不陶然？"摘句："湘帘半卷星窥坐，冷露无声月趁人。""轻红旖旎花离窖，嫩绿扶疏草放堆。""痴云不散重重结，积雪无声寸寸深。"五言："院静全无暑，心安已似家。""闷只凭诗破，愁还借酒浇。"

## 一二一

客冬，子骏袖去朱草衣诗册，冬杪见还，而册中故纸录子骏少作者，殊未还也，因撰句催之，迟回数日，未发子骏诗，至拙句遂无所用之。间以视榴厓，榴厓次韵再三叠和，文繁兹都从略。上巳前日，余谢槃《赠丁香》一绝，榴厓答二首，录一："觅吟恰值觅吟诗，喜接如椽笔一枝。来岁春风仍被否，须缘修褉乞新诗。"渠知吾归志已定，是以云然。和余《排闷》六绝句，又慰余生第六女四绝句，录一："香山垂老生二女，为较香山数倍加。屈指年华逾八帙，犹看之子咏宜家。"余依韵答云："从来五女称贫甚，讵意我贫今更加。此债毕生还不了，正宜还债早还家。"首夏谋归，讵接邹信，峄县有警，与滕、邹为邻，日有危急之报。又本籍鱼台湖麦致寇，势甚扰攘，亲友力劝暂留乐邑，不可去安就危。又缘乐署事件，别有险危之处，未可离局，而郡宪催提二次，报满甚为迫切，乃大变前计，又复冒署趣公。榴厓赠五古廿韵，有"谭诗示源流，昕夕传秘钥。勉强和阳春，诗筒呈绎络。杖履欣追随，吟余且为乐，身躯尚康强，精神称矍铄。报最歘相催，胡然思住脚"等语，不备列。又赠二律，起四句云："烽照峄山头，余气逮鲁邹。书从珂里至，驾许峘津留。"以葛峄称峄山，亦无不可。

## 一二二

县幕王君铁珊，沧州人，年甚少而诗甚富，题拙册七古长篇，略曰："香山九老遇其一，活是昔年白乐天。衣冠雅称鬓眉古，洒脱风流老神仙。遗我一卷琳琅集，陡惊玉虹起笔端。词源羞拟倒流峡，欲向溟海泻百川。我本横海一野夫，目识一丁犹未全。客游忽向东山道，峘津津外独流连。满怀忧绪结阴翳，睹君大集心豁然。铁笔一挥权作帚，愿为先生扫吟坛。"读其《峘上小稿》，摘句，五言："关河阻远梦，风雨乱秋心。""奈何故乡月，犹照未归人。""热心因世澹，冷眼向人明。"七言："烈士名成当世少，英雄气短古来多。""花月难消穷士恨，风霜渐老热人心。""热人"两字，未见所出，俟问之。"病关天下讵能医"，亦铁珊句，其言甚大。出句似未称者，亦忘之矣。

## 一二三

郭乐园和余《赏芍药》二首，录一："移得雒阳种，花开锦作围。天缘亲化雨，物候送春晖。筦管题增重，葵忱献讵非。可离名早锡，惆怅触芳菲。"

## 一二四

长夏，又赴省垣，与何子贞太史、嵇春原孝廉两山长相倡和，漫记于左。初至，春原寄一简云："流水残霞外，重寻湖上山。剧怜三岁别，依旧两人闲。傍竹寄幽梦，看花驻好颜。茫茫江海事，莫更话时艰。"后又寄其《雨窗遣兴》等诗索和，文多不载。子贞自号蝯叟，见余和其往岁与芰芗观察韵，即叠和枉赠一篇，略曰："冒雨种竹盈墙隈，间以旧栽梧柳梅。野禽时向荒径落，俗士难打蓬门开。故人东泉老博士，盛暑步寻蝯叟来。与君一别廿余载，意气健在容颜摧。莫讶同心易寥落，古来识字多忧灾。且待新凉动愁思，去寻馋守酤深杯。雪中高咏两春隔，今日鹤声天上回。"余复依韵和答。闲复读其黔、蜀二集，题其集后，用集中元韵。芰翁时守首郡，无暇倡和，闲出大中丞崇公雨舲谢渠《赠建兰》二律，俾依韵和作。记其原诗："碧香冉冉袭萝衣，绿雾蒙蒙湿竹扉。茧蝶放娇穿槛入，蜜蜂狂喜扑帘飞。临风远韵凭谁写，映水幽芳静自晖。秀色可餐真绝品，与卿相对果忘饥。""蔟蔟亭亭三十箭，细将开落记分明。披襟供我兼旬赏，纫佩何殊九畹荣？叶不关花别有致，香能饶韵倍生情。戏拈胜句酬吾友，一笑先生柱杖横。"此韵中丞各已五叠，文多不载。六月二十八日，赴辕看验，中丞面谕云："昨见与芰芗倡和作，知汝能诗，可将近作写数首来看。"退寓即检省垣与诸友倡和之作，写一草册，送芰翁处，倩其抄胥用真楷小字转呈辕门，次日旋归。

## 一二五

孟秋三日抵任，榴厓面呈四绝句，录二："匝月风尘喜解鞍，番番报最重儒官。琴堂无意求超擢，娱老惟甘苜蓿盘。""少陵诗被中丞赏，千古文名冠士林。今日诗囊蒙采取，高吟恰合遇知音。"又出其近作集唐二首，录一："多病故人疏，门听长者车。共谁争岁月，怀旧几踌躇。不用开书帙，无劳献子虚。萧条秋气味，作赋是闲居。"

## 一二六

潘子骏见过，语以僧舍有其先世行人诗册，前有张君可叙，文甚详赡，渠皆未之见。翌日，即往僧处求之，寄余一诗云："先人有遗稿，年远多散佚。展卷辄叹息，百中仅存十。东泉吾诗友，偶来方丈室。见之喜以告，乞归成完璧。兹事岂偶然，冥冥为护惜。特假有缘人，邂逅适相觌。苟非遇知音，交臂犹或失。文章信有神，此语闻古昔。顿令百年间，得睹旧手泽。高情何以报，赋诗表衔戢。"又赠七律二首，录一："一从相见即相知，风义原兼友与师。耸壑苍松瞻气象，照人霁月见襟期。才雄上压曹刘垒，语妙中含屈宋姿。似我不材堪自笑，年来身事益支离。"

## 一二七

子骏游幕又将赴江西，枉顾快谭，次日寄一札云："直谅由来少，箴规夙所钦。昨闻君子论，尤见古人心。灭没怀中刺，凄凉爨下音。韦弦持作佩，受赠比兼金。"又叠"知"字韵一首："生平落落复谁知，散木偏蒙顾匠师。交道不妨流水淡，文章合与古人期。轩轩天半朱霞影，皎皎云中白鹤姿。自叹饥驱牛马走，不堪投赠是将离。"渠见余前送崔少府用韩诗《送崔丞》韵七古，即叠用其韵赠余一篇："送诗人来朝扣关，韵和昌黎仰斗山。才雄法赡气力大，无异壮士彀黄间。而我不材亦何幸，时同谈笑开襟颜。先生及门尽英俊，腾骧冀北归天闲。怜才下士汲引众，不以麻枲弃蒯管。相与倡和若韩孟，云龙有愿常追攀。莛撞得窥所学富，等身著作谁敢删？迄今从游愈一纪，周天已见星回环。维时又过中秋节，残月就缺如弓弯。行将远别君勿叹，有缘后会当非悭。更乞一言持赠我，铭诸座右订我顽。"

## 一二八

中秋，榴厓用韩诗《八月十五夜赠张功曹》元韵见寄，录其首尾数语，以当鼎脔。"月夜散步绕盘河，微雨滃云水无波。闲游聊胜郁郁坐，不吸白堕不听歌。"结云："身虽未与霓裳歌，手栽桃李皆巍科。有梦探香及门多，醒来孤枕别无他。幻景非真奈梦何？"余未能步和，渠又叠此韵赠张罗若德平学博，则未知能和答否耳。

## 一二九

子骏两江之行，迟留一月，留别"游"字韵律，彼此酬和，乃至五叠，备存其稿于左方。"此行未易即归休，身世真如不系舟。方恨远离分两地，非同暂别说三秋。频年不厌过从数，何日重陪杖履游？只有相思难隔断，良朋好向梦中求。"一"诗如元白和无休，仙侣还同李郭舟。惜别五千于道路，论交一十二春秋。何时更作云龙逐，他日终期汗漫游。落落知心能有几，不缘同气肯相求。"二"自怜蓬转未能休，一叶飘然蚱蜢舟。塞月征尘身万里，碧云江树序三秋。有惭仲子称高隐，频拟骚人赋远游。谁似东泉旧居士，犹从三径忆羊求。"三"枨触离怀苦未休，频歌别曲送行舟。云帆远挂四千里，月夜中分一半秋。已觉在家如作客，未知何日得同游。黯然自古销魂地，况是知音不易求。"四"草草劳人何日休，家居不厌屋如舟。风翻林影半庭月，露烟虫声三径秋。屈指可堪怀远路，怆神应是恋同游。他时一棹天涯去，信使难从万里求。"五 季秋临行，又用余《月夜》韵二首留别，录一："故人心如月，远近无不照。独处穷巷中，谁与展游眺？自我得追陪，数载共谈笑。仰见所学富，渊然含众妙。念当别君去，几度发悲啸。知音世所希，何处求同调？"余即依韵和答。

## 一三〇

重九，雨中无聊，漫成一首，榴厓叠和二篇，其次篇云："年华已臻六十九，久无艺林称祭酒。齿德兼隆人共推，胸如明镜无尘垢。昌黎念切十二郎时余有犹子之戚，足征性天笃孝友。庭前珠树临秋风，战艺邅难慰皓首。天意留冠拔萃科，稔知工书擅欧柳。叠步云梯探天香，翘颂椿枝覆蕙亩。"此韵余亦三叠。

## 一三一

重阳后十日，新令尹陶公始自省抵乐，余以菊始开，作二绝呈政，蒙和，录一："平生笑口未曾开，闻道风人特地来。头上片云知我是，昨宵雨为好诗催。"摄令李公频行，余用前韵送之，亦蒙赐答，录一："教化斯邦绛帐开，幸同兰楫代庖来。方期共济旋言别，谬荷新诗系钵催。"张罗若自德平寄诗，并谢写楦帖一律："久望高轩过，何期素愿违？新书抽短札，古貌想深衣。锦绣输君烂，烟云为我挥。欣承椽笔赐，蓬荜有光辉。"

## 一三二

"步霜吟菊畔"。余用贾浪仙句起作二律，榴厓五叠之，文多不载。听泉自邹寄和，略记起四句："步霜吟菊畔，敢说与人同。但洗愚心静，何嫌妙手空？"外又寄题札后二绝句："离群何以慰离群，来有云云去有云。来去年年缘底事，唯君思我我思君。""君年庚戌我辛亥，君号东泉我听泉。眼看二泉成二老，两年年近古稀年。"

## 一三三

冬日，潘子骏归自南，云："欲往江西，行至滕县南，道阻不可行也，旋寓界河。询知去先生别业甚迩，步访仁宅，蒙世兄款留殷殷，翌日即为雇车送至省垣，补赋四律，以答云谊。"录二："松菊开三径，桑麻自一村。多君敦世好，留我醉芳樽。山色遥当牖，河流近绕门。更看淳朴处，犹有古风存。""一带菰蒲绿，千畦穤稏红。诗书为世业，礼让见家风。入市鱼虾贱，登盘芋栗丰。卜居当此地，绝胜瀼西东。"此诗当是却寄小儿者，未能步和。子骏投余七古一篇，略曰："东泉夫子今儒宗，说经不灭戴侍中。年近古稀才力健，往往吐气如长虹。行当称觥介眉寿，勿遽拂衣卧林薮。君不见君家新息老据鞍，矍铄此翁胜少年。"

## 一三四

冬杪，余作《书怀》四律，子骏凡三叠元韵，略记一首："信堪大雅为扶轮，冰雪为文不染尘。古貌君同紫芝侣，旷怀我亦白云人。幽居曾访梅屋芳，口醅还叩竹叶春。今日相看成一笑，益如交契可通神。"摘句："草茅亦有英雄士,廊庙岂无经济人?""坛坫于今谁主者,文章自古几传人。"
榴厓亦叠和此韵,摘句:"忘却盈头堆白雪,任凭过眼是红尘。"听泉寄到《中
秋见怀》诗,用小谢《落日怅望》元韵:"农人逢佳节,稼事亦暂舍。约
我拼一醉,清圣来若下。旨酒兼佳肴,引杯不离把。高棚客满座,惜少扶
风马。吾曹老将至,而耄及之者。别我日已多,来书近又寡。何日同心人,
入我鸡豚社。"并寄示《和梓亭司勋令郎剑云秋捷志喜》绝句八首,不具列。
梓亭亦寄其志元稿来,录二:"驿路秋风爽气清,冈山屯外数归程。忽闻
小捷乡书报,怅触余怀百感生。""觅举京华莫浪传,须知启后在承先。阿
婆西抹东涂日,荏苒光阴四十年。"

## 一三五

己未正月二日,余七十初度,用杜诗"人生七十古来稀"句起作二首,
宾朋和者不一,缕书于后。县幕童昆樨夫子,蜀中孝廉,和元韵押"晖"字,
尤工。"盖世才名萧颖士,警人诗句谢元晖。""司铎天教勤夏课,跻堂人
共庆春晖。"后又三叠之,不具列。榴厓亦再叠此韵,亦押元"晖",句云:
"书法颉颃钟太傅,诗句伯仲谢元晖。""今宵又见灯如锦,半夜依然月吐晖。"
子骏和云:"高歌一曲鹤南飞,桃李盈门众所归。在昔尝闻仁者寿,于今
仰见老人晖。文名未让晃无咎,诗句远胜东去非。莫道广文官不达,如君
清福世间稀。"商河学高柱峰和云:"声传白雪赏音稀,词部能消万事非。
君自遐龄歌晚节,谁将佳句咏春晖?"再叠云:"诗情寥落古音稀,谁向
骚坛论是非?李杜文章存正轨,陶刘风度仰清晖。"又句:"人逢洛社兰为友,
诗到临川璧有晖。"

## 一三六

花朝,杜小鹤自邹寄到其《冬夜》二律,句云:"走月阴移树,倚花
香满襟。灰拨炉添火,窗鸣纸战风。"盖其佳句。陈钦士司马自济南寄其《去
秋湖上见忆》一律:"秋色来湖上,怀人欲寄书。风中闻过雁,水际正浮鱼。
诗学陶彭泽,文尊陆敬舆。迩来课士罢,吟兴复何如。"

## 一三七

昆樨夫子公车北上，赠句送行，赐答二首，录一："临歧赠我绕朝鞭，三上春官已八年。冀野逸群逢伯乐，长安芳树看君迁。骊歌好送红梅使，蚓唱难酬白雪篇。更感遥情千里结，香烟许惹御炉边。"陶赞翁亦用拙韵赠行："鼓物春风动赭鞭，长安得意看花年。闳深器识遵行俭，疏宕文章绍史迁。无限殷勤添别绪，许多赠答不名篇。当时旧梦随流水，仔细凭君记日边。"

## 一三八

暮春，小鹤捧檄来权乐训事，相见甚欢，初见即投余四绝句，录二："相怜同是转蓬身，十载关心望髙津。忽被春风吹送至，萍踪翁聚有前因。""君年七十我六一，异地重逢乐及时。况是同官为好友，升沈休问且论诗。"榴厓贺诗二章，"齿逾周甲来千里，心切同寅共一官"是其佳句。

## 一三九

嵇山长自济南寄贺七句一律："识君方壮岁，忽届古稀年。老去诗尤健，书来春正妍。危时念戎马，冷宦即神仙。珍重名山业，青灯好自怜。"子骏亦赠一律："生平惭作者，夫子独知音。诗体亲风雅，词源洞古今<sub>原注：拙作有所摹仿，辄为拈出。</sub>近某家无少爽者。[1] 不是逢牙旷，何人识苦心？"小鹤和潘韵，起四句："异地逢诗侣，欣闻正始音。马卿交自幼，潘令证于今。"是后倡和甚夥。小鹤《署中即事》五绝，叠和再三，子骏初和云："送春各自为春忙，君是诗狂我酒狂。诗味偏能浓胜酒，读来齿颊亦生香。"文多不具列。

## 一四〇

首夏，郭乐园赠芍药，分寄小鹤一朵，侑之以诗，蒙答二绝："胆瓶

---

[1] 此处底本如此，疑有脱字。

簇簇灿红霞，良友分来婪尾花。一缕芳馨留不住，因风递引到蜂衙。想见翻阶吐异香，鼠姑风里拜花王。尽饶富贵天然趣，漫说夫人未易方。"王茂才承祐亦和小鹤即事诗，并投余一律，有句云："风雨怀深新博士，栽培恩被老生员。"殆近戏作。榴厓和《赠芍药》韵四首，录一："为咏花香字亦香，捷挥行草肖钟王。因知发轫期先定，预赋将离说那方原注：时有郡试消息。"

## 一四一

浴佛节后，始得小雨，漫为二律，同人赐和，赞翁句云："宦情清似水，诗思锐于雷。笔翻巫峡倒，一洗旧尘埃。"小鹤句云："笔润新垂露，门高旧语雷。"又："麦陇黄初合，槐阴绿又添。时康欣有象，讴诵起民阎。"

## 一四二

中夏，郡寅晤益都高柱峰，时署商河训事，见余和友人《咏柳花》诗，次韵赐和一绝："绿杨村落酒旗风，滚雪飞花处处同。一片化机诗思好，人工到处即天工。"临歧垂赠一首："行色赋匆匆，诗成百炼工。澄怀如对月，走笔欲生风。体自分今古，裁难辨异同。琴弦余落落，秘响可潜通。"余次韵寄答，又赐叠和，摘句："莺鸣怀旧雨，鸿藻便东风。""移书来绛帐，音节喜遥通。"

## 一四三

于紫溟自滨州学寄答五古一篇，略曰："我曩读君诗，望洋三舍退。信口为月旦，乃蒙谬称快。君笔富波澜，沿回为万派。不择涓涓流，益见江河大。望风寄遐思，何时聆清诲？"并寄和拙集《五叹》杂言五首，具有古色古香，文多不载。

## 一四四

小鹤自邹寓归来，又成五绝句，录二："连番新雨入新吟，气沛江河句截金。欲和阳春还阁笔，楼头钟语夜沈沈。""残灯宿火试新茶，旧雨重联意倍嘉。漫对杨花叹飘泊，诗人踪迹惯天涯。"余为叠和，复投以四绝，渠又和答云："不须烽火动愁吟，家问由来贵比金。千里故乡无水隔，有书未必尽浮沈。""岂是诗清为饮茶，宣州风味本来嘉。不堪樽酒劳相慰，依旧此身滞海涯。"时春原山长寄到《咏杨花》二律，并为摘句："幻影拖来浑似梦，春愁画出总成烟。""落花心绪同三月，流水光阴又一年。""魂销夜雨原多恨，情恋东风亦太痴。""晴雪散余春欲老，黄金抛尽怨谁知？"子骏依韵和之。

## 一四五

五月十八日，始得大雨，赞翁明府《喜雨》二律，录一："城上鼓鸣城外钟，一声霹雳起蟠龙。瀑飞万丈天瓢倒，响逐千村水碓春。晓日含残烘远树，晴云带润湿遥峰。鳞塍荷锸知多少，灌得酕醄酒味酽。"雨后又成二首，录一："一腔心思玉壶清，早夜祈甘济众生。最爱马蹄留宿润，旋看鸦嘴负新晴。芰荷波软容撑艇，葵苟香浮待饷耕。红抹夕阳横牧留，晚风遥送雨三声。"余与小鹤并有和作，不具列。榴厓和韵，摘句："未漂高凤庭中麦，先润梁鸿庑下春。""农郊得泽皆心慰，书圃逢霖亦目耕。"子骏和句："势如飞弩千军合，声若洪涛两岸春。""花径繁红含宿润，秧畦浓绿泼新晴。"榴厓又倒用前韵寄余二律，句云："句拈旧韵诗中乐，笔有新花梦里生。"

## 一四六

昆樨夫子春闱被落，归途口占四绝见示，录二："自愧无缘到上林，此身何以慰亲心？故园未得真消息，犹向京华盼好音。""故人属望意殷勤，失利羞谭背水军。且喜陈蕃犹下榻，好从旧路觅青云。"和《喜雨》韵摘句："风势乱喧平野树，蛙声怒杂暮村春。""凉侵枕簟迎新爽，润带琴书放嫩晴。"又："三竿日上含残润，一枕溪流答远春。"心畬少府和韵"有地湿月难晒句"，亦奇。子骏见余答小鹤《郡寓对月》，用"竞、病"韵五古一篇，谬为激赏，因畅为七古见赠："先生雅鉴擅人伦，称为人中之水镜。贯串古今饱经史，兼将余事耽吟咏。篇篇工妙又神速，快如橛手愈疾病。而我豪放气不羁，独于先生致畏敬。先生谓是古狂人，谬附同声堪自庆。萧然破屋只数间，婢遣奴逃乏使令。旧交零落意独厚，相逐云龙若韩孟。时同倡和奏埙篪，或为前茅或后劲。先生亦是可怜人，博士官卑才一命。莫论台省与梁肉，典策高文谁与竞？北窗高卧少炎氛，想见襟怀冰雪净。愿将仙佩乞飞霞，颉颃上下相辉映。"余次韵奉答，又蒙再和，摘句："吾曹倡和不能休，未免贪多亦一病。""我今再鼓气已衰，君犹强弩有余劲。"小鹤亦依此韵送子骏游幕，子骏复叠韵答之，文多不具列。时陈钦士司马欲招渠赴皖省，故有游幕之说。

## 一四七

季夏望后，赞翁载酒见过，与小鹤畅饮，余口占一律，即蒙赐和云："四面鳝堂敞，群贤鹭序过。宾朋忘坐次，谈笑入诗歌。醉蝶闲添韵，翔禽宛吐和。归来新雨后，星月亘银河。"昆樨三叠见答，摘句："诗被云催急，滂沱几度过。""甲兵犹未洗，端倩挽天河。"又："品望云间重，丰神柳下和。""幸当开霁好，豪饮欲吞河。"小鹤和韵，结句："甲兵应尽洗，无事挽天河。"昆樨见之，笑曰："鹤翁顾欲翻吾案耶？"相对粲然。

## 一四八

蓬莱郝香浦，现署商河谕篆，郡寓小鹤赠诗，为渠精医理，故押"医"字，余次其韵寄之。孟秋，乃得来笺，并答诗云："离别无多日，常思聚首时。知君仙在骨，愧我俗难医。星宿罗胸富，诙谐出语奇。恨余生也晚，相识亦何迟？"其同事高柱峰亦用此韵赠小鹤，小鹤和句："养衰还借酒，却病反愁医。"七夕前二日得雨，余用"医"字韵，有"疮可眼前医"句，小鹤爱之，即和云"民病有天医"。榴厓见和，起四句云："今岁秋来晚，霖滋尚及时。试观苗救困，宛似疾逢医。"七夕宾兴，余口占一律，榴厓和云："飘来一叶促秋兴，喜有双樽酒是朋。此日商飙才飒爽，前宵夏气尚熏蒸。

筵惊五斗怀焦遂，烛说三条让薛能。醉后不知凉信到，仍裁团扇覼吴绫。"
赞翁和，结云："槐花黄处忙如许，盼到琼林饼啖绫。"此韵，余复三叠，
押韵而已。

### 一四九

小鹤《七夕》二绝，其一云："一水盈盈隔绛河，聚时胡少别胡多？
天涯却忆离家客，岁岁无归可奈何。"感慨甚深。余为叠和，少府亦和之，
稿偶遗失。小鹤别号野鹤，听泉寄来《呈东野二翁》诗，有"相看二老成
东野"句，起云："千里一官花样同，城南路问入扶风。"余与小鹤各勉和
一首，不能得其语妙也。

### 一五〇

听翁又寄一律，起结云："长途迢迢信递迟，寻思何计慰相思？他年
为我具鸡黍，多恐儿郎忘着箪。"用《世说》元方、季方事誉吾小儿，意甚美，
但韵险不能步和。又寄《佳箑乞书》一绝："青李来禽望快来，无论书草
与书楷。拈毫墨落摇风扇，出我怀中入我怀。"余为题扇，自作五古一首，
来韵殊未及答。适于客席闻都下达官有以"鹤泉"为号者，余戏语小鹤云："在
昔称东野，于今道鹤泉。两人一趋走，正合号比肩。"彼此又各有作，皆戏句，
附寄听翁，一为解嘲云尔。

### 一五一

小鹤阅余近五年诗册，题五古一首："十年怅别离，千里一相见。开
箧出新诗，触目情不厌。新诗吟何苦，三载纷忧患。欲归不能归，感离伤
薄宦。交旧嗟零落，深情孰缱绻？托兴既苍茫，摛词复葱蒨。才拟七步捷，
笔横一枝健。譬之鸾凤音，和声鸣天半。又如双南金，炉锤经百炼。神妙
在精熟，原本穷正变。载慰别离怀，聿生观止叹。"奖藉逾分。小鹤又作《中
秋感怀》五绝句，略记其一："新秋几日忽中秋，荏苒年华似水流。去住
此身浑莫定，钩盘河上一虚舟。"余和其韵，则玉"团圞月下声相应，李

郭依然共一舟"。

## 一五二

中秋，得斌儿来禀，始知添一孙，榴厓首为贺章，起句云："七秩康强爱岁华，遥闻砌下吐兰芽。"结云："鹊声将卜重重喜，桂窟今攀第一花。"此韵后凡六七叠，不备列。小鹤和云："正好新秋玩月华，阶前珠树喜添芽。"欢愉之词难工，殆是千手一律。听泉寄贺，前四句云："老人星畔瑞云屯，旋绕扶风积德门。有叟堪称古稀叟，生孙应比半千孙。"

## 一五三

重阳节后，小儿乡试被落，榴厓又赠诗，用"芽"字韵，并和余"兴"字韵五古二篇，又寄示《步月感怀》七古一篇，莫可摘录者。用杜《茅屋秋风》韵慰余，《屋漏》一篇尤奇。秋晚，小鹤瓜代有期，留别五古一首，起用唐句："千里有同心，十年一会面。"正如代余言也。临行，又留一绝："他乡住久似家乡，好友联吟半载强。归去漫嘲无长物，新诗百首压行装。"余《送小鹤南旋》七古九转韵，榴厓见而依韵和之，结云："蓬庐幸傍鳣堂住，兼诵潘岳闲居赋。从此学吟易揣摩，明师益友聚一处。"

## 一五四

潘松岩见示《孟冬咏怀》十二首，略记其一："自有衡门乐，全将俗虑删。读书如浚井，看画当游山。垂老犹能健，因贫更得闲。休嗟生事薄，造物未予悭。"余与榴厓共和之，渠又答赋四首，名句甚多，如："嫩云稀出岫，野鸟不依人。""才短宜藏拙，囊空厌说贫。""穷应过贾岛，豪未减陈登。"皆佳。其末一首，专以寄余："落叶满穷巷，门稀长者车。自缘生性懒，敢道故人疏？无事且高枕，有求还借书。愧蒙君子念，时复问何如？"

## 一五五

小鹤旋辕，途中寄同人一律："送人才昨日自注:谓送陶令高密，赋别又今朝。

思共缠绵结，心随去住摇。西风催祖道，古谊感同僚。后会知何日，临歧
百重搔。"余与心畬少府共和之，渠又答一律："异姓久为弟，同官新作僚。"
是其佳句。余有用张文昌《别鹤》诗韵寄别小鹤者，榴厓又和之，兼用松
岩《咏怀》韵赠余云："赠鹤长吟好，无劳句再删。风流陶靖节，雪亮白香山。"
此韵后亦数叠。

## 一五六

冬杪，余自题拙诗册子二首，榴厓见和，亦叠韵再三，记其押"南"
字最精："拟将授梓垂千古，剩得传家为二南。""又回艺战频羞北，幸赖
诗裁有指南。"除夕，谢余馈岁二绝，录一："济南佳饵四方无谓皮炸，回首
当年餍味腴。此日欣承珍品赐，宛然身又到明湖。"

## 一五七

听泉上舍秋日寄示《过故人山庄用孟襄阳韵》一首："为官至宰相，
别墅亦农家。村外高槐古，门前五柳斜。园蔬下旨酒，香稻胜胡麻。薄醉
寻归路，闲吟陌上花。"余勉为继声。冬杪，又得其答诗："自君之出矣，
十载未还家。嗟我怀人意，黎明到日斜。"结云："薄暮无聊甚，挑灯喜见花。"

## 一五八

榴厓处有茅鹿门《白华楼诗文集》，余藉观因题拙句，首云："文士顾
谈兵，八条测海寇。"榴厓赐和云："文如御风行，冷然列御寇。"押险韵
极工。松岩用此韵和余感事诗云："抚驭一失策，乡团反为寇。将帅彼何
人，竟使吞舟漏。往悔不可追，后患谁能究？今如养痈然，于计勿乃谬。"
此诗渠不存稿，余为记之。是年冬杪，大雪寒甚，渠得一联："树冷无栖雀，
天低有冻云。"与老杜"暗度南楼月，寒深北渚云"句可相埒，诚妙笔也。

右自辛丑至己未十九年中，朋友赠答之作。曩以为兼收并蓄，所载过

多，统俟异日再为删定，严加抉择。兹复阅一过，有徐陈应刘之叹，又恨所载不多也。噫嘻！亡友诸君或于赠答之作，漫不留稿；亦或于吟咏一道，不自贵重，随手散失，过而不留。则吾偶此书，偶存遗句，每一披阅，如亲言笑，不亦善乎！又岂可删剃哉？岂忍删剃哉？

　　咸丰辛酉夏至日，东泉居士自题，时年七十二

# 第三册　赠答

## 一

咸丰十年庚申，余年七十一，仍复恋栈，居乐陵学署。立春有拙句，阎七明经见和："入春才两日，春逐上元来。人乐天初暖，官闲篆未开。"又和余"懒"字韵二篇，略曰："雪原乘冬寒，雪亦逐春暖。昨赐阳春歌，迟和愧疏懒。"又："驾将之棣州，恰逢天初暖。旋署须三旬，吟送弗敢懒。"开篆，余有戏句，童少府赐和："更漏频频四鼓催，下官铃记也开开。差胜广文斋独冷，两班书役叩头来。"亦戏句，而风趣可嘉，韵粘自可不计。

## 二

中春，赴郡送岁试，同人多倡和。商河学彭竹鹤投余一律："大雅归模范，斯文在老成。心闲延岁久，官冷得诗清。曼倩多风趣，沧浪善品评。瓣香思敬礼，愧乏后山名。"彭名世荣，胶西人，是新交也。青城学东野伊斋推升国子监学，录《寄别》一律："官寒命窘倩谁怜，苜蓿盘餐廿四年。回忆来时甘寂寞，即今归去亦恬然。行囊仅有书千卷，别赠曾无赋一篇。举世关心惟老友，将离遥想意悁悁。"余答和，结句："羡君去是迁官好，沽酒盈觞祛忿悁。"

## 三

滕阳旧友黄冶山来摄青城学篆，郡寓相得甚欢，初以《过界河》一律示余，有句云：“垂老奈何去坟墓，浮生依旧逐风尘。”余依韵和之，渠又叠韵见答，中二联云：“莫须北海尊中酒，顿扫元规扇底尘。君是玉皇香案吏，自疑天女散花身。”用竹鹤韵赠余一首：“奋笔千言下，新诗七步成。交情如水淡，逸思得秋清。信挟风霜气，严操月旦评。座中英彦集，龙鹤有齐名。”此韵，滨州学于紫溟亦见和：“官自居人下，诗能得气清。”用竹鹤一句，滨作二句，亦佳。

## 四

紫溟和余《雪后赴郡途中口号》一律：“晃荡河山入望平，扬鞭浑向玉京行。后车顿失前车辙，一日分为两日程。晚店寻村迷虎落，晓窗蚀纸又虫声。开门果遇田公笑，自是行人欲课晴。”商河摄训高柱峰和二首：“朝看村落与云平，雪后寻诗快此行。一片光明真世界，几多景物认前程。银花照处皆成色，玉树风来渐有声。缘路居然开画本，遣怀更许待新晴。”次首结句：“梨云絮影皆飞白，多少新诗赋晓晴。”冶山和云：“迷漫千里冻云平，路入蚕丛不易行。地近燕台多骏骨，天连溟海是鹏程。羊羔但解通宵醉，鹅鹜谁传下蔡声？南望尘霾定消灭，赤城霞起放朝晴。”紫溟亦叠和，结云：“踏泥鸿过寒无迹，集野鸟饥噪有声。怨绝天公缘底事，晓来仍未放新晴。”是月也，同来郡寓，十日九雪，故渠发此叹。竹鹤答余一律，结句：“由来绛帐谈经地，只许彭宣到后堂。”人服其典切。

## 五

冶山寓中无聊，为长排四十韵，同人无能和者。花朝后四日，忽有瓜代之信，余为诗怅别，渠和答云：“底事临歧怅别离，牙琴难得过钟期。相看杨柳长亭路，已近清明细雨时。赠我琼瑶何郑重，累人笔墨故稽迟。从今檀板金樽外，添唱黄河远上诗。”频行，余又撰句赠行，渠和答二首，结句：“旅馆勾留多旧雨，几回剪烛话清宵。”“明日征夫问前路，何时听雨话今宵？”紫溟亦用此韵赠之，句云：“晓起竟迟樽酒钱，夜来曾见笔花摇。新泥没足青杨路，古渡消魂白板桥。”柱峰和云：“每欲沽春思客招，杏花村落尚遥遥。心旌暗逐行旌动，文阵常随笔阵摇。止水犹同千里月，闲云应上百花桥。何当秉烛联欢日，尽把诗囊快一宵。"冶山长排，漫摘数句记之："暖与寒相半，云阴酿欲低。天教歌白雪，客偶住青齐。淮蔡今烽火，邗江遍鼓鼙。赋闲殊偃蹇，身隐更排诋。住迹余鸿爪，前程信马蹄。"

## 六

清明节前夕，始自郡回，榴厓明经投四绝句，又《暮春吟》一律，《感怀自述》一律，记其一联："整冠树下防嫌晚，钻核林间被卖羞。"盖有迫于"十八子"者，不必详言也。和余《闰重三》一律："村前接踵盈千百，席上知心无二三。"它不备载。

## 七

蜀都刘刺史谏棠，去冬有《还山诗》四首索和。今春寄来答谢之函，并附近作数首，弋取其一："闭户书堪著，诗成信手删。无心云易散，飞倦鸟知还。逐臭嗤东海，移文愧北山。朝来慵揽镜，羞见鬓毛斑。"又寄示陶赞臣庶常和其《还山》句："游爱名山携不借，方寻本草检当归。""虫叫寒窗惊懒妇，鱼翻秋水长慈姑。"极清新可爱。

## 八

冶山旋省垣，途中却寄一律："海上为迁客，天涯感寓公。光阴摧短鬓，书剑逐漂蓬。独夜杏花雨，生寒杨柳风。吟魂归未得，高咏与谁同？"立夏次日，新进送学，榴厓投四绝句，录一："踏雪曾栽佳树繁，成蹊尚未会芳园。者番才接新桃李，有脚阳春送到门。"又句："柳逢日暖垂青眼，草被霖滋慰素心。"极佳。后又叠韵："阅世堪伤衰岁景，拈毫尚有少年心。"则未免颓唐耳。

## 九

往年，余为杂言小诗《心殊叹》《遇殊叹》等篇，缪为紫溟所赏。紫溟尚能举其词，即录以视冶山，冶山评云："初读如坡《阿罗汉赞》，又似《易林》及汉魏人谣谚。风趣甚古，勉学未能。"乃为《反心殊叹》，欲以矫之，紫溟见而持去，曰："诗有别趣，若出以正言，则诗可不作。"渠稿遂不可得。拙句漫录于左，《心殊叹》："人心不同，昔谓如面。面犹相似，未尽其变。父子同食各嗜味，师弟同学论则异。同舟济水，风来可畏。甲自欲进，乙自欲退。意见不合，触处反倍。心之不同，如面与背。"它作不备列。曩话不载己稿，兹乃破例，实自忘其丑，益可笑也。

一〇

潘松岩寄示《中春雪中即事》四绝句，录二："昨夜云凝万里阴，梦中时觉峭寒侵。朝来试启柴门看，雪拥阶前一尺深。""帘幕寒深刻漏遥，小窗人共月无聊。不须更问花消息，二月中旬雪未消。"又《后上巳作》一律，记其中二联："共言春色原无价，漫说吾生固有涯。""又趁芳时倾蚁绿，还舒老眼对莺花。"句极浑雅，较拙作《闰重三》诗偶然远矣。顷又见其旧稿《秋夜》句云："秋从蟋蟀声中老，月在梧桐影外凉。"诚为佳妙。

一一

董听泉上舍今年馆陋巷颜氏，孟夏初吉始寄到前月来函，有用杜韵见怀五古一首："浮云傍远岫，行止与风商。我来谁使之，得近鲁灵光。古迹不可问，松柏引苍苍。亲友亦非旧，念之断人肠，既来不能去，舍馆旧止堂主人有此馆，甚古。堂外松梅竹，东西各成行。岁寒虽有友，所思在朔方。我欲闭关饮，壶余酒与浆。我欲加餐饭，饭余稻与粱。我食尚有节，我饮不论觞。忧思终不解，微吟又不长。愿凭双鲤鱼，送入海茫茫。"又寄《闰上巳》一律，记其一联："寒消九九又来九，月过三三兼闰三。"最为巧合。余顷亦有句："论年已过半年半，今月重经三月三。"因其近戏，未肯成篇，与听泉此联竟可引为同调，特附及之。

## 一二

听泉"商"字韵五古,榴厓见而和之,前后两篇,"浆、粱"等韵最难押,摘其句云:"腴味醲竞饮,沁脾胜琼浆。""秀色餐可饱,果腹胜膏粱。""岂识陶止酒,无心引壶觞。""不与曲生契,双瓶付须长。"余皆称是。余亦叠韵答之,押韵而已。重午后,赴郡送童子试,榴厓以长句相送,起云:"春去送试衣金貂,夏去送试衣冰绡。"余谢曰:"貂绡俱非教官所有,未敢奉和。"亦缘"貂、绡"字难更押耳。

## 一三

松岩和余"懒"字韵五古,略云:"身闲何所为,聊复弄斑管。坐花醉明月,对影挥酒碗。鸠鸣桑椹熟,雨悭秧针短。去秋已歉收,今夏仍苦旱。来章和未能,屡吟不暇懒。"又和《莫春》韵,摘句:"爱竹为饶高士节,读书因见古人心。""疏懒我原如叔夜,品流君定胜真长。"又句:"青杏园林刚乳燕,绿蒲池沼正鸣蛙。""共喜有诗消岁月,不妨无酒对莺花。"顷复《枉赠》一律:"午窗睡起补诗逋,更汲军持试酪奴。一经红酣开芍药,满原绿暗长蘪芜。陂塘水暖鱼生子,庭院风微燕引雏。闻道维摩方示疾,不知天女散花无?"又一绝,押"无"字尤工:"花信连番到鼠姑,时闻好鸟劝提壶。乌程若下俱难致,问有青州从事无?"

## 一四

夏五,郡寓于紫溟录寄春日所为《五友诗》,叙曰:"恭读冶山五友诗、东泉和作,皆仿《八仙歌》,稍变其体。心窃慕之,而未敢效颦。拟丐为画本,又急切不得其人。率成一首,俟寄同人晒政。""君不见泉源万斛珠玑盈,浩浩千里趋东瀛原注:谓东泉。乱流四绕一山蔚,澹冶妙得春风情黄冶山。东北一峰号天柱,两山对峙互峥嵘高柱峰,益都人。旁有菁菁千亩竹,野鹤飞来羽衣轻。一声长唳闻天际,山风泉籁相与清彭竹鹤,与柱峰同事。再东地下近沧溟,野水雨集紫澜渟。潢污行潦不足取,绘入画图亦天成。"

## 一五

余顷为《忧旱》诗,结云:"我今欲行役,独吟为谁骄?"既而得雨,叠前韵云:"秋成仓廪实,民富更无骄。"松岩谓押"骄"字极工,不肯叠和。榴厓和云:"翘颂时雨化,何虑莠骄骄?"又用松岩"逋"字韵,喜余自郡旋,各已再叠。后渠又用作《醉吟》,起云:"愁城合向醉中逋,荷锸相随幸有奴。"结云:"遥指青帘仍赊酒,那知囊底一钱无。"又和余"来"字韵二首:"济北新吟推马帐,邹南旧籍仰鱼台。"极为清切,不可移赠他人。余原稿寄小鹤。

## 一六

听泉好和陶四言,顷自曲阜馆中寄其近作《用陶韵忆弟书门》一篇,略载其二章:"悠悠世路,有亲有疏。同气连枝,均为一初。嘉我未老,四方奔徂。汝不出户,念慈踟躇。""惟我与汝,同而不同。汝为系匏,我尚西东。有愧古人,仲海季江。更难处世,不介不通。"词极古雅。余不能和,乃为长句答之,起云:"董生由来不窥园,有弟书门友书村。今兹薄游违鸰原,居依书村怀书门。"伏日,听泉偕其居停颜书村孝廉并依韵赐和。书村初以诗交,其词甚谦,备录于后:"颜生落拓归故园,陋居不郭亦不村。先人遗烈愧平原,一瓢一箪守清门。绝世文章冰雪痕,座有经师妙于言。其言蔼蔼气浑浑,字句必究夫本根。绛帐先生古谊敦,问难千里系诗魂。苜蓿盘内射朝暾,文采风流今尚存。我有舌兮不可扪,敬为二老献一樽,长驻容颜裕后昆。"余辄复答和,并忆书门亲翁,用听翁元韵,藉以消暑云尔。

## 一七

济南书院山长嵇十二春原,开岁尚有手书说病腹小愈,夏日乃闻其与陈钦士大令一时俱逝。诗友零落,意甚萧索。潘松岩有挽钦士诗四首,余和其二。渠首章结句"何日返乡枌","枌"字难再押。末首一联云:"嗟余犹苦海,羡子已生天。"余谓"羡"意不似挽词,欲有以易之。渠答云:

"挽友即以自悼，意更深耳，所见不必尽合也。"余用挽陈韵更挽嵇二首，渠有后来居上之叹。

## 一八

听翁和余《七十自述》六首，如一笔书，文多不备列。记其末首："吾友扶风子，穷经探秘篆。耄而犹好学，信道何其笃？诗成飞寄我，如闻乌栖曲。更喜多态度，春云难羁束。"揄扬过甚，只增颜汗。初伏日雨，俗名"洗佛头"。余有里句，榴厓和云："诗来消暑气，似露洒枝头。可拟三唐否，能移一字不？风高冲斗极，雨若叶箕畴。倘使昭明见，增编文选楼。"此韵后又数叠，余答曰："果尔能高卧，何知百尺楼？"

## 一九

孟秋，榴厓寄诗，用昌黎《秋怀》韵，有句云："冷逼雁影分，陡增新秋憾。"知其近遭从兄之丧。索观余所著《滕薛二邾世家》,题句亦用《秋怀》韵："见所未见书，详赡且精警。才许敌孟坚，笔休夸谷永。世系考终始，国政辨宽猛。铅椠佐史编，引绳补断绠。语分方策光，地为桑梓幸。瑶函须久观，诗学姑暂屏。"后又分题三国七律三首，文多不载。余用昌黎《酬卢汀望秋》诗韵酬之，渠复答和，有云："倘使吾师跻台阁，超然良弼出傅岩。大作应早付剞劂，畴办河淡与海咸。"亦有慨乎其言之也。

## 二〇

秋日晒书，于旧书箧中得往年余芰翁写寄崇大中丞索和诗，叠韵共十首，漫摘录于左。《成喆亲王宣城见梅图》为山阴谢东墅少宗伯作，画、书、诗可称三绝。卷中有宗伯元作及王扬州《咏梅》一律，因递和其韵题于后："故山春色扑征衣，一路寒香引涧扉。德傅还朝诗入画，贤王泼墨兴遄飞。衰迟获揽烟云概，童稚曾瞻日月晖。记得执经邀奖藉，特将一字慰调饥。"又："瓣香松雪有传衣，铁限千秋许叩扉。行笔精遒追蜀素，小书妍妙夺灵飞。美花修竹富新赏，璞玉良金含古晖。底事晚年趋险劲，空山道士不胜饥。"《放鹤复还，叠用前韵》："弄影阶前门舞衣，烟霞应忆旧岩扉。怜卿岂是樊笼物，挈我犹将寥廓飞。游遍十洲仍碧落，梦回三岛又斜晖。空山记与梅相守，啄尽寒香不耐饥。"《忆梅，用前韵》："肯把缁尘染素衣，千林合还护岩扉。镫挑山驿雁初叫，篷撇江城花欲飞。狼籍远香风作态，横斜疏影月铺晖。热肠到此清如洗，细嚼冰苔亦乐饥。"《谢芰芗[①]送建兰，用前韵》二首已见前册，余不备录。芰翁近已闲居，久不通札，检其手翰，如亲光霁云。

## 二一

季秋，与榴厓同用昌黎《秋怀》韵前后五首，又用谢宣远《秋怀》"串"字韵二首，又衍"串"字韵为七言二首，文多不可摘录。杜小鹤自邹寄来一绝："欲睡无眠起问更，蛩声四壁一灯青。秋来入夜潇潇雨，不是愁人也怕听。"即和答之。潘松岩寄示《秋日杂感》八首，仅能和二，渠亦未更答。略载其首章："处处兵戈羽檄飞，横流沧海欲安归。妖氛惨澹迷丹极，杀气苍茫绕赤畿。杞国愁深天恐坠，华胥梦杳事皆非。谁知身世无穷感，搔首西风对落晖。"张竹轩自德平寄示《中秋待月》二绝，乃是和它人韵者，亦叠答之。

## 二二

阳月又赴棣郡送科试，榴厓送行二律，有"十月冰霜犹乍结，小春桃李又新开"一联最佳。郡垣高柱峰题拙诗册后，并以志别一律，起云："旧雨欣重遇，新诗喜乍成。那知才握手，旋欲问归程。"是年学使考教官，又以余名为首，口占《自嘲》二首，榴厓赐和，有"鸿文堪寿世，压卷誉非虚。及锋原便捷，一笔扫千军"等句，不尽载也。张仁东明经以近作《读南疆纪事》二律索和，余与榴厓共和之。渠和我旧作"聊"字韵，押"茅聊"极新。强余再答，乃用《说文》"聊"字训凑句，时余方患耳疾。

---

①底本作"香"，据上下文改。

## 二三

自重阳望邹信，冬至后乃接竹报，榴厓见慰以诗，有"半年烽火连千里，一纸家书胜万金"之句，极切，惜蓝本杜诗全联，未免出之太易。渠更叠一首，押"断、金"，别是一义。柱峰自商河寄来叠和"程"字韵："吟怀争慕谢，信息早知程。"用程夫子访道事，殊不敢当。时值连日雪，即以立雪答之。

## 二四

雪中，榴厓用放翁《大雪歌》元韵见赠，彼此各三叠，略记其起句，首章："肌粟频起天欲雪。"次云："思乡昔有赵松雪。"三云："郢歌三度阳春雪。"后又倒叠前韵各二首，文多不可摘录。余读《唐鉴》作一首，中联云："官家何尝负朱三，宰相仍留待郑五。"榴厓叠和二首，押"五"字云："蓬户贫士剧可怜，岁终痴送穷鬼五。"又"阆仙除夕曾祭诗，仿古亦献辛盘五。"皆极精切。

## 二五

除夕，始接听泉大亲翁腊日诗信，《东山纪事》一绝："天时人事竟难期，孔子东山世所知。毓秀钟灵生至圣，却教胜地铄王师。"时邹东境有教匪，知已平，亦甚幸也。《见忆》一首："君居北海滨，八百五十里。自从申年出，别家正一纪。君言怀故乡，我言思君子。相赠无别物，来去一篇纸。无论工与拙，道其情而已。"来札迟，余作答有"新诗寄到是明年"之句。余次日答句："天公知我怀君意，要作开年第一书。"

## 二六

辛酉开正四日，榴厓招饮，即席得句，渠和，起四句云："依旧升平景，争邀社酒忙。幸逢新岁月，先献敝壶觞。"元夕后，城门昼闭，则迥异平时景矣，亦可叹也。人日后，南皮张茂才曾绂来谒，即畅谈声病。别后，渠用往年何太史赠诗扇七古元韵作一篇见贻，以后连日叠此韵，至于五、六，余辞以更赐它韵，勉强学步。渠即用谢公《斋中读书》韵寄一首："朝霞丽中天，夕飙息林壑。睹兹景悠悠，间以烟漠漠。努力媚春光，无心嘲燕雀。孤馆洒扫净，双雏诵声作。岂骛千载名，差胜终日谑。昔人爱郡斋，今余卧草阁。虽云境遇殊，同此赏心乐。但能外形骸，何暇论寄托？"余即和答。张字小云顷写其旧稿一帙，相质古作，力摹东坡，有《雪中用聚其堂禁体元韵》"而我独思蔡州勋，滕六奏功元济灭"句，尤警策。又《雪晴》绝句："雪来天地隘，雪去天地宽。只一来去顷，顿改天地观。""雪来何处来，雪去何处去？却疑天地外，别有藏雪处。"皆妙手偶得之句。榴厓亦叠小云七古韵，相与赠答二首，文多均不载。

## 二七

乐陵为团练闹事，自燕九日来，城门昼闭。冉冉二月半，仍是东门不启。日坐愁城中，情况殆不可言。小云寄诗《劝餐》一律："枯琴独抱向谁弹，才得相亲见面难。李广数奇刚未遇，廉颇年老幸加餐。天公著意羁游侣，人事何心恼长官？赖有兰亭临本在，萧斋百读敌春寒。"结句谓得余去秋"串"字韵五、七古四首，渠亦叠和其二。余不更答，实畏难耳。

## 二八

松岩客冬作《大雪》诗，用坡公"尖、叉"韵，中春始袖以来。余因前馆郑庄时，用此韵前后作六首。往岁与榴厓又叠韵作二首，押法不能更出新意，渠意亦不能翻新。"元圃有田皆种玉，琼林无树不飞花。"是其佳句。渠示以《出郊见杏花》一首："杜门久不出，忽忽春已半。风和草气薰，节至鸟声变。杏花开正繁，万朵红云烂。老去惜光景，对此辄增恋。繁华讵几时，零落行可叹。沽酒向旗亭，一壶聊自劝。"居然独胜，合备录之。

## 二九

家藏《汉兖州刺史杨叔恭碑》残石一角，小云得拓本，嘱题其颠末，为附注于左。小云题其右七古长篇，亦合备载，其词曰："从来文士矜好古，穹碑大碣征齐鲁。叶公好龙久见嗤，斐敏射彪何足数？鱼台马君东泉甫，太翁司铎于单父。金石之交重两京，获兹巨野昌邑聚。文不满百石一拳，室藏无异歧阳鼓。水经地志考索详，求其根柢穷初祖。兖州刺史茂陵杨，即地证人非莽卤。正侧更存陈留名，岂但笔画如钗股？我昔未晤东泉前，一纸购自刘氏贾。手持翠墨诧奇观，心为断碣庆得主。甄文考期愧未遑，抱残守缺颇自诩。书势况足定时代，斯真汉刻吾敢赌。想见此碑兀道旁，久蚀苔藓饱风雨。神呵鬼护二千年，仅剩吉光一片羽①。退谷录内偶见遗，阮相书中竟未睹。倘再不遇知音收，定为砺石困樵谷。翁之巨眼今寡双，感激使人恻肺腑。世间珍异逾恒沙，久辱泥涂同垒土。安能历遍山之颠、水之浒，一一缺陷为之补。噫嘻！我愿太痴亦太苦，片石已堪空侪伍。愿君世世勤摩抚，深夜恐有雷电取。"章末致慎守之意，益觉古道照人。后又叠韵赠答，文多不载。

三〇

德平熊少府能诗，所著《浣花阁诗草》已付梓，无印册，乃抄卅首，由竹轩处转来。顷与榴厓共观之，和其《春日即事》二律，原倡云："春光如画柳成眠，绕郭人家锁碧烟。廿四香风挑菜节，两三点雨卖饧天。落花清昼莺儿梦，芳草闲门燕子年。镇日诗情羁不得，曲阑干外酒帘前。""处处笙歌驾小航，踏青时节醉流觞。一春心事怜红豆，三月韶光上野棠。杨柳和风芳径软，梨花疏雨画楼香。鹧鸪啼过前溪去，几许柔丝浣别肠。"余爱其《七夕词》尤近古，即记于左："虫声入夜鸣金井，云散天空筛月影。耿耿长宵人不眠，盈盈一水秋光冷。秋光萧瑟竟如何，仰视双星敛翠蛾。人间自古多愁绪，天上应无离别歌。深闺此时理砧杵，望断长安几三五。金风飒飒雁声声，玉露无尘铃自语。雁声铃语太无情，汉户分明彻底清。镜里菱花照不厌，机中锦字织难成。世人但乞天孙巧，谁道天孙长不老。可怜多少儿女情，翠袖红楼看到晓。"末段"世人"前节去八句，因韵脚参差，似有误字，俟校刻本。少府名裕棠，号兰坡。

---

① 底本作"雨"，据文义改。

## 三一

松岩寄示感事诗,起四句尤佳:"纷纷何日定,群盗起如毛。雾结妖氛暗,星占太白高。"余依韵和之,渠复叠答云:"郊原生意满,水暖长溪毛。远树浮天阔,轻霞冠日高。我诗如岛瘦,君句比韩豪。欲识相思处,踟蹰首自搔。"余复勉和,起云:"会有闲居赋,无须叹二毛。"切姓敷词,人以为工,究是小品。

## 三二

榴厓用太白《春日醉起言志》韵见寄,彼此各四叠,讫无好句,押"楹"字尤难。渠初稿云"座仅充两楹",后叠和云"卜居叹絜楹""储材栋与楹",皆有痕迹,不具列。题余诗册一律:"锦囊佳句得由天,尤喜耽吟在老年。为有芝兰联臭味,堪增翰墨结因缘。文心巧拟雕龙勰,诗史浑追司马迁。妙似阳春霏白雪,如珪如璧肖方圆。"未免过为揄扬耳。

## 三三

柱峰寄示《静居》诗数首,录一:"静把尘缘扫,闲中得趣多。世情须摆脱,心境贵平和。炉篆香初袅,冰姿雪后哦。垂帘课《周易》,爻象几编摩。"勉和二首。余素著《励学篇》十八章,去冬腼颜付梓,柱峰见之,为作弁言,文多不载。竹鹤有札来,谬称:"回环雒诵,觉颜之推之《勉学》逊此才华,陆士衡之《连珠》无关性命。以六代之文章,衍千秋之道脉,儒林文苑一齐俯首。"

## 三四

松岩示以近作《偶成》一首:"衡门聊自适,遇物亦忻然。燕若客新寓,花如人少年。闲时临水坐,醉或把书眠。问我何营虑,平生但信缘。"《漫兴》二首,录一:"鸭头波涨柳含烟,二月韶光剧可怜。微雨杏花寒食节,东风芳草踏青天。出游聊复乘清兴,行乐终当让少年。却喜太平今有象,村村社鼓正喧阗。"《感事》二首有句云:"军兴多岁月,战殁几沙虫。"

诚有慨乎其言之也。

## 三五

小云题余前五年诗册五古长篇，起云："先生君子儒，不仅以诗见。即以诗论之，亦足称雅善。"榴厓以《柳眼》《杏靥》等题索和，与小云共和之，都无好句。和余《饯春日》"忙"字韵，乃至五叠，略记其押"妆"字数联："麦为风多摇远浪，花如人少斗新妆。""手挥退笔惭花格，心折奇文抵靓妆。""时向醉乡寻蝴蝶，偶看娇女学梳妆。"榴厓押"妆"字一联："推敲未叶东丁韵，浓淡难描西子妆。"以"东丁"对"西子"，甚工。但本事似是"丁东"，俟考。松岩亦和一首："除将觅句看书外，终日都无一事忙。贴水圆荷擎翠盖，翻阶红药试浓妆芍药有此名。涛鸣旋报煎茶熟，风过时闻煮茧香。自笑出门何所诣，知君端不厌清狂。"

## 三六

首夏无聊，集《文选》自遣，如"阳春布德泽，首夏犹清和"之类，得二拗律，榴厓用其韵见和，首四句云："采得萧家选，裁成郢客歌。继声难仿佛，集句独调和。"小云赠句："餐花新得神仙馔，集句浓熏班马香。"亦谓此也。松岩以时人《挽亡将》诗中联，以"弟孙"对"昆季"，不知"弟孙"系何语。余疑是人名字，小云以韵府查之，果是祭遵字也。但上句"昆季"借对，殊未为工。因戏为一联："还乡佩印朱翁子，选士投壶祭弟孙。"惜无人可赠耳。对法较彼似有不同。

## 三七

自正月晦日得雨山博士来札，知小鹤于人日前归道山，心甚悒悒，为挽言三百字寄之，三月无来信。孟夏，始复得雨山自济州递信，知三月八日逆匪到邹，渠现避居济上。小鹤免受此警，亦未始非福也。噫！适于旧本《唐诗》中得小鹤诗片，盖其藉阅时夹入者，中有二字推敲未定，故未脱稿，并为记之。"春来强半为诗忙，枉以诗狂减酒狂。札至频劳吟好句，为君一瓣炷心香。""好友同官事最新，相逢况值艳阳春。劳君十日九相过，作客都忘是客身。"是己未春同篆时笔也。手泽如新，而芳徽永谢，亦可叹也夫。

## 三八

汪松樵大令数年前旋里，匆匆一面，不知其能诗也。别后，人言其诗稿已付梓，怪其秘不传观。顷与小云言及之，小云自其邻舍觅得第一卷，名曰《蕉窗呓语》。盥诵一过，其七古杂言《台湾纪事》《题〈华山观云图〉》等作，学韩、学苏，居然方家举止，文多不及录。录其小诗《咏山中花木》二绝句："红黄紫白斗芳娟，瑄染秋光亦可怜。过客无从分种类，丛开问尔为谁妍？""古木干霄阅岁年，匠人弗愿得天全。深藏岩穴翻成幸，用世真能值几钱？"又《臧三耳》五古一首："人生具五官，其耳本有二。云何公孙龙，偏持三耳议。亦如南华鸡，三足鸣得意。足有运行者，两足能履地。耳有主听者，两耳非虚器。一与两为三，是谓三耳备。鄙哉辩士言，专斗齿牙利。两耳两主听，两耳可云四。两耳一主听，两耳可一致。彼矛攻彼盾，舌锋将焉避？圣贤言不刊，止在平与易。"松樵本名荆川，后更名丙新，现又出山，需次南省，消息久不通矣。

## 三九

月晦修容，偶成一律，起云："兀自孤高不可言，萧斋枉对洗头盆。"乃是戏句。小云叠和，三押"盆"字：初云"顿如脱去望天盆"，次云"满拟须臾雨泻盆"，三云"几几频倾老瓦盆"。句益工，不备列。其叠和"和"字韵二首，录一："良时不易得，吾辈且高歌。战略惟闻抚，兵机总议和。未能抛翰墨，难更谢岩阿。矍铄今谁健，还应属伏波。"榴厓和此韵，结亦云："矍铄翁堪颂，芳踪溯伏波。"不约而同，可称豪杰之见。

## 四〇

史云门世讲以教职改捐县丞，由丞而令，分直隶候补，又分属河间，捧檄便道旋里，小云有诗赠之，余亦次韵奉一首，渠即答云："君诗摇岳复凌州，笑我云山作宦游。廿载文坛资月旦，一笺奇句豁星眸。空悲丑类平无策，谁是元戎壮有猷？何日齐东听奏凯，鸿音寄到解千愁。"此韵后与小云数叠，记其后四句："文章声价归清论，风月情怀寄远猷。曾记剑南诗句在，出青天外始无愁。"又押"猷"字一联："儒风雅慕陈师道，仙侣如联竹务猷。""竹务猷"见《麻姑仙坛记》，句新。

## 四一

余自五月朔雇役自邹回，得小儿来禀，知邹、滕间于三月八日后至四月八日，一月中遭南匪大劫，室庐尽焚，先世收藏书卷并自著诗文集、杂作若干卷，俱为灰烬。痛心之至，无复诗兴。榴厓寄诗相慰，前后四首，录一："莫惊鼙鼓起渔阳，姑向兰陵觅酒香。两袖风清原洁白，七旬躯健谢岐黄。扶鸠矍铄情须惬，听燕呢喃憩亦忙。遥忆鲤飞宜破壁，泥金信到慰高堂。"六月朔，又寄四绝句，录一："榴开不似去年红，冷落枝头怅晚风。幸有斜阳相对映，残花残照两情同。"

## 四二

六月六日连雨以后，余强为诗"连朝雷雨作，于卦当簊解"一首寄榴厓、小云共观之。韵颇险，榴厓和二首，摘句："姑飞伯伦觞，且持毕卓蟹。""鳏生忙嫁衣，倒绷愧乳奶。""委婉谕后生，劳如育婴奶。"小云乃至七叠，押"奶"字尤工。"余事采方音，妣毑媪婢奶。"自注五字：见《广雅》，均称母也。它句如："属和潘江后，一蟹逊一蟹。""深恐吾其鱼，尤觉心似蟹。""譬如酣醇醪，对菊擘霜蟹"句皆工。其阅榴厓和韵，即押"冯澥"句云："佳名久媿苏，门下有冯澥。"自注，《宋史》本传："文师苏轼。"更是意外之获。

## 四三

紫溟自滨州寄慰邹邑遭劫，殷勤甚厚，并寄其近作《杂诗》十五首，亦投其所好之意。弋取二首于此："灼灼花照地，朗朗月当天。为欢才几何，时过境已迁。花残能再发，月缺能复圆。月圆须一月，花开须一年。花月皆有待，不如及目前。"一"芸芸千万人，人中惟一我。以我曲体人，洞然若观火。使人如我意，往往无一可。役人勿太劳，太劳必终惰。责人勿太甚，太甚或致祸。反身当自知，奈何行弗果。"二余皆依韵和之。

## 四四

柱峰自商河寄诗，叠"多"字韵二首，其一联云："书喜儿童聚，诗经岁月哦。"自注：匪徒过青州时，书箱幸得小儿收拾完密。较之吾宅被焚，吉凶迥殊矣。又一联云："但愿槐枪息，应关将相和。"则为彗出言之。

## 四五

张罗若自德平寄示其和答熊少府诗一首："微官曾不叹沈沦，寂寞萧条况味真。为近衰残聊习静，因逢丧乱转甘贫。旧书课子从头读，好友谈诗把臂亲。自幸身闲无一事，炉香茗碗逐时新。"余亦依韵和之。熊诗甚多，不备录。

## 四六

伏日，小云出"凤"字韵五古长篇见赠，略曰："先生本高人，眉宇已殊众。耳聋是寿征，医家言可讽。双眸尚炯然，面色不梨冻。况有文在手，银鱼掌中控。行当与君期，高冈听鸣凤。"余勉和答。又蒙叠韵，有"松风琴一曲，梅花留三弄。言言沁心脾，快如冰解冻。遥想君子堂，雏凤随老凤"等句。渠又示以和史比部转韵七古长篇，余亦依韵勉作继声。倡和正殷，而西关劫盗大作，白昼横行，小云不能答和，仅以四句了事，亦甚可叹。其四句云："厌禳欲倩石敢当，蒿目苦无济时方。冠裳倒置已如此，作颂犹称堂哉皇。"自注：下当转韵，只好以不转转之。时六月二十日也。

## 四七

立秋前三日，榴厓寄一律，起云："近秋天气剩余炎，遥忆莲湖启镜奁。"

余与小云共和，不期韵脚同押"香奁"，渠再答，用"络秀奁"，则近戏矣。前和紫溟五古四首，小云亦叠和之，其次首有句云："胡为乡曲间，纷纷日作伪。中土非夜郎，自大不知愧。譬彼养骄子，长成多无赖。"诚有慨乎其言之也。"两瓮荷发一枝花"。渠成一绝见示，即为和答。

## 四八

七月朔日，小云寄一律来："劝君莫恨鸾栖枳，愧我真同虱处裈。酒可治聋秋社近，诗能愈疟杜陵尊。星躔欲问谈天衍<sub>自注：时有'来月朔七政献瑞'之说</sub>，敌忾谁为击楫琨？无限关情愁绝处，会当一雨洗烦冤。""冤"字韵不易押。余答和用"释之何日为廷尉，会使斯民自不冤"。后又四叠，文多不载。榴厓又出"帘"字一律，亦叠和再三，摘句："柿叶挥毫权代纸，芦茎织箔暂为帘。""指日珠仍还合浦，此时花暂隔疏帘。"小云和句："氓蚩又复戈耀日，蠖屈甘同镜在奁。"七夕之前，小云寄一律，有句云："牛女明朝应有泪，马卿今夕可行沽。"对法假借，亦是戏耳。

## 四九

兰坡少府寄和用杜韵《赠卫处士》一篇，略云："韶华似驹隙，秋气叶金商。风尘惊老大，两鬓色苍苍。何时遇文宴，重过深柳堂。桑榆嗟景迈，子弟慨膏粱。抱闷披书卷，无心醉壶觞。"古韵铿锵，当写寄听泉于邹，共为欣赏。

## 五〇

七夕之后，西关有白昼抢劫之案，居民各逃无踪，小云亦不能止也。余闻甚为悲悼，即寄一诗，小云答云："八口飘零莫问因，孤踪落落总依人。离怀别绪浑如梦，欲止仍留似有神。意外河梁空惹恨，眼前消息苦难真。传来妙笔堪珍重，差比红莲不染尘。"后又三叠，结云："略酬高谊浑忘陋，泰岳襟期不让尘。"又用此韵作感事诗，有句云："料应国事同家事，讵肯秦人视越人。"松岩亦有感事诗："豺狼犹未灭，蛮触且相争，何处为安土，伊谁杜乱萌？那教兵柄擅，直为吏权轻。时事今如此，临风涕泪横。"
余与小云各和二首。

## 五一

兰坡又寄《秋夕感怀》七古转韵一篇索和，合备录之。"秋风飒爽透
罗襟，秋月澄清浸竹阴。风月无边此良夕，但闻四壁草虫吟。玉露瀼瀼天
漠漠，破蕉喧径桐花落。万籁无尘人悄悄，疏钟相间秋城柝。秋城空廓秋
气清，月明鸦雀噪新晴。冰簟银床眠未稳，邻家何处理瑶筝？筝声未罢笛
声起，夜残云净天如水。枨触羁人愁复愁，秋心寒落知何似？"余依韵答之，
顿失故步矣。渠来诗甚多，佳句亦甚多。余有怀渠二绝，记其佳句附后。"青
霄万里夜沈沈，此际怀君不住吟。记得新秋佳句在，一湾河汉洗天心。""他
乡异县苦吟身，握手相看有梦因。坐也无聊眠不得，传来佳句更清新。"

## 五二

中秋，小云有《谢丁胙》一律，亦再叠韵，稿偶不存。和余怀兰坡句：
"读罢怀人双绝句，感公一片爱才心。"

## 五三

松岩寄示《漫兴》一律："性僻厌纷嚣，柴门日寂寥。风蒲藏睡鸭，
烟柳集鸣蜩。物外闲孤往，花间醉独谣。疏慵甘自放，混迹向渔樵。"余
次韵答之。榴厓村居寄二律，有句："霓裳未得寻蟾窟，云树何妨寄鹿门？"
是年秋试停止，故云。又用陶《归田园居》韵寄余一首："开箧理旧业，
文艺堆如山。譬若农纬末，力田冀逢年。世路多坎险，寸衷凛冰渊。勉下
董子帷，复辟庾信园。师生欣重聚，绛帐咫尺间。有疑得质辩，诗筒续从前。
借箸代忖度，隐忧化云烟。但安虖水曲，勿思绎山颠。优游堪娱老，休征
在清闲。中秋节逼近，且看月皎然。"此韵甚难布置，余因前曾两叠，兹
不敢复作，乃改用律体答之。

## 五四

小云赠《花瓜》诗，各四、五叠，不备录，录一："孰为逆旅孰为家，况有良朋复有花。秋士秋芳成会合，说愁说梦总风华。无端冻雨连阴雨<sup>秋</sup>，谁卜朝霞与暮霞？客邸联吟忘是客，葩诗鲜洁等晨葩。"兰坡又寄《中秋》一律索和："凉宵对月爱勾留，转为他乡怕倚楼。邻院管弦频度曲，客窗风露又吟秋。感怀恰值更三点，遣兴聊消酒一瓯。桂魄冰轮千里共，可能飞梦到扬州。"次韵和之。

## 五五

榴厓索观拙《诗话》续册，题后一律，又用"料"字韵，各三叠，摘其句："尤喜微名叨骥尾，何妨拙咏愧蜂腰？""缥缃幸得前编续，梨枣还谋后日雕。"它句称此其三押"料"字："汇集编年费理料""纷纭世事岂能料""五朵云来早及料"。余和第三叠，用"那同鼓小谓之料"。渠校正"鼓"当为"鼗"，遵即改之。

## 五六

小云寄《感事》一律："南望烽烟唤奈何，唾壶击缺且狂歌。家如逆旅安巢少，事等残棋覆局多。雨后秋怀增惨澹，病余诗骨任消磨。惟应高唱公无渡，一水盈盈指洣河。"时雇勇往洣口防。杜诗亦三叠，不备录。

## 五七

小云处有前明河间茂才纪厚斋坤《花王阁剩稿》，其感切时势与今兹略同，弋取数首于此。《下第》云："儒生困寒饿，侘傺恒嗟吁。国家钟鼎养，岂以供尔娱？艰难求俊彦，将使忧患纾。假尔十万师，手握铜虎符。风尘满河洛，自信能平无？不如安尔分，从我持犁锄。"《所闻》云："出门复入门，忧心日草草。何时黄巾平，骨肉得相保。治乱相倚伏，此理信穹昊。河清会有期，恨我生太早。侧闻阃外事，功罪日纷扰。恩怨亦人情，吾敢怪诸老。

且愿缓报施，稍待风尘扫。"《登泰山》一律："何地能消郁郁情，且登泰岳望蓬瀛。无人到处方孤立，有路通时更上行。四面愁阴千里合，一声恸哭万山惊。儒生未可讥封禅，终是能逢世太平。"《登内黄城楼》一律："忧天亦觉杞人愚，此际忧来不可祛。风日苍黄群盗满，山河破碎一城孤。通儒谋国多书卷，上相筹兵只地图。宗庙神灵应闵念，昭陵石马几时趋？""地图"句自注云：总戎出政府檄，有"检验舆图，黄河在前，滹沱在后，天险足恃，增兵何用"之文。它篇类此，不胜录。再记其七古《醉歌》一篇："十里五里桃李花，东家蝴蝶飞西家。春风引我信步起，青鞋蹋遍溪边沙。欣然一往忘远近，黄公墟外垂杨遮。百钱偶尔未挂枝，村翁熟识犹容赊。自斟自酌自吟啸，不知返照蒸红霞下删六句。痴儿未可嗔大醉，老子此乐真无涯。行过浅水见蝌斗，爱尔不作官虾蟆。"又一绝："青史空留字数行，书生终是让侯王。刘光伯墓无寻处，相国夫人各有庄。"自注：刘炫与冯道皆景城，人道故居至今称相公庄，其妇家则夫人庄也。又《景州塔》一绝："云梯面面礼弥陀，犹是开皇窣堵波。诸佛慈悲竟何事，坐看十度换山河。"茂才一生落拓，顾诗卷长留。至曾孙晓岚公乃大显，为之授梓。诗人具此怀抱，自比稷契，不在其身，在其子孙，亦足为诗人吐气。吾家明季超黄公著作最富，诗文集先君子都写副本。今春乃遭大劫，俱为灰烬，对此益增悲叹。中秋以后，乃得听泉大亲翁诗信，皆孟夏前诗，述邹、滕遭劫情形，甚可悲伤，如"兵勇护邾国，虐更甚于贼"等句，指事陈情太深痛切，皆未能继声。却寄拙作《哀无宅》三首，亦不索和也。

## 五八

熊少府秋来屡寄示七古长篇，不备录，弋取数句："西风斜拂北窗凉，河桥西照秋水长。白露蒹葭各一方，天南地北几回肠。"又："河汉无尘玉露湿，晶帘斜卷流萤入。""晴空云敛涌水轮，夜凉人静寒蛩急。"皆未能答和。

## 五九

重阳前日，榴厓寄诗云："寂寞空堂对短檠，徘徊孓影到三更。陈编过眼神先倦，琐事关心梦不成。借酒消愁仍未醉，裁诗散闷苦无情。有怀屈指重阳近，雨雨风风定满城。"后又叠韵见赠，有"心切桑梓千里忆，手裁锦绣八叉成"等句。又因小价被遣寄诗，有句："尘世逢人如意少，官衙觅仆称心难。"各已叠答。

## 六○

小云顷作《念别》一律，结云："无能累亲故，踪迹笑穷猿。"榴厓和之，余亦继声，不能工也。寄示《对菊感怀》五古三十韵，浩瀚之极，无能和者。览余赠答诗一册，题用"啸"字韵，后各已七叠，榴厓亦三叠，文多不具列。仅载小云原唱："一编缟纻词，朗然花四照。耐人十日思，奚止供睇眺。大事亟表扬，诙篇杂啼笑。丹铅愧未工，莫由言其妙。恍登泰岳颠，微闻孙登啸。移情海上琴，谬欲附同调。"

## 六一

世传陈希夷《心相篇》有云："何知明经教，职志近行拘。"余览之而叹，因戏为一绝寄榴厓："袖中勿问刺生毛时小云用此典，未知所出，心相从无差一毫。志近行拘堪信否，欣然相对是吾曹。"小云见和，前后五叠，录一："岂似山鸡炫羽毛，凌霜健笔试霜毫。自安澹泊明心志，莫怪儒官是冷曹。"榴厓亦和二首，乃借韵别咏它题。阳月之望，寄余一律，句云："宝镜仍瞻千里照，冰轮已见十回圆。青云得路皆新侣北闱新放榜，赤壁重游话旧缘。"

## 六二

县幕刘君恩鸿投余一诗："牛耳骚坛久著名，瓣香私向有余情自注：前在嵇春原山长处见大作云云，鸡林购集英华远，槐市传经大道行。先取瘦羊真博士，曾从戎马愧书生自注：顷在省垣守城旬余日，朔风欲立程门雪，来听鳣堂讲诵声。"即叠韵奉答。次日相见，知渠系历城辛亥孝廉，字鼎臣。又和其《有感》一律。

## 六三

腊月十日,值亡兄伯府孝廉生忌。念平昔所集《家烈妇志》一册,并亲朋挽言原稿,总粘一册,今俱造大劫,化为灰烬,无复存者,行箧亦无副本。所有汪梦岩师、吴礼石太守诸家五古长篇,皆一字不能记。其他若花南村七律四首,亦复茫然,尽归于无。惟记诸城诗謦倪五在中五律前四句,亟录于此,以志勿忘,其诗曰:"携手归仙去,回头物自齐。古今同昼夜,生死是夫妻。"吟之为挥泪不止。虽有它作,亦不复涉想。吁!可叹也夫。

## 六四

腊日,始得斌儿来禀,知邹、滕间于八月、十月又两次被南匪蹂躏。幸早避居南阳湖中,寻一训蒙馆,携家口俱往,得以全生,少为慰心。小云寄贺云:"闻说西湖水,能当十万师。地偏容啸傲,世乱识安危。凫雁堪为侣,莼鲈漫系思。因君剖双鲤,翻惹我情移。"榴厓寄一律,前半云:"南雁飞回道路难,传来一纸报平安。藉知莲浦身栖稳,从此椿庭心自宽。"又叠和"兴"字韵前后三首,皆慰言也。惟押"蒸"字,用柳文贺失火之意,未免曲为之解,不忍细读。

## 六五

紫溟自滨州寄其近作,与友人倡和七律十余首,悉用险韵,不容刺取。勉和二首,欲得其答篇,迫岁杪,恐未易觏。记其警句:"晚来岁月风霜紧,乱后河山草木枯。""一年浩劫经重遘,六丈长星或应占。""不道劫尘吹欲到,始知福地世无多。""我素寡交胸落落,君更多识腹便便。"

## 六六

冬杪,榴厓集药名诗有"双花"二字,不见《本草》。叩其由来,则云李氏补本有此名,"双花"即俗名金银花也。余因忆外祖随缘公小园中曾有此花,今亡矣。夫童时见随缘公作《小园惹笑歌》一篇,今其集被南匪大劫焚烧，无从寻觅。冬夜无聊，尚能默忆，起结不错，中间容有一二字讹误，大致如此耳。急为记之，其歌曰："小园仅有九分八，也种些胡芦也种些京瓜。井畔桃李两三株，更添一架金银花。筑得茅屋一间大，略可容膝未足夸。床头仅有书数卷，壁上尚挂一琵琶。时弹时读时吟诗，这却有些没大差。门亦不须关，篱亦不须插。有时客来过，小炉自煮茶。既来都系相好，贫穷不怕笑话。沽酒且欲留饮，可惜没个鸡杀。东邻借得米盐，西舍乞来鱼虾。或唱西江之月，或嚎刘郎还家。醉的即似螃蟹，园中任尔横斜。你且吃干钟给我，我好吃干给他。"

## 六七

封篆以后，见明年加科文书，深恐吾东被难处多，必致偏枯，且南匪出没不恒，亦难勉强办理，意甚憔悴。出以韵语，刺刺不休，乃得五十句，小云见之，即为赐和。开岁同治纪元，榴厓索观拙稿并小云作，又依韵叠和，文多不及写。

## 六八

元日，小云有诗来。次日逢余初度，余用其韵作二绝，渠即答云："良辰七十又三年，更祝椿龄迈八千。介寿恰宜此春酒，新词早自选青钱。""爱才忘分更忘年，弟子拟陪员半千。欲向衙斋充贺客，莫嗤后至不持钱。"听翁自邹寄至《除夕见怀》诗，亦押"年"字韵，记其第一首："腊前腊后有余腊，年去年来无尽年。君在异乡常作客，一逢佳节一凄然。"又自叠一首："算甲欣欣夜懒眠，灯边细数杖头钱。来朝仍对贤人酒，贺我七旬又一年。"渠叠《除夕》韵前后六首，押"年"字外，又押"钱"字，有千里相同之趣。

## 六九

迎春日，榴厓招饮，小云即席呈诗，用其自作《岁除》元韵，余亦勉和一首，榴厓答和，结句："高轩此日东郊过，才了迎春便顾余。"次日，小云叠和见酬二首，录一："丽日和风散广除，逢春谁寄陇头书？雕虫薄技浑忘拙，画饼微名已悟虚。马颊河边新岁月，南皮亭畔旧田庐。雪泥鸿爪分明记，狂态依然固是余。"榴厓复和见寄云："笔墨生涯老不除，家贫剩有一床书。门前冷落新交少，桃李萧疏旧径虚。"极似代余言也。惟家书万卷，去年同归一炉，对此不免慨然。"虚"字不易押，余乃以"赋子虚""张若虚"趁韵，与之酬答，无能更出新义。

## 七〇

正月二十五日，闻有兵差来过。是日大风，心旌摇摇，乃访小云于西郭茶话。观其壁间诗，有押"怕"字韵者，语颇奇，即效其体，率成一首。小云见和，至于九叠，文多不尽记，略记四句："儒官不劾胡欲罢，此城虽危切莫怕。太守偃武方修文，吾辈翰墨自有暇。"它皆类此。榴厓札来，询近作何诗，答方与小云倡和"怕"字韵。后知误，乃寄余一律，有"不同燕烛传书误，翻似鲁鱼辨字难"之句。后又与小云叠和"难"字韵各数首。

## 七一

小云处有程春海自书《黔游诗》十四首册页，藉观数日，录其七古《迟莺叹》起四句："万花齐放春在枝，万花落尽春在泥。美人老去东风西，忽闻交交楼角啼。"《修文道中》五律起四句："映笠见微雨，隔花闻暗泉。鹭行公子白，莺语小姑圆。"又《春色》七律一首："一夕东皇驻凤车，镂冰裁锦叠云霞。谁知秋后寻常树，遍是春来烂漫花。载酒便将风雨到，求诗宜傍水山斜。紫丝步障青萝屋，何处能藏碧玉家？"略见一斑可也。

## 七二

花朝后十日，松岩袖诗来谈。所有近作七八纸，留读三日，其"歌"字韵七古长篇有慨时事，与拙见相同，正可引为同调，略摘数句："蛮触二氏真么么，相仇日日寻干戈。锄强扶弱生乃遂，养莠胡以成嘉禾？方面大吏独耐事，调停有术殊委蛇。讵知痈溃患滋大，涓涓不塞成江河。"五绝十首，录《晚菊》二首："何事开偏晚，清霜十月天。莫嫌颜色澹，原不受人怜。""秋风摇落后，未敢怨开迟。不有傲霜操，馨香君岂知？"七绝二十首，录《元夕》一首："世故纷纭不可言，满城人马日腾喧。漫云去岁萧条甚，犹有春灯作上元。"又《杂诗》二首："愁时襟袍向谁开，三径荒凉遍草莱。自是春光少分别，年年还到荜门来。""百岁光阴东逝波，盛衰荣悴定如何？试看人事朝朝异，更比浮云变态多。"又《明湖竹枝》，录一："郎情有似湖中水，妾意应同湖上山。青山在眼朝朝见，一去湖波便不还。"又六言十首，摘句："但愿长歌鼓腹，太平作个闲人。""只以卮言日出，方知物论难齐。"

## 七三

中春廿五日午后，有暴风自西北来，其色赤，移时乃黄，至夕不止。余有《记异》一首，小云叠和，俱押"赤如血"。松岩见和，乃云"有似天雨血"，居然独胜。渠又有七古一首，未能和也。时居危城中，日有风鹤，同人虽有倡和，皆无好句，不备列。小云寄《见怀》一律："清明一夜雨，料峭五更风。以我怀君意，知君念我同。松楸劳梦想，桑梓阻兵戎。各有千秋业，相期在始终。"后各三叠。来诗押"戎"字，有云："骚坛论将领，吾子是元戎。"则近戏耳。

## 七四

《字典》"莯"字注："细竹也。"引戴凯之《竹谱》："莯，出鲁邹山，堪为笙。"戴，不详何时人。余曩作《驺峄山录》遗此条，当补书之。"峄阳栗"后，又有"邹山莯"，可见山多名材。"莯可为笙"，与"桐中琴瑟"又是一例并入大乐。壬戌暮春望后二日记。

## 七五

松岩素不好叠韵，兹独于大风《记异》拙韵，前后六叠，初云："赤风自西来，有类天雨血。"继云："初意在调停，终至于喋血。"又云："闻道海棠枝，红点猩猩血。"押险韵益工。载其第六首："少小好奇服，常慕古人节。敢云渥洼姿，千里方汗血。老来转贫困，纳履踵为决。性虽眈吟咏，悟处欠融彻。学之三十年，鲸鱼竟未掣。时时一放歌，聊自破愁绝。深愧非项斯，君犹逢人说。"小云于此韵亦六、七叠，"鹃血""心血"外，又用鸡、狗、马之"血"，则借作咏史句矣。其曰："由来郑广文，所作称三绝。"押"绝"字尤工。在鄙人则不敢当耳。

## 七六

莫春望日，大风又作，不为甚异也。朋友倡和仍多苦语，不缕及也。小云叠韵《赠花》一首："杂花满邻树，隔墙香气闻。折来置瓶盎，一枝持赠君。花意顾我笑，乞邻复何云。我知有同好，直枉何须分？"后半谬为揄扬，可以意会。其和风诗结句："疑有鹢退六，幸未石陨五。"韵脚尤雅。

## 七七

榴厓病后寄小云一律，韵脚有"月团栾""故纸钻"等字，各已数叠。小云用"竹檀栾""燧罢钻"切清明，尤工。余用"栾公社"一典云"乡人置社不名栾"。时东、西团水火益甚，故云。榴厓答句"橙留老态愧香栾"。香栾，橙名，见《群芳谱》，足见博雅。松岩近作《感事》诗，结句："何须七擒纵，急为灭萑苻。""苻"字韵脚尤窄，余强答二首，用"苻洪改姓苻""鬼目草名苻"，不免有意牵引，押韵而已。松岩乃不更叠，复寄《感怀》二律，记其后四句："火未然时犹易扑，川当决后恐难防。不图故土枌榆社，岁岁兵戈作战场。"

## 七八

小云处有王孟亭册页，自写其诗三十余首。字近古章草，小字尤工，诗亦多佳句。查《随园诗话》中有此人，与小仓为宾主多时。乃载其诗仅一句、两句，殆不满其诗也。兹录其《池上》五律一首："晓气侵书幌，清声动碧荷。起看池水阔，一夜雨痕多。鱼换东家酒，书归道士鹅。绿阴双柳外，履齿压烟莎。"孟亭，名簇舆。

## 七九

孟夏，黄冶山自省中寄来《客岁滕阳纪事》七律十八首，可谓越越多业，不能悉载，弋取数句，略见大意："叔绣城连古上宫，万家阛阓九衢通。可怜一炬成焦土，剩有长桥挂断虹。"余不能奉和，乃以自作《哀无宅》三首却寄之。

## 八〇

德平熊少府寄其《病后遣怀》四律，余尤爱其沈着之句："春去空嗟三月暮，老来转觉一生孤。当年旧雨亲茶灶，此日新愁伴药炉。"又寄其《四时游仙》古体诗四首，飘飘意远，不可捉摸。后又寄其《索居感怀》二律，即为和答。

## 八一

小云《送牡丹》诗片"屡次探芳信，今朝雅意酬。最怜经凤雨，只合伴名流"云云，余答云："名花垂赠好，厚意莫能酬。带雨红犹湿，临风翠欲流。"小云又寄近作，有"缚架延牛奶蒲桃名，开樽对鼠姑"句。"姑"字难押，余答以"交逢今晏子，地是旧蒲姑"，聊为继声云尔。

## 八二

榴厓高斋，中乃为沧州乡勇借居，渠因寄诗，有"赋同袍""讲六韬"等韵脚，余与小云叠和之。小云初和，仍用"集战袍""富钤韬"等句，后乃更叠云："日暖宜沽酒，身轻不著袍。正思时雨降，果见晚霞韬。""韬"韵不易变化，余强用人名应之。榴厓又用柏梁体押"咸"字韵三十句枉赠，无能答赋，后见其与松岩、小云倡和七排，乃以排答之，渠复和作，既以排而又以古，文多不载。

## 八三

松岩近作六言诗十首，榴厓悉依元韵和之。小云谓曰："叠和六言，在古殊不多见，当自此始。亦大佳耳。"余勉效其体，仅得四首。因忆少时在邹南别业，先兄即目六言云："荞麦花开白雪，高粱米晒红云。南陌朝朝驱鸟，东家夜夜燎文。"余和句云："一曲一直沙水，半有半无绎云。不信丁子有尾，试看孑孓为蚊。"是乃余叠和六言之始也。先兄诗集自题《詅痴符》，副本尚在行笈，未遭邹南去岁之劫。

## 八四

是年春旱，直至四月初旬乃得雨，余为一律，小云和之，乃至五叠，载其一首："应念甘霖降，祈甘愿竟酬。倒翻三峡水，洪纳百川流。肯为残红惜，还宜大白浮。料知歌既足，处处动民讴。"又句："灯花都带喜，檐滴渐成流。"押"浮"字，用"荷钱一叶浮"，尤为工雅。榴厓和韵，亦用"大白浮"，乃不约而同耳。

## 八五

兰坡少府寄余二律，摘句："笑傲乾坤一樽酒，消磨岁月半床书。""月色夜澄银海洁，冰心人共玉壶清。""丈夫意气存肝胆，词客风怀惬性情。"想见襟怀高旷。

## 八六

松岩赠句，略云："学承濂洛抱遗经，冷署毡余旧物青。先代图书悲劫火，时艰何用独长醒？"榴厓用"咸"字韵效"柏梁体"见赠三十句，略云："儒官原不司民岩，无事默坐退思岩。闲从邺架披瑶函，到眼捷似顺风帆。兴动裁诗脱尘凡，得味岂必在酸咸？净扫百虑仍庄严，讵劳佐史与立监。"揄扬不无太过。

## 八七

长夏无聊，与小云倡和"郢"字韵，渠已三叠，初云："从来说有燕，继之书有郢。"次云："愿运成风斤，鼻垩为削郢。"末云："身世已难量，何暇复哀郢？"又叠"蟹"字韵，各三叠，初云："腹疾患河鱼，积冷非由蟹。"次云："岁早望云霓，私心忧稻蟹。"三云："淹雅如君谟，犹误认蟛蟹。"榴厓亦和此韵，略云："水母则目虾，琐琚则腹蟹。物理非易知，寨须受以解。"再和则借作《老女叹》《盼行人》等篇，与赠答无关，尽为割爱。

## 八八

兰坡寄其《夏日即景》一律，并附及《金陵杂咏》十首，大有哀江南之意，不能叠和，答云："小弟乡居，未尝南行，一步不知江南风景，空中楼阁无能造也。大作留作读本可耳。"其即景一联"竹摇月影帘微蹴，荷浥露光风暗香"最佳。"光"字犯韵，疑是"华"字讹，未及却问，亦吹毛过为烦渎也。

## 八九

七夕，高柱峰札至，有《怀友》二律，载其一："何处寻诗侣，牵怀旅梦醒。有情思画稿，得句想旗亭。海角澜翻紫，山眉雨后青。定知源水活，笔底粲群星。"次韵答之。于紫溟寄其近作《思归》八首，亦摘录一首："久客苦思归，言归殊不可。予昔有季弟，于今惟一我。斗禄不济贫，其家赖举火。伊余谈乐饥，毋乃计已左。"紫溟见余《思归》四律，寄此以为继声，乃古近体，不同耳。

## 九〇

中元，小云寄一律："立秋三日是中元，隔夜人声水际喧。法鼓金铙催月上，渔灯烽火照波翻。却疑今夕□何夕，行过前村复后村。问俗无由聊纵酒，豆花篱畔掩柴门。"余与榴厓共和之，各三、四叠。"元"字韵脚亦穷于词，榴厓押"庞士元"，小云答用"郦道元""柳宗元"，皆用人名。余惟押"翻"字用人名"谁将狂态恕虞翻"，文多不悉载也。榴厓成二绝，录一云："坡老曾经壬戌年，冰轮既望孟秋天。而今游赏无赤壁，对月何妨有赋传？"是年干支巧合，故为发咏。余与小云共和之，各四、五叠，至月晦乃止。小云用昌黎"秋怀冥茫触心兵"句，又叠用老杜《赠卫八处士》韵成一首，结云："蝉鸣白日短，蛩语清夜长。慨然拈旧韵，心兵独冥茫。"同人正苦"茫"字难，更得新语。渠又用柳州《皇雅》"陇野茫"作地名注脚，更成一首，结云："关陕君莫问，依然陇野茫。"又用柳州《天对》篇"本始之茫，诞者传焉"二语作一首，结云："勿令诞者传，致讥本始茫。"二首韵脚实为新奇。余因"茫"系地名之说，查《字典》："茫，州名。唐置郎茫州，在广西化外。"因强押"郎茫"作答，结云："安得驱群鹰，边州置郎茫。"皆所谓因文造情者也。时闻陕西有回、汉械斗消息，南匪亦欲入关，故不免为杞人之忧。

## 九一

小云偶抱小恙，诗以问之，渠即答云："经旬未叩子云居，小疾能闲意豁如。种竹喜逢连日雨，论心聊托数行书。惮行远役贫非病，淹有高怀实若虚。励学一编常在手，恍然面目见匡庐。"此韵后亦三叠。

## 九二

八月朔，榴厓自友人处转来小儿延斌济南寓中来禀一封，余用中元韵致谢，榴厓又用"茫"字韵见答，略曰："秉铎鬲水曲，幽斋积苔苍。有子露头角，远地牵心肠。作室承底法，肯构先肯堂。家书久不至，昨接字数行。知早来济郡，教克迈义方。闻信畅然慰，似渴逢壶浆。"一时情事宛然。后又叠和数首，榴厓押"光"字，用"施夷光"。余谓"西施""夷光"，自是两人，疑其误用。渠乃检坊刻《类书》，西子名下明注："姓施，名夷光。"且曰见《吴越春秋》。余即检《吴越春秋》，《阴谋》篇云：得美女二人，曰西施、郑旦。并无"夷光"二字，世俗书殆未可尽信也。又查"夷光"之名，见《拾遗记》：越得美女二人，一曰夷光，二曰修明。或即西施、郑旦之别名，亦可备一说。

中秋榴厓用昌黎《八月十五夜赠张功曹》元韵赠小云并以及余，小云和答，亦强余和之。其中二语即转处音节甚难凑合，文多姑从割爱，惟载小云起句："逸气喷涌如江河，向来无由扬其波。举头见月忽大悟，恰是中秋宜作歌。"

## 九三

高柱峰札来，叠韵见答二首，其前首起、结最精："不是人皆醉，欣然我独醒。""旧游多白发，应看老人星。"余即叠答，却寄商河。渠署训篆越四五年，亦遇之奇者，宜其欣然自得。

## 九四

是年闰中秋，松岩先成二律，录一："佳节重逢月又圆，清辉不待隔年看。只怜今夕空中影，特比前时分外寒。仍复开筵同旧赏，依然把酒续清欢。人生遇此端能几，吟望休辞共倚栏。"友人叠和，余亦继声，究难得佳句。小云和其第二首，亦并载之："分明把酒雁来天，道是中秋闰使然。与月别刚三十日，如椿重阅八千年。"后不备列。郡寓与同人倡和，紫溟有句云："桂秋重闰思前事，松管先挥仰逸才。"渠自注云：咸丰元年，共赋闰中秋诗，乃倡和之始。

## 九五

紫溟顷寄示《述怀》一律："骑驴忆昔走京华，谁道穷途日渐斜？脚底行踪泥上雪，眼前人事雨余花。残年白发犹为客，老屋青毡不是家。安得买田南涧里，杖履归去事桑麻。"余为叠和二首，渠答，结句："自是端阳仙骨异，非关香饭饱胡麻。"重阳郡中倡和，不备列。靳东旸和一律："已届重阳节，黄花正欲开。登高来约侣，望远拟倾杯。乡信何时到，秋风几度催。插萸忘老惫，缓步且追陪。"彭竹鹤一律："相逢仍抱病，倍受故人怜。

世事悲沧海，诗盟续旧年。倾谈唾珠玉，下笔走云烟。堪忆新丰酒，何殊蓬岛仙。"

## 九六

　　九日之前，榴厓用太白《将进酒》元韵，小云和之，文多不载。余以"何承天，将进酒"三言短篇勉为继声，二友又各叠和数首，不容刺取，略之可也。忆前在单父时，当重九燕集，诗详见《嘉庆集》。复有遗句，先君子作九言四句："有人劝我试作九言诗，我不惯为风云月露词。今日何日兮重九之期，不禁对酒慷慨咏歌之。"其下未脱稿。顷为小云言之，不知九言始自何人。渠言所见九言全篇，元天目山僧有九言《梅花诗》，略云："昨夜东风吹折中林梢，渡口小艇滚入沙滩坳。野树古梅独卧寒屋角，疏影横斜暗上书窗敲。"明人杨升庵和之云："去冬小春十月微阳回，绿萼梅蕊早傍南枝开。折赠未寄陆凯陇头去，相忆忽到卢仝窗下来。歌残水调沈珠明月浦，舞破山香碎玉凌风台。错认高楼三弄叫云篦，无奈二十四番花信催。"杨诗如此。其为九言之始，则未敢定也，存之以见九言难工。

## 九七

　　郡寓小云寄诗，用"自君之出"体十二首，略载一二："自君之出矣，思君十二时。思君不得见，聊作思君诗。""自君之出矣，曾无一纸书。生憎鬲津水，不为致双鱼。"余皆类此，又寄《秋海棠》二律"自郡回过时"，俱未答和。

## 九八

　　童昆榉自京都回，道经乐陵，适不相值，留二律，结云："且把幕囊收拾去，看他苜蓿长阑干。"盖渠亦挑二等，不得意之作。熊兰坡自德平寄一律："凉宵孤坐竹风侵，斜倚书窗月影临。栖畔银釭连夜梦，雨中黄叶一秋心。青山不改常如画，白发频搔已上簪。遥忆故人云树外，论文何日酒同斟？"又一首，有"天阶如水碧玲珑"句，同人叠和，亦无不玲珑者。

余用"抱朴朱草蒙珑句"应之,亦觉凑泊。

## 九九

《秋晚出郭即目》二绝,小云、榴厓各再三叠,略载一二,小云云:"多时不见忘年交,驰骋文坛鬲水坳。笑我闭门风雪里,恰如栖鹘懒离巢。"榴厓云:"亲朋重在币相交,窘苦搜如杯水坳。喑贺连番劳跋涉,日来未得静安巢。"恰如面谭,未可以工拙论也。余元唱亦附于后:"秋气荒凉十月交,青松几处隔唐坳。征人时觉北风厉,指点高梧有鸟巢。"后得雨山信,知邹县消息,又叠韵,结句:"何时一战雷威奋,妖鸟林中尽覆巢。"冬日,小云见余和陶一册,其《桃花源》诗因邹山南有桃源村作,因曰:"南皮亦有村名'桃源'者。"即和一篇十六韵,如一笔书。又复继作,前后四首,文多不载。余仅答和其二,诚知难而退矣。榴厓未和此题,乃用陶《岁莫和张常侍》韵赠小云,兼以及余。其初稿结云:"里句愧貂续,一览应粲然。"次和云:"蜗庐可自蔽,岂拟焦孝然?"韵脚极费匠心。是冬叠和"窗"字韵五律各四五首,"晴"字韵七律各四五首,摘句附后。小云:"沙势回荒塞,涛声壮曲江。酒醁香气溢,茶灶沸声玜。"榴厓:"柯似珊藏海,泉犹岷导江。有怀吟谢絮,无路问潘江。"时松岩久病,故榴厓诗及之。七言:小云云:"人酬竹叶探春色,鹊嗓茅檐带喜声。且斗樽前蕉叶量,不闻窗下冻蝇声。"榴厓云:"行可携炉宜火色,诗能掷地作金声。"榴厓又出《忆梅》绝句索和,原唱"孑然清况忆林逋",韵脚甚窄,吾答以"多恐山灵客谢逋",亦各言其情耳。

## 一〇〇

家藏张稷若诗、古文集三册,乃先君子权济阳司训时物色得之者,后为眷清珍藏之。去年遭南匪大劫,俱毁于火。适于行箧底得贾凫锡小说,册中见草录稷若《题剩和尚诗后》一律,急录于左:"新诗读罢奈君何,泪点青衫较旧多。信是文章能作佛,岂知忠孝转成魔?巫间别出优昙叶,枱榿频翻麦秀歌。我有片言难寄语,深惭缕发尚婆娑。"剩和尚,今亦无可考，要是胜国亡命之徒。曩草此诗于贾册者，亦以况贾云尔。“榼榁”二字，应出方外语，可以意会。余亦不求甚解。

## 一〇一

岁杪，榴厓又出“交”字韵七排索和，记其首四句:“冬烘旧业未曾抛，不觉新年节已交。行夏时应回北斗，迎春日竞赴东郊。”韵各再叠，不具列。又叠和“春”字韵数首，小云云:“新收一卷金罍子，时侑三蕉石冻春。”《金罍子》，前明人著，小云新得此书，说其中多新说。如《左传·襄八年》：“行李，李字当是“岑”，古‘使’字。”余以《左传·昭十三年》别有“行理”字，正其讹，附及之。癸亥新正，天气和旭，松岩寄七古一首：“新正暄暖天气佳此似是借韵，羲驭早回东陆车。化工有意作妍娟，一雨百卉争萌芽。柳染鹅黄初弄色，杏含蓓蕾将着花。晴光浮陇飞野马，曲水抱郭盘修蛇。风和日丽鸟声变，毛羽何在闻呕哑？蓬门不出时未几，春色满眼来无涯。枯槎老卉亦生意，坐令冷落成繁华。时平盗息民自乐，村村社鼓无停挝。而我兴来不暇懒，杖策便拟寻烟霞。更须炉头拼一醉，青旗猎猎风中斜。”诗极有气韵，合备录之。按“麻”韵，只有“嘉”字，此用“佳”字引入，究觉假借。余答和仍用“嘉”字，非故为异也。“嘉”字韵，余与小云各五叠之，文多不载。或曰：“嘉、佳，通用字。”未知所据。

## 一〇二

新春，值余生日，小云赠一律，有“年逾杖国人中瑞，学足传家席上珍”句。榴厓和之，有“寿冠寅阶逾亥字，年逢亥岁宴寅春”句，又“门墙乐育三千士，杖履追随十五春”句。余皆依韵和答。

## 一〇三

小云赴津门应岁试，寓中寄二律，余与榴厓共和之，再答再和，略记其原唱:“大罗原逆旅，鬲水忆诗人。为写重重梦，刚逢六六鳞。”又有“一番初过雨，十里待看花”等句。榴厓和稿俱在，小云处不能记矣。

## 一〇四

高柱峰自商河寄一律,中联:"年华杖国身犹健,风月怀人意倍亲。"结句:"且看桃李成蹊日,多少花光眼底皱。""皱"字韵脚颇难工。余勉和答,渠又叠韵见酬,结云:"偷得余闲仍著述,窗前松桧自鳞皱。"居然独胜。

## 一〇五

中春,与小云叠和"辞"字韵各四五首,弋取数联:"古调凭谁和,浮名仅可辞。""人生几两屦,世事一秤棋。"又:"草元杨子笔,睹墅谢公棋。""细数乾坤老,频惊岁月辞。"余不悉载。余答和有句:"今当书亥岁,恰得受辛辞。"尚非假借。

## 一〇六

熊少府兰坡自德平寄诗,仍叠去冬"心"字韵句,如:"挑灯展卷凭书几,扫雪烹茶浣素心。"又寄示《春望》六言四首,录一:"盼想江春梅柳,遥观海曙云霞。轻暖轻寒天气,半村半郭人家。"六言诗未能和,仍和"心"字韵律答之。暮春,渠又寄古近体若干首,其《春闺怨》一首,仍似少年作,与"三径园林应落寞,廿年亲友半存亡"感怀之句,不可同日语也。又句:"人无肝胆狂何益,景到桑榆事可知。""名士飘零寄诗酒,故人迢递隔河山。"皆如代余言也。

## 一〇七

莫春,贺小云添丁,彼此叠和"家"字韵五律,又畅作七律,榴厓和作亦数叠。摘句:"才贺宜男草,旋观命妇花。"榴厓句也;"赖有宜男草,偏为荔子花。"小云句也。余多类此。又叠和"央"字韵数首,小云起句云:"欲往从之城北郭,溯洄宛在水中央。渐看春色垂垂老,可叹闲人日日忙。"饯春日,榴厓出"归"字韵律,余与小云共和之。

## 一〇八

浴滞仙节日，冷斋无聊，松岩袖诗来，谈近作七律若干首，皆从腹稿新写出者，真乃应接不暇，即口占二句赠之："撑肠拄腹百篇在，真个先生不算贫。"漫弋取其佳句数联于左："满径月华蛩自语，一帘秋影雁初来。""天地无穷人自老，古今如梦水空流。""万里关山秋落木，一窗风雨夜怀人。""百代光阴原过客，一年节物又重阳。""骤见霜添枫叶地，始知病过菊花天。"又单句："有得方知书味长""苦饥翻羡太常斋""照愁残月亦无聊"，真乃美不胜收。更记其全首："敢引诗家作笑端，坐穷竟不免饥寒。逢人虚说长安乐，索米真如蜀道难。岂有文章称狗监，肯缘口腹累猪肝。管城食肉原无分，一任屠沽白眼看。"乃是不平之鸣。盖时方有介于怀，可以意会也。渠又有句："穷来言语都无味，老去须眉尽可憎。壮怀已向愁边尽，睡味偏于老去浓。"皆如代余言。渠尚未老而善言老，实亦可叹。小云题松岩诗后一律，用其《春归》元韵："觅句真堪消白昼，策勋何必定黄扉。荆璆自秘羞三献，大鸟终当试一飞。能和郢中歌者寡，应怜燕市酒徒稀。天涯我亦无聊甚，快睹新诗得指归。"又叠韵兼以贻余，有"得句传观知我幸，爱才如命似公稀"句，实非所敢当也。

## 一〇九

重午之前，将赴郡送童试，榴厓用"柏梁体"作七古长篇送行，未能步韵，乃答以七律，首云："柏梁古调异河梁，送我趋公宜启行。"结云："此际有人高枕卧，北窗堪与道羲皇。"渠即和答，结云："未和狂歌吹律补，炎天炼石问娲皇。""皇"字韵脚，竟成窘步。郡寓于紫溟叠和，初云："安得薰风吹普遍，吹将琴化满堂皇。"又云："自是炎官方用事，良辰无复属东皇。"彭竹鹤三叠之，初云："何缘绛帐同商榷，五典三坟孜帝皇。"次云："吾侪只合随时乐，鸣盛朝阳待凤皇。"又云："薄宦讵同王国使，华开原隰赋皇皇。"旋辕，榴厓叠前韵又赠句："乔踪住久成桑梓，何必坰郊咏骕骦？"余更勉答，末句"前身应是马师皇"，合附及之。

一一〇

郡寓雨后即目，得六韵律，同人赐和，于紫溟有"舆地连齐鲁，人家想燧巢。湿烟平地拥,浓树与天交"等句，竹鹤有"野色收黄麦,泥痕渍白茅。诗因酬雨作，钱为买春抛"等句。竹鹤又用"皇"字韵题拙诗册后一律："西京古调压齐梁，诗品幽如陟太行。欲诵新词先盥露，愿申敬礼合焚香。横流犹见苏黄在，奔走空劳籍渑忙。若把九歌追屈子，湘江渺渺吊英皇。"又用拙册中叠和松岩"挝"字韵七古一篇，文多不备载。紫溟用册中和柱峰"皴"字韵题拙册后一律："出奇无尽又生新，子美文章信有神。常观群书多入读，龙门佳士半相亲。与年忽忽过书亥，行乐匆匆宜及辰。闻道秋娘风韵在，修眉犹作远山皴。"结句戏耳，要不知孰为秋娘也。

一一一

松岩观拙作小册，题赠二首，录一："学海汪洋众派归，从游十载不相违。五千书卷胸中挂，万斛泉源笔底飞。藏笥稿多逾白传，惊人句在比元晖。会有素律金风起，快听清谈玉麈挥。"原注：此叠与榴厓赠答元韵。又寄示《夏日杂咏》六首，余勉和其二，文多不具列。

一一二

小云和余《郡中雨后》韵前后三叠，押"巢"字，初云："望月牛方喘，知风鹊喜巢。"末云:"何时征白起，计日缚黄巢。"时盼淄川消息甚殷。又和与榴厓赠答，其一云："知是襄阳是辋川，羡君倡和过炎天。异时诗派留盘水，师弟分明衣钵传。"榴厓原唱云："游扬请业侍伊川，盛暑翻如立雪天。"又云："蠡小何能测大川，微明仅见井中天。"则谦抑太过，使受者难堪矣。

一一三

当暑，余有《苦热》二绝，松岩叠和四首，其一云："苦忆香醪渴作尘，杖头资尽得无因。高情远比苏司业，时把青钱乞酒人。"前因闻渠家人俱病，稍奉药资，尚蒙齿及，亦可愧也。余即答云："潇洒丰姿回出尘，曲生风味有前因。何堪此物不常得，五柳对门惭故人。"渠又叠二首，其一："栖栖书剑老风尘，前世今生悟夙因。纵使夕阳无限好，可怜壮已不如人。"此韵小云亦屡叠，其押"人"字："添得清光一渠水，垂竿便拟作渔人。""此日清溪乔木下，坐来鱼鸟自亲人。"皆有闲适之意。又作《感事》一绝："大东何日净烟尘，处处都余未了因。感时抚事言多戆，自笑忧天似杞人。"时望邹山、淄水消息甚殷，诸友苦语，皆不复记。

**一一四**

秋日，闻邹县东山诸匪渐次剿除，雨山翰博札寄黄总镇战功甚悉，余急欲挂冠旋里。冬间，上宪叠催三次俸满看验，左右司目诸事龃龉，诗兴毫无。同人倡和之作，愁以不入耳之言来相劝，勉夹入行笥，稿都遗失。

**一一五**

甲子年新正，余移疾已满三月，俟儿斌雇车自邹来迎，潘松岩留别、送别之作，前后八首，录二："方叹知音少，君归不可留。春风送征盖，晚月照行辀。柳惹离时恨，花添别后愁。未知从此去，何日复同游？"一"我来开筵饯，君翻置酒留。都忘谁主客，弥见意绸缪。汉上题襟在，河梁送别愁。贫交何所赠，高谊竟难酬。"二张小云赠七古长篇，起四句云："骎骎驹隙趋花朝，轻寒轻暖风刁调。挂冠人盼板舆至，黯然未别魂已销。"文多不备载。阎榴厓叠赠五古前后三首，录一："思乡绘鹊华，古有赵松雪。思乡归凫绎，今亦称高洁。趋庭贤将至，翘足日望南。推毂藉人力，却不须服骖。惟念抵里时，解装仍为客。栖乔俟三迁，暂依孟母宅。转幸灯节过，春暖胜冬寒。况循平安路，非如蜀道难。"三友诗汇载一处，犹见当时交情之厚。浴仙节后，记于邹城新寓。

**一一六**

归田后，听翁喜晤，赠诗二首，其一云："我与扶风子，握手同襟期。

一别十八载，容不改旧时。嘉我亦未老，欢喜不自持。一日一相见，不见
辄相思。"听翁时与丁司马寿保相倡和，丁赠渠诗兼以及余绝句六首。余
婿董十三午樵用其韵赠余，记其起结二首："果然人愿识荆州，眼界能将
湖海收。若向诗朋夸健者，压他元白总推刘。""坡老才名重一时，等身著
作富抽思。而今陶令归来好，林下优游尚不迟。"

## 一一七

听翁贤竹林煦，字伯和，素工诗，和余《邹城新寓》三首，录一："独
居无偶叹无邻，千里而来自有因。终岁奔忙非我志，老年康健是君身。门
缘问字朝朝敞，诗不饮茶句句新。更喜清风余两袖，辞官居愿作太平民。"
听翁和作，亦记其一："忽然白社得芳邻，不失其亲在此因。吾辈相看皆是客，
人生随处可容身。无寒毡更难言旧，亦爱庐原不在新。归去来兮拟陶令，
咏歌何处访遗民？"夏日，又和余《窥园歌》，伯和叠韵前后二首，文多
不备列。听翁见余《集谚》一册，题二绝："集谚书成我读之，老年游戏
亦于斯。开篇穆穆清风起，门外人来听说诗。"伯和次韵见和，其次首云：
"寡闻自愧似童孩，今日相逢何快哉？大抵俗情皆至理，古今雅话一时来。"

## 一一八

中夏，得松岩答函，末有题余札后一律："眠食近何如，闻君已卜居。
深承千里意，遥寄一封书。落月情无极，停云思有余。殊胜金错赠，珍重
此双鱼。"榴厓寄和余《途次》绝句十八首，起云："秉铎遥来客富平，师
资幸得侍周程。下车初课蒙优赏，月旦高评慰后生。"结云："诗来恰合登
瀛数，步韵呈吟到绎山。料得开缄应念旧，传邮切盼朵云还。"十八首中，
述频岁交情略备，更弋取一首："励学篇成字字佳，时流那复识津崖。联
珠古体堪寻觅，灏气中参俪句排。"余可想见。

## 一一九

适于丁司马处见新购得一铜章，乃颜登中公名字小印，旧在余家，被

陌巷友人攫去者。回首垂五十年矣，今又被犀翁得之<sup>犀舫，丁公号</sup>，口占二绝，犀翁赐和："搜得刘家肘后铜，阴阳配合篆文工<sup>印惟中字阳文</sup>。相逢最是难忘处，五十年前旧主公。""一自董帷趋马帐，倾心燕许大文章。若将玺印论金石，未必欧阳胜济阳。"听翁两叠此韵，初云"知君好古似欧阳"，次云"陶陶君子且阳阳"，略见一斑。余以鹦鹉螺杯赠听翁，侑以拙句，听泉赐和云："君知我欲饮，赠我青螺杯。螺是海中物，君自海上来。君赋归来袖此螺，袖中有海何妙哉。我饮必用不负友，敢望嘉鱼贯以柳。近来君亦知酒趣，不爱止酒爱颂酒。"

## 一二〇

夏秋间多雨，听翁自别业寄近作《敝庐》诗三首，每首结句"虽敝不可少""虽敝不可倒""虽敝不可卖"，森然见前辈典刑。又寄示《半半楼题壁》一绝，乃其亡孙锡祉遗稿："来每愆期亦自嫌，天时人事苦相兼。此行若少风雷雨，五日不詹六日詹。"亦附及之。听翁出其岳翁陌巷颜六先生崇规手书诗片，乃《扬州官舍赠竹虚入都》七律二首，亦不知"竹虚"何人也。录存其诗："片云酿雨映帘波，每到离筵唤奈何。九日清樽容易续，三年佳节等闲过。阁中人与黄花澹，湖上舟停名士多。莫漫酒边添去住，红儿按拍雪儿歌。""与君托契廿年余，客里相逢慰索居。旧雨交如秋箨减，美人迹并晓星疏。胸中块礧消难尽，笔底烟云扫不除。到日燕台春草碧，千金骏骨近何如？"

## 一二一

听翁素健，曾有句云"从来无病药何须"。今夏偶有小恙，诗以问之，即答云："相好相知胜自知，呻吟出语又何疑。乘闲下卧如高卧，莫问云移与月移。常似巨蟹何不可，忘形尔汝见于斯。看来具是维摩病，好借维摩倡和诗。"又《雨中》一律，记后四句："酒客同谁偿酒债，诗人与我有诗缘。吾曹习气难除尽，借此忘忧且忘年。"伯和次韵云："有邻颇有三生幸，求益还求一字缘。愿学诗翁常静养，无须丹药亦延年。"伯和时患牙症，诗以讯之，仍拈"年"字韵，彼此各三叠，疾愈乃止。

<h2 style="text-align:center">一二二</h2>

犀方丁司马著有《八千卷馆杂存》若干册，余得其诗一册，咸丰七、八年之作，略记其律句："英雄多末路，亲友见交情。欲把雄心下，其如傲骨成。""冲突烽烟刚半夏，勾留海国又中秋。""无家不识月圆好，多病惟增日暮愁。"《赠友》："只因患难成知己，重把文章证夙缘。炎凉世态看应透，崎岖人情出更奇。"《海洋晚眺》起四句："独立对洪蒙，双眸豁远空。潮声喧万马，帆影渺孤鸿。"《劳山》中联："人与鸟争山顶路，客沽鱼访水边村。"对似弱耳。"山如太古常时静，水漾微波自在流。""留客好风来对面，催诗明月照当头。"又句："风定云为山写照，波摇水为月清尘下句'为'字，宜作'与'。"句不胜录，余为题二律归之。

<h2 style="text-align:center">一二三</h2>

犀翁诗卷中有答和张石渠观察四首，为清查邹地作也。附载石渠原作，其第一首云："丧乱经年久，遗黎到处逃。田园成瓦砾，骨肉问兵刀。招集新恩厚，提携故土遥。幸闻哀痛语，频下圣明朝。"摘句："我亦苍生耳，同当大劫时。到今真侥幸，敢不念疮痍。""逭死仍难活，无家漫问田。伤心荆棘内，百里断人烟。""试听哀鸣雁，休为竭泽渔。即今安集后，已属死亡余。"蔼然仁者之言。余亦依韵和作，稿成而丁公别去。

<h2 style="text-align:center">一二四</h2>

乙丑开春，值余生日，听翁寄贺二绝："伏波顾盼自雄日，如柏如松气象兼。君过其年十又四，并无雪鬓与霜髯。""积善人家喜送频，贺年贺罢贺生辰。寻思眉寿何由介，早为先生为此春。"即送酒一瓶。同人和韵皆未若元唱之佳。《人日雪中送舍弟旋里》拙句，听翁赐和，文多不载。伯和亦和之，约记起结二解："客舍何清泠，庭中梅与雪。梅开雪未消，两两共清洁。""兄弟自有乐，围炉酒不寒。但谋日夕醉，不计沽来难。"

听翁贤竹林共和余《除夕》七言长篇,余亦叠答。倡酬方殷,讵意立春后五日大雷电竟夕,入夜又雪,居民惊恐,讹言四起,乡里奔逃。直至清明节前,南匪入东境,又自北而南,由邹、滕南去。旋复自南而北,由邹赴济,兵勇日过,消息孔亟。笔墨事件,束置高阁,闲有感时书事之语,都不敢宣泄。四月下旬,烽火稍远,民得苏息,为补记于此。

## 一二五

中春,济守萧公捧符来勘孟庙工,用阮相《过邹》元韵留赠雨山翰博:"宅住三迁故里间,图书典籍座中环。孟孙世胄稽宗派,博士文名重斗山。"原注:时雨翁方修族谱。萧诗凡三叠,雨翁倩余代答二首,曩未存稿。兹因无诗可记,乃追忆之,当雨山诗观之可也。"觌面论交倾盖间,新诗垂赠媲瑶环。初亲光霁春来日,讵拟蓬壶海上山。武备宜修君自瘁,遗文欲补我难间。拈毫和韵酬三叠,不唱阳关唱复关。""索句清吟松竹间,羡君叠韵似连环。当时仓卒为东道,此日贤劳赋北山。知否石交殊碌碌,让他桑者自闲闲。由来好办承三圣,欲正人心第一关。"

## 一二六

去冬《除夕》拙句,伯和少文又用元韵自述并见赠一首,合备录之。"消磨岁月空冉冉,可畏何尝无良朋?疏放既久觉性赖,那复意奋兼神兴。常慕长者诚伟望,徒羡人少多英称。兰台亦知乐吁俊,棘署空想钦选丞。一枝抱栖为自得,千里翱翔非云能。夜歌寒惊压庐雪,晓窗冷呵毫端冰。诵读浑忘心矗矗,志气敢谓常凌凌。有时自惭亦自励,与人何爱复何憎?抢榆鹦雀无多望,扶摇鲲翼欣飞腾。春瓮酒熟斟桑落,地炉烹茶夸毗陵。醉后几疑横江鹤,才学任他得霜鹰。幸逢国运昌明际,家道足有平康征。试看华发添多少,新年料比旧年增。"其前作"丞"字韵:"小园日涉拟靖节,辋川闲居比右丞。"句尤工。

## 一二七

春夏之交,邹、滕间又遭南匪,幸僧邸追之,不敢迟留。后有带兵国帅，入城住三日去。又丁藩亦带兵勇住宿。所有同人感事之作，悉是罪言，不足登记，亦不敢宣也。麦秋，居民仍复相惊以寇至，纷纷逃避，城中人满。敝寓迫窄，索居无聊，检旧作小诗册，有虽多奚为之叹。惟卷首有友人题句，曩未话及，兹备录之。道光己酉起一册，张小云题云：“先生君子儒，不仅以诗见。即以诗论之，亦足称雅善。三载非泛交，一旦初把卷。出语率性真，感时慨世变，忠孝耿蟠胸，友朋如睹面。辨韵与论诗，卓识破俗谚。自酉以及丑，字字手亲缮。读罢重慨然，五年瞥如电。赖兹翰墨收，光景当前现。文字寿无穷，弥觉黄金贱。翁年七十余，词场经百战。矍铄逾伏波，京都犹研炼。才高禄不丰，千秋名可羡。韶华鼎鼎来，耄期勤勿倦。”咸丰甲寅起一册，杜小鹤题云：“十年怅分离，千里一相见。开箧出新诗，触目情不厌。新诗吟何苦，三载纷忧患。欲归不能归，感离伤薄宦。旧交嗟零落，深情孰缱绻？托兴既苍茫，檃词复忽旧。才拟七步捷，笔横一支健。譬之鸾凤音，和声鸣天半。又如双南金，炉锤经百炼。神妙在精熟，原本穷正变。载慰离别怀，殆生观止叹。”又廿年来赠答诗汇写一册，小云题云：“一卷缟苧词，朗然花四照。奈人十月思，溪山供游眺。李杜韩白苏，心印而目笑。丹铅我自愧，无由写其妙。恍登东岱颠，微闻孙登啸。移情海上琴，千载溯同调。”

## 一二八

季夏六月，得乐陵友人诗札，阁榴厓二律，其一云：“绎麓盘河两系情，缘留翰墨惬平生。鱼书珍重来邮驿，鸿藻纷披灿管城。假馆居邹多乐趣，芳邻接孟有余荣。安贫素位堪娱老，恬憺心甘白水盟。”张小云寄诗谢余和陶诗笺，用陶《拟古》第一首元韵云：“高韵和渊明，依依见五柳。从来重善交，谁如平仲久？千里劳赠言，视余为小友。盥薇读来章，醺然如中酒。回思侍坐时，春风呼负负。岂无桃与李，花落盈尺厚。矫首望绎云，应是无何有。”此韵余遵即奉答。适彭竹鹤自商河来讯，即用前韵却寄。秋来得竹鹤诗札，乃五叠垂赠，录其二首：“远方贻新诗，澄澹如韦柳。三复触相思，峄山怅望久。自承忘年交，风义兼师友。倡和寄诗筒，论文同杯酒。忽赋归去来，著书写抱负。良朋远别离，交情觉偏厚。日长无相忘，高谊惟君有。"又："大木成百围，翘然异杞柳。散材既无用，匠伯弃之久<sup>原注：俸满赴省，不敢</sup><sup>膺保举。</sup>车乘招以弓，欲往畏我友。思种洛阳花，恐非建康酒<sup>原注：用《梁书》顾宪事。</sup>饱餐苜蓿盘，已将此腹负。为贫宜居卑，窃禄敢望厚。积中乃不败，爻辞玩大有。"五首后，又《寄怀》一律："蟋蟀动秋声，思君别恨生。遥知远山客，应有故人情。世味今偏薄，诗怀老更清。不须鸿雁到，近况已分明。"黄冶山自滕县书院寄示《乱后刍言》五古长篇二十四韵，起句云："豺虎尚伏莽，川原新喋血。营门陨大星，西北天柱折。"通篇极激昂磊落之致，文多不备列。余依韵勉答一首，后附回文数句，首云："长山学博，博学山长。"渠原任长山县司训，故云。渠后亦以回文相答，稿偶失之。

<h2 style="text-align:center">一二九</h2>

秋杪，又得榴厓答和前韵二律，录其一云："一笺千里感深情，韵为重拈趣倍生。伏日逢庚劳翰墨，炎天穀甲咏干城。烽烟渐净宜诗酒，菽水常余养卫荣。更幸箕裘延世泽，文坛不负素心盟<sup>原注：并贺岁试世长兄超等。</sup>"小云答诗，又叠去春送行七古元韵："千里思君朝复朝，笔砚尘封墨懒调。春水才见绿波长，金风又扇炎暑销。喜闻邹鲁戎马息，城门大启容采樵。双鱼剖得诗一纸，恍然挟我游中条。"余不尽载。又叠"友"字韵寄答一首："先生松柏质，经霜异薄柳。况乃芝兰性，秋来香且久。悬车息飞腾，乐与古人友。赐诗韵和陶，其意不在酒。"后幅称是。余叠此韵寄潘松岩二首。秋杪，亦蒙答和，合备录之。"自号愚溪愚，有如柳州柳。念自分别来，岁时忽永久。夫子略年德，谊实兼师友。心亲无貌敬，讵复在杯酒。深知如醴非，酒寒盟亦负。远道数寄书，殷殷意良厚。感兹缱绻情，顾我亦何有？"次首结句："新诗寄赠我，词旨温且厚。不忘贫贱交，高谊古人有。"外又补寄去秋《见怀》五律四首，录二："萍水原无定，山川忽闲之。星瞻南极大，书寄北风迟。远道一千里，愁怀十二时。相思不相见，何以慰调饥？""别来曾几日，摇落已高秋。久矣怀三益，徒然咏四愁。嶧山云杳杳，鬲水梦悠悠。寂寞衡门下，同谁话旧游？"

## 一三〇

秋间，南匪又犯曹、济，与邹相距甚迩。邹寓诸友日怀风鹤之惧，无复吟兴。逮重阳，诸友约登冈山，游响水闸，听泉大亲翁勉为回文，有"听泉听是听泉听"之句，同人勉和，皆未若出句之善，自是颇复有唱和。听翁前和松岩来诗，有"时于少游处，得读大临书"等句。适得松岩和答，渠复答二首却寄之，稿悉未及录。

## 一三一

孟冬，值雨山博士夫妇双寿，余用往岁题其雅照步何子贞太史元韵再叠贺之。郭梅莽同年视稿，亦赐叠一首，文多，仅记其首四句："峄云奇峰多于夏，郁勃岭崎使人怕。秀灵钟毓出伟人，见山堂里声华藉。""藉"字或摘以出韵，要借韵亦可也。"见山堂"在渠处已是借矣。梅翁雅不欲以诗名，藉韵诗即借款他人。冬至前三日雨雪，听翁成五古长篇见示，略曰："发发飘昼夜，风过有余响。冷雨变成雪，白如月之朗。我有一壶酒，赏之同谁赏？岂无知心侣，咫尺难来往。幽情虽一心，同心成二想。"余同其贤阮伯和各依韵和之，伯和复叠韵答余一首，略曰："先生诗之捷，捷于击钵响。爱我如子侄，岂止十年长？海不择细流，山不辞土壤。梅花因雪放，相邀心同赏。"

## 一三二

丙寅新正二日，余初度七十有七，听翁赠七古长篇，用客冬寿雨山韵；伯和、仲宣昆仲各依韵和作一首；少文姻世台又叠和二首；韵脚各极工。前后五篇，莫有同者焉，摘录于左。听翁元唱起云："寒宫寒斋最宜夏，寒斋经冬寒官怕。归来憀借斋仍寒，愧予无毡相慰藉。"结云："客有赋鹤南飞者，载君南游到田舍。田舍有田倩人耕，仍作仕观仕不稼。"伯和略云："先生今年七十七，风流仍不碍蕴藉。传坐节为初度晨，门外不停俗士驾。高朋满座皆畅饮，小子比邻又比舍。种稻可任家人请，研可为田笔为稼。"仲宣略云："先生解组归去来，文坛不与人争霸。南极老人添海筹，长庚星曜光彩射。转瞬秋后寿阿翁，愿诸先生光茅舍。茅舍增光在何时，正待十月纳禾稼。"少文略云："先生今日开寿筵，延客吟诗扫台榭。笙歌赓和列寅阶，剪烛谈经到子夜。我与绛帐作比邻，只分南舍连北舍。时随杖履效立雪，砚田笔来常劝稼。"又曰："海涵地负樊宗师，凤举鸿轩稽叔夜。息辙凫绎入词场，老将登坛不战霸。先生闲卧八极云，豪情且策六鳌驾。"揄扬语多，不尽录也。余勉答一首，听翁复叠韵摅怀；亦复叠和，趁韵而已。听翁又垂赠五古一篇，只得六句，更以简胜，词曰："吾曹相问年，年以君为最。寿同王安之，可入真率会。为君赋閟宫，眉寿无有害。"自注：真率会中，王安之年七十七。此典最为切矣。余答云："元日到人日，日与竹林会。"亦自谓非泛语也，合附及之。

一三三

仲宣令弟季英集《葩经》四章见赠，记其末章："为此春酒，洵美且好。酌言尝之，使君寿考。既多受祉，永锡难老。"仆未能答赋，惟志之于心耳。

一三四

一春得小云诗札三函，小云叠用"朝"字韵七古长篇，至五叠，愈出愈工，略记其起四句："佞美不如鲊与朝，侍饮复无旷与调。著棋担粪俱弗堪，坐令岁月闲中销。"又云："去年三百九十朝闰五月，疾痛疴痒难为调。纵使形骸是金石，百忧来铄亦应销。"外寄《闻雁》一绝："问讯南来雁，烽烟可扫除？东龙泉上过，应有故人书。"又《感怀》一律："桃花落水絮辞枝，次第春光怅别离。骨肉飘零亦如此，友朋会合是何时？扫愁那借千钟酒，寄意聊凭七字诗。又值麦风梅雨候，倚窗情味有谁知？"榴厓亦寄诗三次，摘句："韵叠三番征妙手，路经千里可谈心。"又"捷和原因高咏手，摘华不灭壮年心。""每思旧事重回首，最是新诗苦用心。"又寄五古一篇，有云："连日不暇吟，为培佳子弟。偶尔成一章，拟古无根柢。"小云与余俱依韵和之。

## 一三五

县幕古箕城张茂才传懋字勉之辱赠二律，录一："羡君诗笔媲枚邹，相见虽迟快此游。绚我斑斓工组织，耐人咀嚼胜肴修。头衔应署八叉手，心境宏开五凤楼。卅载飘零仍作客，自惭身世等虚舟。"又以《峄山》二律索和，记其起句："芙蓉万叠翠千重，倚杖登临势若春。""春"字韵脚难押，渠用山姜《飞云岩》元韵故耳。

## 一三六

首夏，季英应郡试冠军，余贺以二绝，听翁答和，语近戏耳。伯和亦次韵垂答："每羡词锋扫万军，吾曹自愧不能文。阿连得占群芳上，捷足全凭马服君。"谓新春谬为阅课艺数篇。听翁近作《出城看麦》七律，"冈山路入铁山路，小步兵随老步兵"是其得意之句。老步兵，渠自谓；小步兵，则谓其曾孙随之步亦步也。伯和次韵押"兵"字，则曰："唱和连篇诗结社，经纶满腹墨称兵。"余和句："云开万里天为盖，水长三篙雨洗兵。""入耳禽言催获谷，关心寇退且休兵。"

## 一三七

中夏，听翁令坦张君铄堂惠赠一律，句云："人评月旦白眉最，我立雪宵绛帐深。"与榴厓四叠来诗"千里何妨叠寄吟，一番注意一番深"拈韵正同。结用"绣鸳度针"，尤出一辙。答和"针"字韵，自觉技穷矣。听翁用"垂露悬针"，别出新意。又《夜雨见忆》句："我为摅怀曾病酒，君因排闷颇贪棋。"极为切语。近颇因棋废日，得此良规，当为少惩耳。

## 一三八

中伏日，小云寄到和余去冬《归来》诗四首，录一："壮志酬何日，羁栖亦有年。半生怜傀儡，一室老云烟。懒赋还乡梦，狂歌出塞篇。未遑身后计，敢望姓名传。"余悉同此，声调甚高。榴厓又附寄五古一篇，文多不悉载,有"静是祛暑方,健是长生诀"等句。伯和自乡来,示及《乡居》二律,"漫嫌屋小蚊成市,远卧场中地作毡"最为得趣之句。"毡"字不易押,余和句:"思君妙有姜肱被,念我全无子敬毡。"用古人名字,不能比副,是可愧耳。

## 一三九

夏秋之间,多雨害稼,四乡墙屋倾圮无算。又有风灾,木拔禾偃。居人无聊,听翁比邻时相倡和,悉是苦言,无足纪录。雨窗排闷,仍取陶集过目。《归去来辞》原叙,如代余言。即用其语,敷衍为《自序》一段,漫书于左。"余家贫,耕植不足以自给。幼稚盈室,瓶无储粟,生生所资,未见其术已上原文。以乡举应挑为学博,遂见用于小邑,荏苒十余岁。值世多故,风波未静,心惮远役。邹邑去家百里,书院新立,尚缺讲席,欲便就之。亲故多为推毂,及少日,当局改易,茫无成说。寓居于邹,坐阅三载,于是怅然慷慨,深愧菲才,过不自量。当敛裳宵逝寻别业,奴至讹谋筑室,材木乏匮。事不顺心,难以命篇,姑烦子墨记之云尔。因检陶集附录诸篇,有鲍明远学陶公体一首,'清露润绮罗'句甚不相类,陶诗那有'绮罗'字?又黄山谷怀陶一首,有'司马寒如灰,礼乐卯金刀'一联,殆不成句。结云:'欲招千载魂,斯文或宜当。''当'字韵脚,何得言稳?于以拟陶,真堪捧腹,亦漫记之。"

## 一四〇

中元节后,又得小云诗札,叠和去冬《归来》元韵四首,文多不缕书。榴厓别寄一律:"南薰送到朵云红,盥诵瑶章字字工。风雨关怀千里远,师生结想两心同。回思午日书曾寄,切盼庚邮信再通。屈指秋飙吹转瞬,佳音趁早付飞鸿。"余依韵答之。渠来札周至,寄问儿辈工夫进益,大儿延斌即用渠元韵,押"三红""二红"等字,叠和二首,亦为附寄。渠答和用"枣林红""桂蕊红"等韵脚,谊叨陪鲤。"关情久节近,攀蟾有梦通。"是其佳句。

## 一四一

中秋，值听翁揆辰，又复避嚣下乡，留诗二绝，有"那有穷人说做生"之句，余依韵和作，皆戏句，不足存录。张丽山用其韵见赠二首，结句居然独胜，合备载之。"终年碌碌困穷乡，幸遇诗人引兴长。记得嚣歌亭畔饮，花阴满地醉斜阳。""高卧三年远世情，豆棚花架倚檐撑。闭门终日无车马，细雨苍苔径里生。"

## 一四二

会稽司马君名鹏，字翼甫，游幕能诗，来邹屡有赠答，余投一片云："我名公字偶相同，姓有单双谱未通。可许共称牛马走，愧非夔铄侪称翁。"渠答句云："马卿例与马迁同，截两为单谱便通。杜国年高休说侪，放翁五十已称翁。"后有枉赠二律句云："天下才逢青眼少，世间情是白眉深。"又："元亮风情松菊淡，季鹰归思海云深。"揄扬太过，殊不敢当。余叠和奉酬："佐理刑法知政简，论交道广更情深。"庶无泛语。重九，渠与同人登冈山，有诗三首，余与听泉共和之。

## 一四三

太常仙蝶，素所闻知，用香花供养，有时来下。未闻其倏忽千里，与有缘者相会也。兹小云寄示《题友人仙蝶画册》元韵一律，有"礼寺久闻清望重，明湖为访旧游来"，诚异事也。仙人姓名，殊不可得，闻仅相传明季二太常卿忠魂所化，二百余年矣。

## 一四四

重阳前三日，听泉偕同人登城北冈山。华樵首唱，押"嶙峋"字，和者悉用"嶙峋"，未能变化，有"君也徘徊，臣也徘徊"之弊。余强和之："尔雅释山不道峋，冈陵作颂可栖身。"不免贻笑焉。后二十日，听翁探迟菊得句："日望篱边七七来，空教习习谷风催。黄花晚节香何晚，展尽重阳尚未开。"

旁人讥之，谓"谷风"当是春风，不合咏菊。听泉又以《小雅》"谷风何木不萎"自解，云："谷风不尽当春发，习习三章前后吟。"是亦古人"落英致辨，更当仔细吟"之遗风也。顷赠余一绝，结句云："除却东篱陶令菊，大都晚节不能香。"有慨乎其言之华樵，司马公号。

## 一四五

阳月朔，得小云来函，有《中秋月下见忆》再叠"朝"字七古一篇，未能更答。又示及与榴厓叠和"柢"字韵五古六首，层出不穷，余仅和其一。小云前致赠湖颖，余答谢一律，兹和余元韵，有"行见宾筵开八帙，依然客舍用三余"等句。松岩久不通札，兹寄来二律，其一云："阙然久未报来章，廿载交情讵敢忘。知己真应称鲍叔，赏音深自感中郎。已嗟千里离群远，更苦三秋别日长。惭愧先生询近况，陆居无屋胜思光。"渠近鬻宅借寓它处，亦大段窘也。小云又转寄胶州周仰山诗笺，仰山与榴厓素交，兹游幕乐陵，与渠辈倡和，因而及余。寄示《感怀》二律，略记其后四句："宦海凭他矜利涉，家山自昔守清贫。鉴湖饶有优游乐，羡煞风流贺季真。"至以今日骚坛执牛耳者见推，则未免过誉，亦何敢当？时值南匪又入东境，曹郡骚然，沴沵间遑遑如也。答和稽迟，亦自惭无好句矣。于紫溟自济南寄札来，幸未谈诗。仰山行八，名荣程。

## 一四六

冬日，雨山翰博推毂往滕，教读于鲁君蔚西宅。将赴馆，听翁赠诗数首。冶山寄和《重阳》二首，录一："风雨过重九，新诗续未能。小园愁庾信，长啸忆孙登。剡曲云无际，华阳树几层？岿然存鲁殿，文献尚堪征。"此韵榴厓亦寄和，前四句云："高年耽翰墨，写作两优能。喜接新诗读，遥祈上寿登。"锦堂亦和："空有琅函寄，思君见未能。望迷银海阔，约负铁山登。"其次首："雨洗秋光净，林疏澹月明。寒花开艳艳，落叶逗声声。寺破群鸦集，天高一雁鸣。怀人清不寐，惆怅已三更。""鸣"字韵极警，对似不足。

## 一四七

伯和送余赴滕二律，录一："师事马夫子，居邹已数年。只因岁连歉，为觅砚中田。旧友古滕在，新诗葛峄传。阳春难再和，有便寄云笺。"锦堂见怀五古一篇、七律二首，五古有"浮生相见难，何为轻离别"之句，读之增慨。律句有"远望华笺传雁足，新移绛帐寄鱼头"一联，切鲁姓馆主，未免近纤。次首云："冬裘计已换秋衫，屈指霞觞久未衔。弟子传笺长乐镇<sub></sub>原注：散村旧有此名，主人请业退思岩。缅怀旧别刚三月，不见新诗寄一缄。旅馆风霜催岁暮，先生应许挂归帆。"

## 一四八

松岩寄和余《秋夜怀人》一律："尺书曾否达关津，忆念偏劳及散人。老去精神尤矍铄，寄来诗句最清新。悬车君早如韦孟，遁迹吾原似孔宾<sub></sub>孔宾，晋时人。未卜迢迢千里外，何时光霁得重亲？"小云亦和答，并云旧句有"铁砚峻嶒朝试墨，秋灯风雨夜怀人"一联，不意相重，可称豪杰之见耳。仰山寄诗，叠和旧韵二首，录一："业班何敢拟诗翁<sub></sub>原注：来札有'业同班同运又同'之语，窃幸声同运又同。劫后诗书如落叶，年来踪迹等飘蓬。我寻盘水仍游子，君客邾城作寓公。漫说云山千里隔，新诗还望寄邮筒。"榴厓寄和一律，首四句云："妙句常摹韩退之，不惟全槁和陶诗。三年别绪多新咏，千里离踪忆旧时。"余诗原用"水中坻"，榴厓赐和则用"肉如坻""庾如坻"，韵脚悉稳，不更录。馆中《题镜千所藏名人尺牍》一律，冶山赐和："仙乐奏琅琅，明珠夜吐光。昔贤同臭味，当代聚文章。可作吾何与，浮生亦太忙。水天鱼雁渺，踪迹在青箱。"后又叠和三首，载其末篇，有"琴樽陶靖节，书画米元章"等句。听翁又赠二绝："微湖湖外好停骖，端石笔耕苦亦甘。二十余年宦游处，乐郊乐土莫如南。""短羽差池不及群，开樽谁与我论文？相思岂只令人老，吾辈从兹瘦几分。"

## 一四九

听翁以旧《时宪书》一册相赠，即寄一诗云："丑年一故纸，寅年用不可。借作粘诗册，百当且千妥。随君之滕阳，置之砚之左。翻书翻至此，见诗如见我。"丙寅新正二日，听翁又赠一律："传坐佳晨开寿筵，如松如柏更如川。我沽斗酒酬今日，君到八旬再二年。振古相承皆矍铄，同谁结伴作神仙？董生自负身强健，非曰能之愿学焉。"结用成句，出人意表。元韵后又再三叠，不备录。余将赴滕馆，听翁又赠一律："一唱阳关早报春，后车命彼恨无因。路分南北常相望，腹有诗书自不贫。出口成章夸李益，问年他日过韩绅。幽情岂为乔迁废，随处超然以保真。"伯和亦赠句，结云："深幸滕阳桃李树，春风化雨正宜人。"

## 一五〇

春初，林亦翁船舫招饮，华樵先成二律，同人和韵，郭梅翁和至五叠，渠俱不存稿。余偶记其一首："船房高欲跨虹霓，石磴云梯接玉蹊。礼数从宽恣燕饮，步趋恐后踏鸿泥。初春景物梅花瘦，满座东风竹影携。不是长卿多逸趣，谁先妙笔试新题？""携"字不易押。渠又有句："座中青眼人皆醉，灯下白眉杖可携。"似更胜也。是日，杨君实亦成《赏雪》二首，不用华翁元韵，有"飞絮一天能化雨，洒盐遍地不医贫"等句，同人亦共和之。

## 一五一

阎榴厓自乐陵寄二律："新岁想芝颜，情萦梦寐间。三年睽杖履，千里隔云山。眉寿思遥祝，心怀乐赋闲。春风仍惠我，华札望频颁。"次首有"寄踪邻邑近，课读老年能"等句。张小云寄一律，有"假馆邹君三载久，踵门滕国一冬余。撑肠煮字贫非病，苦口谈经老著书"等句。又叠和"朝"字韵七古长篇，文多不载。是后，小云又寄一札："清明前三四日大风雨，继之以雪，雪深盈尺，漫记以诗。'疾风甚雨满春城，羁客何人不动情？弱柳忍寒依屋角，落花和雪扑帘旌。十千沽酒愁难醉，百五寻芳待放晴。好趁时余师董遇，教儿莫厌读书声。'"榴厓叠答，依前韵衍为七律，其一云："披函严若晤尊颜，千里依然咫尺间。知有深情怀禹水，传闻作客近凫山。

携家翕聚真堪慰，训读生涯半是闲。五朵祥云欣入手，珍藏直拟百朋颁。"
又押"能"字云"遨游五岳力犹能"，殊为过誉。

## 一五二

余《除夕感怀》，率用鄙谚，有"麦愁胎里旱，人怕老来穷"句，小
云见之，和云："诗格难毛举，禽言与建除。公今搜谚语，予若读奇书。"
又有"漫藉竹医俗，只凭文送穷。跛者难忘履，诗人讵讳穷"等句。秋来
小云患目疾，又和前韵，记其起句："奉书生感激，千里慰微躬。目未文昌瞎，
途仍阮籍穷。"文昌，张籍字也。是年秋，渠应京兆试又被落，似逢文昌
盲目，若为之谶矣，亦可叹也。夏间，听翁患足痛，数月不出门，诗兴亦
减。小云"跛履"句，又似为听翁谶，有不期然而然者。听翁秋间园中筑
一茅庵，题壁云："一庵庵小小而破，两膝膝容容有余。地僻无人寻讨着，
老夫从此可安居。"又句："筑室在城如在野，窥园栽菜不栽花。"余谓"栽菜"
二字似造作不典，渠笑曰："园丁栽白菜、栽茄子，无一非栽者。此用野语，
亦谚之类耳。"相与一笑。又云："闻岁试题以'黄鸟白鸟分东西'，场者诗题，
惜未用'黄鸟时兼白鸟飞'，良然。"

## 一五三

滕馆本在鲁寨，春日自城入寨，夏初闻匪警，即又入城。秋来寨中桂
树盛开，镜千折寄数枝，余口占致谢，渠即依韵答云："经秋老桂发清香，
聊赠一枝示莫忘。何日归来常作伴，吟花望月挹芬芳。"文峰索书扇诗札，
用"绢"字韵前后各五、六叠。冶山见之，亦叠和四、五首，各出心裁，
莫有同者，略记数语于后。原札云："久欲求法书，无从得缣绢。□友自北来，
赠我新折扇。"次云："善书择锦笺，古称鹅溪绢。新诗今惠我，不嫌蒲葵扇。"
又云："老石多机杼，不遗刺史绢。叠韵工组织，纵横书双扇。"冶山和作："昔
有皇甫湜，一字索三绢。亦闻王右军，百钱售一扇。"又云："海疆犹用兵，
计庸应输绢。老拙避行役，安居独拥扇。"又云："薄宦无长物，儿子免问绢。
回忆三月时，春风微和扇。"它皆类此，不备列。

## 一五四

阳月，自滕解馆旋邹，冶山赠别六首，记其起、结二首："自去长安市，马卿但著书。卑官余剑铗，过客几蘧庐。敢道人情薄，多于世事疏。良时难可再，此别意何如。""本是同门友，相逢各暮年。镜添新白发，座冷旧青毡。孔照鱼潜沼，哀嗷雁满天。会销兵燹气，共结水山缘。""人情世事"一联，相知独切，读之增愧。又一首："大有知音赏，休歌行路难。弃捐同敝屣，潦倒尚儒冠。古戍风多厉，晴霄日易寒。春粮行百里，努力好加餐。"又句："晏婴居近市，冯谖出无车。""何日毕昏嫁，名山待向禽。"皆切境地之言。

## 一五五

旋邹卜居仓巷，华樵赠诗："游滕今始杖藜回，买得青山逸境开。茅屋由来宜赏雨，薜帷自是不沾埃。"赠答四叠。又句："喜有佳儿文夺锦，吟无一日砚生埃。"又："堪娱膝下璠瑜器，莫放花前潋滟杯。"皆为大、小儿补廪，发咏此韵。济上钟砥柱叠和六首，佳句甚多，摘录于左。"月有清光风有韵，花无俗艳水无埃。""半榻茶烟频炙砚，一帘香篆足衔杯。""白露苍葭皆可溯，小桥流水不生埃。""自涵冰雪文千卷，如饮醇醪酒一杯。""阳春送暖融双管，腊夜消寒进一杯。"砥柱时亦解馆将归，余叠前韵二首送行，渠未及答。华翁又寄示《雪夜》诗句云："欲拨红炉烹绿茗，还疑明月上疏寮。寒檐几辈山林卧，暖帐谁家粉黛娇？"余有《咏雪》二绝，听翁和云："无树不花到眼前，轻如柳絮白如线。纷纷瑞雪丰收兆，不管丁年管戊年<sup>时已岁除</sup>。""风动银花落满庭，晴云归岂少留停？忽来红日无偏照，不老青山依旧青。"除夕，君实袖出一诗，结句："独有梅花增洁白，羡君高格颂好音。"末二字平仄未调，想未及推敲耳。余答句云："恰是岁除痴可卖，新诗勉和愧庸音。"时有济南寓客《明湖闲眺》，用苏诗《聚其堂》韵寄雨山翰博索和者。雨山近号铁樵，属余代和，结云："自愧平生号铁樵，实惭城北铁山铁。"押"铁"字，他人不能易也，可为捧腹。

## 一五六

听翁于园中作一室，集联云："不如工不如商，请学稼请学圃。"又一联云："采于山钓于水，朝而出莫而归。"其近来风味，大略如此。梅翁处多收藏名人字画，偶观其手卷一轴，首书"咸淳戊辰"，讵今同治戊辰五百年矣。款字难辨，末有图章"业志恪"，篆书宛然。又一幅史光斗自书其诗，未暇录。因忆吾家旧存前明鲁王画《墨菊》一幅，上有"世守鲁邦"图章，兵燹后不复见矣。又明人书宣庙折扇六言诗一首："湘浦烟霞积翠，剡溪花雨生香。扫除人间炎暑，招回天上清凉。"不记谁书。又黄大痴山水一轴，有后人题句，今俱不能记矣。

## 一五七

中春初旬，雪已三番。花朝以后，大雪竟日不止。索居愁叹，适于行笥中检得潘松岩《愁霖》一首，如代余言，约曰："云垂六幕何冥冥，尽夜晦昧无光精。滂沱已占月离毕，开霁空望日遇庚。蜿蜿渊中黑蜺跃，阁阁灶底青蛙鸣。泥潦纵横没车毂，长路欲断行人行。回忆去岁遭亢旱，民力重困难支撑。窃闻久雨为阴盛，由来灾变无虚生。海氛未靖更可虑，东南绎骚方用兵。愿陈泰阶调玉烛，灾祲消弭风尘清。忧时抚事自叹息，欲言非分还吞声。"又得其赠联一束："商彝周鼎文心古，霁月光风道气深。"自客岁兵戎不休，久无来札矣，不知近作何语也。

## 一五八

冶山寄到《元夕》二律，乃呈县尹者，记其末四句："曾看鹅鹳纵横处，尽在鱼龙变化中。见说琴堂清暇甚，尚劳安辑念飞鸿。"余依韵和答，渠又寄《题八美图》七绝，未能继声。县幕张勉之为《老态诗》八首，余勉和其二，华翁自作《老境诗》答之："快马轻刀少壮时，如今老态遽支离。身缘力弱衣嫌重，眼借光明镜不辞。未必廉将军可用，果然疏太傅堪思。吾儿禄养知何日，筇杖山中好赋诗。"即为记之。

## 一五九

听翁寄示《小茅庵遣怀》一律："闭关久与世情疏，节俭传家不忘初。年近八旬敢言老，园开半亩可安居。为饥寒计常为圃，虽子孙愚亦读书。诵到考槃三永矢，吾寻吾乐乐何如？"勉之用华翁韵赐题近作一律："胸无渣滞绝尘埃，佳句如涛滚滚来。九老耆英推上座，千秋著作仰奇才。门前绿荫新栽柳，卷里香含旧咏梅。我已拳拳膺服久，陶然愿献寿三杯。"华翁元唱即用"耆英"等字，皆过为推许耳。

## 一六〇

莫春，雨山翰博处木兰盛开，同人聚赏。雨山招老友七人为"七老会"，各赋诗，不俱列。余以年近八十，乃褒然居首，王立堂、李笏堂辈皆七十余，郭梅翁与雨山年俱六十有九云。黄冶山札来，以未与会为歉，补作《赏木兰》一律，外又寄题画二绝，漫为记之。"皤然双鬓各成丝，旧梦重寻定是痴。独有画中人不老，相逢犹似少年时。""落花任付水东流，空谷无人结好逑。我是梦中卿画里，匆匆六十五春秋。"

## 一六一

秋日，新城耿君春卿来署邹训，示以里人赵女节妪诗册，佳篇不一。耿有句云："矢志不移本至诚，凛然大节重前盟。"又："就义从容非慕义，捐生慷慨岂轻生？"它作亦皆此义。淄川高晓山焕峰为作序，骈体极工，即录一通："盖闻从容就义，志士为难；慷慨捐生，壮夫罕见。矧深闺之弱质，更貌秀而年芳。缨虽已系，充耳莫识乎？尚琼琴犹未张，贞心讵明乎誓水？岂知奇出意外，烈忽在垂髫待笄之人，行异寻常事。更居割发截耳之上，是诚往昔所未闻，近今所罕觏者矣。爰有桓台赵女，许聘于陵李郎。齿周二八，受教有年。期请三秋于归有日，不意红鸾方卜，黄鹄已歌。多愁公子茬苒终天，薄命佳人呼号无地。当夫鞠凶初降，夫家犹秘不以闻。

及夫讣讯突来，女心切恨不能往，悲愤无聊，誓欲觅死。防逻偶懈，遂起投缳。不意初缢救苏，再缢悬绝。咸曰：人生皆有命，然而议嫁弗从，议守弗应。惟知就死，乃合天特。以防维愈密，遂尔巧计潜生。对慈亲而强笑，冀合家之无猜。闻媒妁而窃嗔，因乘间以毕命。此生偷生，何如捐生而就死。一死再死，遂至三死不复生。于时暑日方炎，蚊蝇远避，经夕方敛，肌肤犹温，玉容毁玉，生气凛凛。直如生香骨生香死，心耿耿常不死。循故主于九原，幽冥永聚；贻芳名于百世，日月争辉。于时艺苑骚人，词坛墨客，竞抒藻思，妙制鸿辞。联佳句于瑶函，表徽崇善；扬芳徽于彤管，振靡起衰。愚鄙而无文，拙而善病。俗未涤肠，敢云唾生珠玉；才乏作史，何知字挟风霜。然而慕义有心，表章为志，秉兔豪以扬辉；竟忘固陋，附骥尾以并显。是所窃欣。"高叙如此，极为详悉。余即勉附一首："叹息女贞木，翘然独出群。此心常默默，他说漫云云。受聘终无改，殉名凤所闻。难忘慈父母，来世报恩勤。"私谓未及于归，终属贤智之过；决然一死，使其父母难为情耳。补出欲报之意，庶几它作所未有。

## 一六二

阳月，彭竹鹤来札，知逆匪夏间往来商河者十一次，幸城守尚严，巍然独存。而丙寅年所寄来函，不知浮沈何处。"寄书常不达，况乃未休兵。"正此时事，诚可叹也。渠来诗二首："鹊噪带欢声，书来自友生。乱离愁我警，思念见君情。佛劫真堪叹，妖烽幸已清。泮林得无恙，双鲤报分明。"又："问讯最详明，兰言字字清。莺迁劳远望，燕誉为关情。桃叶未曾咏，桂枝何自生？冷官宜病体，不愿弄琴声。"适乐陵阎榴厓亦有来函，知枣林无恙，可慰远怀。

## 一六三

家藏《汉兖州刺史杨叔恭断碑》一角，碑阴糢糊已甚，惟边际尚存"元盛叔举"四字。前拓碑正以赠南皮张小云，渠以未得碑阴为憾。今秋适有商河捶碑工人来，即全拓寄之。阳月，得其复函并诗二首，亦用彭竹鹤韵："惊心画角声，虎口脱余生。重奉珠玑字，弥增故旧情。关山愁晤对，河海幸澄清。闻道乔迁处，书窗净复明。"又："因风便寄声，即此见平生。千里驺山路，三秋鬲水情。汉碑文自断，郉曲韵逾清。不待开函读，已令双目明。"

## 一六四

冬杪馈岁，冶山用酱园瓜肴，甚佳。余口占"瓜"字韵致谢，冶翁还报云："余论何嫌惜齿牙，浮名枉使世人夸。东陵自掷千金印，只傍青门说种瓜。"余笑曰："教官那有千金印？此揄扬太过。且吾并无种瓜之地，事亦大难。若解组之说，贱者虽自贱视之，若千金可耳？""瓜"字韵，次年又三叠之。

## 一六五

八年己巳，余年正八十，林亦翁赠联："志在著书辞薄宦，性因好静自延年。"听翁赠联再三易稿，不悉记。雨山赠联："矍铄是翁过伏波已十八载，归来未晚觉陶令亦寻常人。"余自作初度诗三首，自叹而已，概无足记。舍弟赠联："受福孔多，逾稀龄已十年，身犹矍铄；履端伊始，过元旦才一日，景正舒长。"合附及之。

## 一六六

中春，鲁境千答和二绝："泉沃东陵普种瓜，便便腹笥自堪夸。菜根淡薄无滋味，持赠何期于易牙？""礼经八十享常珍，颐养天和乐性真。愿祝百花生日寿，恰当二月已中旬。"渠押"瓜"字，亦用"东陵"，又加"泉"字，照"东泉"之号，益显明矣。诗来正值花朝，惜吾老矣，何能与群花共烂漫哉？

## 一六七

莫春，华樵将回济南，留别同人八首，其一云："正是升平世，刚逢逸乐时。歌翻清夜曲，局变一枰棋。荐赋垂青眼，传经有白眉。交情如水澹，何以慰相思？"又投余诗前后四首，摘句："文追庾艳言言妙，诗逼郊寒字字新。""林宗座上言欢洽，和靖园中燕集频。"又："云天深见老人星，屋小于舟惟德馨。艺苑之中眉独白，风尘以外眼全青。"余各次韵酬答，立夏次日赋别竟去。

一六八

归田六年，久不得熊少府兰坡消息，适闻其近况不佳，未知果否。检旧书札册，前得兰坡诗凡六十余篇，古近体皆翘然出尘，浮沈下缭，诚可叹也。再钞其数首，《春江雨》云："雨微微，烟霏霏，桃花夹岸絮花飞。澄江潋滟浓云湿，远峰缥缈绿阴围。西岩渔火暗轻雾，斗笠孤篷滴未住。乳燕迎风酒旆飘，荡漾扁舟杨柳渡。"《河畔草》云："草青青，水泠泠，古道天涯长短亭。河畔桥边明夕照，落红点染袭芳馨。暮春时节江南忆，紫陌青溪添秀色。诗人梦绕客魂销，雨丝风片度寒食。"又《冬夜偶笔》一律："廿年佳节滞他乡，梅蕊初开客思长。归梦每过黄叶寺，故园遥忆荻花庄。江湖涕泪余诗卷，花月情怀忆酒觞。岁叙惊人嗟老大，一天风雪夜苍茫。"又枉赠一律："两载骚坛结凤盟，自惭俗吏误微名。丈夫意气存肝胆，词客风怀惬性情。月色夜澄银海洁，冰心人共玉壶清。有时惊醒关河梦，惆怅天涯涕泪倾。"己巳夏五廿有三日，邹邑新寓漫笔。

一六九

季夏，得小云来诗二首，录一："四载违函丈，心仪宝汉斋。诗篇逾老健，近况倍清佳。三径应栽菊，双扇孰叩柴？相思不相见，百念总成乖。"此系叠和原韵之作，未为甚工。榴厓则久无和章，"寄书常不达，况乃未休兵"，杜句良然。

一七〇

自往岁雨山处为七老会，期年之间，已少其四，徐陈应刘之感何能？己巳冬杪，叠题《七老图》元韵，又成一首，惜无和者，附记于此，文繁可弗录耳。

## 一七一

庚午元日，杨筠石袖诗来，垂赠二律，录一："羁栖三载又逢庚，回首难追过客程。一寸分阴争烛短，百年人事霭烟横。多栽红药君门广，为扫纤尘我梦清。柏酒屡斟追绛帐，里歌遥唱贺元正。"后又叠和再三，有"烽烟尽扫留真迹，凡卉消除见素情""羡君桃李盈门秀，旅客难酬冷世情"等句，自写怀抱。语甚多，不悉载也。

## 一七二

忆嘉庆庚午，乃余得副贡之科，距今六十一年。重赴鹿鸣者，概无一人，甚可叹也。适读《放翁集》，多有八十余诗，因集其句，如代余言也。即书于《续诗话》册后，词曰："寓世八十年，高卧颇自喜。竹篱茅屋真吾家，绿秧分时风日美。得意翠木清泉间，吏不到门人昼眠。苦心自古乏真赏，顾视解组如登仙。野气川云净如扫，客中得酒薄亦好。驱除二竖走三彭，不知何以致此老？一生衣食囊中书，眼前故人死欲无。莫恃心肠如铁石，狂歌痛饮豪不除。人生富贵本细事，春愁茫茫塞天地。笑拂吴笺作飞草，洗我堆阜峥嵘之胸次。"

# 第四册　杂识　上①

## 一

同治辛未，余年八十有二，自知衰老，平昔笔墨，皆束而不观。暑月晒书，于故书夹中得旧竹纸一帙，乃三十年前亡友爱泉三兄所赠写《诗话》之羡余也。渠作古后，遭南匪之厄，其家荡然无存，而此素帙尚留敝笥，亦可叹惋。乃奋欲更作《续册》，以答良友之意。知交寥落，苦无诗可写，随手杂识，茫无伦次，聊以消日云尔。

## 二

邹谕郭梅翁，城武县人，余从弟星璧选拔之同岁生也，作古归去已数年矣。余壁间仍悬其贺余第二儿完婚屏幅，乃同治丁卯年作也。其诗曰："一片彩云耀眼红，三千朱履喜趋风。犹龙门下乘龙快，雏凤箫边引凤工。我辈冬烘欢欲跃，君家春酒酿须丰。书成博议鸿才展，飞上鳌山第一丛。"其"犹龙门下"句，谓小儿乃李笏堂明经之婿，尤为雅切。

## 三

客冬，潘松岩寄诗来，五律一首："事往已如梦，君犹念昔欢。去书何日达，来札几回看。且喜人无恙，堪惊岁又阑。迢迢千里外，此别会应难。"又补寄其前年寄缄未达之作，七律一首："为问东泉老居士，比来眠食复

---

① 底本脱"上"字，据下文补。

何如？歘惊远别三年久，又是流光二月初。尽室杜陵常作客，华颠麟士尚抄书。离心不限齐滕路，千里相思共望舒。"又寄《惜春》一首："衰翁一倍惜芳菲，又见风前柳絮飞。明镜但能生白发，长绳那得系斜晖？花残也似佳人老，春去还如倦客归。惆怅少年多少事，而今回首已全非。"松岩诗各已裁答。续得榴厓处讣闻，知榴厓抱病，自春夏间不起，故久无诗信。

## 四

今岁开春，黄冶山寄到与杨筼石倡和诗一首，即为转送杨处，讵知杨已归道山，诗留敝处，为记于左："浮生无分住山溪，琴铗随身东复西。怪事书空看断雁，壮怀起舞忆鸣鸡。贫如原宪谁同病，悟到庄周物本齐。天气正晴人意好，春风催促早莺啼。"夏间，余寄冶山一函，讵意渠亦作古，余即叠"啼"字韵挽之。检冶山来诗，自去秋甚希，仅和《自嘲》"禅"字韵一律："无计学仙与习禅，厌随商贾懒耕田。譬如捕鹿浑成梦，纵不得鱼早忘筌。弹指任消闲日月，挥豪犹诧落云烟。来朝朔已逢长至，可喜新春入旧年。"冶翁来诗，乃止于是。筼石在邹，去岁多病，倡和不乏。检箧中存其叠和"天"字韵二律，合备录之。"几回说破镜中天，梦里三生石上泉。未熟黄粱都胜境，怕弹古调悟余弦。一门雍睦贫为福，异代浮名稿未全。同兴秋思感杜老，衣冠预卜有开阡。"又："人过中年怕问年，光阴聊度小春天。吟诗懒斗尖叉韵，听月浑忘丝竹弦。夏不耐炎贪卧榻，冬尤向暖浴温泉。何时得遂归鞍志，漫卷诗书喜越阡。"结句牵于限韵，不必尽工，所贵心知其意耳。

## 五

开正，逢余初度，董听翁寄贺一首："辛年传座日，黎明亭台扫。绛帐开寿筵，杯盘罗梨枣。高贤来二人谓学博，行彼扶风道。我亦步趋之，随班瞻文藻。阿由解尊贤，见善无不宝。邻翁亦齐来，来祝矍铄老。老人年几何，寿恰如梁灏。两耳无不聪，眉须无一皓。岂止生满百，上寿天亦保。先生闻此言，说我善颂祷。酌我十余盏，我醉醉欲倒。既燕又思之，来年来更早。"余依韵勉答，文多不具列。阿由，谓其从弟羡门。

## 六

笏堂作古，倏已三年。顷二儿延洪往省其岳母，属为搜罗笏翁遗墨，可当碎金。得一诗片，款署"复初道人"，想是笏翁旧友，但姓名则未闻耳。诗首句不甚可解，原笺即录于此。《六十述怀自嘲拟邵子首尾吟》二首："六十无能且让先，拥书闭户意悠然。已成大拙不思巧，未到如愚敢望贤。尽日扫除心上地，随时涵养性中天。痴聋尽有中和旨，六十无能且让先。"其一"闲从静里悟全真，孰是荣华孰是贫？心地有天皆化日，性天无地不阳春。浑成朴素齐物理，淡扫繁华远世尘。白尚有知黑应守，闲从静里悟全真。"其二笏翁应有和章，惜未留稿，即此当笏翁作观之可耳。首句难晓，次首"华"字重见，应是未定稿也。雨山博士处存笏翁尺牍四五事，皆谈堪舆者，余素所不解，无能采录。今雨山作古，笔札亦无复见矣。

## 七

往岁济南府学于紫溟寄二绝句来，冶山索观，即以原札与之。兹记其原诗："一年又过一年春，白首龙钟近八旬。只为济南山水好，因循仍作未归人。""壮游豪气未全除，老景蹉跎尚自如。堪笑季鹰归计早，匆匆只是为鲈鱼。"以张翰相推，亦何敢当？归来八年，莼鲈之味，殊亦萧然，可愧之甚。

## 八

冶山去年来札，有抄示洪大令《自题小照》二首，友人传观，今觅不得。闻洪已撤任，诗更无处觅矣。念洪在乐陵同寮数年，全无赠答之作。余初到乐陵时，大令则河南宗五小棠，少年进士。每见辄谈制艺，口诵冯咏，有司莫以告题文，深以自警，后升任去。余后再到乐陵，屡经明府，不可一二数，惟李公念兹有赠联，亦未能详记。少府童一心畬曾为书扇，今尚存。渠知我将挂冠，所录诗乃郑板桥句，结云："惟有莼鲈堪漫吃，下官亦为啖鱼回。"聊复记之。

## 九

余在乐陵得庆云崔君旭《诗话》二册，中有《冯海棠顾秋柳》一条，末及余先君子《绎山》诗，用百二十如字，赵鹿泉目为"百二十如山人"，敬为录出，不知渠何所闻也。旭，字晓林，嘉庆戊午乡榜仕籍，余亦未能详。其《诗话》载吾乡人不乏，有沾化李心田一段。心田名维，乃余癸酉同榜者，惜未及谈诗。崔所载非心田自作，乃其邑前辈苏君诗也，更无容赘书矣。其载滨州杜丈石樵《怀柔道中作》："昔我经行麦始芽，今来已是菜生花。鹁鸪迁树午声暖，蝴蝶绕畦风影斜。百日春光为客过，一川烟景向谁夸？临桥照见星星鬓，欲借南流送到家。"它不备录。

## 一〇

章丘宗人济川公，名汝舟，乃余叔父庚申恩科同年也，著有《诒縠堂诗稿》，七古一首："生不愿封万户侯，亦不愿识韩荆州，更不愿为汉嘉守，载酒或作凌云游。但愿必得佳子弟，琪花瑶草盈双眸。陶令亦有五男儿，驽骀偃蹇非骅骝。燕山金粟香风度，亭亭五桂高千秋。杨家黄花唵黄雀，四世五公参庙谋。遒然忽发苏门啸，十二阑干人倚楼。"此诗亦见崔君《诗话》，但遗其题，题当为勖诸子作也。哲嗣绍缓为潞安太守。

## 一一

余于友人处又借观魏宝臣先生《东鲁小草》。魏任观察时，往来单父，与先严谈艺最为合契。渠手书《曹南道中》诗二首索和，先严各依韵和之。原札时为珍玩，后遭乱失去。今得原诗，顿复旧观，即录于左。《三月三日曹南道中偶成》："茫茫古济阴，按部我行野。山虚陟景员，俗且问曹社。居民果园稠，时惟暮春者。桃花梨花村，到处矜娅姹。径穿雪香中，映带红云下。""牛宫菜绣畦，鳞屋柳飘瓦。已觉泠风和，但少甘雨洒。振穷或攀辕，劳农还驻马。蓬心增烦忧，芳序足陶写。罢咏曲水诗，鞅掌歌小雅。"又《曹南书怀》七律一首："惊心插柳遍千家，渺渺曹南水一涯。片段云生寒食雨，三分春到小桃花。翳桑定有饥人梦，塞瓠犹传使者车。记得流民图郑侠，争教缁鬓不先华。"后又寄三首，《五月十五日放舟独山湖》一律："独山湖外水云宽，万顷烟波不见端。此日登临行役慎，古人忠信涉波难。清风送客双帆饱，细雨催诗五月寒。白浪粘天休依枻，芦湾深处是平安。"又《月夜舟行独山湖》一首："舟子夜语喧，好风旗脚转。一帆不得泊，俄顷截湖面。□水空阔间，漾月如曳练。洗净纤微云，凉露满空溅。中央大圆镜，遥山青数片。宵泛景绝奇，平生所未见。失道问莫应，曲折误洲淀。且停芦边桡，顿觉尘虑遣。"又《鱼台舟次观刈麦》一绝："香吹饼饵暖风薰，山下人家笑语殷。相约横镰趁晴色，辉辉新月卷残云。"右五首皆魏公诗。魏印成宪，仁和县人，著有《清爱堂集》。

## 一二

因忆先严在单父任内，凡经三考同官。初乃河南杨又山先生，名绩，时与处最久，交情亦最厚。时余兄弟同案入学，先生赠联："惊座文章夸二宋，冠时名誉继三苏。"后卸仕，求先严为其尊翁作墓志。癸酉秋，曹定教匪滋事，大令乃江右蓝公，同谋守城。蓝坐上有相士，一见先严即贺曰："喜气满面，必有吉祥善事。"蓝曰："世兄辈方应试，必有中式者。"渠曰："皆中矣。喜气充满，无少缺陷。"即而愚兄弟同榜获隽。守城者闻之，亦相恃以无恐。

## 一三

单县年丈刘旸谷先生素有诗名，在单前后十余年，惜未得其近作。犹记先严说初膺鄂荐，时公会并请座师，师乃江右刘金门先生。旸谷到时，金门喜曰："此万丈奎光也。"同人共为欣然。由乡试诗《题试院煎茶得苏字》，旸谷诗起句："万丈奎光里，茶星入望殊。注经原是陆，知举更传苏。"合为记之。

## 一四

太高叔祖明季超贡利宾公手书遗诗一卷，素所珍藏。嘉庆时，南崧师续刻《山左诗抄》，先严即命录副本送郡中。既选后，原册未蒙发回。今遭捻匪大劫，诗集无存矣。去岁，大儿馆池头，从族众抄册得利宾公《平山行》一首，顾遗其题。余记题下有“同孙绎侗共登”等字，不然，则诗中“两人相对”及“孙子为吾歌”句，不知谁属矣。原诗录后：“终南之高摩青冥，仕宦捷径羞山灵。峨眉之横信奇绝，长蛇猛虎吮人血。此山不高亦不长，无名太璞古文章。春来芳草连天碧，秋至横云带木黄。娱耳管弦山鸟呀，衬鞋狼籍野花香。古径荒僻人烟少，殿庑倾欹住空王。何时谁种垂杨树，清泉东西两相望。绿盖藏阴明镜影，但看日夕下牛羊。牛羊便利逐水草，不似农人缺糇粮。四海干戈填北斗，草莱满眼任穷荒。两人相对意仍赊，山灵水伯任行藏。可以上山歌白石，可以下山濯沧浪。山不在高士自贵，千秋是非面生光。环顾儿童长太息，此曹或可见平康。此时孙子为吾歌，赤壁之赋叶宫商。风月无尽取不竭，肯与时人角短长。平山无崩弱无死，气类相关正如此。堕驴大笑同希夷，能乐何必不乐饥？”按此诗首句七字俱平，后不复用一句七仄者救之，亦不为世俗剿说所拘束也。惟“长”字韵重押，则后幅“角短长”三字应是“较低昂”之讹。传抄讹误，所不免耳。

## 一五

偶阅明人所著《尚古类氏编》，有吾鱼邑大令宫公一条云：“宫志，永乐间鱼台知县，为人廉，能善于抚字。后以秩满，邑人再四奏留之。”原编仅此数语，未详此公何许人。又“奏留”句亦似有误，邑人何能奏留之？或明制有此例。此条足补吾邑“名宦”，不知邑志有此人否？吾家旧存邑志，乃先严手校增益本，劫后无从寻觅。利宾公《平山行》似已载邑志者，今亦不能确记，后人修志要当采入。

## 一六

余按宫姓在古甚希，《后汉书·襄楷传》后有一宫崇，琅邪人，诣阙上其师于吉于曲阳泉水上，所得神书百七十卷，号《太平清领书》。此事甚异，于吉弟子亦方外畸人，而《类氏编》遗而不载，固知此等书详备为难。

## 一七

少年曾有《两汉人名记》一编，于山阳湖陆仅得二人。其一度尚，字博平，事母至孝。家贫，为侯览视田，仕为上虞令，迁文安令、荆州刺史。后以破长沙、零陵贼功，封右乡侯。为辽东太守，戎狄惮威。又一人单飏，在《方伎传》。飏谓黄龙见于谯，其国当有王者。魏郡殷登记其语，后果验。吾邑志当录此二公原传。又按郑樵《通志》汉碑录目有荆州刺史度尚碑，注云未详。而洪氏《隶释》备载其文，首云："其先出自颛顼，与楚同姓。"应自有据。《元和姓纂》但云度姓"古掌度之官，因以为氏"。语殊泛泛。吾邑后有重修志乘者，当以《后汉书》本传与《隶释》碑文俱详列之，不可忽也。

## 一八

邹谕自梅翁去后，署篆张君印还午字宏远，济阳人，去年有瓜代消息，余为惜别二律，渠即答依元韵。既闻瓜代者已故，又其喜其复留，复用元韵赠之，渠亦叠答。稿粘壁间，多为虫蚀，仅载其第一首："人生最苦是离群，莫定萍踪我亦云。借箸平阳成故事，置身洙泗懔斯文。频承笑语情殊密，屡接衣冠袂忍分。满座高朋皆雅望，年高德劭孰如君？"

## 一九

济阳前辈《张蒿莽先生文集》三卷，余家旧藏者，今无处寻觅。乡因其诗中有难解之字，录出一首并记于此。蒿庵《题剩和尚诗后》七律一首，剩和尚，今亦不知何人也。其诗曰："新诗读罢奈君何，泪点青衫较旧多。信是文章能作佛，岂知忠孝转成魔？巫闾别出优昙叶，樇橲频翻麦秀歌。我有片言难寄语，深惭缕发尚婆娑。""樇橲"二字不解，想出仙书。

## 二○

余癸酉科座师正主考当涂黄左田先生。丁丑先兄见背，嫂孔氏自缢以殉。余走京师，蒙左田夫子赐作《烈妇传》，手书横幅，后即裱为一轴，时加珍惜。近亦遭劫火，印册、板本俱归乌有，可胜悲感。余平昔于抄报中得左田谢表前后三篇，备录于此，以志景仰。嘉庆二十四年六月谢表："户部尚书黄奏为恭谢天恩事。六月十六日准军机章京赵光禄至臣私寓，斋奉殊谕：'伉俪之情，自难强抑。然卿已逾七旬，气质初非十分强壮者可比。短天时暑热，只可于无可如何之中，节之以礼，切勿有过哀伤。总之国事为重，倚任方深。务加意自重，永保康强，佐朕以襄上理，朕实有厚望焉。钦此。'臣跪读之下，感激零涕，不知所措。谨率臣子等伏地碰头，当求军机大臣据情奏蒙圣鉴在案：窃臣蒲柳之姿，蓬庐下士，遭逢隆盛，沐浴恩波。侍直禁庭二十三载，进无献纳经纶之绩，退乏文章报国之才。徒以滥叨宠荣，蹒跻卿列，惕思陨越，逾分惭惶。皇上御极以来，鸿施叠沛简畀之任，不弃颛愚封荫之荣。遍叨五世，晖光所照。梦寐常惊顶踵捐麋露尘奚补。兹臣以妻丧请假，乃复曲荷圣慈，手敕亲宣，过蒙矜恤，悯其赢老。值此炎辉，命援礼以节哀，俾保身以副望。洪恩出于破格，渥泽及于九原。自顾何人，获兹异数？瞻天拜命，踞地铭心。伏思臣一介孤寒，谬膺显职，敢存问舍之心，惟仰如天之覆。昨以嚣尘近市，赐宅宸垣，移家则方待经营，尽室已交欣团聚。而臣赁春甫免，举案无缘。猥因荆布之私情，乃致丝纶之俯赉。此则三生感泣，抚井臼而犹存；白首衔恩，顾桑榆而恨晚者也。惟有策励衰颓，恪勤职守。虽生成之大德，图报无阶；而迟暮之余年，拊膺思奋所有。臣感激惶悚下忱，谨缮折恭谢天恩，伏乞圣鉴。谨奏。"又道光五年十一月："户部尚书黄谨奏，为年力已衰，敬陈下悃，恭折奏恳圣恩俯准致仕，仰祈圣鉴事。窃臣家本寒微，质尤弇陋。早年献赋，两叨一等之褒；强仕登科，谬挂六曹之籍。一年郎署，十载家居。方资教读以谋生，忽被荐剡而录用。遂乃簪毫和殿，换职词林。屡邀星擢之荣，荐历春官之长。遭逢迟暮，已及悬车。进退惭惶，正虞恋栈。恭逢我皇上御极，初元诞敷闿泽，又复量移户部，承乏枢庭。猥以蒲柳之姿，滥厕丝纶要地，恩深任重，识暗才疏。欲报称而愈难，思陈力而未敢。昨奉圣谕，念臣衰老，毋庸在军机处行走，责令臣专心部务，并免逐日入直南书房。头衔则仍领度支，廩禄则坐食丰腴。在君父之恩，惟矜全羸老，天地优长；在微末之臣，则冒窃隆施，衾影滋愧。况臣幼失怙恃，养于外家。长游四方，拙于糊口。综计七十六年之内，奔走几过半生。即今二十六载以来，松楸未能一拜，恐一旦景迫桑榆，溘先朝露，君亲既两无所报，覆载将何以自容？用敢缕陈蚁悃，沥诉乌私，愿乞残骸得依先垄。受三朝知遇之恩，虽草木而知感溯；卅载生成之德，惟涕泣而难言。如蒙皇上天鉴，曲赐余生，稍事摒挡，即行回籍。倘此后上赖圣主如天之福，微臣得跻耄耋之年，俾得尔时，再诣阙廷，恭祝五旬万寿。而江湖虽远，愿来赓天保之六章；尧壤能歌，敬上效封人之三祝。臣不胜感激待命之至，谨缮折沥陈悃忱，叩恳天恩，伏乞皇上俯准，乞休得遂臣愿。谨奏。"又道光九年七月口日："予告户部尚书在籍食俸臣黄钺跪奏，为叩谢天恩事。六月初一日内阁奉上谕予告：'尚书黄钺曾直内廷，宣力有年，学问素优，人亦谨饬。本年八月为伊八十生辰，特颁御书福、寿匾、联，并锡以寿佛、如意、朝珠、文绮等件，用雅迓福祉。伊子礼部七品小京官黄富民，着加恩作为该部候补主事，俾闻之益增庆慰。并传谕黄钺，不必远道跋涉来京谢恩，以示朕优礼耆臣，锡庆引年至意。钦此。'七月初三日臣子黄富民自京斋到颁赐御书福字、寿字二方，御书'引年颐志'匾额一面，御书'玉澜图绘依光近，绿野襟怀养福长'对联一副，并寿仙三尊，玉如意一柄，芙蓉石朝珠一盘，缂丝蟒袍二件，大卷八丝缎六匹，小卷八丝缎六件。臣当即出城跪迎，恭设香案，望阙叩头祗领。伏念臣菰庐下士，蒲柳衰姿，四十登科，备荷三朝，覆载七旬，拜赐曾受四字褒荣。嗣因年老陈情，仰沐圣恩逾格，念其衰病，特畀人参，悯其余生仍沾天糈。迨归田而具谢，复批答以垂询。自顾何修，叨荣已极。乃以年加马齿，更邀宠赉；龙章寿世，即以寿人造福于焉。锡福引年，勿替溯优礼之周详；颐志长贞，占吉辞于义画。缅前岁玉澜绘像，许近光华，较昔人绿野名堂，尤标宠异。瞻来宝相，金铸长生；捧出琼枝，花开如意。数牟尼之一串，感切衔珠；绸鸾凤之千丝，荣逾锡衮。堆盘充篚，都由纶綍之恩；被体章身，悉赖絣縡之德。在微臣已叨逾分，而圣主更沛殊施。无尺寸之劳，赏延于世。率子孙而拜，恩重如天。门庭粲烂，以生辉闾里，欢忻而动色。此实梦寐所不敢期，抑且捐糜所不能报者也。以臣庸陋，自忖平生进不足以酬知，退难言于补过，徒以遭逢眷遇，终始成全。壮不如人，乃奉尽职趋公之谕；老将及耄，犹荷学优人谨之褒。惟天地之包含，终无弃物；俾江湖之散佚，永保荣名。此又臣刻骨镂膺感深涕出者也。况复曲加体恤，更示优容，谓臣朽质衰颓，特免长途跋涉。薰风嘘咈，载膏雨而南飞；青锁遥深，倚桑枢而北望。臣惟有瞻云泥首，向日倾心。守养福之名言，诚惩悔于晚节。夕阳无限，敢云已近黄昏；湛露方浓，自喜长依化宇。此日尧衢击壤，偕耕田凿井而共戴皇仁；逾年舜陛瞻颜，随华祝嵩呼而载赓圣寿。所有微臣感激荣幸下忱，谨缮折叩谢天恩，伏乞祈皇上圣鉴。谨奏。"

## 二一

《馆阁赋》内有左田夫子《拟古》数篇，兹抄其一，以志景仰。《茉莉花赋》："芝阁凉清，松厅昼静。日转槐阴，风摇花影。银丸颗颗，盆邻鱼子之兰；雪瓣星星，茶熟龙团之饼。碎水晶之万粒，竹槛冰清；伴壁月于三更，玫阶露冷。时则轻摇纨扇，横设匡床，素瓷凝碧，密叶团香，丝丝轻颤，的的相当。瘦较木香开遍月牙，浅渚小于莲瓣阴浓。亚字回廊，乃有陈娥舍瑟，赵女停筝。暂收彩线，新浴华清。倚槛小摘，拂袖徐行。人宜蕴藉，花爱轻盈。听蝉琴之炼响，触蝶梦以频惊。数枝豆蔻钗横，玉蕊破开云髻；一枕琉璃睡觉，银丝香透桃笙。亦或屏掩罘罳，檐深玳瑁，清味潜闻，纤尘不到。荼蘼架底，贮玉露于冰壶；薜荔墙边，采银花于茶灶。刚称炎歊，最宜初月。香杂云衣，花黏石发。立小玉于幽丛，讶绿珠于深樾。类冰姿于季女，却称瑶簪；比雅韵于梅兄，居然铁骨。"

## 二二

崔旭《念堂诗话》中屡称船山先生，以为大宗，盖渠之座师也。《船山诗集》，余素未见。在乐陵时，署大令陶赞臣赠以《船山诗补遗》二册，循览一过，即束阁之。兹特检出，有《赠叶中书云素》一律："狷介论交例不宽，常因旧雨梦江干。奇才绝世宜非福，好友重逢□得官。励志宁愁今日晚，忘形能到古人难。功名岂是荣华事，莫向烟波讽挂冠。"又《题黄左田同年仿石田翁画卷》一律："画意诗情绝潇洒，旧时风月一清新。但凭好景留今日，未必虚怀让古人。世外心交多冷趣，闲中墨戏总天真。乱头粗服偏神似，肯仿林宗垫雨巾。"又《邹滕道中》一律："地大阴晴乱，遥天漏夕曛。井田滕县雨，篆籀绎山云。麦气浮无界，花光剩几分？江湖知不远，车马尚纷纷。"又《潍县道中》二绝，录一："无定官如上下潮，谁从尘海见丰标？百年多少潍夷长，忍俊惟余郑板桥。"船山仕为登、莱观察，嘉庆辛未挂冠归遂宁，去今同治辛未正六十年矣。其所赠叶中书，乃余先严辛酉乡试座师也，并为记之。忆嘉庆壬戌先严应春官试归，得云素先生手书《生孙志喜》七律四首，稿今遗失。其令孙仕至大中丞，殉国难已十余年矣。船山张公，名问陶，字仲冶，少时有《宝鸡道中题壁诗》十六首，乡曾一览，有激昂慷慨之致。未及抄稿，料世多有之，不待鄙人之琐录耳。

## 二三

《船山补遗集》中《分龙行》最为杰作，合为录出。"五月二十日，胡梦湘户部招同吴毅人祭酒、与山尊编修及亥白兄雨集，赋《分龙行》，词曰：'山云水云曳电走，万灵蠢蠢争昂首。灵辰灵雨应分龙，急溜排空势何陡！主人揖客临前楹，溅衣珠玉声琼琤。四筵各有蒡龙手，酒酣同作分龙行。一客挥毫一龙舞，起龙笑击花奴鼓。逸气摩空天为低，浩歌声与龙吞吐。我闻高山大川龙所宫，斑然五色团雌雄。九州方域自今古，天经地脉长流通。重霄大号涣江海，轰雷绕角声其聋。尔能布泽天无功，但令八纮禾黍年屡丰。下视一气青蒙蒙，帝居高真只浓笑，容汝利见无终凶。龙兮龙兮，尔亦崭然有头角，忍学乖龙逃古木？奉汝当筵酒一杯，乘时好作苍生福。是时炎官亦敛威，朱旗昼掩三重围。衙衙神物露鳞爪，回旋为我流金辉。一龙南征赤羽葆，朱方早为收淫潦。一龙矫首西南行，天何怒喷兼洗兵。一龙西飞一西北，关塞重重极天黑。甘凉秦陇杂番夷，千里河汾卫京国。一龙山立拱朔方，一龙东北回风翔。神皋郁郁宜雨旸，东来佳气黄云黄。东南巨浸连东震，澉澉鱼头吹作阵。莫使长鲸拔浪飞，双龙上下关民命。中原地高忧水旱，桑麻绎绎通畿甸。谁创奇功抵万龙，蜿蜒特为开沟堰。龙腥扑面歌乌乌，金支翠旗光有无。冲泥有马去无路，中庭浩瀚成江湖。葛陂竹枝渺何处，醉骑茅狗吾归乎。'"又《冬日闲居》二律："贫极翻无事，闲居拙养尊。冬晴风更肃，昼冷日方昏。经卷常堆案，轩车不到门。官清鸡犬瘦，人物古乡村。""笔墨为官职，吾真吏隐兼。累多常废学，债积已伤廉。得酒杯还把，围炉火不添。一寒寒至此，诗味渐清严。"

## 二四

临津《吴竹荪诗钞》，余得其一册，皆古体骋才好奇之作，不可胜录。录其《登吴城望湖亭》一首："西江名胜何处寻，乃在庐山之高、鄱湖彭蠡之大且深。长风浩浩来万里，使我顿开俯仰天地上下千古之雄心。吴城豫章一都会，望湖亭高出鸟外。登临方知眼界宽，远观更思乾坤大。我家本与瀛海邻，何时游宦来江滨？其年闰五月，其岁次戊辰。屈指于今逢戊寅，尚作东西南北人。君不见水中沤泡影，一过谁能收？又不见江上舟，转瞬已去难更留。权位势利似梦幻，不义富贵如云浮。太上有立德，其次有立功。既殁其言立，不朽垂无穷。旷怀古今奇男子，云台麟阁名望隆。可与彭蠡之深同不息，可与庐山之高同无极。试看亭前令公庙，千秋凛凛尚血食。"竹荪，名名凤，字伯翔。余在乐陵尚欲觅其全集，今不可得矣。诗结句"令公庙"亦未注明，俟问知者。

## 二五

海阳李字山前于癸卯秋日寄余诗数首，中有《石剑行》一篇，为录于此。石剑，注在海阳城北卅里。其诗曰："山中一石锋铓揭，万人指作昆吾铁。山顿遂以石剑名，封侯有具备亲切。夜夜映照北斗杓，挥洒风雨凝霜雪。剑锋西望蜀云多，抛掷东溟一片结。不然湛卢自韬光，化为顽石恐漏泄。嬴政到海不敢鞭，卓立直并之罘碣。道光二十三年秋雨中，才过盂兰节。疾雷惊电倏忽来，势挟丰隆飞列缺。不知磨炼与陶镕，就中隐隐六丁掣。此石不肯绕指柔，此剑已作三段折。成毁莫辨雄与雌，斑斑犹认枭獍血。风恬雨霁石不收，远近传呼惊奇绝。村中人如失家珍，名在实亡那可说？鸠工更欲复旧观，根蒂全空土花裂。想是龙泉飞上天，败鳞破甲难补缀。世无雷焕张茂先，纷纷疑团谁能决？"右诗乃字山记异之作。不及十年，而海阳遭南匪之乱，字山殉死，石剑断折，若预为之兆者。噫！

## 二六

长白德慎亭先生，乾隆时为山左学使。余案头尚有其《游白云洞》诗一首，顾此非驺绎之白云洞，乃南省太平郡，石刻注亦未言洞在何山，即当绎山之白云洞观之亦得。石刻原款备录于左："太平名胜白云洞，到者绝少知者众。只以奥区天所珍，故深韬藏省迎送。俭堂太守癖山水，灵运风流逢伯仲。不惜侧身学猿猱，梯石穿通十丈瓮。出瓮闯入神仙宅，鹦鹉欲回真宰控。竟驱五丁倩巨灵，开山擘之加磨礲。佳日独把烟霞收，良宵细将明月弄。自怡颇可持赠难，不谓更有好事狂。好事者谁随便子，客途未放岁朝空。苦泥太守借马骑，寻春缓顿青丝鞚。瞻麓方讶不得门，蜡屐喜任从容中。峰回路转人半天，恰值广厦无梁栋。悬千钟乳殊形模，凝一坞云大帡幪。中列五彩画屏风，斓斑焕若蹲威凤。石掌突丹穴垂垂，似欲接酒釃太守。卜此奉观音，行见四野香花贡。况多天然石鼓钟，雅宜老僧敲而诵。小叩其声清越长，大振厥响邹鲁哄。为受离尘地嫩回，相对忘言听鸟哢。忽发猛醒成掀髯，乐矣我在淳于梦。乾隆壬午春五日《游白云洞》诗册。封安南正使慎亭德保草并书。"按石刻"天"字，一作"䨺"，一作"叀"，殊为好异。随便子，盖其自称；俭堂太守，则不知何姓名矣。绎山名胜亦有悬钟洞，与此相埒。

## 二七

适见《菊庄诗话》："陈去非少学诗于崔鶠德符，常问作诗之要。崔曰：'凡作诗，工拙未论，大要忌俗而已。'"此一条可谓要言不烦。较之《困学纪闻》所载："或问崔德符作诗之要，曰：'但多读而勿使，斯为善矣。'"所说犹是第二义，博观约取是志学以后事，非其要也。顾崔鸥诗流传近世者罕，将勿避俗太甚，遂至寂然，亦可叹哉。《律髓》有德符《雪诗》一首，其警句云"海冻珊瑚未敢芽"，亦太奇，不为工。因忆少时在邻家见一挂幅，书张文潜《论文》诗："文以意为车，意以文为马。理强意乃胜，气盛文如驾。理当文即止，妄说即虚假。气如决江河，势顺乃倾泻。"观者称善。余时方读昌黎文，谓"文以气为主""气盛则言之短长与声之高下咸宜""惟志能帅气"，悉本《孟子》语。为文著书与进德修业，殆非两事。近来益觉学问之道，原本一贯。心地光明，吐嘱亦自清高。若志趣卑污，谬为奇险幽僻之语，则亦俗不可医，崔德符之所笑也。

## 二八

因忆童时于邻家见篆书一联："常将勤补拙，勿以巧为能。"不知谁句。又"美酒饮教微醉后，好花看到半开时"邵子句也。又"佳月照人明作哲，好风入室圣之清"则本唐子西五言句，而畅之为七言，似有出蓝之致，亦未详谁作。

## 二九

听翁以辛亥年仲秋戊辰日生，今年其初度之日，又值戊辰。渠自寿一诗用"戊"字韵，起四句云："一年一初度，难逢吉日戊。戊余生辰天，欲介余寿文。"文多不备载。戊读"茂"，固是险韵。余强和二篇，一用"无逸首太戊"，一用《尔雅》"著雍是曰戊"，聊为继声云尔。

## 三〇

季秋月朔，张宏翁又有还辕消息，寄别二绝，录一："数载谈心意孔殷，瓜期已迫又离群。归帆虽挂仍依恋，何日重逢再论文？"余即答和。阅时其后任仍未有来意，或复蹈前辙，诗成又可停骖。

## 三一

听泉约共和陶垂三十年矣。渠和十余首，知难而退。余则陆续叠和，挂冠以后，始得完卷。较东坡所未和者，增多数十篇，自笑买菜之见，虽多奚为？覆检陶集，误载江文通拟陶《田居》一首。江诗明见《文选》"拟古"类中，而后人纂陶集者误收之，江诗自佳。若鲍明远学陶公体一首："秋风七八月，清露润绮罗。"此岂陶公语也耶？宜昭明弃之也。在六朝绮丽之时，而昭明独好陶诗，为之序，又为之传，谓能读陶诗者，鄙吝之意祛，驰矜之情遣，可以廉顽立懦，有助风教，亦中流之砥柱也。和陶者江、鲍，而后世不乏人。至东坡和之，裒然成集，亦极盛矣。顾东坡大才，和陶殊不相埒，观者自共见而共信之，不假鄙言也。听翁曩与余同此论，故约共和，惜渠不终其事也。顷见《黄山谷集》有《怀陶令》诗一首，去陶甚远，可资笑柄，不惮缕载之。其诗曰："潜鱼愿深渺，渊明无由逃。彭泽当此时，沈冥一世豪。司马寒如灰，礼乐卯金刀。岁晚以字行，更始号元亮。凄其望诸葛，忼慨犹汉相。时无益州牧，指挥用诸将。平生本朝心，岁月阅江浪。空余诗语工，落笔九天上。向来非无人，此友独可尚。属余刚制酒，无用酌杯盘。欲招千载魂，斯文或宜当。"黄诗如此，韵调涩滞。观山谷诗，始叹东坡之和陶尚为近之耳。前明仁和人王洪字希范拟陶一首，尚可称同调，即录于后："我家南山下，前有嘉树林。好鸟鸣其颠，凉风吹衣襟。泛此樽中酒，抚我膝上琴。禾黍亦已繁，桑柘霭余阴。如此良易足，劳生非我任。"王诗如此。"凉风吹衣襟"，较之"清露润绮罗"，相去悬矣。

## 三二

余在乐陵时，从友人处借得《陶诗全集》，手抄一编。中有阙页数处，后仍从听翁处旧本补完，并录昭明所作《陶靖节传》于卷首。昭明传较之沈约所撰，尤为详悉，家集与史传详略固曰不同。又案昭明所撰传中亦有逸句。《世说》卷八注中引《渊明传》："妻翟氏亦与同志，能安勤苦。"其下有"夫耕于前，妻锄于后"二语，或别一传，非昭明所撰者。因忆《云仙杂记》有《渊明别传》二条，一曰："渊明常闻田水声，倚杖久听，叹曰：'禾稻已秀，翠色染人。时剖胸襟，一洗荆棘，此水过吾师丈人矣。'"一曰："渊明得太守送酒，多以春秋水投之，曰：'少延清欢数日。'"知《渊明传》

别撰者正自不一。又《庐阜杂记》："远师结白莲社，以书招渊明，渊明曰：'弟子性嗜酒，若许饮，即往矣。'远师许之，遂造焉，勉令入社，陶攒眉而去。"又《庐山记》："渊明所居栗里有大石，渊明自放以酒，名曰'醉石'。"《寰宇记》："栗里原在庐山南，当涧有陶公'醉石'。"又按《续晋阳秋》云："王宏造渊明，渊明无履，宏从人脱履以给之。宏语左右为彭泽作履，左右请履度，渊明即众坐伸脚。及履至，着而不疑。"右数条皆附录于昭明所作《靖节传》后者，兹复赘录之。外此倘复有所见，当并载无遗。

## 三三

小儿案头有兰亭帖一帙，纸背乃近人刻《元人杂字》，有浔阳张雨诗，中缺二字，录出，俟遇全诗，补完亦佳。其诗前有序，致乃九日山居寄友者，诗曰："行穿苍翠信枝藤，高处何烦尽力登？彭泽县中归去老，泗州塔下再来僧下缺二字。身负黄华酒，万壑松如赤脚冰。旱作龙湫对风雨，看山倦眼尚薝腾。"张雨自称登善庵主，盖有托而逃焉者也。帙后复有东维叟杨廉夫行草书《三云所志》并诗，诗中"云"字悉用古篆，其他行草笔意荒怪，不足尚也。五古一首，文多不暇录。兰亭帖乃雨山博士所赠，云是定武真本。石刻旧系雨山家藏，后以赠某中丞，并拓本亦不可骤得矣。余家旧有明人《星凤楼帖》，所刻唐人临摹兰亭本不一，俱极精妙，乃希世之珍。先君子临摹数本，每爱玩之，不忍释手者。往岁遭南匪大劫，俱毁于火。不知世间尚有此拓本否，书以记之。

## 三四

明人刻《陶集》前有魏鹤山题词，末云："先儒所谓经道之余，因闲观时，因静照物，因时起志，因妙寓言，因志发咏，因言成诗，因咏成声，因诗成音者，陶公有焉。"此"八因"之句，不知见何书。敷衍"因"字，亦殊无深意。谓陶只"因闲成诗"，亦未观其深耳。

## 三五

童时见邻馆中前辈写梁灏《登科诗》一首："天福三年来应举，雍熙二载始成名。饶他白发巾中满，且喜青云足下生。观榜更无朋辈在，归家惟有子孙迎。也知年少登科好，争奈龙头属老成。"不知出何记载。后于明人说部中见之，谅非赝鼎，合为录出。年逾八十有志功名，诚世所希有也。

## 三六

孟冬无聊，余有《对酒》二律，大女婿董缉亭和元韵。时二小儿县试冠军，并为寄贺，录其一："佳章叠奏慰离怀，更喜捷书到敝斋。耆德犹龙身壮健，清音似凤韵和谐。芹宫品自无双重，蕊榜名从第一排。转盼酉秋同折桂，联芳继武兴弥佳。"来书劝余来岁重赴鹿鸣盛宴，余自审年衰，安静为佳耳。

## 三七

张小云叠和《对酒》韵，前后六首，次年春始自乐陵寄到，即录其初和二首："岱云南望日依依，中有文人托兴微。谁信冷官贫肯退，休论吾土是耶非。闲身尚运分阴甓，群季争怜寸草晖。底事春来鹧鸪鸟，声声犹道不如归。""八年不见最关怀，忽枉书来宝汉斋。细阅题封双眼豁，朗吟律句八音谐。有田种秫真安乐，无意出山免挤排。好向浊醪参妙理，和陶旧作况清佳。"他作如"未学嵇康能懒漫，只应方朔善诙谐""夫子今方逾大耋，不才年亦近知非"句皆佳。其称"宝汉斋"者，余先君著《汉碑录文》时，自题斋名"宝汉"，渠尚闻而知之。同治十一年壬申，余年八十有三，欲作一诗，苦无韵。适观《律髓》，有放翁《八十三吟》一律，即用其韵敷衍二首。夏初，有商河拓碑工人来，即托转寄小云，不知何日得达。工人行后不数日，更得小云邮寄诗函，又和拙诗《对酒》元韵二首，不重记也。重午后，二小儿应科试得入庠，鲁镜千寄贺一联："老苏学业堪传子，小宋才华不让兄。"想是成句，未知谁作。以老泉见况，殊不敢当耳。鱼台大学每试一等辄十余人，少亦六七人，今年独五人，大、小儿幸列第三。应选拔试被落，欲为拙句，乃似为抱屈者，遂辍翰，亦弃置勿复道耳。缕记于此，以见鲁联之工。

## 三八

去岁，林亦翁在时，以其侄之望新刻乃祖《念航先生遗集》见惠。念航，名晋奎，字锡蕃，乾隆己酉拔贡，余先君子同年友也。拔贡有直省同年齿录，自是科始也。《念航诗集》以"洗蓬仙馆"名，而"洗蓬"之义，序中不见，俟晤其文孙再细为问之耳。集多巨制，不及采录。律句甚少，敬记其一，《蜀道书怀》云："梦醒万峰颠，瞳眬日晕烟。新书杨马后，古木汉唐前。石纽神功著，茅庐相业传。故人新奏凯，愧说祖生鞭。"

## 三九

伏日，鲁镜千寄到《黄冶山诗文集》六册，盖冶山殁后，及门诸子为付剞劂，惜冶翁不及见也。为盥读再三，自愧平生相交不深，其鸿篇巨制，多未之见也。《拟古用左太冲〈咏史〉元韵》八首，尤为奇作，录一："谈天屈邹衍，说剑延风胡。文章岂不贵，济时亦已疏。海氛东南恶，鲸浪骄天吴。空遗锦绣缎，不如金仆姑。只手障狂澜，畴昔读阴符。挥戈指白日，三舍回赤乌。函夏烟尘息，时雨草木苏。浮云视轩冕，高蹈今岂无？"余七首仿此。《武定寓中联吟五友作歌记之》，词曰："我闻泰山绝顶四十里，真精上接银河水。飞泉万斛不可竭，滔滔东汇沧溟紫谓东泉及于紫溪。又闻天柱之峰高插天，翔鸾鸁凤会群仙。其下一山如培娄，当春澹冶殊嫣然谓高柱峰及冶山。东南美者琅玕竹，不数岭南涩勒笼篁谷。有时仙鹤横飞来，一声山空水阔天地开谓彭竹鹤。"其律句《病中感事》十八首，直当诗史可矣，不备录。

## 四〇

《冶山集》有丁卯冬日送余旋邹寓五律六首，向未及录，兹合详之。"自去长安市，马卿但著书。卑官余剑铗，过客几蓬庐。敢道人情薄，多于世事疏。良时难可再，此别意何如？"一"东道多戎马，君胡岁暮行？浮云无定迹，落叶有余声。绝调嵇中散，穷途阮步兵。眼中知己少，怀古不胜情。"二"何日毕昏嫁，名山待向禽。求声莺出谷，筮吉鹤鸣阴。繁露春秋笔，儒宗翰墨林谓董听泉、孟雨山。卜邻多旧雨，剪烛话同心。"三"大有知音赏，休歌行路难。弃捐同敝屣，潦倒尚儒冠。古戍风多厉，晴霄日易寒。宿春行百里，努力好加餐。"四"沙明兼水碧，渺渺隔天涯。信宿增吟兴，炎凉感岁华。晏婴居近市，冯谖出无车。离索谁相慰，荒庭夕日斜。"五"本是同门友，相逢各暮年。镜添新白发，座冷旧青毡。孔照鱼潜沼，哀嗷雁满天。会销兵燹气，共结水山缘。"六 同门句谓余庚午副贡来司张南崧师，次年留学政，渠得入学。

## 四一

张小云前于中夏寄到三叠《止酒》拙韵稿，未及录。中秋，更从札函检得，即录于左："一从解组失瞻依，每以长生祝广微。雅爱和歌惟与善，居常启口不言非。周行示我逢春莫，盥手开函趁落晖。喜极心情差可拟，久离乡井得旋归。"其一"明月清风足系怀，颓然一榻寄萧斋。短篱春去花光艳，长昼人稀鸟语谐。诗限两篇来自远，文逾四韵律如排。遥知此日东山下，邻舍争传子弟佳。"其二原注：二世兄想已擢芹香，并为遥贺。凡和韵诗至屡叠之后，惟以押韵为工。敷衍成首，佳句固难得矣。

## 四二

腊日，小云又自邮筒寄到《贺新进》诗："札南骀山笑口开，德门有喜尺书来。早知此事如握券，犹讶今番未夺魁。娱老无如听捷报，干云已露恰根荄。鹿鸣准宜传佳话，桥梓三人赴宴回。"原注：明年癸酉，为先生重赴鹿鸣之期，更为大、二世兄联芳预祝。

## 四三

挂冠以来，荏苒岁月。一瞬十载，知交零落，意绪梦如。顷得此册，复阅一过，辄为慨然。自愧诗兴萧索，久无赠答、倡酬之作。去冬尚有述志小诗七绝卅首，惟姻侄董大伯和欲为继声。开年尘事匆匆，亦不复道及，将来此事便废。适小孙子年近成童，去年已为种痘，颇聪慧，应对唯诺。今忽得危症，十余日间，顿失去，所经医师亦各茫然。事后乃闻外科说四乡现多喉症，得全者甚鲜。虽悔亦复何追？晴午把笔，欲有所寄托消散者，胸中澹然，亦时觉迫塞，谨作此数行。

同治十二年，岁在癸酉中春十有一日庚申，东泉八十四翁书于邹寓。

## 四四

是年六月，乐陵世侄史二云岩捧檄来署邹县司训，带到潘松岩信函并诗词各一首，其诗曰："眠食定何如，凭谁问起居？近因千里便，遥寄一封书。交忆忘年契，心知会面疏。茫茫云水外，极目渺愁予。"余依韵奉复，又倒叠前韵各一首，不赘录。惟填词一道素未学，不敢强答。其来词小令并志于左："文章万首，自有声名堪不朽。鹊起双丁，家学渊深在五经。"又："遥瞻星斗，南极老人昌且寿。试问谁同，合是前贤陆放翁。"渠自言小令，余亦不知果何令也，俟问知者。月有小旱，云岩到任，适有下车雨，余贺以小诗，渠亦和答，迟久不肯宣示。七月初吉，儿辈将赴秋闱，乃使取来，讵知索之愈急，藏之愈密。太空冥冥，不可得而名，诚无如何也。

## 四五

中秋后，儿辈归自省垣，得于紫溟寄其近作二律："老去身如赘，畏畏百感余。亲朋都意冷，骨肉亦情疏。习静三闲屋，消愁一卷书。盖棺犹恋栈，自笑欲何如？""不作非非想，残年意气平。闲游胸洒落，饱食腹膨亨。桂籍多新进，芝山少旧盟。不成留蹇骨，还得沐恩荣。"余依韵答和。惟"膨亨"字，来札俱从"月"，殊难效颦，不能从也。阳月，倩邹学岳公始递去。

# 杂识 下

## 一

文体之变，日易月新。自春秋战国以来，老墨各为一体，庄列又为一体；荀卿之赋、屈原之骚，又各为一体。卯金以后，支流余裔，未可缕述。凌夷至于六朝，骈丽为工。至唐未能尽革。宋承其余习，谓之昆体，谓之四、之六。流俗相尚，谓之敏博之学，谓之应用。王伯厚《纪闻》末卷，论文之后，别出骈体。刘起潜《通议》，则末卷总辑骈俪。盖应用之文，至南宋极矣。当时虽以骈俪为应用，而其科举程文殊不尽用。四六乃制艺，因之以起。曾记谢叠山序程汉翁诗，贬驳当时科举程文之士，误人国家，贻笑万世。所讥尚未及制艺也。今制艺之流敝，间复绳以平仄，则有应用四六之渐，亦积习将变之机也。制艺之后，将变用何体，诚不敢预计。而法无不变，制艺之用，将及千年，名为经义，实与经无所发明，亦故宋科举程文之类也。

## 二

宋人四六，刘埙最推放翁。能以议论为文章，所载联篇，不可胜录，亦略载其一二。"唐帝之知李白，一官不及于生前；汉皇之慕相如，遗稿徒求于身后。"又："澜翻记诵，愧口耳之徒劳；跌宕文辞，顾雕虫而自笑。低回久矣，感叹凄然。使有一人之见知，亦胜终身之不遇。"又："费元化密移之力，不知几何；悼孤生一饱之艰，乃至如此。"又："惟习气未忘于

笔墨，每苦心自力于文辞。藏之名山，本欲粗传于后世；待以国士，岂期
亲遇于巨公？"又："为治不难，其道顾何如耳？用人若此，吾国其庶几
乎仁人先天下而忧重矣。自任贤者，备春秋之责，艰哉克终。"又："国有
纪纲，治自形于四海九州之远；士笃名义，效或见于数世百年之余。"又：
"凡百君子，悠悠非特达之知；平生故人，往往处嫌疑之地。"又："飞腾
捷路，耻烦狗监之吹嘘；散落遐荒，宁付鸡林之裁鉴。"余不备录。塤又
特称刘潜夫后村应用之文追摹放翁，得其旨趣，亦摘录数联于左："方封
李璮，齐郡王制曰：'臣子之情，尊君而爱父；春秋之法，内夏而外夷。'""王
猛发正朔相承之论，勿晋为谋；马援知帝王有真而来，于汉专意。""加封
安南国王陈日煚为太国王，制曰：'始谨终钦，居海滨而沾圣化；仰观俯察，
知中国之有至仁。安且吉者，诗必称义，不忘于请命；老而传者，礼所尚
寿，宜介乎耆颐。'"<small>日煚祈传位与其子威晃</small>"封贾涉为魏王，制曰：'忠臣义士，
知祖逖誓江之心；故老遗黎，悲宗泽过河之志。'"以人姓"祖""宗"字对，
尤工。后村句大类如此。冯景说梦得《贺贾师宪入相时山东来归启》有曰：
"周公大诰淮夷，卒宁王之图事；孔子既相鲁国，归齐人之侵疆。"陈丞相
文龙为太学生时，入试后至以启谢贾师宪，有云："鸡既鸣矣会且归，则
可以速焉，不进也。非敢后，何来之迟，如之何；其拒人欤，其不哀之，
亦命也。同辈深嗟，不暇责我而悲我；达人相语，安知祸翁非福翁。以俟
知者知耳，宁有利不利耶。某官故当三吐哺三握发之际，不忘一举手一投
足之劳。遂令金路之顽，均获玉成之造。"再谢惠酒启曰："溢荣观于望外，
转生意于愁边。某官一尊二簋，庆明良之相逢；百榼千钟，味圣贤之深趣。
溥四海皆春之意，开万间广厦之仁。竟怜一夫之向隅，俾与众人而皆醉。
天下一本琼花，曷当嘉贶<small>酒名琼花露</small>；门外三千珠履，愿走后尘。"文龙，正
献公俊卿孙也。车震卿得恩赦启："负弩而迎使者，尝随牛马走之尘；升
阶而揖侍郎，可想乌鹊飞之意。所学甚若，其贫则甘。毕好雨，箕好风，
难调众口；蜀吠日，越吠雪，自有他肠。皇天后土，张巡无降贼之心；白
昼通都，曾参有杀人之事。"赵次山启："自叙：半生陋巷，天与以贫贱肆
志之资；只影穷途，人知无狂或丧心之疾。"又："萧何之追韩信，岂云得

士之无双；秦穆之用孟明，姑示与人之能壹。名实笑狙公之朝暮，来往类雁臣之春秋。"马观文光祖为沿江制置使，移筑舒城，赐名安庆府，诏马公升秩，范去非作贺启："某官负大声名，立实事业。经纶社稷，为左右汝翼之臣；表里山河，识南北必争之地。"又代段深父谢表，有曰："归去来田将芜，自怜飞鸟之倦；反乎复陂当复，有同黄鹄之云。"又贺总领知郡，有曰："良二千石，正奉扬于仁风；连一万艘，矧方生于春水。"又《谢清明节馈》有云："三杯蓝尾，方惊赐火之新；一骑红尘，遽辱兼金之宠。"包枢密道夫作周礼六官辨进御欧圣弼为表："盖刘歆作以辅新室，莫掩其奸；谓周公以之致太平，恐乖其实。惟唐宗误以为圣作，虽汉儒亦识其阴谋。宇文放此而疾颠，安石行之而大坏。愿惟积闻，见于丁年；岂意睥览，观于乙夜。"聂善之侍郎自作《上梁文》数篇，有曰："陈元龙卧百尺楼，夙负功名之志；杨子云有一区宅，晚安寂寞之图。陈力就列，不能者止；投闲置散，乃分之宜。肯堂收教子之功，含饴遂弄孙之乐。"又："结庐在人境，幸逃火劫之灾；艺木印岁寒，添创草庵之景。夭桃曼李，只得意于春风；苍松绿筠，愿定交于晚节。十年之计种以木，培植成阴；一日不可无此君，弹压俗气。"又："无复万间广厦，庇寒士之欢颜；且图百尺高楼，敛少年之豪气。"右皆见刘起潜《通议》。末卷所载他家上梁文尚多，不备录。余壮岁曾作一屋，费五百贯。近遭南匪大劫，更无重整之意。而兹于诸家上梁文，循览之下，殊为耿耿。

三

刘起潜《通议》自载其与陈公赠答诗各一首，皆不为工，顾他处未见，亦附载之，且以见和韵之不易也。陈文龙镇临川，被劾南归，起潜赠诗曰："拟岘台边正好春，萧萧落叶忽愁人。胸蟠冰蘖天能识，纸挟风霜语未真<sub>句不甚解，当谓劾奏者</sub>。无路叫阍空短气，有氓卧辙欲沾巾。南归僮马凄凉甚，添得忧时鬓似银。"陈和答云："来到盱南剩有春，山川秀丽毓奇人。文追汉制才无敌，诗接唐风味更真。君别频宜缄尺素，我归但欲岸纶巾。相思千里惟心在，明月行天莹白银。"押"银"字韵太强。

## 四

刘辰翁作《药王赞》，词甚朴而旨有在，可发一笑。赞曰："左畔龙树王望龙，右畔孙真人骑虎。惟有药王屹立于其中，不龙不虎独与犬为伍，不知何故。"此条亦见《隐居通议》。"望龙"，"望"字疑误，不甚可解。

## 五

梅鼎祚《书记洞诠》载梁昭明太子《谢水犀如意启》，《艺文类聚》作《梁简文帝启》，必有一误。启曰："垂赉水犀如意一柄，式是道义所须。白玉照彩，方斯非贵；珊瑚梃质，匹此未珍。雕刓既成，先被庸薄。如蒙汉帝之簪，似获赵尧之印。谨仰承威神，陈诸讲席。方使欢喜罗汉，怀弃钵之嗟；王式硕儒，忻骊驹之辨。熊饰宝刀，子桓惭其大赏；牦牛轻拂，张敞恧其旧仪。殊恩特降，伏深荷跃，不任下情。谨启。"兹录全文，以示骈体之兴由来已久。而当时属对未工，以"赵尧"对"汉帝"，以"王式"对"欢喜"，皆近人所不为也。

## 六

道光二十八年戊申，余在乐学任内，同学为余预祝六十。旧课徒王荣第为骈体文挂屏十二幅，共为一盒盛之。往岁居邹，值国贼窃其六幅去，幸大儿尚存其稿，不惮罗缕书之。

"国家庞禨桄流，协气贞欱。在朝则皤英之辅，作颂卿云；在野则皓首之耆，依光化日。洶烝烝而笃祜，胥呈呈以考祥。若夫鲁国灵光，济南博士，一官著脚，依然寒士之风。六十平头，大得散仙之福。文章已足千古，腰吕还胜后生。近圣人居，有寿者相。门生鞠腾，老子婆娑。如我东泉老夫子年伯大人有足征者，尤可述焉。溯自派衍扶风，望隆菏水。陆士衡之祖父，世诵清芬；韦玄成之子孙，家传旧德。燕诒既绍，蛾术弥勤。倾液沥于谟筯，掇菁华于书鼎。举凡天仪地节，斗简觚编，莫不宿海森罗，云天凯费。此碧梧翠竹，承少府之华；而钓渭筑严，具宾王之器也。方其鲤对承欢，雁行式叙。髫年并游泮水，蕊榜又属令原。不待遇风献诗，康乐常教，听雨订约，子由游焉息焉，茂矣美矣。而乃中年多感，只影自怜，蓼莪既罢其吟，棠棣又辍其咏。槐花踏久，莫遂鹏图；李下防严，争投羔币。学而优则仕，怅骑马之郑虔；儒以道得民，缅集鳣之杨震。此洵美本怀康济，而少游不尚赢余也。且夫杨修论族，未辨赤泉，田敏注经，翻讹白及，未免悬藜失照，烬简无稽。而我夫子则有仲洽之才，兼茂先之博。泰山云起肤寸，宏流沧海澜回。尾闾竞纳圣裔，推襟而结契诸侯。倒徙以延宾，答三桓七穆之文采，十道四藩之志山；征保绎派络，支分堂启断机椒蕃瓜衍，起古人亦感。俾后学之不迷此季常之说，春秋能参；贾郑贵与之考文献，迥越班杨也。吾乡地号鬲津，政传苏、史夫子。于是觉世以铎，牖民以籈。问字之酒频来，束脩之羊踵至。东山复起，记手植于当年；北面随行，祝眉梨于此日。其间罗峰骈邑，邓里丁罔，敷化雨而往还，梯高云而接引。一天秋色，清满公门；万种春花，裁来讲座。式詹风尚，求诸汉魏之交；驻到年华，超然绮黄以上。此家承铜柱，以文教作武功；而道阐绛帷，为圣朝昌正学也。所以商瞿子晚，崔慎儿迟。本玉果之非凡，岂珠胎之久闷？仿高禖之祠祝，泰岱有灵；保浮磬之精华，泗滨叶瑞。固知永延世泽，能读父书。声华早著于黉宫，誉望素传于艺圃。崧生岳降，山曰后隆；桂馥兰馨，门有余荫。天伦具乐，人爵必从。耆占为朱绂之方来，华诰为紫泥之迭贲。国恩稠叠，家庆骈蕃。福之全乎，德之备也。明年阳次上章，律开太蔟。际荐辛之二日，颂周甲以千春。荣第久侍程门，凤邀颜铸。爇心香而称娓，展眉录之延洪。敢溯平生，以祈难老。望云共系，未遑献笋于龙门；立雪有怀，用藉陈笺于驿使。所愿研经度化，苽及京都。纠道修龄，贞如金石。试合椒铭，柏颂侑东皇九酝之觞；待翻珠笈，琼函绵南极一星之算。谨序。赐进士出身翰林院编修加一级受业年愚侄王荣第顿首拜撰。"荣第，字甲文，后外任开国道，弃世已十余年矣。今录其文，为之悒悒。起句"庞襛"二字颇新异，按《文选·思玄赋》："汤蠲体以祈祷兮，蒙庞禩以拯民。"李善注："庞，大也；禩，福也。""禩"或讹作"襛"，传写不同耳。至"腰吕"字，则用余旧说，"吕"与"膂"同，本《说文》，象形，篆也。

## 七

笥中尚有乐陵大令刘果田草书一联："诗兴风楼笛，棋声雪舫灯。"乃前明杨孟载句。其全诗并录于左："判醉望愁醒，愁因醉转增。已归仍似客，投老渐如僧。诗兴风楼笛，棋声雪舫灯。莫言浑不解，此事老夫能。""已归仍似客"语，如代余言者。王元美评："孟载诗如西湖柳枝，绰约近人。"

## 八

家藏旧物素有黄大痴山水一挂幅，唐伯虎画册页廿四幅，果田大令索观，以道远莫致。今皆遭劫，无处寻觅。又近人刘石菴冢宰手书数幅，李西圃明府行草裱幅，皆素所珍爱，俱为荡然。西圃先生乃辛酉乡试先君子本房荐师，犹记所写乃宋诗一首："幅中芒鞋笻竹策，踏遍山南与山北。雪含欲下不下意，梅带将开未开色。绕树三匝且复去，前村一枝应可摘。丁宁说似水边人，从今日报花消息。"乃曾茶山探梅句也，亦合记之。唐伯虎画，图章但作白虎，又一小印"南京解元"，其题画小字甚娟秀。余童时凡晒书时，与先兄同加展玩者，今回忆之，并如隔世，能不慨然？西圃先生印"琼林"，仕为邹平县令，有美政，邑人至今诵之，得其遗墨者盖鲜矣。

## 九

乐陵诗友王平之素有倡和，见背近廿年矣。拙作和陶册后尚有其题诗二首，即录于左："夙读东坡集，霏霏多名言。即景抒怀抱，霜露满东园。惠州移多暇行，乃和渊明篇。精深兼华妙，冲澹归自然。东泉老夫子，早结文字缘。诗学年俱进，令德日勤宣。和陶不愧陶，举世仰斗山。华岳三峰秀，师范仰千年。"又："懿欤吾夫子，终日与回言。骚坛风雅主，昭明读书园。贶我诗矩获，示我和陶篇。殷殷诲后学，提撕乐同然。不为拙鲁弃，三生有前缘。精而益求精，复令久乃宣。千金字不易，著述景石山。附骥篇简末，荣藉幸暮年。"

<h2 style="text-align:center">一〇</h2>

潘松岩于我重到乐陵始谈诗，先投骈语小札，甚工。兹于旧书札册中检出，录于左："忆昔文旌初莅，得坐春风；喜今绛帐仍开，重临鬲水。先生士林模范，艺苑宗工。聪如应奉，犹识半面之匠人；鉴类杨愔，未忘前时之选士。康虽幸瞻韩，终惭御李。辄□巴渝下曲以为绍介，先容敢为一言而善，必不弃予。庶同三语见褒，有以教我。"诗已见前册。

<h2 style="text-align:center">一一</h2>

书札册内又得惠民余明府芟芟[①]来札，前后五六封，情意殷勤，欲选刻拙诗为四册者。后升任济南守，乃以事罢。未久而殁，甚可叹也。兹录其第一札："东泉先生函丈：昔朱光庭得见明道先生，归语人曰：'在春风中坐了一月'荣风尘扰攘，深抱不学之羞。何幸道范亲承，旬逾两匝，其乐又何多让耶？别后鄙吝复生，且以鞅掌簿书，徒为它人作嫁。怀人正切，华翰先施，并承叠韵重颁，云璈雅奏，一洗俗氛。兹得有余闲，捧读大稿，爱不释手。妄加窥测，实中怀悦服，情不自禁。僭妄之愆，尚希鉴恕也。附呈小诗二律，一易冬韵。诚以力尽技穷，不若早自为计，溃围而出，另图生活为得也。呵呵新寒颇冽，遥祝道履庸和，潭署清吉。临颖驰切。愚弟余荣拜启。"诗已前见，余不悉载。

<h2 style="text-align:center">一二</h2>

又得高城茂才赵方千南英来札谈古篆者甚详悉，其以《古文老子》"学"作"孝"证。余谓《说文》有"学"字之论，最为明析。《说文》子部"孝"字，观者何以不察，而著老子古文者独识之耶？《古文老子》未知谁作，渠处有之，余未得藉观，至今犹为歉然。顷又按《说文》末卷徐氏补《说文》

---

① 底本作"芟香"，据前文改。

遗字,于"黌"字下注云:"《说文》无学部。"以明不收"黌"字之义。《说文》无"学"部诚然,而世俗因谓《说文》无"学"字,则误矣。合更为明白言之。

## 一三

咸丰二年冬日《独秀峰题壁诗》三十首,无名氏。青城学友人抄示,即留一草:"孤峰卓立耸南天,凭眺关河意惘然。四境风遒传鼓角,万山云暝接烽烟。边氛未息劳宸虑,将帅无谋滞凯旋。多少不平怀里事,登高振笔恨难捐。"一"李花落尽扑杨花,洪浪翻涛水一涯原注:粤西李世德、李元发两逆平后,洪秀全①、杨秀清接踵起于今三年。青布旗分千队列,紫金山险万重遮贼据桂平之紫金山起事。干戈潦草尝滋蔓,岁月因循屡及瓜自庚戌年起。试向浔阳江上望,虎狼遍地已无家浔州所属四县民屋,贼过无一存者。"二"羽书飞报蹴尘红,瘴海鲸鱼系圣衷。金币远劳颁国帑,紫泥新诏起元戎林宫保、张军门皆奉命来粤。观梅和靖先归道林抵粤东即卒,铭斗桓侯未奏功张甫至粤西亦卒。太息将星沈西地,贼氛累起望无穷。"三"闻道周郎善用兵,将军小李亦知名周敬修、李石梧二制军先后奉命来粤。千行坐拥心原壮,一战归来胆已惊。好勇无谋花乱阵,潜师不出柳藏营。肤功未奏飘然去,纵贼难逃众口评疾卒戎次者,当是周少岩引疾还家。"四"三年零雨未班师,戎事弥缝沮主知。余粟更从天府运,使旌重见相公持赛中堂奉命来粤,上赐阿必隆刀以行。绝无豹略诛蛮寇,空有鸦军振鼓旗中堂所带禁兵甚多。如此大权归独揽,宝刀何日靖边陲?"五"剑影刀光列从官,重重帷幕独盘桓。围棋自许争先着赛军营终日围棋,自诩争先着,飞檄俄传失永安。固垒深沟容贼据,缺斨破斧转心寒。孤城仅隔盈盈水,半载甘从壁上观官军与永安贼营隔水相对,七月无敢出战。"六"春风春雨又花朝,战伐经年壮志消。大帅不须筹上策,单于早已遁中宵二月十五日夜,贼弃永安城而去。封章连日称收复,城郭无人感寂寥城中鸡犬俱无矣。最惜群师随四镇,模糊身死报当朝贼退入大洞,险甚。遣四总兵强追之,全军失利,坠崖死。"七"伴食名真宰相同,持筹莫展笑群公。达人知命身先退达洪阿都统引疾去,巴客登场曲便终巴清德都统行至平郡道殂。望似姚崇都寂

---

① 底本误作"泉"。

寂姚枲司崇廉，才如严武亦空空严观察正基。南天更有飞来鹤，辜负君恩奖许荣邹中丞鸣鹤由府尹开封，御赐诗有'嘉尔赛邹才济忠'之句。"八"频年旌节驻南关，团练条规到处颁中丞遣官往功团练。浪掷黄金招壮士，空凭黔赤御诸蛮招勇五百人，专恃团练。高谈镇静全无备，临事张皇莫济艰二月二十五日，贼逼六塘，幕中犹曰无恐。二十八日，贼至，乃始登陴拒守。看尔肠肥兼脑满，一腔尘俗未能删。"九"榕城雉堞任回环，二百年来莫叩关。谁使雄师班马岭马岭险要，素有守兵，忽尔撤去，任教群盗控牛山贼据城西，依牛山为营。六塘羸卒星霜遁，四野编氓涕泪潜十七日，中丞遣救，六塘兵皆中途夜遁。独立城东看癸水，谶言应把古诗删俗传谚语'癸水绕东城，永不见刀兵'。"十"角声吹起万山寒，贼似潮来涌巨观。象鼻鸣雷争掷炮贼次象鼻山顶加炮，龙头近日遍招团龙翰臣登陴。誓师不少登陴哭，临渴方知掘井难。幸有将军天上落，葵心向日报平安贼至荔浦，向军门来援，行суб昼夜至。"十一"单枪匹马走连宵，耿耿精忠答圣朝。范老甲兵真腹满，武侯心事共琴焦。孤军联络张旗鼓，层堞森严静斗杓。更有偏师能直捣，桥头痛绝霍嫖姚都统乌兰泰率兵三百直捣贼坚，中炮而殁。"十二"火光烛影满城红，附郭闾阎一炬空二十九日夜被焚。疑阵纵横参妇女贼阵有妇女执兵，战声远近离儿童贼每攻城，命小儿摇旗呐喊。梯悬取月真成梦，车架轰雷莫奏功贼屡以云梯攻城不克。又以吕公车攻文昌门，我兵炮先发，贼车自焚。贼势猖狂开夜宴，笙箫常在画楼中贼宴城外得月楼。"十三"固守金城共枕戈，纶巾风度自安和向军门固守。云斿夜降排鸾鹤贼中屡见城中神光呵护，露寝宵寒肃鹡鹉军令甚肃，昼夜无喧。临敌不嫌名将缓，论功当让楚军多贼围一月，楚兵拒守，并保全城。边隅无限簪缨集，谁使承平奏凯歌？"十四"儒生从未读兵书，请战殷殷计已疏中丞遣徽兵三百出战，一战而亡。出岫无心虚发矢，临江属目早回车未见贼队放火炮，一见贼即退散。危场偏有音怀我贼每战必与兵勇通报，余子何曾勇贾余余提军畏葸不前？一望草根堆白骨，马前凭吊亦歔欷。"十五"堂堂练局敞朱门朱伯干设局总办团练，别有三峰屹立尊陈桂舫、邹善甫、朱述之三孝廉襄事在团局。御寇可曾矜虎勇，持筹只欲效鲸吞。井蛙团坐官私语，阶蚁闻膻昼夜奔。堪笑重围城下日，旗枪收拾渺无痕。"十六"团散无须伏远乡，省垣门户慎维防。文人各受登坛拜绅士登城，分七队，稚子权教御侮方堞人不足，或以孩儿充数。桂管营屯看比翼，花名轮转似回肠居民守城，排日更替。青钱赢得毛诗数，笑煞诸君半入囊。"十七"度支随处置粮台，用似泥沙亦可哀。当道几曾偿实用，兵官各自积私财。悬空楼阁凭心造，依样葫芦信手栽。最惜帑金千万出，簿书虚冒一篇开。"十八"请缨半是牧猪奴，气趾高扬类总殊。船尾装新夸整肃，马蹄声急听模糊。上台薪水多虚给，捷径终南各竞趋。若问奇勋何处纪，街头终夜乱喧呼。"十九"募民千万系巾红，名号衣冠各不同兵勇各以红巾缚腰。未遇贼锋先气短，纵抄民物转心雄。江湖盗贼成都会投诚巨盗，俱赴省会，田里桑麻刷地空。辱及蛾眉浑莫禁，椎牛还望奏肤功潮勇在省多淫污，中丞仍大犒功战。"廿"深宵铃阁自焚香，困坐愁城没主张。退贼但知悬赏格，逆词翻敢附封章贼射伪示入城，中丞即封以入奏。牙枪自卫环豺虎，幽谷频迁避犬羊畏居节署移徙新安。笑煞无才徒肉食，安排遗表奏当阳。"廿一"束薪如桂米如珠，城郭重围费转输。蠹蚀但教肥小吏，狼奔到处捉民夫。练丁成市通交易壮丁夺取民物，开市售卖之，良贾居奇较寸铢物价什倍。最爱风流京兆尹，理繁才调重当途京兆尹阙注。"廿二"百金悬赏遍传呼，南冠累累各被拘粮台出示'拿获内奸，赏银百两'，连日盘获。自有荆榛应剪弃，偏多薏苡讼冤诬。榕城斗大宵传柝，茅屋灯然夜点珠。万户千门同守望，边隅何日静萑苻。"廿三"春归渐近熟梅天，固守危城众志坚。匝月环攻多失计，薰风微动又经年。声传几处闻班马，血洒前途哭杜鹃。绝妙敌人争渡去，诸君犹自帐中眠四月朔日，贼渡江去，兵勇全无知之者。"廿四"碧莲峰内隐旌旗，贼去贼来坐失机中堂闻贼围省城，遂驻阳朔，拥兵自卫而不救。拥得精兵甘远避，让他群盗合重围。登楼王粲空悲赋王少鹤主政，亟思北归，化鹤丁仙早退飞丁心斋主政，托故回京。传道桂林烽火熄，儿童又指相公归贼退十日，中堂始返省。"廿五"贼来袖手竟无谋，事后争功转不休。荐牍滥邀新翠羽，封侯遍说烂羊头。包苴赢得书中考，瓜葛联来重上游。更有朱门安坐客，高官五品耀同侪朱奇亭孝廉以五品保荐，实闭户未出。"廿六"蔓草迁延去更难，永安城破又兴安。黄巾不少冲关贼，黑夜先逃守土官。纵有援兵都退缩，早怜民屋尽烧残。倘教执法无私曲，应斩商羊剖肺肝真安令商昌先逃。"廿七"天南要隘划全州，贼众连番踞上流。伍部同心支半壁，曹公高节著千秋贼过全州，兵勇无多。适伍都司带兵数百人过州，曹理村刺史留之守城。伍力战死，曹亦殉。粮空连日皆枵腹，城破无人不断头。遥指蓬山殊万里，刘郎观望转优游刘长清提督带兵赴援，相距十里，逗留不前。"廿八"诸公拖紫荷君恩，济世无才负至尊。昔日乘舆怀郑相郑中丞梦白抚粤，专以小惠，酿此寇乱，人犹思之，前途芳草感王孙孙渠田学使时有筹画。自怜吴下风流歇吴鼎昌方伯，不惜劳师昼夜奔劳紫光方伯。闻道徐陵新奉诏，边疆端合固篱藩徐仲升制台新奉命来粤西。"廿九"解组归来隐敝庐，乡间扰攘更愁予。承恩未效涓埃报，感世真同燕雀居。家室无依劳转徙，干戈莫息致欷歔。长歌即当穷途哭，谁采刍荛达帝除？"三十右诗三十首，悉录元注，庶足当诗史。作者姓名，至今未有知者。解组闲居，尚如此关心政事，又似熟悉邸报兼采舆论直书时事、务存公评者。顾不肯署名，以避患耳。

## 一四

昔吾舅氏仲磊公欲仿宗懔《荆楚岁时记》作《邹鲁岁时记》，草创未就。后余馆董方伯处，值方伯欲纂修《邹志》，得其稿，补入《风俗篇》。近遭南匪火劫，志稿无存。余追忆仿佛，更为补缀于左。

正月元旦，供祖先，鸣鞭炮，食水角，饮春酒，亲邻往来，谓之"拜年"。诹日，相要会饮，谓之"吃节酒"。人日，结社祀火神，少聚酿，通宵不寐，谓之"守驾"。初旬，皆喜晴，俗于古谚"七人八谷"之后，又增二语曰"九果十菜"。十五日为上元节，宾朋欢会，献野蔬新菜。元夕，城市设灯棚，乡村各作面灯，照于门间，食汤圆，谓之"元宵"。次日，妇女出游，谓之"走百病"。或以艾炷灸襟带，谓之"灸百病"。既望之后，乡塾各诹吉延师教子弟，设盛筵。子弟进谒，各执一经，谓之"号书"。廿八日，喜晴，俗谓之"棉花生日"。

二月二日，农家夙兴以灰布地作圈，谓之"围仓囤"。家人炒豆分尝，谓"避毒虫"。上丁，祭先师。前一日，城中习仪，四方多有来观者。春分日，乡里游冶者作纸鸢之戏；尼山、峄山各有市会。三月三日，为中和节，村塾放学，游山玩水，各因所近，殆犹"浴沂咏归"之遗风。清明日，插柳于门，携榼上冢，焚楮币。嫁娶俗例："不过清明，不许归宁。"桃始华，谚曰："桃花开，杏花败，李子花蹳上来。"

四月八日，乡村仙庙各为演戏，谓是"浴仙日"。近惟作市会，鬻农器。

小满日，大麦早熟者，乡人以作麦饵，名曰"麨麷"。俗云："节届小满见三新，樱桃、黄瓜、大麦仁。"又曰："一穗两穗，一月上囤。"

五月五日，端阳节，农家早起插艾于门，亲友相馈以角黍。芒种日，将刈麦，农家以酒犒工人，曰"浇镰把"。旬有三日，多雨，俗云"磨刀雨"。有鸟即获谷，其鸣自呼，土人效其语曰："工贵多锄，麦子透熟。"

六月朔日，农家各蒸馍供祖先，名曰"过小年"。初伏日，亲朋相会以烹羊为贵，谓之"吃伏羊"。借喻阳气太盛，则当伏耳。乡塾伏日晒书以避蠹，购盘冰避蝇。

七月七日，闺人有穿针乞巧之戏；甘瓜美果，罗列满案。十五日，为中元节，上冢仪文与清明同。

八月上丁，仪节与中春同。中秋节，亲朋相馈以月饼，对月会饮，谓之"圆月"。农家登秫子场，待白露乃打之，俗云："过白露，避虫蛀。"菽方茂，有虫能鸣，俗云"蛞子"。或笼以为玩，可过冬，或取食之。

九月九日，重阳节，菊花盛开，亲朋相要饮菊花酒。霜降前时，百果俱熟，俗云："七月核桃八月梨，九月柿子黄了皮。"贾人取柿作柿霜，鬻于市。□湖水平，渔人取鱼虾给山人，谓之"跑鲜"。

十月朔日，上冢仪节与清明同。凫山古庙祀羲娲，俗称"人祖庙"。是日，演戏拜祭，俗觅工人，以十月为满。是日，下工留之者，谓之"看冬"。是月初旬，塾师亦多解馆，更上冬学。立冬日，乡人相馈以寒具。嫁娶之期，多自冬始，俗以为常。十一月，冬至日，村塾作"九九消寒图"，谓之"数九"。俗有"九九歌"，与古稍不同，合备载之。歌曰："一九、二九，不出手；三九、四九，凌上走；五九、六九，沿河看溜[①]；七九六十三，行人把衣担；八九七十二，遍地犁牛市；九九八十一，家里送饭坡里吃。"

大雪时，土人积雪为雪狮、雪山之戏，或收作雪醋。梅花盛开，亲朋相要为饮馔、赏梅。

十二月，自古腊祭之月，今俗犹称"腊月"。乡里春社，至此始分，谓之"油腊社"。八日，作黍粥加枣栗以相馈，谓之"腊八粥"，义取"拉拔"，

---

① 道光年间《邹县志稿》亦记作"沿河看溜"，所以未改作现代常见的谚语"沿河看柳"。

非以施僧也。廿三日，祀灶神，用糖果迎新送故，谓之"辞灶"。立春日，城市作土牛送铺户，为利市。乡人买春花相赠，又买春帖纸及酒果野味，谓之"办年"。除夕，供祖先，门灶各焚楮镪，谓之"辞岁"。家长分与子女辈铜钱，钱数各增其旧岁，谓之"带岁"。庭院布芝麻秸，踏之有声，谓"踏岁"。门外设横木，谓"栏门棍"。既围炉秉灯，饮宴达旦，谓之"守岁"。

著作流传，固甚不易。要之悉关福命，非人所能为也。吾乡因《邹志》无《孟子世家》，为作《世职篇》。南匪劫后，雨山翰博犹存其稿，欲付梓未遑。今雨山作古，则亦已焉。似此《岁时记》，琐屑更何足道，能不慨然？并识于兹。

## 一五

石鼓篆文四言诗，闲有五言之句。自韩文公退之以周宣王时事咏之，后人驳者不一。或以为秦篆，或以为宇文周时仿古之作。余家藏石鼓拓本十幅，精细之至，裱为十挂。先君子校释于各幅之下，今已荡然无存。每念之不忘，谨依诗纪录石鼓诗，但不知所据何本。按《古文苑》及薛尚功《钟鼎款识》等书所载，字画不能尽同，潘氏《音训》今亦无从寻觅。兹录旧文，不免臆为诠释，各述所见耳。

"避车既攻，避马既同。避车既好，避马既骟。君子员邋，员邋员斿。麀鹿速速，君子之求。觲觲角弓，弓兹以寺。避敺其寺，其来趡趡。趧趧篹篹，即避即时。麀鹿趚趚，其来大即。避敺其朴，其来遭遭，射其猏蜀。"

右鼓之一。凡"我"字皆作"避"，后人据为秦斤、秦权，篆文正同，然乌知秦篆不本于古也？"骟"一本作"駥"。"员员邋邋"重文，"员邋员游"即"云猎云游"也。"觲觲"，一本作"孙孙"，今字剥落，不须辩。"卤弓"，疑即"角"异文。"弓兹以寺"疑即"弓觲以待"，"觲"即"关"省并倒作，兹无义例也。"趡趡趧趧"字皆加"走"傍，殆是羡文。"篹篹"字未详。"我敺其寺"与"我敺其朴"对文。"寺"字缺半，当是"特"字。"射其猏蜀"，"蜀"即"独"省。

"汧也沔沔，烝彼淖渊。鳈鲤处之，君子漁之。漫漫有鲹，其斿趣趣。

帛鱼鱳鱳，其簋氏鲜。黄白其鳔，有鲋有鰋。其脰孔庶。匘之鼋鼋，濒濒
趑趑。其鱼惟何，惟鲔惟鲤。何以橐之，惟杨及柳。”

右鼓之二。“惟”字石刻俱作“隹”，省傍。“渔”即“渔”省。“漫漫”
石刻作“满”，无重文。“小鱼”二字相合，乃误读为“鲹”。“趣”今缺。“帛”
即“白”，又用羡文。“其脰孔庶”，“脰”即“豆”，乃“俎豆”字。“簋”
即“葅”羡。“橐”，未详，他本引作“贯”。今石刻残阙，字经三写，莫
知其真。

“田车既安，鋚勒駻駻。避众既简，左骖幡幡，右骖騝騝。避已阵于邍，
避戎止陟 。宫车其写，秀弓时射。麀豕孔庶，麀鹿雉兔。其邍有旝，其戎
斔斔。大车出各，亚兽白昊，避执而勿射。多庶趢趢，君子迨乐。”

右鼓之三。“鋚勒”即“條革”羡文。“邍”即“原”，《说文》尚有此字。
“陟”与“陆”同。“宫车”，近后世语。“秀弓”即“肃弓”。“斔”，古“奏”
字异文。“出各”即“出洛”。“亚兽”即“恶兽”。“昊”，未详。

“率彼銮车，辇速真如。秀弓孔硕，彤弓翌翌。四马其写，六辔沃若。
辻駬孔庶，廓骑宣搏。嵒车载道，戎辻如章。邍湿阴阳，趍趍六马。射之族族，
有豞有虎，兽鹿如兕。怡尔多贤，迣禽奉雉，避兔允异。”

右鼓之四。“辇速”二字，乡有解释，今忽忘之。“速”，一本作“救”“敕”，
未知孰是。“真如”即“填如”。“辻駬”即“徒御”。“邍湿”即“原隰”。
“迣禽”即“献禽”之义。“迣”与“申”同。

“避来自东，凄凄霝雨。奔流逆涌，盈盈洀湿。君子既涉，避马汧汧。
汧殹泊泊，凄凄丞士。驾言西归，方舟自廊，辻駬汤汤，隹舟已道。或阴或阳，
极深已户。出于水一方。勿或遑止。其奔其敔，以逐其乃事。”

右鼓之五。“殹”即“也”字，见秦斤者。“辻駬”即“徒御”，已见前鼓。
“隹舟”即“维舟”省文。“极深”未详。“其奔其敔”，“敔”即“御”，犹“御”
也。

“宣猷作邍，作舟导遄。避鼒攸除，帅彼阪田，莘为卅里，希微微微，
乃罟黍栗，柞棫其拔，樕楛庸庸，鸣桼亚若，其华何为，所㫃敤敤，水螯导上，
曰树丝吾。

右鼓之六。末句"上曰"二字合为"旨"，则句仅三字，文义亦不可晓。此鼓重文"徽徽庸庸鼗鼗"，三字俱未详，阙疑可也。旧幅于此鼓注释尤详，今皆忘之，亦可叹也。

"辻騂嘽嘽，奋而师旅，师旅填然，会同又绎，左骖戎徲，弓矢孔庶，滔滔是戜，驭夫写矢，其隻幵掔。其辻苟来，或群或友。悉率左右，燕乐天子。来嗣王始，振振优古，遄来攸止。"

右鼓之七。"辻騂"，前已数见。"騂"旁一或作"夒"，又作"虙"，则传写讹误。"会同又绎"，"又""有"古通用。"其幵掔隻"，未详。"幵掔"即"举掔"。"举"古篆"𠦍"，此省耳。"苟来"当是"具来"异文。"优古"当是"复古"。

"彼走骖骖，马麃晢晢，华放雄立，孔多孔庶，微我师氏，宪宪文武，可以一之。"

右鼓之八，仅廿五字，重文三。"华放雄立"，字极分明，而语意难晓。"师氏""保氏"，明见《周官》，而后人剿说欲以师宪当之，不足辨矣。

"避水既瀞，避导既平。避行既止，嘉树则里。天子永宁，日隹丙申。旭旭杲杲，避其旁导。椉马既迤，敕叞康康。驾彼四黄，左骖驖驖，右骖騝騝，榮戟以弈。女不执德，旛輪霝霝。焱斿施施，公谓天子。余及如兹，邑害不余及。"

右鼓之九。"瀞"即"靖"，羡文。"嘉树"疑即"嘉豆"，亦羡文。"里"则"理"省文也。"椉"即"乘"。"敕叞"字，疑今石刻缺"叞"字，更无容复校。"霝"，石刻作"霝"，抄本加"水"则误矣。

"虞人慭亟，朝夕慇惕。䩉西䩉东，勿寠勿伐。若而出奇，进献用特。遄格执祖，告于大祝。禘尝受享，致其方物。寓执中圉，孔庶麀鹿。遮湿既坦，疆理騛騛。大田不搜，君子可求。有谋有始，周爰止于是。"

右鼓之十。"虞"石刻作"吴"，释作"虞"。"慭"即"怜"。"慇"即"憪"，今无此字。"䩉"，古"载"字。"遄"即"归"。"执"即"艺"省。"圉"，古"囿"字，田从四木，《说文》尚有之。"君子可求"，"可"当读"何"，亦用省文。

按郑樵《通志》碑目，谓秦人始用石鼓，以有《石鼓辨》故，确信为秦刻，而其《辨》未载,殊为略矣。鼓文屡用"写"字,"宫车其写""四马其写""驭夫写矢","写"字分明,究不知何义。经典中亦无旁证,当是假借之字。

## 一六

"笙诗"六篇,束晳补作,《文选》载之,以备一体。其词浅易,迥非《小雅》之伦,然已成古作,学者奉为典故。则补亡一体,亦未可略,好古之士结习正不免耳。后人补亡之作,合备录之。丘光庭补《茅鸱》四章,章八句,序曰:"在位之人,有重禄而无礼度。君子以为茅鸱之不如,作诗刺之。""茅鸱茅鸱,无集我冈。汝食汝饱,莫我为祥。愿弹汝去,来彼凤皇。来彼凤皇,其仪有章。一茅鸱茅鸱,无啄我雀。汝食汝饱,莫我肯略。 愿弹汝去,来彼瑞鹊。来彼瑞鹊,其音可乐。二茅鸱茅鸱,无搏翾鹑。汝食汝饱,莫我为休。 愿弹汝去,来彼鸣鸠。来彼鸣鸠,食子其周。三茅鸱茅鸱,无尽我陵。汝食汝饱,莫我好声。愿弹汝去,来彼苍鹰。来彼苍鹰,祭鸟是征。"四

## 一七

元结《补乐歌》十首,伏羲氏《网罟歌》曰:"吾人苦兮,水深深。网罟设兮,水不深。吾人苦兮,山幽幽。网罟设兮,山不幽。"神农氏《丰年歌》曰:"猗太帝兮,其智如神;分草实兮,济我生人。猗太帝兮,其功如天;均四时兮,成我丰年。"轩辕氏《云门歌》曰:"玄云溟溟兮,垂雨蒙蒙;类我圣泽兮,涵濡不穷。玄云漠漠兮,含映逾光;类我圣德兮,麻被无方。"又少昊氏《九渊歌》曰:"圣德至深兮,蕴蕴如渊;生类娭娭兮,孰知其然。"颛顼氏《五茎歌》言得五德之根茎,歌曰:"植植万物兮,滔滔根茎;五德涵柔兮,沨沨而生。其生如何兮袖袖,天下皆自我君兮化成。"高辛氏《六英歌》言能总六合之英华,歌曰:"我有金石兮,击考崇崇。与汝歌舞兮,上帝之风。由六合兮,英华沨沨。我有丝竹兮,韵和泠泠。与汝歌舞兮,上帝之声。由六合兮,根柢嬴嬴。"陶唐氏《咸池歌》曰:"元化油油兮,孰知其然。至德汩汩兮,顺之以先。元化浑浑兮,孰知其然。至道泱泱兮,由之以全。"有虞氏《大韶歌》曰:"森森群象兮,日见生成。

欲闻朕初兮，玄封冥冥。洋洋至化兮，日见深柔。欲闻大濩兮，大渊油油。"
夏禹氏《大夏歌》曰："茫茫下土兮，乃生九州。山有长岑兮，川有深流。
茫茫下土兮，乃均四方。有国安人兮，野有封疆。茫茫下土兮，乃歌万年。
上有茂功兮，下戴仁天。"商汤氏《大濩歌》曰："万姓苦兮，怨且哭。不
有圣人兮，谁护育？圣人生兮，天下和。万姓熙熙兮，舞且歌。"元结拟
古十首如此。词益近里，古歌必无称功颂德者。"袖袖天下"句，尤不可解。

## 一八

皮日休《补〈九夏〉歌》九首，其叙曰："《周礼》：'钟师掌金奏。凡乐事，
以钟鼓奏《九夏》。'"郑司农曰："夏，大也，乐之大歌有九。"杜子春云：
"王出入奏《王夏》，尸出入奏《肆夏》，牲出入奏《昭夏》，四方宾来奏《纳
夏》，臣有功奏《章夏》，夫人祭奏《齐夏》，族人侍奏《族夏》，客醉而出
奏《祴①夏》，公出入奏《骜夏》。"郑康成曰："《九夏》皆诗篇名颂之类也。
此歌之大者，载在乐章，乐崩亦从而亡。""祴"与"陔"同。皮之休曰："《九夏》
亡者，吾能颂之。"乃作《补〈九夏〉歌》。第一《王夏》词曰："爞爞皎日，
欹丽乎天。厥明御舒，如王出焉。爞爞皎日，欹入于地。厥晦厥贞，如王
入焉。出有龙旗，入有珩珮。勿驱勿驰，惟慎惟戒。出有嘉谟，入有内则。
翳彼臣庶，钦王之式。"次二《肆夏》："愔愔清庙，仪仪衮服。我尸出矣，
迎神之谷。杳杳阴竹，坎坎路鼓。我尸入矣，得神之祜。"次三《昭夏》："有
郁其鬯，有俨其彝。九变未作，全乘来之。既醑既酢，爰畅爰舞。象物既降，
全乘之去。"次四《纳夏》："麟之仪仪，不絷不维。乐德而至，如宾之嬉。
凤之愉愉，不篝不笯。乐德而至，如宾之娱。自筐及筥，我有牢醷。自筐
及筐，我有货币。我牢不愆，我货不匮。硕硕其才，有乐而止。"其五《章
夏》："王有虎臣，锡之铁钺。征彼不惠，一扑而灭。王有虎臣，锡之圭瓒。
征彼不享，一烘而泮。王有掌封，侦尔疆理。王有掌客，馈尔饔饩。何以
乐之，金石九奏。何以锡之，龙旗九旒。"其六《齐夏》："瑲瑲衡笄，翚衣
褕翟。自内而祭，为君之则。"其七《族夏》："洪原谁孕，疏为江河。大

---

① 底本作"械"，据下文改。

块孰埏，播为山阿。厥流浩溁，厥势嵯峨。今君之酌，慰我实多。"其八《祴夏》："礼酒既酌，嘉宾既厚，肆为之奏。礼酒既竭，嘉宾既悦，应为之节。礼酒既罄，嘉宾既醒，雅为之行。"其九《骜夏》："桓桓其珪，衮衮其衣。出作二伯，天子是毗。桓桓其珪，衮衮其服。入作三孤，国人是福。"

# 一九

按唐以诗取士，又立《文选》科。故好事者于《文选》拟古一类，亦备拟其词，与古不类，正可与束广微作后尘耳。昌黎集亦有拟古《拘幽操》等作，合并录于左。

韩愈拟古五首，其拟文王《拘幽操》云："目窈窈兮，其凝其盲；耳肃肃兮，听不闻声。朝不见日出兮，夜不见月与星。有知无知兮，为死为生。呜乎！臣罪当诛兮，天王圣明。"余按《古今乐录》载文王《拘幽操》云："殷道溷溷浸浊烦兮，朱紫相合不别分兮。迷乱声色信谗言兮，炎炎之虐使我怨兮。幽闭牢阱由其言兮，谴我四人忧勤勤兮。"古词甚里，"四人"谓文王与"三仁"，不似西伯吐属。"天王圣明"之语，超出古人远矣。

又拟周公《越裳操》："雨之施物以滋，我何意于彼为？自周之先，其艰其勤。以有疆宇，私我后人。我祖在上，四方在下。厥临孔威，敢戏以侮。孰荒于门，孰治于田？四海既均，越裳是臣。"余按《古今乐录》载周公《越裳操》："於戏嗟嗟，非旦之力，乃文王之德。"较拟作似更简古。

又拟孔子《猗兰操》《龟山操》《将归操》，凡三首。其《猗兰操》云："兰之猗猗，扬扬其香。不采而佩，于兰何伤？今天之旋，其曷为然。我行四方，以日以年。雪霜贸贸，荠麦之茂。子如不伤，我不尔觏。荠麦之茂，荠麦之有。君子之伤，君子之守。"《龟山操》云："龟之氛兮，不能云雨。龟之枿兮，不中梁柱。龟之大兮，祇以奄鲁。知将隳兮，哀莫余伍。周公有鬼兮，嗟余归辅。"《将归操》云："秋之水兮，其色幽幽；我将济兮，不得其由。涉其浅兮，石啮我足；乘其深兮，龙入我舟。我济而悔兮，将安归尤。归兮归兮，无与石斗兮，无应龙求。"

按《琴操》载孔子《猗兰操》："习习谷风，以阴以雨；之子于归，远送于野；何彼苍天，不得其所。逍遥九州，无所定处；时人暗蔽，不知贤者；年纪逝迈，一身将老。"《龟山操》云："予欲望鲁兮龟山蔽之，手无斧柯奈龟山何？"与拟作迥殊，简者近古繁者，风斯下矣。《猗兰操》中"时人暗蔽"等语决非圣言，宜退之，更有拟作，又按《将归操》，古无此名。《水经注》载，夫子临河不济，歌曰："狄水衍兮，风扬波。舟楫颠倒。更相加，归来，归来，胡为斯。"退之拟作首云。"狄之水"，即拟此作，同不同，未可知也。余乡集孔子诗九章，其云去鲁彼妇之歌，见《史记》《息陬操》《丘陵歌》，俱见《孔丛子》，文甚繁，真伪未可知，又《应楚聘歌》及《观仁兽歌》俱七言，更与《檀弓》所载殊矣。又按《琴操》载，夫子《盘操》："干泽而渔，蛟龙不游，覆巢毁卵，凤不翔留，惨余心悲，还辕息陬。"《操》仅四言六句，极古质，《孔丛》《息陬操》盖由此敷衍之耳。

## 二〇

何景明《大复山人》集有杂器物铭十首，略抄其四。《灯铭》云："汝明无太察，而光无太扬。蓄汝明是用嗣汝光。"《刀铭》云："不贵汝之利，而贵汝之裁。不贵汝之刚，而贵汝之断。利惟裁，刚惟断。"《砚铭》云："聊守黑，雄尚玄。汝兼之，以永年。"《瓶铭》云："厚其入，薄其出，守而勿失。"按铭词简古，"守而勿失"正用"守口如瓶"之意，亦非创获。又《杂言》十首，录一："经亡而骚作，骚亡而赋作，赋亡而诗作。汉无骚，唐无赋，宋无诗。"按此一条，乃大复恒语。"经亡"当谓《三百篇》，即诗亡然后《春秋》作之意。其曰"唐无赋，宋无诗"，语亦太甚。余常以臆增之曰："唐无赋，夫人而能为赋也；宋无诗，夫人而能为诗也。"

## 二一

顷因晒书，得《何大复集》一册。其全集则前被国贼窃去，为叹息久之。读何集，他亦无奇，惟引"传曰：'天不满，山岳归；地不满，星辰见。'"此一条不知所引何传也，或亦鄙谚之类。因忆素有集录《古谚》一册，自李唐以前，大致备矣；自李唐以后，未能辑录。间有所见，亦复采之，俟作续编。但恨未能备耳，合赘录于左。

里语曰："骑虎者，势不得下。"——《五代史·郭崇韬传》

好为里语，谓人曰："豹死留皮，人死留名。"——同上《王彦章传》

语曰："清风兴，群阴伏；日月出，爝火息。"——《吴世家叙》

古语云："湖水寸，渠水尺。"——《宋史·河渠志》

谚曰："除一恶，长十善。"——《毕仲衍传》

谚所谓："磨镰杀马劫，一时之力也。"——《宋琪传》

里语有之："私事官仇。"——《陈轩传》

谚曰："龙南、安远，一去不转。"——《秦桧传》

传曰："议人者不得其死。"——《王向传》

传曰："谓狐为狸，非特不知狐，又不知狸。"——《崔鶠传》

右七事俱见《宋史》。其末二条引传，于古无见，盖亦谚类也，合附及之。

语曰："积丝成缕，积寸成尺；尺寸不已，乃成丈匹。"——《欧阳修居士集》

古语曰："将相无种。"——同上

按前一条本后汉乐羊子妻语，后一条本《史记》陈涉语，小变之耳。

谚曰："多求不如省费用。"——司马公集》

里谚有云："果蓏失地则不荣，鱼龙失水则不神。"——《东坡先生集》

蜀人谚曰："学书者纸费，学医者人费。"——同上。按此语似已见《颜氏家训》，俟再校。

乡谚有云："缺口镊子。"——同上

俗语曰："强将下无弱兵。"——同上

古诗曰："女人不夜出，夜出秉明烛。"——程子之母引此诗，或是古谚。见《困学纪闻》。

谚曰："朝霞不出门，暮霞行千里。"——《黄山谷诗集》自注

吴中谚语曰："未吃端午粽，布袄未可送。"——《陆放翁集》自注

谚曰："早知灯是火，饭熟已多时。"——王十朋《苏诗注》

古语曰："上士闭心，中士闭口，下士闭门。"——阮逸《文中子注》

语曰："足寒伤心，民怨伤国"——史照《通鉴疏》

时人有语曰："用得着敌人休，用不着自家羞。"——沈括《梦溪笔谈》

方谚曰："汝州风，许州葱。"——同上

俗谚曰："心坚石穿。"——《陆象山语录》

又曰："痴人面前不得说梦。"——同上

谚曰："狮子咬人，狂狗逐块。"——同上

俗谚云："一钱做单客，两钱做双客。"——同上

谚曰："焚香礼进士，瞑目待明经。"——《吕东莱集》

按此语自北宋有之，见《居士集》。"瞑目"作"撤幕"。进士之贵，久矣。"明经"一作"经生"，见《梦溪笔谈》。与"进士"对文，自当是"明经"，谓诸贡士也。若经生，则所包益广。

里语曰："成也萧何，败也萧何。"——洪迈《容斋随笔》

谚曰："少女少郎，相乐不忘；少女老翁，苦乐不同。"——《彤管诗编》宋人语

古笺云："偃鼠饮河，止于满腹；鹪鹩衔叶。才能覆身。"——《埤雅》，上二句见《庄子》

谚云："偏怜之子不保业，难得之妇不主家。"——《辽史·宗室李胡传》

谚曰："虎生三子，必有一彪。"——周密《癸辛杂识》

谚曰："骨边肉，五更睡；虽不多，最有味。"——周密《浩然斋雅谈》

岭南俗云："踏梯摘茄子，把扇吃馄饨。"——高怿《群居解颐》

古语云："借一瓻，还一瓻。"——袁文《饔牖间评》

按近世语"借书一痴，还书一痴。"似由此衍出。

谚曰："眉毫不如耳毫，耳毫不如老饕。"——同上

谚曰："马骑上等马，牛用中等牛，人使下等人。"——陶宗仪《辍耕录》

谚曰："三代仕宦，学不得着衣吃饭。"——同上

按此语似本《魏志》：文帝诏仕宦，作长者语。意稍殊。近世语又云："仕宦三世，不知吃饭穿衣。"讥不知耕织者。语各有当。

谚曰："一绚丝能得几时络。"——马永卿《懒真子》

谚曰："慈不掌兵，义不主财。"——《杨升庵集》

谚曰："莫信直中直，须防人不仁。"——《熊经略书牍》

右自《五代史》以下至《经略书牍》，仅得四十余事。近人文集杂著，浩如渊海，自知鄙陋，未能遍观而尽识也。自遭捻匪大劫以来，家藏五柜之书，尽入劫灰。挂冠归来，于今八年，朋辈间亦未有一瓻之借。欲再采录，知复何时，能不慨然？

东泉，八十二翁笔

# 附　录

## 邹鲁马氏著述考

王　川

　　马呈麟祖孙四代，著述颇丰。马邦玉七岁能属文，生平好古力学，尤嗜金石学。马邦举长于音韵、训诂之学，考据精赅。马星房博学强记，善文章。马星翼才气最高，诗文俱佳。其他人等亦多有著述。屈万里曾对马氏家族的著述进行过梳理，但疏漏较多，今参照文献加以补充。以现藏书籍及影印本为准，书籍不存者，以记载早者为准。各著述作者本书已有介绍，此不赘文。

　　**一、马呈麟**

　　《松溪诗集》①

　　**二、马邦玉**

　　（一）《怀续堂文集》一卷

　　（二）《怀续堂诗集》一卷②

　　以上书籍已收入《山东文献集成》第二辑。

---

　　① 马星翼《东泉诗话·家集》："先祖松溪太府君遗诗一卷，先兄伯府于嘉庆乙亥阙里馆中以束脩之资，敬付梓人，板本俱在，无容摘录。"

　　② 马星翼《东泉诗话·家集》："先严寄园府君著《怀续堂诗集》三卷，现录副本，未付剞劂，谨择集中为儿辈作者，类记于此。"

（三）《历代纪年》一册

（四）《汉碑录文》三册①，原刻于乾隆五十九年（1794），道光六年（1826），其子马星翼加以补正，校乾隆旧版更为完备，道光二十七年（1847）编入《连筠簃丛书》印行，清光绪七年（1881）补正本，民国七年（1918）济南新华印字馆石印本等。

（五）《金石寓目记》一卷。《邹县新志·艺文志》载：《金石寓目记》"即《金石随笔》。《新山东通志》作《金石寓目记》二册，《金石随笔》一册，盖据采访之误"。据《东泉诗话》内容，两书皆有记载，应为两本著作。②

（六）《金石随笔》一册

（七）《前哲格言》一卷

（八）《法帖评语》一卷，亦名《法帖集评》

（九）《泉币图说》一册，见《济宁直隶州续志》

（十）《诗话拾余》一册

以上据《邹县新志》。

（十一）《古意纪存》一卷

（十二）《寄园随笔》一卷，咸丰十一年（1861）毁于兵燹

（十三）《怀续堂诗古文集遗稿》二卷

（十四）《名画纪略》一卷

（十五）《前事偶及》一卷

（十六）《汉魏诗题词》一卷

（十七）《韩诗弁言》一卷

（十八）《王注诗刊误》一卷

（十九）《诗话拾余》一卷

以上据《续修邹县志稿》。

（二十）《近事偶及》

① 《鱼台县志》及屈万里《鱼台马氏著述记》皆记为四册。

② 马星翼《东泉诗话·家集》："先君子著诗文集外，若《汉碑录文》《金石寓目记》《古意纪存》，翼俱手录副本，以待剞劂。尚有《金石随笔》《近事偶及》两书，原未脱稿，各草录一通，亦可缮写。"

以上书目据《东泉诗话》。

（二十一）《汉碑摹本》一卷

以上书目据《中国古籍善本书目》，山东省博物馆藏摹本。

### 三、王氏（马邦玉夫人）

《嘉庆集》①

以上书目据《邹县新志》。

### 四、马邦举

（一）《书传略考》一卷

（二）《经典释文尚书略考》一卷

（三）《书正义略考》二卷

（四）《书序略考》二卷

（五）《汤誓略考》一卷

（六）《泰誓略考》一卷

（七）《帝典麓字略考》一卷

（八）《虞书朋字略考》一卷

（九）《洪范睿字略考》一卷

（十）《洪范陂字略考》一卷

（十一）《书古文略考》一卷

（十二）《檀弓母字略考》一卷

（十三）《春秋左传略考》六卷

（十四）《春秋穀梁传略考》三卷

（十五）《楚辞字声略考》一卷

（十六）《汉声略考》四卷

（十七）《晋声略考》一卷

（十八）《古声略考杂记》二卷

（十九）《古史略考》三十卷（日照王献唐批校并题识）

---

① 马星翼《东泉诗话·类诗二》："先慈王太孺人晚年训诸女孙温习诗书，间为韵语。凡家庭燕集、唱和、联句等作，翼总为一册，名曰《嘉庆集》。"

（二十）《竹书纪年略考》六卷

（二十一）《陕志陵墓略考》一卷

以上书籍已收入《山东文献集成》第二辑。

（二十二）《周易略考》

（二十三）《毛诗略考》，"略考"两字，依又龙先生所列目增

（二十四）《说文字声略考》①

（二十五）《毛诗字声略考》

（二十六）《两汉魏晋字声略考》

以上三种，《县志》联写如一书，疑非是；姑臆断如此，俟更详之。

（二十七）《古缶书屋诗草》（有刻本）②

以上书目据《鱼台马氏著述记》。

（二十八）《汉石经考略》二卷

以上书目据《山东省志·文物志》。

（二十九）《春秋公羊传略考》

以上书目据《济宁直隶州续志》。

## 五、孙久（马邦举夫人）

（一）《垚居书屋诗赋集》上下卷③

以上书目据《山东通志》《济宁直隶州续志》。

## 六、马星房

（一）《驺山漫录》④

（二）《誃痴符诗集》⑤

---

① 《济宁直隶州续志》作《说文解字考略》。

② 马星翼《东泉诗话·家集》："叔父大人旧号卧庐，更号岱阳，著《古缶书屋诗草》，于曹郡任内付梓，诗尽古体。"

③ 马星翼《东泉诗话·类诗二》："叔母孙氏，莘县茂才讳炳光公女，著《垚居书室诗稿》，丙申年已授梓。"

④ 又名《驺山遗诗》。《东泉文集》卷二《〈驺山遗诗〉序》："兄星房起甲子至丙子，作诗六十四题八十一首，自题《誃痴符》，为缮录之，题为《驺山遗诗》。"

⑤ 马星翼《东泉诗话·家集》："先兄《驺山遗诗》一卷，自题《誃痴符》。凡见怀、见示之作，敬录一通。"

（三）《琅嬛丛书》二十册 ①

三种皆未刊，卷数未详

以上书目据《鱼台县志》。

**七、马星翼**

（一）《困学纪闻札记》不分卷，山东省图书馆藏民国山东省立图书馆钞本

以上书籍已收入《山东文献集成》第一辑。

（二）《论语集说》四卷，山东博物馆藏清嘉庆十六年钞本

（三）《校正汲周书札记》一卷，山东省图书馆藏民国山东省立图书馆钞本

（四）《国策补遗》不分卷，书题"邹县后学张丕举校"，山东省图书馆藏旧钞本（日照王献唐跋）

（五）《子夏易传遗文》一卷，山东省图书馆藏民国山东省立图书馆钞本（日照王献唐批校并题识）

（六）《论语鲁诂遗文》一卷，山东省图书馆藏民国山东省立图书馆钞本（日照王献唐批校并题识）

（七）《尚书广义》三卷,山东省图书馆藏民国山东省立图书馆钞本（日照王献唐批校并题识）

（八）《群经注疏中俗语类记》一卷，山东省图书馆藏民国山东省立图书馆钞本（日照王献唐批校并题识）

（九）《说文俗语类记》一卷，山东省图书馆藏民国山东省立图书馆钞本（日照王献唐批校并题识）

（十）《汉人著书目录》一卷，山东省图书馆藏民国山东省立图书馆钞本（日照王献唐批校并题识）

（十一）《意林诸子约录》一卷，山东省图书馆藏民国山东省立图书馆钞本（日照王献唐批校并题识）

（十二）《汉碑总目》二卷，山东省图书馆藏民国山东省立图书馆钞本

---

① 《东泉文集》卷二《琅嬛丛书序》。

（日照王献唐批校并题识）

（十三）《绎阳随笔》八卷，山东省图书馆藏民国山东省立图书馆钞本（日照王献唐批校并题识）

（十四）《东泉文集》二卷 ，山东省图书馆藏民国山东省立图书馆钞本（日照王献唐批校并题识）

（十五）《东泉诗话续册》七卷，山东省图书馆藏民国山东省立图书馆钞本（日照王献唐批校并题识）

以上书籍已收入《山东文献集成》第二辑。

（十六）《东泉诗话》八卷，山东省图书馆藏，清道光二十一年（1841），邹县董长枢、孟广均等刻本

以上书籍已收入《山东文献集成》第四辑。

（十七）《毛诗广义》二卷

（十八）《毛诗说略》一卷

（十九）《左传补疏》一卷，仅成隐公一卷

（二十）《孝经辑说》一卷

（二十一）《说文附说》

（二十二）《说文古篆类编》

（二十三）《重纂三迁志》十四卷，马星翼、孟广均等共纂

（二十四）《两汉儒林世次图考》一册

（二十五）《马东泉自叙年谱》

（二十六）《董朴园实政录》

（二十七）《凫绎旧闻》一册①

（二十八）《邹志稿》，马星翼、董纯等共纂

（二十九）《金石隘编》一卷

（三十）《邹县金石志》一卷②

（三十一）《励学篇》一卷

---

① 《济宁直隶州续志》作三册。

② 《金石志》采入《邹县续志》，比《金石隘编》更加详备。

（三十二）《校正焦氏易林札记》一卷

（三十三）《绎山故事琐录》

（三十三）《济宁金石志》，马星翼、许翰、徐宗干等共纂

以上书目据《邹县新志》。

（三十四）《松窗旧话》三册

（三十五）《东泉诗集》[①]

（三十六）《两汉遗事遗文》

（三十七）《东泉遗书》

以上书目据《济宁直隶州续志》。

（三十八）《鲁谚》，即《山东谚语集》

以上书目据《鱼台马氏著述记》。

（三十九）《东泉诗草》六册

清咸丰元年（1851）钞本，现藏清华大学图书馆。

## 八、马星箕

（一）《孝悌忠信语录》

（二）《杂体诗》

（三）《金石续编》

以上书目据《鱼台县志》。

## 九、马星璧

（一）《释布》

以上书目据《续修邹县志稿》。

## 十、马延斌

（一）《芸窗诗话》

以上书目据《山东谚语集》。

## 十一、马延洪

（一）《地志便蒙》

（二）《乡土志》，协修

---

① 疑即《东泉诗草》。

以上书目据《续修邹县志稿》。

**参考书目及文章**

马星翼:《东泉诗话》,山东省图书馆藏清道光二十一年(1841)邹县董长枢、孟广均等刻本。

《鱼台县志》,光绪十五年（1889）。

张曜、杨士骧等修,孙葆田等纂:《山东通志》,山东通志刊印局1915年铅印版。

潘守廉修,唐煊等纂:《济宁直隶州续志》,民国四年(1915)修,民国十六年(1927)铅印本。

《山东谚语集》,山东民众教育馆1932年版。

《邹县新志》,民国二十三年（1934）邹县县长臧家祎修,未付梓。

《华北日报·图书周刊》第7版,屈万里《鱼台马氏著述记》,民国二十三年（1934）十二月三日。

陈寿卿修:《续修邹县志稿》,民国二十四年（1935）版。

《齐鲁文化大辞典》,山东教育出版社1989年版。

孔宪尧等点校:《历代邹县志十种》,中国工人出版社1995年版。

《山东省志·文物志》,山东人民出版社1996年版。

《中国古籍善本书目》,上海古籍出版社1998年版。

《山东文献集成》第一辑,山东大学出版社2007年版。

《山东文献集成》第二辑,山东大学出版社2008年版。

《山东文献集成》第四辑,山东大学出版社2011年版。

周洪才:《济宁历代著述考》,中国社会出版社2014年版。

# 后 记

　　打印完最后一次书稿清样，没有想象中的喜悦，只是感慨竟然磕磕绊绊用了这么长时间，十年的光阴倏忽就过去了，快到好像仅够出版一本书。

　　2013 年的冬天，我和张现涛兄、张秀岭兄及其夫人周荣等人，一起在岗山脚下的一个小饭馆吃饭，也想不起来饭馆叫什么名字了。外面北风呼啸，屋内烟雾缭绕，酒酣耳热，我们天文地理，指摘时弊，无所不侃。文化及书法当然是我们热衷的话题，聊着聊着就聊到了鸡黍之约，又聊到了清代学者马星翼与孟子七十代孙孟广均的交往。张现涛提到，马氏家族著作丰富，他曾专程去马氏故里西安楼村查找有关资料，虽然《山东文献集成》影印收录了马氏的著作，但对普通读者来说，还是会感到阅读困难。他提议先把马星翼的《东泉诗话》做一个点校本，这一倡议得到了大家的热烈响应。我们三人中现涛是中文科班出身，对传统文化颇有研究，但也不是从事专门的文化研究工作；秀岭在一家煤矿上班，饱读诗书，擅长舞文弄墨，后应聘到一家院校教授书法，是名气在外的书法家；我是自学考试汉语言文学专业，虽然后来误打误撞到了研究机构，毕竟半路出家，学问根底浅薄。我们就这样凭着一腔热情闯进了点校领域，开始了漫长而枯燥的点校工作。现涛承担了大量的句读工作，我与秀岭除承担点校部分内容外，还进行二校、三校等工作，周荣女士帮助完成了部分文字录入，脚注、复审工作则由我最后完成。点校完《东泉诗话》后，我们又趁热打铁，把《东泉诗话续册》也点校了出来。因为我们都有各自工作的羁绊，前后拖拖拉拉用了近三年的时间才完成点校初稿及打印。又经过了很多曲折，在齐鲁书社许允龙先生的帮助下，达成了此书的出版意向。初稿送齐鲁书社后，我和责任编辑裴继祥先生尺素往来，沟通不断，就诗句出处索引考证，对不清晰的文字进行释读辨别，脚注加了又改，改了又删，几本样书被我们用各种颜色的笔画得面目全非，连书角都磨得圆滑了。在这期间，我与裴老师切磋交流，受益匪浅，但遗憾的是，截至目前我们还没有见过面。

点校整理过程中，查证材料的困难，地方文化研究的缺失，地方文化研究人才的断层，人们对文化的漠然，一些似是而非的伪文化的盛行，出版的艰辛，让我们三位点校者再次聚会的时候，又免不了一番感慨。查找资料时，我们发现马星翼还有一部《东泉诗草》藏在清华大学图书馆，《山东文献集成》也没有收录。遗憾的是我们费尽周折，也没有得到完整的资料，多次和图书馆沟通最终没了下文。我们还有一个诚挚而大胆的愿望与设想，就是能把马氏家族中著述丰富的马邦玉、马邦举、马星翼的著作，陆续点校出版，我们深知这是一个庞大的工程，我们的能力或许还欠缺很多，但我们会以滴水穿石的精神，绵绵用力，久久为功，争取更多的出版机构、专家的支持，为乡邦文化发展做出自己的努力。但愿这一本是一个良好的开端。

感谢严明先生为本书作序，感谢蒋寅先生的点拨与指导，感谢杜泽逊先生提供底本资料，感谢齐鲁书社许允龙、裴继祥两位老师的帮助，感谢刘书龙、乔培华、李龙博、赵婷诸同仁的帮助，感谢济宁市中华文化促进会邹鲁文化专业委员会的支持，我们铭感肺腑，谢谢！

由于我们初涉校雠，学识愚陋，错误之处在所难免，恳请方家、读者不吝批评指教。

王 川

2023 年 3 月于知言堂